KB253012

구한말의 민족운동

한국민족운동사학회

국학자료원

차 례

甲午更張 中 高宗의 王權恢復運動 ······················ 吳 瑛 燮··· 1

統監府 時期 李完用 研究 ······························ 韓 明 根··· 81

西北學會의 關西地方 支會와 支校 ··················· 趙 顯 旭···123

京畿地域 國債報償運動에 관한 연구 ················· 李 尙 根···189

日帝의 間島 金融政策에 관한 연구 ·················· 金 周 溶···215

1920年代 水原地域의 靑年運動과 水原靑年同盟 ········ 趙 成 雲···243

韓末~1920年代 朝鮮人資本家層의 經濟 動向과

　　民族主義運動 ···································· 오 미 일···275

1920~30년대 황해도지역 수리조합반대운동 ·········· 박 수 현···373

日本 歷史敎科書 <근대편>의 韓國認識 ··············· 柳 永 烈···409

◇ **설 림**

大韓光復會 平安道 支部長 敬齋 趙賢均 ············· 趙 埈 熙···435

◇ **서 평**

제국주의 연구의 자료와 자유에 관하여 ············· 한 석 정···481

◇ **역사기행**

가나자와의 윤봉길 의사 암장터 탐방 ··············· 최 영 호···503

◇ **책소개**

『전후 세계사 1945-1995』 하마바야시·기무라·사사키 외 ····· 정 혜 경···519

JOURNAL OF STUDIES ON KOREAN NATIONAL MOVEMENT

NO.24   April 2000

Contents

Oh Young-sob, The Power Restoration Movement of King Kojong, 1894-1895/1

Han, Myoung-keun, A Study on "Lee, Woan-Yong"(李完用) in Tong-Kam-Bu(統監府) Period/81

Cho, Hyun-wook, Seobuk Academic Society's Branch Offices and Schools of West-northern Area/123

Lee, Sang-keun, A Case Study of the National Fund Raising Movement in Kyongki Province/189

Kim, Joo-yong, Japan's Imperialistic Monetary Policy in Kando(間島) in the 1910s/215

Cho, Seong-woon, A Suwon Young Men's Union(水原青年同盟) and the Movement by the Youth in Suwon in 1920s/243

Oh, Mi-ill, The Economic Situation and National Movement of the Korean Capitalist Classes in Tae-gu from the End of the Dae-han Empire to 1920s/275

Park, Su-hyon, Anti-Movements against Irrigation Association in the 1920-30s in Hwounghedo/373

Yoo, Young-nyol, Japanese History Textbooks' Acknowlegement on Korea/409

甲午更張 中 高宗의 王權恢復運動

吳 瑛 燮[*]

─────────＜목 차＞─────────

Ⅰ. 머리말
Ⅱ. 甲午更張의 開始와 高宗勢力의 蟄伏
Ⅲ. 高宗의 對外 請援 活動과 敵對勢力의
　　活用
　1) 對淸 救援 要請과 箕伯 閔丙奭의
　　　淸軍 支供 活動
　2) 親日開化派 人士의 活用
Ⅳ. 高宗勢力의 義兵 蜂起 推進과 그
　　影響
　1) 平壤 淸將에의 密使 派遣
　2) 三南 義兵의 蜂起 推進과 그 意味

Ⅴ. 井上馨公使의 朝鮮保護國化政策과
　　高宗의 王權 恢復 推進
　1) 大院君·閔妃의 政治 干與 排除
　2) 甲申·甲午開化派의 對立과 高宗
　　　의 王權 恢復 意志
Ⅵ. 三國干涉 후 高宗의 王權 强化
　　構想
　1) 高宗의 王權 恢復 過程
　2) 高宗의 王權 鞏固化 方案
Ⅶ. 맺음말

Ⅰ. 머리말

　한국사회를 전근대사회에서 근대사회로 변혁시킨 본격적 제도개혁운동인 갑오경장(1894.6-1896.2)은 한국근대사상 갑신정변과 독립협회운동을 이어주는 위로부터의 근대화운동으로서 일본의 명치유신과 중국의

─────────────────────

* 연세대 현대한국학연구소 전문연구원

2

무술변법운동에 비견할 만한 의의를 가지고 있다. 갑오경장은 서양의 근대사상과 조선의 실학사상을 수용한 개화파 관료들의 자주독립적·민주주의적·평등주의적 개혁구상이 적절하게 반영된 역사적 사건이다.[1]

갑오경장기에 조선 정계에는 갑오파(갑오개화파)·갑신파(갑신개화파)·대원군파[2]·고종세력(고종과 민비, 민씨척족, 친민계 대신, 고종과 민비의 근시, 친미·친로 성향의 정동파) 등 여러 정파가 각축하였다. 이들은 1880년대 전반 조선의 근대화에 대한 찬반·완급문제를 둘러싸고 신사척사운동·임오군란·갑신정변 등의 사건을 일으켰고, 이후 정치적·사상적 배경에 따라 청국·일본·미국·러시아세력과 연계하여 부침을 거듭하다가 '동학농민전쟁'·청일전쟁·갑오경장 등 주요 사건이 倂發한 1894년에 다시 한번 대립하였다. 이들 가운데 갑오경장을 주도한 세력은 개화 성향의 갑오파·갑신파·정동파 등이며, 갑오경장을 저지한 세력은 동도서기 성향의 대원군파와 고종세력이었다. 환언하면, 갑신·갑오개화파는 입헌군주제와 의회제도를 도입하여 근대적 정치개

---

1) 갑오경장에 대한 기왕의 연구성과는, 柳永益, 『甲午更張研究』, 一潮閣, 1990의 [參考文獻] 참조. 또 갑오경장에 대한 연구사 정리는, 金泳鎬, 「開化思想·甲申政變·甲午更張」, 韓國史研究會 編, 『韓國史研究入門』, 知識産業社, 1981 ; 金敬泰, 「開化思想·開化派·開化運動」, 『韓國學研究入門』, 知識産業社, 1981 ; 糟谷憲一, 「近代の政治史」, 朝鮮史研究會 編, 『新朝鮮史研究入門』, 東京 : 龍溪書舍, 1981 ; 鄭昌烈, 「甲午農民戰爭과 甲午改革」, 韓國史研究會 編, 『(제2판) 韓國史研究入門』, 知識産業社, 1987 ; 오미일, 「갑신정변·갑오개혁」, 『남북한 역사인식 비교강의 : 근현대편』, 일송정, 1989 ; 金度亨, 「回顧와 展望 : 最近世」, 『歷史學報』 131, 1991 ; 李培鎔, 「開化思想·甲申政變·甲午改革에 대한 研究現況과 課題」, 『國史館論叢』 66, 國史編纂委員會, 1995 ; 왕현종, 「갑신정변과 갑오개혁」, 『한국역사입문③』, 풀빛, 1996.
2) 갑오개화파·갑신개화파·대원군파의 정치활동과 개혁구상에 대해서는 柳永益, 『甲午更張研究』 ; Lew Young Ick, "Korean-Japanese Politics behind the Kabo-Ulmi Reform Movement 1894 to 1895," *The Journal of Korean Studies* 3, 1981(이 논문은 번역·수정되어 「大院君과 淸日戰爭」이란 제목으로 『淸日戰爭의 再照明』, 한림대 아시아문화연구소, 1996에 수록됨) ; 柳永益, 「甲午·乙未年間(1894-1895) 朴泳孝의 改革活動」, 『國史館論叢』 36, 1992.

혁을 이룩함으로써 조선의 부국강병을 도모했던 반면, 대원군파와 고종세력은 전통적 전제군주제를 적극 옹호함으로써 조선의 자주권과 자신들의 권력을 지키려 하였다.

갑오경장기에 대원군파와 고종세력은 심각한 대립을 보였다. 그러나 양자는 조선사회를 일본식 혹은 서양식 사회로 바꾸려는 친일개화파의 근대화구상을 적극 반대한 점에서 동일한 정치노선을 걷고 있었다. 당시 대원군파는 청국군과 동학농민군을 활용하여 일본세력과 개화파를 일소하고 고종과 민비를 폐위시키고 정권을 장악하려 하였다. 주지하듯이 이러한 의도는 무산되고 말았다. 그들은 아관파천기에 조야의 고종 환궁 상소운동이 격화되는 호기를 이용하여 다시 활동반경을 넓혀나갔으나, 곧이어 1898년 대원군의 사거와 함께 조선정계에서 소멸되었다. 이에 반해 갑오경장 초두 대원군파와 갑오개화파의 득세로 일시 몰락한 고종세력은 대원군파와 친일개화파의 반목을 조장·활용하는 한편 평양의 淸將과 삼남의 동학군과 연대하여 재기의 발판을 마련하였다. 이어 그들은 삼국간섭 후 러시아의 압력에 밀린 일본이 조선보호국화정책을 포기하게 되는 유리한 국제정세를 적극 활용하여 정권을 되찾았다. 아관파천 후 그들은 고종·친로수구파·보수대신·친구미 성향의 정동파로 갈려 대립하며 을사늑약 직전까지 대한제국기의 정치사를 주도해 나갔다.[3)

강렬한 구국성향과 근왕성향의 高宗勢力(勤王勢力)은 갑오경장부터 경술국치까지 중앙과 지방에서 국권과 군권 및 기득권의 수호를 위해 각종의 반일활동을 펼쳤다. 이들은 일본측 자료에는 '궁중파'·'궁정파'·'근왕파'로, 영미측 자료에는 왕당파('Royalist')로 기술되어 있는데,

---

3) 1894-98년간 고종세력은 동학농민군과 연대하였고, 춘생문사건·을미의병운동·아관파천·고종환궁운동을 주도했으며, 한국사상 본격적인 민권운동인 독립협회운동을 탄압하였다. 따라서 이들의 활동을 깊이 연구해야만 1894-98년간 조선집권층이 주도한 국권 및 왕권수호운동의 실상을 파악할 수 있을 것이다.

친미 성향의 정동파를 제외하면 고종의 전제군주제와 동도서기적 사회구조를 지지하는 체제옹호세력이었다. 외교노선면에서 대체로 이들은 갑오경장기에는 반일·친로·친미파와 반외세 자주파, 1900년 이후에는 반일·친로파와 반외세 자주파로 구분된다. 아관파천부터 을사늑약까지 한국의 정치사를 주도한 고종세력은 동학농민군의 재봉기부터 경술국치 전후까지 재야의 구국세력과 연대하여 보수적 항일민족운동을 주도했던 인사들이었다.[4]

여기에서 필자는 한국근대 민족운동의 시발기인 갑오변란(일본군의 경복궁점령)부터 을미사변전까지 고종세력의 정점에 위치한 고종과 민비가 친일개화파와 일본세력을 물리치고 국권과 왕권을 회복하기 위해 어떤 활동을 펼쳤는가를 알아보려 한다. 구체적으로, 갑오변란으로 권한을 박탈당한 고종과 민비가 대원군파와 갑오개화파의 대립, 청일전쟁, 동학혁명군의 봉기와 일본의 진압작전, 정상형공사의 대원군파거세와 조선보호국화정책의 추진, 갑신개화파와 갑오개화파의 대립, 삼국간섭 등 굴직굴직한 사건의 와중에서 국가의 자주권과 자신들의 왕권을 회복·강화해 나간 과정과 그러한 과정에서 드러난 고종세력의 반일운동의 실상과 성격을 겸하여 알아보려 한다. 이 논고를 통하여 필자는 갑오경장기 고종과 민비의 국권 및 왕권수호운동이 을미사변·춘생문사건·을미의병운동·아관파천 발발의 정치적 배경이 되었으며, 또 갑오경장 후부터 정미조약 전후까지 한국 집권층이 주도한 반외세운동의 전형적인 그리고 선구적인 사례였다는 사실을 강조하고자 한다.

---

4) 고종세력의 범위·활동·성격·공과에 대해서는, 吳瑛燮, 「韓末 義兵運動의 勤王的 性格－密旨를 中心으로－」, 『한국민족운동사연구』 15, 1997, pp.47-56. 또 을미사변 후 고종세력의 반일운동에 관해서는, 吳瑛燮, 「乙未義兵運動의 政治·社會的 背景」, 『國史館論叢』 65, 1995.

Ⅱ. 甲午更張의 開始와 高宗勢力의 蟄伏

1894년 6월 21일 일본군 혼성여단은 경복궁을 강제 점령했다. 경복궁 점령(소위 갑오변란) 후 경회루에 본부를 설치한 일본군은 고종으로 하여금 조선군의 무장을 해제토록 하였다. 이에 울분을 못이긴 조선군은 '拔劍擊石'하고 '仰天痛哭'하며 사방으로 해산하였다. 이날 오전 興宣大院君(1920~1898)[5]이 일본군과 장사배의 호위하에 입궐했다. 이로써 청국에 의부하는 민씨척족정권이 무너지고 대원군-갑오개화파의 연립정부가 수립되었다.[6]

대원군과 부일세력에게 정권을 빼앗긴 고종세력은 정계에서 '일시적으로' 몰락했다. 즉, 高宗(1852~1919, 재위 1863~1907)과 閔妃(1851~1895), 閔泳駿・閔丙奭・閔炯植・閔應植・閔泳煥[7] 등 민씨척족,[8] 민씨

---

5) 경복궁점령 직전 일본측은 신망이 낮은 金嘉鎭・安駉壽・趙義淵・權瀅鎭 등 反淸・親日 성향의 개화파 인사들의 대표로서 大院君을 주목했다. 그러나 대원군은 일본측의 추대를 고사하다가 杉村濬서기관에게서 일본측이 조선에 영토할양을 요구하지 않겠다는 확약을 받은 다음에 입궐했다. Lew Young Ick, "Korean-Japanese Politics....", pp.41-44. 또 1864-73년간 대원군의 개혁정치에 대해서는, James B. Palais 저, 李勛相 역,『傳統韓國의 政治와 政策』, 신원문화사, 1993.

6) 黃玹,『梅泉野錄』, 國史編纂委員會, 1955, p.146 ; 伊藤博文 編,『秘書類纂 朝鮮交涉資料』中, 東京 : 原書房, 1970, pp.599-602 ;『東京朝日新聞』, 1894년 7월 31일. 경복궁 점령 이전 내정개혁을 둘러싼 한일간의 대립과 대원군-친일개화파 연립정권의 수립경위에 대해서는 柳永益,『甲午更張研究』, pp.4-11.

7) 閔泳煥에 대해서는 姜聖祚,「桂庭 閔泳煥 研究」,『關東史學』2, 1984, pp.37-69.

8) 민씨척족정권(1873.11-1894.6)의 주요 인사들의 생몰과 관력에 대해서는 『驪興閔氏世系譜』四, 1973 ; 糟谷憲一,「閔氏政權上層部の權成に關る考察」,『朝鮮史研究會論文集』27, 1990 ; 糟谷憲一.「閔氏政權後半期の政權構造--政權上層部の構成に關る分析--」,『朝鮮文化研究』2, 1995 ; 李培鎔,「開化期 明成皇后 閔氏의 政治的 役割」,『國史館論叢』66, 1995 ; 糟谷憲一,「민씨정권 중추부의 특질」,『東北亞』, 東北亞文化研究院, 1998. 또 1880년대 민씨척족정권의 대내외 정책에 대해서는 金達中,「1880年代

6

척족의 외곽세력인 金炳始·沈舜澤·趙秉世·鄭範朝 등 노론계 의정,[9] 그리고 기타 민씨척족의 협력자들은 갑오경장과 함께 중앙정계에서 거세될 운명에 놓였다. 이후 이들은 짧게는 갑오경장 직후 대원군파와 갑오개화파가 군국기무처의 개혁노선을 둘러싸고 대립할 때까지, 길게는 다음해 봄 삼국간섭 직전까지 재야에서 칩복·은둔상태를 유지하며 호시탐탐 왕권회복을 추구하였다.

갑오변란 후 대원군은 고종과 민비를 경복궁 동편 전각에 유폐시키고 일본군으로 하여금 엄중 호위케 하였다. 이로써 고종 부처는 사실상 연금상태에 놓이게 되었다. 그후 대원군의 강청으로 침전의 호위대가 대원군 휘하의 조선군으로 교체됨으로써 고종에 대한 감시는 일층 강화되었다.[10] 또 6월 21일부터 7월 24일까지 일본군이 경복궁을 수비했기 때문에 일본공사관이 발급한 '門票'가 없는 사람은 궁문출입이 불가능했다.[11] 이러한 살벌한 분위기 속에서 대원군은 6월 22일부터 고종세력의 권력을 빼앗거나 그들을 중앙정계에서 거세하는 작업에 착수하였다.

대원군의 강압에 밀린 고종은 6월 22일 大鳥圭介일본공사를 대면한 자리에서 일본의 개혁권고를 수락한다는 입장을 표명한 후, 자신의 허물을 자책하며 조속히 내정개혁을 이루겠다는 취지의 윤음을 반포했다.[12] 이어 동일에 고종은 긴박하고 중대한 정무와 군대에 관계되는 사무를 대원군에게 맡겨 처결케 한다는 내용의 교서를 연이어 반포하여 대원군에게 정사를 위임했다.[13] 대권을 위임받자마자 대원군은 '勿生疑

韓國國內政治와 外交政策--閔氏政治指導力 및 外交政策 再評價」, 『韓國政治學會報』 10, 1976 ; 연갑수, 「개항기 권력집단의 정세인식과 정책」, 『1894년 농민전쟁연구』 3, 1993.

9) 親閔的 老論系 議政의 家門別 명단에 대해서는 糟谷憲一, 「閔氏政權上層部의 權成에 關る 考察」, pp.93-94.

10) 杉村濬, 『明治二十七八年在韓苦心錄』(이하 『在韓苦心錄』), 韓相一 역, 『서울에 남겨둔 꿈』, 건국대출판부, 1993, p.122.

11) 崔益鉉, 『勉菴集』, 年譜, 甲午年條.

12) 『高宗純宗實錄』, 고종 31년 6월 22일.

惑'하라는 통문을 내려 서울의 인심을 위무하는 한편,[14] "黨色·門地를 떠나 인재를 등용하고, 내치·외교를 시의에 따라 결정하고, 정치를 일신하여 保國安民의 방책을 추구하겠다"는 교지를 반포했다. 또 그는 삼남에서 활동중인 동학농민군에게 자신이 집권했으니 하회를 기다리고 '歸家安業'하라는 효유문을 보냈다.[15] 이로써 국왕 고종은 정무친재권을 상실하고 명목상의 군주로 전락하였다.

민비는 갑오변란 직후에 민씨척족들과 함께 궁궐담을 넘어 피신했다. 체포명령이 쇄도하는 가운데 민비는 安洞의 경기감사 洪淳馨의 집에서 며칠을 보낸 후 6월 말경에 자진 환궁하였다.[16] 이때 대원군은 민비를 폐위하고 손자 李埈鎔(1870~1917)을 왕위에 앉혀 자신의 '섭정권'을 강화하고자 하였다. 그리하여 그는 6월 22일 심복인 내무참의 李源兢을 일본공사관에 보내 大鳥공사에게 폐위조칙을 전했고, 또 24일경까지 이준용을 수차 일본공사관에 보내 민비폐위에 대한 동의를 구했다. 그러나 杉村濬서기관 등 공사관 요원들이 강력히 반대했기 때문에 대원군과 이준용의 의도는 무산되었다.[17] 이에 대원군은 6월 24일 이준용을 中宮殿別入直에 임명하여 고종과 민비에 대한 감시를 일층 강화했다.[18] 게

---

13) 『承政院日記』 및 『高宗純宗實錄』, 고종 31년 6월 22일.

14) 『大阪朝日新聞』, 1894년 8월 5일, 「入韓日錄」.

15) 『高宗純宗實錄』, 고종 31년 6월 22일.

16) 『日省錄』, 고종 31년 6월 22일 ; 金允植, 『續陰晴史』 上, 國史編纂委員會, 1960, p.327 ; 『東京朝日新聞』 8월 9일, 「王宮事變後聞」. 杉村濬은 閔妃가 春川으로 피신했다고 추정했는데, 이것은 고종이 임오군란이나 甲申政變과 같은 변란의 재발을 염려하여 동북의 '保障地'인 春川에 離宮을 건립해 두었기 때문이었다. 『在韓苦心錄』, p.127 ; 『梅泉野錄』, p.44. 춘천이궁에 대해서는 吳瑛燮, 「春川離宮攷」, 『아시아문화』 12, 한림대 아시아문화연구소, 1996.

17) 고종과 민비를 폐하고 이준용에게 정권을 맡기려는 대원군의 의도에 대해서는 『日本外交文書』, 제27권 제2책, No.475, p.41, No.496, pp.142-143.

18) 『高宗純宗實錄』, 고종 31년 6월 24일. 또 7월 15일 내무협판겸친군통어사에 임명된 이준용 대신 궁내부대신 李載冕이 고종과 민비를 감시하는 역할을 맡았다. 『日省錄』, 고종 31년 7월 15일 ; 『在韓苦心錄』, pp.143-144.

다가 환궁한 민비가 대원군에게 "지난날의 잘못을 바로잡고 국왕을 잘 내조하겠다"고 서약했기 때문에 대원군은 일단 왕비폐위조치를 중단했다.[19] 그러나 대원군과 이준용은 일본측의 처사에 크게 반발하며 초지를 굽히지 않았다.

고종과 민비의 정치간여를 봉쇄시킨 대원군은 중앙과 지방에 포진한 민씨척족과 그들의 협력자들에 대한 거세작업에 돌입했다. 6월 22일에 대원군은 경리사 閔泳駿, 통제사 閔炯植, 선혜청당상 沈相薰, 통어사 韓圭禼, 병조판서 閔泳奎, 강화부유수 閔應植, 춘천부유수 閔斗鎬, 강원감사 閔亨植, 장위사 李鍾健, 좌변포도대장 申正熙, 우변포도대장 李鳳儀 등등 경제·군사·경찰권을 거머쥔 민씨척족정권의 거물들을 전격적으로 해임했다.[20] 이어 대원군은 민씨정권의 부정부패를 질책하는 교지를 내려 탐학으로 악명이 자자했던 민영준과 민형식·민응식·金世基·閔致憲 등을 유배형에 처하였다.[21]

정배형을 받은 '탐학죄인'들은 모두 유배지에 안치되지 않았다. 그들은 6월 21일 갑오변란이 일어난 후 대부분 도피·귀향하거나, 변복·도주하여 정동의 洋館에 숨거나 하는 등의 방법으로 후일을 도모했다.[22] '탐학거괴' 閔泳柱는 楊州로, 청군의 차병을 건의한 민영준은 關西로, 임오군란 때 피난처를 제공한 공으로 민비의 총애를 받은 민응식·閔丙昇 부자는 정처없이 도피하던 중 민비의 도움으로 '방축향리형'에 처해졌고,[23] 민영준의 부친인 춘천유수 민두호와 金昌烈의 모친 '요녀' 眞靈君은 忠州로 피신했으며, 고종과 이종간으로 갑신정변 때 고종을 호

---

19) 『在韓苦心錄』, pp.132-133.
20) 『承政院日記』, 고종 31년 6월 22일 ; 『高宗時代史』 3, 國史編纂委員會, 1969, p.491.
21) 『承政院日記』, 고종 31년 6월 22일 ; 『高宗時代史』 3, p.491.
22) 金允植, 『續陰晴史』, p.327. 『東京朝日新聞』, 1894년 8월 9일자에는 閔妃를 비롯하여 閔泳駿·閔泳韶 등이 貞洞으로 피신했다고 보도하였다.
23) 「閔妃의 親筆書翰」, 『文學思想』, 1974년 10월호.

종한 공으로 중용되어 민씨척족정권의 재정을 담당했던 심상훈은 향리인 堤川으로 낙향했다.[24]

탐학죄인들 외에도 많은 민씨척족과 그들의 협력자들은 여주·이천·용인·양근·광주·지평·양주 등 경기 일원에 있는 자기들의 세거지로 낙향했다. 그곳에서 그들은 정국의 흐름을 예의 주시하며 언제라도 정계에 복귀할 기회를 엿보고 있었다. 다만 민씨척족 중 閔泳煥·閔泳韶 등 구미공사관과 교분이 두터운 인사들과 閔泳達 등 대원군계 인사들만이 피신하지 않았을 뿐이다.[25] 특히, 구미공사관으로 옮겨간 인사들은 미국공사에게 "일본이 국왕을 폐하고 대원군을 왕위에 오르게 했다"거나 "일본이 국왕과 왕비를 시해하려고 한다"고 하며 간절하게 구원을 요청하였다.[26]

6월 25일에 조야에 신망이 두터운 보수대신 金炳始[27]가 사직상소를 올렸다. 이어 6월 27일 고종이 대신들을 인견한 자리에서 갑오경장에 대한 대책이 논의되었는데, 이때 趙秉世·鄭範朝 등은 경장의 급진성을 완곡히 문제삼았고, 김병시는 고종의 유폐를 반대하고 대원군 및 부일개화파의 근대적 개혁에 대해 강한 반감을 표시했다. 그러나 대원군은 오히려 김병시를 영돈녕부사직에 임명하여 원로대신들의 협조를 구하겠다는 의도를 나타냈다.[28]

6월 26일에 대원군은 민병석을 해임하고 金晩植을 평안감사에 임명했다. 그러나 민병석은 고종의 지시에 따라 청국의 이홍장에게 원조를 청하는 한편, 평양감사직을 사수하며 평양전투를 위해 집결중인 청군에

---

24) 沈相薰은 忠淸道 堤川郡 의림지 근처의 鄕第로 낙향하였다.

25) 『梅泉野錄』, p.146.

26) 『駐韓日本公使館記錄』 5, p.33.

27) 金炳始에 개혁관 및 仕宦활동에 대해서는 金昌洙, 「開化期에 있어서 金炳始와 그의 經濟觀」, 『東國史學』 12, 1973 ; 金昌洙, 「開化期에 있어서 金炳始의 經世觀」, 『現代史學의 諸問題』, 一潮閣, 1977.

28) 『高宗純宗實錄』, 고종 31년 6월 25일, 27일, 7월 3일.

10

협력을 아끼지 않았다.29) 이어 대원군은 6월 27일에 임오군란 때 민비를 구원한 공으로 민비의 두터운 총애를 받고있는 양호초토사 洪啓薰을 철원부사로 좌천시키고, 이어 민비의 '嬖幸'인 '친로파의 거두' 李範晉을 영변부사으로 내보냈다.30)

고종과 민비, 민씨척족, 그리고 그들의 협력자들을 일거에 축출한 대원군은 이원긍·朴準陽 등 자신의 수하들과 金嘉鎭·安駉壽·趙義淵·兪吉濬 등 일본공사관이 후원하는 소장 개화파들을 중용하는 한편, 그간 민씨척족에게 탄압받은 인사들과 민씨척족정권에 소극적인 태도를 보인 명사들을 대거 기용하였다.31) 나아가 대원군은 6월 28일 갑신정변에 연루된 인물들을 '特放'하고, 이튿날 향리방축죄인들에 대한 '放送'의 은혜를 베풀었고, 7월 3일 귀양에서 풀려난 인사들에 대해 탕척·서용의 은전을 내렸다.32) 즉, 대원군은 민씨척족정권 시절의 국사범 내지 정치범들을 대대적으로 사면함으로써 그들로부터 지지를 이끌어내려 하였다.

요컨대, 고종과 민비를 정점으로 하는 고종세력은 대원군파와 갑오개화파 연립정권이 출범한 후, 중앙정계에서 일시 몰락하여 유폐·귀향·칩복상태에서 정국이 바뀌기를 학수고대하고 있었다. 갑오경장 직후부터 대원군파와 친일개화파가 군국기무처의 개혁노선을 둘러싸고 반목하게 되자 그들의 재기 기회는 의외로 빨리 찾아왔다.

---

29) 『梅泉野錄』, p.155.

30) 『高宗純宗實錄』, 고종 31년 6월 27일, 7월 4일조. 李範晉은 甲申政變 때 민비를 피신시킨 공으로 민비의 '嬖幸'이 되어 順川府使·協判內務部事·吏曹參判 등직을 역임하며 민씨척족을 능가하는 위세를 부렸다. 『梅泉野錄』, pp.91-92 ; 尹致昊 著, 宋炳基 譯, 『尹致昊日記』上, 探求堂, 1975, pp.190-192. 崔永禧, 「韓末 官人의 經歷一般」, 『史學研究』21, 1969, p.401 ; 方善柱, 「徐光範과 李範晉」, 『崔永禧先生華甲紀念論叢』, 探求堂, 1987.

31) 『承政院日記』, 고종 31년 6월 21~7월 9일.

32) 『承政院日記』 및 『高宗純宗實錄』, 고종 31년 6월 29일, 7월 3일.

Ⅲ. 高宗의 對外 請援 活動과 敵對勢力의 活用

1) 對淸 救援 要請과 箕伯 閔丙奭의 淸軍 支供 活動

고종과 민비는 6월 하순부터 7월 초순경에 걸쳐 閔商鎬와 민영준을 청국의 이홍장에게 파견하여 구원을 요청하는 한편, 평양감사 민병석에게 청군에 대해 아낌없는 협력을 제공하도록 지시하였다.[33]

먼저, 갑오변란 직후에 고종은 "왕과 왕비를 가까이에서 모시며 비밀통역을 담당하는" 민상호[34]를 이홍장에게 파견하여 구원을 요청했다. 양복으로 변장한 민상호는 7월 4일 선편으로 천진의 북양아문에 도착하여 "오백여년 동안 중국이 하사한 印物과 십수년 동안 구입하여 병기고에 수장해 놓은 양창·양포 등 서양식 무기를 일본이 모두 빼앗아 갔습니다. 무릇 모든 정령은 일본이 임의대로 내어서 국왕이 관여하는 것이 전혀 없사오니, 청국 조정에서는 이 충성스러운 신하의 정성을 가상히 여겨서 구원해주기 바랍니다"라는 고종의 밀서를 북양대신 李鴻章에게 전달했다.[35] 같은날 총세무사 브라운(柏卓安)도 천진세무사에 보낸 밀신에서 민상호가 변장하고 천진에 도착하여 조선의 구원을 간청하는 국왕

---

33) 한편, 6월 10일 고종과 민비는 淸國 西太后의 탄신(8월 15일) 축하를 위한 진하겸사은사의 당상인 李承純·閔泳喆·李裕宰 등의 辭陛를 받았다. 이들은 며칠후에 출발했는데 성대한 方物 외에도 10만냥의 은을 가지고 갔다. 이때 민비가 특별 기용한 민영철은 일본군의 철수를 주선해달라는 특무를 띠고 있었다. 『高宗純宗實錄』, 고종 31년 6월 10일 ; 『梅泉野錄』, pp.158-159 ; 『日本外交文書』, 제27권 제1책, No.409, p.601.

34) 閔相鎬는 민비가 1880년대 후반 引俄拒淸政策을 위해 육성한 친위세력으로서 同文學學生(1883), 淸國·美國유학(1883-1887), 弘文館修撰(1891), 司諫院副司果(1893), 育英公院參理(1894) 등을 역임했다. 『梅泉野錄』, p.93 ; 『高宗純宗實錄』, 고종 28년, 8월 22일, 30년 11월 22일, 31년 5월 30일.

35) 『淸光緖朝中日交涉史料』 권16의 9면 ; 黃 玹 著, 李民樹 譯, 『東匪紀略草藁』, 乙酉文化社, 1985, pp.222-223.

의 친서를 이홍장에게 바쳤다고 하였다.[36]

밀서를 받은 이홍장은 7월 4일에 평양감사 민병석에게 향후의 행동방침을 타전하였다.[37] 이 전보에서 이홍장은 "조선왕이 왜인에게 핍박과 위협을 당하여 政令이 왜인으로부터 나오고 있다고 하니, 이를 따를 필요가 없다"고 하고, 이어 "자신이 평양에 원병을 파견하여 조선을 구원할 것이니, 평양감사는 將令에 따라 일체의 사무를 청국군과 의논하고, 이들에 대한 支供에 힘써 달라. 한성에서 신임 감사가 오더라도 배척하라. 나중에 이 일이 문제 되면 자신이 알아서 처리하겠다"고 다짐하였다.[38] 이상으로써 민상호는 청국의 원조를 바라는 고종과 민비의 밀사 역할을 훌륭히 수행하였다.

다음, 민영준[39]은 6월 21일 새벽에 대궐을 탈출하여 정동에 은신해 있다가 지폐 30만원과 은 4천냥과 고종의 밀칙을 가지고 청국으로 향하였다. 그러나 도중에 그는 평안도 鐵山府民에게 사로잡혀 평양에 주둔 중인 청군에 인계되었다.[40] 평양성이 함락된 후 청군과 함께 청국에 들

---

36) 李毓澍 편저, 『淸季中日韓關係資料十三種綜合分類目錄』(이하, 『淸季中日韓資料分類目錄』으로 줄임), 국학자료원, 1994, p.355.

37) 이홍장은 이미 6월 25일 汪鳳藻로부터 조선의 위급상에 대한 전보를 받은 후 즉각 청군의 진주를 하달하였고, 袁世凱도 7월 4일 민상호가 전달한 고종의 청원요청을 수락하겠다는 의사를 민병석에게 타전하였다.『淸季中日韓資料分類目錄』, pp.354-355.

38) 『梅泉野錄』, p.155 ; 黃玹 著, 李民樹 譯, 『東匪紀略草藁』, pp.225-226 ; 金允植, 『續陰晴史』上, p.332.

39) 민영준은 '駐箚官' 袁世凱의 고종폐립음모(1886.7) 후 원세개의 환심을 사려는 고종과 민비가 중용한 인물로서 민씨척족의 세도당상이었다. 그는 1894년초에 친군통위사·친군경리사·선혜청당상관을 겸임하며 조선의 경제·군사권을 한손에 거머쥐었고, 동학농민군이 봉기하자 국왕의 의사에 따라 청국에 군사원조를 요청했다가 나중에 갑오경장을 초래한 주범으로 몰려 조야의 지탄을 받았다.『梅泉野錄』, p.92, 96, 125, 132 ;『駐韓日本公使館記錄』3, pp.2-5, 9-10. 糟谷憲一, 「閔氏政權上層部の構成に關る考察」, p.75, 79. 민영준의 생애에 대해서는, 辛鍾遠, 「閔泳徽墓碑銘·賜號河汀壽藏碑銘」, 『江原史學』8, 1992.

40) 철산부민들이 민영준을 생포한 것은 그가 평양감사 재직시에 고종과 민비의

어간 민영준은 閔泳翊과 함께 香港·芝罘 등지에서 머물다가 1895년 봄에 민비의 주선으로 귀국했다.41) 그가 밀명을 받고 청국으로 향한 후, 서울에서는 7월 5일 전형조참의 池錫永이 "간신 민영준과 요녀 진령군을 참수하라"는 상소를 올렸고, 또 7월 17일에 군국기무처는 "민영준과 민형식을 의법 처리하라"는 의안을 거듭 올렸다.42) 그러나 민영준은 고종과 민비가 전폭 신뢰하는 인물이었기 때문에 대원군파와 갑오개화파는 겉으로는 '민심위무'를 내세워 민영준의 처형을 주장했으나 속으로는 그의 위세를 두려워하며 그의 동향에 촉각을 곤두세웠다.

민영준이 청국에 갈 때 소지한 고종의 '密勅'에는 조선의 위난을 구해달라는 내용이 들어있었을 것이다. 7월 초순부터 성환전투에서 패한 청군과 압록강을 건너온 청국의 증원부대가 평양에 속속 집결하기 시작했다. 이 소식을 접한 조선의 집권층은 평양감사 민병석에게 밀서를 보내 평양에 진주한 청장에게 바치게 했는데, 이들 밀서에는 속히 군대('天師')을 파견해 조선의 위난을 구해달라는 간곡한 요청이 담겨 있었다.43) 이로 미루어 고종이 민영준으로 하여금 이홍장에게 전달하게 한 밀서도 시급히 청군을 보내어 조선을 구원해 달라는 구원요청서한이었음에 틀림없다.44)

서울에서 고종세력이 몰락한 것과 달리, 평양에는 대원군의 인사정책

내탕금 마련을 위해 인민의 고혈을 착취했기 때문이었다. 『大韓季年史』上, 國史編纂委員會, 1957, p.89 ; 『梅泉野錄』, p.146.

41) 『大韓季年史』上, p.89 ; 「甲午實記」, 『東學亂記錄』上, 國史編纂委員會, 1971, p.60 ; 『駐韓日本公使館記錄』3, p.271, 319.

42) 『高宗純宗實錄』, 고종 31년 7월 5일, 17일. 지석영의 상소 全文은 大韓醫史學會, 『松村 池錫永』, 도서출판 아카데미아, 1994, pp.36-39, 202-204.

43) 이 당시 高宗·大院君·李載冕·金弘集 등 조선 지도층이 平壤의 淸軍에 보낸 밀서의 내용에 대해서는 『駐韓日本公使館記錄』5, pp.80-81, 164-165.

44) 한편 고종과 민비는 갑오경장 직후 미국인 르장드르(C. W. Legendre, 李善得)를 통해 러시아·영국영사에게 구원을 요청했다. 『駐韓日本公使館記錄』5, p.44.

에 불복하며 민씨척족의 재기를 도모하던 평양감사 민병석이 있었다.[45] 민병석은 이홍장의 전보와 민영준의 밀서를 받고 신임 감사와의 임무교대를 완강히 거부하고 계속 평양에 머물며 청국에 각종의 도움을 제공했다. 이로써 그는 왕권을 부지하고 민씨세도정권을 유지하려고 하였다.

민병석은 1889년 이래 감사직을 빌미로 치부에 열중하여 백성의 지탄을 많이 받았다. 이에 친일개화파는 6월 26일에 민병석을 해임하고, 대신 그 자리에 金允植의 종형 金晚植을 임명했다. 그러나 이홍장의 전보가 도착한 다음날인 7월 4일부터 청군이 평양에 속속 진주했기 때문에 김만식 등은 평양에 이르지 못하고 평안도 正方山城에서 임시로 머물렀다. 전감사 민병석이 평양에 잔류하며 청군에 협력했기 때문에 당시 평안도에서는 민병석을 '淸監司', 김만식을 '倭監司'라고 불렀다. 7월 19일 의정부에서는 전평양감사 민병석을 의금부로 하여금 나문케 하였고, 8월 27일 김만식에게 속히 평양에 당도하여 편의대로 공무를 처리하고 그 결과를 보고하라고 지시했지만 실효를 거두지는 못했다.[46]

민병석은 고종과 민비의 뜻에 따라 '藩臣'의 역할을 톡톡히 수행했다. 그는 민영준이 가져온 고종의 밀서를 청국의 이홍장에게 보냈을 뿐 아니라 고종 및 이홍장의 지시에 따라 청군에 대해 아낌없는 도움을 제공했다. 8월 4일에 평양에서 서울로 돌아온 미국인 선교사 모펠씨는 평양에서의 민병석의 활동을 다음과 같이 말했다.

> 전 평양감사는 6월 상순부터 평양주둔병을 훈련시켰다. 더욱이 근방에서도 모병하여 6월 하순경에는 조선병 2천명을 확보했고, 또 그 병기는 일체 청국에서 증여받았다는 설이 있다. 7월 이후부터 조선

---

45) 使行·貿易路가 있고 또 물산이 풍부한 평안도의 감사직은 민씨척족의 핵심 인물들이 독점하였다. 1873년 이래 閔泳緯(재임:1878-1881)·閔應植(1884-1885)·閔泳駿(1887-1889)·閔丙奭(1889-1894) 등이 평양감사를 지냈다. 黃玹, 『梅泉野錄』, pp.155-156.

46) 『承政院日記』, 고종 31년 6월 26일, 7월 17일, 8월 27일 ; 『梅泉野錄』, p.155.

병은 완전히 청국병을 위한 척후와 전도가 되어 청국을 위해 분주하
게 될 것 같다. 청국 선발대가 평양에 도착한 것은 7월 4일이며 거
의 2천명이라고 한다. 그런데 그후 수일간에 걸쳐 도착하는 수가 상
당히 늘었다....청국병은 성내외 도처에서 舍營·幕營을 설치하고 그
장수는 감사의 아문에 거처하고 있다. 감사는 식량의 징발(차라리 약
탈)과 인마·선박의 압수 등 실로 주선하지 않는 일이 없어서 흡사
그들의 下吏가 된 것 같은 상황이었다. 이 때문에 그 하관과 인민에
이르기까지 누구나 청국병을 위하여 분주히 진력하기를 약속했으므
로 현재 擧城的으로 청국병에 공급하고 있는 상황이다. 그 이유인즉
감사가 6월 21일에 경성에서 일어난 사변으로 여러 민씨가 모두 배
척되었다는 보고를 받고 차라리 앉아서 패멸을 당하느니 보다는 청
병을 인도하여 민씨의 구업을 회복하는 것이 좋겠다는 결심을 품었
다는 말을 들었다....내가 평양에 체재 중 조선 관리의 말을 듣건대,
하여튼 이번에 일본은 大兵을 동원하여 조선을 병탄하려고 하여 이
미 왕성이 함락되고 국왕이 체포·감금당함에 따라 청국은 조선을
구원하기 위하여 대군을 파병했으니 조선인은 총력을 기울이지 않으
면 안된다고 하였다.[47)]

이처럼 민병석은 청일간의 평양대회전에서 청국이 승리하여 조선을
구원해 주면 민씨들이 다시 정권을 잡을 수 있다는 생각에서 청국에 군
사협력을 아끼지 않았다.[48)] 그러나 평양전투의 결과는 청일간의 전쟁에
서 청국이 궁극적인 승리자일 것이라는 모든 조선인들의 예상과 희망을
저버린 것이었다. 따라서 국권 내지 왕권을 회복하려는 고종과 민비의
의도와 민씨척족의 세도권을 되찾으려는 민병석의 노력은 실현되지 못
했다.

---

47) 『駐韓日本公使館記錄』 3, pp.246-247.
48) 한편, 민병석은 淸兵 14만이 평양에 주둔하며 일본군을 분쇄할 것이라는 내
   용의 편지를 전봉준에게 보내 도움을 요청하기도 하였다. 『東京朝日新聞』,
   1895년 3월 7일.

2) 親日開化派 人士의 活用

1894년 6월말경 조선정계에는 고종과 민비, 민씨척족, 노론계 의정들로 구성된 고종세력이 패퇴하고, 집권세력인 대원군파와 친일개화파간의 연대관계가 약화되고 있었다. 당시 대원군은 다음과 같은 이유에서 일본측과 대립상태에 빠졌다.[49] 첫째, 고종과 민비를 폐위시키고 손자 이준용을 등극시켜 섭정권을 장악하려는 대원군의 의도를 일본측이 좌절시켰고,[50] 둘째, 대원군이 애초부터 조선을 무대로 벌어지는 청일간의 전쟁에 반대했음에도 불구하고 일본측이 청일전쟁을 도발했으며, 셋째, 김가진·안경수 등 친일개화파들이 왕권과 세도권을 제약하고 내각중심의 입헌군주제 정부를 수립하고자 대원군에게 불리한 일련의 의안을 군군기무처에서 처결했으며,[51] 넷째, 일본이 조선의 신정권내에 친일개화파를 부식하고자 급히 귀국시킨 박영효가 자기파와 대립하고 있음에도 불구하고 일본측이 박영효를 후대한 점 등에 대원군은 크게 반발하였다. 이러한 이유들 때문에 대원군파와 일본공사관 및 친일개화파는 '勢不兩立'의 지경에 빠졌다.[52]

---

49) 대원군파와 친일개화파의 불화원인에 대해서는 Lew Young Ick, "Korean-Japanese Politics....", p.52.

50) 『駐韓日本公使館記錄』 5, pp.43-44.

51) 군국기무처가 본격 가동되면 정부의 실권이 입법권을 지닌 '초정부적 기구인' 군국기무처로 이관되고 의정부와 각 아문이 유명무실한 기관으로 변화하게 되며, 그러한 결과로서 '攝政' 대원군도 점차 실권을 상실하게 되기 때문에 朴準陽·李泰容·李源兢·俞吉濬·金弘集·魚允中·金允植 등 대원군파와 李允用·安駉壽·金嘉鎭·金鶴羽·權瀅鎭·趙義淵 등 갑오개화파는 군국기무처 개혁을 둘러싸고 사사건건 대립했다. 田保橋潔, 「近代朝鮮に於ける政治的改革」, 『近代朝鮮史研究』, 京城 : 朝鮮總督府, 1944, pp.97-99.

52) 고종과 민비를 폐하고 이준용을 받들려는 계획이 무산되자 대원군은 그 대안으로서 이준용에게 권력을 집중시켜 자신의 '攝政權'을 강화하려 하였다. 이에 대원군은 이준용을 7월 15일에 친군통위사겸내무협판에, 7월 19일에 내무대신서리에 임명하였다. 즉, 세도가가 제일 요건이 인사권의 장악임을 간파한 대원군은 내무대신을 공석으로 남기고 차석인 내무협판에 손자 이준용을 앉혀 관료들에 대한 임면권을 장악하려 하였다. 그러나 7월 24일 군국

갑오경장 직후부터 벌어진 대원군파와 갑오개화파간의 대립의 와중에서 고종과 민비는 청국의 이홍장과 평양의 민병석에게 구원을 요청하는 한편 민씨척족과 각별한 사이인 安駉壽·金嘉鎭·李允用 등 개화파 관료들과 갑신정변의 주역인 '망명죄인' 박영효를 후원함으로써 그들과 대원군간의 대립을 은연중에 부추기며 점차 유폐상태에서 벗어나 입지를 넓혀 나가기 시작하였다.

갑오경장 초두에 고종과 민비는 대원군 및 내각의 총리대신에게 정무처결권을 위임하고 '虛位'만을 부지하고 있었다. 갑오경장 직후 고종과 민비의 곤란한 사정은 1895년 5월경 일본공사관을 방문한 洪啓薰(洪在義)이 井上馨공사와 가진 대담에 잘 나타나 있다.

> 국내 통치의 대권이 대군주 손안에 있다는 것은 두말할 필요도 없다. 그러나 작년 개혁 이래 정무는 모두 내각에서 논의 결정하여 상주문을 갖추어 대군주의 재가를 주청하는데 지나지 않았다. 그런데 今上께서는 순량한 기질을 갖고 계셔서 상주문에 대하여 거의 대부분 이를 인가하는 편이셨다. 만약 御意에 맞지 않는 일이 있어서 인가하지 않을 때나 또는 어떤 일에 대해 대군주로부터 특별한 명령이 계실 때는 총리대신 등이 대개 이의를 달아 聖意대로 봉행하지 않는 형편이다. 그러므로 작년부터 군주권이 행사되지 못하여 마치 군주가 없는 것과 같았다.[53]

즉, 고종과 민비는 갑오경장으로 전제왕권을 내각에 빼앗기고 실권없

기무처의 개화파들은 지방관의 임면은 의정부에서 대신들이 상의한 뒤에 국왕에게 품재하는 절차를 밟자고 의결했다. 이로써 대원군의 의도는 완전히 좌절되었다. 『日省錄』, 고종 31년 6월 24일, 7월 1일, 12일, 13일, 15일, 19일, 28일 ; 『在韓苦心錄』, pp.143-144, 189-191. 田保橋潔, 「近代朝鮮に於ける政治的改革」, pp.98-99 ; 李光麟, 「舊韓末 露領移住民의 韓國政界 進出에 대하여」, 『韓國開化史의 諸問題』, 一潮閣, 1986, pp.192-196.

53) 『駐韓日本公使館記錄』 7, p.29.

18

는 허위만을 부여잡고 있었다. 따라서 그들은 기회만 있으며 내각을 약
화시키고 왕권을 회복하고자 절치부심 하였다.54)

이러한 상황에서 벌어진 대원군파와 갑오개화파의 대립은 고종과 민
비에게 호기를 제공하였다. 왕권회복을 갈구하는 고종과 상황파악력과
기회포착력이 뛰어난 민비는 대원군과 군국기무처 의원들과의 대립관계
를 간파하였다. 그리하여 그들은 일본공사관측과 긴밀한 관계인 안경수
·김가진·이윤용 등 개화파 관료들을 암중으로 부추겨 대원군세력을
꺾고 자파 세력을 회복하고자 하였다.

고종과 민비가 대원군에 대한 대항세력으로 주목한 이들 3인의 약력
은 다음과 같다. 민영준의 문객출신인 안경수는 민영준의 지우를 입어
민씨척족정권에 등용된 후 일본을 내왕하며 조선 조정에 일제물품을 구
입해 바치는 임무를 맡았고, 통리교섭통상사무아문주사(1887)·전환국방
판(1890-1894)·장위영영관·별군직(1890) 등직을 역임한 일본통이었다.
동학농민운동 발발 후 청일 양국 군대가 조선에 출병·주둔하자 민영준
은 그로 하여금 일본군의 철병을 주선케 하였다. 이러한 인연으로 안경
수는 민씨척족과 긴밀한 관계를 맺고 있었다.55) 민영준의 수하였던 김
가진은 1884년에 민영준을 수종하여 일본에 다녀왔고, 과거급제 후 통
리교섭섭통상사무아문주사(1882)·내무부주사(1885)·주일본공사관참찬
관·판사대신(1887~1891) 등직을 역임했다.56) 이완용의 서형인 이윤용
은 대원군의 사위로서 1881년 대원군을 저버리고 이재선역모사건을 고

---

54) 『駐韓日本公使館記錄』 7, p.50 ; 『秘書類纂 朝鮮交涉資料』 下, pp.292-293.
55) 尹孝定, 『風雲韓末秘史』, 韓國學硏究所, 1984, pp.251-253 ; 杉村濬, 『在韓苦
    心錄』, p.119, 142. 1896년에 안경수는 러시아세력을 견제하고자 親淸에서 親
    日로 돌아선 민영준과 다시 긴밀한 관계를 맺었다. 宋京垣, 「韓末 安駉壽의
    政治活動과 對外認識」, 『韓國思想史學』 8, 1997, pp.256-259.
56) 『在韓苦心錄』, p.142 ; 『梅泉野錄』, p.94. 柳永益, 『甲午更張硏究』, p.186. 金嘉
    鎭·安駉壽 등은 청·일 양국군의 철수를 주장하다가 袁世凱와 불화관계에
    빠진 閔泳駿이 난국을 타개하고자 급히 등용한 인물들이다. 『駐韓日本公使
    館記錄』 3, p.25.

변한 공으로 고종과 민비의 총애를 받아 민씨척족정권하에서 전라도병
마절도사(1885)·한성부우윤·판윤(1885-1888)·형조판서겸좌우포도대장
(1894) 등직을 역임했던 인물로서 민비와는 남다른 인연을 갖고 있었
다.57) 한마디로, 이들은 오랫동안 고종과 민비의 총애를 받아온 인물들
이었다.

　고종세력과 긴밀한 사이인 이들 3인도 '완고한' 대원군을 대체할 세
력으로서 고종과 민비를 주목하고 있었다. 이러한 기미를 알아챈 고종
과 민비는 이들을 동원하여 대원군과 일본공사관 사이를 갈라놓고 대원
군을 고립시킴으로써 왕권회복을 이루려 하였다.58) 고종 부처의 이간책
은 그들이 1885년과 1895년에 취했던 引俄拒淸政策과 引俄拒日政策, 즉
오랑캐를 끌어들여 오랑캐를 제어하는 以夷制夷(以毒制毒)式 외교전략
을 국내 정적의 제거라는 정략적 목적에 이용한 셈이었다.

　7월 중순경 고종 부처의 내밀한 지시를 받은 안경수와 김가진은 삼
촌준서기관에게 다음과 같이 말했다.

　　안경수와 김가진이 나를 찾아와 "대원군이 민씨를 타도하는데 공
　을 새웠더라도 나이가 들어 오늘날 전개되고 있는 국내외 사정을 이
　해하지 못한다. 이에 반해 국왕은 총명하여 사정을 충분히 알고 있
　기 때문에 새로운 정책을 결정하는데 있어 직접 국왕과 왕비의 재가
　를 받는 것이 좋을 것이다. 지금 민영준은 도주했고, 그밖의 민씨들
　도 모두 축출되었으므로 국왕과 왕비가 친히 결재해도 지난날과 같
　은 폐해는 없을 것이다"라고 하였다. 나는 이 문제에 별로 관심을
　기울이지 않았지만, 그후 두 당파의 알력은 점점 깊어갔다. 안경수와
　이윤용의 무리는 한편으로 국왕과 왕비를 받들고 또 한편으로 우리
　공사관의 도움을 받아 대원군파를 함정에 빠뜨려 그 세력을 꺽으려
　했다. 이 때문에 군국기무소 설립 이후 1개월이 지나는 동안 여러

---

57)『梅泉野錄』, p.62 ;『在韓苦心錄』, p.142.
58)『在韓苦心錄』, p.142.

차례 서로 적대하는 모습을 보였다. 대원군은 몹시 분노하여 군국기
무소의 모든 결정에 동의하지 않고 또 승인하지 않았다. 의원들 역
시 결정사항을 대원군에게 보고하지 않고 바로 국왕에게 재가를 청
하는 등 형세가 조용하지 않았다.[59]

그러나 안경수·김가진·이윤용 등 민씨척족과 교분이 두터운 갑오
개화파를 동원해 정무친재권을 회수하려는 고종과 민비의 의도는 일본
측의 반대로 무산되고 말았다. 그렇지만, 고종과 민비는 대원군파에 대
항하는 갑오개화파 인사들을 자기들의 휘하로 끌어들임으로써 갑오경장
직후의 유폐상태를 벗어나 점차 운신의 폭을 넓혀갔다.

한편 고종과 민비는 이이제이정책의 일환으로서 갑신정변 이래 '대역
죄인'으로 낙인찍힌 朴泳孝를 기용하여 대원군을 견제하고자 하였다.[60]
처음에 고종과 민비는 박영효의 환국을 달갑지않게 생각했다. 그러나
그들은 대원군에 대한 대항세력으로서 박영효의 가치를 주목함에 따라
그를 적극 활용하는 쪽으로 방침을 바꾸었다. 박영효가 귀국하자마자
그와의 면담을 바라는 조선관리가 쇄도했다. 이들 중에는 고종·민비·
대원군의 밀지를 가지고 박영효의 의향을 탐지하려는 사람들도 많았는
데, 이 가운데 김가진은 박영효가 입경한 날 밤에 그와 면담을 나누었
다.[61] 대원군파와 정치적 제휴를 원치않는 충군애국론자 박영효는 대원
군파와 갑오개화파간에 알력이 심해지자 점차 왕실에 접근하는 태도를
나타냈다. 이에 민비는 '十年積怨'을 제쳐두고 비밀리에 박영효포섭공
작에 착수했다.[62]

---

59) 『在韓苦心錄』, pp.138-139.
60) 일본은 조선의 신정권에 친일파를 부식하고자 박영효를 서둘러 귀국시켰다.
 7월 23일 박영효가 입경하자 대원군과 이준용은 그에게 민씨척족을 반대하
 고 동학농민군을 지지할 것을 기대했다. 그러나 박영효는 이러한 기대를 저
 버렸다. 이 때문에 1892년 이래 맺어온 대원군과 박영효의 우호관계는 파경
 을 맞았다. 『在韓苦心錄』, pp.149-150.
61) 『駐韓日本公使館記錄』 5, p.35 ; 『在韓苦心錄』, p.149.

　8월 1일에 박영효는 "獲罪於君上하고 貽禍於父母한" 자신의 죄를 용서해달라는 「原情疏」를 올렸다. 이에 대원군파가 장악한 의금사에서는 죄명이 '지중'한 박영효의 상소를 봉입하지 못하겠다고 버텼다. 그러나 고종은 상소문의 봉입을 거듭 독촉했다. 고종의 조치에 대해 역시 대원군파가 포진한 승선원(승정원)에서도 '대역죄인'의 상소를 봉입하시라는 처분을 속히 거두어달라는 계문을 올렸으나 고종은 이 주청을 일축했다. 이러한 우여곡절을 거쳐 승선원이 올린 박영효의 상소문을 읽고난 고종은 곧 처분을 내리겠다는 비답을 내렸다.63)

　8월 4일에 고종은 박영효의 죄명을 효주하라는 전교를 내렸다. 고종의 특별조치에 대해 대원군계 간관들이 장악한 승선원·경연청 등 언론관청에서는 8월 4~7일에 걸쳐 격렬한 반대상소를 올렸고, 또 8월 5일에 심순택·김병시·김홍집·조병세·정범조 등 원로대신들도 '죄상효주령'을 철회하고 박영효를 극형에 처해야 한다고 주청했다. 그러나 고종은 이미 처분을 내렸다는 이유를 들어서 초지를 굽히지 않았다.64) '유순한 성품'을 지닌 고종이 대원군계 간관들과 보수 대신들의 격렬한 반대를 무릅쓰면서까지 박영효의 죄상을 효주한 것은, '대담하고 기민한' 민비가 박영효의 활용가치를 파악하고 그를 동원하여 일본측과 모종의 타협을 이루기 위해 국왕의 결심을 촉구한 때문이었을 것이다.65)

　죄상을 효주해 주는 선심공세를 취한 고종은 이날 밤에 자신의 인척이자 박영효의 척족인 李載純을 박영효에게 밀파하여 의사를 타진했다. 그 자리에서 박영효는 현하의 내외 정세와 변혁에 대한 자신의 의견을

---

62) 李瑄根,『韓國史 : 現代篇』, 乙酉文化社, 1963, pp.301-307.
63)『高宗純宗實錄』, 고종 31년 8월 1일.
64) 박영효죄상효주건을 둘러싼 고종세력과 대원군파의 갈등에 대해서는『高宗
　　純宗實錄』, 고종 31년 8월 4~8일 ;『高宗時代史』3, pp.586-590 ;『大韓季年
　　史』上, pp.94-95 ;『梅泉野錄』, pp.159-160 ;「甲午實記」,『東學亂記錄』上,
　　pp.28-29.
65) 李瑄根,『韓國史 : 現代篇』, p.302.

설파한 다음, 국왕으로부터 '위임장'을 받은 후 정치 개혁을 단행할 심산이니 사전에 위임장을 주선해 달라고 말했다.66) 이때 박영효가 권총으로 위협하자 이재순은 겁에 질려 복명도 못하고 피신하였다. 다음날 고종은 자신과 민비가 신임하는 내관 李駿弼을 제2의 밀사로 파견하였다. 돌아온 이준필은 박영효가 국왕의 위임장 하사와 갑오개화파의 주살을 요구했고, 만약 이러한 요구가 관철되지 않으면 수백명의 일본군을 이끌고 입궁하겠다는 으름장을 놓았다고 보고하였다.67) 이처럼 박영효는 일본세력을 등에 업고 8월 4~5일 양일간에 걸쳐 고종에게 개혁의 수행에 필요한 권한을 부여해 달라고 압력을 가했다. 그렇지만 고종은 어디까지나 대원군 견제를 위해 박영효를 '일시적으로' 기용할 생각이 었기 때문에 이러한 무리한 요구에 난색을 표하였다.68)

대원군파는 민비와 고종 및 일본공사관이 후원하는 박영효의 정계등장을 용인할 수 없었다. 또 자신들의 권력약화를 우려한 안경수·김가진·이윤용 등 갑오개화파도 박영효의 등용에 대해 '陽合陰拒'하는 태도를 취하였다.69) 게다가 보수파 인사들과 외국공사관 직원들을 비롯한 중앙 정계의 인사들은 갑신역적 박영효를 '살인자'로 규정하는 한편 그를 옹호하는 일본공사관을 규탄하고 있었다.70) 이러한 이유 때문에 박영효는 운신하기가 힘들었다. 게다가 8월 10일 대원군의 심복인 李喜和

---

66) 이때 朴泳孝의 개혁방안은 ① 현임 내각원을 경질하고 지방 명사를 등용하여 내각을 조직할 것, ② 왕비를 폐할 것, ③ 대원군이 전횡의 모습을 보이면 그를 물리칠 것, ④ 형벌을 엄히 하여 정부 위신을 세울 것, ⑤ 신관제를 폐하고 구관제로 돌릴 것 등이었다. 고종세력에게 제2항은 도저히 받아들일 수 없는 것이었다. 『駐韓日本公使館記錄』 5, p.36.
67) 李載純과 李駿弼의 밀사활동에 대해서는, 『駐韓日本公使館記錄』 5, pp.33-36, 44-45 ; 『日本外交文書』, 제27권 제1책, No.450, p.451, No.447, pp.661-663, 666 ; 『在韓苦心錄』, pp.149-151.
68) 『駐韓日本公使館記錄』 5, pp.44-45.
69) 『日本外交文書』, 제27권 제1책, No.446, pp.660-663.
70) 『日本外交文書』, 제27권 제1책, No.446, pp.660-661, 664-665.

가 박영효탄핵상소를 올려 조선 조야의 반박영효여론을 조성함으로써
박영효는 진퇴양난에 처하였다.[71] 그리하여 박영효는 갑신정변 때의 죄
상을 효주받는데 만족하고 상황반전을 기다리며 제물포로 물러가야만
했다. 이에 따라 박영효를 동원하여 대원군을 견제하려는 고종과 민비
의 계획은 일단 수포로 돌아갔다.

Ⅳ. 高宗勢力의 義兵 蜂起 推進과 그 影響

1) 平壤 淸將에의 密使 派遣

1894년 6월 23일 일본군의 기습공격으로 청일전쟁이 일어났다. 전초
전으로서 豊島해전(6.23)과 成歡전투(6.27)를 치른 청일 양국은 7월 1일
상호간에 공식으로 선전포고를 하였다.[72] 양국은 취약한 조선 왕국의
독립을 부지해주고 내정개혁을 원조해 준다는 구실하에 개전하였다. 그
러나 양국의 근본의도는 조선을 속방화하거나 혹은 보호국화하여 조선
의 정치·경제·군사적 이권을 독점하려는 것이었다. 개전초 육해전에
서 일본이 연승한데 이어, 양국은 7월 초순경부터 평양 부근에 군대를
집결시켜 平壤大會戰에 대비하였다.[73]

갑오경장기에 가장 강력한 배외세력이었던 대원군파는 이미 7월초순
부터 다각도로 항일활동을 펼쳤다. 대원군파가 일본군과 갑오개화파를

---

71) 『承政院日記』, 고종 31년 8월 10일 ; 『梅泉野錄』, p.201. 前侍讀官 李喜和는
　　을미사변 후 폐비조칙을 작성했던 인물이다. 그는 아관파천 직후 擅入御座
　　律과 謀反知情罪로 교살당했다. 『高宗純宗實錄』, 건양 원년 4월 18일.
72) 『舊韓國外交文書 : 日案(3)』, 고려대학교 출판부, 1967, p.6, #2974.
73) 淸日戰爭의 원인 및 평양전투 이전의 상황에 대해서는 陸奧宗光 저, 김승일
　　옮김, 『蹇蹇錄』, 범우사, 1993, pp.134-152 ; 『駐韓日本公使館記錄』 3, pp.144
　　-156. 中塚明, 『淸日戰爭の硏究』, 동경 : 靑木書店, 1968, pp.154-163, 221-
　　231.

24

타도하고자 실행에 옮긴 방책은 아래와 같다. 먼저, 평양에 밀사를 보내 청국군을 대거 남하시키고, 또 삼남의 동학농민군을 거의·북상시키는 이른바 南北挾擊戰略을 구사함으로써 중부 지방의 일본군 및 개화파를 섬멸하고,[74] 둘째, 자객을 동원하여 개화파를 암살하고, 셋째, 전현직 관료 및 재야유생들로 하여금 반일·반개화 상소를 올려 반일 여론을 조성케 하고, 넷째, 청일전쟁을 종식시킬 외교적 지원을 얻고자 구미공사관에 접근하는 것 등이었다.[75] 이러한 여러 방책 중에서 대원군파가 가장 역점을 두고 추진한 것은 첫번째 방책이었다. 그런데 한가지 주목할 만한 사실은 대원군파 뿐 아니라 고종세력도 첫번째 방책을 적극 추진했다는 점이다.

먼저, 고종세력과 대원군파가 남북협격작전의 일환으로서 평양에 진주한 淸長 衛汝貴·左寶貴 등에게 밀사를 파견하여 구원을 요청한 문제부터 살펴보겠다. 청일전쟁에 대해 부일개화파를 제외한 모든 조선인은 청국이 승리할 것임을 믿어 의심치 않았다. 한마디로, 당시까지 대다수 조선인의 뇌리에는 여전히 중국중심적인 세계관이 확고히 자리잡고 있었던 것이다.[76] 그렇기 때문에 대원군파와 갑오개화파간의 대립의 와중에서 점차 왕권을 회복해 가던 고종과 민비, 처음부터 개전을 반대했고 개전후에는 청일 양국에 終戰 압력을 가해 달라고 각국 공사관에 호소했던 대원군과 그의 장자 李載冕, 그리고 전승한 청군이 입경했을 때

---

74) 남북협격전략은 임진왜란 때 조선 북부의 明軍을 남하시키고 남부의 근왕의병을 북상시켜 서울의 일본군을 협격함으로써 일본군을 조선에서 몰아내려 했던 역사적 경험에 기반한 것이다. 한말 의병운동 시에 재야세력과 연대한 고종세력은 일관되게 이 전략을 구사하였다. 고종세력의 항일전략에 대해서는, 吳瑛燮, 「韓末 義兵運動의 勤王的 性格」, pp.55-56.

75) 『大韓季年史』 上, pp.93, 98-99 ; 「重犯供草」, 『東學亂記錄』 下, pp.583-614 ; 『駐韓日本公使館記錄』 5, pp.52-54, 69-72 ; 『駐韓日本公使館記錄』 7, pp.15-19 ; 『駐韓日本公使館記錄』 8, pp.58-60 ; 『秘書類纂 朝鮮交涉資料』 下, pp.633 -634.

76) 陸奧宗光 著, 김승일 옮김, 『蹇蹇錄』, p.159 ; 『在韓苦心錄』, p.102.

자신들의 대일협력에 대한 힐책을 모면하려는 군국기무처내의 김홍집·김윤식 등은 각기 다른 의도에서 평양감사 민병석에게 밀사를 파견하여 재물·밀서·명함 등을 청국 장수들에게 전하게 하였다.77)

고종세력과 대원군파는 청일 양국군이 한창 대전투를 준비중이던 7월 중순경에 金宗源·李容鎬·林仁洙·鄭仁九·金烱穆 등을 평양에 밀파하였다. 이들 가운데 누가 고종세력이고 누가 대원군파인지 명확히 알 수는 없지만, 하여튼 이들은 7월 16일 용산을 출발하여 수로로 연안을 거쳐 7월 21일경 평양에 당도하여 민병석에게 봉서를 전달했다.78) 이에 민병석은 7월 21일 고종을 대신하여 이홍장에게 "倭人脅制 臣有叛附倭者 宗社危急 懇轉奏天陛 乞賜援救"라는 구원요청전보를 타전하였다. 청원전보를 받은 직후 이홍장은 민병석에게 "대군을 現發해 惡氛을 섬멸하고 藩封을 구하겠다"는 답전을 보냈고, 이어 7월 23일 "21일자 전보를 고종에게 번역해 올리고 日兵의 주둔상황을 통보하라"는 전보를 보냈다. 그러자 민병석은 이홍장의 전보를 고종에게 올리는 한편 일본군의 진격·주둔상황을 천진에 타전하였다.79)

고종세력과 대원군파는 이중적인 의도에서 평양에 밀사를 보냈다. 그 하나는 갑오경장 후 일본의 강압정책에 밀려 청국과 絶緣을 선언한 조선의 외교적 결례에 대해 간접적 사과를 표명키 위한 것이며,80) 다른 하나는 청일전쟁의 궁극적 승리자라고 믿어지는 청국에 의지하여 자신들의 반일전략을 성사시키기 위한 것이었다. 그러나 어떤 경우를 막론하고 밀사파견건은 그들의 정치적 흥망과 직결된 문제였다. 특히, 후자

---

77) 陸奧宗光 著, 김승일 옮김, 『蹇蹇錄』, pp.159-160 ; 『在韓苦心錄』, p.159.
78) 『秘書類纂 朝鮮交涉資料』 中, pp.633-637. 밀사 중 "직접 고종의 명을 받고 평양에 갔다"고 말했던 李容鎬는 민병석·민영준을 면회한 후 그들을 통하여 청장 衛汝貴와 면담을 나누었고, 또 귀경하여 민병석의 봉서를 고종에게 전하였다. 『秘書類纂 朝鮮交涉資料』 下, p.634 ; 『駐韓日本公使館記錄』 8, pp.69-70.
79) 『淸季中日韓資料分類目錄』, p.355.
80) 朴宗根 著, 朴英宰 譯, 『淸日戰爭과 朝鮮』, 一潮閣, 1989, p.151.

와 관련하여 분명히 대원군파와 고종세력은 평양의 청군과 삼남의 동학 군 및 유림군의 도움으로 일본군을 축출하려는 남북협격전략을 추진하 였다.[81]

또한 고종과 대원군·이재면·김홍집 등은 7월 28일부터 8월 2일 사 이에 민병석에게 밀서를 보냈다. 그 밀서에는 청장에게 속히 일본군을 무찌르고 조선을 구해달라는 간청과 함께 2~3매의 명함이 동봉되어 있 었다. 밀서 중 조선의 위급상황을 가장 잘 묘사한 대원군의 7월 28일자 밀서에는, "종사가 위험에 처해 있으니 청군의 지원을 얻어 일본군을 격퇴하고 부일매국노를 廓淸해야 합니다"라는 구절이 들어 있었다. 또 이 밀서에는 대원군과 이재면이 7월 28일 이전에 민병석에게 언문 편지 를 보냈다는 사실도 나타나 있다.[82] 대원군파의 밀사파견활동과 같은 맥락에서, 고종도 '珠淵'이란 자신의 호가 쓰여진 7월 28일자의 친필 서 한을 민병석에게 보냈다. 여기에서 고종은 "황상이 소국을 사랑하시는 은혜에 북쪽을 향하여 송축드리나, 종사의 안위는 오로지 조선에 진출

---

81) 대원군파와 동학농민군의 연대활동을 다룬 연구로는, 金庠基, 『東學과 東學 亂』, 大成出版社, 1947 ; 李相佰, 「東學黨과 大院君」, 『歷史學報』 17·18합집, 1962 ; Lew Young Ick, "Korean-Japanese Politics...." ; 柳永益, 「全琫準 擧 義論--甲午農民蜂起에 대한 通說 批判--」, 『李基白先生古稀紀念 韓國史學 論叢』 下, 一潮閣, 1994 ; 김태웅, 「전봉준과 대원군 사이에 무슨 일이 있었 는가」, 『농민전쟁 100년의 인식과 쟁점』, 거름, 1994 ; 張泳敏, 「大院君의 東 學農民軍·保守兩班 動員企圖에 관한 一考察」, 『重山鄭德基博士華甲紀念史 學論叢』, 景仁文化社, 1996 ; 李眞榮, 「金開南과 農民軍 指導者의 活動」, 『東 學農民戰爭과 全羅道 泰仁縣의 在地士族』, 전북대 사학과 박사학위논문, 1996 ; 김양식, 「대원군일파의 정변계획과 농민군과의 관계」, 『근대 한국의 사회변동과 농민전쟁』, 신서원, 1996 ; 양상현, 「대원군파의 농민전쟁 인식과 동향」, 『1894년 농민전쟁 연구』 5, 역사비평사, 1997 ; 배항섭, 「전봉준과 대 원군의 '밀약설' 고찰」, 『역사비평』 39, 1997 ; 裵亢燮, 「1894年 東學農民軍의 反日抗爭과 '民族的 大聯合' 推進」, 『軍史』 35, 1997 ; 김영수, 「갑오농민군과 흥선대원군의 정치적 관계에 대한 연구」, 『한국사회과학』, 서울대 사회과학 연구원, 1997.
82) 대원군·이재면 등의 請援書翰 내용에 대해서는 『秘書類纂 朝鮮交涉資料』 中, pp.635-636.

한 여러 장수들에게 달려 있노라. 나의 이러한 뜻을 가지고 속히 大陣
으로 달려가 그들의 안부를 묻도록 하라"고 민병석에게 지시했다.[83]

고종과 대원군파의 밀서는 평양전투에서 승첩한 일본군에게 노획되
어 일본 대본영에 보내졌다. 9월 17일 대원군을 하야시키고 동학당을
토벌하고 조선을 보호국화하라는 밀명을 띠고 주한공사에 임명된 정상
형은 9월 28일 서울에 도착한 직후에 "고종과 대원군의 음모밀계의 증
거"인 이 문건들을 조선으로 가져오게 하였다.[84] 문건이 도착하자마자
정상공사는 10월 11일에 김홍집·김윤식·어윤중 등을 일본공사관에 초
치하여 시국대책에 관해 면담을 나누었다. 이 자리에서 정상공사는 대
원군의 퇴진을 완강히 반대하는 원로대신들의 고집을 꺽고자 고종·대
원군·이재면·김홍집 등이 평양의 민병석에게 보낸 서한과 명함을 그
들에게 제시했다.[85] 이때 고종의 친필 서한을 본 김홍집 등은 경악을
금치 못하며 대원군의 거세에 동의하겠으니 국왕의 서한발송건만은 불
문에 붙여달라고 간곡하게 요청했다. 일본측이 이를 수락하자 10월 14
일에 김홍집과 김윤식은 재차 일본공사관을 방문하여 국왕의 '內命'에
따른 것이라며 사죄를 표명하였다. 이로써 고종의 서한발송건은 일단락
되었다.[86]

요컨대, 평양에 파견된 청군의 군사적 지원하에 국권과 君權을 회복
하려던 고종세력의 염원이 담긴 고종서한문제는 평양에서 청군이 대패
했기 때문에 실패로 돌아갔고, 이것은 결국 대원군 및 민비를 거세하고
일본식 내정개혁을 강요하려는 정상형공사에게 좋은 빌미를 제공하게

---

83) 7월 28일자 고종의 민병석앞 밀서의 원문은, "卽聞天兵已到箕城云 皇上字小
    之恩 北望讚祝 而宗社再安 專特東來諸公 以女意馳往大陣 問其安否 袁慰建到
    管 其間事情詳陳 另圖民國人安 切企 七月二十八日 珠 淵". 『秘書類纂 朝鮮
    交涉資料』中, p.637.
84) 田保橋潔, 「近代朝鮮に於ける政治的改革」, p.117.
85) 『在韓苦心錄』, p.159.
86) 『在韓苦心錄』, pp.160-162.

되었다.

2) 三南 義兵의 蜂起 推進과 그 意味

일본세력 축출작전의 일환으로서 고종세력이 삼남에 밀사를 파견하여 재야세력과 연대한 문제를 알아보겠다. 1894년 가을 고종세력과 대원군파는 동학농민군과 척사유림을 주요 협력대상으로 간주하여 이들과 연대관계를 맺고자 노력했다. 당시 중앙세력과 재야세력이 계급상 한계를 극복하고 긴밀한 연대관계를 맺을 수 있었던 것은, 무엇보다도 외세배격이 선결문제라는 민족적 위기의식에 크게 공감했기 때문이다. 이를테면, 을미사변 후 동도서기 성향의 근왕관료와 위정척사 성향의 재야유생들이 친일개화파를 타도하기 위해 깊은 사상적 차이를 극복하고 연대관계를 맺을 수 있었던 것처럼,[87] 1894년 가을 중앙세력과 재야세력은 친일개화파와 일본군을 물리치고 국왕과 국가를 구해야한다는 충군애국론에 공감하여 연대관계를 맺게 되었다.

1894년 7월경부터 대원군파는 일본세력을 퇴치하고 정권을 장악하기 위해 동학농민군을 비롯한 재야의 사회세력을 대거 동원하려 하였다.[88] 구체적으로 대원군파는 평양의 청장과 협력하여 일본군과 일개화파를 타도하고 고종과 민비를 폐위시킨 후, 이준용을 왕위에 앉히고 대원군을 섭정으로 추대하려 하였다. 이를 위해 그들은 삼남 각지에 밀사를 파견하여 교조신원과 폐정개혁을 갈망하는 동학농민군은 물론, 왕조체제의 수혜자인 유력한 토호 및 양반유림, 임진왜란 때의 전공으로 향촌의 명망가로 부상한 공신의 자손들, 이성계의 왕조개창을 도운 후 이씨

---

87) 吳瑛燮, 『華西學派의 思想과 民族運動』, 國學資料院, 1999, 제4장 제2절 참조.

88) 대원군은 이미 6월말경 운현궁에 들른 동학접주 張斗在에게 청국병과 합세하여 일본군을 토멸하라고 지시하였다. 7월 5일 호남에 당도한 장두재는 7월 9일 김개남·김덕명·손화중 등에게 서한을 보내 대원군의 의사를 전하고 그들의 거의를 권하였다. 『駐韓日本公使館記錄』 8, pp.54-55.

왕실의 충실한 외곽호위집단으로 남은 보부상89) 등에게 의병봉기와 군수지원을 촉구하였다.90) 주지하듯이 대원군파의 밀사들은 각지에 산재하여 결집력의 부족을 보인 동학농민군이 재기 북상하는데 일정한 공헌을 하였다.

대원군파의 반일활동과는 별개로, 근왕성향의 고종세력도 1894년 가을 재야세력과 내응하여 반일활동을 펼쳤다. 그런데 재야사가와 일본공사관측의 자료에는 고종세력의 밀사들로 추정되는 인사들이 대부분 대원군의 협력자로 기술되어 있을 정도로 이들의 활동은 매우 은밀하고도 조심스럽게 이루어졌다. 이러한 이유 때문에 이제까지 '동학농민전쟁' 연구자들은 고종세력의 암약상을 간과한 채 대원군파와 동학농민군간의 연대관계에 대해서만 집중적인 관심을 보였다.91) 환언하면, 기왕의 연구에는 동학농민군이 재기 · 북상하는데 있어 대원군파 보다 더 중요한 역할을 수행했을 가능성이 높은 고종세력의 활약상에 대한 설명이 빠져 있다.

그러나 앞에서 살펴본 것처럼, 고종과 민비는 이미 갑오경장 직후부터 일시 상실된 국권과 왕권의 회복을 위해 심혈을 기울이고 있었다. 특히, 만민의 어버이라는 상징적 위치에 있는 국왕 고종은 갑오경장 초 권한을 일시 상실했음에도 불구하고 忠君孝親의 유교윤리를 철저히 준수하는 조선의 재야 신민들로부터 절대적 지지를 받고 있었다. 또 갑오경장 후 실각하여 전국 각지의 鄕第로 낙향한 많은 근왕관료들도 일본세력을 타도하기 위해 암중에서 노력하고 있었다. 이러한 정황으로 미

---

89) 갑오경장기 보부상의 활동에 대해서는, 조재곤, 「한말 근대화 과정에서의 褓負商의 組織과 活動」, 『白山學報』 41, 1993.

90) 밀사들이 삼남에 전포한 밀지의 내용에 대해서는, 「東學文書」, 『東學農民戰爭史料大系』 5, 여강출판사, 1994, pp.99, pp.111-112 ; 趙玖, 「東學農民革命關係資料 拾遺--Mutel의 資料를 中心으로--」, 『史叢』 30, 1986, pp.209-210 ; 吳瑛燮, 「韓末 義兵運動의 勤王的 性格」, pp.87-88.

91) 주) 81의 논문 참조.

루어 고종세력은 1894년 가을 '逐滅倭夷'를 대의명분으로 내건 동학세력의 총궐기에 어떠한 형태로든지 관여될 수밖에 없었다. 실제로 고종과 민비는 자신들의 권능의 상징이자 그 권능의 일부를 잠시 위임하는 징표인 '密旨'와 같은 신물을 향촌세력에게 전달하여 거의를 독려했던 것으로 파악되며,[92] 이 경우 국왕과 국모의 대리인 자격을 지닌 고종과 민비의 밀사는 대원군의 '分付'나 대원군파가 만든 위조밀지를 전하며 '狐假虎威'하는 대원군의 밀사 보다 훨씬 강한 영향력을 발휘했음에 틀림없다.

1894년 10월 중순경까지만 해도 일본측은 동학농민군이 대원군과 이준용의 밀사들 때문에 재봉기에 돌입했다고 보았다. 그러나 체포된 중앙세력의 밀사들에 대한 심문결과와 삼남에 출동한 토벌군 장교들의 현장보고서가 속속 당도하는 11월 초순 이후부터 일본측은 동학세력의 재봉기에는 대원군파 보다는 고종세력의 영향력이 지배적이었다는 결론을 내린 것 같다. 이러한 분위기는 "東學黨 再燃의 원인은 閔族의 선동이 其多에 居한다"거나, "東學黨의 再興은 閔族의 飛語[93]에 의한 것이다"거나, "동학이 다시 크게 성한 것은....閔族과 약간의 不平士族들이 선동한 때문이다"거나, "東學黨과 閔族의 부흥 기도 등 때문에 京城의 민심이 흉흉하다"라는 등등의 신문기사에 여실하게 나타나 있다.[94] 요컨대, 일본측은 정권회복을 갈구하는 고종세력의 은밀한 반일활동이 동학혁명군의 재봉기의 직접적 원인이 되었다고 단정하게 되었던 것이다.

---

92) 1894년 가을 중앙세력이 재야에 전포한 밀지 중 대표적인 것은 다음과 같다. "卽遣三南召募使李建永 密示爾等. 爾等 自先王朝化中遺民 不負先王之恩德 而至今尙存 在朝者 盡附彼裡 內無一人相議 煢煢獨坐 仰天號哭而已 方今倭寇犯闕 禍及宗社 命在朝夕 事機到此 爾等若不來 迫頭禍患 是若奈何 以此敎示". 『東學農民戰爭史料大系』5, p.99.

93) 일본군이 왕성을 포위하고 대원군의 목에 칼을 대고 위협했다는 유언비어를 말함.

94) 『大阪朝日新聞』, 1894년 10월 5일, 12월 19일, 1895년 3월 14일 ; 『東京朝日新聞』, 1895년 3월 16일, 5월 11일.

상기 일본측의 주장은 고종세력과 동학세력과의 연대관계를 설파한 점에서 주목할 만하다. 그러나 동시에 그것은 순수의지에 따라 자발적으로 거의한 동학농민군과 척사유림 등 조선의 재야 구국세력을 민씨척족의 권력회복운동의 이용물로 환원시키는 반민족적 시각에 입각한 것임을 유념해야 한다. 그러므로 우리는 미증유의 국난을 맞아 중앙과 지방에서 각기 동시기에 국가(국왕)보위와 민족수호를 위해 거의를 도모한 고종세력과 동학세력이 密使를 매개로 연대·봉기한 것을 어디까지나 분명한 사실로 인정한다고 하더라도, 그러한 연대관계를 가능케한 표면적인 대의명분의 이면에 깔린 그들의 궁극적 의도가 과연 무엇이었는가를 겸하여 천착할 필요가 있을 것이다. 이러한 문제인식과 관련하여 조선의 재야 애국세력을 무자비하게 진압한 일본수비대가 大本營에 보낸 문건중에 "고립의 형세에 빠진 'ㅇㅇ'과 閔黨이 최후의 수단으로서 東學黨을 이용해 自家의 부흥을 꾀하고자 하여 'ㅇㅇ'에게서 친서를 얻어 동학당을 설득했고, 이에 동학당은 閔家의 세력을 빌려 日本黨을 배척하고 그 세력을 확대하기를 희망했기 때문에 이전에 원수간이던 양자간에는 불가사의한 一致가 나타나게 되었다"는 대목은 두고두고 음미할 만하다.[95] 이것은 정권장악을 위해 동학세력을 활용하려 했던 고종세력의 정치적 의도와 농민군의 무력을 배경으로 "협의체적 정부의 수립을 구상했던" 동학지도부의 속내를 거칠게 표현한 말이지만,[96] 그럼에도 고종세력과 동학세력의 궁극적 연대의도를 정확히 파헤친 탁견이었다는 점을 중시하고자 한다.

1894년 가을 대원군파 뿐 아니라 고종세력도 동학농민군과 내응했다는 소문이 널리 퍼져 있었다. 이에 대해 민족주의 성향을 지닌 한국인

---

95) 『大阪朝日新聞』, 1894년 12월 16일.

96) 동학세력이 협의체적 정부수립을 의도했던 사실은 『東京朝日新聞』, 1895년 3월 6일. 동학세력의 정치적 지향에 대해서는, 박찬승, 「1894년 농민전쟁의 주체와 농민군의 지향」, 『1894년 농민전쟁연구』 5, 역사비평사, 1997.

32

역사가들은 그러한 소문은 일본측이 민비거세를 위해 정략적 차원에서
제기한 것에 불과하며, 설령 그러한 사실이 있었더라도 별다른 영향을
미치지는 못했을 것이라는 부정적 입장을 보였다.97) 그러나 위에서 강
조한 것처럼 필자는 고종세력이 동학농민군과 연계하여 반일활동을 전
개한 것은 분명한 사실이며, 또 양자의 연대활동은 대원군파와 동학세
력간의 연대활동 보다 훨씬 커다란 파급효과를 낳았음에 틀림없다고 생
각한다. 고종세력의 동학농민군 추동활동은 대원군파의 그것보다 은밀
하고 신중하게 추진되었기 때문에 조선측 자료를 중심으로 그들의 활동
을 입증하는 것은 어려운 일이지만, 그럼에도 다음과 같은 몇가지 사례
를 통해 그러한 활동이 실제로 진행되었음을 알 수 있다. 먼저, 한국근
대사를 객관적·사실적으로 기술한 것으로 평가받는 鄭喬의 『大韓季年
史』에는 다음과 같은 주목할 만한 사실이 실려있다.

    조정이 비록 새로운 관제를 정했다고는 하나 모두 청일 양국간
平壤에서의 승패를 가지고 향배를 살폈다. 大院君은 그의 손자 李埈
鎔과 모의하여 은밀히 前校理 李容鎬를 平壤으로 보내어 淸將과 친
밀한 우호를 맺었고, 또 내무주사 朴世綱(당시 埈鎔이 내무협판이 되어
임명한 인물)과 前都事 朴東鎭을 충청도의 동학도들에게 보내어 그들
로 하여금 병력을 몰아 北進케 함으로써 不軌를 도모하였다. 宮中에
서는 前校理 宋廷燮과 武科의 出身98) 黃載顯을 보내어 충청감사 朴
齊純과 충청도의 수령들과 충청·전라도의 동학도에게 密勅을 전하
여 그들로 하여금 북상하여 평양의 淸兵(이때 민영준이 이미 淸將에게

---

97) 李瑄根은 "閔炯植·閔應植·沈相薰 등도 동학당을 교사하여 자파 세력의 만
    회에 이용코자 책동했다는 설까지 제기되었다. 그러나 이러한 在京의 묵은
    정치세력이 과연 어느 정도로 동학군 수령들과 결탁하고 그들의 再擧에 실
    질적인 영향을 주었는지 속단하기는 매우 곤란하다"고 하였고, 朴宗根은 "일
    본측이 정략적인 목적에서 고종세력과 동학과의 연대문제를 제기했지만 사
    실은 아닐 것이다"고 하였다. 『韓國史 : 現代篇』, p.346 ; 『淸日戰爭과 朝鮮』,
    pp.149-150.
98) 문·무과 급제 후 아직 벼슬에 나가지 않은 사람을 지칭함.

密勅을 전하였다)과 더불어 힘을 합하여 일본병을 격파하고 新政府를 전복하려 하였다. 이 때문에 新政은 유명무실화하여 宮闈(閔妃:필자)와 政府가 서로 알력을 빚었다. 얼마 지나지 않아 정부가 宮闈와 大院君의 음모를 알아채고 朴齊純에게 密諭하여 朴世綱과 朴東鎭을 체포하여 금강의 진두에서 효수하였다. 宋廷燮과 黃載顯은 도주하여 화를 면하였다.99)

즉, 정교는 대원군파 뿐 아니라 궁중의 민비도 송정섭·황재현을 兩湖에 보내 그들로 하여금 동학농민군을 북상시켜 남하하는 청군과 함께 일본군을 격퇴하고 개화파를 섬멸하게 하였다고 설파하였다.

1894년 가을 동학농민군의 재봉기에 관련된 중앙세력의 밀사는 꽤 많았다. 현재 자료상 확인 가능한 밀사만도 張斗在(張喜用)·鄭寅德·徐璋玉·許燁·朴世綱·朴東鎭·宋熹玉·李容鎬·宋廷燮·尹甲炳·黃在顯·林璉珠(珢洙)·崔文汝·崔益鉉·李建永 등등이다. 이들은 여러 가지 이유로 재기포를 망설이던 兩湖 동학세력의 집결·상경에 상당한 영향을 미쳤다. 이중 갑오경장 전후의 이력으로 미루어 고종세력이 확실하다고 판단되는 인사는 위정척사파의 거두 최익현과 정교가 민비파라고 지목한 송정섭이다. 또 고종세력인지 대원군파인지 불분명한 이건영은 재야세력으로부터 밀지를 지닌 국왕의 대리자로 간주된 인물이었기 때문에 고종세력으로 분류해도 무방할 것이다.

고종세력의 밀사들의 활약상을 간략히 알아보면 다음과 같다. 1873년

---

99) 『大韓季年史』上, p.93. "朝廷雖定新官制 皆以淸日兩國平壤之勝敗 以占向背 大院君與其孫埈鎔謀 密遣前校理李容鎬于平壤 通款於淸將 又遣內務主事朴世綱 時埈鎔爲內務協辦自辟之人 前都事朴東鎭于湖西東徒 使之驅兵北進 以圖不軌 自宮中遣前校理宋廷燮武科出身黃載顯 傳密勅于忠淸監司朴齊純及湖西守宰 與兩湖東徒使之合力北上 欲與平壤淸兵 時閔泳駿已傳密勅于淸將 幷力破日本兵 而顚覆新政府 是以 新政府有名無實 以宮闈與政府互相軋轢 未幾政府知宮闈及大院君之謀 密諭朴齊純 捕世綱東鎭 梟首於錦江陣頭 廷燮載顯 逃而得免".

34

10월 민씨척족과 연계하여 대원군탄핵 상소운동을 적극 펼쳤던 親閔 성향의 최익현[100]은 1894년 가을 향리인 포천을 떠나 비밀리에 충청·전라도에 가서 의병소모활동을 벌였다. 또 민씨척족이 정권을 독점중이던 1892년 8월 '中批'[101]로 홍문관수찬에 임명된 전교리 송정섭[102]은 8월 17일 이준용의 수하인 임진주가 작성한 밀지를 이준용의 내응자로 보이는 이용호로부터 전달받은 후 충청 우도로 낙향하여 동학의병을 소모하고 군수물자를 수합하는 임무를 담당하였다.[103] 개화파 무관 具完喜의 동학토벌 일지에는 이들 양인의 활동이 잘 나타나 있다.

"....8월초 崔判書(崔益鉉)가 轎子를 타고 먼저왔고, 宋校理(宋廷燮)는 東徒들에게 창의를 권하는 윤음을 가지고 와서 각 包를 순시하였다. 또 한편 여기에는 從事官 도장이 찍힌 문자가 있었다. 최판서는 完南(湖南)으로 내려가고, 宋校理는 그 암자에 머물면서....宋校理가 온 이후로 모든 尹氏 및 근읍 사대부의 교자와 가마들이 날마다 뒤따르니 돈과 양식은 尹氏 齋宮에 두었다가 진상 분배했고, 그후 인근 읍의 각 包에서는 서로 이와 같은 사실을 연락하였다....몰래 군수를 만나 물어보니, "몇차례의 안면이 있었고 또 전후 수상한 문자를 보았기 때문에 이 일로 金先達을 제천에 보내어 沈大監(沈相薰)이

---

100) 최익현에 대해서는, 吳瑛燮, 『華西學派의 思想과 民族運動』의 [참고문헌] ; 吳瑛燮, 「甲午更張～獨立協會期 勉菴 崔益鉉의 上疏活動」, 『한국민족운동사연구』18, 1998.
101) 전형을 거치지 않고 국왕의 '特旨'로 관직에 임명됨.
102) 그는 1893년 2월에 "東學首魁를 誅殲하라"는 상소를 올렸고, 8월에 사헌부지평으로서 민씨척족의 세도정치를 비방한 權鳳熙·安孝濟 등의 처형을 요구했다. 또 1897년 10월 明成皇后의 眞殿이 완공된 후 沈相薰·兪箕煥 등 여러 인사들과 함께 '加資'의 은전을 입었고, 1898년 4월에 金鴻陸謀殺事件에 연루되어 고종의 측근 李載純 등과 함께 체포되었다가 무혐의로 풀려났고, 1899년 인천 月尾島開拓事件 때 뇌물수수죄로 체포되어 징역형에 처해졌다. 『高宗純宗實錄』, 고종 30년 2월 24일, 8월 21일, 광무 1년 10월 8일, 2년 4월 9일, 5년 11월 22일.
103) 「甲午實記」, 『東學亂記錄』上, pp.31-32; 『駐韓日本公使館記錄』5, pp.68-75.

글을 본 뒤에 의심을 풀었다"고 하였다. 그러나 이를 믿을 수가 없
어 급히 姑從 李鍾國을 불러 밤이 깊은 뒤에 힐문해 보니, "判書 崔
益鉉을 召募官으로, 校理 宋廷燮을 참모로, 泉洞에 거주하는 진사 尹
滋三 및 蔚山에 거주하는 碩士 尹相玉을 종사관으로 삼고, 또 杓亭
에 있는 金進士와 高山·庚山의 尹進士도 모두 종사관으로 삼았다"
고 하는데 이들 4인은 모두 만석지기 부호였다. 그들의 거취를 캐물
었더니, "20일 어떤 사람이 崔판서가 魯城군수에게 보내는 글을 가
지고 와서 宋某를 방문했으며, 그 출입왕래를 타인은 모르고 오직
종사관 두 尹氏만이 안다"고 하였다.·····104)

　위 자료는 고종세력의 밀명을 받은 최익현·송정섭 등이 호서의 동
학도와 유림들에게 의병봉기를 촉구하였고, 또 尹滋三 등 호서의 유력
자들이 최익현 등의 지시에 응하여 군수물자의 소모에 진력했음을 알려
주고 있다. 또 일부 인사들은 의병소모밀지의 위조 여부를 의심하여 국
왕과 이종간으로 고종과 민비의 필체에 익숙한 제천의 심상훈에게 인편
을 보내 확인하기까지 하였다.105)

　다음, 전봉준·김개남 등의 재봉기에 상당한 영향을 미친 의병소모사
이건영106)에 대해서는 논란의 소지가 있다. 기왕의 연구에서 대원군파
로 간주된 이건영은, 전봉준의 간찰과 공술에 의하면 고종세력일 가능
성도 적지않은 인물이다. 설령 대원군파가 급파한 밀사가 맞다고 하더

---

104) 『駐韓日本公使館記錄』 8, pp.56-57.
105) 1894년 가을 동학농민군의 再擧에 가담한 수령과 재야유림 및 吏胥層의 상
　　당수는 갑오경장 이전부터 고종세력 중 민씨척족과 각별한 관계를 맺은 인
　　사들이었을 것이다. 나아가 寧海民亂(1871) 이후 동학도의 정치활동을 극력
　　반대했던 崔時亨 같은 신중론자가 갑자기 거의론으로 돌아선 것도 고종세력
　　의 간곡한 거의요청과 일본세력의 퇴치가 급선무라는 최시형의 현실인식이
　　맞물려 나타난 결과일 것이다.
106) 그는 1884년 10월 中批로 弘文館副校理에 임명되어 1885년에 司憲府掌令을
　　지냈고, 이준용이 내부대신서리에 임명되던 7월 19일 승지에 임명되었다.
　　『日省錄』, 고종 21년 10월 4일, 22년 12월 23일, 31년 7월 19일.

라도 이건영은 국왕 명의의 밀지를 지니고 있었기 때문에 재야세력으로 부터 국왕의 사자로 간주된 인물이었다는 사실을 염두에 두어야 한다. 재거를 준비중이던 9월 8일경 삼례역에서 이건영을 만난 전봉준은 孫化中 등에게 아래와 같은 친필 편지를 보냈다.

大內로부터 密敎가 있어서 召募使 李建永을 보내어 이곳에 이르러 우리의 義를 물었다. 그런데 이 말이 倭에게 누설되면 그 화가 玉體에 미칠 것이므로 신중히 비밀에 부치도록 할 것.

義龍·月波·和仲 兄宅 輪回[107]

위 자료에서 '大內'나 '玉體'라는 표현은 대원군보다는 고종 내지 민비를 지칭한 것으로 이해된다. 동학혁명군이 대원군측을 일관되게 '大院位'·'大院君'·'國太公'·'太公'·'太公府'·'雲邊'·'雲峴'·'雲峴宮' 등으로 불렀음에 비추어 전봉준은 이건영을 고종세력의 밀사라고 보았던 것이다.[108] 한편 피체 후 서울로 압송되어 일본영사에게 심문받는 자리에서 전봉준은 "閔族이 현재 정부에서 물러났으나 일단 슈틈를 발하면 어떠한 일도 쉽게 이룰 수 있다"고 말했던 이건영에 대해 처음에는 "閔族이 보낸 소모사"라고 공술하였다. 그러나 다음날 심문에서 그는 말을 바꾸어 이건영을 "대원군이 보낸 소모사"라고 말했다.[109]

이상에서 살펴본 고종세력의 항일활동에는 풀지지 않는 몇가지 미스터리가 남아있다. 먼저, 민비파인 송정섭이 관력상 대원군파와 고종세력

---

107) 『駐韓日本公使館記錄』 8, p.54. "自大內有密敎 送召募使李建永 到此邊問義 而此說泄於倭 則火及玉體 愼愼秘密". 일본인들이 이 서한에다 "이 글씨는 全琫準의 筆跡"이라고 부기한 것으로 미루어 전봉준의 眞跡이 분명한 것 같다.

108) 李建永은 남원의 김개남에게도 밀지를 전하고 거병을 촉구했다. 鄭碩謨, 「甲午略歷」, 『東學亂記錄』 上, p.68. 정석모는 이건영을 이준용이 보낸 대원군의 밀사라고 보았다.

109) 『東京朝日新聞』, 1895년 3월 5-6일. 강창일, 「전봉준 회견기 및 취조기록」, 『사회와 사상』 1, 1988, p.260, 262.

을 넘나든 이용호110)로부터 대원군의 수하 임진주가 가져온 밀지를 전해받고 밀사역을 수행했다는 사실이다. 1894년부터 송정섭과 친해졌다는 이용호는 이미 6월 하순경 고종의 명을 받고 평양에 가서 민영준·민병석과 청장 衛汝貴를 면담하고 귀경한 인물이기 때문에111) 고종세력이 그의 동정을 몰랐을 까닭이 없다. 게다가 관료생활을 통해 중앙정계의 인맥을 파악했을 송정섭이 대원군파의 임진주가 가져온 밀지의 진위 여부를 확인도 하지 않고 곧바로 호서로 내려갔다는 사실도 얼른 납득할 수 없다. 더구나 나중에 체포되어 심문받을 때, 송정섭·이준용 양인은 자신들의 밀지를 고종이 직접 내린 것이라고 믿고 있었다.112) 또 1895년 7월 內田定槌영사가 정상형공사에게 올린 「동학당사건에 대한 회심전말 具報」의 별지 제1호 「東學黨被告事件關係人處分表」에 보면, 농민군 지도부와 대권군의 수하 중 송정섭·이용호 두 사람만이 유일하게 "未決中 大赦令에 의해 放免"되는 은전을 입었다.113)

　둘째, 고종세력이 최익현·이용호·송정섭 등을 통하여 魯城의 坡平尹氏 가문에 내린 8월 14일자 밀지에는 국왕의 옥새('施命之寶')가 찍혀 있었다.114) 주지하듯이 국왕을 상징하는 옥새는 국왕의 최측근 인사가 관리하는 秘寶로서 국왕의 지시나 동의가 없이는 절대 날인될 수 없다. 더욱이 8월 중순 이전에 고종은 대원군파와 친일개화파의 대립을 적절

---

110) 태종의 큰아들 敬寧君 緋의 14세손인 이용호(1842-1905)는 1883년 4월 都堂錄에 선발되어 7월에 충청도 암행어사를 지냈으나, 이듬해 암행어사 시절의 貪贓行爲가 문제되어 흑산도에 위리안치되는 형벌을 받았다. 『高宗純宗實錄』, 고종 20년 4월 4일, 7월 11일, 21년 3월 23일 ; 『全州李氏大觀』, 全州李氏宗約院, 1999, p.1153, 1172.
111) 『駐韓日本公使館記錄』 8, p.70.
112) 『駐韓日本公使館記錄』 8, pp.68-76. 일본측도 송정섭이 고종 혹은 민비의 밀명('○○の密命')을 받았다고 하였다. 『大阪朝日新聞』, 1894년 12월 16일.
113) 『駐韓日本公使館記錄』 8, p.53.
114) 『古文書集成』 4, 韓國精神文化研究院, 1989, p.498. 또 이용호는 자신의 밀지에도 옥새가 날인되어 있었다고 하였다. 『駐韓日本公使館記錄』 8, p.76.

히 이용하며 권력을 회복해가고 있었기 때문에 자신의 신물인 옥새가 함부로 사용되는 것을 용인하지 않았을 것이다. 결국 밀지에 옥새가 찍혀 있다는 사실은 대원군파가 옥새를 훔쳐 위조 밀지에 찍었거나, 대원군파와 고종세력이 함께 밀지를 작성한 후 옥새를 눌렀거나, 고종세력이 단독으로 밀지를 작성하여 옥새에 찍었거나 하는 세가지 중의 어느 경우에 속할 것이다.

세째, 고종과 민비가 갑신정변 전부터 신임했던 內官 李駿弼이 어떤 역할을 수행했는가 하는 점이다. 1894년 8월 21일 대원군의 밀명으로 포도청에 붙잡혀 주살당했던 이준필에 대해 일본측은 그가 갑오경장 직후 민비파로부터 대원군과 박영효를 이간시키는 임무를 맡았다고 하였다.115) 또 친일개화파 안경수의 천거로 北漢山城管城將에 오른 李秉輝는 대원군과 이준용의 항일전략을 깊이 탐지한 후 8월 26일 대원군의 수하인 정인덕의 '秘計'가 담긴 서한을 친일개화파 이윤용에게 전달하고 곧이어 투옥되어 심문을 받았는데, 이때 대원군파의 某 주사가 그에게 "모든 모략의 주모자를 이준필이라고 공술하면 신상에 이롭고 고위직도 얻을 수 있다"고 말했었다.116)

넷째, 정상형공사가 "동학당을 교사한 인물들"이라고 지목한 민형식·민응식·심상훈 등이 은밀히 수행한 항일활동의 진상은 무었인가 하는 점이다. 정상공사는 11월 8일 입궐하여 "민씨 중 혹자는 동학당을 교사하여 전에 상실한 권력을 회복하려는 내밀한 음모를 기도하였고, 또 민씨와 기타 인사들이 내밀하게 왕궁을 출입하고 왕궁 내외의 연락을 담당하며 각종의 수단을 부렸다"며 고종과 민비를 질책하는 동시에 그러한·음모에 가담한 인사들에 관한 메모를 고종에게 제출하였다. 여

---

115) 『駐韓日本公使館記錄』 5, pp.44-45 ; 『大阪朝日新聞』, 1894년 9월 21일. 그는 1894년 7월 내부주사에 임명된 후 대원군에 의해 機張縣監으로 좌천되었으나 부임을 거부하다가 '削籍爲民'刑에 처해졌다. 『日省錄』, 고종 31년 7월 8일, 8월 10일.
116) 『駐韓日本公使館記錄』 8, p.64.

기에는 閔炯植·閔應植·閔泳韶·閔泳煥·閔泳達·沈相薰·李載純·李耕稙 등이 항상 대궐에 들어가 국왕의 측근에서 갖가지 '음모'를 꾀했는데, 이중 민영소는 玄興澤·金主事 某·李寅榮·金學均·金鴻陸 등으로 하여금 각국 공사관에 왕래케 하였으며, 민형식·민응식·심상훈 등은 동학당을 교사활동에 종사했다는 내용이 실려 있었다.117) 또 일본군 수비대가 大本營에 올린 보고서에는, "심상훈이 'ㅇㅇの旨'를 받고 동학당에 가담하여 민영달·민영소의 무리와 함께 閔黨의 부흥을 기도했다는 사실이 동학당 선동자라는 혐의로 포박·심문중인 이용호·송정섭·윤갑병 등의 공술에서 드러났다"고 하였다.118)

이상의 의문점들을 종합한 결과, 현단계에서 필자는 청일전쟁의 판세를 가름하는 8월 중순경 일본세력의 퇴치만이 조선 민족의 생존을 보장한다는 사실을 절감한 고종세력과 대원군파는 20여년 동안의 적대관계를 접고 상호간 암묵적 연대관계를 맺기에 이른 것은 아닐까, 그렇치 않다면 이미 소문이 무성하던 대원군파의 반일활동을 소상히 간파한 고종세력이 대원군파의 항일전략에 편승하여 일본세력과 대원군파를 일거에 구축하려는 내밀한 항일방략을 실행에 옮긴 것이 아닐까 라는 '暫定的' 결론에 도달하게 되었다. 그러나 어떠한 경우이든 양자의 관계는 일본세력과 친일개화파를 물리치는 바로 그 순간부터 다시 적대관계로 접어들 운명이었을 것이다.

1894년 10월 중순경부터 대원군거세작업에 돌입한 일본측은 李秉輝·許爗 등 대원군의 수하들을 체포·심문하는 과정에서 고종세력도 동학혁명군과 내응관계를 맺었다는 의구심을 품게 되었다. 즉, 일본측은 "요사이 閔族이 동학당을 줄곧 이용하려는 징조가 있다. 왕비도 內官의 손을 빌어 동학당을 선동한다는 소문이다"라고 하며 민비파와 동학농민

---

117) 『日本外交文書』, 제27권 제27책, No.496, pp.146-147 ; 『大阪每日新聞』, 1895년 1월 10일.
118) 『東京朝日新聞』, 1894년 12월 16일.

군과의 연대관계를 주목하기 시작하였다.[119] 그리하여 대원군 뿐 아니라 민비를 거세해야만 일본식 개혁을 달성할 수 있다고 판단한 정상형 공사는 10월 21일 대원군으로 하여금 일본공사관 요원과 모든 신료들 앞에서 정치불간섭선언을 하도록 강요하여 그의 정계은퇴를 공식화한 다음,[120] 이튿날 "上旨를 假託하여 민심을 선동한" 이용호와 윤갑병을 잡아들이라고 김윤식외부대신에게 공식 요청하였다.[121]

삼남 지역을 순회하고 서울에 돌아와 머물던 이용호와 윤갑병은 즉각 체포되어 10월 27일 삼촌준서기관의 입회하에 일차 심문을 받았다. 그러나 조선 법사가 이들을 심문할 때에는 반드시 일본영사가 참석해야 한다는 정상형공사의 고집 때문에 이용호 등은 10월 29일 일본영사의 배석하에 다시 심문을 받았다.[122] 이때 송정섭의 존재가 드러나자 조선 정부는 11월 2일 송정섭을 체포하여 엄히 조사하라고 지시했으며, 다음 날 정상공사는 의정부에 이용호 등에 관한 죄증을 신속히 보내라고 요구했다.[123] 이들에 대한 심문결과를 보고받은 정상공사는 11월 5일 입궐하여 고종을 알현한 자리에서 민비의 정치간여를 문제시하며 20조개혁안을 철회하고 일본군을 철수시키겠다고 협박하였다. 당시 정상공사

---

119) 『駐韓日本公使館記錄』 6, p.26. 삼촌준은 "대원군이 참정권을 반납한 후부터 閔黨들이 비밀리에 王妃를 앞세워 권세를 되찾으려고 기도했다....또 근래의 비밀보고에 의하면, 閔氏는 현정부를 전복시킬 목적으로 몰래 東學黨을 선동하고 있다는 소문도 있었다"고 하였다. 『在韓苦心錄』, p.171.

120) 『駐韓日本公使館記錄』 5, pp.72-74.

121) 『舊韓國外交文書 : 日案(3)』, p.151, #3346. 정상공사가 입경하기 이틀전인 9월 26일에 의정부는 "文蹟을 위조하여 密旨나 分付라 칭하며 匪類를 선동하는" 무리를 속히 체포하라고 지시했고, 10월 14일에 재차 이 내용을 강조했으며, 10월 27일에 정상공사의 요구대로 이용호 등을 잡아 엄히 조사하라고 명하였다. 『日省錄』, 고종 31년 9월 26일, 10월 14일, 26일.

122) 『舊韓國外交文書 : 日案(3)』, pp.156-157, #3358, 3359.

123) 『日省錄』, 고종 31년 11월 2일 ; 『舊韓國外交文書 : 日案(3)』, p.162, #3369, 3371. 송정섭은 11월 9일 이전에 체포되었다. 『舊韓國外交文書 : 日案(3)』, p.171, #3389.

는 "4협판 임명 및 閔黨이 최근 몰래 密旨를 고쳐서 동학당을 선동한 흔적, 이 두가지 일이 本官으로 하여금 12월 1일(음11.5)의 알현에서 20개조 제안을 철회한다는 말을 토로하게 한 원인이 되었다"라고 토로하였다.124)

정상형공사는 11월 7일 이용호 등의 죄증을 속히 보내라고 재촉하였다. 이에 조선조정은 11월 9일 "이용호 등의 죄상을 刑推得情하라"고 법사에 지시하는 한편, 정상공사에게 "송정섭을 체포하여 조사중이니 밀사들의 죄증을 곧바로 보내겠다"는 조회문을 보냈다.125) 이에 11월 12일 재차 입궐한 정상공사는 민비가 정치에 간여하였고 또 동학농민군을 선동한 사실을 들먹이며 고종과 민비를 질책하였다.126) 기세가 크게 꺾인 민비는 즉석에서 정상공사의 내정개혁요구를 전폭 수락하겠다는 의사를 나타냈고, 이어 11월 13일 박영효에게 내부대신직을 제수하였다. 이러한 우여곡절 끝에 정상공사가 원하는 박영효중심의 친일내각이 수립되었다. 요컨대, 정상공사는 고종·민비가 동학농민군을 추동한 사실을 빌미삼아 그들의 권한을 약화시키고 친일개화파를 중용하여 일본식의 입헌군주제적 정치개혁을 추진함으로써 조선을 일본의 보호국으로 만들겠다는 계략을 지니고 있었기 때문에 고종·민비와 동학농민군간의 연계관계를 묵인하는 태도를 보였다.

그러면 고종세력과 대원군파가 삼남에 밀사를 파견하여 전개한 거의 촉구활동이 한말 의병운동사에 미친 영향은 무엇인가. 환언하면, 고종세력이 한말 의병운동에 미친 영향을 무엇인가.127)

첫째, 중앙세력이 국왕 명의의 眞밀지나 假밀지를 소지한 밀사를 각지에 파견하여 재야세력의 거의를 촉구하는 방식은 한말 의병운동 발발

---

124) 『駐韓日本公使館記錄』 5, p.75.
125) 『舊韓國外交文書 : 日案(3)』, p.168, 171, #3383, 3389.
126) 『日本外交文書』, 제27권 제2책, No.494, pp.129-134.
127) 이에 대한 상세한 설명은, 吳瑛燮, 「韓末 義兵運動의 勤王的 性格」, pp.72-82.

의 일반적인 형태가 되었다. 이를테면, 밀사들은 가부장적 유교이념이 독존적 지위를 누리고 있는 전근대 한국사회에서 재야세력이 의병운동을 원활하게 전개하기 위해서 필요한 국왕의 권위를 전달해 주었던 것이다. 그리하여 한말 대규모 연합의병은 중앙과 지방에서 거의 동시에 반외세 항쟁을 준비중이던 중앙세력과 재야세력이 밀사가 가져온 밀지를 매개로 하여 상호 연합하여 봉기함으로써 가능케 되었던 것이다.

둘째, 밀사들의 거의촉구활동은 의병운동이 전국으로 확산되는데 많은 기여를 하였다. 밀사들은 전국 각지를 돌며 언제든지 거의할 채비를 갖추고 있는 지방 각지의 무용가와 유력자들에게 거의를 촉구하였다. 그리하여 재야의 많은 충군애국론자들과 이미 활동중인 군소의병장들이 밀사들로부터 국왕의 밀지를 전달받고 적극적인 활동에 나섰다.128) 아래 인용문은 중앙세력의 밀사들이 우리들의 상상을 벗어날 만큼 재야세력의 봉기에 막대한 영향을 미쳤음을 입증해 주고 있다.

尹甲炳·李容鎬·宋廷燮이 召募官이라고 자칭하며 密旨를 위조하여 三南에 집이 있는 몇사람을 派傳하여 그들로 하여금 東匪와 함께 창의하여 왜적을 몰아내게 하였다고 한다. 東徒들이 이 말을 듣고 더욱 창궐하여 도당을 불러들여 무리를 이루었다. 호남의 匪魁 全琫

---

128) 1894년 8월 경상도 禮安에서 봉기한 대원군 계열의 의병장 徐相轍에 대해 그 지역의 명망있는 재야유림 李晚燾는 "徐相轍이 본읍의 鄕校에 왔는데 말이 바르고 엄정했지만 主上이 召募하라는 명령이 없는데 선비가 스스로 起義했으니 朝論에 죄를 얻을까 두려울 뿐이다"라고 하였다. 또 1896년 2월 晉州에서 거병한 盧應奎의 지시에 불복하며 독자적 군사행동을 전개한 鄭漢鎔은 3월 7일 고종에게 올린 상소문속에서 "국왕의 密旨나 召募令이 없이 무단 거병했다"라는 노응규의 비판에 대해 자신은 이미 재작년에 국왕이 嶺南 縉紳들에게 내린 밀지를 받았으니 그것으로 거병의 명분은 충분하다"라고 주장하였다. 李晚燾, 『響山日記』, 國史編纂委員會, 1985, p..648 ; 『駐韓日本公使館記錄』 8, pp.247-248. 이를 보면 재야유림들은 외적에 대해 적개심을 품고 있다고 하더라도 국왕의 밀지나 소모령이 내려온 후에야 직접적인 군사행동에 돌입했다는 것을 알 수 있다.

準·金開南과 호서의 비괴 崔時亨이 서로 연계하여 참람하게 不軌를 도모하니 반란의 형적이 이미 드러났다. (東徒들이) 호남의 수십개 읍에서 군기를 모두 탈취하고 공납을 징수하였고, 충청도의 20여개 읍에서도 창궐하였다. 그러나 일본군이 파견되어 온다는 소식을 듣자 崔時亨은 혼자 달아났고, 그 무리는 해산했다가 다시 모였다. 이것은 모두 密旨가 잘못 전해진 때문이다. 密旨 가운데 법망에 노출된 것이 많아서 法務衙門에서 李容鎬·宋廷燮·尹甲炳 등을 잡아 가두고 형벌을 가하고 엄히 조사했으나 三冬에 이르도록 아직도 다 캐내지 못했다고 한다.[129)]

셋째, 밀사들은 중앙세력과 재야세력을 연결시켜 주는 매개역할을 수행하였다. 한말 의병운동은 근왕세력과 재야세력, 유림세력과 평민세력, 유생의병장과 평민의병장, 전직관료·전직무관·해산군인과 평민병사층, 포군과 농민·민군 등 다양한 세력이 합세하여 전개한 중층적인 연합성을 지닌 보수적 민족운동이다. 이때 밀사들은 의병지도부와 병사층으로 하여금 모두 국가와 국왕을 위해 함께 분투중인 신민이라는 사상적 일체감을 지니도록 하였다. 이로써 의병의 다양한 참여세력들은 신분상·지위상 차이가 빚어내는 대립과 갈등을 극복하고 함께 분투할 수 있었던 것이다.

넷째, 밀사들은 한말 의병운동시 대규모 연합의진이 결성되는데 커다란 공헌을 하였다. 밀사를 통하여 밀지를 받은 의병장은 의병봉기 지역의 제반 권한을 국왕으로부터 일시 위임받았다. 이때 의병장은 밀사가

---

129) 「甲午實記」, 『東學亂記錄』上, p.32. "尹甲炳李容鎬宋廷燮自稱召募官 僞造密勅 派傳三南有家數人 使與東匪倡義斥倭云云 東徒聞而盆復猖獗 招黨寔繁 湖南魁匪全瑋準金開南與湖西匪魁崔法憲 互相締結 僭圖不軌 叛形已具 湖南數十邑 盡奪軍器 收刷公納 湖西二十餘邑猖獗 而聞日兵派來 崔匪獨走 其黨散而復合 此皆由密旨僞傳故也 密旨多有露出 自法衙捉囚李容鎬宋廷燮尹甲炳 刑訊嚴査 施至三冬 尙未究竟云". 황현도 동학농민군이 밀지를 자못 신뢰했다고 말했다. 황현 저, 김종익 옮김, 『오하기문』, 역사비평사, 1994, p.262.

전해준 국왕의 권위를 배경으로 일정 지역에 창의소를 설치하고, 제반 군령을 내리고, 친일파를 처단하고, 인신을 새겨 사용하고, 지방관의 임면을 주관하고, 주변 각지에 격문을 지닌 소모사를 보내 포군과 민군을 규합하고, 군수물자의 납부를 독려하였다. 또 그는 향촌에서 소박한 충애사상에 따라 자발적으로 봉기하여 일본세력에 대항하고 있는 군소의 병장들과 자기보다 많은 군사를 거느린 의병장들을 휘하에 집결시켜 이들을 일원적으로 지휘하였다. 이렇게 함으로써 밀사를 통해 밀지를 받은 의병장이 주변 각 지역의 대소 의진을 통할하는 의진의 연합화가 이루어졌다.

V. 井上馨公使의 朝鮮保護國化政策과 高宗의 王權 恢復 推進

1) 大院君·閔妃의 政治 干與 排除

평양전투(8.18)와 황해해전(8.19)에서 승리한 일본은 조선을 자국의 정치·경제적 속국으로 만들기로 작정하였다. 이러한 조선보호국화정책의 실현을 위해 일본은 '유능하고 과감한' 井上馨(1835~1915)공사를 특파했다. 9월 28일 입경한 정상공사가 이듬해 3월초까지 조선에서 벌인 활동은, 첫째, 항일동학의병을 진압하고 대원군·이준용 등이 추진한 일련의 반일정치음모를 분쇄하고, 둘째, 일본이 의도하는 조선보호국화정책의 실현을 위해 ① 고종 및 박영효 중심의 친일정부를 수립하고, ② 조선왕조의 기간제도를 변혁하고, ③ 조선 정부와 일련의 새로운 조약을 체결하고, ④ 조선 정부에 5백만엔의 차관을 투여하는 일이었다.[130]

정상형공사의 조선보호국화정책 중 고종세력의 진퇴와 직결된 사안

---

130) 청일전쟁 이후 井上馨공사의 在韓活動에 대해서는 柳永益, 「淸日戰爭中 日本의 對韓侵略政策--井上馨公使의 朝鮮保護國化企圖를 中心으로--」, 韓國精神文化硏究院 編, 『淸日戰爭을 前後한 韓國과 列强』, 1984.

은 대원군파 거세문제, 고종 및 박영효중심의 친일정부수립 문제였다. 여기에는 대원군 및 민씨척족의 세도정치를 불식하고 권력을 친일내각에 집중시킴으로써 일본의 對韓침략을 용이하게 하려는 정상공사의 심모원려가 담겨 있었다. 따라서 정상공사의 등장은 호시탐탐 왕권회복을 기도하는 고종과 민비에게 있어 대원군의 전횡을 대치하는 새로운 고난이 밀려왔음을 의미하는 것이었다.

입경 다음날인 9월 29일 대원군과 가진 면담에서 정상형공사는 섭정직을 유지하려는 대원군의 제안에 대해 왕실의 명령체계를 어지럽힌 점을 들어 강경히 반대하였다.131) 이에 반해 그는 고종세력에 대해서는 온건하게 회유하는 동시에, 자신의 ‘고압적’인 대한외교정책에 대한 러시아공사의 방해를 막으려는 의도에서 미국공사와 각별한 우호관계를 유지하고자 하였다. 그리하여 그는 다음날 수하를 미국공사관에 보내 ‘대세력을 가진 것으로 알려진’ 민비와의 면알을 주선해 달라고 요청하였다. 이 자리에서 씰(John M.B. Sill)공사와 알렌(Horace N. Allen)서기관은 신뢰하기 힘든 노령의 대원군 대신에 ‘排淸獨立의 국왕’과 ‘强骨優智의 민비’와 제휴하는 것이 좋을 것이라고 충고하였다.132) 9월 30일 고종을 배알하고 신임장을 봉정한 정상공사는 “왕실의 공고화를 위해 진력하겠다”고 다짐함으로써 왕권회복을 갈망하는 고종의 환심을 얻었다. 이러한 과정을 거쳐 그는 조선국왕 및 정부에 대한 자문권을 지닌 ‘고문관’의 지위를 부여받았다.133) 이는 1885~94년간 조선의 개화자강정책을 억압하고 조선속방화정책을 강행했던 청국 주차관 袁世凱의 지위와 방불한 것이었다.

10월 7일에 알렌공사의 주선으로 입궐한 정상형공사는 외무대신의

---

131) 『秘書類纂 朝鮮交涉資料』 下, pp.255-257.
132) 李瑄根, 『韓國史 : 現代篇』, pp.313-314 ; 柳永益, 『甲午更張硏究』, pp.37-38.
133) 『日本外交文書』, 제27권 제2책, No.469, pp.14-21 ; 『秘書類纂 朝鮮交涉資料』 下, pp.247-248.

배석을 물리치고 고종·민비·왕세자를 독대하였다. 이 자리에서 고종·민비와 정상공사는 대원군처리·내정개혁·고문관초빙·군국기무처 문제 등등 실로 광범한 사항을 논의하였다. 대담이 무르익을 무렵, 양자간에 민감한 사안인 고종의 '군주권'에 관한 문제가 불거져 나왔다. 그러나 고종과 민비는 "군주가 인민의 생명과 재산을 마음대로 탈여하는 권한이 바로 군주권이다"라는 전제군주론을 신봉하고 있었기 때문에 정상공사의 입헌군주제적 군주권론을 수긍하지 않았다. 또 그들은 "군주의 권력전횡을 제어해야 한다"라는 정상공사의 주장을 "인민의 동의하에 국회를 개설하여 국사를 결정하자"는 것으로 받아들였다. 한마디로, 고종과 민비는 근대적 의미의 입헌군주제적 군주권론에 대해 언급을 회피하려 하였다.[134] 이에 정상공사는 일본의 대한침략에 유리한 환경을 조성하기 위해서는 친청적 대원군 뿐 아니라 국정에 참견하는('容喙') 친로적 민비를 동시에 거세해야 한다는 결론을 내렸다. 이에 따라 정상공사는 ① 왕실사무와 국정사무를 확연히 분리하고, ② 국왕·왕비·왕족의 지위를 명확히 하고, ③ 정부 각 아문의 직무와 권한을 구분하는 등의 세가지 방침을 세웠다.[135]

이상 세가지의 대한침략방안을 완수키 위해 정상형공사는 먼저 대원군거세에 착수하였다. 이에 정상공사는 일본공사관 요원과 개화파관료들을 동원하여 이병휘·허엽 등 대원군의 수족을 체포·심문한 결과, 대원군과 이준용 등이 동학농민군을 부추겨 거의시킨 사실을 밝혀냈고, 또 평양에서 일본군이 노획한 문서를 바탕으로 고종·대원군·이재면 등이 청국에 원조를 요청했다는 사실을 알아냈다.[136] 그리하여 정상공사는 10월 11일 김홍집·김윤식·어윤중 등과 가진 회동에서 '珠淵'이

---

134) 『日本外交文書』, 제27권 제2책, No.476, pp.46-48 ; 『駐韓日本公使館記錄』 5, p.73.
135) 『駐韓日本公使館記錄』 5, p.86 ; 『在韓苦心錄』, p.158.
136) 『秘書類纂 朝鮮交涉資料』 下, pp.343-348.

라는 아호가 쓰여진 고종의 원병요청서한을 들이밀며 조선정부의 행동 여하에 따라 문제삼지 않을 수도 있다는 입장을 표명하고, 그 댓가로 대원군을 거세하겠다는 의사를 개진하여 그들의 동의를 얻어냈다.[137] 당시 정상공사가 대원군파와 고종세력이 평양의 청군과 결탁한 사실을 공개적으로 힐문하고 나서자 고종·대원군·이준용·김홍집·이재면 등은 10월 14일에서 17일에 걸쳐 신하를 보내서 혹은 직접 일본공사관에 찾아가 자신들의 청원행위가 실수였다고 사과하였다.[138]

정상형공사는 10월 18일에 안경수와 조희연을 운현궁에 파견하여 대원군으로 하여금 대소 신료들 앞에서 앞으로 일체 정무에 관여치 않겠다는 뜻을 공포케 하였다.[139] 이에 대원군은 10월 21일 일본공사관 직원 및 모든 대신을 운현궁에 불러 자신은 앞으로 정치에 관여치 않을 것이니 여러 대신은 정상공사와 잘 상의하여 국사에 진력하기 바란다는 정계은퇴선언을 공포하였다. 이어 10월 25일자『官報』에 "지난 6월 22일 이래 대원군에게 부여한 모든 권한을 환수한다"는 고종의 전교가 실림으로써 대원군의 정치개입명분이 공식적으로 해소되었다.[140] 이후 정상공사는 민비의 정치 간여 내지 전횡을 견제할 심산에서 실각한 대원군을 궁중에 존치시켜 두고 그로 하여금 고종과 민비를 감시케 하는 이른바 '이독제독' 전략을 구사하였다.[141]

대원군을 무력화시킨 정상형공사는 이제 청장에게 보낸 청원서한건을 빌미삼아 고종을 위협하며 조선의 내정개혁을 서둘렀다. 그는 10월 23일과 24일 양일간에 걸쳐 고종을 폐현하고 20개조의 개혁안을 상주했

---

137) 『秘書類纂 朝鮮交涉資料』 下, pp.349-366.
138) 『駐韓日本公使館記錄』 5, pp.72-74 ; 『秘書類纂 朝鮮交涉資料』 下, pp.349 -350, 367-368, 391-399, 411. 고종은 10월 20일 입궐한 정상공사에게 대신들이 배석한 자리에서 '서한건'을 공식 사과하였다.
139) 『駐韓日本公使館記錄』 5, pp.86-88 ; 『在韓苦心錄』, p.158.
140) 『官報』, 1894년 10월 25일 ; 『駐韓日本公使館記錄』 5, p.90.
141) 『駐韓日本公使館記錄』 5, p.90.

는데, 이때 고종은 그 개혁안을 수용하겠다는 의사를 나타내며, 조속한 시일내에 대신을 모아 논의한 후 종묘에 나가 고하겠다고 하였다. 그런데 전제군주권을 마음대로 구사하기를 원하는 고종과 민비에게 있어 20개조의 개혁안 가운데 가장 위협적인 구절은, "정권을 하나의 원류에서 나오게 하고", "대군주는 정무를 친재할 권한을 가짐과 동시에 법령을 준수할 의무를 지며", "왕실의 사무를 국정으로부터 분리시키며"라는 3개항이었다.142)

정상형공사의 개혁안은 민씨척족의 정치간섭을 배제하고 고종과 내각이 협의하여 정부를 운영하게 하려는 일종의 입헌제적 정치개혁안이었다. 그러나 은신하며 기회가 오기만을 고대하던 민씨척족들은 대원군이 물러난 상황에서 제1·2조항은 바로 왕권을 복구시키려는 조치에 다름 아니라는 해석을 내렸다. 그래서 그들은 11월 1일 총리대신 이하 정부 중신들을 배제하고 고종·민비와 밀의하에 韓啓源의 손자로서 사림에 중망이 높은 韓耆東을 탁지협판에, 李建昌을 법무협판에, 민비의 외척세력인 한산이씨 李容稙을 공무협판에, 여흥민씨의 문객인 高永喜를 농상협판에 임명하였다.143) 이 인사조치는 권세회복을 갈구하는 전병조판서 閔泳韶가 대원군과 일본측의 반응을 살피기 위해 비밀리에 고종과 민비로 하여금 대신들과 협의없이 독단으로 협판들을 임명토록 권유함으로써 전격적으로 이루어졌다.144)

고종세력의 재등장을 우려한 정상형공사는 서둘러 민비무력화작전에 착수하였다. 즉, 정상공사는 고종이 자신과의 약속을 어기고 민비의 은밀한 요구를 받아들여 4협판을 독단으로 임명하자 민비의 정치간여를 막아야만 일본식의 내정개혁이 달성될 수 있다고 판단했던 것이다. 그래서 정상공사는 11월 2일 김홍집에게 서한을 보내 20개조 개혁안을 철

---

142) 『舊韓國外交文書 : 日案(3)』, pp.671-673, #2928 ; 『在韓苦心錄』, pp.163-170.
143) 『日省錄』·『官報』, 1894년 11월 1일.
144) 『在韓苦心錄』, pp.170-171 ; 『駐韓日本公使館記錄』 5, p.91.

회하고 동학토벌군을 철수하겠다고 위협했다. 이어 11월 5일에 고종을 면알한 정상공사는 민비의 책동에 따라 국왕이 독단으로 4협판을 임명한 것을 면책한 다음, 동학토벌군을 철수시킬 예정인데 만약 일인들이 한사람이라도 살해당할 경우 일본은 병력을 동원하여 문죄할 것이며, 또 자신에게 추호라도 위해가 가해진다면 조선은 멸망할 것이라는 노골적인 공갈을 가하였다.145)

조선 조정은 대책에 대책을 숙의하였다. 그 결과 고종은 4협판 임명을 취소하고 왕비의 정치 간섭을 완전히 배제하고 정상형공사가 제시한 일본식 개혁을 과감히 단행할 것임을 맹서하였다. 또 김홍집 등 5대신은 "척실이 정치에 간섭하는 것을 거부하고" 과감히 개혁을 추진하겠다는 이른바 「五大臣誓約」을 하기에 이르렀다.146) 그러나 11월 12일에 재차 입궐한 정상형공사는 민비가 정치에 간여했을 뿐 아니라 동학농민군을 선동한 사실을 들어 고종과 민비를 강하게 질책했다.147) 이에 민비는 위기타개책의 일환으로서 향후 국정에 간여치 않겠다고 약속함과 동시에, 정상공사가 11월 4일에 공식 요구한 박영효·서광범148) 등 '갑신독립당원의 일률 특사와 재등용건'을 수락하겠다는 의사를 나타냈다. 정상공사는 이 제안을 흔쾌이 받아들였다.149)

이러한 타협은 장차 고종을 일본의 보호국으로 전락할 조선 왕국의

---

145)『日本外交文書』, 제27권 제2책, No.495, pp.129-134.

146)『日本外交文書』, 제27권 제2책, No.495, pp.129-134. 「五大臣誓約」의 내용에 대해서는,『秘書類纂 朝鮮交涉資料』下, pp.473-474, 480-481.

147)『日本外交文書』, 제27권 제2책, No.496, pp.144-145.

148) 徐光範에 대해서는 方善柱,「徐光範과 李範晉」; 金源模,「徐光範研究」,『東洋學』15, 1985 ; 柳永益,「1880-90년대 開化派人士들의 改新教 受容 樣態」,『震檀學報』70, 1990.

149)『在韓苦心錄』, p.175 ;『舊韓國外交文書 : 日案(3)』, p.165, #3375, 3376. 이미 민비는 정상형공사의 요구를 수락하기에 앞서 박영효에게 密使를 보내 관복을 하사했고, 이어 11월 10일에 復爵을 명하고 저택을 하사하고 갑신정변 후 몰수한 재산을 돌려주었다. 한마디로 고종과 민비는 박영효를 정상공사와 친일개화파간의 연락창구로 이용하려 하였다.『駐韓日本公使館記錄』5, p.78.

명목적 주권자로 내세우는 한편 박영효·서광범 등 갑신개화파를 친일
내각의 핵심인물로 기용하려는 정상형공사의 책략과, 박영효를 중용하
여 대원군파와 박영효파를 이간시키는 한편 궁중과 일본공사간의 관계
를 원만하게 유지하려는 민비의 심모원려가 맞아떨어진 결과였다.[150]
그리하여 박영효는 11월 13일에 서광범은 11월 17일에 '職牒還收'와 '蕩
滌敍用'의 은전을 입어 각각 내무대신과 법무대신직을 맡게 되었다.[151]
이로써 정상공사가 원하는 박영효중심의 친일정권이 수립되었고, 왕권
회복을 기도하는 고종과 민비는 다시 한번 좌절을 경험해야만 했다.

　12월 17일에 출범한 김홍집-박영효연립내각은 김홍집·김윤식·어윤
중 등 온건개화파, 박영효·서광범 등 급진개화파, 박정양·안경수·이
윤용 등 친미적 정동파[152] 등 3파의 연립내각이었다. 이때 정상공사가
김홍집 등 온건개화파와 박영효 등 급진개화파를 내각의 요직에 안배한
것은, 그들로 하여금 상호 견제케 하려는 분할통치전략에 따른 것이었
다.[153] 동시에 박정양 등 친미적 정동파를 내각에 포진시킨 것은, 러시
아·미국 등 열강의 지지는 물론 고종과 민비의 협조를 얻기 위한 것이
었다. 특히, 정상공사는 박영효가 실권을 많이 지닌 내무대신직을 맡아
조선정부내에서 중추적 역할을 담당하고, 왕족이라는 특수 신분을 이용
하여 궁중의 고종·민비와 친밀한 관계를 유지하고, 부중과 궁중을 모
두 감시하며 일본공사의 대한보호국화정책을 보좌해 주기를 바라고 있
었다.[154]

　이러한 정치구도는 고종세력에게 어떠한 역할을 기대하게 되었을까.

---

150) 柳永益, 『甲午更張硏究』, pp.47-48.
151) 『高宗純宗實錄』, 고종 31년 11월 13일, 17일.
152) 삼국간섭 전후 정동파의 성립과 활동에 대해서는, 韓哲昊, 「甲午更張 中
　　(1894-1896) 貞洞派의 改革活動과 그 意義」, 『國史館論叢』 36, 1992.
153) 朴宗根 著, 朴英宰 譯, 『淸日戰爭과 朝鮮』, pp.156-158. 또 정상형공사는 대원
　　군의 장자 이재면을 궁내부대신에 임명하여 고종과 민비를 견제케 하였다. 당
　　시 고종은 이재면에 대해 의구심을 품고 있었다. 『駐韓日本公使館記錄』 7, p.29.
154) 柳永益, 『甲午更張硏究』, p.49.

그것은 정상형공사의 강요로 고종이 12월 12일에 세자와 대원군·종친 및 대소 신료를 인솔하여 종묘에 '展謁'한 후 반포한 「洪範 14條」에 잘 나타나 있다. 이중 고종세력의 진퇴와 관련된 구절은 아래와 같다.

  1. 청국에 의부하려는 생각을 끊고 자주독립의 기초를 세운다.
  2. 왕실의 典範을 제정하여 大位 계승과 宗戚 分義를 밝힌다.
  3. 대군주는 정전에 나가 정사를 보되 친히 각 대신에게 의견을
     물어 결재하고 후빈·종척은 간예를 불허한다.
  4. 왕실사무와 국정사무는 분리시켜 서로 혼합됨이 없도록 한다.
  5. 의정부와 각 아문의 직무 권한을 명백히 한다.155)

 이 조항들을 강요한 일본측의 근본의도는 조선과 청국과의 연계를 끊고 민비의 정치간여를 막고 고종에게 정무친재권을 허여하되 반드시 대신의 의견을 묻도록 함으로써, 국왕의 전재를 막고 국왕을 명목상의 군주로 격하시키려는 것이었다. 이 위기상황을 타개하기 위해 고종세력은 정상형공사가 박영효 1인만을 신임토록 권고하기 전에 이미 밀사를 박영효에게 파견하여 그의 입각을 종용했다. 이는 박영효를 활용하여 자기들의 정치적 입지를 강화하려는 의도에서 나온 것이었다.

2) 甲申·甲午開化派의 對立과 高宗의 王權 恢復 意志

 1894년 12월 중순 이후 조선 내각에는 김홍집·어윤중·김윤식 등 이른바 구파(갑오개화파)와 박영효·서광범 등 이른바 신파(갑신개화파) 간의 대립이 격화되었다. 내각총서 유길준이 참모격인 구파는 갑오경장 초부터의 '舊대신'들로 구성된 내각의 주도세력이었다. 이들은 한편으로 일본세력에 추종하면서 다른 한편으로 여전히 대원군과 기맥을 통하면서 친청적 '사대보수'노선을 걷고 있었다. 이에 반해 10년동안 해외망

---

155) 『高宗純宗實錄』, 고종 31년 12월 12일 ; 『官報』, 開國 503년 12월 12일.

명을 경험한 신파는 인원수는 적었지만 미국과 일본 등 근대 국가의 발전상을 직접 목도했기 때문에 혁신적인 성향을 지니고 있었다. 당시 신파는 일본공사관의 후원과 고종과 민비의 총애를 배경으로 '발호'하고 있었다. 이들 양파는 慕華館·弘濟院의 훼철찬반문제를 비롯하여 거의 사사건건 충돌했다.156) 양파의 알력에 대해 정상형공사는 陸奧宗光외무대신에게 다음과 같이 보고했다.

> 신구 양파가 화해할 수 없는 원인은 적지 않습니다. 그 원인 중 하나가....신파는 정부안에 기반을 단단히 구축하는 것을 유일한 급무로 삼고, 같은 취향을 지닌 자들을 많이 규합하여 가능한 한 권력을 자기 당파의 수중에 넣으려 하고 있습니다. 이것이 구파의 의혹을 사서 충돌을 초래하게 된 하나의 원인이 되었습니다. 그 다음 원인은 박영효·서광범 양씨는 왕궁과 친척지간이므로 자주 궁궐에 출입하였고, 국왕의 권력에 힘입어 의도한 바를 달성했으며, 국왕과 왕비도 역시 이 사람들에 의해 바라는 바를 이룩하는 일이 왕왕 있었으므로 반대파의 혐오를 피할 수 없게 되었던 것입니다. 이것이 구파인들이 박영효를 가리켜 미래의 세도가라 하여 사사건건 충돌을 일으키게 된 원인입니다. 그러므로 현하의 정세로서는 신파는 이곳 공사관과 표면상 親和하는 모습을 꾸미고 있지만 실은 국왕을 추대해 구파를 제압하려 하고 있으며, 구파는 오로지 本官의 성원에 의지해 신파의 팽창을 막으려 하는 것 같습니다.157)

양파의 갈등은 급기야 申泰休의 훈련대대장 기용문제를 둘러싸고 표면화되었다. 신태휴는 갑신정변 때 청군편에 서서 개화당과 일본군을 공격했고, 1886년에 원세개가 고종폐립음모를 꾸밀 때 장위영영관으로

---

156) 내각내 舊派와 新派의 대립상에 대해서는 『在韓苦心錄』, pp.184-185 ; 『日本外交文書』, 제28권 제1책, No.264, pp.398-403. 또 李瑄根, 『韓國史 : 現代篇』, pp.460-462 ; 李光麟, 『韓國史講座 : 近代篇』, 一潮閣, 1981, p.341.
157) 『駐韓日本公使館記錄』 7, pp.25-26.

서 병사를 거느리고 대궐로 돌입하는 임무를 맡았던 인물이다.[158] 그러
므로 신변안전을 우려한 고종과 민비는 내무대신 박영효에게 '內命'을
내려 신태휴의 기용을 반대하게 하였다. 이에 박영효는 신태휴를 申應
熙로 대치하려 하였다. 그러나 군부대신 趙義淵은 박영효가 타부의 인
사에 간섭한다는 이유를 내세워 극력 반대하였다. 이로 인해 조희연은
구파로 돌아서게 되었다. 이 사건은 결국 신구 양파의 대립으로 비화되
었고, 급기야 신파는 1895년 1월 17일에 총사퇴를 단행하였다.[159] 신파
가 극단책을 강행한 것은 내각이 총사퇴하면 반드시 고종이 정상형공사
를 불러 사후대책을 논의할 것이며, 그럴 경우 정상공사는 구파를 배척
하고 신파 중심으로 내각을 재편할 것이라고 판단했기 때문이다. 그러
나 이러한 박영효의 의도는 정상공사의 강경한 반대로 무산되었다.[160]

고종세력은 신구 양파의 정권투쟁속에서 박영효·서광범 등 신파를
적극 활용하여 민씨척족이 기피하는 김홍집·어윤중·김윤식 등을 견제
·축출하고 왕권회복의 실효를 거두고자 하였다. 당시 신파와 구파에
대한 고종의 인식을 민비의 측근 홍계훈은 다음과 같이 언급했다.

> 작년부터 군주권이 행사되지 못하여 마치 군주가 없는 것과 같았
> 다. 그런데 박영효·서광범 두 대신은 외국 사례에 능통하며 군주권
> 을 중히 여겨야 한다고 進奏하고 국가 통치의 대권을 모두 대군주
> 수중에 복귀시키는 주의를 취하는 사람들이므로 대군주는 오로지 그
> 두 대신을 신뢰하고 나머지 네 대신을 소원히 하는 경향이 있다. 그
> 러니 최소한 구파 대신들을 물리치지 않는 이상 대군주는 만족해 하
> 시지 않을 것이 뻔한 노릇이다. 하늘에 두 개의 태양이 없듯이 나라

---

158) 袁世凱의 고종폐립음모에 대해서는 金源模, 「袁世凱의 韓半島 安保策(1886)」,
　　　『東洋學』 16, 1986 ; Lew Young Ick, "Yuan Shih-Kai's Residency and the
　　　Korean Enlightenment Movement, 1885-1894", *The Journal of Korean
　　　Studies* 5, 1984.
159) 『日本外交文書』, 제28권 제1책, No.264, pp.390-394.
160) 『在韓苦心錄』, pp.185-186.

에는 두 임금이 있을 수 없는 것은 자명한 이치이다. 그런데 구파의 여러 대신들은 임금의 뜻을 거역하고 임금의 명을 따르지 않는 일이 왕왕 있었고, 오히려 다른 곳의 뜻을 받아 그 지휘를 받들어 정사를 행하므로 이는 한 나라안에 두 주인이 있는 것과 마찬가지이다. 이 상과 같은 관점에서 보건대 구파의 여러 대신들은 국가에 대해 두 마음을 품고 있는 것으로 보아도 지나친 말이 아닐 것이다.161)

즉, 고종세력은 신파가 왕권을 회복시켜 주리라고 믿었기 때문에 양파의 대립에서 신파를 적극 옹호함으로써 이들의 지원을 얻고자 애썼다.

양파는 4월 11일 군부대신 조희연의 진퇴문제를 계기로 다시 한번 격돌했다. 박영효는 정상형공사가 귀국할 경우에 대비하여 자신의 신변보장에 꼭 필요한 경무·군무권을 장악한 이윤용과 조희연을 자파로 끌어들이려 하였다. 그러나 갑오개화파의 중진인 조희연은 양파의 대립속에서 중간노선을 걷다가 신태휴기용문제로 구파에 가담했기 때문에 박영효의 요구에 응하지 않았다.162) 이에 박영효는 2월 13일에 조희연이 청일전쟁에서 전승한 일본군을 위문하라는 고종의 명을 받고 청국으로 떠난 사이에 군부에 자파 인물을 여러명 심어 놓았다. 또 박영효는 조희연이 장위사 재임시 국고를 전용한 사실, 청국에 갈 때 국왕의 인가가 나지않은 군복을 입은 사실, 군부의 관방장이 국왕이 재가도 없이 양주목사의 부임을 위해 파견된 사실 등을 거론하며 고종과 민비에게 조희연의 해임을 종용하였다.163)

왕권회복을 위해 신파의 지원을 필요로 하는 고종은 친일개화파의 수중에 있는 軍權을 자기들에 호의적인 신파에 맡기려 하였다. 이에 고

---

161) 『駐韓日本公使館記錄』 7, pp.29-30.
162) 『在韓苦心錄』, pp.194-195. 조희연의 경력에 대해서는 柳永益, 『甲午更張硏究』, pp.111-113.
163) 『在韓苦心錄』, pp.195-197. 李瑄根, 『韓國史 : 現代篇』, pp.520-521.

종은 김홍집총리대신을 불러 조희연의 진퇴문제를 내각에서 논의케 하였다. 4월 11일 이후 내각이 이 문제를 논의했으나 정상형공사는 방관하는 자세를 보였다. 그는 이미 지나친 내정간섭은 러시아의 조선침투를 촉진시킬 우려가 있다는 본국정부의 훈령을 받았기 때문에 이전처럼 조선내정에 깊숙히 개입하지 않고 신구 양파의 화의를 권하는 소극적 태도로 일관하였다. 이런 상황에서 양파는 박영효·서광범·김가진·박정양 등의 조희연공격파와 김홍집·어윤중·김윤식 등 조희연보호파로 갈려 격론을 벌였다.164) 4월 23일의 어전회의에서 구파의 김홍집 등은 조희연퇴진의 부당성을 반복하여 곡진하게 간언했다. 그러나 고종은 노기를 나타내며 조희연을 면직시키고 박영효와 교분이 두터운 申箕善을 군부대신에 임명했다. 당시 고종이 구파에게 나타낸 격노속에는 그의 왕권수호의지가 잘 나타나 있었다.

> 趙군부대신에 대한 문제는 이미 짐이 처분하기를 명했다. 그런데 대신이 그 명을 봉행하지 않는다면 이것은 군주권이 나라안에서 시행되지 않음을 의미하는 것이다. 무릇 국가 통치의 대권이 군주에게 있음은 어느 나라나 다 같으며 정상형공사도 역시 그렇게 말했었다. 그러므로 짐이 명하는 것을 봉행하지 않는다면 이는 군주가 없는 것이나 다름 없으니 짐은 이 나라에 군림하기를 원치 않는다. 너희들은 마땅히 국체를 변혁해서 새로 공화정치를 행하던가 또는 대통령을 선출하던가 너희들 마음 내키는 대로 하는 것이 좋을 것이다. 짐은 굳이 군주권이 없는 허위를 옹위하고 있는 것을 감내할 수는 없다.165)

고종이 구파를 질책하자 김홍집총리대신이 사임하였다. 이로써 김홍집-박영효연립내각이 무너졌다. 구파의 몰락은 정상형공사의 귀임에 대

---

164) 『在韓苦心錄』, p.197 ; 『駐韓日本公使館記錄』 5, pp.23-24.
165) 『在韓苦心錄』, p.197 ; 『駐韓日本公使館記錄』 7, p.25, pp.31-32.

비하여 자기의 정치적 안전판을 확립하려는 박영효와 왕권을 회복하려
는 고종과 민비의 의도가 맞아 떨어진 결과였다. 그러나 구파의 몰락배
경에는 이전과 달리 강력한 왕권수호의지를 피력한 고종의 주체적 권력
행사의지가 강하게 반영되어 있었다는 사실을 유념할 필요가 있다.

VI. 三國干涉 후 高宗의 王權 鞏固化 構想

1) 高宗의 王權 回復 過程

1895년 3월 23일 청일간 강화조약(下關條約)이 체결됨으로써 일본은
청일전쟁에서 승리했다. 그러나 3월 29일 러시아·불란서·독일 3국이
일본의 요동반도 점유를 반대하는 공동간섭, 즉 '우호적 권고'를 가하였
다. 3국의 간섭에 밀린 일본은 4월 10일 요동반도 반환에 관한 비상대
책회의를 개최한 결과 다음날 요동반도를 청국에 반환하기로 하였다.
이 사실은 4월 16일 천황의 칙유로써 발표되었다.166) 이러한 삼국간섭
은 조선에서 일본세력과 친일개화파가 퇴조하고 러시아세력과 고종세력
이 득세하는 정치적 반전상황을 연출하였다.

삼국간섭 이전인 1895년 1월경 러시아정부는 조선의 독립을 존중하
라고 일본정부에 압력을 넣었다. 러시아와의 충돌을 원치않는 일본의
육오종광외무대신과 이등박문총리대신은 각기 2월 2일과 2월 7일에 정
상형공사에게 보낸 전훈에서, 조선에 대한 러시아의 간섭구실을 만들지
말고 조선보호국화정책을 포기하라고 권고하였다. 이에 정상공사는 자
신의 대한침략정책을 포기해야만 했다. 나아가 그는 3월 30일 하관조약
의 체결을 축하하기 위해 육오외무대신에게 보낸 전보에서 일본의 고압
적인 대한간섭정책을 포기하고 대신 조선에 대해 보다 '은혜로운' 정책

---

166) 陸奧宗光 著, 김승일 옮김, 『蹇蹇錄』, pp.295-358 ; 李瑄根, 『韓國史 : 現代
篇』, pp.441-445.

을 취할 것을 제안하였다.[167]

삼국간섭과 그에 따른 일본의 대한정책의 변화는 신구 양파의 대립 속에서 '君權說'을 옹호하는 신파를 적극 후원하며 왕권회복을 기도하던 고종세력에게 대단히 유리한 결과를 낳았다. 러시아의 간섭을 염려한 정상형공사가 조선 내각원의 대립상황에 직접 개입하지 않았던 점도 고종과 민비에게 호기로 작용했다.[168] 그리하여 고종과 민비는 이러한 유리한 대내외 정세를 배경삼아 적극적인 왕권회복활동에 돌입하였다.

삼국간섭기 고종과 민비의 왕권회복활동은 궁내부의 장악에서부터 시작되었다. 궁내부를 장악한 다음, 궁내부에 포진한 고종세력을 내각으로 전임시켜 궁중과 부중을 아울러 장악해 나가는 것이 고종세력의 왕권회복전략이었다.[169]

갑오개혁 직후 일본측은 궁중내의 모든 관청을 궁내부에 이속시키고, 여기에 李載冕 · 金宗漢 등 대원군파와 갑오개화파를 각각 대신과 협판에 임명하여 고종과 민비의 정치활동을 견제토록 하였다. 즉, 이 당시 궁내부의 설치의도는 고종과 민비의 정치활동을 규제하는 것이었고, 궁내부의 제도를 전면 개편한 것은 아니었다. 그러다가 1895년 3월 25일 고종은 정상형공사의 정부관제 개혁구상을 참고하여 내각관제와 중추원관제 및 사무장정을 반포하였고, 이어 동일에 외부 · 법부 · 학부 · 농상공부 등 각부 관제를 속속 반포하였다.[170]

대대적인 정부관제의 개편과 함께 4월 2일에 궁내부대신서리 김종한

---

167) 李元洙, 「淸日戰爭 및 三國干涉과 러시아의 對韓政策」, 『韓露關係 100年史』, 韓國史硏究協議會, 1984, pp.141-151 ; 柳永益, 「淸日戰爭 및 三國干涉期 井上馨公使의 對韓政策」, 『明成皇后 弑害事件』, 民音社, 1992, pp.301-303.

168 『駐韓日本公使館記錄』 7, p.26 ; 『日本外交文書』, 제28권 제1책, No.270, p.421, No.280, p.423.

169) 궁내부의 설치경위와 기능에 대해서는, 徐榮姬, 「1894-1904년의 政治體制의 動向과 宮內府」, 『韓國史論』 23, 1990, pp.342-363.

170) 宋炳基 · 朴容玉 · 朴漢卨 共編, 『韓末近代法令資料集』 1, 大韓民國國會圖書館, 1970, pp.198-200, 202-203.

58

명의의 포달 제1호로 「궁내부관제」가 반포되었다. 처음에 이 관제는 즉일에 공포될 예정이었으나 『官報』에 실제로 공포된 날짜는 5월 20일이었다. 따라서 궁내부관제가 실제 반포되는 데에는 일본공사관측과 왕실측과의 타협과 절충이 필요했던 것이다.[171] 새로 제정된 궁내부관제에 의하면, 제1조에 "궁내대신이 왕실의 일체 사무를 총판하고 소속 각관을 통독하고 귀족을 감독하고 겸하여 국새와 어새를 尙藏함"이라 하여 궁내부대신에게 '귀족에 대한 감독권'이 부여된 특징을 지니고 있었다.[172]

당시 고종은 내각이 왕권을 제한하고 공화제를 시행하려 한다고 우려했기 때문에 새로운 친위정치기구로서 궁내부를 주목하였다. 그리하여 그는 4월 2일에 반포된 궁내부관제에 따라 4월 7일 궁내부대신에 이재면(윤5월 20일에 尹用求), 궁내부협판에 김종한(윤5월 28일에 李耕稙), 掌禮院卿에 沈相薰(6월 20일에 趙秉稷), 시종원경겸시종장에 이재순, 궁내부대신비서관겸참서관에 정만조, 시종에 임최수, 왕태후궁대부에 홍순형, 비서감좌승에 윤정구, 내장원보물사장에 홍계훈(6월 20일에 정병기) 제용원상의사장에 이범진, 회계원장에 이하영, 궁내부대신참서관겸외사과장에 민상호, 장원사장에 현흥택 등 수십인을 기용하였다.[173]

이때 임명된 궁내부관리의 면면을 살펴보면, 대원군파인 궁내부대신 이재면을 제외할 경우 그 나머지 인물들은 대부분 근왕적 성향의 고종세력과 구미파로 분류된다. 이들은 대부분 갑오경장과 동시에 거세되었다가 궁내부관제의 개편과 함께 다시 고종과 민비의 측근직에 복귀한 인물들이다. 이들 중 심상훈·이재순·이경직·홍계훈·이범진·민상호 등은 이미 중추원의관으로 진출해 있는 민영환·민영규와 함께 이후 점

---

171) 李瑄根, 『韓國史 : 現代篇』, p.490.
172) 『高宗時代史』 3, pp.799-810 ; 『韓末近代法令資料集』 1, pp.304-316.
173) 『承政院日記』, 고종 32년 4월 7일 ; 『高宗時代史』 3, pp.824-825 ; 『高宗純宗實錄』, 고종 32년 윤5월 20일, 28일, 6월 20일.

차 내각의 관직에 임명되어 고종세력의 왕권회복을 위한 발판 역할을
수행하였다.

　궁중에 친위세력을 심는데 성공한 고종과 민비는 '君權說'을 옹호하
는 부중의 박영효 등 신파와 연계하여 김홍집 등 구파를 타도하는데 앞
장섰다. 앞에서 살펴본 바와 같이, 구파와 신파의 대립속에 열린 4월 23
일의 어전회의에서 고종세력은 그들이 꺼리는 구파세력이 공화제를 실
시하려 한다는 구실하에 구파를 공개적으로 비난하였다. 그러나 이러한
공개적 반격은 고종세력이 궁내부관제의 개혁을 통해 이미 궁중에 다수
의 지지세력을 심어놓았기 때문에 가능했음을 염두에 두어야 한다. 삼
촌준서기관은 고종세력이 궁내부를 장악하면서 세력을 확대해 가는 상
황을 다음과 같이 기술했다.

　　　궁내부대신 이재면과 궁내부협판 김종한을 파면시키고 대신 이경
　　직과 이범진을 임명했다. 또 왕비의 친척으로서 이미 총애를 받고
　　있던 민상호를 궁내부외사과장에 임명하여 궁중과 각국 공사관간의
　　관계를 장악하게 하였다. 또 왕과 왕비의 영어 통역을 위하여 러시
　　아공사 웨베르의 친한 친구인 미국인 르장드르를 불러 궁내부고문으
　　로 임명했고, 그 외에도 경질된 사람이 많았다. 이제 궁내부는 순수
　　한 閔黨 즉 러시아당과 미국당으로 단결하여 그 세력이 내각을 압도
　　하게 되었다. 이것이 7월(윤5월) 이후의 형세이다.[174]

　5월 1일 고종세력은 포달 제2호를 통해 궁내부에 특진관을 설치하여
궁내부의 기능을 한층 강화하였다. 고종의 칙령에 따라 궁내부대신서리
김종한이 반포한 포달 제2호는 "궁내부에 특진관 16인 이하를 두고 칙
임관으로 함. 단 봉급은 지급치 않음. 특진관은 왕실의 전례 의식에 관
계되는 사항으로 諮詢에 응하여 私見을 구상함"이라 하여 16인 이하의

---

174) 『在韓苦心錄』, p.221.

특진관이 왕실의 전례의식에 관계되는 사항에 대해서만 국왕의 자문에 응하도록 되어 있었다.[175] 그러나 왕실사무와 국정사무가 명확히 분리되지 않은 조선의 전통적 통치형태로 미루어 특진관의 활동범위를 왕실의 전례의식에 국한한다는 법규는 형식적 어투에 불과한 것이며, 기실 특진관은 나중에 그 기능이 변질되어 관직대기자의 위치로 전락했다고 하더라도 설치 당시에는 국왕의 정치를 보좌하는 대신 내지 보좌관의 역할을 담당했을 것이다.[176]

고종세력의 정계복귀의 신호탄인 궁내부특진관에 임명된 인물들은 沈舜澤・金炳始・趙秉世・閔泳煥・李憲稙・李載完・閔泳奎・尹用求・趙東冕・尹容善・李㯖永・李容稙・趙秉弼・李根命・李建昌・韓耆東 등이었다.[177] 민씨척족의 민영환・민영달을 제외하면, 이들은 대부분 노론계 보수관료로서 민씨척족정권을 보좌하는 근왕파 관료였다. 민영준[178]・민형식[179]・민병석[180] 등 민씨척족의 거두들이 아직 정배형에서 풀리나지는 않았지만, 16인에 달하는 민씨척족의 전위들이 정계에 복귀하자

175) 『日省錄』, 고종 31년 5월 1일 ; 『官報』, 開國 504년 5월 2일.

176) 대한제국기 궁내부 특진관의 설치와 기능에 대해 李瑄根은 "무의미한 爲人設官"이라는 입장을 보였다. 『韓國史 : 現代篇』, p.520. 그러나 필자는 특진관 설치는 근왕세력의 군주권회복의 토대가 되었음을 주목하고자 한다. 대한제국기 궁내부특진관의 기능에 대해서는, 吳蓮淑, 「大韓帝國期 宮內府 特進官의 運用」, 『史學志』 31, 1998, pp.383-386.

177) 『承政院日記』・『日省錄』, 고종 32년 5월 1일.

178) 1895년 8월 5일에 인천에 도착하여 귀경한 민영준은 입성하지 않고 8월 7일 향리인 춘천으로 낙향하였다. 하향전에 그는 국왕으로부터 '內命'을 받은 심상훈과 이재순의 출영을 받았다. 『駐韓日本公使館記錄』 3, p.319 ; 『駐韓日本公使館記錄』 7, p.67, 201, 203.

179) 민형식은 5월 10일에 자수하였다. 『官報』, 開國 504년 5월 13일. 민형식이 자진 투옥된 것은, 근왕세력이 궁내부를 장악하고 군주권을 회복할 것임을 자신했기 때문일 것이다.

180) 민병석은 청일전쟁 후 日軍에 체포되어 '原州定配刑'에 처해졌다. 『日省錄』, 고종 31년 12월 27일. 이 조치는 고종과 민비의 배려가 가미된 것이었다. 왜냐하면 그가 부처된 原州郡 酒泉面은 고종과 이종간인 심상훈의 청송심씨와 민씨척족의 우호세력인 원주원씨가 반거하는 지역이었기 때문이다.

고종세력은 이제 조선정계에서 갑오경장 이전처럼 최대 정파로 부상하였다.

근왕관료들을 궁내부특진관에 임명한 고종은 이어 4월 27일자 김홍집총리대신의 사직상소를 5월 5일에 전격 수리함으로써 왕권회복의지를 분명히 나타냈다. 또 궁내부대신서리 김종한의 주청을 보면, 고종은 5월 10일 이전에 "內兵曹의 소관 사무와 結束色(결속빗)의 각항 거행을 모두 궁내부에서 판리케 하라"고 지시하였다.181) 이는 궁중에서 시위·의장 사무를 맡아보는 병조 소속의 내병조와 역시 병조 소속으로 임금의 거둥시 분잡을 막는 임무를 지닌 결속색을 궁내부로 이속시켜 궁중 시위와 의장을 일층 강화한 것이었다.

5월 8일에 고종은 학부대신 박정양을 총리대신에 임명하여 박정양·박영효연립내각을 출범시켰다.182) 연립내각의 총리대신에 박영효 대신 박정양이 임명된 것은, 왕권 회복을 도모하는 고종과 조선을 일본의 수중에 두려는 정상형공사의 타협의 산물이었다. 이전에 고종은 일본측의 압력을 약화시키고 또 김홍집의 구파를 제어하기 위해 박영효를 등용했었다. 그러나 이제 일본측의 간섭이 약화되고 김홍집이 사퇴했기 때문에 박영효는 왕권 회복의 장애물에 지나지 않았다. 게다가 박영효가 제반 개혁을 추진함에 있어 조선의 자주독립성을 강조하며 일본식보다는 오히려 구미식을 채택하는 한편, 독자노선을 경계하는 정상공사의 권고를 수차례나 거절했기 때문에 일본측도 박영효를 달갑지 않게 여겼다.183) 이 때문에 '온순'한 박정양이 총리대신에 발탁된 것이다.

총리대신에 대한 인사를 끝마친 고종은 신기선184)과 李周會 등을 각

---

181) 『日省錄』, 고종 32년 5월 10일.

182) 『日省錄』, 고종 32년 5월 8일.

183) 박영효의 자주독립 성향에 대해서는 『在韓苦心錄』, p.200 ; 『大韓季年史』上, pp.108-109 ; 『尹致昊日記』 4, 國史編纂委員會, 1975, p.48, 54.

184) 복상중인 신기선은 상소를 통해 出仕不可를 고집하다가 대세가 근왕세력에게 기울자 박영효가 제거된 직후인 윤5월 9일에 정계에 나갔다. 『高宗純宗

62

각 군부대신과 군부협판에 임명하는 한편 조선의 자주성을 높이기 위해 5월 14일 독립경축연을 개최하겠다고 선포하였다.[185] 또 고종은 박영효의 우익인 서재필을 외부협판에, 윤치호를 학부협판에 임명하였다. 그러나 고종은 김홍집파와 함께 사직할 것으로 알려진 어윤중·김윤식을 유임시켰고, 내부대신 박영효를 견제할 목적에서 그의 심복인 내부협판 李鳴善을 해임시키고 김홍집파인 유길준을 그 자리에 앉혔으며, 박영효의 수하인 경무관 李奎完, 군부대신관방장 鄭蘭敎 등을 해임시킴으로써 박영효에 대한 견제의 고삐를 늦추지 않았다. 이처럼 김홍집파의 유임 내지 보강, 구미파의 등용, 박영효수족제거 등을 특징으로 하는 박정양·박영효연립내각의 인적구성은, 갑오개혁 이전에 누렸던 왕권을 회복하려는 고종세력의 의지가 강하게 반영된 것이었다.

5월 13일 '賜暇歸國'을 허락받은 정상형공사가 잠시 조선을 떠나게 되자 박영효의 정치적 입지는 크게 약화되었다. 정상공사의 귀국은 고종과 민비로 하여금 閔商鎬·李夏榮·玄興澤 등 구미파를 기용하고 러시아공사와 접촉을 시도하여 왕권회복에 진력하도록 하였기 때문이다.[186] 이에 박영효는 5월 16일부터 서광범·김가진 등과 함께 어윤중 등 구파를 회유하여 자파세력의 확대를 꾀하였다. 또 그는 정상공사가 기본방침만 정하고 아직 실행에 옮기지 못한 23부제의 지방제도 개혁안을 공포하였다.[187] 이어 윤5월 1일에 그는 정동파를 견제키 위해 정상공사가 만든 朝鮮協會의 첫 모임을 南別宮에서 성대하게 치렀다.[188] 이

實錄』, 고종 32년 윤5월 5일, 9일.
185) 『日省錄』, 고종 32년 5월 10일.
186) 특히, 민비는 러시아공사에게 '國權回復'을 강력하게 의뢰하였다. 조선 왕실과 서울주재 露·美 공사관과의 긴밀한 접촉에 대해서는 『駐韓日本公使館記錄』7, p.56, 58, pp.166-168, 173-174.
187) 『日省錄』, 고종 32년 5월 26일. 『韓末近代法令資料集』1, pp.397-402. 한말 지방제도의 개혁에 대해서는 尹貞愛, 「韓末 地方制度改革의 硏究」, 『歷史學報』105, 1985 ; 『조선정치제도사』3, 평양 : 과학백과사전종합출판부, 1990, pp.194-229.

러한 방법을 통해서 그는 자신에 대한 일본측의 '의구심'을 무마시키고 그들의 협조를 구하고자 하였다. 박영효가 적극적 노력을 경주한 결과 그와 일본공사관측은 점차 다시 가까워졌다. 그러나 이와 반대로 박영효와 궁중 사이는 점차 소원해졌다. 이미 윤5월 초순부터 안경수·이윤용 등이 박영효와 불화하며 궁중파에 가담하게 되면서 박영효는 진퇴양난에 빠졌다.

자신의 정치권력을 공고화하려는 비상수단으로서 박영효는 왕궁호위대를 자기의 영향력하에 있는 훈련대로 대체하여 왕궁경호를 담당케 하고자 하였다. 윤5월 20일에 삼촌준이 西園寺公望 외무대신서리에게 보낸 보고서에는 박영효의 비상대책이 잘 나타나 있다.

> 처음에 국왕은 신관제 실시 결과로 군왕의 권력을 내각에 빼앗긴 것으로 오해하고 어떻게 해서든지 이것을 회복하기를 원했습니다. 그래서 측근의 인사들을 러시아·미국 등의 공사관에 보내 그 조력을 간청했다는 것은 가끔 소식이 흘러나와 들었던 바입니다. 당시 내각의 여러 대신들 중에는 박영효내무대신을 필두로 이를 깊이 우려하여 밀의를 거듭한 결과, 첫째 구호위병을 폐지하고 신훈련병으로 대치시키고, 둘째 항시 궁중에서 각 공사관에 왕래하는 2~3명의 궁내부 관리를 전임 또는 폐출시킴으로써 그 화근을 끊어버릴 것을 획책했습니다.189)

박영효는 자파세력의 확대를 위해 먼저 왕궁수비군을 시위대에서 훈련대로 교체시킬 것을 건의했다. 이때 7~800명의 시위대는 미국인 군사교관 다이(William M. Dye)가 훈련시킨 왕실직속부대였고, 800명으로

---

188) 『在韓苦心錄』, pp.199-203.
189) 『駐韓日本公使館記錄』 7, p.50. 또 박영효는 시위대를 훈련대로 교체하고, 시위대 소속의 장교와 2명의 미국인 군사교관을 출궁시키려는 계획도 품고 있었다. 『在韓苦心錄』, p.205 ; 『駐韓日本公使館記錄』 7, p.56.

이루어진 훈련대는 청일전쟁 이후 일본군 수비대장교가 조련한 정부직
속군대였다. 박영효는 5월 30일부터 윤5월 2일까지 심복인 이주회군부
대신서리로 하여금 시위대를 훈련대로 교체하는 문제를 가지고 계속 입
궐하여 주청케 하였다. 그러나 고종은 "舊兵의 교대는 짐이 원래부터
원한 바가 아니니 강청하지 말라"고 하며 강경하게 반대했다. 궁궐수비
를 박영효의 훈련대에게 맡기면 자신과 민비는 다시금 유폐상태에 빠질
뿐 아니라 자신들의 수족인 궁내부도 기능을 상실하게 될 것을 우려했
기 때문이었다. 급기야 고종은 윤5월 3일에 박정양총리대신 등을 인견
한 자리에서 "작년 6월 이래의 칙령이나 혹은 재가 사항은 어느 것이나
짐의 의사에서 나온 것이 아니니 모두 취소하겠다"고 하여 갑오개혁을
전면 부정하고 나섰다.190) 이에 박정양은 윤5월 5일에 총리대신직을 사
임하였다.191) 고종이 이처럼 강경하게 내각의 결정사항에 반대한 것은
안으로 궁내부에 포진하고 있는 고종세력과 밖으로 러시아공사의 적극
적인 후원이 있었기 때문이었다.192)

　고립무원의 지경에 빠진 박영효는 윤5월 5일 이후 왕실에 대한 종전
의 태도를 바꾸어 무력으로 왕실을 통제하려는 '과격한 조치'(민비폐위
조치)를 구상하게 되었다. 그러나 일본인 佐佐木秀雄에게서 이러한 기
미를 탐지한 韓在益이 이 사실을 김홍집파인 유길준과 고종세력인 심상
훈·홍계훈 등에게 토로했다. 이에 유길준은 다시 자파인 김홍집에게
밀고했고, 심상훈은 윤5월 14일에 입궐하여 고종에게 밀주했다.193) 그러
자 고종은 김홍집을 궁내부특진관으로 삼아 사태를 수습케 하는 한편,

---

190) 『日本外交文書』, 제28권 제1책, No.301, p.444.
191) 『日省錄』, 고종 32년 윤5월 5일.
192) 윤5월 7일 露·美 양국 공사는 왕궁호위병 교체문제로 杉村濬대리공사를 방
　　문하여 박영효를 공격하고, 삼촌공사에게도 강경한 주의를 환기시켰다. 『日
　　本外交文書』, 제28권 제1책, No.314, pp.452-456.
193) 박영효의 고종폐립음모에 관한 상세한 전말은, 『秘書類纂 朝鮮交涉資料』 下,
　　pp.99-106.

동일 밤에 조칙을 반포하여 "박영효가 불궤를 도모하다가 발각되었으니 엄히 조사해 처리하라"고 하였다. 이로써 박영효는 이제 반역음모자의 혐의를 받고 다시 몰락·망명의 길을 걷게 되었다.[194]

　동일에 고종은 내무대신 박영효, 경무사 이윤용, 경무관 이규완, 인천항경무관 崔鎭翰 등을 면직시키고, 대신에 박영효파를 거세하는데 공을 세운 유길준을 내무대신서리에, 안경수를 경무사에, 한재익을 경무관에, 홍계훈·현홍택을 군부부령에, 姜華錫을 인천항경무관에 임명했다. 또 김병시·정범조·金永壽 등을 궁내부특진관에 임명하여 박영효에 대한 처분문제를 위임했다.[195] 이로써 갑오경장의 제4기인 박정양-유길준내 각이 출범하였다.

　박영효의 몰락에 대해 당대사를 직접 목격한 菊池謙讓은 "이 가공적 인 사건으로 갑오경장은 완전히 해소되어, 일본이 독력으로 조선국의 개조를 담당한 이래 약 일년간의 노력은 수포로 돌아갔다"고 하였 다.[196] 이는 일본의 대한간섭정책 내지 보호국화정책이 완전히 실패했 음을 웅변하는 말이다. 환언하면, 이는 조선의 정치상황이 갑오개혁 이 전으로 회귀하여 고종세력이 다시 왕권을 완전히 되찾았음을 의미하는 것이었다.

　박영효를 축출함으로써 궁중과 부중을 장악한 고종은 윤5월 20일에 드디어 왕권을 완전히 환수했음을 내외에 천명했다. 이때 고종은 내각 에 친림하여 "지금까지 칙임·칙명을 모두 아래에서 의논하여 바친 것 은 체제가 아니었다. 지금부터는 짐이 마땅히 친히 결재할 것이다"고 하여 정무친재의사를 분명히 나타냈다.[197] 동일에 고종은 군부 소관의 扈輦隊(御駕護衛軍)·日傘事知(日傘擔當軍)·忠贊衛·忠壯衛·傳漏軍(漏

---

194) 『承政院日記』, 고종 32년 윤5월 14일 ; 『梅泉野錄』, p.179 ; 『大韓季年史』上, p.109 ; 『日本外交文書』, 제28권 제1책, No.314, pp.452-464.
195) 『承政院日記』, 고종 32년 윤5월 14일 ; 『在韓苦心錄』, p.211.
196) 菊池謙讓, 『近代朝鮮裏面史』, 京城 : 朝鮮研究會, 1936, p.386.
197) 『日省錄』, 고종 32년 5월 20일.

刻擔當軍) 등을 궁내부 소관으로 이속시켜 군부에 소속된 궁중의 군사권을 환수했다.198) 이어 윤5월 20일에 고종은 "신제도·신법령 등에는 모순이 허다했으니 앞으로 재검토하겠다"는 취지의 조칙을 반포했다. 이처럼 고종은 갑오개혁을 총체적으로 부정하고 구체제를 복구하겠다는 강한 의지를 피력하였다.199)

2) 高宗의 王權 鞏固化 方案

왕권을 되찾은 고종은 이를 공고화하는 작업에 착수했다. 고종은 먼저 윤5월 25일에 칙령 122호를 반포하여 "훈련대와 신설된 공병·병마 외에 시위대를 별도로 신설한다"고 하였다. 그리고 동일자로 시위대 연대장에 현흥택을, 제1대대장에 李學均을, 제2대대장에 金振灝를 임명했다.200) 일본교관이 훈련시킨 훈련대를 꺼린 고종은 시위대를 신설하여 자기세력으로 하여금 통솔케함으로써 왕실호위를 강화하고자 하였던 것이다. 시위대의 신설과 동시에 고종은 측근인 홍계훈을 훈련대의 수장인 연대장에 임명하여 박영효가 장악하고 있던 훈련대에 대한 통제권을 확보했다.201) 이로써 고종은 친위부대의 반란을 사전에 막을 수 있는 방어장치를 마련하였다.

고종과 민비의 왕권공고화작업은 조선의 친러정책을 견제하고자 조선에 우호적 태도를 나타내고 있는 일본측의 협력하에 급속하게 이루어졌다. 윤5월 29일에 서울에 귀임한 정상형공사는 6월 4일에 고종을 알

---

198) 『高宗純宗實錄』, 고종 32년 윤5월 20일 ; 『官報』, 開國 504년 윤5월 19일.
199) 『高宗純宗實錄』, 고종 32년 윤5월 20일 ; 『官報』, 開國 504년 윤5월 21일.
200) 『官報』, 開國 504년 윤5월 27일 ; 『韓末近代法令資料集』 1, p.450. 黃炳茂, 「日本이 施行한 軍制改革과 京軍」, 『陸士論文集』 5, 1967, p.118.
201) 『官報』, 開國 504년 윤5월 25일. 이미 4월 27일에 홍계훈의 사위 李敏宏이 훈련대 제2대대의 正尉로 근무하고 있었다. 또 심상훈의 심복인 參領 李道徹은 5월 7일에 훈련대 제3대대장에, 이민굉은 훈련대 제3대대의 正尉에 임명되었다. 따라서 훈련대 제3대대는 박영효파가 몰락하기 전에 이미 고종세력의 수중에 있었다. 『官報』, 開國 504년 5월 1일, 7일.

현한 자리에서, "조선의 왕족·신민으로서 왕실에 대해 불궤를 도모하는 자가 있으면 일본정부가 병력을 동원해서 왕실을 보호하고 귀국의 무사안녕을 도모하겠다"고 하여 조선왕실의 정치적 안정보장을 확약했다. 또한 그는 일본내각이 조선국왕에게 3백만원의 기증금을 주기로 결정한 사실을 암시하여 고종과 민비의 환심을 샀다.202) 또 정상공사는 6월 이후 다시 국왕과 가진 면담에서 「17개조개혁안」을 제시했다. 이 개혁안의 핵심사항은 고종에게 민씨척족과 김홍집파를 중심으로 내각을 재구성하라고 건의한 것이었다. 나아가 정상공사는 민비에게 정치일선에 복귀하여 고종과 나란히 국정에 참여하도록 하고, 갑오경장 중에 거세된 민씨척족 내지 친민파 관료들에게 특별 사면·복권조치를 내릴 것을 권고했다. 정상공사의 이러한 개혁안은 1894년 6월 이전과 같은 보수적 민씨척족정권으로의 회귀를 의미하는 것이었다.203) 정상공사의 제안이 없었더라도 민씨척족들의 정계복귀는 왕권회복을 이룬 고종과 민비가 조만간 단행할 문제였다. 다만, 정상공사의 제안은 고종과 민비의 행보를 가속화시켰다는데 그 의미가 있었다.

고종과 민비의 왕권공고화작업은 대외적으로 배일친로정책의 재추진을 의미하는 것이었다. 이미 갑오경장 직후부터 고종과 민비는 러시아가 전제군주제 국가이기 때문에 러시아만이 조선을 보호해줄 수 있다는 판단하에 강력한 친로정책을 택하였다.204) 그리하여 고종과 러시아간에는 1895년 윤5월 중순경에 '은밀한 약속'이 성립되었다. 당시 러시아공사는 군주권의 보호와 민씨척족의 안전을 약속하는 4개항을 민비에게 제시했는데, 거기에는 "왕비와 민씨는 일체이며, 민씨와 일본은 역사상 결코 양립할 수 없다", "러시아는 결코 조선의 독립을 방해하거나 내정

---

202) 『日本外交文書』, 제28권 제1책, No.248, pp.371-372 ; 『在韓苦心錄』, pp.216-217.
203) 井上馨공사의 「17個條改革案」에 대해서는 『世外井上公傳』 4, 東京 : 原書房, 1968, pp.502-510.
204) 金相洙, 「閔妃弑害事件의 國際的 背景」, 『明成皇后 弑害事件』, pp.148-154.

에 간여하지 않을 것이다. 따라서 러시아에 의지하여 그 보호를 청하면 안전하다", "또 러시아는 군주전제 국가이므로 조선의 군주권을 충분히 보호할 수 있다"라는 등의 구절이 들어있었다.205) 고종과 민비의 왕권 공고화작업은 이러한 친로정책과 긴밀한 연관하에 추진되었음을 주목할 필요가 있다.

6월 20일에 고종은 장예원경 심상훈을 탁지부대신에, 경무사 안경수를 副將겸군부대신에, 이윤용을 경무사에, 趙秉稷을 장예원경에, 閔亨植을 왕후궁대부에, 李聖烈을 내각총서에, 鄭秉岐를 내장원보물사장에, 李鳳植을 왕태자궁시종관에 임명하여 내각과 궁내부에 대거 친위 세력을 포진시켰다.206) 이 시점에서 고종은 궁내부를 중심으로 정무를 친재하며 재정(심상훈)·군대(홍계훈현홍택)·경찰(이윤용) 등 체제유지에 필수적인 자리를 장악했다. 그러나 아직 군부 중 훈련대에 대한 지배권을 확보하지 못한 형편이었다.

6월 24일에 민씨척족계 재야유생으로 추정되는 전통훈대부 李舜範이 "아국 제도를 전폐하고 외국의 제도만을 모두 따르는 것은 불가하다"는 내용의 갑오개혁 반대상소를 올렸다.207) 반개화 분위기가 조성되기를 기다리던 고종은 6월 27일에 "모반·살인·강도·절도·간통·騙財를 범한 자를 제한 외에 일체 석방하여 曠蕩의 조치를 보이게 하라"는 조칙을 반포하여 갑오경장 이래 거세된 민씨척족 및 노론계 대신들에 대한 대대적 사면령을 내렸다. 이 조칙으로 민영준·민형식·민응식·민영주·閔泳純 등 민씨척족과 趙秉式·金世基·李容泰·金文鉉·李容植·趙弼永·趙秉甲·金昌烈·趙萬承·任穉宰·徐廷喆·沈能弼·趙駿九

---

205) 『在韓苦心錄』, pp.221-224.
206) 『承政院日記』, 고종 32년 6월 20일.
207) 『承政院日記』, 고종 32년 6월 24일 ; 『上疏存案』 一, No.50, 奎章閣圖書館, 圖書番號 奎17232의 2. 李舜範은 ① 正名分 立紀綱, ② 興學校 進賢良, ③ 表文章 別貴賤, ④ 減巡檢 增兵丁, ⑤ 輕賦斂 除苛法, ⑥ 嚴城門開閉之規 등 6개조를 주청하였다.

등 노론계 관료를 비롯한 260여명이 방송되었다.208)

갑오개혁으로 거세된 근왕세력에 대한 대대적인 사면을 단행한 고종은 7월부터 민비시해전까지 대략 다음과 같은 네가지 방면에서 왕권의 공고화를 기도하였다.

첫째, 궁내부의 체제를 대폭 확충·정비한 후 내각내의 친일개화파 숙청작업에 돌입했다. 구체적으로 고종은 7월 8일에 閔泳喆을 궁내부특진관에, 7월 9일에 閔泳敦을 제용원물품사장에, 7월 10일에는 李載克을 왕태자궁우시독관에, 7월 14일에 閔丙漢을 왕태자비궁대부에, 全良默을 제용원주전사장에, 金敎德·李裕宰·沈厚澤 등을 시독관에, 7월 22일에 尹用求를 시종원시종에, 7월 27일에 鄭秉夏를 겸임내장원경에, 閔泳綺를 회계원출납사장에, 李容善을 장예원종정사장에, 7월 30일에는 전전기를 궁내부참리관에, 8월 4일에는 민영기를 왕태자비궁대부에 각각 임명하였다.209) 이 작업은 8월 22일에 민영준을 궁내부대신에 기용하는 것으로 막을 내릴 예정이었다. 이처럼 을미사변 직전 고종의 통치방식은 내각정치가 아니라 궁내부정치라고 말해도 과언이 아닐 정도로 인사정책·경제정책을 비롯한 모든 통치행위를 궁내부 중심으로 짜여져 있었다.210)

궁내부의 체제를 대폭 확충·정비한 고종은 곧이어 내각에 대한 인사에 들어갔다. 8월 4일에 탁지부주사 魚浩善과 孟一鎬를 견책하고, 7월 10일에 중추원의장 어윤중과 탁지부재무관 印錫輔에게 사직을 명하고, 8월 10일에 柳正秀를 탁지부회계국장에, 嚴柱完을 탁지부참서관에, 李宗洙·李益壽·許嫩을 탁지부재무관에, 金重煥·高永憲을 내부참서관에, 安鍾和를 법부참서관에 임명했다. 이처럼 탁지부·내부·법부 등의 실무진을 갈아치운 고종은 곧이어 8월 16일에 유길준을 의주부관찰사로

---

208) 『日省錄』, 고종 32년 6월 27일. 이들의 명단은 『官報』, 開國 504년 8월 1일조.
209) 『承政院日記』·『日省錄』, 고종 32년 7월 8일~8월 4일.
210) 『官報』, 開國 504년 7월 26일.

70

좌천시키고, 다음날 궁내부협판 李範晉을 농상공부대신으로 발탁하고, 농상공부대신 金嘉鎭을 한직인 중추원일등의관으로 전출시켰다.211) 그러나 궁중의 업무가 통일성이 결여되고 자주 지체되었기 때문에 고종과 민비는 자신들이 총애하는 민영준을 궁내부대신에 기용하여 궁중과 부중을 아우르는 중책을 맡기고자 하였으나 민비시해사건으로 뜻을 이루지 못했다.212)

둘째, 고종세력은 훈련대를 해산함으로써 병권을 완전히 장악하고자 하였다. 전에 박영효가 훈련대로 하여금 궁성호위를 담당케 하자고 주청했을 때 고종이 이를 반대했음은 앞에서 살펴본 바와 같다. 고종과 민비는 훈련대를 궁중의 휘하에 두고자 홍계훈을 훈련대연대장에 임명했으나 제3대대만 심상훈의 심복인 참령 李道徹에게 장악되었을 뿐이며, 정작 중요한 李軫鎬의 제1대대와 禹範善의 제2대대는 여전히 홍계훈의 수중을 벗어나 있었다. 따라서 연대장 홍계훈은 유명무실한 존재에 지나지 않았기 때문에 고종세력에게 훈련대 제1·2대대는 '眼中之針'과 같은 존재였다.213)

고종은 8월 14일에 훈련대의 실무장교인 副尉 成暢基·申羽均, 參尉 趙義範·安泰承·權學鎭·왕유식·李大珪 등에게 일본유학을 명했다. 이는 분명히 훈련대내 박영효계의 친일장교를 제거하려는 의도가 내포된 인사였다.214) 그런 다음 고종은 훈련대를 해산할 구실을 찾기 위해 이윤용이 거느린 경위청 소속의 순검들로 하여금 훈련대 병사들과 충돌을 일으키도록 부추겼다. 경위청 소속의 순검들이 수차례 모욕과 폭행을 가하자 훈련대 병사들은 경무소를 습격하여 순검들을 살상하고 몇채의 가옥을 파괴했다.215) 이에 고종은 8월 19일에 훈련대의 무기를 회수

---

211) 『承政院日記』, 고종 32년 8월 4일~17일.
212) 『高宗純宗實錄』, 고종 32년 8월 20일 ; 『在韓苦心錄』, p.235 ; 『秘書類纂 朝鮮交涉資料』下, p.156.
213) 『在韓苦心錄』, p.224.
214) 『高宗純宗實錄』, 고종 32년 8월 14일.

하라는 밀명을 내림과 동시에 군부대신 안경수로 하여금 훈련대를 해산하겠다는 밀지를 三浦梧樓공사에게 전하게 하였다.216) 그러나 훈련대해산문제는 민비시해사건으로 무산되고 말았다.

셋째, 고종은 갑오경장으로 도입된 근대적 제도개혁을 부정함으로써 재야의 보수적 양반유생들의 반정부적 태도를 무마하고자 하였다. 8월 10일에 궁내부대신서리 이범진과 장예원경 조병직은 고종의 명을 받들어 칙령 제1호의 호외로 「朝臣以下服章式」을 반포했다.217) 8월 10일 현재까지 154호의 칙령이 반포되었는데, 이제 새롭게 '칙령 제1호'를 호외로 반포한 것은 일본의 후원하에 이루어진 개혁안을 부정하고 앞으로 주체적인 입장에서 개혁을 추진하겠다는 다짐이었다.

칙령 제1호로 반포된 「조신이하복장식」에 의하면, 관리의 복장 중 朝服과 祭服은 옛날과 같게 하고, 통상의 복색은 편의에 따르게 하며, 士庶의 복색도 넓은 소매는 제거하고, 예복 이외에는 검약을 힘쓰게 하였다. 이는 1894년 12월 16일에 朝臣의 복장을 廣袖와 黑團領을 사용토록 하고 1895년 3월 29일에 관민의 周衣를 일체 흑단령으로 바꾸게 한 조치를 전면 부정한 것이었다.218) 즉 갑오개화파의 의복제도개혁은 재야유생들의 거센 반발을 초래했는데, 이제 왕권을 확고히 수립했다고 판단한 고종은 대민무마책의 일환으로서 의복제도의 '從便爲之'를 선포한 것이었다.

넷째, 고종세력은 사신접대비·경축연회비·구병대설치비 등 과다한 지출로 부족해진 왕실경비를 확보하고, 또 정상형공사의 재정개혁으로 탁지부에 이관된 궁중소유재산을 환수하는 작업에 몰두했다. 앞에서 살

---

215) 小早川秀雄, 『閔妃弑害事件의 眞相』, 民友社, 1946, p.27 ; 菊池謙讓, 『近代朝鮮裏面史』, p.397.

216) 『駐韓日本公使館記錄』 7, pp.211-212.

217) 『承政院日記』, 고종 32년 8월 10일 ; 『官報』, 개국 504년 8월 11일.

218) 『韓末近代法令資料集』 1, pp.144-145, 274-275. 吳瑛燮, 「甲午改革 및 改革主體勢力에 대한 保守派 人士들의 批判的 反應」, pp.112-114.

퍼본 것처럼 고종과 민비는 개화파의 재정통인 어윤중을 물리치고 궁내부와 내각의 경제부처에 측근중의 측근인 심상훈과 민영기를 포진시켰다. 아울러 8월 10일 이후 탁지부 실무진을 대거 고종세력으로 교체함으로써 왕실에서 국가경제를 주관하겠다는 의사를 나타냈다.

원래 1895년 예산안은 66만원이 남도록 짜여진 흑자예산안이었으나 예상보다 세입은 줄고 세출이 증가하여 90만원의 적자가 났다. 이 부족분을 내각회의를 통해 보충하려 했지만 근왕세력은 이를 단호하게 거부했다. 이는 국가재정을 왕실에서 관리해온 조선의 관행을 고수하려는 때문이었다. 1895년 7월 이후 고종세력은 탁지부 재원 중 가치가 높은 둔전·역전·홍삼 등에서 징수되는 세금을 모두 왕실소유재산으로 확보했다. 나아가 조폐사업도 관장하겠다는 의도를 드러냈다.[219]

요컨대 1895년 7월 이후 고종세력의 왕권공고화구상의 귀착점은 민비의 뜻을 받들어 민영준을 궁내부 대신에 기용하여 궁중과 부중의 정무를 총괄케 하고, 러시아공사와 협력하여 훈련대를 해산하고, 총리대신 이하 10여명의 친일개화파를 살해하고, 갑오개혁으로 빼앗긴 왕실소유재산을 되찾고, 갑오개혁의 근대적 개혁안을 부정함으로써 민씨척족정권을 재수립하는 것이었다.[220]

VII. 맺음말

이상에서 고종세력이 갑오경장기에 추진한 왕권회복운동의 전개양상을 논급하였다. 이제 그들의 활동을 삼국간섭 이전과 이후로 나누어 정리한 다음, 그러한 활동의 의미와 한계를 간략히 논급하고자 한다.

갑오경장 직후부터 삼국간섭 이전까지 고종세력은 중앙과 지방에서 다각도로 항일활동을 펼쳤다. 첫째, 고종과 민비는 경복궁함락 직후인

---

219) 『在韓苦心錄』, p.223.
220) 『駐韓日本公使館記錄』 7, p.212.

1894년 6월 하순 민영준·민상호 등을 청국에 밀파하여 구원을 요청했다. 이들 밀사들은 조선의 위난을 구해달라는 고종의 밀서를 청국의 이홍장과 평양에 진주한 청장 위여귀·좌보귀 등에게 전하였다. 이에 이홍장은 조선에 청군을 증파하는 동시에 평양감사 민병석으로 하여금 고종에게 이러한 사실을 전하게 하였다. 또 동학농민군이 재봉기에 돌입했을 즈음에 고종과 민비는 측신인 현홍택·이인영·김학균·김홍륙 등을 구미공사관에 파견하여 지원을 구하였다.

둘째, 고종세력은 친일개화파와 대원군파의 대립 및 친일개화파간의 알력을 이용하여 점차 왕권을 회복해 나갔다. 이러한 적대세력의 활용전략은 고종세력이 삼국간섭 이후에 추진한 引俄拒日(排日親露)정책과 같은 以毒制毒(以夷制夷)전략의 일환으로서 그들이 갑오경장 이후의 유폐상태를 벗어나 왕권을 회복해 나가는데 상당한 영향을 미쳤다.

먼저, 고종과 민비는 갑오경장 직후 군국기무처의 개혁노선을 둘러싸고 갑오개화파와 대원군파가 대립을 벌이자 대원군파의 적대세력인 안경수·이윤용·김가진 등 '친민 성향의' 갑오개화파로 하여금 대원군파를 견제하게 하였다. 또 고종은 갑오경장 직전 귀국한 박영효가 대원군파의 협조요청을 거부하고 왕실에 호의적인 태도를 보이자 그를 반대원군세력으로 활용하려 하였다. 이러한 전략을 통하여 고종세력은 정무친재권의 회복을 원했으나 일본측의 반대로 무산되었다.

다음, 고종과 민비는 입헌군주제를 도입하려는 정상형일본공사의 조선보호국화정책에 대항하며 점차 입지를 강화해 나갔다. 그들은 11월 초·중순경에 4협판을 독자적으로 임명하여 인사권환수의지를 나타내는 한편, 정상공사가 신뢰하는 박영효를 중용하여 정상공사와 우호관계를 유지하려 하였다. 그러나 정상공사가 고종세력의 청원서한 발송건과 동학농민군 추동건을 문제삼았기 때문에 고종은 12월 중순 자기 세력의 권한축소 조항이 담긴 「홍범 14조」를 반포해야만 했다. 이후 고종은 조선 내각에서 김홍집·어윤중·유길준 등 갑오개화파와 박영효·서광범 등 갑신개화파간에 훈련대장 신태휴 기용문제, 군부대신 조희연 퇴진문제 등을 둘러싸고 대립이 격화되자 君權說을 지지하는 갑신개화파를 전폭 후원하였다. 이때 고종은 평소의 유약한 모습과 달리 "짐은 결코 군주권이 없는 허위를 옹위하지 않겠다"며 강력한 왕권회복의지를 나타냈다.

셋째, 고종과 민비는 청일전쟁의 와중에서 대원군파와 마찬가지로 '南北挾擊戰略'(서울진격전)을 추진하였다. 이것은 북부의 청군을 남하시키고 남부의 동학세력과 재야유림을 북상시킴으로써 중앙의 일본세력과 대원군파를 토멸하려는 고종세력의 은밀한 항일전략이었다. 청일전쟁에서 청군이 패배했기 때문에 실패하고 말았지만, 이 전략은 한말 의병운동시에 재야세력과 연대하여 활동한 고종세력의 기본적인 항일방략이었다.

먼저, 청군을 남진시키기 위해 고종은 8월 중순경 평양의 민병석에게 밀서를 보냈다. 고종의 지시대로 민병석은 평양에 진주한 淸將에게 국왕의 간곡한 구원요청의사를 전했고, 또 평양전투에 대비중인 청군에게 인적·물적 자원을 적극 제공하였다. 그러나 평양전투 후 일본군에게 노획되어 일본 대본영에 보내진 고종의 서한은 대원군과 민비를 거세하고 고종을 유명무실한 존재로 만든 후 일본식 내정개혁을 신속히 추진하려는 정상형공사에게 주요 빌미를 제공하였다.

다음, 재야세력을 북상시키기 위해 고종세력은 남부의 동학농민군과 재야유림에게 거의를 촉구하였다. 당시 고종 명의의 밀지를 소지한 최익현·송정섭·이건영 등은 兩湖의 수령은 물론 동학세력과 재야유림을 대상으로 의병소모 및 군수모집활동을 펼쳤다. 또 심상훈·민형식·민응식 등 권력회복을 갈구하는 근왕관료들은 'ㅇㅇ'의 밀지를 가지고 동학농민군을 봉기시키기 위해 위해 암약하였다. 이에 외세배격이 목전의 급무임을 절감한 재야세력은 그 계급상 차이를 극복하고 고종세력과 연대관계를 맺게 되었다. 그리하여 일본측은 "東學黨 再燃의 원인은 閔族

의 煽動이 其多에 居한다"라며 대원군파 보다 고종세력이 동학농민군의 재봉기에 직접적인 영향을 미쳤다고 보았던 것이다.

중앙과 지방에서 거의 동시기에 봉기를 추진하던 고종세력과 재야세력은 고종의 밀지를 매개로 연대하였다. 이러한 공조활동이 한말의병운동에 끼친 영향은 다음과 같다. ① 고종세력의 밀사가 재야세력을 추동하여 거의시키는 방식은 한말 의병운동 발발의 일반적 형태가 되었다. ② 고종세력과 재야세력의 연대활동은 한말 의병운동이 전국화·대규모화·조직화·장기화하는데 커다란 영향을 미쳤다. ③ 고종세력의 밀사들이 소지한 국왕의 밀지는 각처 의병의 지도부와 병사층으로 하여금 신분상·지위상의 차이를 극복하고 모두 국왕의 신민이라는 사상적 일체감을 지니게 하였다. ④ 고종세력의 밀사들은 한말 의병운동시에 대규모 연합의진의 결성에 막대한 역할을 수행하였다.

1895년 3월 하순 삼국간섭으로 국제정세가 일변하자 조선에서는 일본세력과 친일개화파가 위축되고 러시아세력이 득세하는 상황반전이 연출되었다. 이에 고종세력은 국권 및 왕권의 회복·강화작업에 본격 착수하였다.

첫째, 고종은 적극적인 배일친로정책을 취하였다. 그들은 조선주재 러시아공사와 연계하여 친구미파를 기용하고 일본세력을 거세하는 동시에 러시아에 권동수 등을 밀파하여 조선에 대한 협조를 구하였다. 당시 고종과 민비는 러시아가 전제군주제 국가이기 때문에 러시아만이 조선의 국권과 자신들의 왕권을 보장해줄 수 있다고 판단하였다. 그리하여 러시아와 조선간에는 조선의 국권 및 왕권 보호 조항이 포함된 밀약이 체결되었다. 이러한 친러반일정책은 을미사변의 직접적 원인이 되었다.

둘째, 고종은 대외적으로 친러정책을 취하는 가운데 대내적으로 근왕세력을 기용하여 왕권을 강화해 나갔다. 먼저, 고종은 갑오경장 후 기능이 대폭 강화된 궁내부에 심상훈·이재순·홍계훈 등 수십명의 측신들을 기용하고 갑오경장 이전의 집권관료들을 궁내부 특진관(16인)에 임명함으로써 이른바 궁내부중심의 통치체제를 수립하였다. 나아가 고종은 궁내부에 포진한 친위세력의 지원하에 박영효·김홍집 등 왕권을 위협하는 친일개화파를 차례로 거세하고 내각을 장악하였다. 이어 고종은 친일개화파의 수중에 있는 훈련대·시위대 등에 대한 통수권을 환수하고, 갑오경장으로 거세된 민씨척족 및 노론계 의정들에 대한 대대적인 사면령을 내리고, 그리고 갑오경장의 개혁조치를 총체적으로 부정하는 조칙을 반포하였다. 1895년 윤5월 20일 내각에 친림한 고종은 "지금까지 칙명을 모두 아래에서 의논하여 바친 것은 체제가 아니었다. 지금부터는 짐이 친히 결재할 것이다"라는 조칙을 반포하여 갑오경장 이전의 전제군주권을 완전히 회복하였음을 내외에 선포하였다.

이상과 같은 갑오경장기 고종세력의 왕권회복운동의 여러 방략들은 을사늑약 전후의 국권회복운동의 모범이 되었다. 즉, 을사조약 전후 고종세력의 국권회복운동은 구미 열강 및 국제회의에 청원밀사를 파견하고, 구미 세력을 끌어들여 일제를 견제하려는 조선중립화정책 및 均勢 정책을 힘쓰고, 주한 외국공사관에 측신을 파견하여 구원을 청하고, 전국 각지에 밀사를 파견하여 재야세력의 거의를 촉구하고, 친일세력과 친로세력 등 국내 정치세력을 상호 견제시키고, 재야세력으로 하여금 항일상소를 올리게 하고, 계몽운동세력에게 반일구국운동을 펼치게 하는 것 등이었는데, 이러한 다기한 항일방략은 대체로 갑오경장기에 고종세력이 추진한 항일방략과 대동소이한 것이었다. 이러한 점에서 갑오경장기에 고종세력에 의한 국권회복 내지 왕권회복운동은 대한제국기에도 그대로 이어졌던 것이다. 환언하면, 갑오경장기에 고종세력이 추진한 여러 가지 항일활동들은 고종양위 전후까지 한국의 보수적 집권층이 주도한 항일구국운동의 선구적인 그리고 전형적인 사례였던 셈이다.

갑오경장기 및 을사늑약기 고종세력의 항일활동은 형태상 약간의 차이가 있었으나 그 근본성격은 동일한 것이었다. 외침의 강도가 약했던 갑오경장기에는 상대적으로 국가존망 보다 왕권회복이 집권세력의 주요 관심사였기 때문에 고종세력의 항일운동은 국권회복 보다는 왕권회복에 초점이 모아져 있었다. 이에 반해 국가존망이 결판나는 을사늑약기 이후에는 왕권회복 보다 국권회복이 보다 시급한 문제였기 때문에 그들의 항일운동도 전자 보다 후자를 우선시하는 방향으로 나갔다. 그러나 이러한 차이에도 불구하고 국가와 영토와 인민의 수호를 표방하며 외침에 기민하게 대항했던 고종세력의 왕권회복운동과 국권회복운동의 궁극적 지향점은 동일했다고 평할 수 있다. 한마디로, 왕권과 국권을 동일시한 고종세력의 항일활동은 자신들의 제반 권익을 유지·수호하려는 정략적 동기에서 비롯된 것임을 유념해야 한다.

고종세력의 항일민족운동은 한국 근대사상 뚜렷한 명암을 남겼다. 우선, 고종세력이 정치적 생명력을 발휘하는 1910년 전후까지 한국근대 보수적 민족운동의 여러 흐름들은 고종세력의 항일활동과 긴밀한 연관 하에 추진되었다. 나아가 고종세력은 충군애국론에 충실한 조선의 재야 신민들로 하여금 국가와 국왕과 민족을 위한 항일활동에 신명을 바치게 했을 뿐 아니라 그들의 반일활동이 조직화·연합화·장기화·대규모화 할 수 있는 제반 여건을 마련해 주었다. 그러나 이상의 긍정적인 측면과는 별개로 고종세력은 한국근대 민족운동의 전개와 발전에 많은 굴절을 초래하기도 하였다. 이를테면, 전제군주제에 상응한 전통적 사회체제를 계속 고수하려는 고종세력의 구국활동은 천부인권설에 기초한 계몽사상과 입헌제와 공화제 등 민주정체를 지향하는 한국근대 민족운동의 신조류를 거스르는 측면이 있었다. 그리하여 근대적 의미의 민권론과 정체론을 내세운 개화파 및 애국계몽파 조차도 고종세력의 지도자인 전제군주 고종의 존재와 영향력을 인정한 바탕위에서 자신들의 사상과 활동을 펼칠 수밖에 없었다. 그렇기 때문에 한국의 근대적 민족운동가들은 1919년 고종이 사망한 후에야 비로소 민주공화제를 역사의 전면에 내세울 수 있었던 것이다. 이러한 측면들이 바로 갑오경장기 및 을사조약기 고종세력의 항일민족운동의 순기능과 역기능이었다.

The Power Restoration Movement of King Kojong, 1894-1895

Youngsob Oh

The reform movement of 1894-1895, Kobo-Ulmi reform movement, was an significant event in modern Korean history. This reform movement has its historical significance as part of an effort to transform Korean society from traditional to modern one.

Since King Kojong(1852-1919, reign 1863-1907) temporarily lost his power due to the Japanese military and pro-Japanese reformists shortly after invasion of Kyungbok Palace, he made an effort to retrieve independence of his dynasty and power.

First of all, King Kojong dispatched envoys to Ching Empire in order to ask for its help. Secondly, he let Pyungyang Privance in cooperation with Ching troops repel Japanese forces. Thirdly, he appealed to Tonghak peasants and Confuncian literati in southern part of his dynasty to organize rightous army, uibyong and destroy the Japanese forces and pro-Japanese reformists in Seoul. Fourthly, King Kojong was willing to retrieve his power by taking advantage of conflict between Taiwongun faction and the reformists in the cabinet. However, these efforts turned out failure owing to hindrance of Japanese minister, Inoue Kaoru.

As Japan's influence on his dynasty was diminished in the wake of the

Triple Invention, King Kojong grew to actively seek restoration, relying on the international situation which was in his favor. First of all, since Russia guaranteed indepedence of Choson dynasty and security of King Kojong, he secretly signed a friendly agreement with Russia. Secondly, he purged pro-Japanese reformists from major posts in his cabinet and appointed his aides to those posts. Thirdly, King Kojong invalidate all the reform measures carried out by the reformists. It helped King Kojong regain his power as strong as that before Kobo-Ulmi reform movement.

In conclusion, the various efforts made by King Kojong during Kobo-Ulmi reform movement period to retrieve his power was one of initiative and typical cases in national movements of modern Korean history.

統監府 時期 李完用 研究

韓 明 根*

─────────────────────── <목 차> ───────────────────────

Ⅰ. 머리말
Ⅱ. 이완용의 일본인식
Ⅲ. 일진회와의 제휴와 고종양위 강요
  1) 일진회와의 제휴와 신내각 성립
  2) 고종 양위 강요
Ⅳ. 자파세력 구축과 일진회와의 대립

  1) 이완용 "가족정부"
  2) 일진회의 이완용 내각 공격
Ⅴ. 일진회와의 병합경쟁과 병합체결 주도
  1) 일진회와의 병합경쟁
  2) 병합체결 주도
Ⅵ. 맺음말

Ⅰ. 머리말

　이완용은 한국근대 정치사의 질곡을 대변하는 인물이다. 일제 강점기, 이완용을 '智力이 非凡하고 識見이 卓越하며 일에 대한 추진력이 뛰어난 인물'이며, 동시에 "宰相의 지위에 戀戀하여 오백년간의 社稷을 亡케 한 매국노"[1]라고 한 언급에서 그의 정치역정을 잘 살펴볼 수 있다.

　19세기 중반 이후 한국사는 외세의 침략과 저항의 연속이었다. 이 속에서 이완용은 국권을 일본에 넘겨주는 데 결정적 역할을 하였고, 병합

---

* 숭실대학교 강사

[1] 靜波閑史, 「一堂을 追憶하고(一)」, 『每日申報』 1926년 2월 14일.

요인의 일단면을 이완용의 정치역정을 통해 살펴볼 수 있을 것이다.

그런데 이완용의 정치적 역할에 비해, 체계적인 연구성과는 미흡한 실정이다. 이완용에 관한 구체적 연구로 독립협회 활동 전후기에 주목한 김행선의 글을 들 수 있다. 김행선은 이완용의 성장에서부터 1904년 친일파로 변신하기까지의 親美·親露派로의 변신과 활동을 중심으로 살펴보았다.2) 다음으로 이완용의 전 생애를 조명한 박영석과 임대식의 논문이 있다. 박영석은 親美·親露·親日 행각을 중심으로,3) 임대식은 변신과정 및 재산축적 방식과 규모에 대한 규명작업을 진행하였다.4) 최근에는 윤덕한이 이완용에 대한 객관적 시각을 지향하며 대중역사서를 발간하였다.5) 이 연구들은 독립협회 활동기가 중심이거나 전생애에 걸친 것으로, 이완용이 왕성하게 활동하였던 통감부 시기의 집중적인 연구는 미진한 편이다.

이에 본 글에서는 위의 연구성과를 토대로 하여, 이완용의 정치운동을 통감부 시기, 곧 이완용이 을사늑약을 주도하던 시기부터 병합조약 체결하던 시기까지로 한정하여 살펴보았다. 먼저 매국노의 대명사 이완용의 일본에 대한 인식과 정치적 실권을 장악하는 과정 및 일진회와의 관계, 병합체결 주도에 이르기까지, 이완용의 정치 행보와 권력 운동을 당대의 라이벌이었던 일진회와의 제휴, 대립, 갈등관계를 중심으로 살펴보았다.

---

2) 金幸仙, 「親美·親露派로서의 李完用 研究」, 『漢城史學』 3, 한성대 사학회, 1985, 116-182쪽.
3) 朴永錫, 「李完用研究」, 『國史館論叢』 32, 국사편찬위원회, 1992, 229-251쪽.
4) 임대식, 「이완용의 변신과정과 재산축적」, 『역사비평』 계간 22호, 1993 가을호, 역사비평사, 138-185쪽.
5) 윤덕한, 『애국과 매국의 두 얼굴 이완용 평전』, 중심, 1999.

Ⅱ. 이완용의 일본인식

이완용은 1858년 경기도 광주에서 老論인 牛峰李氏 집안에서 태어나, 사회적 기득권을 보장받으며 관직에 나아갔다.[6] 어려서부터 한학을 공부한 이완용은 10세 때 대원군과 교우했던 判中樞府事 李鎬俊의 양자로 입양되어 출세길을 열었고 1882년 增廣文科의 丙科에 급제하여 官界에 진출하였으며, 1886년에는 외국어의 필요성을 인식하여 育英公院에 입학하였다. 이후 이완용은 친미정국이 농후한 가운데 駐美公使團員으로 활동하면서 駐美公使館 외국인 書記官 알렌과 친분을 맺고 친미파가 되어 미국에 利權을 넘겨주었고, 알렌의 협조로 학부대신에 임명되었다. 1895년 이완용은 排日운동의 일환으로 李範晉 등 親露派 세력이 주도한 '春生門 事件'에 가담했으며, 1896년에는 俄館播遷에 가담하여 외무대신직에 올랐다.[7] 이 사건은 그가 親美派로서 親露정책을 구사하며 권력에 더욱 밀착하는 계기가 되었으며, 李範晉, 李允用과 함께 "親露派의 三李"라고 불리게 되었다.[8]

그 후 이완용은 정동구락부가 모체가 된 독립협회에 가담하여 회장직까지 맡았으나, 외부대신 재직시 외국에 과도한 이권 양여를 베풀었다는 이유로 1898년 7월 제명 당하였다.[9] 그런데 이는 형식상의 이유에 불과한 것이고 독립협회를 떠나게 된 이유는 따로 있었다. 1898년 들어 민중과 결합된 정치운동을 전개하던 독립협회가 대내외적인 탄압에 직면하게 되자, 이완용은 기회주의적 속성을 발하며 자발적으로 떠난 것

---

6) 靜波閑史, 「一堂을 追憶하고(二)」, 『每日申報』 1926년 2월 15일.

7) 朴永錫, 앞의 논문, 230-235쪽.

8) 細井肇, 『現代漢城の風雲と名士』, 京城: 日韓書房, 1910(舊韓末日帝侵略史料叢書』 12, 서울아세아문화사, 1985), 27쪽.

9) 鄭喬, 『大韓季年史』上, 국사편찬위원회, 1957, 207쪽 ; 金幸仙, 앞의 논문, 173쪽.

84

이다.10)

1897년 9월 外職인 평남관찰사, 1901년 2월 궁내부 특진관에 임명되었다가 1905년 9월 18일 학부대신에 임명되어 중앙정계에 복귀한 이완용은 을사늑약 성사에 앞장섰다. 러일전쟁이 일본의 승리로 돌아가자 재빨리 시세의 추이를 파악하고 친러·친미에서 맹렬한 친일분자로 방향을 선회한 것이다.11) 이완용의 친일로의 변신을 어떻게 설명할 수 있을까?

이완용의 이 같은 대세에 순응한 기회주의적 변신은 "時勢가 突變한다면 모름지기 이 기회를 타서 人事의 適宜함을 잃지 않아야 한다"12)는 그의 정치철학에서 비롯된 것이다. 이완용은 친러에서 친일로의 변신과정에 대해 다음과 같이 언급하였다.

> 日人失對韓策　其力不足賴　太王卽託身露使舘　爾後　日人示其可賴則復歸親日13)

힘의 역학관계에 따른 처세술의 한 단면을 살필 수 있는 대목이다. 한국이 의뢰할 만한 대상국이 변하는 상황에 따라 그의 외세관도 가변적이었던 것이다.

이완용은 이토 히로부미(伊藤博文)의 을사보호안 강요를 부득이한 결과로 받아들였다. 당시 동양의 위기가 한국의 잘못된 외교권 행사로 말미암은 것이기 때문에, 한국은 세계의 대세 및 동양의 정세상 일본과 밀접한 관계를 맺어야 한다고 생각하였다.14) 동양의 위기는 러시아를 포함한 백인종의 동양 진출 위협을 말하는 것으로, 위기대처 능력을 상

---

10) 金幸仙, 앞의 논문, 162-173쪽 참조.
11) 小松綠, 『朝鮮倂合之裏面』 東京: 中外新論社, 1920, 117쪽.
12) 金明秀 編, 「言行雜錄」, 『一堂紀事』 全, 京城: 一堂紀事出版所, 1926, 803쪽.
13) 金明秀 編, 『一堂紀事』, 序文, 9-10쪽.
14) 靜波閑史, 「一堂을 追憶하고(五.)」, 『每日申報』 1926년 2월 18일.

실한 한국 외교권의 일본 이양은 당연하다는 것이었다. 이완용은 을사
늑약에 반대하는 대신들에게

> 일본은 강한 러시아를 압도한 戰勝의 餘勢로 한국에 臨할 것이다.
> 어떤 일이라도 생각대로 斷行하여 얻을 것이다. 그런데 지금 禮를
> 중시하여 合意的 條件을 맺고자 하면 오히려 관대한 조치라고 말하
> 지 않으면 안된다. 우리들은 마땅히 그 好意를 이해하지 못하고 공
> 연히 이에 반항하는 것은 事에 해로울 뿐만 아니라 헛되이 일본의
> 惡感을 불러일으키는 愚策이다.[15]

라고 설득하였다. 러시아와의 전쟁에서 승리한 일본의 한국 진출은 피
할 수 없는 상황이기 때문에 비교적 "관대한 조치"인 외교권을 이양함
으로써 현실적이고 합리적인 해결을 이루어야 한다는 견해이다. 이완용
이 동양의 대세상 일본의 요구에 반발해서는 안된다고 주장하고 당시의
반침략이라는 시대적 과제를 등한시한 점에서, 현실권력권 내에 안주하
여 모험적인 갈등을 피하고자 한 '현실주의자' 내지는 대세에 순응하는
처세술을 가진 '시세순응주의자'라고 할 수 있을 것이다.
  그렇다면 당시 일본의 對韓政策에 대한 이완용의 인식은 어떠하였나.
이완용은 1907년 5월 신내각 조직시 내세운 조각 원칙에서,

  - 일반의 形勢에 通하여 日韓의 地位를 알고 提携를 실현할 것.
  - 施政改善의 實을 거둠에 熱心일 것.
  - 어떠한 困難에 직면해서도 以上의 목적 달성을 공고히 하여 중도에
    포기하지 않을 것.[16]

---

15) 小松綠, 『朝鮮併合之裏面』, 118쪽.
16) 「韓國內閣更迭始末」, 『駐韓日本公使館記錄』 31권, 機統秘發 第9號(1907.6.4)
     566쪽 ; 『日韓外交資料集成』 第6卷 上, 494・499쪽 ; 朝鮮總督府纂, 『朝鮮の
     保護及併合』(『朝鮮統治史料』 3, 東京: 韓國史料研究所, 1970), 105쪽.

등을 내세우며 양국의 긴밀한 제휴와 일제 통감의 시정개선책에 대한 일관성 있는 지원과 배려를 중시하였다. 이완용은 양국의 제휴, 곧 양국이 '一家'와 같이 신의를 돈독히 하고 선진의 지도에 순응하는 관계를 최선의 것으로 여기고 있었다. 이완용의 '一家'와 같은 긴밀한 제휴 주장은 이토 통감이 강조한 양국의 긴밀한 친선관계를 통한 共生의 길과 일치하는 것이며, 나아가 일본이 한국 진출을 합리화하기 위해 펼쳤던 동양평화론과도 상통하는 것이다.

이완용 내각 출범 직후인 1907년 5월 26일, 이토 통감은 통감부 간부들에게 "철두철미한 친일주의"와 '反皇室主義'에 입각한 내각의 존립을 강조하였다.17) 5월 30일 신내각 각원에 대한 훈시연설에서는 양국이 "서로 제휴하여 국가 부강을 도모"해야 하며 "한국의 존립에 있어 가장 적절하고 긴요한 방침은 성실히 일본과 친목해서 일본과 存亡을 함께 하는 데에 있다"18)고 하여 양국의 긴밀한 공생체제를 강조하였다.

이에 대해 각원을 대표한 답사에서 이완용은 일본과의 적극적인 제휴를 주장하였다. 그는 "국가로서 독립할 실력이 없이 독립을 바라는 것은 불가능하기 때문에 일본과 제휴하지 않으면 안된다"고 하면서 일본과의 제휴해야 하는 이유를 세 가지로 설명하였다. 첫째는 지리상 일본과 제휴하는 것이 가장 이익이라는 점, 둘째 일본이 한국을 개발시키려는 방침이 일관적이기 때문에 일본과 제휴하는 것이 이익이라는 점, 셋째 금일 일본이 한국을 병합하여 일본 영토의 일부로 할 수 있는데도 오히려 한국의 독립 부식을 위해 노력하고 있다는 점에서, '일본과 제휴하여 실력 양성에 노력해야 한다'고 하였다.19)

---

17) 釋尾東邦, 『朝鮮併合史』京城:: 朝鮮及滿洲社, 1926, 340쪽 ; 黑龍會, 『日韓合邦秘史』上, 東京: 原書房, 1976, 259쪽.

18) 「韓國新內閣大臣ニ對スル伊藤統監ノ演述」, 『駐韓日本公使館記錄』31권, 機統秘發 第9號(1907.6.4), 569·572쪽 ; 『朝鮮併合史』, 340쪽 ; 『日韓合邦秘史』265쪽 ; 『日韓外交資料集成』第6卷 上, 484쪽.

19) 「韓國新內閣大臣ニ對スル伊藤統監ノ演述」, 『駐韓日本公使館記錄』31권, 機統

또한 이완용은 1909년 2월 황제의 평양 순방시 日韓人 환영연설회에서, 일본인에 대해 "제군은 선진국의 선각자이고 先覺이 後覺을 깨닫게 함이 人道上의 책무라면, 우리 국민을 善히 지도 권유하여 그 지식을 증진시키고 산업을 발달시켜 양국민의 親誼를 돈독히 하여 영구히 동양평화의 기초를 공고히 하게 할 것을 切望한다"20)고 하여, 동양의 평화는 일본의 한국에 대한 선의의 지도와 협력에 의해 이루어진다고 보았다. 동양평화의 책임은 전적으로 일본의 지도와 협력에 있다는 이 주장은 이토가 평소 주장하던 바의 추종에 지나지 않는 것이며, 이완용의 "동방의 대세는 日韓一家에 있다"21)는 확신 역시 이토의 '日韓一家說'을 추종함에 다름 아니다.22)

그리고 이완용은 日韓一家, 곧 日鮮融和가 정치적 회유와 강제로는 도저히 불가능하다고 생각하고, 그 방법으로 양국간의 통혼정책을 제시하였다. 먼저 '양국 황족이 통혼하고 자녀를 낳으면 백성들도 역시 통혼하게 되고 장기적인 세월이 지나면 양국 국민들은 자연스럽게 일치되어 서로 愛護하게 될 것이며, 한국인의 반일감정도 자연스럽게 소멸된다'는 것이다. 1907년 말의 황태자(영친왕 李垠)의 일본유학은 이러한 방침의 일환이었다.23)

이완용은 일본과의 연대를 주장하면서 통감과의 우호적 관계를 철저히 하였다. 이완용은 1907년 5월 송병준과 함께 신내각을 구성할 즈음 이토에게 "公이 만일 통감직을 辭하면 余도 수상의 地位를 去하리라"고

秘發 第9號(1907.6.4), 572쪽 ; 『朝鮮倂合史』, 332-333쪽, 『日韓合邦秘史』 266-267쪽, 『日韓外交資料集成』 第6卷 上, 484-485쪽.

20) 金明秀 編, 『一堂紀事』, 433쪽.

21) 金明秀 編, 『一堂紀事』 序文 3쪽.

22) 金明秀 編, 『一堂紀事』 序文 3쪽 ; 韓明根, 「統監府 時期 日帝의 侵略論」 (『國史觀論叢』, 2000.6. 게재 예정) 참조. '동양평화론'과 '日韓一家說'은 이토가 추구한 對韓政策논리를 대표하는 것이다.

23) 金明秀 編, 「言行雜錄」, 『一堂紀事』 813-814쪽.

하며 충성을 맹세하였다.24) 그러면서 이토를 낙후된 한국정치를 개선하고 한국민의 행복을 위해 종사하고 있으며, 세계의 대세에서 한국이 취해야 할 방침을 헤아리고 있는 세계적인 지도자라고 극찬하였다.25) 그러면서 한국민이 이토를 師表로 하여 각기 맡은 바에 부지런히 노력하여 큰 성과를 얻기를 희망하였다.26) 또한 1909년 1월 이토의 체임설이 나돌자, 일본황제에게 "伊藤 통감은 전국 상하가 신뢰하는 者이니 영구히 통감의 任에서 不遞하기를 望한다"고 奏請하며 이토의 유임운동을 전개하였으며, 이토 사후에는 이토를 쫓지 못함을 스스로 개탄하였다.27) 이완용이 권력 부침이 심한 정치상황에서도 장기간 수상직을 유지할 수 있었던 요인은 이처럼 이토를 권력의 배경으로 삼았던 데서 찾을 수 있을 것이다.

요컨대 이완용은 동양의 평화는 '日韓一家'를 실현하는 데에 있다고 보았고, 이토를 한국민의 '師表'로 여겼으며, 한국민이 일본에 대한 경계심을 버려 양국민의 親誼를 더욱 돈독히 하고 일본을 추종할 때 현재의 빈약에서 미래의 부강으로 발전할 수 있다고 생각하였다.

---

24) 『皇城新聞』 1909년 7월 9일 잡보 「妄却前誓」 ; 『申報』 1909년 7월 17일 잡보 「狡猾狐媚」 ; 『신한민보』 1909년 8월 4일 「新協約의 內容과 李完用의 陰謀라」.
25) 『日韓外交資料集成』 第6卷 上, 481쪽.
26) 金明秀 編, 『一堂紀事』, 434쪽.
27) 金明秀 編, 「言行雜錄」, 『一堂紀事』, 789쪽. 그런데 이완용은 이토 후임으로 부통감 소네 아라스케(曾禰荒助)가 통감으로 승진 임명되자, "伊藤公의 사임은 可惜하나 曾禰子의 昇任은 大히 歡迎한 바라"고 하며 축전을 보냈는데(『皇城新聞』 1909년 7월 9일 잡보 「妄却前誓」 ; 『日韓合邦秘史』 下, 64쪽), 그의 변화무쌍한 처세술의 단면을 잘 살펴볼 수 있다.

Ⅲ. 일진회와의 제휴와 고종양위 강요

1) 일진회와의 제휴와 신내각 성립

을사늑약 주도로 정치적 입지를 강화한 이완용은 권력장악을 위한 정계개편을 시도한다. 조약 체결 직후 성립된 박제순 내각은 조약 강제로 인한 한국민의 동요와 반일 의병활동의 진정, 일진회의 발호에 대한 대책, 그리고 통감부와 한국황실세력 및 한국민과의 상호 절충 및 조화를 이뤄내야 하는 험난한 여정에 있었다. 이러한 정치적 혼란상황에서 이완용의 권력지향적 행동은 군부대신 李根澤과의 정치적 제휴로 시작된다.

이토 통감 부임 이후 박제순은 정부의 參政으로 있었지만, 정부의 전권은 이근택 형제가 장악하고 있었다.[28] 이근택은 확실한 친일정권을 수립하여 원활한 통치를 하고자 했던 이토에게 수완 있는 인물로 평가받아 발탁된 인물이었다. 군부대신 이근택은 일본군 사령관 "하세가와 요시미치(長谷川好道)와 의형제를 맺고 또 이토의 義子가 되어"[29] 참정 박제순을 능가하는 세력을 구축하고 정부의 의결권을 장악하여 참정 이상의 막강한 권력을 가지고 있었다.[30] 이근택은 李根湘(궁내부대신 역임), 李根澔(법부대신 역임), 李根洪(내부협판 역임) 형제들과 함께 권력 집착과 사리사욕에 몰두하였다.[31]

당시 언론은 정부 실세인 이근택을 이용하고자 하는 이완용의 처세

---

28) 『大韓每日申報』(이하 『申報』라 略함) 1906월 8월 12일 잡보 「惜失瓜牙」, 8월 29일 잡보 「宮大發明」.

29) 黃玹, 『梅泉野錄』 국사편찬위원회, 1955, 390쪽.

30) 石森久彌, 『朝鮮統治の批判』 京城: 朝鮮公論社, 1926(『韓國近現代史料叢書』 1, 支配政策編 , 1990, 韓國人文科學院), 371-372쪽.

31) 『申報』 1906년 8월 11일 논설 「李氏輩兄弟會社」 ; 細井肇, 「李根澤」, 『現代漢城の風雲と名士』, 60쪽.

를 자세히 다루고 있다. 『大韓每日申報』는 이완용이 참정 및 내부대신을 겸임하여 군부대신 이근택과 함께 중앙정부를 장악하고 지방정치는 이토와 협의하여 개량한다는 계획을 꾸몄으나 성사되지는 못하였다고 적고 있다.[32] 그렇지만 이완용의 이근택과의 제휴 노력은 "政界의 彗星 출현"으로 비유될 만큼[33] 그의 정치적 입지 강화에 기여한 셈이 되었고, 정부의 주요 세력관계가 이완용 - 이근택과 참정 박제순 - 탁지부대신 민영기의 경쟁으로 언급되기도 하였다.[34] 이처럼 학부대신 이완용은 정치권력 장악에만 주력하였고, 실제 주무행정에는 등한시하였다.[35]

한편 참정 박제순은 이완용의 정계개편 시도 등 혼란한 정치질서를 개탄함과 동시에 이토의 통감정책에 대해서도 비판적인 태도를 가지고 있었다.[36] 게다가 당시 박제순은 이토 통감이 渡日한 사이, 지방관을 독점함으로써 박제순 내각과의 세력 균형을 꾀하던 일진회를 배제하고[37] 대한자강회, 기독교청년회 등의 개혁적 신진세력을 지방관으로 등용하였다.[38] 1906년 말~1907년 초반, 고종은 통감이 부재중인 상황을

---

32) 『申報』 1906년 8월 15일 잡보 「大官葛藤」, 8월 17일 잡보 「宮部葛藤」, 8월 22일 잡보 「政府平和」.
33) 『申報』 1906년 9월 16일 잡보 「政界彗星」.
34) 『申報』 1906년 10월 5일 「政黨暗鬪」, 1907년 1월 20일 잡보 「四리搆박」, 1월 22일 논설 「日本之改良」. 그런데 이토는 정국불안의 요인으로 權略과 野心으로 가득찬 군부대신 李根澤 형제 세력을 지목, 내각 운영의 개편을 구상하였다. 이근택은 중추원 의장(1906.11.17), 궁내부특진관(1906.12.18)으로 좌천되었다(『申報』 1906년 12월 1일 잡보 「勢所固然」, 12월 20일 잡보 「綠리失職」).
35) 『申報』 1907년 5월 18일 一打玉壺. 이완용은 교육확장을 도모하기 보다는 오히려 교육방침을 거슬러 교육을 방해한다거나(『申報』 1907년 1월 22일 茶半閒話), 옥천군 彰明學校에서의 보조금 청구건을 거절하여 교육을 천시한다는 비판을 받았으며(『申報』 1907년 3월 7일 紙上雲烟), 교육대신이기 보다는 "防育大臣"이라는 칭호를 얻을 정도였다(『申報』 1907년 1월 22일 茶半閒話, 1월 23일 酒後片談, 2월 17일 新年新話 참조).
36) 『申報』 1906년 8월 24일 잡보 「參政正論」.
37) 『日韓合邦秘史』 上, 201쪽.
38) 內田良平, 『隆熙改元秘事』(韓國史料研究所, 『朝鮮統治史料』 4, 東京: 宗高書

이용하여 자주권 회복을 위한 시도를 하고 있었으며, 박제순은 황제권 내에 머무르면서 친일세력을 제거하며 황실측근세력의 정치력 확대를 꾀하였던 것이다. 이 때 이완용은 박제순에게 반황실적 태도를 종용하며 황제의 의사와는 상관없이 정부가 일치 협력하여 단결을 공고히 해야 한다고 주장하였다.[39] 즉 이완용은 을사늑약 이래 人心의 反정부적 양상을 해소하기 위한 한 방편으로 박제순에게 일진회와의 연대가 급무라고 주장하였다.[40]

그런데 자파의 지방관 임용에 주력하던 일진회는 참정 박제순과 내부대신 李址鎔이 지방관 임명 문제를 놓고 自黨세력 확대를 꾀하며 일진회의 몰락을 기도하고 있다고 비판하고, 이들 두 대신이 "專擅國權하여 國勢가 日靡하고 生靈이 塗炭" 지경이라고 하며 내각 총사직운동을 시작하였다.[41] 이후 일진회는 더욱 정부 공격의 기세를 높이고 연설 또는 신문 논설을 통해 정부의 무능을 비판하였고[42] 1907년 5월 2일에는 박제순 내각 탁핵문을 제출하고 총사직을 권고하였다.

이토는 불안한 정국을 안정적으로 운영하기 위해서는 정부가 민간 혹은 정치단체와의 공조체제를 형성해야 한다고 생각하고, 그 대상으로 일진회를 지목하였다.[43] 일진회가 박제순 내각 총사직을 권고한 다음날인 5월 3일, 일진회 고문 우치다 료헤이(內田良平)는 이토에게 "一進會는 도저히 現內閣과 一致할 수 없다"고 하며 "天下를 二分하여 (일진회

房, 1970), 76쪽 ; 『日韓合邦秘史』 上, 68 · 133-134쪽.

39) 서영희, 『光武政權의 국정운영과 日帝의 국권침탈에 대한 대응』, 서울대 박사논문, 1998, 282쪽.

40) 「韓國內閣更迭始末」, 『駐韓日本公使館記錄』 31권, 機統秘發 第9號(1907.6.4), 556-557쪽 ; 『日韓外交資料集成』 第6卷 上, 492쪽.

41) 『駐韓日本公使館記錄』 제32권, 「一進會創立畧史」, 241쪽 ; 內田良平, 『隆熙改元秘事』 76 · 138쪽 ; 『韓國一進會日誌』(『朝鮮統治史料』 4, 國學資料院, 1989), 626쪽.

42) 『日韓外交資料集成』 第6卷 上, 492쪽.

43) 『日韓外交資料集成』 第6卷 上, 490-491쪽.

92

의) 地方官 독점을 희망한다"고 제의하였다. 이토는 이 제안이 실현불가능하다고 반박하였고,[44] 다음날인 5월 4일 대신회의에서 "內閣에 民黨의 後援이 필요하다면 一進會와 提携해야 이익"이라고 하며, 정부의 개혁과 함께 정부와 일진회의 연대를 강조하였다.[45]

이에 대해 박제순은 "臣等은 國賊 一進會와 提携할 수 없어 辭意를 결심"하였다고 하여, 매국적 일진회와 제휴 제의를 거절하고 사직을 선택하였다.[46] 당시 박제순은 일진회의 공격이 가중되는 상황 하에서 테러위협에도 시달리고 있었다. 1907년 3월 군부대신 권중현이 정부대신 암살단에게 육혈포를 맞는 사건이 발생하면서 乙巳五賊을 위시한 전현직 대신들의 신변 위협이 뒤따르고 있었다.[47] 을사오적으로 지목된 박제순은 테러 위협, 일진회의 사퇴압력이 가중되는 상황에서 사직할 수밖에 없었다. 참정 박제순의 거듭된 사직 요청에 따라 이토 통감은 이합집산의 정치세력을 친일의 기치 하에 결집시키기 위한 계책을 강구, 이른바 '이완용·송병준 연립내각'을 조직하였다.[48]

---

44) 內田良平, 『隆熙改元秘事』, 135쪽.
45) 內田良平, 『隆熙改元秘事』, 48·158쪽.
46) 內田良平, 『隆熙改元秘事』, 158쪽 ; 『日韓合邦秘史』上, 239-240, 247쪽.
47) 『申報』 1907년 3월 26일 잡보 「軍大遭變」, 4월 6일 잡보 「胡不早知」.
48) 內田良平, 『隆熙改元秘事』, 180쪽. 원래 이토는 시종일관 친일노선을 견지해 온 일진회의 주요 간부들을 대신급으로 등용하려 하였다. 이토와 함께 朝鮮國情調査囑託으로 한반도에 건너온 우치다는 1894년 동학농민전쟁시 天佑俠團을 이끌고 농민군을 지원했던 전력으로 일진회장 이용구와의 절친한 사이가 되어 일진회 고문을 맡았는데, 우치다의 일진회 중용 건의에 이토가 동의했던 것이다. 그런데 이완용은 당시 친일단체로 원성을 사고 있던 일진회의 간부가 내각에 등용되는 것은 수세국면을 자초하는 결과를 초래한다고 주장, 결국 송병준 1명만이 농상공부 대신으로 입각하는 것으로 송병준과 타협을 보게 되었다. 그리고 조각 내용에 따른 반발을 최소화하고자 농상공부대신직은 공석으로 남겨두었다가 마지막에 가서야 송병준을 임명하였다(『一進會裏面史』(『朝鮮史話と史蹟』京城; 1940, 朝鮮研究會) 955-959쪽 참조). 따라서 후술하겠지만, 이 때 결성된 내각은 일진회의 영향력이 크게 작용하여 성립한 것이지만, 실제 인적 구성은 이완용 친정체제쪽으로 굳혀지게 된다.

이완용의 등용 요인 중의 하나는 송병준의 건의가 작용했기 때문이다. 송병준이 이토에게 "皇帝의 의사에 反하고 통감의 지도를 쫓아 諸政을 개혁할 자"[49]로 이완용이 적임자라고 추천한 점이 이완용 등용의 주요 요인이 되었다고 한다. 이토는 이완용이 을사늑약시 각 대신들 중 가장 단호한 태도로 찬성한 점, 의지가 강고하여 고종을 대하는 태도가 대담하다는 사실을 고려하여 이완용을 지목하였다. 그리하여 고종에게 이완용이 양국관계의 친선과 종래의 시정방침 실행에 적합한 인물이라고 하며 참정으로 추천하였다.[50] 박제순 후임으로 徐正淳을 등용하려 했던 고종은[51] 이완용의 경력과 연령을 고려하고 특히 일반 여론의 반대를 이유로 난색을 표했으나 이토의 집요한 권유로 마침내 응낙하였다.[52] 요컨대 이토는 일진회의 내각 개편 주장을 받아들여 일제 통감정책에 대한 적극적인 수용, 그들의 한국에서의 시정개선책 원조, 황실세력을 견제할 수 인물로 이완용을 전면에 내세웠다.

신내각 성립의 주축멤버인 이완용과 송병준의 개인적 관계와 이들의 시국인식을 살펴보자. 양자의 관계는 송병준이 1906년 8월 玉璽 盜用사건으로 유배형이 결정된 李逸植을 은닉한 죄로 경무청에 구속[53]되면서 밀접해졌다. 이완용은 이 사건 이전에는 반정부적 성향을 가졌던 일진회를 탐탁치 않게 여기고 있었으나, 일진회를 정치적 동맹세력으로 삼기 위한 전략으로 송병준 特赦運動, 곧 평리원재판장인 그의 형 李允用에게 송병준 무죄 석방을 권고하였다.[54] 이완용은 앞서 보았듯이 박제

---

49) 『日韓合邦秘史』上, 201쪽.
50) 『日韓外交資料集成』第6卷 上, 492-494쪽 ; 『朝鮮の保護及併合』105쪽.
51) 細井肇, 「現代漢城の風雲と名士』, 22쪽.
52) 『日韓合邦秘史』上, 247쪽 ; 『日韓外交資料集成』第6卷 上, 496쪽 ; 『朝鮮の保護及併合』, 107쪽 ; 『申報』1907년 5월 30일 잡보 「政界改革에 續聞」.
53) 『日韓合邦秘史』24-29쪽 ; 『韓國一進會日誌』, 611쪽.
54) 『申報』1906년 10월 7일 잡보 「黨於一進」, 10월 12일 잡보 「結托一進」·「三大密會」, 10월 14일 잡보 「學大奔走」.

94

순 정부와 일진회의 연계를 통해 정국을 안정시키고, 동시에 일진회와의 결탁을 통하여 세력 기반을 구축하려는 정치적 의도를 가지고 있었다.55) 이완용의 이 같은 노력이 일부 작용하여 송병준은 석방되었다.56)

송병준 역시 나름대로 이완용에 대한 호의적 인식을 가지고 있었다. 송병준은 당시 한국의 개혁을 행할만한 인물로 이완용을 꼽고 이완용 내각 성립에 노력하였는데, 그가 이완용을 지목한 데는 그만한 이유가 있었다. 우선 당시 일진회는 일본 육군 측의 후원 하에 있었기 때문에 육군 측과 갈등관계에 있던 통감부와의 관계가 원만하지 않았으며, 한국정부로부터도 견제대상이었다. 그리고 송병준이 이일식 은닉죄로 구속된 사실은 그가 통감부 또는 한국 정부로부터의 제거 대상으로 주목받았기 때문이기도 하다. 따라서 송병준은 일정한 범위 내에서 정부세력과 연계할 필요성을 가졌으며, 그 중에서도 이완용의 노련한 정치역정에 호감을 가지고 있었다. 송병준은 이완용을 "교활하고 대담하며 왕왕 저돌적인 행동을 하는" 인물로 평하였다. 제휴대상으로 그의 정치성향에 부합되는 인물이 이완용이었던 것이다.57)

이완용과 송병준은 일제의 시정개선책 추진이 고종의 방해에 따라 지지부진하게 되었다는 인식을 같이하였다. 송병준은 석방 직후 자신을 방문한 우치다가 聯邦說을 언급하자, '日韓의 聯合은 한국민의 이익이고 그 목적을 수행하기 위해서는 고종의 재위 중에는 도저히 성공할 수 없으므로 廢位를 단행하는 것이 가장 급무'라는 의견을 개진하였다.58)

---

55) 『申報』 1906년 10월 12일 「結托一進」.
56) 『申報』 1906년 10월 26일 잡보 「宋氏保放」. 송병준 석방은 일진회 고문으로 한국 병탄을 주장했던 우치다가 일진회를 일본 앞잡이 역할을 할 수 있도록 하기 위해 이토에게 건의한 것이 주효하였다(趙恒來, 「內田良平의 韓國倂呑 行跡」, 『國史館論叢』 3, 1989. 179-181쪽). 그렇지만 이완용의 송병준 석방운동은 그간 주목하지 못했던 사실이기도 하다.
57) 『日韓合邦秘史』 上, 25-29쪽.
58) 『日韓合邦秘史』 上, 45쪽.

이완용 역시 일본의 한국정부에 대한 시정개선 노력이 고종의 견제로 방해받고 있다고 생각하고 12월 10일 하세가와 요시미치(長谷川好道)를 방문하여 일본의 대한정책이 성과를 거두기 위해서는 최후 수단으로써 고종을 廢位해야 한다고 주장하였다.[59] 그 전날 하세가와는 황권을 제한하고 일제 및 친일정부에 권력을 이양하기 위한 목적으로 고종을 알현하여 宮中과 府中의 분리를 주장하며 고종의 政務 간섭 배제를 요구한 바 있었다. 따라서 이완용의 폐위 주장은 고종에 불만을 품은 일본측의 입장을 대변하는 것이기도 했다.

요컨대 이완용과 송병준은 상호 공조의 필요성과 일본이 강조해 온 이른바 시정개선 작업 추진을 위해서 반드시 폐위가 필요하다는 인식에 공감하고 있었고, 이러한 인식은 신내각 성립의 결정적 배경으로 작용하였다.

2) 고종 양위 강요

이완용 내각은 출범 직후 헤이그밀사 사건과 고종 폐위, 군대해산에 따른 의병의 항쟁에 직면하게 되었다. 고종은 『大韓每日申報』 광고를 통해서 을사조약의 무효를 주장하였으며,[60] 여섯 차례에 걸친 외교활동으로 을사늑약 무효화 운동을 추진하였다.[61] 일본은 헤이그밀사 파견 사실이 알려지면서 고종을 강박하였고 이완용은 그 해결사 노릇을 하였다.

이토는 이완용에게 "(밀사 파견은) 協約 위반일 뿐 아니라 일본에 대한 적대행위인 까닭에 일본은 한국에 대해 宣戰할 충분한 이유가 있다"고 협박하자,[62] 이완용은 1907년 7월 17일 내각회의를 거쳐 "1905년 11

---

59) 서영희, 앞의 박사논문, 283-284쪽.

60) 『申報』 1907년 1월 16일 광고.

61) 柳永烈, 「日本의 韓國支配政略과 高宗의 國權守護運動」, 『大韓帝國期의 民族運動』, 일조각, 1997, 372-378쪽 참조 ; 李泰鎭, 「일본의 대한제국 國權 침탈과 조약 강제」, 『韓國史市民講座』 제19집, 一潮閣, 1996, 46-47쪽.

월 17일의 신협약에 御璽를 押할 것. 황제의 攝政을 推薦할 것. 황제가 직접 동경에 가서 일본황제에게 사과할 것" 등 세 가지 안을 상주하였다.[63] 黃玹은 『梅泉野錄』에서, 이 때 고종이 상주안을 윤허하지 않자 이완용은 칼을 빼어들고 버럭 소리치며 협박하였다고 한다.[64]

이완용은 헤이그 밀사 문제의 해결책으로 고종의 양위를 선택하였다.[65] 이완용은 일본에서 제기되던 합병, 정권위임, 양위 주장에 대해, "합병 또는 정권위임이라고 하는 것을 우리들은 죽어도 복종할 수 없다. 금일의 일은 양위 한 가지뿐이다"라고 하며, 내각 회의에서 고종 양위를 적극 주장하였다.[66] 그러나 고종은 양위의 절대 불가를 강조하고 謝罪使로 이완용의 일본 파견을 최선의 방책으로 생각하였다.

고종은 통감 및 이완용 내각 견제책으로 일본경험이 풍부한 박영효를 내세웠다. 즉 고종은 통감부와 친일내각을 견제하고 독립 회복운동을 하기 위하여 일본에 망명 중이던 야심가 박영효를 1907년 6월 8일 비밀리에 귀국시켜 궁내부대신으로 임명하였다.[67] 박영효는 고종이 양

---

62) 『朝鮮併合之裏面』, 31쪽.

63) 『皇城新聞』 1907년 7월 19일 잡보 「有何善後」·「所不忍言」, 『申報』 1907년 7월 19일 잡보 「閣議上奏件」 ; 『朝鮮併合之裏面』, 31-32쪽. 이완용의 주장 가운데 주목되는 내용은 을사조약에 御璽를 押할 것인데, 이는 을사조약이 고종황제의 동의 하에 이루어진 협약이 아니었음이 조약 체결을 주장한 당 사자에 의해 증명되는 것이다.

64) 黃玹, 『梅泉野錄』, 421-422쪽. 이완용이 7월 16일 밤 고종을 알현하여 자결 할 것을 촉구하였다는 설도 있다(春畝公追悼會, 『伊藤博文傳』 下, 東京, 1940, 759쪽).

65) 金明秀 編, 「皇太子(隆熙)の代理」, 『一堂紀事』, 64쪽.

66) 『日韓合邦秘史』 上, 296쪽.

67) 『統監府文書』 3, 1998, 國史編纂委員會, 320-321쪽 ; 『日韓合邦秘史』 上, 275 ·299쪽. 고종은 박영효가 명성황후 시해사건과는 무관하다고 여겼으며, 철 종의 駙馬 예우를 갖춰 칙명으로 官爵을 회복시키고 罪跡을 소멸시켰다(『日 韓外交資料集成』 第6卷 中, 「伊藤統監謁見始末(1907.6.11)」 523쪽). 그러나 고종은 잦은 쿠데타의 주역으로 연루되었던 李埈鎔의 歸國에 대해서는 인심 의 거부감을 들어 반대하였다(『日韓外交資料集成』 第6卷 中, 「伊藤統監謁見

위를 강요당할 때 양위반대파의 선봉장이 되었다. 이에 이완용은 양위 擧行을 용이하게 하기 위해 자신이 궁내부대신서리를 겸임하려 하였다. 그러나 박영효는 궁내부 사무를 이완용에게 인계하지 않고 宮中派 및 軍部세력과 협동하여 양위 반대를 밀약하였다. 박영효는 7월 20일 고종 양위식을 앞두고, 고종은 단지 황태자에게 양위한 것이 아니라 "庶政의 執行을 위임한 것에 불과하다"고 주장하면서 궁중세력 및 武官과 연합하여 즉위식 때 侍衛隊를 동원, 양위 찬성 대신들의 鏖殺을 계획하였다. 그러나 정부 밀정의 탐문으로 사전에 들통나서 박영효를 비롯하여 侍從院卿兼內大臣 李道宰, 陸軍步兵參領 李甲, 侍從武官 魚潭, 陸軍步兵 正尉 林在德, 前弘文館學士 南廷哲 등 양위반대파가 포박되었고, 박영효는 1년간 제주도에 유배되었다.[68]

이로써 고종 양위는 강제되었고 정미7조약 및 군대해산으로 한국은 완전히 통감부의 장중에 놓이게 되었다. 이완용은 한국의 내정 개혁과 시국 정돈을 위해 '先進의 指導'가 필요하다는 이토의 논리에 수긍하여 한국정치의 실권을 이토에게 넘겨주었으며, 일본은 이로써 한국 병합의 轉機를 마련하게 된 셈이었다.[69] 이에 전국적으로 봉기한 의병 중 일부는 이완용의 조상 신주를 불태우고 가옥 및 什物을 全燒하여 10여만 원의 손해를 끼쳤으며, 이완용은 이토의 주선으로 倭城俱樂部에서 수개월 동안 피신하기도 하였다.[70]

그렇다면 의병피해 당사자의 한 사람인 이완용의 의병관은 어떠하였

始末書(1907.6.22)」, 545쪽).

68) 『高宗時代史』 6권(국사편찬위원회, 1972), 645-647쪽 ; 靜波閑史, 「一堂을 追憶하고(七)」, 『每日申報』 1926년 2월 20일; 細井肇, 「朴泳孝」, 『現代漢城の風雲と名士』, 73-74쪽; 『韓國一進會日誌』, 669쪽 ; 『日韓合邦秘史』 上, 314-325쪽 ; 『日韓外交資料集成』 中, 619쪽.

69) 金度亨, 「日帝侵略期(1905-1919) 親日勢力의 政治論 硏究」, 『啓明史學』 3 (啓明史學會, 1992), 49-50쪽 참조.

70) 金明秀 編, 「同友會의 來襲」, 『一堂紀事』 97-99쪽.

는가. 이완용은 1907년 12월 17일 제25회 한국시정개선에 관한 협의회
에서 의병진압책을 피력하였는데, 각 지방에 의병 귀순을 권유할 설유
위원 파견과 의병 진압을 위한 경찰력 증강이 그것이다.[71] 특히 이완용
은 일본 군대의 의병 토벌은 한국인의 원성을 살 수 있으므로, 한국인
을 일본헌병의 보조원으로 고용하여 의병 토벌에 앞장서게 하자고 주장
하였다.[72] 이는 이토의 의병진압책, 곧 의병진압이 보통의 치안유지와
는 다르기 때문에 경찰력만으로는 안되며 한국인 헌병보조원을 모집하
여 의병을 진압하려는 주장과 일치한다.[73] 이 같은 채찍책과 함께 이완
용은 회유책도 구상하였는데, '의병 대부분이 직업 없어 도적을 業으로
삼고 있기 때문에 토목공사를 일으켜 직업을 줌으로써 糊口之策을 마련
해 준다면 폭도는 감소할 것'이라는 것이다.[74] 이완용은 경제적인 생활
안정을 유도하면 의병이 자연스럽게 소멸할 것이라고 하여, 의병을 약
탈을 주목적으로 하는 화적으로 간주하고 의병의 반침략적 성격에는 주
목하지 않았다.

Ⅳ. 자파세력 구축과 일진회와의 대립

1) 이완용 "家族政府"

박제순 후임으로 낙점된 이완용은 이토의 양해 하에 독점적인 조각

---

71) 『日韓外交資料集成』中, 694-696·714쪽. 이와 함께 이완용은 의병진압책으
　　로 각 지방의 보부상 조직을 이용하려고 시도하였으나 보부상의 반대에 부
　　딪히기도 하였다고 한다(『申報』 1908년 1월 29일 잡보 「負商反對」).

72) 『一堂紀事』, 「詔勅」, 118쪽, 「言行雜録」, 813쪽.

73) 『日韓外交資料集成』 第6卷 中, 「韓國施政改善에 關한 協議會 第41回」(1908.
　　6.9), 889-890쪽.

74) 『日韓外交資料集成』 第6卷 中, 「韓國施政改善에 關한 協議會 第30回」(1908.
　　3.24), 783쪽.

권을 행사하였다. 이완용의 회고에 의하면, 이토가 그를 불러 "一切 組閣문제는 모두 각하의 임의로 할 것이지만 각원 중 2인만은 내가 추천하겠다"고 하며, 당시 친일성향을 지니고 일본 사정에도 정통한 일진회 고문 宋秉畯과 통감부 農事課 囑託 趙重應을 추천하였다고 한다.[75] 이완용의 천거에 따라 經理院卿 고영희가 탁지부대신, 정3품 조중응(형사국장 역임)은 법부대신, 정3품 송병준(일진회 두령)은 농상공부대신, 成均館長 任善準은 내부대신, 副將 李秉武는 군부대신에, 中樞院 副議長 李載崐은 학부대신이 되었다.[76] 고종은 송병준과 임선준의 천거에 강한 불만을 가졌다. 고종은 임선준이 '3품에 불과하여 자격이 미치지 못한다'고 반대하였으나 이완용은 외국에서 9품대신도 있다고 하며 완강히 관철시켰다.[77]

이완용 내각 조직의 특징은 종전의 황제의 의향이 배제되고 이완용의 전적인 추천권 행사에 의해 이루어졌다는 점이었다. 정3품인 송병준, 임선준, 조중응을 大臣에 임명하는 등 파격적인 인사가 단행되었는데, 황제의 인선이 제한되고 수상인 자가 각 대신을 추천하는 형식, 이른바 책임내각제 형식으로 조각되었다. 황제의 대신 임면권을 제한함으로써 각 대신들의 정치적 지위를 친일의 그늘 아래에 묶어두고자 했던 것이다. 따라서 이 때 추천된 대신들은 친일 성향이 농후하거나 황제 의사를 거스를 수 있는 자들이었으며, 이완용 계열에 속하는 자들이기도 했다. 인사권 마저 빼앗긴 황제의 권한은 그야말로 유명무실하게 되었다.[78]

---

75) 靜波閑史, 「一堂을 追憶하고(六)」, 『每日申報』 1926년 2월 19일. 金明秀 編, 「內閣의 新改革」, 『一堂紀事』 53쪽.
76) 『皇城新聞』 1907년 5월 24일 잡보 「內閣新組織」, 5월 27일 잡보 「三大新任」.
77) 『申報』 1907년 5월 30일 잡보 「政界改革에 續聞」 ; 黃玹, 『梅泉野錄』, 414쪽.
78) 더욱이 일제는 이완용 내각 성립 직후 일본식 제도를 모방하여 의정부는 내각으로, 참정대신은 총리대신으로 개칭하는 한편 宮中과 府中의 구별을 엄격히 하여 황제권 축소를 도모하였다(『朝鮮倂合史』, 333쪽, 『皇城新聞』 1907

한편 내각 출범 초기 이완용은 송병준의 적극적인 지원 하에 수상의 자리에 오를 수 있었기 때문에 일진회의 영향력에서 자유롭지 못했다고 한다. 『大韓每日申報』는 연합정권의 성격에 대해, 이완용을 통감세력 및 송병준 내지 일진회의 휘하에서 움직이는 꼭두각시,[79] 또는 "일진회의 鷹犬"[80]이라고 하여 내각이 일진회의 수중에 있다고 보았으며, 일진회 고문 우치다는 송병준이 없는 이완용 내각은 허세에 불과하다고 하였다.[81] 그렇지만 이완용은 일진회의 지나친 내각 간섭 배제에 관한 송병준과의 약속을 전제로 내각을 운영해 나갔으며, 이토 역시 일진회 세력을 이용한 송병준의 내각 협박을 경계하였다.[82]

이완용은 내각 성립 직후부터 노련한 인사 운영으로 세력을 구축해 나갔다. 종전 정부관료의 반발을 억제하기 위해 박제순 정부 당시의 高等官을 그대로 유임시켜 내각의 안정적 세력화 작업에 힘썼다.[83] 그러는 한편 "家族政府"라고 불리는 자파세력의 구축에 노력하였다. 집권 초기 자신의 측근세력들을 세력화하여 하나의 당파 형성에 주력한 결과, 그의 형 李允用이 궁내부대신, 사돈 임선준이 내부대신, 처남 趙民熙가 평리원재판장 등 수많은 친인척이 정부관료로 등용되었다.[84] 이완용 내각체제가 안정적으로 운영되던 1908년 6월 『大韓每日申報』에서 파악한 '총리대신 이완용 - 궁내부대신 이윤용 가족정부'의 내역을 표로 정리하면 다음과 같다.[85]

년 5월 17일 잡보 「內閣改定 大詔」).

79) 『申報』 1907년 6월 11일 流木行雲.

80) 『申報』 1907년 7월 7일 筆下零金.

81) 內田良平, 『靈瑞秘符』(『朝鮮統治史料叢書』 제4권), 248쪽.

82) 『日韓外交資料集成』 第6卷 上, 488쪽.

83) 『大韓民報』 1909년 6월 22일 잡보 「前例聲言」 참조. 前任 내각대신들은 명예직인 중추원 고문직을 신설하여 흡수하였다(『皇城新聞』 1907년 5월 17일 잡보 「內閣改定 大詔」).

84) 『申報』 1907년 8월 16일 잡보 「總理樹黨」, 12월 3일 잡보 「自家宮府」.

85) 『申報』 1908년 6월 18일 잡보 「摠理와 宮相의 家族」 ; 黃玹, 『梅泉野錄』, 458쪽

성 명	관 직	관 계	성 명	관 직	관 계
李恒九	侍從	子	李龍九	奎章閣記注官	堂姪
李明九	侍從	姪	尹喜求	典製官	連査
李會九	侍從副卿	堂姪	尹迵求	東宮侍從	査
李仁用	禮式官	三從弟	韓光洙	南殿提調	切戚
閔丙奭	侍從院卿	處內從	李丙瓛	耆老所 典務官	三從孫
趙民熙	承寧府摠官	妹夫弟	金永甲	侍從	切戚
洪運杓	侍從	女婿	李甲承	侍從	戚孫
趙重國	侍從	甥姪	金璜鐵	侍從	査
金天洙	奎章閣書記官	戚姪	任善準	度支部大臣	親査
韓相鶴	侍從	甥姪	趙英熙	中樞院 贊議	妹夫
金용鎭	侍從	親査	金明秀	內閣秘書課長	甥姪
金晋圭	懿孝殿令	妹夫	洪完식	侍從武官	姪婿

　이상 24명은 1908년 6월 당시 파악된 숫자이며, 파악되지 않은 인원 및 그 후 관직에 등용된 인원까지 합하면 이보다 훨씬 많을 것이다.[86] 이 외 이완용 측근으로 侍從 朴善斌, 典繕司長 金珏鉉 등 27명, 이완용 계열로 법부대신 高永喜, 군부대신 李秉武, 학부대신 李載崑, 중추원 찬의 李在正·洪承穆·南奎熙 등 20여 명이 정부 요직에 포진하고 있었다. 이에 대해 일진회 평의원 劉載漢이 이완용이 정치 개선에 힘쓰지 않고 "家族政府" 형성에만 몰두하고 있다고 비난하며 이완용의 사직 권고를 건의하는 등 일진회는 크게 반발하였다.[87]

　위 표의 이완용 "가족정부" 구성원의 특징은 송병준을 제외한 대부분의 대신이 이완용 계열이라는 점과 친인척 24명 중 侍從院卿, 侍從副卿, 承寧府摠官 등 황실 주변의 핵심관직에 포진해 있는 인사가 절반을 훨씬 넘는다는 점이다.[88] 이완용 계열 인사들이 정부 요직 및 황실권력의

---

86) 『大韓民報』 1909년 7월 27일자 잡보 「機費已入」에서는 "李完用氏는 家族의 現帶官人이 六十名 以上에 達ᄒ야"라고 하여 60명을 상회하고 있음을 기록하고 있다.

87) 『申報』 1907년 9월 19일 잡보 「一免一出」; 黃玹, 『梅泉野錄』 458쪽.

주위를 장악하고 있었다.

이완용 측근세력 가운데 주목되는 인물은 趙重應이다. 조중응은 갑신정변 이래 줄곧 친일파의 길을 걸었으며 일본에 10여년 동안 망명생활을 하였다. 원래 趙重應은 이완용과 적대적 관계에 있었지만 이토에 의해 발탁되어 법부대신으로 등용된 이후 이완용과 의기투합하여 내각을 이끌어 갔으며, 이완용에 비해 담력과 식견은 부족했지만 다년간의 일본 망명생활로 일본 사정을 熟知하고 있다는 장점이 있었다.[89] 또한 조중응은 보부상을 모아 일진회 해산에 앞장설 만큼 반일진회적 지향을 지닌 인물이었다.[90] 병합 당시 이완용 못지 않은 일등 공로자로서, '이완용 - 조중응' 관계가 일진회의 '송병준 - 이용구' 관계와 비견되기도 한다.[91]

2) 일진회의 이완용 내각 공격

이처럼 자파세력의 구축에 성공한 이완용은 재야 반일정치단체인 대한자강회와 친일경쟁단체인 일진회의 붕괴를 획책하였으며,[92] 친위세력을 점진적으로 등용하면서 자기 휘하의 사람을 일진회에 입회시켜 일진회를 정탐하기도 하였다.[93] 이에 반해 송병준은 자신의 입각과 함께 다수의 일진회원을 관계에 진출시키긴 했으나,[94] 제도정치권 내에 이완용 독주를 견제할만한 세력을 구축하지 못하였다. 더욱이 송병준은 고종 양위, 정미7조약 등에 대한 공로를 이완용이 독차지하고 자신은 항상

---

88) 黃玹은 『梅泉野錄』 458쪽에서 시종을 지낸 이완용 인척이 18명이라고 하였다.
89) 『朝鮮併合之裏面』, 120쪽.
90) 『申報』 1908년 1월 26일 잡보 「宴席風波」.
91) 小森德治, 『明石元二郞』 上, 臺灣日日新報社, 1928, 394-395쪽.
92) 『申報』 1907년 9월 9일 筆鋒碎玉.
93) 『申報』 1907년 11월 13일 「勸告入會」, 11월 15일 筆下雌黃.
94) 趙恒來, 『一進會硏究』 중앙대 박사학위논문, 1984, 132-134쪽.

뒷전에 위치해 있음을 개탄해 하였다. 이완용이 고종 폐위에서 신조약 체결에 이르기까지의 공로를 독차지하여 桐花大綬章을 받았는데 반해 송병준은 하등 공로를 인정받지 못하였던 것이다. 이완용과의 경쟁체제에서 이탈된 송병준의 불평은 더욱 커져만 갔다.[95]

그런데 이 두 세력간의 갈등은 무엇보다도 각기 다른 정치적 배경과 지향 때문이었다. 이완용은 양반관료 중심의 정치체제를 지향한 반면, 일진회는 양반질서 해체를 지향한 탓에 지속적인 공조체제를 이루기란 현실적으로 어려웠던 것이다.[96] 본래 이완용은 양반중심의 사회질서를 선호하고 있었는데, 尹致昊는 그의 일기에서 이완용을 "士大夫나 貴族들을 위한 특별한 학교를 세우고자 한 사람"으로 평가하며, 그의 양반 특권의식을 지적하기도 하였다.[97] 반면 동학의 잔당세력이 주축이 된 일진회는 反身分社會的 지향을 지니고 있었다. 이완용과 송병준을 비교해 보기 위하여 다음의 표를 만들어 보았다.[98]

당시 일진회는 1907년 정미7조약, 고종 강제 양위, 군대해산 등으로 드세게 일어난 의병운동을 억제하고 그들의 자위적인 조치로서 '自衛團'을 조직하였지만, 성과를 거두기는커녕 오히려 반일기세가 강화되고 일진회 자체 피해가 심각한 상황에 이르렀다.[99] 통감부 설치 이후 1908년 6월까지 전국 각지의 의병들에게 살해된 일진회원수가 926명, 소각된 가옥이 360호에 달하였다.[100] 이러한 상황에서 일진회는 이완용이 일진회를 업신여기며 전횡을 자행함으로 내각 공조체제의 기초가 무너

---

95) 『日韓合邦秘史』上, 577쪽.
96) 森山茂德, 『근대한일관계사연구』, 현음사, 1994, 217 · 230쪽.
97) 國史編纂委員會, 『尹致昊日記』 Ⅳ, 1975, 1896년 1월 21일조(김행선, 앞의 논문 120쪽에서 재인용).
98) 權藤四郎介, 「候李完用と伯宋秉峻」, 『李王宮秘史』(東京: ぺりかん社, 1977), 261-267쪽 ; 『現代漢城の風雲と名士』; 『朝鮮貴族列傳』 참조.
99) 金東明, 「一進會と日本 -'政合邦'と併合-」, 『朝鮮史研究會論文集』 31, 1993. pp.105-106.
100) 『高宗時代史』 6권, 756쪽.

졌다고 판단하고, 이완용 내각과 통감정치에 반항하는 형세를 취하였다. 더구나 이토의 정책이 일진회에 하등 만족을 주지 못하였기 때문에 일진회원의 불평이 심하였다.[101]

	李完用	宋秉峻
생년월일	1858. 6. 7.	1858. 8. 20.
출생지	경기도 광주	함경남도 장진
출신	양반(老論派)	천민(또는 송시열 후예라는 설이 있음)
학업	漢學·書道 能. 육영공원 수학, 增廣文科 급제(1882)	무과급제(1871)
주요 관직	侍講院 檢校, 주차미국참찬관, 외부대신, 학부대신, 평남관찰사, 총리대신, 중추원 부의장(병합 후)	훈련원 판감, 사헌부감찰, 양지현감, 군수, 농상공부대신, 내부대신, 中樞院 고문(병합 후)
정치 유형	관료적 정치가	대중집단적 정치가
정치스타일	주도면밀·점진적 세력구축	과단성·급격한 세력구축
정치 배경	양반관료	浪人
처세술	철두철미한 시세 순응주의	집단적 여론으로 時勢를 指揮(공격적)
정치행로	친미→친러→친일주의	극단적 친일주의
日人 교우	통감(이토·소네(曾禰荒助))	일본 군부(육군)
병합론	형세관망→병합 주도	시종여일 병합 주장
재산증식	안전지향적	모험적
병합 후 작위	伯爵	子爵

이완용은 일진회의 이완용 공격 및 내각 전복 기도를 차단하고 일진회의 환심을 사기 위해 일진회 일부 세력의 관료화의 길을 터 주었다.[102] 1908년 6월 6일 단행된 大臣의 인사 단행[103]은 이러한 계책에서

---

101) 『日韓合邦秘史』 上, 577쪽.
102) 金明秀 編, 「內部官制改正の原因」, 『一堂紀事』, 130쪽.
103) 이 때의 인사는 새로운 任免이 아닌 자리의 교환이었다. 내부대신 任善準은

나온 것이었다. 송병준을 내부대신으로 등용하고 지방관제를 개정하여 내부대신의 地方에서의 權限을 강화하여 주고자 하였다. 내부대신은 관찰사 천거권을 가지고 관찰사는 지방 군수를 내부대신에게 천거하는 체제, 곧 내부대신의 지방군수 임용권을 주어 일진회의 지방행정 진출의 길을 넓혀줌으로써 그들의 반발을 무마코자 했던 것이다.104) 안정적인 정국운영에 필요한 세력규합책이었다.105)

그럼에도 일진회는 1908년 6월 10일 특별평의원회를 열고 총리대신 이완용 사직권고건을 제출함으로써 反李完用 운동을 본격적으로 시작하였다.106) 1908년 11월 29일 이완용은 이토를 방문하여 사의를 표명했다. 그 이유로 일반 국민의 일진회에 대한 악감정이 정부 원성으로 이어졌고 일진회의 거듭되는 정부 공격과 송병준이 동료대신간에 파란을 일으킨다는 것인데, 사의를 위장하여 일진회에 대한 이토의 단호한 조치를 압박하였다. 그런데 이토는 송병준이 내각 경질을 주장하며 카쓰라 타로(桂太郎) 수상에게 서한을 보내 통감부 정책을 비난하자, 카쓰라, 테라우치 마사다케(寺內正毅) 육군대신과 일진회 해산방법을 협의하였으며, 일진회에 대해 "최후의 恩惠手段으로써 중요 임원에는 우리 主旨를 철저하게 하거나 각 지방에 돌려보내 직업을 얻도록 간절히 說諭"하는 정책을 취하였다.107)

한편 송병준은 반이완용책으로 김윤식을 총리대신으로, 박영효를 궁

度支部大臣으로, 농상공부대신 宋秉畯은 내부대신으로, 법부대신 조중응은 농상공부대신으로, 탁지부대신 고영희는 법부대신으로 자리를 옮겨 앉았다 (『高宗時代史』 6권, 751쪽).

104) 金明秀 編, 「內部官制改正の原因」, 『一堂紀事』 129쪽. 宋炳基(외), 『韓末近代法令資料集』 VI(국회도서관, 1970), 勅令第35號 郡守任用令(1908.6.18). 黃玹, 『梅泉野錄』, 458쪽 참조. 송병준은 관찰사 임면권과 관찰사의 군수 추천권에 대한 정부의 간섭을 배제하여 지방에서의 일진회 세력 확대를 꾀하였다.

105) 金明秀 編, 「年譜」, 『一堂紀事』, 555쪽.

106) 『韓國一進會日誌』, 739-742쪽 참조.

107) 金東明, 앞의 논문, 106쪽.

내부대신으로 재기용하여 宮中의 신용을 얻으려 하였다는 설이 나돌 정
도로,108) 이완용 반대운동에 몰두하였고 일진회는 부회장 洪肯燮을 중
심으로 지속적으로 이완용 내각 총사직 운동을 전개하였다.109) 그런데
송병준은 1909년 2월에 있었던 남북순행시의 불경죄로 여론의 지탄을
받고 결국 정계에서 물러나지 않을 수 없는 상황을 맞이하였다.110) 이
완용은 송병준 면관 이후 송병준 일파에 대한 경계를 늦추지 않으며111)
독자적인 정치력 구축에 주력하였다.

송병준은 면관(1909.2.) 후 도일하여 일본 정계를 상대로 한 합방운동
을 전개하였다. 그는 일본에서 '한국에 두 개의 정부, 곧 일제 통감부와
이완용 내각 체제가 재정만 소비하는 이롭지 못한 체제이므로 한국의
희망과 평화를 위해 하나의 정부를 두어야 한다'고 하며 공공연하게 합
병을 주장하였다.112) 이에 뒤질새라 이완용이 각 대신에게 聯邦 문제
可否 취결을 종용하였으며, 소네 부통감에게 연방 문제의 조속한 결정
을 재촉하였다는 항설이 유포되기도 하였다.113) 이처럼 이완용과 송병
준의 정치적 대립은 병합 때까지 지속되었으며, 일국의 운명을 주도하
는 주요 변수가 일제의 대한정책 외에 이들의 경쟁관계에 있었다고 할
수 있겠다.

송병준의 사직 이후 이완용은 독자적인 정치력 구축이 가능하게 되
었다. 이는 이토의 적극적인 옹호 하에 가능한 것이기도 했다.114) 그러
나 이완용에게 또 다른 정치적 시련이 다가왔다. 권력기반의 충실한 지

---

108) 『駐韓日本公使館記錄』 36권, 憲機第17號(1909.1.7), 11쪽.
109) 『駐韓日本公使館記錄』 36권, 憲機第 307號(1909.2.12.), 95쪽 ; 憲機第316號
(1909.2.12), 97쪽 ; 憲機第503號(1909.3.5).
110) 金明秀 編, 「年譜」, 『一堂紀事』, 563-564쪽.
111) 『駐韓日本公使館記錄』 36권, 憲機第 505호(1909.3.5), 157쪽.
112) 『申報』 1909년 4월 13일 잡보 「布哇特報」.
113) 『申報』 1909년 4월 16일 잡보 「巷說狼藉」, 4월 17일 잡보 「總理訪問」.
114) 趙恒來, 『一進會研究』 중앙대 박사학위논문, 1985, 155쪽.

주었던 이토의 사임(1909.6.)이 이완용에게는 정치적 고비로 작용하였으며, 또한 대한협회, 서북학회, 일진회가 반이완용 전선을 형성한 것이다. 1909년 9월 이른바 '3파연합운동'이 제기되면서 다시금 이완용은 정치적 고비를 맞이하였다. 위 세 단체는 비록 정치적 지향이 달랐으나 反이완용 전선으로 결집하였다.115) 이완용은 3파연합 기도를 탐지하고 우선 연합운동에 주도적 역할을 한 鄭雲復을 매수하려 했으나 실패하였고, 오히려 이 매수 사건으로 3파간의 단결이 더욱 공고해지는 결과를 낳고 말았다.116)

이들 삼파연합운동이 전개되고 있던 10월 26일 이토가 안중근에게 저격당하자 이완용은 일본의 태도에 신중히 주목하였다. 이토 장례식 이후 내각은 연일 비밀회의를 열면서 사태 추이를 관망하는 한편, 보호국 체제라는 현상의 유지를 도모하고, 이를 국내에서 뿐 아니라 일본에 특사를 보내 각국 대사·공사에게도 운동할 것을 모의하였다.117) 그리고 이에 대한 일본의 조처가 없자, 전전긍긍하던 이완용은 이토 장례식에 참석한 조중응으로 하여금 일본 정부의 대한정책의 의향을 탐문하는 한편, 카쓰라 수상에게 일진회 해산을 청원케 하였다. 이에 카쓰라가 일진회를 해산시킬 명분이 없으며 통감의 권한에 속하는 것이라고 거절함으로써 아무런 소득을 얻지 못하였다.118)

---

115) 韓明根, 「大韓協會의 현실정치론」, 『崇實史學』 12, 숭실사학회, 1998, 42-43쪽 참조.
116) 『駐韓日本公使館記錄』 37권, 憲機第1820號 「各派合同ニ對スル李完用ノ運動」 (1909.9.23), 407-408쪽.
117) 『駐韓日本公使館記錄』 37권, 憲機第2258號(1909.11.24), 272쪽.
118) 『朝鮮倂合之裏面』, 66쪽 ; 『日韓合邦秘史』 下, 257쪽.

V. 일진회와의 병합경쟁과 병합체결 주도

1) 일진회와의 병합경쟁

1909년 12월 4일 일진회는 이토 저격 사건으로 병합의 기운이 무르익었다고 판단하고 대국민성명서를 통해 합방을 제창하였다. 이용구·송병준의 주도로 합방이 이루어질 경우 자파세력이 입을 타격을 두려워한 이완용의 대책은 다음과 같았다. 첫째 미리 일진회의 이 같은 돌발적인 행동을 예상하고 자신이 합방의 공로자가 되기 위해 먼저 일본에 합방을 청원하였다. 둘째 국민대연설회의 개최로 排合邦 여론, 곧 반일진회 여론을 고조시켜 나갔다.[119] 셋째 일진회원을 매수하거나 일진회 무력화를 위한 정략을 폈다.

먼저, 이완용은 일진회의 합방성명설이 나돌자 비밀리에 탁지부대신 高永喜를 오사카조폐국화폐주조시찰을 명목으로 일본에 파견하여 카쓰라 수상에게 5개조 합방안을 제출하였다.[120] 고영희의 일본행 출발이 11월 27일로 일진회의 합방성명보다 앞서 이루어졌다.[121] 이 때 고영희의 합방안 제출은 합방성명을 발표하려는 일진회를 견제하기 위한 의도와 함께 내각경질설[122] 유포에 따른 내각 유지를 목적으로 하였다.[123] 이 합방청원 5개 조항은 일진회의 합방성명보다 더 구체적인 내용을 담

---

119) 石森久彌,「朝鮮倂合裏面史」,『朝鮮統治の批判』, 463쪽.

120) 『現代漢城の風雲と名士』, 25-26쪽 ;『申報』1909년 11월 11일 잡보「度大動靜」, 12월 11일 잡보「兩相憂慮」;『大韓民報』1909년 12월 4일 휘보「互相詰責」;『明石元二郎』上, 367쪽 참조.

121) 『大韓民報』1909년 11월 28일 휘보「度相渡日」, 12월 2일 휘보「度相着東京」.

122) 내각경질설은 이완용이 총리대신이 된 1907년 5월 이후 병합조약이 체결된 1910년 8월까지 끊임없이 나돈 항설이었다. 일본은 중대 고비 때마다 내각경질설을 유포하여 이완용 내각의 친일을 교묘하게 유도하였다.

123) 『大韓民報』1909년 11월 30일 휘보「仍舊運動」.

고 있는데, ① 한국 황제는 종전대로 置할 事 ② 원로는 일본 華族과 同列케 할 事 ③ 상당한 履歷이 있는 자는 秩祿을 給할 事 ④ 한국민은 일본에 入籍하여 일본의 신민이 될 事 ⑤ 한국에서 행하는 정무의 수반은 한국인으로 할 事 등이다.124)

다음으로 이완용은 일진회의 합방성명이 있자, 곧바로 소네 통감을 찾아가 합방이 일본 정부의 의사인지를 묻자 소네는 합방설은 일본의 眞意가 아니며 "策士輩의 妄論"에 불과하다고 대답하였다.125) 통감의 의향을 파악한 이완용은 일진회의 합방상주문과 내각에 보낸 長書를 기각하고 일진회 성명을 반대하는 중추원의 조회와 한성부민회의 建白書를 접수126)하는 한편, 국민대연설회 개최 및 일진회 분열을 책동하였다. 이완용은 일진회가 '한국 君民을 일본의 노예로 삼고자' 하여 소요를 야기하고 있다는 명분으로 일진회 해산을 계획하는 한편, 이를 가능케 하기 위한 여론몰이 전략으로 국민대연설회를 개최하고 일진회원을 매수하여 분열시키려 하였다.127)

12월 5일 개최된 국민대연설회는 "韓日兩國親善關係"를 명분으로 하였지만, 실제에 있어서는 일진회 규탄을 위해 이완용이 私黨인 국시유세단을 사주하여 이루어진 반일진회 관료당 집회였다. 『大韓每日申報』는 국민대연설회 개최 배경에 대해서,

원래 현내각과 일진회는 얼음과 석탄과 같아서 병립하지 못할지라 일진회

---

124) 『申報』 1909년 12월 9일 잡보 「令人骨冷」. 한편 黑龍會 간부로 對韓강경론자였던 武田範之는 「上三浦將軍書」에서 이완용이 제시한 5개항이 ① 廢皇 ② 籍韓民于日本 ③ 封立華族 ④ 賑給兩班 ⑤ 增進民福이라 하였는데(森山茂德, 앞의 책 268쪽, 結論의 각주 1)에서 재인용), 이완용이 병합조약 협상시 왕실의 상징적 권위를 강조한 사실로 보아, '廢皇'의 주장을 하였다고는 보기 어렵다.
125) 『明石元二郎』 上, 366쪽.
126) 金明秀 編, 「日韓兩國の倂合」, 『一堂紀事』, 223쪽.
127) 『日韓合邦秘史』 下, 526쪽.

110

에서 빈번히 현내각을 전복코자 함에 총리대신 이완용이 자기의 지위를 공
고히 하고자 하다가 금번 기회에 한국을 영구히 일본에 附屬하기로 특별운
동을 하는데, 일진회에서 政合邦 문제에 먼저 착수하여 선언서를 기초하는지
라 총리대신은 이를 沮戲하기 위하여 李人稙으로 하여금 각 元老와 紳士를
激勸하여,128)

라고 하여, 이완용이 일진회와의 합방공로 경쟁에서 선수를 놓치자 각
원로와 신사를 동원하여 국민대연설회를 개최케 하였다는 것이다.

이완용은 일진회원 매수에 노력하였다. 12월 10일, 이완용은 일진회
부회장을 지냈던 洪肯燮과 일진회 기관지인 국민신보사 사장을 지냈으
며 일진회 성명서를 신문에 게재하여 홍보한 韓錫振을 금전으로 매수하
고 관직 등용을 약속하면서 일진회에서 탈퇴케 하였지만, 연쇄적인 탈
퇴전략은 실패하고 도리어 일진회의 결합을 공고히 하는 결과를 낳기도
하였다.129)

이와 함께 이완용은 일진회 견제책으로 ① 친일진회단체인 褓負商
및 普信社에 대한 압박, ② 일진회 출신 侍從 尹範植, 尹戴植에게 면직
협박, ③ 일진회의 敎敵 손병희 매수, ④ 고희준을 평양에 보내 자객 모
집, ⑤ 李人稙을 일본에 보내어 '유학생 선동, 對韓同志會에 事情 호소,
일본 신문기자 포섭' 등을 기도하였다.130) 이 외 이완용은 일진회 성명
에 따른 일진회장 이용구의 암살을 계획하는 등 반일진회운동을 전개하
던 기독교청년회를 이용하려 하였다. 상동교회 목사 全德基를 비롯한
기독교계의 합방 반대여론에 선교사들의 영향이 컸음으로, 이완용은 이
들 선교사를 매수하여 반일진회운동을 고조시키려 하였던 것이다.131)

요컨대 이완용이 사주한 국민대연설회는 이완용파와 일진회간의 정

128)『申報』1909년 12월 5일 잡보「演說有因」.
129) 鄭 喬,『大韓季年史』下, 339쪽 ;『日韓合邦秘史』下, 288·536-537쪽 ; 국
    사편찬위원회,『韓國獨立運動史』1, 1965, 483쪽.
130)『日韓合邦秘史』下, 289-290·538-540쪽.
131)『日韓合邦秘史』下, 270쪽.

치권력 장악을 위한 정치운동의 와중에서, 이완용파가 주도한 반일진회
운동의 일환이었다. 그런데, 이완용의 합방에 대한 인식은 통감부 정책
에 조응하는 방향과 그의 권력 保持를 연장하는 방향에 있었기 때문에,
일진회의 합방성명에 따른 반일진회운동은 합방 자체에 대한 반대운동
이라기 보다는 일제에 의해 규정되는 권력 유지를 위한 政爭에 불과한
것이었다.

그렇다면 일진회의 합방성명 이전 이완용의 합방에 대한 입장은 어
떠하였는가. 필자는 이완용의 합방과 관련한 언급을 살펴볼 수 없었다.
다만 이완용의 정치형태가 통감과 밀접한 조응관계 하에 이루어졌음을
볼 때 이토와 소네의 점진적 병합론, 곧 충분한 병합환경 마련을 위해
7~8년 정도 對韓경영을 하다가 병합을 단행하는 것이 實利라는 주
장[132]에 공명하고 있었던 것으로 생각된다.

2) 병합체결 주도

이완용의 국민대연설회 개최를 통한 일진회 반대운동은 이재명 의사
의 이완용 저격(1909.12.22.),[133] 일본의 정치단체의 檄文·집회의 금지
조치(1909.12.9.), 카쓰라 수상의 합방의견은 수리하고 합방반대 의견서
를 기각하겠다는 방침 천명(1910.2.2.) 등의 사건으로 위축되었다.[134]

이재명 의사에게 피격 당한 후 온양에 내려가 治病하면서도 측근세
력을 통하여 내각회의 안건을 결재하는 등 중앙정치에 실력을 행사하고
있던[135] 이완용은 세간에 내각경질설이 만연되자 수상직을 측근에게 양

---

132) 韓明根, 「統監府 時期 日帝의 侵略論」 참조.
133) 1909년 12월 이완용을 저격한 이재명 의사는 원래 일진회의 합방성명서를
    보고 일진회장 이용구의 살해를 결심하고 기회를 보던 중 이완용 내각이 고
    영희를 통해 일본에 전했다는 합방 5개조 제출 소식을 듣고 이완용 살해를
    기도하였다고 한다(金明秀 編, 「鍾峴加特道敎堂前に於ける遭難」, 『一堂紀事』,
    186-187쪽).
134) 韓明根, 「大韓帝國末期 國是遊說團에 대한 一考察」, 『한국민족운동사연구』
    15, 1997, 145쪽.

도하여 배후실력자로 행세하리라 작정하는 한편136), 아들 李恒九 편에 카쓰라 수상과 소네 통감에게 글을 보내어 수상직이 유지되기를 애걸하였다고 한다.137) 그런데 병으로 통감직 수행이 어려워진 對韓 온건론자 소네가 체임되고 對韓 강경론자 테라우치 육군대신이 통감에 임명되자, 병합이 눈앞에 다가왔음을 직감한 이완용은 갑작스러운 정치 지형의 변화를 예견하며 초조해 하였다.

일본은 1910년 6월 24일 경찰권을 인수하고 군참모장 아카시(明石元二郎)를 헌병대사령관으로 복귀시켜 병합 준비를 착착 진행하였고, 신임 통감 테라우치는 23일 인천에 상륙, 입경하였다.138) 그러면서 병합의 전제로서 송병준이 귀국하여 새로운 내각을 맡게 된다는 설을 유포시켰다. 테라우치는 병합조약 체결을 위한 막바지 물리력을 확보했으며, 이완용 내각이 합방 단행에 주저할 경우에 대비해서 귀국을 서두르는 송병준을 잠시 시모노세키(下關)에 머물게 함으로써 정적 이완용을 견제토록 하는 용의주도함을 보였다. 이완용이 협상에 미온적일 경우 곧바로 송병준 내각을 조직하여 병합조약을 완성한다는 계략이었다.139)

온양에서 송병준 내각 조직설에 苦心焦慮하던 이완용은 7월 29일 급히 상경, 8월 5일 이인직으로 하여금 통감부 외사국장 고마츠(小松綠)를 방문케 하여 병합 담판의 단서를 열었다.140) 이에 통감 테라우치는 고마츠의 보고를 통해 이완용의 의향을 확인하고 통감부 인사국장 고쿠부 쇼타로(國分象太郎)를 이완용에게 보내어 담판교섭을 청하였다. 8월 16

---

135) 金明秀 編, 「言行雜錄」, 『一堂紀事』, 810쪽.
136) 『駐韓日本公使館記錄』 34권 33쪽, 憲秘第 96號(1910.3.23) ; 『申報』 1910년 3월 29일 잡보 「李總理吐血」.
137) 『申報』 1910년 4월 17일 논설 「李完用의 動靜」.
138) 『日韓合邦秘史』 下, 679쪽.
139) 『日韓合邦秘史』 下, 679쪽 ; 『魚潭小將回顧錄』 (市川正明 編, 『日韓外交史料』 10, 原書房, 1981), 185~186쪽 참조.
140) 『明石元二郎』 上 374-376쪽.

일 이완용, 조중응은 일본에서 일어난 水害 위로와 한국의 政治 近況 보고를 명분으로 통감 관저를 방문, 합방 담판을 시작하였다. 이 때의 병합안 담판 사실은 철저하게 비밀에 부쳐졌다.141) 테라우치는 이완용에게 병합이 이러한 선의의 목적을 가지고 있기 때문에 어느 일방적인 힘의 불균형에 기인해서가 아니라 "和氣靄靄하게 달성해야 할 것"이라고 회유하면서,142) 병합안을 제시하였다.

이에 대해 이완용, 조중응은 미리 결의한 바 있는 것처럼 적극적인 수용 태도를 보였다.143) 이완용은 "한국의 현상 百事가 헐어 무너지고 스스로 刷新할 힘이 없는 까닭에 타국에 의뢰하지 않으면 안된다. 의뢰해야 할 나라가 일본이라는 것은 세계 각국이 인정하는 바이다"144)라고 하면서 테라우치가 제시한 내용 중 국호를 '大韓'에서 옛 국호인 朝鮮으로 하고, 황제의 칭호도 太公으로 하는 부분에 이견을 나타냈다. 즉 이완용은 "주권 없는 국가 및 왕실은 단순히 형식에 불과하지만, 일반 인민의 감정을 고려한다면 자못 중대한 문제이다. 일찍이 한국이 清國에 예속되었던 시대에도 國王의 칭호를 존속했었기 때문에 왕의 칭호를 부여하여 宗室의 제사를 영구히 존속시킨다면 인심을 완화하는 일방편이 될 것이고 和衷協同의 정신에도 부합된다"145)고 하였다. 이완용은 국호 및 왕실 존속을 주장함으로써 병합에 따른 국민들의 반발을 무마하고 이와 함께 수천 년의 사직을 단절하는 반역을 범하는 자신의 책임을 완화하려 했을 것이다. 또한 비록 국가 주권은 상실하더라도 왕실의 테두리 안에서 양반사회의 기득권을 유지코자 했을 것이다.

이완용은 노론을 위시한 양반세력과 황실권력을 정치적 배경으로 성장한 인물이었다. 조선후기 집권세력이었던 노론가문의 후예인 이완용

---

141) 『朝鮮併合之裏面』, 141-144쪽 ; 『明石元二郎』上, 469쪽.
142) 『朝鮮併合史』, 549쪽.
143) 『朝鮮併合史』, 553쪽 ; 『日韓合邦秘史』下, 686쪽.
144) 『朝鮮併合史』, 554-555쪽.
145) 『朝鮮併合之裏面』, 148-149쪽.

114

은 당대 세도가 및 황족을 배경으로 하여 정치적 출세를 하였다. 이완
용의 양부 이호준은 대원군과 친구관계였으며, 이호준의 서자이자 이완
용의 형인 李允用은 대원군 서녀와 혼인했다. 그리고 이호준은 당대의
세도가인 안동김씨, 풍양조씨, 양주조씨, 연안김씨, 청주한씨 등과 혼인
관계를 맺었으며, 이완용 역시 풍천김씨, 안동김씨, 남양홍씨 등 당대
명문가와 혼인을 맺었다.146) 또한 이완용은 자신이 양자라는 사회적 관
습을 중히 여겨, 妻子가 굶주림에 시달려도 조상에 대한 제사가 우선이
라는 생각을 가졌을 만큼 유교적 의례에 철저하였다.147) 이러한 배경은
이완용으로 하여금 양반이란 자긍심을 가지고 유교사상에 기반한 관료
주의를 신봉케 하였다.

그리고 이완용은 관직에 나간 지 1년여만에 당시 세자였던 순종에게
학문을 가르치는 侍講院의 겸사서를 담당하였으며,148) 1907년 11월에는
황태자인 영친왕 垠의 少師가 되었고149) 이완용이 영친왕의 황태자 책
봉에 앞장섬으로써 고종과 엄귀비한테서 이십만환씩을 받았던 사실,150)
고종이 의병의 습격으로 집을 잃은 이완용에게 황실 소유의 南寧尉宮을
하사한 사실151)에서 황실과의 관계가 돈독했음을 살펴볼 수 있다.

이처럼 당시 기득권층으로 군림하던 황실과 양반에 대한 강한 애정
은 그의 기나긴 정치생명을 견고하게 해준 하나의 요인이 되었을 것이
다. 따라서 이완용은 테라우치가 조선이라는 국호를 고집함에 따라 國
號改稱 문제에 대해서는 별다른 이견을 제시하지 않았지만, 太公이란
칭호에는 반대하며 王稱을 사용하되 太皇帝는 李太王으로, 皇帝는 李王

---

146) 임대식, 앞의 논문, 143-144쪽.
147) 金明秀 編, 「言行雜錄」, 『一堂紀事』, 784쪽.
148) 金明秀 編, 「年譜」, 『一堂紀事』, 495쪽.
149) 金明秀 編, 「皇太子(李王垠殿下)日本留學」, 『一堂紀事』, 121-122쪽. 이 때 이
    토는 영친왕의 太師가 되었다.
150) 『申報』 1909년 8월 25일 잡보 「乾沒金調査」.
151) 『申報』 1909년 1월 28일 잡보 「摠相移屋」.

으로 할 것을 고집하였고, 테라우치는 일본 정부의 재가를 얻기에 이르렀다.[152]

이완용은 황실의 병합반대에 대한 대책으로 황제의 직접적인 재가 대신 황제의 勅旨에 의해 조약에 조인하는 방법을 강구하였으며, 이를 용이하게 하기 위해서는 궁내부대신 閔丙奭과 시종원경 尹德榮의 양해를 얻는 것이 급선무였다. 8월 21일 테라우치는 이완용의 권유에 응하여 궁내부대신 閔丙奭, 侍從院卿 尹德榮을 통감 관저로 불러 병합의 本旨에서 실행방법에 이르기까지 상세하게 설명하며 협조를 당부하였다.[153] 이완용은 시종원경 윤덕영으로 하여금 병합에 따른 讓國詔書에 御寶를 날인하도록 사주하였으며, 윤덕영이 합병에 반대하는 순종을 협박하여 강제로 날인, 이완용을 거쳐 테라우치에게 보내짐으로써 병합과정이 완료되었다.[154] 병합담판을 시작한 지 불과 6일만의 일이었다.

병합 조인에 앞장선 이완용이 매국의 대가로 일본측에 요구한 것은 세 가지였다. 첫째, 일제 식민통치에 민심이 불복하지 않도록 하기 위해 국민들의 생활 방도에 힘 쓸 것, 둘째, 왕실에 대한 대우가 민심을 움직이는 커다란 변수가 됨으로 왕실을 후하게 대우할 것 셋째, 조선인이 일본인에 비해 열등의 지위에 떨어지지 않도록 교육에 관한 행정기관을 설치하여 일본인과 똑같은 교육을 실현해 달라는 것이었다.[155] 특히 이완용은 500여년 동안 "從仕生活을 하여 온 士族家들이 今後 나아갈 방

---

152) 『明石元二郎』上, 383쪽 ; 『朝鮮倂合之裏面』, 155-158쪽 ; 『日韓合邦秘史』 下, 686쪽 ; 山本四郎 編, 『寺內正毅日記』(京都女子大學, 1980), 518쪽.
153) 『朝鮮倂合之裏面』, 171-172쪽. 『寺內正毅日記』, 519쪽.
154) 朴永錫, 앞의 논문, 244-245쪽. 물론 이 때의 병합조약은 황제의 御璽는 찍혔으나 서명이 안된 무효조약이었다. 당시 국제관례상 공식적인 조약의 효력을 얻기 위해 반드시 필요한 황제의 서명이 빠져 있었던 것이다(이태진, 「공포 칙유가 날조된 "일한합병조약"」, 『일본의 대한제국 강점』, 까치, 1995, 177-210쪽 참조).
155) 『明石元二郎』上, 383쪽 ; 『朝鮮倂合之裏面』, 185쪽 ; 『朝鮮倂合史』, 563-564쪽.

향을 잃게 되었다"는 점에 깊이 우려하면서, 생업과 직업 없는 양반 유생 및 그 자제들에게 교육을 실시하기 위한 "臨時 恩賜公債의 實施"를 희망하였다.156) 병합 이후에도 農工商에 종사하는 자들의 생활은 여전할 수 있기 때문에, 종래의 기득권을 유지해왔던 士族들의 지위는 보장해줘야 한다는 것이었다. 또한 극소수의 양반세력 및 자신의 친척을 귀족의 반열에 올려 줄 것을 요구하기도 하였다.157)

Ⅵ. 맺음말

본 글은 식민지화의 주요 원인으로 한말 친일세력의 대표적 집단인 이완용파와 송병준파의 권력집착 내지는 갈등관계에 주목하고 특히 이완용을 중심으로 하여 그들의 정치운동의 실상을 살펴보고자 하였다. 이를 요약 정리하면 다음과 같다.

첫째, 이완용의 정치행보는 기회주의적, 현실추수주의적 속성으로 일관된 변신의 연속이었다. 전통 한학과 서양학문을 함께 익혔던 이완용의 정계 진출은 親美활동을 통해 이루어졌으며, 親露운동의 하나였던 아관파천을 통해 정치적 입지를 강화하였다. 한 때 독립협회의 회장을 역임하기도 했으나 외국에 과도한 이권 양여로 제명 당하였다. 그의 본격적인 친일정치행각은 러일전쟁 직후 한국에서의 일본의 우월권이 증대된 시점에서부터였다. 그가 을사늑약시 주장한 논리는 점증하는 일제권력의 우위를 인정할 수밖에 없다는 '현실주의'에 있었다. 그리고 이는 동양의 질서를 일본세력에 의지하지 않으면 안된다는 '시세순응주의'에 입각한 것이었다. 이처럼 이완용의 정치는 기회주의적인 변신의 정치, 현실권력에 순응한 무정견의 정치라고 할 수 있을 것이다.

---

156) 金明秀 編, 「言行雜錄」, 『一堂紀事』, 815쪽.
157) 『魚潭小將回顧錄』 (市川正明 編, 『日韓外交史料』 10, 原書房, 1981), 185쪽.

둘째, 이완용은 일제 통감부 또는 통감과의 밀접한 관련 하에 권력을 향유하였다. 의병봉기, 정치세력의 이합집산, 일진회의 내각 공격 등 혼란스러운 정국에서도 장기 집권이 가능했던 근본 이유가 되었다. 그는 통감과의 긴밀한 정치적 유대를 통해 안정적인 집권을 할 수 있었으며 황실세력 및 일진회의 저항에 대응할 수도 있었다. 특히 이완용은 이토가 줄곧 추구해 온 양국의 공동운명론과 공통이익론의 주장158)을 받아들이면서 일본의 文明施惠論的 주장을 정치권력을 통해 합법화하는 유통자로서의 기능을 담당하였다. 이 같은 통감부와 이완용과의 관계는 철저하게도 권력 보지 차원에서 이루어진 것이기 때문에, 후일 일본 강경론자들의 병합론이 드세게 제기될 즈음 병합에 앞장섬으로써 내각경질의 위협에도 불구하고 수상직을 고수할 수 있었던 것이다.

셋째, 권력기반 구축을 위해 필요에 따라서는 일진회를 동맹세력으로 설정하기도 하고, 때로는 제거대상 제1순위로 꼽기도 하였다. 박제순 정부 하에서 정치적 동맹대상으로 이근택을 꼽았으나, 이근택이 실세한 직후에는 비교적 대중적 勢를 형성하고 있던 일진회에 접근하여 1907년 5월의 연립내각을 출범시킬 수 있었다. 당시 강력한 반황실세력이자 합방론자였던 일진회의 두령 송병준은 이완용을 이토에게 적극 천거하였으며, 이토도 박제순 내각으로서는 그들의 침략정책을 제대로 수행할 수 없다고 인식하고 보다 親日的·反皇室的 강경한 태도를 지닌 정치세력의 내각 포진을 구상하였다. 그 대표적 인물이 이완용과 일진회의 송병준이었으며, 수상의 지위에 오른 이완용은 지위 고하를 막론하고 그의 측근 세력을 중심으로 친일내각을 구성하였다.

그런데 연립내각체제를 갖춘 이완용파와 송병준파는 본래 계급적 기반이 달랐기 때문에 지속적인 공조체제를 유지하기 어려운 한계를 지니고 있었다. 이완용은 일진회와의 우호적 관계 유지에 힘쓰는 한편 그들

---

158) 이토의 공동운명론과 공통이익론, 문화주의 정책 표방 등에 대해서는 韓明根, 「統監府 時期 日帝의 侵略論」을 참고할 것.

118

의 중앙 정계 진출(고등관료화)을 억제하는 양면전략을 폈다. 그러면서
이른바 "家族政府"라 일컬을 만한 세력을 구축하였는데, 1908년 6월 현
재 『大韓每日申報』에서 파악한 이완용 집안의 주요 관직 진출자는 24명
에 달하며, 그 외 이완용 측근세력을 합하면 60여 명을 상회할 만큼의
거대한 관료집단을 구축하고 있었다. 이러한 이완용의 독주에 대한 일
진회의 반발은 필연적이었으며, 이완용·송병준은 일본의 대한정책의
강온을 둘러싸고 대립하였다. 일진회는 지속적으로 병합추진을 주장하
였으나, 이완용의 경우 통감 이토와 그 후임 소네의 비교적 온건한 점
진적 병합책에 기울고 있었으므로, 두 세력의 갈등은 필연적 결과라 하
겠다.

넷째, 이완용은 일진회의 합방성명에 따른 반대운동을 전개하였는데,
국민대연설회를 개최하여 범관료 조직의 결집으로 일진회 성토운동을
전개하였다. 일진회의 합방운동을 감지한 이완용은 1909년 11월 27일
탁지부대신 고영희를 일본에 보내어 합방을 청원하였으며, 12월 4일 일
진회의 합방성명이 있게 되자 통감부의 의향 파악에 힘쓰는 한편, 國是
遊說團을 조종하여 반일진회운동을 전개하였다. 정부 고위 관료들이 중
심이 된 이른바 '국민대연설회' 개최는 이완용의 재정적·정책적 지원
하에 이루어진 것이었다. 일진회의 성명을 둘러싼 이완용 내각과 일진
회와의 대립은 병합파와 비병합파간의 대립이 아니라, 앞다투어 일제의
병합정책에 공헌하고 싶었던 매국경쟁의 일환이었다.

다섯째, 이완용은 일제의 병합 강행에 주저하지 않고 앞장섬으로써
매국노의 전형적인 모습을 보여주었다. 결국 일제의 병합 방침이 표면
화되자, 이재명에게 저격당한 후 온양에서 요양 중이던 이완용은 급거
상경하여 병합 논의를 서둘렀다. 양국간의 공식적인 병합 논의는 이완
용으로부터 시작된 것이다. 이완용은 신임 통감 테라우치가 병합안을
가지고 부임한 것을 알아차리고 먼저 병합담판을 시도하였다. 그가 테
라우치가 제시한 병합안에 대해 순순히 동조한 것은 병합이 大勢라고

하는 그 나름의 정세 판단에 따른 것이기도 했지만, 또 다른 이유로는 송병준과의 관계 때문이었다. 즉 일제는 이완용 내각 경질설을 흘러보내며 이완용의 지위를 압박하였고, 이완용이 병합 조약 체결에 미온적일 경우, 이완용과 정적관계에 있는 송병준을 수상으로 앉혀 조약을 성사시키려 하였다. 테라우치는 송병준이 귀국하고자 했으나, 그의 귀국이 한국 정계상의 분란을 야기할까 염려하여 일본에 억류시키고 또한 이 사실을 교묘히 이완용에게 이용하였던 것이다.159) 이 같은 상황에서 이완용이 택할 수 있는 길은 단 하나였다.

마지막으로 이완용이 병합 협상과정에서 왕 칭호 존속을 주장한 것은 왕실의 권위를 최소한의 범위 내에서 인정해줌으로써 민심의 반발을 무마하려는 의도에서였다. 이완용은 국민생활 발전 및 문명교육 실시로 한국인의 반발을 삭감시켜야 한다고 일본측에 요구하는 한편 양반사회의 지위 보장을 주장하였다. 통감부 시기라는 정치적 격변기에 이완용이 질긴 정치생명을 누릴 수 있었던 점은 바로 이러한 황실세력과의 관련성, 양반사회의 기득권 옹호라는 현실관계가 작용했기 때문이었다. 요컨대 이완용의 정치적 활동은 現實主義, 大勢主義에 입각한 親日主義에 기반하였고 또한 전통적 왕조질서 옹호와 이를 배경으로 사회 기득권층으로 군림하던 兩班官僚主義에 기반하고 있었다.

---

159) 『朝鮮併合史』, 669-670쪽.

A study on ″Lee, woan-yong″(李完用) in Tong-Kam-Bu(統監府) Period

Han Myoungkeun

This thesis focused on the Pro-Japanese of Lee, woan-yong Party and Song, byung-jun(宋秉畯) Party in the late Chosun. They had pursuited to get power and tried to attachment of one. These were main reasons of Japanese course of colonization. Especially my vision revealed that Lee, woan-yong's political action had changing features as an opportunist or a realist.

He was chairman of 'Dok-Rip-Hyup-Hye'(獨立協會) which led reform movement of modern bourgeois. However he was removed. Because he aliented power to Japan power excessively

He had accepted ″Realism, Superiority of Japanese power in Korea″, after 'Ul-Sa-Jo-Yak'(乙巳條約). It based not only on 'Real adaptation', but on oriental order under the Japanese power.

Lee, woan-yong who related to Japanese Tong-Kam-Bu or Tong-Kam(統監) had a long power. He had got 'ITO-HIROBUMI's(伊藤博文) 'Theory of Common Destiny' and 'Theory of Common Interests'.

He made 'Il-Jin-Why'(一進會) cooperational power in order to set foundation of power, But he sometimes had a plan of removing Il-Jin-Why at first, during these times

He set 'cooperational cabinet of Lee, woan-yong and Song, byung-jun' in May, 1907. Because Il-Jin-Why led popular organization. Then, Lee, woan-yong was assigned the Prime Minister. He made 'Pro-Japanese Cabinet'. But 'Lee, woan-yong and Song, byung-jun' had different classic base. So they had many troubles. Lee, woan-yong took two-way strategies. One hand, he held Il-Jin-Why, on the other hand, he rejected it entrance into central political field. He made "Family government". It was resisted by 'Il-Jin-Why'. Il-Jin-Why was keeping on cooperation policy but Lee, woan-yong leaned to relatively moderate cooperation policy of ITO and SONE-ARASKE(曾禰荒助).

Il-Jin-Why declared "the Japanese annexation of Korea" on December 4th, 1909. Mr. Lee spread out movement of Anti-Il-Jin-Why. He opened 'a great oratorical meeting of people' and tried to concrete bureaucracy. When he knew 'annexation of korea' of Il-Jin-Why, he sent Ko, yung-hee(高永喜) Japan on November 27th, 1909. Because he tended to ask for annexation of Korea.

Otherwise he had high officials develop Anti-Il-Jin-Why. The conflicts Lee woan-yong's cabinet with Il-Jin-Why were not between annexation party and counter-annexation one, but betrayers' contests that contributed to Japanese annexation policy. Mr. Lee recognized that new officer, Tong-Kam, KASRA-TARO(桂太郎) was appointed with annexation plan.

He tried annexation meeting and adapted to Japanese' one. On the one reason, he felt general trends. On the other reason, he related with Song, byung-jun. Japanese site spread out a rumor of Lee cabinet's change and pressed Lee's position. If Lee, woan-yong took luke-warm attitude for annexation plan, Japanese tended to post Song, byung-jun instead of him.

At last, Mr. Lee insisted on keeping on using King's title to king at annexation meeting. He would like to admit authority of king within the scope of the least and to calmed down popular resistance.

In conclusion, Lee woan-yong's political actions not only based 'Realism' and 'Adaption of grand trend's on Pro-Japanese, but held traditional society of kingdom order on the nobility bureaucracy.

西北學會의 關西地方 支會와 支校

趙 顯 旭[*]

─── <목 차> ───

I. 머리말
II. 西友學會의 地方事務所 設立과 西北學會의 支會 設立
  1) 西友學會의 地方事務所 設立과 支會 設立 計劃
  2) 西北學會의 支會 設立
  3) 學事視察委員을 통한 學會 運動의 地方 擴散
III. 西北協成學校와 支校의 設立
IV. 關西地方의 主要 支會·支校 現況
  1) 平壤 支會와 江西 支校
  2) 肅川 支會
  3) 价川 支會
  4) 義州 支會
  5) 博川 支會와 支校
  6) 定州 支會와 郭山 支校
  7) 寧邊 支會와 支校
V. 맺음말

I. 머리말

서북학회는 서울에 있는 평안도와 함경도 지방 출신 인사들이 1906년 10월에 각각 설립하였던 西友學會와 漢北興學會가 발전적으로 통합되어 1908년 1월에 설립되었다. 때문에 설립 직후부터 두 학회가 쌓아온 기반을 바탕으로 활발한 애국계몽운동을 전개하여 畿湖興學會등 다른 지역 단위 학회의 모범이 되었다. 大韓自强會와 이를 계승한 大韓協會는 전국적으로 가장 많은 지회를 설립하였지만 서북 지방에서의 활동은 서북학회에 미치지 못하였다. 이처럼 서북학회가 지방에서 활발한

─────────────────────

* 성신여자대학교 사학과 박사과정

활동을 전개할 수 있었던 것은 支會와 본회 직속의 西北協成學校의 支校가 서북 각 지방에 설립되었기 때문이었다.

애국계몽운동에 관한 연구 성과는 그 동안 많이 축적되었고,[1] 김도형, 조동걸, 박찬승 등에 의해 일제하 민족 운동의 발전·분화와 관련하여 분석한 연구 성과가 나오기도 하였다.[2] 애국계몽운동을 주도한 단체에 대한 종합적인 연구로는 이송희와 정관의 연구 업적이 있다. 이송희는 서우학회, 한북흥학회를 초기의 애국계몽학회로, 서북학회와 在京 기호 지방 인사들이 중심이 된 기호흥학회를 후기의 애국계몽학회로 규정하고, 학회운동이 단계적으로 발전하였음을 밝혔다.[3] 정관은 전국적 규모의 대한자강회와 각 지역 단체로서 서우학회와 한북흥학회, 湖南學會, 기호흥학회, 嶠南敎育會의 활동을 각각 살피고, 在日本 유학생 단체인 太極學會의 활동까지 연구 대상으로 하여 '계몽단체운동'의 민족 운동적 성격을 규명하고자 했다.[4]. 한편 서북학회에 관한 연구 성과로는 이송희와 필자의 연구가 있다. 이송희는 서북학회의 조직과 활동 및 사상을 분석하면서 서북학회는 기본적으로 서우학회와 한북흥학회의 '救國自強論'을 계승하고 있으면서 보다 구체적인 실력양성론을 전개하였음을 지적하고, 民力 양성의 방법으로 '新民思想'을 주창하고 새로운 국가상으로 입헌공화제를 제기하였다고 하였다. 또한 서북학회는 초기 애국계몽학회의 독립 전쟁 준비론의 논의를 '독립 전쟁 전략'의 채택으로 발전시켰다고 하면서, 그 의의를 높이 평가하였다.[5] 한편 필자는 서북

---

1) 趙恒來 編, 『1900年代의 愛國啓蒙運動硏究』, 亞細亞文化社, 1993에서 諸氏의 論考가 거의 수록되어 這間의 사정을 알 수 있다.

2) 金度亨, 「大韓帝國末期의 國權回復運動과 그 思想」, 연세대대학원박사학위논문, 1988 ; 趙東杰, 「韓末 啓蒙主義의 構造와 獨立運動上의 位置」, 『한국학논총』11, 국민대한국학연구소, 1989 ; 朴贊勝, 「韓末 自强運動論의 각 계열과 그 성격」, 『한국사연구』68, 한국사연구회, 1990.

3) 李松姬, 「大韓帝國末期의 愛國啓蒙學會硏究」, 이화여대대학원박사학위논문, 1985.

4) 鄭灌, 『舊韓末期 民族啓蒙運動硏究』, 螢雪出版社, 1995.

학회를 주도한 인사들은 진화론적으로 현실을 파악하여 '생존경쟁'의 원리가 지배하고 있는 현실에서 '생존'하기 위한 최선의 방법은 교육과 실업의 진흥을 통해서 실력을 양성하는 것이며, 이러한 실력 양성을 통해서만 국권을 회복 할 수 있다는 절박한 인식으로 학회 운동을 전개했음을 구체적인 사례를 통해 밝혔다. 또한 서북학회에서는 이러한 실력 양성 운동의 동반자로 유림 세력에 주목하였고, 이는 양명학의 수용을 통한 '儒敎求新論'의 전개로 나타났다고 하였다. 그러나 사회진화론을 통한 현실 인식은 국권회복을 위한 즉각적인 투쟁을 어렵게 하였고, 특히 '보호정치'의 침략성에 대해서 철저히 대처하지 못한 한계성이 있었음을 아울러 지적하였다.6)

애국계몽단체의 지회에 관한 연구는 김도형과 유영렬의 연구가 있다. 김도형은 '계몽단체'의 지방 지회 설립은 '계몽운동'을 주도하던 문명개화론자의 입장에서는 그들의 이념에 찬동하는 세력을 지지 기반으로 지방 세력을 확보할 필요가 있었고, 지방에 있던 집단은 향촌에서의 경제적·사회적 이해 관계 속에서 기존의 기득권을 유지하고, 특히 민중층의 항쟁을 극복할 수 있는 돌파구가 요구되었기 때문에 매우 환영받는 일이었다고 하였다. 특히 계몽운동에서 주장하던 교육운동과 식산흥업론은 바로 이러한 점에서 지방 세력들에게 꼭 맞는 적합한 논의였다는 것이다. 계몽단체의 지방 지회는 바로 이와 같은 측면에서 설립되고 발전되었다고 하였다.7)

유영렬은 대한협회 지회의 조직과 활동을 고찰함으로써, 애국계몽단

---

5) 이송희, 「韓末 西北學會의 愛國啓蒙運動」, 상·하, 『한국학보』31·32, 한국학회, 一志社, 1883 ; 이송희, 「韓末 西北學會의 愛國啓蒙思想」, 『釜山女大史學』1, 부산여자대학교 국사과, 1984.
6) 조현욱, 「西北學會의 愛國啓蒙運動(I)」, 『淑明女大韓國學研究』제5집, 1995·「西北學會의 愛國啓蒙運動(II)」, 『竹堂李炫熙敎授華甲紀念韓國史學論叢』, 1997.
7) 김도형, 「韓末 啓蒙運動의 地方支會」, 『손보기박사 한국사학논총』, 지식산업사, 1988.

체의 지방 지회의 구체적인 조직과 활동을 밝히고자 하였다. 그는 대한협회의 22개 지회의 설립 과정과 지회의 성분과 임원 구성을 분석하였다. 또한 지회의 활동을 교육, 실업, 사회 부문으로 각각 나누어 고찰하고, 각 지방 지회들은 교육부와 실업부를 설치하고 연설과 토론을 통해 교육과 실업 진흥의 중요성을 역설하고 그 보급에 노력했음을 지회별 구체적 사례 분석을 통해 제시하였다. 또한 각 지회들은 지회 회원과 사회 일반을 계몽하기 위해 연설회와 토론회를 아울러 적극 활용하였음도 확인하였다.[8]

이러한 연구에도 불구하고 애국계몽학회의 지회에 대한 연구 성과는 대단히 부진하다. 서북학회의 경우 대한협회에 버금가는 많은 지회를 설립하였을 뿐 아니라, 서북 지방에서는 다른 어느 단체보다도 많은 지회를 설립하였다. 특히 서북 각 지방의 모범적인 사립학교를 학회에서 직접 설립한 서북협성학교의 지교로 삼아 활동을 전개한 것은 매우 주목되는 점이다.

그렇지만 서북학회의 지회와 지교의 활동상에 대해서는 거의 밝혀진 바가 없다. 그것은 서북학회의 학보인 『서북학회월보』(이하 『월보』라 약함)의 지회와 지교에 대한 기록이 매우 부실하기 때문이다. 즉 지회의 활동을 매우 소홀하게 기록하여 지회와 지회 회원의 활동에 대해서는 거의 알 수 없고, 지교의 경우는 그 수조차 정확히 파악하기 어렵다. 이에 본고에서는 서북학회의 지방에서의 활동을 관서 지방의 지회와 지교의 동향을 구체적으로 살펴봄으로서 알아보고자 한다. 이것은 서북학회의 애국계몽운동의 성격을 보다 정확히 이해하는 작업인 동시에 한말 애국계몽학회가 설립한 지회가 가지는 의의를 밝히는 작업이 될 것이다. 이를 위해서는 관북 지방을 포함한 지회, 지교가 설립된 모든 府, 郡에 대해 고찰해야겠지만 연구가 여기까지 미치지는 못하였다. 이는

---

8) 柳永烈, 「大韓協會 支會 研究」, 『國史館論叢』 제67집, 1996.

후고를 통해 보완하려 한다.

Ⅱ. 西友學會의 地方事務所 設立과 西北學會의 支會 設立

1) 西友學會의 地方事務所 設立과 支會 設立 計劃

서우학회는 서울의 본회의 체제를 정비한 후 지방으로 애국계몽운동을 확산시키기 위해 지역민을 계몽하여 지방 회원을 확보하고 또 이를 바탕으로 지방 사무소를 설립하고자 하였다. 지방 회원 확보를 위해서는 '地方勸諭委員'을 평안남도에는 2명, 평안북도와 황해도에는 각각 1명씩 선정하여 1907년 2월부터 해당 지역에서 활동하도록 하였다.[9] 이와 함께 평양에 지방사무소를 설립하여 지방으로 애국계몽운동을 확산시켰다.[10] 평양 사무소의 설립 시기는 정확히 알 수 없지만 그 활동 상황을 보면 본회가 설립된 후 얼마 지나지 않은 1907년 초경으로 보인다.

본회에서는 지방 사무소의 관리를 위해 金明濬등을 '지방사무소규칙 기초위원'으로 선정해 지방사무소 규칙을 제정하고자 했으나, 학회 설립 초기에는 구체적인 규칙을 마련하지 못했다.[11] 초기의 지방 사무소 규칙은 지방 사무소의 사무 관장을 위해 사무원을 두며, 그 사무원은 우선 무보수의 명예직으로 하다가, 회원이 100명 이상이 되면 본회에서 일정한 月俸을 지급하기로 한다는 것이 전부였다.[12]

평양 사무소에서는 1907년 7월에 본회에 평양 지회 설립을 청원하고 이를 위해 지방사무소 규칙에 대한 개정안을 함께 제출하였다. 그런데 본회에서는 지회 설립에 관한 규칙이 아직 없으므로 지회 설립은 승인

---

9)『서우』, 제3호, 「회보」, 40~41쪽·제4호, 「회보」, 53쪽

10)『서우』, 제9호, 「회보」, 52쪽.

11)『서우』, 제4호, 「회보」, 46쪽.

12)『서우』, 제7호, 「회보」, 43쪽.

할 수 없다는 입장을 보이면서, 다만 이후 평양의 상황이 지회를 설립
하여 유지할 만하다고 판단되면 그때에 가서 지회 설립은 고려하겠다고
결정하였다. 이때 지방 지회를 설립할 수 있도록 지방사무소 설립에 관
한 規則 3條를 다음과 같이 개정해 지회 설립의 길을 열어 놓았다.13)

> 本會中央事務所는 京城에 설치하고 各 地方事務所는 隨機設置하
> 되, 但 支會를 請願하는 地方이 有할 時에는 各地方의 情形의 會員
> 의 員數가 支會를 設할만함으로 認할 時는 支會를 設함도 得함.

이렇게 규칙을 개정하였지만 서북학회가 설립될 때까지 지방 사무소
는 다른 지방에 더 이상 설립되지 않았고, 지회의 설립 또한 결실을 보
지 못했다. 그런데 서북학회 설립 직후에 평양 사무소가 가장 먼저 지
회로 발전된 것을 보면 평양은 서우학회의 실질적인 지회의 역할을 하
였을 뿐 아니라 서북 지방으로 애국계몽운동을 확산시키는 중요한 거점
이 되었던 것을 알 수 있다.

2) 西北學會의 支會 設立

서북학회는 서우학회와 한북학회의 기반위에 설립되었으므로, 본회가
설립된 후 즉시 지회 설립에 적극적으로 나섰다. 먼저 지방 인사들이
지회 설립을 청원 할 수 있도록 본회의 '地方支會設置規則起草委員'들
은 지회 설립 규칙을 제정하여 이를 책자로 1천부 발간하여 서북 각 지
방에 배포하였다.14)

그런데 이때 제정된 지회 설립 규칙은 그 일부만을 알 수 있을 뿐이
다. 그것은 지회 설립을 원하는 지방의 인사들이 설립청원서를 본회에
제출하면, 평의회를 거쳐 총회(통상회)에서 승인 여부를 결정한다는 것

---

13) 『서우』, 제9호, 「회보」, 53쪽.
14) 『서우』, 제16호, 「회보」, 37쪽.

이다. 이에 비해 大韓自强會15)와 湖南學會, 嶠南敎育會의 지회 규정은 비교적 구체적으로 알 수 있으므로 이를 참조할 수 있다. 대한자강회는 지회를 청원한 인사가 반드시 먼저 본회에 입회해야했고, 지회를 청원하면 본회의 평의회에서 시찰위원을 파견하였으며, 그 시찰위원의 조사 보고에 근거하여 평의회에서 지회 설립 여부를 결정하였다. 호남학회는 '有志人士 10인 이상의 청원과 적립금 천환이상을 확인하고 그 지방 贊成員의 同을 득한 후'에 지회를 승인하였다. 교남학회의 경우는 지회 청원자가 지회 설립 전에 먼저 본회에 입회해야 했고, 지회를 유지할 만한 13명 이상의 지방 인사들을 필요로 하다는 규정이 있었다.

이러한 각 애국계몽단체의 지회 규정을 서북학회의 실제 지회 설립 과정에 비추어 보면, 대한자강회는 지회 설립 당시 '시찰위원의 보고'가 매우 중시되었지만, 서북학회는 본회 임원의 '擔保書'에 근거해 지회 설립 승인 여부를 결정하고 지회 시찰은 하지 않는 경우가 대부분이었다. 지회 설립을 결정하는 근거인 담보서에는 지회 활동을 전개할만한 경제적 기반이 갖추어 졌는지 여부를 중요하게 평가되었을 것으로 보이며,

---

15) 大韓自强會支會設立方法중 중요한 조항을 살펴보면 다음과 같다.
  1. 各府各郡의 有志人士가 爲先入會하여 本會의 趣旨와 目的을 通解한 後에 各該地方에서 同志를 勸導하여 確實히 入會支援者가 30人以上에 達하거든 其姓名年齡職業住址를 開錄하여 入會請願書를 本會에 提出할 事.
  2. 本會는 前項請願書에 對하여 評議會를 開하고 視察委員 二人以下를 選定하여 該地方에 前往하여 支援者의 品行과 該地情形을 視察한 後 本會에 報告케할 事.
  3. 本會는 前項視察委員의 報告를 因하여 評議會를 開하고 其 認否를 議定할 事.
  6. 本會 會員이 各府에는 100人以上, 各郡에는 50人以上이 滿數 될 때 支會를 設立코자 하는 意見이 有하거든 本會에 請願書를 提出할 事.
  7. 本會는 前項의 請願書에 對하여 評議會에서 視察委員 2人以下를 選派하여 該地方 情況을 視察報明케할 事.
  8. 本會는 前項報告를 接查하여 該地方會員中 聲望과 智識이 能히 一支會를 無弊維持할 만한 人物 3人以上이 有한줄로 確認할 時는 通常會를 經由하여 支會設立을 認許할 事(『大韓自强會月報』, 제3호, 「本會會報」, 39~40쪽).

본회 평의원 이상의 임원에 의해 작성·보고되는 것이 원칙이었다. 이러한 서북학회의 지회 설립 절차는 학회 설립이후 급증하는 지방 인사들의 入會와 지회 설립 청원을 신속하고도 효과적으로 대응하기 위한 방편으로 보인다.

서북학회의 지회 설립을 위한 또 다른 조건으로 지회 청원 인사들의 입회가 전제되었던 것으로 보인다. 함경도 지방의 경우이기는 하지만 德源 지회의 南九熙, 甲山 지회의 朴哲奎, 定平 지회의 姜永璣 등은 지회 설립을 청원한 지역민의 대표자로써 이들은 지회가 조직되기 직전에 본회에 입회하였다.16) 이러한 것을 보면 서북학회의 지회 규정이 대한자강회와 호남학회의 그것과 유사하였을 것을 알 수 있다. 관서 지방에 설립된 지회는 <표 1>과 같다.

<표1> 관서 지방의 서북 학회의 지회

도별	지회	지회 승인 일자	지회 설립 청원자	지회 승인 근거
평안남도	价川	1908년 10월 3일		
	肅川	1908년 10월 3일		李甲(평의원)의 담보서
	殷山	1908년 1월 26일		李達元(평의원, 서기원)의 담보서
	平壤	1908년 3월 14일		
평안북도	嘉山	1908년 10월 3일		朴殷植(평의원, 월보주필)의 담보서
	龜城	1909년 1월 26일		李達元(평의원, 서기원)의 담보서
	博川	1908년 5월 2일		柳東說(평의원)의 담보서
	寧邊	1908년 6월 10일		군회원의 자격이 적합
	雲山	1909년 3월 6일		金秉熹(평의원)의 담보서
	義州	1908년 5월 2일	李昇薰(회원)의 청원	支會視察委員의 보고서
	定州	1908년 5월 29일	池思榮(회원, 영변 유신학교 교장)의 청원	金達河(시찰위원, 총무원, 월보편집인)의 보고서
	鐵山	1908년 10월 3일		吳奎殷(평의원)의 담보서
	泰川	1909년 3월 20일		70여명의 회원이 확보됨

---

16) 『西北學會月報』(이하 『월보』라 약함), 제1권 제5호, 「회사기요」, 30쪽·제1권 제7호, 「회사기요」, 33쪽·제1권 제17호, 「회사기요」, 60쪽.

<표1>에서와 같이 평안남도는 19개 부·군중에 4곳에 지회가 조직되었고, 평안북도는 21개 부군중 9곳에 지회가 조직되어 모두 40개 부군 가운데 13곳에 지회가 조직되었다. 서북학회 외에 관서 지방에 지회를 설립한 애국계몽단체로는 대한협회와 서북출신 재일 유학생 단체인 태극학회가 있다. 대한협회에서는 평안남도에 平壤, 永柔, 三和 등 3개 지회를, 평안북도에는 定州, 雲山, 鐵山, 昌城, 宣川, 義州, 宣川南島, 龜城, 龍川, 泰川에 지회를 설립하여 서북학회와 같이 13곳에 지회를 설립하였다.17) 태극학회는 평안남도에 永柔, 成川 지회와 평안북도에 龍川과 義州에 조직된 龍義 지회 등 모두 3개 지회를 설립하였다.18) 지회의 수를 통해 보면 서북학회는 대한협회와 더불어 관서 지방에서 가장 영향력 있는 단체였음을 짐작하게 한다.

반면 월보에는 지회와 지교 및 지방 회원들의 활동에 대한 기록은 대단히 부실하다. 즉 본회에 입회한 인사들의 출신 지역은 제1권 제6호(1908년 11월1일 발행)부터 게재하여 서우학회와 서북학회 초기의 입회자들은 출신 지역을 확인 할 수 없다. 지회 인사들에 대한 기록도 부실하여 초기에는 임원의 명단조차 게재하지 않다가 1909년 2월에 정주, 가산, 정평 지회의 임원이 처음 소개되었다.19) 그나마 1909년 7월까지 32개 지회 중에서 13개 지회의 임원을 소개하는데 그쳤다. 지교의 경우는 더욱 기록이 부실하였다. 1909년 4월에 영변 유신학교의 임원이 소개된 것을 비롯하여 72개 지교 가운데 임원이 소개된 지교는 모두 6개교에 불과하다. 지회의 일반 회원은 본회에 입회하지 못한 경우는 확인할 수 없어 지회의 회원 수를 정확하게 파악할 수 없다. 이러한 부실한 기록 때문에 지회의 구체적인 활동상은 물론 지회원의 수조차 제대로 파악되지 않아 서북학회의 지방에서의 활동은 상당 부분이 밝혀지지 않

---

17) 유영렬, 「大韓協會 支會 硏究」, 『國史館論叢』 제67집, 1996, 63쪽.
18) 『태극학보』 참조
19) 『월보』, 제1권 제10호, 「회사기요」, 51·53~54쪽.

132

는다.

3) 學事視察委員을 통한 學會 運動의 地方 擴散

본회와 지회는 여러 통로를 통해 상호간의 밀접한 관련을 통해 발전하였다. 지회가 본회에 보고할 때에는 請願書, 報明書, 報告書, 請願書, 公函, 電報[20] 등의 형식을 통해 이루어졌다. 이중 報明書가 가장 보편적인 방법이었다.[21] 이러한 보고는 부정기적이었고, 지회별로 보고의 횟수도 차이가 많았다. 본회에서도 지회와 지교의 활동을 지도, 관리하기 위하여 수시로 總代 또는 視察委員을 파송하였다.

본회에서는 지회, 지교의 애국계몽운동을 장려하고 또 학회 운동의 지방 확산을 위해 1909년 3월부터는 서북 각 지방에 學事視察委員을 임명하였다. 학사시찰위원은 그 지역의 교육을 지도·감독하였을 뿐 아니라 회원 모집과 월보의 購覽을 권유하는 등 지역에서의 학회 운동의 전반적인 지도와 관리를 담당하여 각 지회 및 지교의 애국계몽운동을 지원하고 지방에서 본회의 영향력을 확대시켜 나갔다.[22] 관서 각 지방에 임명된 위원은 <표 2>와 같다.[23]

---

20) 『월보』, 제1권 제16호, 「회사기요」, 66쪽.
21) 대한자강회 본회와 지회간에 往復하는 서류의 명칭과 양식은 지회는 본회로 報明書와 請願書의 2종을 통해, 본회는 지회로 指明書와 通知書의 2종을 통해 상호 연락하였다(『대한자강회월보』, 제4호, 「大韓自强會支會規則」, 51쪽). 교남 교육회는 지회에서 본회에 보내는 서류는 報告書, 質稟書, 請願書의 3종이고, 본회에서 지회로 보내는 서류는 指示書, 通知書의 2종이었다(『嶠南教育會雜誌』, 제1권 제4호, 「嶠南教育會支會規則」, 59쪽).
22) 『월보』, 제1권 제11호, 「회사기요」, 51~52쪽.
23) 『월보』, 제1권 제11호, 「회사기요」, 51~52쪽·제1권 제14호, 「회사기요」, 54~56쪽..

<표 2> 서북학회의 관서 지방의 학사시찰위원

도별	府·郡별	위원	도별	府·郡별	위원
평안남도	江西	鄭秉善	평안북도	*#龜成	金應漢
	三和	林祐敦		*#博川	李宅源
	#祥原	朴基柱		#宣川	金熙綽
	#成川,#江東	朴相駿(강동 군수)		*#寧邊	魯達勳(영변지회평의원)
	*肅川	李彙林		#龍川	李昌橄
	#順川	金商學		*雲山	康樂洙(운산지회부회장)
	陽德	蔡洙玹		*義州	崔光玉(白寅善)
	龍岡, #江西	盧義龍		*定州, #郭山	李根宅
	*平壤	朴經錫,崔叡恒		*鐵山	金載成
	咸從	金弘叙		#楚山	申錫厦(초산군수),李澤奎
평안북도	*#嘉山	李秉薰		*#泰川	李允實(태천지회총무)
	江界	兪鎭浩(선천군수,강계군수)			

* : 지회 설립 지역,　＃ : 지교 설립 지역

<표 2>에서 처럼 학사시찰위원은 평안도 25개 부, 군에 임명되었고, 지회나 지교가 조직되어 있지 않은 지방에도 임명되는 경우가 있다. 또 각 부군에는 대체로 1명의 위원을 임명하였으나 평양과 초산에는 2명의 위원이 임명되었고, 의주의 최광옥은 몸이 아파 백인선으로 곧 교체되었다. 학사시찰위원은 대부분 1909년 3월에 임명되었으나 순천의 김상학과 운산군의 강락수는 좀 더 늦은 시기에 임명되었다.

그런데 학사시찰위원은 지방에서 학회 운동을 확산시킬 수 있을 만한 영향력을 가진 '그 지역의 명망있는 인사'인 점을 주목할 수 있다. 임우돈, 이병도 등과 같이 자본가인 경우가 많았으며, 강동의 박상준과 강계의 유진호 그리고 초산의 신석하와 같이 현직 군수가 임명되기도 하였다. 이근택, 이택원, 이윤실 등도 관료로서 지역 사회에서 일정한 기반을 가진 인사들이었다.[24]

---

24) 국사편찬위원회,『大韓帝國官員履歷書』, 탐구당, 1974.『서우』.『월보』.

지회는 그 지방의 학회 운동의 구심점이 되었으므로 지회가 조직된 지역에서는 학사시찰위원도 지회 임원이 임명되는 경우가 많았다. 그러나 지회가 조직되지 못했던 지역은 비록 지교가 설립되어 있다 하더라도 해당 지역의 학회 운동을 모두 감당할 수는 없었다. 때문에 이들 지역에는 그 지역 군수를 위원으로 임명하거나, 적어도 학회와 친분이 두터운 지역의 유력 인사를 선임하여 지회가 조직되지 못한 공백을 보완하려 했던 것이다. 이처럼 본회의 애국계몽운동을 지방으로 확산시키는 데는 지회 및 지교가 핵심적인 역할을 담당했지만, 본회와 뜻을 같이한 지방관 특히 군수들의 지방에서의 활약 또한 중요했던 것이다.

Ⅲ. 西北協成學校와 支校의 設立

서우학회에서 설립한 西友學校와 한북흥학회에서 설립한 漢北義塾은 서북학회가 설립되면서 자연스럽게 통합되었다. 통합된 학교의 명칭은 서북협성학교라 하였고, 서북학회가 직접 관리하였다.[25] 학교의 임원은 개교 초기에는 교장은 한북학회 출신인 李鐘浩가 담당하였고, 校監과 學監은 서우학교의 金基東과 李達元이 각각 담당하였다. 1908년 4월부터는 교감과 학감은 각각 서우학회 출신의 韓光鎬와 韓景烈이 선출되었다.[26] 서북협성학교는 개교 직후에는 서우학교 당시의 9명의 교사진으로 유지되다가 1908년 3월에는 교사진을 보강하여 18명의 교사를 확보하였다. 학교의 교사들에게는 초기 몇 개월 간은 일정한 월급을 지급하였으나, 이후 무보수로 자원봉사하였다.[27]

서북학회는 서북협성학교의 체제가 갖추어지자 곧 지교 설립을 추진

---

25) 『월보』, 제15호, 「회보」·제1권 제15호, 「西北學會規則」, 3쪽.
26) 『월보』, 제17호, 「회보」, 39쪽.
27) 『월보』, 제15호, 「회계원보고」, 50쪽 및 『월보』, 제17호, 「회계원보고」, 44쪽.

하여 평안북도 운산군 心誠학교가 1908년 5월 2일에 지교로 승인된 이후 함경남도 북청군 신덕학교가 1909년 10월에 지교가 될 때까지 약 1년 6개월 동안 서북 지방의 14개 府郡에 72개교를 지교를 설립하였다.28) <표 3>에서와 같이 평안도 지방에는 평안남도에는 9개군에 14개 학교, 평안북도에는 11개군에 20개 학교를 지교로 설립하였다. 기호흥학회에서도 1909년 2월에 金蘭義塾을 학회 소관의 畿湖學校의 지교로 승인하였는데,29) 이것이 서북학회를 제외한 다른 애국계몽단체에서 설립한 유일한 지교이다. 이처럼 서북학회의 지교 설립는 대단히 주목되는 성과로 이를 통해 서북학회는 본회의 애국계몽사상과 운동을 서북 각 지방으로 확산시킬 수 있었던 것이다.

서북학회는 지교 설립을 승인할 때 일정한 규정에 의하였을 것이지만 확인되지 않는다. 지교 설립이 부진하였던 기호흥학회에서 지교 설립 청원 절차를 『기호흥학회월보』에 게재한 것과는 대조적이다. 기호흥학회의 규정에 의하면 지교가 되고자 하는 학교에서는 지교를 청원할 때 학교의 규칙, 校地·校舍의 평면도, 학교의 1년 예산, 학교의 재정적 유지방법, 학교장과 교원의 이력서 등을 본회로 보내면 본회에서는 이를 검토하여 승인 여부를 결정하도록 하였다.30) 서북학회도 이와 유사한 규정이 있었을 것이다.

---

28) 이송희, 「대한제국말기 애국계몽학회연구」, 이대대학원박사논문, 1985, 83쪽에서는 서북학회의 지교를 69개교라고 하였다. 또 尹玩, 「朝鮮 統監府時期 民立史學의 敎育救國活動에 관한 硏究」, 단국대대학원박사논문, 1997, 47~48쪽에서는 『월보』의 「회사기요」에 근거하여 지교가 58개교라 하였다. 이처럼 지교의 숫자가 제대로 파악되지 않는 것은 『월보』에 지교 관련 기사를 충실히 게제하지 않은데서 비롯된 것이다.

29) 畿湖興學會月報, 제9호, 「會中記事」, 44쪽.

30) 『기호흥학회월보』, 제10호, 「회중기사」, 39~40쪽.

<표 3> 서북학회의 관서 지방의 지교

도별	지역	지교명	지교 승인일자	지교 승인 청원자	지교 승인 근거
평안남도	江東	就明學教	1909년 4월 17일		金明濬 담보(평의원)
	江西	日新學教	1908년 8월 19일	韓宅奎(校長)	학부승인
	江西	聞天學教	1908년 9월 5일 이전		
	价川	三秀學教	1908년 7월 4일 이전		
	祥原	振興學教	1909년 6월 19일		학부승인
	祥原	祥峯學教	1909년 1월 26일		金明濬 담보(총무원)
	成川	鳳鳴學教	1909년 4월 17일		韓景烈 담보(서북협성학교 학감)
	順天	仁昌學教	1909년 5월 11일		
	順天	普光學教	1909년 8월 19일	金鍝(校長,회원)	학부승인
	順天	池興學教	1909년 4월 17일		金秉燾 담보(평의원)
	安州	道明學教	1909년 1월 26일		金亨燮 담보(평의원)
	安州	普達學教	1908년 10월 16일 이전		
	殷山	文昌學教	1908년 9월 5일 이전		
	慈山	文城義塾	1908년 10월 3일	李鎭駿(塾長)	
평안북도	嘉山	元明學教	1909년 4월 17일		金基東 담보(평의원)
	嘉山	東昌學教	1909년 4월 17일		朴殷植 담보(평의원)
	嘉山	義明學教	1909년 3월 6일		金秉燾 담보(평의원)
	嘉山	鶴山學教	1909년 2월 6일		金秉燾담보(평의원)
	郭山	興讓學教	1909년 5월 21일		金泰淳 담보(회원)
	郭山	南山學教	1909년 6월 19일		崔在學 담보(평의원)
	龜城	信明學教	1909년 3월 20일		金應漢 담보(구성군학사시찰위원)
	龜城	大東學教	1909년 2월 8일		
	博川	搏明學教	1908년 10월 16일 이전		
	博川	振明學教	1908년 8월 21일	金尙弼(校長,회원)	
	碧潼	時興學教	1908년 5월 20일	朴麟玉(校長,회원)	
	宣川	日新學教	1909년 3월 20일		吳奎殷 담보(평의원)
	宣川	普新學教	1908년 12월 5일	崔浚定(校長,회원)	
	寧邊	維新學教	1908년 7월 4일		
	龍川	昌明學教	1908년 9월 5일 이전		학교 實況을 이미 파악함
	雲山	心誠學教	1908년 5월 2일	崔炳祿(校長)	
	雲山	毓英學教	1909년 3월 6일		영변군지회장 한동설의 조사보고
	楚山	宣西學教	1909년 4월 17일		
	泰川	見心學教	1909년 3월 20일		金秉燾 담보(평의원)
	泰川	韓興學教	1909년 3월 6일		金秉燾 담보(평의원)

Ⅳ. 西北地方의 主要 支會·支校 現況

1) 平壤 支會와 江西 支校

평양 지회는 서북학회의 대표적인 지회로 가장 먼저 설립된 지회이기도 하였다. 평양에서는 지회가 설립되기 전인 서우학회 설립 초기부터 지방 사무소가 조직되어 활동하였고, 그 영향으로 1907년 초에는 한꺼번에 134명의 회원이 본회에 입회하는 등 많은 회원으로 확보하여 활동하였다.31) 평양 사무소는 회원들의 동향과 지역 교육계의 상황을 수시로 본회에 보고하였다.32) 재정적으로는 본회와 지방 사무소가 각각 별도의 회계를 운영하였으나 필요에 따라서는 본회와 평양 사무소는 서로 협조하였다.33) 평양 지회는 이러한 지방사무소의 활동을 바탕으로 1908년 3월 14일에 조직되어 다른 지방 지회보다 한 발 앞선 지회 차원의 애국계몽운동을 전개하였다.

지방사무소와 지회에서는 民會의 활동에 적극적으로 관여하였고 특히 민회의 교육부는 지방사무소와 지회에서 주도하였다. 1907년 봄부터 민회에서는 본회의 큰 관심과 격려 속에 평양 일대의 각 마을마다 의무교육을 실시하였다. 의무교육의 실시로 교사 양성이 시급해지자 민회의 임원이자 본회 회원인 鄭在命34)과 崔光玉35)은 1907년 9월에 평안남도

---

31) 평양에서는 1907년 1월과 3월에 각각 21명과 134명이 동시에 서우학회 본회에 입회하였다(『서우』, 제3호·제5호, 「회보」).

32) 『서우』, 제6호, 「회보」, 46쪽.

33) 『서우』, 제6호, 「회계원보고」, 50쪽. 『월보』, 제16호, 「회계원보고」, 46쪽·제1권 제8호, 「회계원보고」, 53쪽.

34) 정재명은 서우·서북학회의 회원이면서 동시에 대한협회 평양지회 회원이었다(『서우』, 제5호, 「회보」, 46쪽 및 『대한협회회보』, 제3호, 「會員名簿」, 65쪽). 또한 그는 평양지방 금융조합장이기도 하였다(『황성신문』, 1908년 1월 5일).

35) 최광옥은 일본 유학생 출신으로 1907년 1월에 서우학회에 입회하였고(『서

관찰사를 지낸 李始榮[36]과 협의하여 임시로 민회 사무소에 사범강습소를 설립하였다. 사범강습소는 야학으로 3개월간 운영되다가 1909년 1월에 정재명이 서우학회의 '勸誘委員'인 최재학의 지도로 '敎育規程'을 만들어 군내 각 학교에 알리고, 이를 군수 白樂均과 협의하였다. 협의 결과 사범강습소를 城內 商業會議所로 옮겨 3개월 속성과로 운영하기로 하고, 그 경비는 민회에서 부담하기로 하였다. 강습소의 임원으로는 강습소장은 군수인 백락균, 위원은 정재명, 盧永軾, 朴鳳輔, 金浩淵 등 4명이었다. 교사는 최광옥과 金應道가 담당하였다. 강습소에서는 90여명의 학생이 수업을 받았으나 30여명이 낙제하는 등 학사 운영은 비교적 엄격하였다. 학생들은 졸업 후 군수 백락균이 주도하여 각 면에 설립한 학교에서 교사로 근무하였다.[37]

지회에서는 또 각 면의 학교에 대한 보다 체계적인 지도를 위해 學務會를 조직하였다. 학무회의 운영은 지방사무소와 이를 계승한 지회가 담당하였고, 군수도 이를 적극적으로 후원하였다. 학무회의 임원은 회장은 朴崇銓, 부회장은 黃永煥,[38] 총무원은 鄭在命, 사무원은 張壽喆, 회계원은 金允和[39]과 朴鳳輔, 서기원은 安泰國[40]과 金有鐸[41]이었는데, 이

우』, 제3호, 「회보」, 42쪽) 서북학회 설립 후 의주 학사시찰위원이 되었다 (『월보』, 제1권 제11호, 「회사기요」, 52쪽)

36) 이시영은 평안남도 관찰사 재임시 평양에 사범학교를 설립한 바 있는데, 서우학회에서는 이를 매우 높이 평가하였다(『서우』, 제5호, 논설, 「師範養成의 急務」, 3쪽) 그는 서우학회의 회원은 아니었고, 재경 관서인사들의 학회인 관동학회의 창립 당시 발기인으로 활약하였다(『황성신문』, 1908년 3월 10일, 「關東學會創立」·3월 24일, 「關東學會趣旨書」)

37) 『황성신문』, 1908년 1월 10일, 「平壤學務會歷史」·10월 3일, 「師範講習」·1909년 4월 1일, 「講習擴張」. 『대한매일신보』, 1909년 1월 19일, 「兩學士熱心」·3월 27일, 「광고」·4월 6일, 「講習擴張」. 『서우』, 제7호, 「論說」.

38) 1907년 3월 2일에 평양의 인사 134명이 동시에 본회에 입회하였는데, 황영환은 그 대표자였다(『서우』, 제5호, 회보, 43쪽).

39) 김윤화는 평양 箕明학교 교장이었다(『황성신문』, 1908년 2월 23일, 「光校試驗」).

40) 1909년 7월에 평양의 인사들이 智,德,體 3育의 발달을 목적으로 靑年學友同

들은 모두는 서북학회의 회원이었다. 학무회에서는 신설되는 학교의 부족한 교사를 충원하기 위해서 수시로 사범강습소를 개설해 직접 교사를 양성하였고, 각 마을의 私塾 訓長들을 대상으로 매월 1회씩 평가를 실시하여 자격을 갖춘 자를 선별해 교사로 임용하기도 하였다. 또한 매월 한차례씩 各里의 학교에 위원을 보내 지도하였고, 방학에는 각 학교 교사를 대상으로 補修敎育도 실시하였다.42) 1908년 1월에는 흥사단에 총대 金有鐸을 보내 학무회의 발전 방안에 대한 조언을 얻기도 하였다.43)

지회 설립 후에는 사범강습소와 학무회에 깊이 관여했던 정재명이 지회장이 되어 보다 체계적으로 교육 활동을 전개하였다. 즉 지회에서는 師範豫備講習所를 발전적으로 개편하여 봄과 가을에는 초등과를, 여름과 겨울에는 고등과를 개설하여 강습하였다. 교수 과목은 敎育學, 文典, 地誌, 算術, 日語, 測量 등이었고, 농학을 전공한 金鎭初,44) 공학을 전공한 朴致雲, 교육계 인사 車宗鎬 등 유능한 인사들을 강사로 초빙하여 학생들을 가르쳤다.45) 서북학회 설립 직후에 본회의 체제 정비에 분

志會를 조직하였는데, 안태국은 동회의 설립을 주도하였다(『대한민보』, 1909년 7월 29일, <平壤靑友會>). 그는 학무회 회계원 박봉보와 같이 대한협회 평양지회 임원이기도 하였다(『대한협회회보』, 제1호, 「지회임원」, 59쪽).

41) 김유탁은 軍部 書記郞을 역임하다가 辭職還鄕하였다(『황성신문』, 1907년 10월 8일, 「好個事業」) 서우학회 설립 회원으로 평의원 겸 서기원이었고, (『서우』, 제1호, 「會員名簿」, 48쪽). '月報刊行事務任員(協撰員)'으로도 활약하였다(『서우』, 제1호, 「會錄」, 47쪽). 그러나 그는 1907년 2월 5일에 평의원을 사면하고, 평양에서 교육사업에 전념하였다(『서우』, 제3호, 「회보」, 40쪽). 서북학회가 설립되자 다시 상경하여 평의원으로 활약하였다(『월보』, 제15호, 「회보」, 44쪽).

42) 『황성신문』, 1908년 1월 10일·11일, 「平壤學務會歷史」.

43) 『황성신문』, 1908년 1월 24일, 「平壤學會派員」.

44) 김진초는 일본 유학생 출신으로, 『태극학보』, 『월보』등 학회지와 신문에 그의 농업론을 다수 기고하였다. 1908년 10월부터 평양의 대성학교 農林學科가 신설되자 교사로 근무하기도하였다(『황성신문』, 1908년 10월 8일). 서북학회에서의 그의 활동에 대해서는 졸고, 「서북학회의 애국계몽운동(Ⅱ)」참조.

45) 『大韓每日申報』, 1909년 1월 19일, 「兩學士熱心」·3월27일, 「광고」·4월 6일,

140

주했던 1908년 2월경 회장 정운복이 학무회 참석을 위해 직접 평양을 방문했던 것은 평양 지회에 대한 본회의 기대를 엿보게 한다.46).

지회의 또 다른 교육 진흥 활동으로는 1907년 10월 8일에 김유탁이 주도하여 大同館 앞에 敎育書畵館을 설립한 것을 들 수 있다. 평양의 교육서화관은 같은 해 7월 10일에 김유탁과 金圭鎭47)등이 중심이 되어 서울 苑洞 본회 회관에 같은 이름으로 설립한 것을 본뜬 것이었다. 본회의 교육서화관의 설립 목적은 미술을 배우고자 하는 학생들에게 본회 회관에서 1907년 2학기부터 기본적인 미술 수업을 받을 수 있도록 하고, 일반 학생들에게는 여름방학동안 건강한 몸과 마음을 유지할 수 있도록 풍류를 즐기면서 그림 공부를 할 수 있도록 한 것이었다.48) 김유탁은 본회에 교육서화관을 설립하기 전부터 서울 大安洞 東華書館內에 守巖書畵館을 운영하는 등 미술 분야에 남다른 관심이 있었는데, 이러한 경험을 바탕으로 회원들과 더불어 서울과 평양에 교육서화관을 설립하였던 것이다.49) 그런데 평양의 교육서화관은 직접 미술 교육을 하지는 않고 학교와 사회인 교육을 지원하는데 주력하였다. 즉 아녀자와 노동자들을 위한 기초적인 서적과 각종 書畵, 문방구, 服裝諸具, 운동회와 경축식용 물품 등 학교 교육에 필요한 각종 물품을 구비하여 편리하게 구입할 수 있도록 배려하는 것이 주된 설립 목적이었다.50) 같은 해 12월에는 김유탁과 회원 金允和, 鄭在命, 朴鳳輔, 黃大永, 張壽喆 등이 뜻을 모아 교육서화관을 더욱 발전적으로 개편하면서 명칭도 協成書館으로 바꾸었다.51) 이후 협성서관은 지회의 적극적인 지원을 바탕으로 교

「講習擴張」. 『황성신문』, 1909년 4월 1일, 「講習擴張」.
46)『월보』, 제16호, 「회계원보고」, 50쪽.
47)『서우』, 제1호, 「회보」, 49쪽.
48)『황성신문』, 1907년 7월 10일, 「美術學刱設」
49)『서우』, 제3호, 「광고」.
50)『황성신문』, 1907년 10월 8일, 「好個事業」.
51)『황성신문』1907년 12월 14일, 「협성서관」. 김윤화, 정재명, 박봉보, 황대영

육 지원 사업을 더욱 확장하였고, 본회의 역량이 미치지 못한 인근 지역의 학교에 대한 지원도 아끼지 않았다. 中和郡 사립 光成학교에 교과서를 기부하고 학생들을 격려한 것은 좋은 사례이다.[52]

평양의 太極書館의 설립과 운영에도 본회 회원이 적극적으로 관여하였다. 태극서관은 평양이외에 서울과 대구에도 설립되었다. 그 설립 목적은 '건전한' 서적을 발행하고 보급하는 것이었으며 장차는 인쇄소를 가지고 저술부, 편집부 등을 두어서 각종 정기 간행물과 도서를 출판할 계획을 가지고 있었으며, 한편으로는 新民會의 비밀 연락소로 이용할 목적도 가지고 있었다.[53] 태극서관에서는 이외에도 각종 측량기구와 학생들의 학업을 뒷받침할 수 있는 각종 용품을 판매하였고, 매년 봄에는 지역 주민들에게 植木사업을 장려할 목적으로 과실수 등 각종 나무의 苗種을 염가로 판매하기도 하는 등 다양한 활동을 전개하였다.[54] 태극서관의 館主는 이승훈이었으나 실제로 이 사업을 추진한 중심 인물은 主任인 安泰國이었고,[55] 事務는 李德煥이 담당하였으며, 1909년 9월에는 주임과 사무를 宋鍾遠과 金根澄으로 교체하면서 사업을 더욱 확장하였다.[56] 태극서관의 임원들은 모두 본회 회원이었다.

지회에서는 연설회를 개최하여 학생과 지역민 계몽에도 힘썼다. 1909년 6월 七星門內 植松亭에서 개최한 연설회에서는 李東暉와 尹致昊가 연설하였는데, 방청객이 6~7천명에 달할 정도로 성황이었다.[57] 또한

은 1907년 3월에 서우학회에 같이 입회하였고, 장수철은 서북학회 설립후 1908년 12월에 입회하였다(『서우』, 제5호, 「회보」, 46쪽.『서북학회월보』, 제1권 제8호, 「회사기요」, 49쪽).

52) 『황성신문』, 1908년 2월 23일, 「光校試驗」.

53) 주요한, 앞의 책, 98쪽. 이광수, 『도산안창호』, 우신사, 1992, 34쪽.

54) 『대한매일신보』, 1909년 3월 28일, 「광고」·1910년 3월 9일, 「광고」.

55) 주요한, 앞의 책, 98쪽. 이광수, 앞의 책, 34쪽.

56) 『서우』 제1호·제3호, 「會報」.『월보』 제1권 제8호, 「회계원보고」. 한편 안태국, 이덕환, 송종원은 大韓協會 평양지회 평의원으로도 활약하였다(『대한협회회보』, 제1호, 「會員名簿」, 59쪽).

평양 각 학교 학생들을 향교 명륜당에 소집하여 학생들의 학업 성취도를 평가하여 우수한 학생에게는 포상하여 격려하는 등 학생들의 학력 제고를 위한 격려도 잊지 않았다.58)

지회와 관련이 깊은 학교는 大成학교와 日新학교이다. 대성학교는 1908년 9월에 尹治昊, 李鍾浩, 安昌浩 등에 의해 서북 지방에 최초로 설립된 중학교로 개교 때부터 당시 언론에서는 칭찬과 격려를 아끼지 않았다.59) 학교 설립에 필요한 자본은 거의 회원들의 기부금으로 충당되었다. 평양의 유지 金鎭厚60)를 비롯해 선천의 吳致殷61)과 철산의 吳熙源62) 등은 각자 거금을 기부하여 학교의 설립자금을 충당하였는데, 이들은 모두 본회 회원이었다.63) 대성학교가 설립되자 입학지원자가 한꺼번에 5,6백명이 모였을 정도로 학교에 대한 호응이 대단하였다. 학교에서는 이들 지원자들을 대상으로 입학 시험을 치러 대부분은 예비반으로 편입되고, 1학년은 50명을 선발하였다. 또 별도로 師範科와 農科를 부설

---

57) 『대한매일신보』 1909년6월27일, 「學會演說」.

58) 『황성신문』, 1908년 4월 23일, 「安氏獎學」.

59) 『대한매일신보』, 1908년 9월 19일, 「教育界의 大鍾警」. 『황성신문』, 1908년 10월 29일, 「論說」.59). 黃玹, 『梅泉野錄』, 教文社, 811쪽에서는 이종호는 10만원을 내어 서울에서 서북협성학교를 건립하였고, 그후 윤치호와 안창호 등과 평양에서 대성중학교를 설립하였다고 하였다.

60) 『서우』, 제5호, 「회보」, 46쪽.

61) 『서우』, 제3호, 「회보」, 48쪽.

62) 오희은 서북학회 회원으로 본회 회관 건축에 기여한 인물로(『서우』, 제3호, 「회보」, 48쪽. 『월보』, 제1권 제3호, 「회사요록」, 47쪽) 태극학회에도 기부하였다(『태극학보』, 제9호, 「太極學報第五回義捐人氏名」). 그는 철산 군수를 역임한 자본가로 그 군 製紙會社 설립에 관여하였고(『대한매일신보』, 1908년 12월 9일, 「紙社完立」) 그 군 鷹山村 소재 彰東학교의 설립자로 서북학회 본회의 신뢰가 두터웠다(『황성신문』, 1909년 8월 11일, 「西道旅行記事」). 또한 그는 정주 오산학교 讚務會員이기도하였고(『대한매일신보』,1909년 4월 23일, 「광고」) 삼화항 三崇학교의 교사 건축 의연금을 내기도하였다(『대한매일신보』, 1909년 4월 6일, 「吳氏寄附」).

63) 『황성신문』, 1908년 10월 29일, 「論說」. 주요한, 앞의 책, 78쪽.

하였다.

학교의 임원으로는 교장은 윤치호, 代辦교장은 안창호, 교감은 張膺震이었다.[64] 교사는 張膺震, 車利錫, 金斗和, 羅一鳳, 張基永, 文一平, 黃義敦, 崔叡恒, 金鉉軾, 金鎭初, 李相在과 체조 교사 鄭仁穆외에 10명의 교사가 근무하였다.[65] 학교의 교사 중에는 본회 회원이 많았고, 일본 유학을 다녀온 인사도 다수 있었다. 차이석, 김두화 장기영, 김진초 등은 본회 회원이었고,[66] 최예항은 본회에서 임명한 평양의 학사시찰위원으로 활약한 인사였다.[67] 일본 유학생 출신 교사는 장응진, 문일평, 김현식, 김진초 등이며 이들은 유학시절 태극학회에서 활약했던 인사들이었다.[68] 특히 장응진은 유학시절 태극학회의 회장으로 동학회를 주도했던 인사였을 뿐 아니라,[69] 일본에서 사범학교를 졸업하였기 때문에 그가 귀국하여 교육계에 종사한 것은 당시 세인의 주목을 끌었다.[70] 그는 대성학교 교사 중에서도 유일한 고등 사범학교 출신으로 학교의 교무를 책임지고 있었으므로,[71] 하기강습소 운영도 그가 주도하였다. 하기강습소에서는 물리, 화학, 代數, 기하, 三角, 生理. 音樂, 講話 등의 과목을 개설하였는데, 일본 유학생들을 강사로 초빙하여 교육하였고, 물리나 화학 등 교과는 실습용 교보재를 갖추어 실습을 통한 학습이 될 수 있게 하였다.[72] 군인 출신인 체조 교사 정인목은 학생들에게 군대식의 절도

---

64) 『황성신문』, 1910년 7월 17일, 「進校卒業과 演說」. 김형식, 앞의 글, 88쪽.

65) 金瀅植, 「평양 대성 학교와 안창호」, 『삼천리』 제19호, 1932년 1월호 (주요한, 『安島山全書』 90~92쪽에서 재인용)

66) 『서우』, 제3호·제5호, 「회보」. 『월보』, 제1권 제4호·제1권 제8호, 「회사기요」.

67) 『월보』, 제1권 제11호, 「회사기요」, 51~52쪽

68) 『태극학보』, 제1호·제18호, 「본회회원명록」.

69) 『태극학보』, 제4호, 「잡보」, 54쪽.

70) 『황성신문』, 1909년 4월 3일·7월 17일, 「논설」.

71) 주요한, 앞의책, 79쪽. 이광수, 앞의 책, 28쪽.

72) 『대한매일신보』, 1910년 5월 29일, 「大成校講習所」·6월 2일, 「大成學校夏期

있는 생활 태도를 가르쳐 '학생들의 기풍은 활발하고 규율은 엄숙'하여 주위로부터 칭송을 받았다.[73] 1912년에는 제 1회 졸업생 19명이 배출되었는데 이들 가운데 郭鳳祚, 李炳浩, 金瀅植, 金泰亨은 본회 회원으로 활약한 인물이었다.[74]

대성학교는 설립자 이종호와 안창호가 본회 회원이었으며, 특히 이종호는 학교 설립 당시 서북협성학교 교장이었던 것은 대성학교가 인적으로 본회와 얼마나 가까운 관계였는지를 잘 보여준다.[75] 또한 학교 설립과 운영을 재정적으로 지원한 인사들도 대부분 본회 회원이었고, 학교의 교사 및 학생 또한 본회 회원이 많았음을 볼 수 있다. 이러한 관련성으로 본회에서는 학교 설립 당시부터 큰 관심과 격려를 아끼지 않았다. 박은식은 『월보』의 논설을 통해 서북 각 지방에 학교가 많이 설립되었으나 학교의 규모와 교과 과정 그리고 재정 상태가 양호한 학교가 드물었는데, 대성학교야말로 '其規模의 精美와 科目의 完備함이 實로 各校의 模範'이 된다고 평하고, 개교식에 축전을 보내 기쁨을 같이하였다.[76] 학교 운동회 때에는 박은식, 노백린, 김진초 등 본회 인사들이 참석하여 학교에 관심을 표하였다.[77]

평양의 일신학교도 본회와 관련이 깊었다. 교장은 崔叡恒, 학교 임원은 朴經錫, 朴鳳輔로 모두 세명의 인사만 확인 된다.[78] 교장 최예항은

師範講習所」.『황성신문』, 1910년 6월 17일~26일, 「광고」.

73) 김형식, 앞의 글, 89쪽.

74) 『서우』, 제9호·제12호, 「회보」.『월보』, 제17호·제1권 제2호, 「회사기요」. 金瀅植, 「평양 대성 학교와 안창호」, 『삼천리』 제19호, 1932년 1월호 (주요한,『安島山全書』 90~92쪽에서 재인용)

75) 이종호는 1908년 2월 서북협성학교의 초대 교장으로 선출된 후 1909년 1월까지 교장의 직분을 담당하였다(『월보』, 제16호, 「회보」, 37쪽·제1권 제10호, 「회사기요」, 49쪽).

76) 『월보』, 제1권 제6호, 敎育部, 「祝賀大成學校」·「회계원보고」.

77) 『대한매일신보』, 1910년 5월 14일, 「大成校運動狀況」.

78) 『대한매일신보』, 1908년 9월 15일, 「巴陵의 勝狀」.『황성신문』, 1909년 4월

앞에서 본것 처럼 본회의 평양 학사시찰위원이었고, 또 대성학교의 교사였다. 학교 임원 朴經錫, 朴鳳輔은 모두 본회 회원이었는데,[79] 박경석은 교장 최예항과 같이 평양의 학사시찰위원으로 활동한 인사였다.[80] 일신학교의 교육 내용에 대해서는 구체적으로 알 수는 없지만 최예항과 박경석의 행적을 통해 보면 일신학교는 본회의 교육 방침을 충실히 실행했을 것이며, 또 그것은 대성학교와도 유사했을 것이다. 1909년 7월 26일에 박은식이 서북학회의 임원으로 평양을 방문했을 때 일신학교가 환영회를 주도한 것도 본회와의 관계를 엿보게 하는 부분이다.[81]

그런데 평양의 대성학교와 일신학교는 본회와의 이러한 관련성에도 불구하고 지교는 아니었다. 그것은 대성학교는 본회의 핵심 인사인 이종호, 안창호 뿐 아니라 지역을 초월하여 다수의 인사들이 관여한 학교로 新民會와 깊이 관련되어있었는데, 신민회에서는 평양에 우선 모범이 될 학교를 설립하고, 이후 이를 '본보기'로 각 도에 대성학교를 세워 인재를 양성하여 도내 각 군의 초등학교 학생들을 가르쳐 대성학교의 교육 정신을 전국에 전파하고자 하였던 것이다.[82] 이러한 원대한 목적으로 설립된 학교가 서북학회 학회의 평양 지교로 한정될 수 없었던 것이다. 이는 당시 신문에 게재된 대성학교에 대한 '贊成勸告書'를 보아도 알 수 있다.

> 然이나 如此重大事業을 該氏(윤치호, 이종호, 안창호 : 필자)에게만 專賴하고 恬然傍觀하면 好結果에 達하기 難하겠기로 同胞諸公에게 贊成함을 仰告하노니 嗚呼諸公이여 此에 贊成함이 平壤學校에만

10일, 「諸氏同熱」.

79) 『서우』, 제5호, 「회보」, 45 · 46쪽.

80) 『월보』, 제1권 제11호, 「회사기요」, 52쪽.

81) 『대한매일신보』, 1909년 7월 29일, 「盛大歡迎」, 『황성신문』, 1909년 8월 11일, 「西道旅行記事」.

82) 이광수, 앞의 책, 27쪽.

贊成함이 아니오, 西道敎育에 贊成함이요, 西道敎育에만 贊成함이 아
니요, 大韓□途에 贊成함이니, 嗚呼 同胞諸公이여.[83]

대성학교가 지교가 되지 못한 또 다른 이유로는 대성학교가 전국적
으로 명성이 높아 다양한 경력의 인사들이 관여하였으므로 학교의 주도
세력이 다양하였고, 또 그 만큼 많은 단체와 관련 되어있었던 점을 지
적할 수 있다. 이러한 점은 학교 발전을 위해서는 바람직하였으나 서북
학회의 지교가 되기에는 오히려 불리한 조건이었다. 평양의 일신학교도
마찬가지였다. 일신학교의 임원들은 서북학회 뿐 아니라 다양한 단체의
회원으로 활약하고 있었다. 교장 최예항은 서북학회에도 관여했지만, 대
한협회 평양 지회의 평의원으로도 활약하면서 평양과 인근 강동군 등의
학교 교육에도 적극적인 관심을 보였으며, 학교의 찬성원 박봉보 역시
대한협회 평양 지회의 회계원으로도 활약했던 인사였다.[84] 일신학교에
서는 태극학회 회장 金洛泳이 평양을 방문했을 때에도 그의 환영회도
주도하였다.[85] 일신학교는 이처럼 다양한 단체와 관련을 맺고 발전하였
던 것이다.

1907년 3월 29일에 개최된 평안도 춘기 연합 대운동회는 평안남도
관찰사 이시영과 강서군수 李宇榮[86]이 발기하였는데, 서북학회 본회에
서는 金明濬과 金義善을 총대로 파송해 운동회의 상황을 다음과 같이
본회에 보고하였다. 여기서 당시 평양 교육계의 분위기가 잘 나타난다.

1. 운동장에 모인 學徒와 觀光人士는 2만명에 달했는데, 담배를
피는 사람이 한사람도 없었고, 1. 운동장에 잡상인은 많았으나, 술을

---

83) 『대한매일신보』, 1908년 9월 19일, 「敎育界의 大鍾警」
84) 『대한협회회보』, 제1호, 「會員名簿」, 59쪽. 『대한매일신보』, 1908년 9월 15일,
    「巴陵의 勝狀」.
85) 『황성신문』, 1908년 8월 7일, 「平壤歡迎」.
86) 이우영은 서우학회의 찬성원이었다(『서우』, 제7호, 「회보」, 46쪽).

팔지는 않았으며, 1. 기생들의 출입이 없었고, 1. 각 학교 학도들의 氣像이 큰 진보가 있었다. 1. 운동회 다음 날에는 향교의 명륜당에서 연설회를 개최했는데, 劉元杓, 李東輝, 安昌浩, 金明濬가 연단에 올라 열정적인 연설을 하였는데, 청중이 인산인해를 이루었고 너무나 진지하게 연설을 경청하니 정말 모범이 될 일이다.[87]

연설회 때 연사로 나선 이동휘와 안창호는 본회 회원이었고, 유원표는 회원은 아니었으나 본회의 창립 기념식때에도 참석하여 연설하는 등 본회 및 지회의 활동을 적극 지원한 인사였다.[88] 이후에도 평양에서 연합 운동회가 개최되면 본회에서는 총대를 파송하고, 각종 상품을 기부하여 지역 학교와 학생들을 격려하는 것을 잊지 않았다.[89] 1909년 순종 황제의 御巡行때에 본회에서는 임시회를 개최해 總代 4명을 평안도로 보내 지방에서의 祇迎·祇送을 준비하게 하자,[90] 이에 발맞추어 평양 지회에서는 각 학교에 통보하여 지영 절차를 미리 논의하여 지역 학교가 연합하여 행사를 치를 수 있도록 지도하였다.[91] 이처럼 지회는 본회와의 협조를 통해 지역 사회에서 영향력을 넓혀나갔던 것이다.

지회에서는 실업 진흥 운동에도 큰 관심을 보였는데 신민회와의 관련속에서 馬山洞에 磁器製造株式會社를 설립한 것이 그 대표적 예이다. 자기회사는 지회의 주요 인사들에 의해 설립되고 운영되었는데, 지회 임원들이 자기회사에 적극적인 관심을 가졌던 것은 몇가지 이유가 있었다. 그것은 첫째, 자기회사를 설립하여 국가 경제 발달에 이바지하는 것이 곧 민족 운동이라고 생각했기 때문이며, 둘째 여러 사람의 자본을

---

87) 『서우』, 제6호, 1907년 6월 1일, 「時報」, 43쪽.
88) 『대한매일신보』, 1909년 1월 6일, 「西北合同紀念」.
89) 『황성신문』, 1908년 3월 26일, 「平壤運動會」·4월 23일, 논설, 「平壤에 各校聯合運動會盛況」, 『월보』, 제1권 제1호, 「회계원보고」, 40쪽.
90) 『황성신문』, 1909년 1월 26일, 「西北開會」
91) 『황성신문』, 1909년 1월 26일, 「學會奉迎」.

합쳐 경영하는 주식회사는 국민 상호간의 협동정신을 실천하는 것이라 보았으며, 셋째는 회사를 설립하여 이를 훌륭히 발전시켜 실업 진흥의 모범을 보이고자 하였기 때문이었다.[92] 동회사는 1909년 4월 10일에 창립 총회를 개최했는데 사장은 李昇薰, 총무는 金南灝, 鄭仁叔, 감사는 金鎭厚, 金有文이었다. 이들 중 이승훈, 정인숙, 김진후는 본회 회원이었다.[93] 특히 정인숙은 본회의 특별 총회에 참석하여 학회 차원의 적극적인 지원을 호소하였던 것처럼 지회의 실업 진흥 운동이 성공적으로 전개되기 위해서는 본회의 지도와 관심이 반드시 필요하였던 것이다.[94]

평양 지회에서 이처럼 왕성하게 애국계몽운동을 전개할 수 있었던 원인으로는 살펴본 바와 같이 지회 회원들의 노력과 이를 뒷받침한 본회의 지원이 있었기 때문이었다. 지회 발전의 또 다른 원인으로는 관찰사나 군수 등 지방관의 협조와 대한협회의 본회 및 평양 지회 그리고 관동학회 등 다른 애국계몽단체의 직, 간접적인 지지와 협조를 들 수 있다. 평남 관찰사 이시영은 이러한 정황을 잘 보여주는 인물이다. 그는 관동학회의 창립 발기인으로 동학회에 깊이 관여한 인물이었는데,[95] 관동학회는 설립 초기에 별도의 회관을 마련하지 못해 서북학회에서는 상당기간 관동학회에서 총회를 개최 할때에는 본회 회관을 이용할 수 있도록 배려하는 등 두 학회는 본회 차원에서 친밀한 협조 관계를 유지하고 있었으므로 지회 인사들도 보다 수월하게 그의 지원을 받을 수 있었던 것이다. 평양 지회가 왕성한 활동을 전개할 수 있었던 요인으로는 또 신민회와의 관련성을 들 수 있다. 안창호를 비롯하여 최광옥, 안태

---

92) 주요한, 앞의 책, 97~98쪽.
93) 『서우』, 제4호, 「회보」, 46쪽·제5호, 「회보」, 46쪽. 정인숙과 김진후는 각각 대한협회의 평의원과 회원으로 활약하기도 하였다(『대한협회회보』제1호, 「會員名簿」, 59쪽·제3호, 「회원명부」, 65쪽).
94) 『황성신문』, 1909년 4월 21일, 「磁器總會」·「광고」. 『월보』, 제1권 제7호, 「회사기요」, 32쪽.
95) 『황성신문』, 1908년 3월 24일, 「關東學會趣旨書」.

국, 이덕환 등 지회의 인사들은 신민회의 주도적 회원으로도 비밀리에 활동하고 있었으므로, 신민회가 계획하였던 애국계몽운동은 평양 지회를 통해 구체적으로 실천되었던 것이다. 대성학교와 자기회사 그리고 태극서관의 설립등의 사업은 그 배후에 신민회의 지도가 있었기 때문에 가능한 것이었다.96)

한편 강서군에는 지회는 설립되지 않고 다만 日新학교와 聞天義塾이 지교로 승인되었다. 일신학교는 1908년 4월 10일에 그 군 沙津面 德鳳里에 韓宅奎, 韓相龍, 宋煥奎, 金達夏, 金宗植 등 인사들에 의해 설립되었고, 교사는 韓麟紀, 朴明善, 韓相鳳, 韓弼洙의 4명이 담당하였다.97) 일신학교는 교장 韓宅奎의 지교 설립 청원으로 1909년 8월 19일에 지교가 되었다.98) 그런데 일신학교는 지교가 될 때까지 본회와 별다른 관련이 없었다. 지교 승인은 개교 후 일년이 조금 지난 시점에 이루어졌고, 학교 임원들도 대부분 본회 회원이 아니었으며, 교장 한택규99) 역시 지교 설립 될 무렵에야 본회에 입회하였다. 이러한 사정으로 미루어보면 본회에서는 학교의 상황에 대해서 정확히 파악하기 힘든 여건이었다. 그러나 본회에서는 일신학교가 이미 학부의 승인을 얻어 학교 운영의 재정적 기반이 확실하다고 인정하여 즉시 지교 설립을 승인하였다.100) 이를 통해보면 지교 설립의 가장 중요한 조건은 학교의 재정적 여건이었고 사립학교령 공표이후에는 더욱 강조되었다는 것을 알 수 있다. 일신학교는 지교가 된 직후에 즉시 본회에 학교 임원을 보고하였다. 이에 따르면, 교장은 金達夏, 부교장은 韓相禹, 교감은 李元熙, 韓敏錫, 학감은 韓相堯, 李秉鉉, 회계는 朴庸善, 蔡元淑, 서기원은 宋煥奎, 사무장은

---

96) 이광수, 앞의책, 20쪽~40쪽.
97) 『황성신문』, 1908년 11월 5일, 「日新又新」·1909년 4월 20일, 「日新盛況」. 『대한매일신보』, 1908년 11월 7일, 「鳳鳴日新」.
98) 『월보』, 제1권 제16호, 「회사기요」, 63쪽.
99) 『월보』, 제1권 제15호, 「회계원보고」, 53쪽.
100) 『월보』, 제1권 제16호, 「회사기요」, 63쪽.

韓成龍, 사무원은 李東八등 9명의 인사가 각각 담당하였다.101)

강서군의 또 다른 지교인 門天義塾은 1906년초에 설립되었다가 李宇榮으로 그는 강서군의 군수였으며, 서우학회의 찬성원이기도 하였다.102) 그는 의숙을 설립한 후 학부로부터 사범학교로 승인되어 평안남도에 설립된 최초의 사립 사범학교가 되었다.103) 이후 동 학교는 서우학회와의 관련 속에서 발전을 도모하였으므로 서북학회의 지교가 된 시점은 동군의 일신학교보다 오히려 빨랐을 것으로 생각된다.104) 문천의숙의 학생들은 졸업후 지역 학교에서 교사로 지역 교육 진흥에 큰 기여를 하였다.105) 뿐만 아니라 본회 입회하여 활약하기도 하고 한걸음 더 나아가 직접 학교를 설립에 앞장서기도 하였다. 대표적인 예로는 졸업생 崔承澤의 경우는 본회 입회하여 활동한 경우로 강서군에는 지회가 설립되지 않았으므로 그는 평양 지회와 관련을 맺으면서 활동하였을 것이다.106) 李禧濤의 경우는 졸업후 지역 인사들과 함께 擧巖面 梅楸洞에 新明학교를 설립하였다.107) 졸업생들이 왕성한 교육 활동을 전개할 수 있었던 것은 국가와 민족의 발절은 교육을 통해서만이 얻을 수 있다는 서북학회 본회의 애국정신교육이 구체적으로 실천되었다는 것을 말한다. 1906년 5월 13일의 문천의숙 개교식에서의 塾長 이유영의 연설에는 이 점이 잘 나타난다.

> 當初說校本義는 國家獨立을 鞏固함에 在한 것인데 至于今日하여는 形勢一變하여 獨立回復이란 問題가 되었으니 此를 淡究하면 어찌

---

101) 『월보』, 제1권 제17호, 「회사기요」, 61쪽.
102) 『황성신문』, 1906년 6월 2일, 「程度師範」, 『서우』, 제1호, 「회보」, 46쪽.
103) 『황성신문』, 1906년 7월 2일, 「程度師範」.
104) 『서우』, 제1호, 「회보」, 46쪽・제7호, 「회보」, 43쪽.
105) 『황성신문』, 1907년 7월 6일, 「江校試驗成績」.
106) 『월보』, 제1권 제13호, 「회계원보고」, 68쪽.
107) 『월보』, 제1권 제11호, 「雜俎」, 35쪽.

痛憤치 아니하며 만일 十年前에만 敎育思想이 今日과 如하였다면 此
境에 豈至하였으리오 自今이라도 加一層憤發心이 無하면 回復은 尙
矢오 終乃如隷의 參禍를 不免할지니 勉哉勉哉어다.108)

　　문천의숙이 사범학교로 승인되어 서북학회의 지교로 발전하여 지역
의 교육진흥을 선도하고 또 졸업생들의 두드러진 활약을 펼칠 수 있었
던 것은 학교를 설립하고 주도했던 인사가 군수인 이우영이었다는 것과
밀접한 관련을 갖는다. 당시 군수의 지위는 지역의 애국계몽운동을 앞
장서 실천하기에 더 없는 좋은 위치였으므로 지역 인사들의 적극적인
관심과 서우학회와 서북학회의 후원속에 지역 교육을 이끌어 갈 수 있
었던 것이다.

2) 肅川 支會

　　숙천군에서 지회가 설립된 것은 그 군의 인사들이 서우학회 때부터
본회 회원으로 활발한 활동을 전개한 결과였으나109) 이 지역 출신으로
일본 유학후 귀국한 金鎭初의 활약이 지회 설립의 직접적인 계기가 되
었다. 그는 유학중 동경제국대학 농과에 재학하면서 태극학회의 총무원
과 평의원으로 활약하였고, 학보인 『태극학보』의 주필이기도 하여 유학
시절부터 국내에 잘 알려진 인물이었다.110) 그는 1908년 7월에 귀국 후
바로 본회에 입회하여 회원으로 활발히 활동하면서111) 같은 해 9월에는
귀향하여 숙천군 葛山洞에 農會를 조직하였다.112) 농회의 조직은 지회
설립의 기반이 되어 같은 해 10월 3일에는 지회가 설립되었다.113) 이후

---

108) 『황성신문』, 1906년 5월 28일, 「勸學演說」.
109) 『서우』, 제6호, 「회보」.
110) 『황성신문』, 1908년 6월 20일, 「學成歸國」.『태극학보』, 제4호, 「雜報」, 55쪽
　　・제14호, 「雜錄」, 62쪽・제21호, 「文藝」, 50쪽.
111) 『월보』, 제1권 제4호, 「회계원보고」, 38쪽.
112) 『황성신문』, 1908년 9월 8일, 「農會事業」.『대한매일신보』, 1908년 9월 8일,
　　논설, 「實業界의 新光線」.

지회는 농회의 조직을 토대로 교육과 실업 운동을 전개하였다.

김진초가 귀국후 서둘러 숙천에 농회를 설립한 것은 그가 단순히 농학을 전공한 인사였기 때문만은 아니었다. 그는 우리나라에서는 농업의 성패 여부가 국가의 흥망을 좌우한다는 인식을 가지고 있었기 때문에 농회의 조직 뿐 아니라 種苗園 설립을 통한 植林사업 전개, 蠶絲協會의 설립을 통한 양잠의 장려 등을 통해서 하루 빨리 미곡 생산 중심의 우리의 농업을 근대적 상업 농업으로 전환시키고자 하였다.114) 농업에 대한 이러한 그의 견해는『월보』를 통해 거듭 강조되었고,115)『황성신문』에서는 그의 농업론이 두달 동안 21회에 걸쳐 연재될 정도로 당시 큰 호응을 얻었다.116)

갈산동에 설립된 농회에서는 그의 이러한 농업 진흥책에 따라 農林業의 진흥을 우선 목적으로 하면서 또 지역민에 대한 계몽을 통해 의식 개혁에도 앞장서고자 했다. 먼저 농업 진흥책을 보면, 강습회등을 열어 농민들이 농업 개량의 의미와 방법을 이해할 수 있도록 교육하고, 우수한 농산물을 생산하여 판매할 수 있도록 경지 정리 사업과 병충해 방지 등을 지도하였으며, 농가 부업으로 양잠업등을 적극적으로 권장하여 농민의 경제적 안정을 도모하였다. 또한 '産業組合'이나 '貯蓄組合' 등을 설치하게 하고 농사에 관한 각종 통계를 제공하여 간접적으로도 농사를 도울 수 있도록 하였다. 농회에서는 植木 사업도 적극적이었다. 개인 소유의 空地에 식목을 적극 권장하고, 이를 돕기 위해 농회에서 직접 양질의 묘목을 길러 농민들에게 보급하고 개인적으로 나무를 심지 않은 공지에는 농회에서 직접나서 나무를 심기도하였다. 농회의 활동은 여기

---

113)『월보』, 제1권 제6호, 「회사기요」, 25쪽.
114)『월보』, 제1권 제5호, 「民業振興의 私見」, 10쪽~14쪽.
115) 월보에 게재된 김진초의 기사는『월보』, 제1권 제4호, 「농업의 개량」·제1권 제5호, 「民業振興의 私見」·제1권 제14호, 「林業의 效用論」·「果樹園을 創設함」·제1권 제15호, 「我國現在의 果樹改良」이 있다.
116)『황성신문』, 1910년 7월 28일~8월 27일, 「我國農業論」.

서 그치지 않고 지역민들의 계몽을 위해서도 노력하였다. 국문야학교를 설립하고, 新聞縱覽所도 설치하였을 뿐 아니라 농가의 厠間 개량에까지 앞장서는 등 농민 생활 전반에 대한 지도와 계몽 운동을 전개하였다.117) 이처럼 지회의 애국계몽운동은 농회를 통해 구체화되었던 것이다. 그러므로 활동 상황이 거의 밝혀지지 않는 일부 지방 지회의 애국계몽운동의 내용은 숙천 농회의 활동상을 통해 미루어 짐작할 수 있다는 점에서도 숙천 농회는 매우 주목된다 하겠다.

농회를 주도하였던 김진초는 경향 각지를 다니며 그의 농업 진흥론을 전파하였다. 1908년에 평양의 대성학교에서 農林學科를 부설하자 교사로 근무하였고,118) 1909년 초부터는 평양 지회에서 개설한 사범강습소에서도 교사로 봉사하였다.119) 그의 활동 중 특히 주목되는 것은 1909년 8월에 다시 상경하여 숙천군에서의 농회 설립 경험을 바탕으로 당시 본회 부회장이었던 鄭鎭弘120)과 함께 본회 회관에 農業會를 조직한 것이다.121) 농업회가 조직되자 곧 본회에서는 農林講習所를 설립하여 같은 해 9월 13일에 개교하였는데, 여기서 그는 元勳常, 金志侃과 함께 교사로 근무하였다.122) 그는 본회 회원으로 서북학회의 농업 진흥 운동을 선도하면서 普成中學校에서도 교사로 근무하였던 것처럼123) 그가 필요한 곳이면 어디서든지 농업 진흥을 역설하였다. 이 때에 그는 병을 얻어 다시 숙천으로 귀향하였다.124) 이처럼 숙천에서 농회가 조직

---

117) 『황성신문』, 1908년 9월 8일, 「農會事業」. 『월보』, 제1권 제5호, 「論說」·「民業振興의 私見」.
118) 『황성신문』, 1908년 10월 8일, 「農林開學期」.
119) 『대한매일신보』, 1909년 1월 19일, 「兩學士熱心」.
120) 『월보』, 제1권 제14호, 「회사기요」, 51쪽.
121) 『대한매일신보』, 1909년 8월 8일, 「農會發起」.
122) 『황성신문』, 1909년 8월 12일, 「農林講習」·8월 26일, 「광고」. 『대한매일신보』, 1909년 8월 19일, 「광고」. 『월보』, 제1권 제16호, 「잡조」, 62쪽.
123) 『대한민보』, 1909년 9월 11일, 「普成校講師」.
124) 『대한민보』, 1909년 11월 18일, 「下鄕治療」.

되고 본회에서 농업회가 발기된 것은 지회와 본회의 인사들에게 농업 진흥의 중요성에 대한 인식을 제고하게 하는데 큰 역할을 하였던 것이 다.

그런데 김진초 등 지역 인사들이 농회를 조직하고 또 이를 바탕으로 지회를 설립한 것은 지방에서의 지지 기반 확보라는 의도도 있었다. 숙 천군에 농회가 설립되었을 때 본회에서는 『월보』에 다음과 같은 축하의 논설을 게재했다.

> … 然이나 泰西人이 云하되 惡政府는 但히 愚民頭上에 在한 것이 라 하니 我同胞의 智識이 開發하고 團體가 成立되면 官吏의 侵虐을 蒙受치 아니할 能力도 有하거니와 而況 今日은 時局이 變遷하였으니 彼輩의 氣□은 自然 屛息된지라 我同胞가 어찌 此機會를 因하여 團 體를 成하고 敎育及殖産等事에 奮勵做去하여 家族의 幸福을 享有하 며 國民의 資格을 完全케 하기로 目的을 삼지아니하리오-- 125)

이처럼 농회는 교육과 실업 진흥을 통해 개인과 국가의 행복을 추구 하기 위해 조직되었지만, 다른 한편으로는 농회를 통해 지역민들을 결 속하여 지회의 지지 기반으로 삼음으로써 지방관의 부당한 간섭을 벗어 나고 나아가 그 협조도 쉽게 얻을 수 있다는 의도도 있었던 것이다. 이 런 점에서도 본회에서는 농회의 조직과 활동을 적극적으로 후원할 필요 가 있었던 것이다.

3) 价川 支會

개천군 인사들은 서우학회의 활동 시기에는 별다른 활동이 없었으나, 서북학회의 설립을 전후하여 군수 朴承健과 군주사 康炳斗 등이 중심이 되어 교육진흥운동을 활발히 전개하였다. 이들의 교육 활동이 바탕이 되어 개천 지회는 1908년 10월 3일에 박은식의 '담보서'에 근거하여 설

---

125) 『월보』, 제1권 제5호, 「論說」, 2쪽.

립되었다.126) 이들은 각 마을을 순회하면서 주민들에게 교육의 시급함을 계몽하고 지역 유지들에게 학교 설립을 독려한 결과 西興학교등 지역 각지에 학교가 설립되었다.127) 사립학교령 공표이후에는 지역 사립학교의 유지, 발전을 위해 더욱 노력하였다. 이들의 교육 진흥 활동은 지회가 조직된 후에는 지회장 李根洙를 통해 본회와 관련 속에서 전개되었다. 지회장 이근수는 수시로 지회의 재정 상황을 본회에 보고하였으며, 지역 학교의 재정 상황까지도 조사하여 본회에 '報明書'로 보고하여 사립학교령 공표이후 개천의 사립학교가 유지될 수 있도록 본회의 방침에 따라 지역 학교들을 지도하였다.128) 이러한 노력으로 廣達학교, 仁明학교, 振明학교는 中南面 龍源里 소재 광달학교로 통합되어 학부의 승인을 얻을 수 있었다.129) 광달학교는 통합 후 1910년 7월에는 고등과 3회 졸업생을 배출하는 등 꾸준한 발전을 하였고, 교감 吳泰遊등 임원들이 뜻을 모아 明月야학교와 揚明야학교를 설립하는 등 지역 교육을 선도하는 학교로 발돋움하였다.130)

1909년 3월에 본회에 보고된 지회 임원은131) 회장은 李根洙, 부회장은 金庭植, 총무원은 崔廷俊, 회계원은 徐肯烈 서기원은 玄熙燮, 평의원은 李正熙, 李在夏, 玄基虎, 李庭迫, 玄基明, 趙德成, 李演高, 李在溫, 金麟崐, 玄夏鎮, 康炳斗, 車秉洪이었다. 이들 중 본회에 입회한 임원은 총무원 최정준등 8명이며, 입회 시기는 지회 설립이 임박한 시점이었다.132) 이것은 지회가 조직되기 전에는 본회에서 개천 지역에 대해 큰

---

126) 『월보』, 제1권 제6호, 「회사기요」, 25쪽.
127) 『황성신문』, 1908년 6월 6일, 「价倅勸學」·11월 20일, 「西興其興」.
128) 『황성신문』, 1909년 8월 26일, 「先何後何」. 『월보』, 제1권 제11호·제1권 제13호·제1권 제16호, 「회사기요」.
129) 『황성신문』, 1909년 8월 26일, 「先何後何」.
130) 『대한매일신보』, 1909년 1월 28일, 「明月揚明」. 『황성신문』, 1910년 7월 6일, 「鳳鳴卒業」.
131) 『월보』, 제1권 제11호, 「회사기요」, 52쪽.

영향력을 행사하지 못했다고 할 수 있다. 더구나 지회 설립후에도 지회장 이근수와 부회장 김정식 등 지회의 핵심 인사들이 본회에 입회하지 않았던 것은 지회 발전에 장애가 되었다.

鳳鳴학교는 지회 인사들이 주도한 학교였다. 학교 임원은 康炳斗, 崔廷俊, 玄子翼, 金順玉 등으로 모두 본회 회원이었으며, 특히 강병두와 최정준은 지회의 임원이기도 했다. 이들 학교 임원들은 지회 임원들과 함께 지회가 조직될 무렵에 본회에 입회하였다. 1910년에 본회의 임원 박은식이 개천을 방문했을 때 박은식과 지회의 임원들이 모여 지회와 지역 학교의 발전 방안을 숙의했는데, 이때 봉명학교는 박은식의 숙소이자 지회 임원들의 회의실이었다.133) 이러한 점들을 보면 개천 지회의 교육진흥운동은 봉명학교를 중심으로 전개되었음을 보여준다. 그러므로 1909년에 학교 임원들이 뜻을 모아 야학교를 신설한 것도 지회의 교육운동의 성과라 할 수 있겠다.134)

三秀학교 또한 본회의 지도로 발전하였다. 동학교는 교장 玄澈根이 본회에 학교 재단의 회계를 보고하여 본회의 지도, 관리를 받았던 예를 보면 본회와의 깊은 관련성을 짐작할 수 있다.135) 삼수학교와 봉명학교가 지교가 되었는지는 확인되지 않으나, 본회 및 지회와의 관계를 통해 보면 사실상 개천군의 지교로 활동하였음을 알 수 있다.

서우학회 설립 초기에 개천군 인사들의 활약이 비교적 부진했던 것은 평안도의 다른 지회 설립 지역에 비해 보수적인 성향이 강했기 때문이었다.136) 지회의 평의원 현기호가 그 군 향교 直員이었던 것처럼 지

---

132) 개천군 지회 임원중 본회 입회한 인사들은 현희섭과 현기명은 1908년 6월에 입회하였고, 최정준, 이재하, 김린곤, 현하진, 김병두, 차병홍은 1908년 9월에 입회하였다(『월보』, 제1권 제2호·제1권 제5호, 「회사기요」).
133) 『황성신문』, 1910년 6월 22일, 「西道旅行記」.
134) 『대한매일신보』, 1909년 3월 25일, 「鳳校大鳴」.
135) 『월보』, 제1권 제3호, 「회사요록」, 45쪽.
136) 『황성신문』, 1910년 6월 22일, 「서도여행기」.

회가 조직된 후에도 향교를 중심으로 한 유림 세력에 의해 지회와 지역 교육계가 주도되었던 것으로 보인다.137) 이 지역 대표적인 유림인 玄熙鳳은 '儒敎求新論'을 주창하던 본회의 임원 박은식과 함께 유학을 공부했던 인사로서 박은식과는 달리 신교육을 거부하고 '舊學'을 고수하고 있었다. 그와 같은 인사들이 지역 사회에 미친 영향력은 상당하였으므로 지역 교육 진흥에는 큰 장애가 되어 본회에서는 이를 개선하고자 노력하였던 것은 개천의 지역 분위기를 잘 보여준다 하겠다.138) 이처럼 본회에서는 개천에서의 애국계몽운동의 확산을 위해서는 무엇보다 보수적인 지역 유림들의 '改良求新'이 필요하다고 인식하였으나 개천 지회는 유림 세력의 향촌 사회에서의 영향력을 지회의 애국계몽운동의 동력으로 완전히 끌어들이지 못했다고 할 수 있다.

4) 義州 支會

의주 지회는 1908년 5월 2일에 지회시찰위원 金達河의 조사 보고를 근거로 1908년 5월 2일에 설립되었다.139) 서우학회는 설립 직후부터 월보를 지방으로 보급하기 위해 평안남북도와 황해도에 각각 1개소의 월보의 지방 '발매소'를 설치하였다. 의주는 평양, 재령과 더불어 발매소가 설치된 지역이었다.140) 서북학회 설립이후에도 의주에서는 지속적으로 월보가 購覽되었고 본회에서도 월보의 우송을 잊지 않았다.141) 서북학회는 본회의 애국계몽운동을 지방으로 확산시키기 위해 월보의 간행과 보급을 가장 중요한 사업으로 간주하였으므로 의주는 평안북도에서 본회의 애국계몽운동에 동조하는 인사들이 가장 많은 지역이라는 것을 의미한다. 의주 지회가 평양을 제외하고는 박천과 함께 가장 먼저 설립

---

137) 『대한민보』, 1909년 7월 20일, 「官報(抄錄)」.
138) 『황성신문』, 1910년 6월 22일, 「西道旅行記」.
139) 『월보』, 제1권 제1호, 「회보」, 37쪽.
140) 『서우』, 제1호, 권미광고
141) 『월보』, 제1권 제10호~제1권 제19호, 「회계원보고」.

된 것은 바로 이러한 기반위에서 이루어진 것이다. 지회 설립과 동시에 회원 최석하는 '義州郡聯合大運動會會長'으로 운동회에 본회에서 總代를 보내줄 것을 요청하였다. 이에 본회에서는 金明濬을 기꺼이 總代로 파송하였고, 김명준은 운동회의 상황을 본회에 보고하는 등 의주 지회와 본회는 초기부터 긴밀한 관계를 유지하였다.142)

지회의 인사들 중에는 우선 崔光玉의 활약이 주목된다. 그는 일본 유학생 출신으로 유학 당시 태극학회의 창립회원이면서 총무원으로 활약하였는데, 태극학회에서는 그가 병으로 1907년 8월에 귀국한 후에도 特別會員으로 예우하였다.143) 1907년 1월에는 유학생 신분으로 서우학회 회원이 되었다. 귀국 후 평안도와 황해도의 각 지방를 다니며 교육 발전을 위해 남다른 열정을 보였으며, 특히 평양에서는 그 군 지회장 정재명등 지회 인사들과 더불어 교육 진흥에 노력한 것은 앞서 살펴보았다. 의주에서의 그의 활동은 1909년 초부터 활발했다. 그는 의주 賛實中學校의 교사로 근무하면서 방학을 이용해 인근 지역 학교 교사들에게 그의 일본 유학 경험을 토대로 신학문을 가르치는 열성을 보였다.144) 병약한 몸임에도 불구하고 그가 각 학교 교사들에게 열심히 강습을 한 것은 지역 인사들에게 큰 감동을 주었고, 이는 서북학회의 애국계몽운동 확산에 상당한 기여를 했다. 그는 1909년 3월 6일부터는 본회의 의주 학사시찰위원으로도 활약하였다.145) 건강이 허락하지 않아 학사시찰 위원의 임무는 곧 白寅善이 담당했지만,146) 그의 헌신적 노력은 1910년 7월 病死할 때까지 그치지 않았다.147) 이러한 활약으로 당시 그는 황

---

142) 『월보』, 제1권 제1호, 「회보」, 37쪽. 『월보』, 제1권 제2호, 「회보」, 39쪽.
143) 『태극학보』, 제1호, 「本會會員名錄」, 51쪽·제4호, 「본회회원명부」, 57쪽. 『서우』, 제3호, 「회보」, 42쪽.
144) 『대한매일신보』, 1908년 9월 17일, 「광고」·1909년 1월 8일, 「崔氏光玉」.
145) 『월보』, 제1권 제11호, 「회사기요」, 52쪽.
146) 『월보』, 제1권 제14호, 회사기요, 55쪽.
147) 1910년 7월 백천군에서 하기 사범강습소에 관여하던 중 신경쇠약으로 사망

해도와 평안도의 교육계 인사들 중에서 최고의 신망을 가진 인물이라 높이 평가되기도 하였다.[148]

翊原학교는 의주 지역 회원들에 의해 주도된 학교였다. 익원학교는 1909년 3월에 향교와 關帝廟의 자본금으로 설립되었다.[149] 학교의 설립자였던 金道濬은 교장으로 봉사하였고, 사무원은 趙英善, 회계는 張明昊, 교사는 白元默, 崔基壽, 金聲振, 李鳳允이 담당하였다.[150] 교장인 김도준과 회계인 장명호는 본회 회원으로 활약하였다.[151] 김도준은 생업에 종사하는 지역민과 여성 교육을 위해서도 적극적이어서 1910년 4월에는 학교에 日語夜學校를 설립하였고[152] 같은 해 7월 18일에는 附屬여학교를 설립하였다.[153] 교사인 白元默은 龍川과 의주 인사들과 함께 1907년 9월 22일에 태극학회의 龍義支會를 발기하고 동지회 평의원으로 활약하면서 지역의 학회운동을 선도하던 인사였다.[154] 백원묵은 또한 본회 직속의 서북협성학교 사범과를 졸업생이었으므로 본회의 교육 방침을 누구보다 잘 이해하고 있었고, 또 이를 충실히 지방에서 실천하였다.[155] 1910년 2월에는 2백여명의 학부모들이 '學父兄會'를 조직하여 매월 정기적인 모임을 통해 익원학교를 지원하기로 하였는데, 이처럼 지역 주민들이 자발적으로 학부형회를 조직하여 후원했던 것은 익원학교의 교육 방침에 대해 지역 주민들의 호응이 대단하였으며, 또 학교 교육에 거는 기대가 얼마나 컸는지를 짐작할 수 있게 한다.[156]

하였다 (『황성신문』, 1910년 7월 22일, ＜蘭摧蕙折＞. 金九, 尹炳奭 譯, 『백범일지』, 집문당, 154쪽).

148) 『백범일지』, 집문당, 148쪽.

149) 『황성신문』, 1910년 3월 13일, 「金校長義擧」.

150) 『황성신문』, 1910년 2월 15일, 「翊原有望」.

151) 『서우』, 제1호, 「회보」, 50쪽·제11호, 「회보」, 53쪽.

152) 『황성신문』, 1910년 4월 15일, 「日語夜學」.

153) 『대한매일신보』, 1910년 7월 28일, 「翊原女校」.

154) 『태극학보』, 제14호, 「雜錄」, 62 ～ 63쪽.

155) 『월보』, 제1권 제12호, 「회사기요」, 51쪽.

　의주 지회의 회원들은 夜學의 설립에도 적극적이었다. 회원들에 의해 설립된 대표적인 야학 운동 단체가 灣友夜學會였다. 동야학회는 1907년 5월 7일에 본회 회원인 李明煥과 張明昊에 의해 설립되었다.157) 동야학회의 교육 내용과 사상은 설립취지서에 잘 나타난다.

> …今古殊理에　時事變遷하여　列强交濟하고　立紀維新하니　回想時宜컨데　言語　法律이　急先學務라　嗟吾灣友가　汩沒産業하여　做工無暇하니　何以則做得餘力之學文而盡其國民之義務乎아　僉議會同日　古有志士之晝耕夜讀하니　晝事生計之方하고　夜做時宜之學이　豈不美哉아 …158)

　이러한 취지에 따라 일본어, 영어, 법률의 세과목을 교육하였다. 일본어는 鎭衛隊 參尉를 지낸 朴東元과 參奉이었던 金學俊이, 영어는 義州府 稅務官인 趙在榮이, 법률은 義州府 警務署總巡인 金永一이 각각 담당하여 무보수로 봉사하였는데, 일본어 교사만은 두명이었던 것은 일본어가 중심되는 교과임을 보여준다.159) 동야학의 학생들은 주로 생업에 종사하는 지역민들이었으므로 이에 맞게 급변하는 시대에 적응할 수 있는 실질적인 교과인 외국어와 일상 생활에 적용할 수 있는 법률을 가르쳤던 것이다. 본회 회원이었던 야학회 설립자들은 지역 실업인들을 교육하여 이들로 하여금 건전하게 생업을 영위하게 하는 것이 바로 그들의 의무라고 생각했고, 이를 위해 뜻을 같이하는 인사들을 교사로 연빙하여 교육했던 것이다.

　龍灣測量학교는 익원학교를 설립한 金道濬과 본회 회원 崔錫夏160)가

---

156)『황성신문』, 1910년 2월 17일, 「翊校學父兄會」.
157)『서우』, 제11호, 「회보」, 53쪽.
158)『황성신문』, 1907년 9월 2일, 「灣友夜學會趣旨書」.
159)『황성신문』, 1907년 9월 2일, 「灣友夜學會趣旨書」.
160) 최석하 1907년 9월 일본 유학생 신분으로 서우학회에 입회하였다(『서우』, 제 11호, 「회보」, 53쪽).

설립을 주도하였다. 최석하는 早稻田대학교 법학과를 졸업하고 1908년 가을에 귀국하였는데,161) 유학 당시에는 태극학회 부회장을 연임하였고,162) 귀국 후에는 본회에서 연설가로도 활약하여 서북협성학교가 주최한 '輪講會'나 운동회가 개최되면 자주 등단하였던 인사였다.163) 그는 1909년 9월에 李甲과 함께 서북학회를 일진회, 대한협회와 정략적으로 야합시키려 한 '三派提携'를 추진하기도 하여 학회 안밖으로부터 비난을 받기도 하였다. 그는 또 본회 회원 崔翼瑞와 張明昊164) 그리고 지역 인사 崔致祿 등과 함께 物貨委託販賣所를 조직하여 실업 진흥에 나서기도 하였다.165) 이처럼 다양한 활동 경력의 최석하는 김도준과 용만측량학교를 설립하고 학감인 李弘積, 교사인 李稷鎬 등과 더불어 학교 발전을 위해 힘썼다. 동학교는 速成科로 운영되어 1908년 11월 10일에는 31명의 졸업생을 배출할 수 있었다.166) 학교의 임원들은 1909년 초에는 一成야학교를 학교 부설로 설립하여 일본어를 교육하였다.167)

회원 崔時俊168)도 일본 유학후 귀향하여 1910년 1월에 강습소를 설립하여 교육에 힘썼다. 그는 李裕弼, 洪鍾殷, 桂龍攢 등 인사들이 함께 교사로 봉사하여 藥物學, 법학, 일본어, 물리 등의 교과를 교육하였다.169) 그 역시 유학 시절에는 태극학회 회원이었다.170)

---

161) 『황성신문』, 1908년 7월 25일, 「논설」·『대한매일신보』, 1908년 11월 28일, 「卒業生歡迎」.
162) 『태극학보』, 제4호, 「太極學會贊成員」, 54쪽.
163) 『황성신문』, 1909년 5월 8일, 「三校講演」·6월 5일, 「兩校講演」·10월 23일, 「西北運動」.
164) 이들중 최익서와 장명호는 서북학회 회원이었다(『월보』, 「회사기요」 참조).
165) 『대한매일신보』, 1910년 7월 24일, 「販賣所組織」.
166) 『황성신문』, 1909년 1월 19일, 「광고」.
167) 『황성신문』, 1909년 1월 9일, 「義州一成」.
168) 『월보』, 제1권 제6호, 「회사기요」, 27쪽.
169) 『황성신문』, 1910년 2월 13일, 「講習好況」.
170) 『태극학보』 제16호, 「잡보」, 63쪽.

이처럼 지회 인사들은 상호간에 긴밀한 협조속에서 지역 교육을 주도해 나갔다. 이를 정리해 보면, 만우야학회의 설립자인 장명호는 익원학교의 임원이었으며, 동야학회의 일본어 교사인 김학준은 익원학교 교사 백원묵과 함께 태극학회의 龍義支會의 창립회원으로 활약하였다. 그런데 용만측량학교를 설립했던 최석하 역시 태극학회 부회장을 연임한 인사였다. 김도준은 익원학교와 용만측량학교의 설립에 모두 관여하였다. 요컨데 만우야학회와 익원학교 그리고 용만측량학교는 본회 회원들에 의해 주도되고, 교육 방침을 지도 받았으며, 한편으로는 태극학회 본회 및 용의지회를 통해 일본 유학생들과도 직, 간접적으로 관련을 맺고 있었던 것이다.171)

이처럼 의주지회의 교육 진흥 운동에서는 일본 유학생 출신이 큰 활약을 한 것이 주목된다. 유학생들이 학교의 임원 및 교사로 적극적으로 활동한 것은 학생과 지역 인사들이 선진 기술과 학문을 손쉽게 접할 수 있는 좋은 기회가 되어 지역 교육 발전의 큰 힘이 되었다. 태극학회에서 용의지회를 설립한 것은 의주와 용천 지역에는 在日 유학생들의 사상과 운동에 동조하는 인사들이 다른 지역에 비해 상당히 많았다는 것을 의미하며, 이는 유학생들의 귀향 활동과 깊은 관련이 있다고 하겠다. 본회에서 임명한 의주 학사시찰위원 최광옥 역시 일본 유학생 출신이었으므로 지회가 주도한 학교의 교육 과정에서는 일본어 교과가 거부감 없이 수용되고 있음을 알 수 있다. 만우야학회에서 일본어 교육을 강조한 것과 익원학교의 교장인 김도준이 별도로 일어야학교를 설립한 것 그리고 용만측량학교에서 일본어 교육을 위해 일성야학교를 설립했던 것은 의주 지회에서의 유학생 출신 인사들의 활약과 깊은 관련을 가진 것이었다. 재향 유림 세력이나 지방관들에 의해 주도된 경우가 많았던 다른 지방 지회에 비해 유학생들의 비중이 컸던 의주 지회의 성향은 훨

---

171) 『태극학보』, 제14호, 「雜錄」, 62 ～ 63쪽.

씬 개방적이었던 것이다. 의주 지회 인사들이 관여한 각 학교가 설립 과정에서 비록 향교를 중심으로 한 유림 세력이나 지방관과의 협조 속에 이루어졌다 하더라도 실제 학교 교육 과정에서는 상당한 차이가 있었던 것이다. 그리고 의주 지회에서 활약한 유학생들은 그들이 습득한 선진 학문과 기술을 보급하기 위해 의주에만 머물지 않고 평양이나 서울 등지를 활발히 오가며 활동을 전개하였던 것도 특징이라 하겠다.

의주 지회의 이러한 성향이 지역 청년 학생들의 민족 의식을 약화시킨 것은 아니었다. 순종 황제 西巡때에 일장기 게양 거부 운동이 서북 각 지역에서 일어났을 때, 의주에서도 '日旗組合所'가 습격당하는 등 거부 운동이 거세게 일어났다. 당시 枇峴面일대의 각 학교에서는 일장기 게양을 결사적으로 거부했는데, 이를 주동했던 본회 회원 李昇根[172]은 堂後洞에 설립된 克明학교의 교사로서 동료인 朴亨權과 함께 그 지역 경찰서에 끌려가 모진 고문을 당했던 것은 이를 잘 보여준다.[173] 또한 본회 회원 趙義明[174]의 경우 그 지역 인사 趙時漢, 용천의 文錫瑨과 뜻을 모아 1909년 9월부터 西間島에 우리 동포의 교육을 위해 설립된 牧民학교에서 교사로 봉사했던 것도 의주 교육계의 민족 의식을 보여주는 하나의 예이다.[175]

그러나 의주 지회 회원들의 활동은 때로는 물의를 일으키기도 했다. 求是학교의 경우는 교장 張應亮과 儒鄕 세력간의 극단적인 마찰을 빚었던 경우이다. 장응량은 서우학회 창립회원으로 월보의 '月報雜組協撰委員'으로 활약한 본회의 임원이었다.[176] 그는 구시학교의 설립자이었는

---

172) 이승근은 1907년 9월에 서우학회에 입회하였다(『서우』, 제11호, 「회보」, 53쪽). 재 일본 유학생 단체인 대한흥학회의 의주 지회장을 담당하였다(『대한민보』, 1909년 8월 25일, 「興學支會」).

173) 『대한매일신보』, 1909년 2월 16일, 「義校困難」.

174) 『월보』, 제1권 제7호, 「회계원보고」, 35쪽.

175) 『대한민보』, 1909년 9월 25일, 「學界好聞」.

176) 『서우』, 제1호, 「회보」, 47쪽·48쪽.

데, 학교 설립 후 3년간 학교 임원 金履澈 등과 더불어 학교의 기부금과 捐助金을 횡령하여 지역 유림들의 추궁을 받자 서울로 피신하려다 테러를 당하고, 유림들이 서울로 몰려가 學部에 呼訴하여 학부에서 그의 비리를 조사하여 밝혀내는 사태가 발생하였다. 이후 구시학교는 의주부윤 徐相勉의 노력으로 힘겹게 운영을 정상화 할 수 있었지만 이 사건은 당시 교육계를 떠들석하게 한 사건이었다. 177) 구시학교 사건은 학교 설립을 통해 교육 진흥을 부르짖던 인사들이 모두 투철한 민족 의식을 바탕으로 한 것이 아니었다는 것을 잘 보여준다 하겠다.

5) 博川 支會와 支校

박천 지회는 평양 지회를 제외하고는 가장 이른 시기인 1908년 5월 2일에 설립되었다. 박천군의 金尙弼 등이 지회 설립을 위해 본회에 청원하였을 때 본회에서는 평의원 柳東說의 '擔保書'를 근거로 설립을 승인하였다.178) 지회가 설립되자 김상필은 지회장으로 활약하였는데, 지회가 조직된 것은 그 지역 학교에도 영향을 주어 振明학교와 博明학교는 지회가 설립된 같은 해에 지교가 되었다.179)

지회의 조직과 활동을 주도한 인사는 김상필이었다. 그는 원래 '船主人'으로 군의 '農工銀行倉庫會社'를 주관했던 상업 자본가였지만 교육에 대한 남다른 열정으로 박천과 인근 지역의 교육 진흥에 힘썼다. 그는 1908년 봄에 정주와 영변에서 운동회가 개최되었을 때 참가한 교사와 학생을 위해 차비와 식비 등 경비의 지원을 아끼지 않았고, 형편이 어려운 학생들의 학비 지원에도 앞장섰다. 또 量地夜學校를 설립하여 30

---

177) 『황성신문』, 1907년 5월 7일, 「學財消耗」·5월 10일, 「自有質判」·6월 24일, 「孰是孰非」. 『萬歲報』, 1907년 5월 10일, 「求校提訴」·6월 19일, 「義儒見囚」. 『大韓民報』, 1909년 9월 25일, 「義尹治蹟」.
178) 『월보』, 제1권 제1호, 「회보」, 37쪽·제1권 제8호, 「회사기요」, 47쪽.
179) 『월보』, 제1권 제2호, 「회사요록」·제1권 제7호, 「회사기요」.

여명 학생들의 학비를 전담하기도 하였다.[180]

그의 행적중 가장 주목되는 것은 지회장으로 활약하던 1908년 11월에 박천 군수로 임명된 것이다. 이것은 지회 발전의 획기적인 계기가 되었을 것이다. 서북학회가 지방에서 왕성한 활동을 전개할 수 있었던 것은 김상필의 경우에서와 같이 지방 관리 특히 군수의 협조를 통해 가능했던 것이다. 서북학회와 뜻을 같이하는 군수가 그 지방의 애국계몽운동 확산에 얼마나 큰 영향력을 미치는지는 강동 군수 김명준의 예를 통해서도 잘 나타난다. 김명준은 본회의 평의원을 지낸 인사로서 1907년부터 약 1년 동안 강동 군수로 지방에서 활동하였는데, 그가 강동에 부임한 후 얼마지나지 않아 월보가 지역인사들에게 널리 읽히는 등 애국계몽운동이 급속히 번져 갔던 것이다.[181] 또한 앞서 본 바와 같이 본회에서 각 지방의 애국계몽운동을 지도하기 위해 임명한 학사시찰위원 가운데에 군수 등 지방 관리가 많았던 것도 지방에서의 학회 활동은 지방 관리와의 관계가 중요하다는 것을 잘 보여주었다.[182]

특히 김상필은 군수로서 박천 지역의 교육 진흥과 養蠶業의 발달등 농업 진흥에도 적극적이었을 뿐 아니라, 형편이 어려운 주민을 위한 헌신적인 노력도 아끼지 않아 지역 주민들의 칭송이 자자하였다.[183] 이러한 군수로서의 행적은 그가 교육과 실업 진흥에 앞장섰을 때 더 많은 지역민의 호응을 얻을 수 있었고, 이를 통해 지회와 지교의 발전을 기대할 수 있었던 것이다.

지교인 진명학교는 1905년에 김상필등 인사들의 노력으로 그 군 舊

---

180) 『황성신문』, 1908년 7월 4일, 「金氏振明」.
181) 『황성신문』, 1908년 4월 17일, 「六氏依免」. 『서우』, 제8호, 「회보」, 46쪽·제10호, 「회보」, 52쪽.
182) 본문, II장 3절 참조.
183) 『대한매일신보』, 1908년 8월 25일, 「광고」·12월 20일, 「博倅善蹟」·1909년 4월 4일, 「金倅善政」. 『황성신문』, 1910년 1월 26일, 「博倅治蹟」. 『월보』, 제1권 제7호, 「회사기요」, 33쪽.

津里에서 개교하였다. 학교가 설립된 구진리는 大定江 浦邊에 위치하여 수로를 통한 교통이 발달하여 교역이 활발한 지역이었으나 주민들이 자녀 교육보다는 상업에 더 큰 관심을 가지고 있어 교육은 군내에서도 가장 낙후된 지역이었다. 더구나 철도 부설이후에는 상업마저 크게 쇠퇴하였다.[184] 이러한 구진리에 학교가 세워진 것은 설립자인 본회 회원 김상필의 자본과 본회 회원들의 적극적인 협조가 있었기 때문이었다.[185]

진명학교는 군 지회가 설립된 직후인 1908년 5월 20일에 본회에 지교의 설립 청원을 하였으나, 본회에서는 지교가 된 후 학교를 유지할 만한 기본금과 유지방침이 부실하다고 지교 승인을 보류하였다.[186] 이에 지교 설립을 주도하였던 교장 김상필은 金應燮, 金致殷, 朱連壽, 沈昌健 등 인사들과 학교 발전 방안을 논의하였다. 그리하여 교사 4명을 새로이 연빙하고, 교사의 보수와 학교의 운영비 일체는 이들이 매년 학교에 일정액을 기부하여 충당하기로 하였다. 또 학교에 測量科를 부설하고, 측량과 학생들을 수용할 수 있도록 교사를 증축하기로 하는 등 물심양면으로 노력을 아끼지 않았다.[187] 이러한 노력으로 본회가 요구하는 '기본금과 유지방침'이 마련되었고 1908년 8월 21일에 진명학교는 비로소 지교가 되었다.[188] 이처럼 김상필과 지역 인사들이 진명학교를 지원하는데 합심할 수 있었던 것은 이들이 1907년 2월 이후 함께 본회 회원으로 활약하면서 군내에 지교를 설립하고자 하는 공감대를 형성하였기 때문이었다.[189] 진명학교 학생과 임원들의 단합된 자세는 일본 유

---

184) 『황성신문』, 1910년 6월 30일, 「西道旅行記」.

185) 『황성신문』, 1908년 7월 4일, 「金氏振明」·8월 23일, 「振明漸振」.

186) 『월보』, 제1권 제2호, 「회사기요」, 40쪽.

187) 『대한매일신보』, 1908년 8월 23일, 「名實相符」.『황성신문』, 1908년 8월 23일, 「振明漸振」.

188) 『월보』, 제1권 제8호, 「회사기요」, 47쪽.

189) 주연수는 서북학회의 회원이 아니었으나, 김상필, 김응섭, 김치은, 심창건은

학생들 단체인 태극학회를 후원한데서도 잘 나타난다. 진명학교는 1908년 봄에 태극학회에서 학보인『태극학보』의 발간에 재정적 어려움을 겪자 학교의 어려운 사정은 뒤로한 채 20여명의 학교 인사들이 의연금을 기부하였던 것이다.190)

진명학교의 단합된 행동은 교육를 바로 세우는 것은 바로 국망의 위기에서 나라를 구하는 것이라는 학교 임원과 교사들의 굳은 믿음에서 나온 것이었다. 교사인 趙任世, 姜德淳, 金化鼎, 沈龍제는 학생들에게 "금일 國勢의 위급함을 회복함은 우리 청년들에게 달려있다"는 내용의 연설로 간곡히 호소하고, 각자 斷指하면서 학생들의 분발을 촉구하였는데, 이것은 진명학교의 애국 정신 교육을 잘 보여준다.191) 진흥학교의 교장은 군수인 김상필에 이어 한학자인 김응섭이 담당하였다. 김응섭은 유학을 공부한 한학자로 '孔子會'를 조직하여 매주 '講道式'을 행했는데 참석자가 백명이 훨씬 넘을 정도로 성황이었다.192) 그는 한학을 공부한 유학자였지만 진명학교의 교육은 결코 '舊學'에 머물러 있지 않고 본회의 교육 방침을 충실히 실천하였을 것으로 보인다. 그것은 당시 '儒敎求新論'193)을 주창하였던 본회의 임원 박은식이 박천을 방문했을 때 진명학교 교사인 趙任世와 동행하면서 교장 김응섭을 칭송하였고, 또 학교 학생들도 박은식을 열렬히 환영했던 것을 통해서 알 수 있다.194)

박천군의 또다른 지교는 博明학교였다. 박명학교가 지교가 된 시기는 확실하지 않다. 다만 1908년 10월 16일의 본회 특별총회에서는 '지교'로서 보고하고 있고,195) 학교의 활동상을 보면 같은 해 4월경에는 지교가

1907년 2월에 서우학회에 함께 입회하였다(『서우』, 제4호, 「회보」).

190)『태극학보』, 제20호, 「잡록」, 57쪽.

191)『대한매일신보』, 1909년 4월 17일, 「斷指勸勉」.

192)『황성신문』, 1910년 6월 30일, 「西道旅行記」.

193) 유교구신론에 대해서는 劉準基, 『한국근대유교개혁운동사』, 아세아문화사, 1999, 및 졸고, 「서북학회의 애국계몽운동(II)」, 661~665쪽 참조.

194)『황성신문』, 1910년 6월 30일, 「西道旅行記」.

되었던 것 같다. 1908년 10월에는 鄭志漸, 崔日汝 등 지역의 협잡배들이 학교 교육을 방해하고 근거없는 소송을 제기하여 학교가 어려움에 처했다고 호소하자 본회에서는 吳錫裕와 吳奎殷을 조사위원으로 파견해 진상을 조사토록 하였다.196) 박명학교에서도 서북협성학교 학생들의 교보재로 쓸 각종 鑛物 표본을 보내달라는 본회의 '指明書'를 접했을 때에 즉시 선별해 보내는 등 돈독한 관계를 유지하였다.197) 1909년에는 군주사를 지낸 회원 柳淙英198)의 노력으로 학교에 여학교가 부설되었다.199) 박명학교의 임원을 보면, 교장은 柳淙柱, 교감은 崔宗□, 학감은 高泳健, 서기원은 吉亨植, 사무원은 金翼樞, 金鏞□, 白南斗이었고,200) 학교 감독은 崔相冕201)이 담당하였다. 박명학교가 본회와 친밀한 관계를 유지할 수 있었던 것는 교장 류종주의 역할이 컸다. 군주사였던 그는 1909년 10월부터는 군의 '月報代金收合委員'으로 활약하는 등 본회의 신임이 두터운 인사였다.202) 또한 그와 학교 감독인 최상면은 지회장 김상필과도 서우학회 때부터 친분이 있는 사이였다.203)

　박명학교는 1908년 4월 4일에 본회에 자격있는 교사를 보내 줄 것을 요청하였다.204) 본회의 서북협성학교에서 교사 양성을 위해 사범과를 설치했던 것은 당시 잘 알려져 있었지만, 지교에서 본회에 교사를 공식적으로 요청한 기록은 이것이 유일하다. 박명학교의 교사 청구에 본회에서는 본회와 서북협성학교 임원들이 협의하여 결정하기로 하였는

---

195)『월보』, 제1권 제7호,「회사기요」, 31쪽.
196)『월보』, 제1권 제7호,「회사기요」, 31~32쪽.
197)『월보』, 제1권 제14호,「회사기요」, 52쪽・제1권 제16호,「회사기요」, 66쪽.
198) 류종영은 1907년 4월에 서우학회에 입회하였다(『서우』, 제6호,「회보」, 47쪽).
199)『황성신문』, 1909년 4월 22일,「女學倂興」.
200)『월보』, 제1권 제12호,「회사기요」, 53쪽.
201)『황성신문』, 1908년 2월 16일,「博明經試」.
202)『월보』, 제1권 제17호,「特別警告」.
203)『서우』, 제4호,「회보」, 51쪽.
204)『월보』, 제17호,「회보」, 38쪽.

데,205) 당시 본회에서는 같은 해 5월 7일에 졸업 예정이었던 서북협성 학교의 첫 졸업생들을 교사로 파송하려 했던 것이다.206) 이후 몇 명의 교사를 지교로 파송했는지는 알 수 없지만, 본회와 지교 사이에서 이러한 논의가 오고 간 것은 서북학회의 교육 진흥책이 단지 구호에만 그친 것이 아니라 서북 각 지방의 학교에 대해 실질적으로 혜택을 주는 것이라는 것을 보여준다.

6) 定州 支會와 郭山 支校

정주군에서는 1908년 5월 20일에 지회가 설립되었다.207) 정주 지회의 발전에 가장 큰 공헌을 한 인사는 지회 설립을 주도한 李昇薰이었다.208) 그는 1907년 2월부터 본회 회원으로 활약하였고,209) 이 지역의 상업 자본가이자 교육가로 명성이 높았으며, 서우학회 직속의 서우사범학교에도 재정적 도움을 준 인사였다.210) 정주군 인사들이 지회의 설립을 청원했을 때 본회에서는 "該書式이 未完ᄒ니 完全ᄒ 公式으로 更函하게ᄒᄌ"고 결의했지만 지회는 그대로 설립되었다.211) 본회에서 이처럼 지회 설립을 쉽게 승인했던 것은 정주는 서북학회 설립 당시부터 월보가 많이 購覽되었던 것처럼 본회의 애국계몽운동에 동조하는 인사들이 많았으며 이것을 본회에서도 파악하고 있었기 때문이었고,212) 또 이승훈에 대한 본회의 신뢰가 컸기 때문이기도 했다. 지회 설립후 이승훈

---

205) 『월보』, 제17호, 「회보」, 38쪽.
206) 『황성신문』, 1908년 5월 6일, 「協成卒業式」. 『월보』, 제1권 제1호, 「회계원보고」.
207) 『월보』, 제1권 제2호, 「회사요록」, 40쪽・제1권 제8호, 「회사기요」, 47쪽.
208) 『월보』, 제1권 제2호, 「회사요록」, 40쪽
209) 『서우』, 제4호, 51쪽.
210) 『서우』, 제14호, 「회계원보고」, 52쪽.
211) 『월보』, 제1권 제8호, 「회사기요」, 47쪽.
212) 『월보』, 제15호・제16호, 「회계원보고」.

170

은 1909년 2월까지 지회장을 담당하면서 지회의 활동을 주도하였을 뿐 아니라, 서울과 평양 등지를 오가며 이들 지역과의 관련속에서 지회 활동을 이끌었다.213)

지회의 임원은 1909년 3월에 새로 개편되어 본회에 보고되었다.214) 개편된 임원은 지회장은 白彝行, 부회장은 李明龍, 총무원은 盧鎭行, 서기원은 安秉洽이 각각 담당하였다. 총무원 노진행215)과 서기원 안병흡216)은 본회 회원이었다. 그러나 신임 지회장 백이행은 본회 회원이 아니었다. 그는 칠순의 고령으로 지역 유림의 대표할만 한 인사였는데, 이승훈이 그를 지회장으로 추대한 것은 지회의 애국계몽운동을 성공적으로 전개하기 위해서는 향교를 중심으로 한 보수적 지역 유림 세력의 지지와 협조가 절실했기 때문이었다. 이승훈이 五山학교를 설립하고 백이행에게 교장의 직무를 맡아 줄 것을 청하면서 한 진술을 보면 잘 나타난다.

> "학교를 지어 놓았지만 상놈 이승훈이가 학교를 한대서야 양반집 자제가 오겠소? 그러니 선생(백이행 : 필자)이 학교를 맡으시오. 돈은 이승훈이가 대고 심부름도 이승훈이가 하오리다."217)

본회에서는 유림들이 고루한 인식을 탈피하여 애국계몽운동 확산의 주체가 되어야 한다고 지속적으로 주장하였다. 더우기 정주 지회 임원이 교체될 당시는 박은식의 유명한 논설 '儒敎求新論'이 월보에 게재되어 유림들의 '改良求新'에 대한 논의가 본격적으로 제기되던 때였다.218)

---

213) 『월보』, 제1권 제10호, 「회사기요」, 51쪽. 오산70년사편찬위원회, 『五山70年史』, 73쪽.
214) 『월보』, 제1권 제10호, 「회계원보고」, 53쪽.
215) 『월보』, 제1권 제1호, 「회계원보고」, 36쪽.
216) 『월보』, 제1권 제2호, 「회계원보고」, 45쪽.
217) 『오산70년사』, 71쪽.
218) 『월보』, 제1권 제10호, 잡보. 「儒敎求新論」. 유교구신에 관한 논의가 월보에

특히 정주는 서북 지방에서는 드물게 과거에 오른 인사를 많이 배출한
지방으로 보수적 기풍이 강했으므로,219) 유림 세력과의 제휴는 더욱 중
요했던 것이다. 지회에서 유림 세력을 전면에 내 세운 것은 본회의 이
러한 논의와 맥을 같이하는 것이다. 서북학회의 이러한 인식은 金源極
의 논설에서도 잘 나타난다.

> … 我國은 儒敎가 輸入된 以來로 君臣上下男女老幼가 儒敎를 專
> 尙하여 國性을 打成한지라 萬一 我國內에서 儒敎의 徒를 舍하고 人
> 을 求하여 國事와 民計를 營코자할진데 決코 幾個人을 收拾치 못할
> 지라.…… 今日로 自하여 開化派諸氏는 調和의 手段을 用하여 國性
> 을 違反치 勿하며 民志를 矯激치 勿하여 倫理와 道德은 舊를 是守하
> 고 物質上 學問은 新을 是尙하기로 國內長老와 子弟에게 曲盡한 規
> 戒로 重言復言하면 感覺치 아니한 理가 豈有리오. 惟諸氏의 斟酌損
> 益에 在할 者이며…220)

한편 오산학교는 이승훈의 노력으로 葛山面의 昇薦齋221)를 교사로
하여 1907년 12월 24일에 개교하였다. 오산학교는 그 지방 향교의 재산

처음으로 제기된 것은 『서우』 제2호에 게재된 「구습개량론」이다. 이후 여러
　　논설을 통해 유교구신론은 지속적으로 주장되었다. 『서우』와 『월보』에 게재
　　된 유교 구신에 관한 기사는 졸고, 「서북학회의 애국계몽운동」, 662쪽 참조.
219) 李重煥, 『擇里志』, 을유문화사, 36쪽에서는 "청남은 내지와 가까워서 지방 풍
　　습이 문학을 숭상하나, 청북은 풍속이 어리석으며 무예를 숭상한다. 오직 정
　　주만은 과거에 오른 인사가 많았다"라고 하였다.
220) 『월보』, 제1권 제19호, 논설, 「開化守舊兩派의 胥失」.
221) 오산학교의 교사로 사용된 朘薦齋(經義齋라고도 함)는 서당으로 정주군 龍
　　洞 인근의 荒城山 기슭에 있었다. 이것은 옛날 益洲(고려시대의 이름)라는
　　邑治의 鄕廳 자리에 明城皇后의 명을 받아 평안감사 閔丙奭이 세웠던 것이
　　다. 여기서 지방 선비들을 모아 글짓기도 하고 성리학을 가르치기도 하였다.
　　이후 승천재에서 유림들간의 싸움으로 한사람이 죽는 불상사가 생겨 유생들
　　이 흩어져 자연히 폐쇄되었다. 노·일전쟁 때는 일본인들이 경의선을 부설
　　하면서 日人 공사감독의 숙소로 사용하기도 하였다(『오산70년사』, 70쪽).

중 일부를 학교 설립 기금으로 충당하여 설립될 수 있었는데, 학교 설립 당시 정주의 유림들은 향교 재산의 기부를 거부하여 새로 부임한 관찰사 朴勝鳳이 앞장서서 유림들을 설득하여 겨우 허락을 얻어냈다.222) 또 서우학회에서도 학교 설립에 냉소적이었던 군수 李世卿을 설득하여 우여곡절 끝에 개교할 수 있었다.223) 오산학교는 설립자 이승훈이 그 군의 초대 지회장이었고, 교장 백이행이 2대 지회장이었던 것을 보면, 지회의 교육 진흥 활동은 오산학교의 교육을 통해 구체적으로 나타났다고 할 수 있다. 이승훈은 당시 平壤磁器製造株式會社의 사장과 신민회 평안북도 총감을 담당하고 있어 평양, 서울 등 외지로 자주 드나들었다.224) 때문에 오산학교는 다른 지방 지회 및 학교들과 교류할 기회가 많아 1908년 4월에는 평양에서 열린 평안남도 각 학교 생도 연합 운동회에 참가하여 평양 지회 인사들과 교류하였다. 이때 평양 지회에서도 회원 安秉瓚이 오산학교 학생과 교사들을 격려하기 교통비 일체를 부담하는 등 관심을 표하였다.225)

이승훈은 학교의 재정을 책임진 교감이었고, 초기에 근무한 교사는 呂準, 徐進淳, 朴基瑢이었다. 여준은 수신, 역사, 지리, 산수, 법제, 경제를 가르쳤고, 이승훈을 대신해 학교의 일을 맡아할 때도 많았다. 서진순

---

222) 『오산70년사』, 70~71쪽, 1978. 한편 박승봉은 신교육 보급에 힘쓴 인사였다. 그는 평북 관찰사로서 정주 뿐아니라 서북학회의 박천 지교인 박명학교를 후원하는 등 평북 각 지역 학교 발전을 위해 노력하였다(『황성신문』, 1908년 2월 16일, 「博明經試」). 그는 대한협회 회원으로 활약하였고(『대한협회회보』, 제8호, 「회원명부」, 64쪽) 기호흥학회에도 관여하여 기호학교의 교장을 역임하였다(『황성신문』, 1908년 9월 12일, 「校長新選」. 『대한매일신보』, 1908년 9월 12일, 「畿湖學校長新任」). 그는 기호학교의 재정이 곤란하여 일반임원과 강사들의 월급을 지급되지 못하게 되자, 捐助金을 수합하는데 앞장서기도 했다(『대한매일신보』, 1908년 10월 10일, 「畿校經費窘艱」).
223) 『황성신문』, 1909년 2월 9일, 論說, 「擧李承薰氏歷史하여 告我全國人士」. 『서우』, 제14호, 「회보」, 50쪽.
224) 『황성신문』, 1909년 4월 21일, 「광고」. 『오산70년사』, 74쪽.
225) 『황성신문』, 1908년 4월 23일, 「安氏獎學」.

은 체조와 훈련을 담당하였고, 박기선은 漢學을 가르치면서 교장 대리
겸 서무, 사감 등의 일을 맡아보았다.226) 교사 중에는 여준의 활동이 특
히 주목된다. 그는 1911년 간도에 東興학교를 설립하여 僑胞의 자녀들
의 교육을 위해 떠날 때까지 오산학교에서 근무하였다. 그는 평소 梁啓
超의 『飮氷室文集』을 애독하였으므로 학생들도 그 영향을 많이 받았을
것으로 보인다. 당시 우리나라의 애국계몽운동가들은 음빙실문집을 애
독하고 이를 통해 모든 사회 현상을 진화론적으로 인식하였다. 본회의
주도 인사들 역시 양계초의 저술을 통해 현실을 인식하고 있었으므로
'生存競爭', '優勝劣敗'의 원리가 현실을 지배하고 있다는 확신 아래 교
육은 바로 국가와 민족의 생존을 위한 필수적인 수단으로 인식되었던
것이다. 이는 월보를 통해 잘 나타난다.227)

　오산학교에는 20세부터 30대 중반까지 다양한 연령의 학생이 입학하
였고, 이들을 시험을 통해 甲, 乙, 丙의 세반으로 나누어 교육하였다.
1908년 봄에는 이승훈이 설립했던 講明義塾228)을 학교에 통합해 부설
小學校로 하고, 그 자리에는 여학교를 세웠다. 또 직접 교사를 양성하기
위해 사범속성과를 1년 과정으로 운영하였다. 1910년 7월 11일에는 학
교 설립 2년 반만에 첫 졸업생 11명을 배출하였다.229) 1909년에는 학교
에 재정상 위기에 마주치게 되었다. 즉 보수적인 지역 유림들이 향교에
서 학교 기금으로 기부한 토지를 되돌려 줄 것을 요구하면서 학교 운영
에도 간섭하였다. 이때 이승훈은 학교의 유지를 위해 尹星運, 金正民,

---

226) 『오산70년사』, 71~77쪽.
227) 졸고, 「서북학회의 애국계몽운동(I)」, 『숙명여자대학교한국학연구』 제5집,
　　 1995, 83~89쪽.
228) 강명의숙은 1907년 이승훈이 평양에서 안창호를 만나 크게 감명받고 돌아와
　　 불과 두달 만에 세운 학교로 안창호가 자기 고향에 세웠던 漸進학교와 더불
　　 어 西道에서 처음 생긴 사립 소학교였다. 교수 과목은 산술, 수신, 역사, 지
　　 리, 체조 등이었다(『오산70년사』, 61~62쪽).
229) 『오산70년사』, 69-92쪽·100쪽·139쪽.

174

李容華, 趙衡均, 金順西, 金洛容, 白陽汝 등 평안도의 백여명의 인사들과 함께 학교 기금 모금을 위한 贊務會를 조직하여 이들로부터 월연금을 수합해 매달 40圓의 경상비로 학교를 꾸려나가기로 하였다.230) 이후 오산학교는 기존 3명의 교사진에 白南日과 尹琦燮을 추가로 교사로 연빙하였고, 이후 일본 유학을 마친 인재들을 적극적으로 교사로 영입하여 학교 발전을 도모하였다.231) 이러한 노력으로 당시 언론에서도 오산학교는 "평북일대에서 교육 정도가 제일"이라고 칭송하였다.232)

1908년 음력 10월 28일에는 신임 군수 金相範이 주도하여 정주와 인근지역 98개 학교의 교과 과정 통일을 위한 각 학교 교사와 임원들의 토론회가 개최되었는데, 이때 위원으로 군수와 함께 오산학교 교사 여준이 선정되는 등 오산학교는 이 지역 대표적인 학교로 성장하였다.233) 1909년 2월 純宗 황제가 정주를 방문했을 때에는 순종이 직접 이승훈을 만나 격려할 정도로 그의 교육에 대한 열정은 전국적으로 널리 알려졌다. 또한 당시 황제에 대한 환영식에서 오산학교 학생들이 중심이 되어 일장기를 버리고 태극기만을 들고 환영하였던 것은 오산학교의 애국 정신 교육을 잘 보여 주는 것이다.234)

정주의 西湖학교 역시 학생들에게 애국 정신을 함양하기 위해 힘써 노력한 학교였다. 서호학교는 1909년 2월에 지회장 이승훈이 '報明書'와 함께 서호학교 학생 6명이 斷指하고 모은 의연금 발기서를 본회로 보내오는 등 지회를 통해 본회와 관련을 맺고 있었다.235)

---

230) 『대한매일신보』, 1909년 4월 24일, 「五山維持」·「西道人士의 熱誠」. 『오산70년사』, 88~89쪽.

231) 『황성신문』, 1910년 4월 3일, 「五山有師」.

232) 『황성신문』, 1909년 8월 11일, 「西道旅行記事」.

233) 『황성신문』, 1908년 11월 1일, 「科程一致」.

234) 『황성신문』, 1909년 2월 9일, 論說, 「擧李承薰氏歷史하여 告我全國人士」. 『오산 70년사』, 90쪽.

235) 『월보』, 제1권 제10호, 「회사기요」, 52쪽.

한편 곽산군은 이 지역을 근거로 興襄學會가 조직되어 1907년경에는 이미 본회와 관련속에 활동하였다.[236] 그러나 인근 정주에 지회가 설립되었으므로 본회에서는 곽산에 별도로 지회를 설립하지 않았다. 반면 흥양학교와 남산학교는 곽산군에 설립된 지교였다. 興襄학교는 1909년 5월 21일에 회원 金泰淳[237]의 담보서를 근거로 지교가 되었고,[238] 南山학교도 같은해 6월 19일 평의원 崔在學[239]의 담보서로 지교가 되었다.[240] 1909년 3월에 서북 각 지방에 학사시찰위원을 임명할 때에도 李根宅[241]으로 하여금 정주와 곽산을 함께 관리하도록 하였던 것을 보면[242] 본회에서는 정주에는 지회를, 곽산에는 지교를 각각 설립하여 지회와 지교가 서로 보완적인 관계가 되도록 했던 것이다.

7) 寧邊 支會와 支校

영변의 인사들은 서우학회 시기부터 본회와 빈번한 교류를 하며 영

---

236) 『서우』, 제5호, 「회보」, 43쪽.

237) 김태순은 서우학회 설립당시부터 회원이었다(『서우』, 제1호, 「회보」, 48쪽).

238) 『월보』, 제1권 제14호, 「회사기요」, 52쪽.

239) 최재학은 서우학회의 설립당시부터 임원으로 활약하였다. 그는 서우학회와 서북학회의 본회와 지방 지회 및 지교의 사무에 깊이 관여하였다. 서우학회 때에는 평남권유위원으로 활약하였고(『서우』, 제4호, 「회계원보고」, 53쪽) 서북학회 때에는 백천군 학교 추기운동회에 학회 대표로 참석하였다(『황성신문』, 1909년 10월 28일). 그는 또한 대한협회 회원으로도 활동하였다. 또한 그는 대한협회의 평의원이기도 하였고(『대한협회회보』, 제1호, 「회원명부」, 58쪽) 대한협회 의주지회 설립을 위한 시찰위원을 담당하기도 하였다(『황성신문』, 1908년 4월 11일).

240) 『월보』, 제1권 제15호, 「회사기요」, 49쪽.

241) 이근택은 1908년 9월 서북학회에 입회하였고(『월보』, 제1권 제5호, 「회계원보고」, 33쪽) 郭山郡 好岳里에서 그 지역 인사들과 開進학교에 夜學校를 설립하는 등 지역 교육에 힘쓴 인물이다(『황성신문』, 1908년 7월 14일, 「晝夜熱心」). 그는 또한 실업가로서 韓美興業株式會社의 定州 代理人을 담당하기도 했다(『황성신문』, 1909년 7월 15일, 광고)

242) 『월보』, 제1권 제11호, 「회사기요」, 51쪽.

176

변에는 서북학회 설립후에는 애국계몽운동에 대한 일정한 지지 기반이 확보되어 있었고, 본회에서도 이러한 영변 지역의 사정을 잘 파악하고 있었다. 영변은 지회 설립 후 본회에 가장 먼저 '報明書'를 보내온 지회이면서 동시에 본회에 가장 자주 보고한 지회였다.[243] 지방 지회에 관한 기사를 상당히 소홀히 다루었던 월보에서도 영변의 지회와 지교의 임원이 모두 확인되는 것은 그 만큼 본회에 빈번히 보고했기 때문이었다.

영변 지회에서는 교육 진흥과 함께 실업 진흥에도 적극적이었다. 영변 지회의 실업 진흥운동은 種桑회사와 鐵工회사 조직을 통해 구체화되었는데 이것은 자료의 부족으로 그 내용을 알 수 없는 다른 지방 지회의 실업 진흥이 어떠한 양상으로 전개되었는지 짐작하게 해준다는 점에서도 매우 주목되는 것이다.

영변 지회는 1908년 6월 10일에 설립되었다. 池思榮 등 지역 인사들이 본회에 지회 설립을 청원하였을 때 본회에서는 지회 승인에 필요한 별도의 확인 절차 없이 곧바로 지회 설립을 승인하였다.[244] 지회에서는 1909년 4월경에 새로이 임원을 선출하고 이를 본회에 보고하였다.[245] 이 때 보고된 임원을 보면 회장은 韓東卨, 부회장은 車國轅, 총무원은 崔瀅鍱, 회계원은 金元彬, 서기원은 崔鶴來, 사무원은 鄭德昇, 사찰원은 趙鼎錫, 평의원은 梁應涉, 趙升均, 梁箕鎬, 金龍俊, 池熙文, 金炳秋, 魯達勳이었다. 지회장인 한동설을 비롯해 차국원, 양응섭, 조승균, 김용준은 지회가 조직될 때 본회에 입회하였다.[246] 그 밖의 인사들은 대부분 새로 임원에 선출되면서 본회 회원이 된 것을 보면, 이들은 지회가 처음 조직되면서 임원이 아니었던 것 같다.[247]

---

243) 『월보』, 제1권 제5호, 「회사기요」, 30쪽.
244) 『월보』, 제1권 제2호, 「회사요록」, 41쪽.
245) 『월보』, 제1권 제12호, 「회사기요」, 53쪽.
246) 『월보』, 제1권 제2호, 「회계원보고」.

지회의 임원들은 본회의 신뢰를 바탕으로 영변은 물론 인근 지역의 애국계몽운동에도 열성적이었다. 인근 雲山군의 育英학교가 영변 지회장 한동설의 조사 보고서에 근거하여 지교가 된 것248)과 영변 지회의 평의원인 노달훈이 1909년 3월에 그 지역 학사시찰위원으로 임명되어 교육진흥에 앞장섰던 것은 이를 잘 보여준다.249)

지교인 維新학교는 1907년에 개교하였는데, 지교가 된 시기는 1908년 7월 4일이다.250) 유신학교의 설립과 발전은 군수 梁鳳濟의 역할에 힘입은바 컸다.251) 그는 학교를 발전시키기 위해 각 면장들을 설득하여 각 面里에 있는 '私塾'의 자본을 모아 유신학교의 校費로 충당할 수 있게 하였다. 그의 노력으로 지교가 될 무렵에는 학생이 150여명에 달했다.252) 1909년에는 고등학교를 설립하여 수백명의 학생을 모집하여 교육하였다. 고등학교가 설립된 것은 교장 지사영 등 학교 임원들이 무보수로 근무하면서도 마을마다 다니며 학교 설립을 위해 기금을 모은 결과로 그들의 헌신적인 노력에 주위의 칭송이 자자하였다.253)

유신학교는 또한 사범학교를 속성과로 설립하여 교사를 양성했는데, 졸업식 때는 군수 양봉제와 지회 임원과 회원들이 참석해 축하와 격려를 잊지 않았다. 1909년 1월 18일의 졸업식에서는 모두 64명의 졸업생

---

247) 최형집, 김원빈, 최학래, 조종석, 양기호, 김병추, 노달훈 등 7명은 1909년 4월에 본회에 함께 입회하였다(『월보』, 제1권 제12호, 「회사기요」, 55쪽). 지희문과 정덕승은 각각 1908년 8월과 1909년 2월에 각각 입회하였다(『월보』, 제1권 제4호·제1권 제10호, 「회계원보고」).

248) 『월보』, 제1권 제11호, 「회사기요」, 50쪽.

249) 『월보』, 제1권 제17호, 「회사기요」, 60쪽.

250) 『월보』, 제1권 제3호, 「회사기요」, 45쪽.

251) 양봉제는 운산군의 署理郡守이기도 했고, 대한협회 운산지회 회원이기도 했다(『大韓協會會報』, 제6호, 「本會歷史」, 69쪽).

252) 『황성신문』, 1908년 6월 27일, 「維新擴張」· 1909년 11월 9일, 「寧倅興學」.

253) 『황성신문』, 1909년 3월 19일, 「藥山鍾聲」. 『대한매일신보』, 1909년 3월 19일, 「維新高等」.

178

이 배출되었는데 그 중 9명의 명단이 확인된다. 이들 중 金尙津, 金道善, 朴鎭根은 학교 졸업과 동시에 본회 회원이 되어 활동하였고, 趙鼎錫은 졸업후 지회의 사찰원으로 활약하였다.254) 그러므로 유신학교 사범과 학생들은 졸업 후 지역 학교에서 교사로 근무했겠지만, 졸업생중 상당수는 본회의 회원이 되거나 지회의 임원이 되어 지회를 중심으로한 애국계몽운동의 주도 세력이 되었던 것이다.

이처럼 영변 지회는 유신학교의 교육 발전을 위해 적극적인 지원을 아끼지 않았고, 지회의 후원속에 발전한 지교에서는 사범과를 통해 교사를 양성하여 지역 학교에 교사를 공급하여 교육 발전에 이바지 했을 뿐 아니라 지역의 애국계몽운동을 이끌어 갈 청년 인재들을 본회와 지회에 다시 공급해주는 중대한 역할도 담당하였던 것이다.

유신학교와 지회의 관련은 학교와 지회의 상당수 임원들이 겸직하고 있는 것을 통해서도 잘 나타난다. 1909년 3월 당시의 유신학교의 임원255)을 보면 교장은 池思榮, 교감은 趙光晃, 학감은 申泰朝, 회계원은 韓章燮, 서기원은 明以恒, 사무원은 明以瓚, 贊務員 崔鍾奎, 金鼎祚이었다. 교장 지사영은 지회 설립을 주도한 인사로 군수 양봉제와도 교육 발전을 위해 뜻을 같이하였다. 즉 이들 두 인사는 서우학회 때부터 함께 회원으로 활약하였고256) 1907년 10월에는 서우학회 직속의 서우사범학교를 재정적으로 지원하기 위한 '特選委員'에 함께 추천되었던 것이다.257) 서기원 명이항은 영변의 대표적 실업가로 그 역시 지회를 대표할 만한 인사였다.258) 이외에도 지회와 학교의 상당수 임원들이 본회에

---

254) 『황성신문』, 1909년 1월 5일, 「維新卒業」. 『월보』, 제1권 제12호, 「회사기요」, 55쪽.
255) 『황성신문』, 1909년 3월 19일, 「藥山鍾聲」. 『대한매일신보』, 1909년 3월 19일, 「維新高等」. 『월보』, 제1권 제12호, 「회사기요」, 53쪽.
256) 지사영은 1906년 12월에 서우학회에 입회하였고, 양봉제는 이보다 한달 빠른 같은 해 11월에 입회하였다(『서우』, 제4호·제5호, 「회보」).
257) 『서우』, 제12호, 「別報」, 36쪽.

동시에 입회하여 활동하는 것을 보아도 학교의 임원들이 지회를 주도하고 있었음을 확인 할 수 있다.[259]

요컨데 유신학교를 주도하였던 인사들이 합심하여 지회를 조직하여 본회의 승인을 얻었고, 지회가 조직되자 그 영향하에 곧 유신학교가 지교로 승인되었던 것이며, 이후 지회와 지교인 유신학교는 상호 협조속에 지역의 애국계몽운동을 주도했는데 여기에는 군수 양봉제의 적극적인 후원이 뒷받침되었던 것이다.

영변 지회에서는 실업 진흥에도 매우 적극적이었는데, 鐵工株式會社를 설립하여 운영한 것은 대표적인 성과였다. 철공회사는 유신학교의 임원으로도 활약한 명이항과 신태조 등에 의해 주도되었다. 이들은 1909년 4월 18일에 發起會에서 '株金'을 모집하여 회사를 설립하였다.[260] 철공회사의 성공적 운영을 위해서 이들은 미국에서 철공학교를 졸업한 기술자 張壽鎭을 초빙하였고,[261] 또 같은 해 7월에는 철공 기계를 일본에서 도입하여 전문 인력과 장비를 갖추게 되었다.[262] 지회 인사들이 철공회사를 설립하였던 목적은 물론 상품을 생산하여 수익을 올리는데 있었지만, 여기서 그치지 않고 회사 설립을 통해 뜻있는 청년들에게 철공 기술을 실습을 통해 가르치고, 철공에 대한 이론 교육도 병행하여 장차 국가의 실업 발달을 주도할 수 있는 인재를 길러낸다는 보다 원대한 목적을 가지고 있었다. 이러한 철공회사의 기능은 본회에서 농업진흥을 위해 설립의 필요성을 강조한 '農會'의 기능과 유사하다 할

---

258) 『월보』, 제1권 제17호, 「회사기요」, 60쪽.
259) 유신학교의 임원인 조광안, 명이항, 명이찬은 영변 지회장 한동설등 많은 지회 임원들과 함께 1908년 2월에 입회하였다(『월보』, 제1권 제2호, 「회사기요」, 44쪽).
260) 『대한매일신보』, 1909년 4월 24일, 「寧邊鐵工」.
261) 『황성신문』, 1909년 7월 8일, 「鐵工器械到着」. 『대한매일신보』, 1909년 4월 24일, 「寧邊鐵工」.
262) 『황성신문』, 1909년 7월 8일, 「鐵工器機到着」.

180

수 있다. 즉 본회에서는 단순히 농업 발달 뿐 아니라 農談會 내지는 農事講習會를 설립하여 농민에 대한 교육의 기능을 아울러 담당할 수 있는 농회의 설립을 적극적으로 권장했던 것을 볼 때 철공회사와 농회는 같은 맥락에서 설립, 운영된 것임을 알 수 있다.263) 지회의 임원들은 또한 실업 진흥을 통해 국가가 부강해져야만 다른 나라와의 생존경쟁에서도 승리할 수 있다는 진화론적 사고에 입각하였기 때문에 철공회사의 경영의 성패가 곧 국가와 민족의 생존과 직결된다고 확신하였다. 이러한 점은 회사 설립 취지서에서도 잘 나타난다.

> 盖今日은 生存競爭의 世界라 利用厚生의 道를 前日의 比로 勉勵할지라도 事業의 競爭이 日月增進함을 因하여 生存을 保有키 難하거든 況我國은 利用厚生의 道를 口頭로 止誦하고 實際로 履行한 者 全無한지라 所以로 人民生活上의 日用되는 鐵物에 對하여 爲先延展變化의 性質을 不知함으로 凡百器械가 頑鈍素樸하여 其作用이 便利치 못하나 彼外人은 特別히 鐵工學이 有하여 其延性展性의 如何를 講究無餘하여 鐵器를 鑄造함으로 其光澤이 奇麗하며 其重量이 輕便하며 其鏱刃이 利捷하며 其價値가 低廉한지라 如此한 利器가 輸入됨에 本有한 頑器가 無用에 自歸하고 有限한 金融이 局外流出하여 生活의 困難繼至함은 目下의 事實이 아닌가--264)

한편 명이항을 중심으로한 지회 인사들은 양잠업의 진흥에도 특별한 관심을 가져 種桑會社를 조직하여 桑苗 수만주를 각지에 종식하였다.265) 이들은 종상회사의 설립취지서에서 우리나라는 예로부터 양잠이 발달하였고, 또 柞蠶이 중국에서 시작되었으나 우리나라의 기후나 지형이 작잠에 적당하므로 이를 전국적으로 시행하면 국민들이 경제적으로 풍요로워지고 국가의 경쟁력도 생겨난다는 것이다. 그런데 이러한 사업

---

263) 『월보』, 제1권 제5호, 「農業振興의 私見」, 12쪽.
264) 『월보』, 제1권 제16호, 「잡조」, 50~51쪽.
265) 『황성신문』, 1909년 3월 18일, 「桑社又立」.

은 개인의 힘으로 추진하기 힘든 사업이므로 회사를 조직하여 이를 전
국적으로 보급하려 한다고 하였다.266)

　양잠업에 지회 인사들이 주목하게 된 것은 일제가 우리나라를 식량
및 원료 공급지, 그리고 상품 시장으로 전락시키려는 정책에 상당한 영
향을 받았다 할 수 있다. 즉 당시 일본 자본주의는 그들의 외화획득의
핵심사업이었던 製絲業과 綿絲紡績業의 원료 개발을 위해 '한국의 농업
개발'이라는 구호를 앞세워 적극적으로 양잠업과 육지면작을 장려하였
던 것인데,267) 당시 서북학회의 인사들을 비롯한 많은 애국계몽운동가
들은 이러한 제국주의의 침략적 속성을 간과한 측면이 있다. 그러나 명
이항 등이 종상회사를 설립하게된 보다 직접적인 요인은 본회 인사들이
'적자생존'의 냉엄한 현실에서 국가와 개인의 생존을 위해서는 農林業
의 진흥이 필수적이라고 누누히 강조했기 때문이었다.268) 특히 양잠업
의 중요성은 월보를 통해 누누히 강조된 것이었다.269) 서북학회의 실업
진흥론의 특징은 서구의 선진 기술 문화를 적극적으로 수용해야한다고
주장하면서도 그것은 우리의 전통적 산업인 농림업의 발달을 전제로 하
고 있는 것이다.270) 그러므로 철공회사의 설립을 통해서 공업의 발전을
도모하면서도 양잠업 발달등을 통한 농업 개량을 함께 강조한 영변 지
회의 실업 진흥 운동은 본회의 실업 진흥 사상이 지회를 통해 구체적으
로 실천된 사례라는데 그 의의가 있다 하겠다.

---

266) 『월보』, 제1권 제16호, 「잡조」, 51쪽.
267) 權泰檍, 「統監府시기 日帝의 對韓 農業施策」, 『露日戰爭前後 日本의 韓國侵
　　略』, 一潮閣, 1986.
268) 『월보』, 제1권 제15호, 논설, 「柞蚕營業에 對하여 勸告我地方同胞」· 제1권 제
　　16호, 「柞蠶組合所趣旨書」.
269) 월보에 소개된 양잠 관련 기사는 『월보』, 제1권 제5호, 「民業振興의 私見」
　　· 제1권 제8호, 제1권 제9호, 제1권 제10호, 「柞蚕實驗論」· 제1권 제15호,
　　「柞蠶營業에 對ᄒ야 勸告我地方同胞」, 「桑樹栽培法」· 제1권 제16호, 「柞蠶組
　　合趣旨書」.
270) 졸고, 「서북학회의 애국계몽운동(II)」, 679~683쪽.

V. 맺음말

지금까지 서북학회가 평안도 지방에 설립한 지회와 지교의 애국계몽운동에 대해 살펴보았다. 서북학회는 서북 각 지방에 모두 32개 지회와 72개의 지교를 설립하였는데, 그 중에서 평안도에는 평안남도에 4개 지회와 14개 지교, 평안북도에는 9개 지회와 20개 지교를 설립하여 모두 13개의 지회와 34개의 지교를 설립하였다.

서북학회가 다른 애국계몽단체에 비해 평안도 지방에서 큰 영향력을 미칠 수 있었던 것은 평안도 각지에 설립된 지회와 지교 때문이었다. 서북학회는 '학회'였기 때문에 정치적 활동을 하기에는 많은 제약이 따랐지만,[271] 학회로서의 이점을 살려 서울에는 서북협성학교를 직접 설립하고 지방에는 본회와 뜻을 같이하는 사립학교를 선별하여 지교로 삼아 지회가 설립되지 못했던 지방까지도 본회의 애국계몽사상과 운동을 전파할 수 있었다.

그런데 서북학회의 지회와 지교에 관한 기록은 대단히 부실하여 그 내용을 자세히 알 수 없어 지회와 지교의 임원은 확인되지 않는 경우가 더 많았고, 각 지회의 일반 회원은 그 수 조차 제대로 알 수 없었다. 그러나 지회 임원들은 대부분 본회 회원이었는데, 이들이 본회 입회시기는 대부분 지회가 조직될 무렵이었다. 지회가 조직되기 전에도 임원들이 함께 본회에 입회하는 경우가 많았다. 이것은 지회의 설립과 운영이 기존의 지방 조직을 토대로 하고 있다는 것을 의미한다.

지회 설립의 주요한 기반으로는 먼저 민회와 농회를 들 수 있다. 평양 지회의 경우 지회 활동은 대부분 민회를 기반으로 하였다. 숙천 지

---

271) 『황성신문』, 1910년 1월 6일, 「學會辨明」및 『월보』, 제1권 제18호, 論說, 「本會의 性質」에서는 당시 서북학회가 정치적 활동을 한다는 여론에 대해 서북학회는 교육 단체이며, 결코 정치적 단체가 아니라고 변명하였다.

회의 경우 농회가 조직된 직후에 이를 기반으로 조직되었다. 숙천 농회에서 전개한 교육과 실업 진흥 그리고 생활 환경 개선 운동 등은 서북학회의 지방 지회의 활동을 보여주는 좋은 사례라 할 것이다. 영변 지회에서 鐵工회사와 種桑회사를 조직하여 실업 진흥과 함께 청년 교육을 실시하고 평양에서는 자기회사 설립에 지회 임원들이 깊이 관여한 것도 지회의 실업 진흥 운동의 일환이었다. 이러한 지회의 활동은 각 지방의 실업 발달에 공헌함으로써 국권 회복을 위한 실력 양성을 추구하였던 본회의 노선에 충실하였지만, 결과적으로 일제의 식민지 근대화 논리에 동화되어간 측면 또한 없지 않았다.

지방의 사립 학교가 지회 조직의 기반이 되기도 하였다. 지방의 유력 인사들은 뜻을 모아 학교를 세우고 임원으로 교육에 종사하면서 본회와의 관계를 돈독히 하고 또 이를 통해 향촌 사회에서 영향력을 확보하고 있었다. 지회의 조직은 바로 이들 학교를 중심으로 한 지방 세력들이 중심이 될 때가 많았다. 지회 설립이 승인되면 그 학교는 지교로 발전하여 그 지방의 애국계몽운동을 이끌어갈 젊은 인재들을 본회와 지회에 계속 공급해 주었던 것이다. 이는 박천과 영변의 지회와 지교의 설립 과정을 통해 알 수 있었다.

향교를 중심으로 한 지방 유림 집단도 지회의 조직과 운영에 큰 몫을 하였다. 박은식 등 본회의 인사들이 유림들의 '改良求新'을 거듭 강조했던 것도 지방 유림들의 협조 없이는 지회와 지교의 발전을 기약할 수 없었기 때문이었다. 이는 유림 세력이 강했던 지역일수록 더욱 절실했다. 정주 지회의 설립을 주도했던 이승훈은 그 지역 유림계의 원로 백이행등 지역 유림들을 앞세워 지회를 발전시켰던 것은 이러한 사정을 잘 보여준다.

지회와 지교를 조직하고 발전시키는데는 지방관의 역할이 또한 대단히 중요하였다. 때문에 관찰사, 군수 등 지방관과의 협조가 잘 이루어졌던 지방의 애국계몽운동은 매우 활기있게 전개되었던 것이다. 지회와 지교 발달에 큰 영향을 준 인사로는 평양 지회의 활동을 후원한 관찰사 이시영, 정주의 오산학교 설립에 기여한 관찰사 박승봉, 영변지회와 지교에 적극 관여한 군수 양봉제 등이다. 더우기 박천 지회장 김상필은 그 군 군수였다. 특히 지회가 설립되지 못한 지역의 경우 본회에서는 지방관 특히 군수와의 긴밀한 관계를 유지함으로써 지회가 없는 공백을 보완하려 했기 때문에 지방관의 역할이 더욱 강조되었다. 때문에 지회가 설립되지 않은 지역에 임명된 학사시찰위원은 그 지역의 군수인 경우가 많았던 것이다.

지회와 지교는 일본 유학생 출신 인사 및 태극학회와의 관련 속에서 조직되고 발전된 경우도 있었다. 의주의 경우 태극학회의 용의지회가 조직되었던 지역으로 일본 유학생의 영향을 많이 받았다. 유학생들은 귀국후 의주 지회의 활동을 주도하였는데, 특히 각 학교에서 교사로 근무하는 경우가 많았다. 이들이 주도한 학교에서는 실용적인 신학문 학습이 강조되었으며, 외국어 특히 일본어 교육이 강조되었고 또 거부감 없이 수용되었다. 숙천의 경우 유학후 귀국한 김진초의 활약으로 군 지회가 조직되었던 것이다.

서북협성학교의 사범과 졸업생들도 지교의 교사로 활약하였는데, 이 경우 본회의 애국계몽사상이 매우 효과적으로 지방으로 확산되었다. 박천군 지교인 박명학교 임원들은 교사를 지원해 줄 것을 본회에 직접 요청하였던 것은 이러한 사정을 잘 보여주는 것이었다. 개천 중원학교의 교사로 활약하였던 金子明, 의주 翊原학교 교사 白元默 등이 대표적인 예이다.

이처럼 서북학회의 본회에서는 지방에 대한 별다른 재정적 지원 없이도 지회와 지교를 통해 평안도 각 지방에 교육과 실업 진흥 운동을 전파할 수 있었고, 지방의 지회와 지교의 인사들은 서북 지방 출신 인사들이 망라된 본회의 영향 아래에 있음으로써 지방 관리나 유림 세력, 유학생 출신의 신지식인 등 지역 인사들의 협조를 보다 손쉽게 얻어 지

방에서의 기반을 강화할 수 있었기 때문에 본회와 지회, 지교는 상호간
의 긴밀한 협조 체제를 유지하면서 지방에서의 애국계몽운동을 주도했
던 것이다.

Seobuk Academic Society's branch offices and schools of west-northern area

Cho, Hyun-wook

Seobuk Academic Society was established by uniting two groups. First one is Suwoo academic Society founded by the people from Pyungan Do in October ,1906. Second is Hanbuk academic society erected by the people born in Hamkyung Do in the same period. 32 branch offices and 72 branch schools were built by Seobuk Academic Society in each province of west-northern side of Korea. Especially in Pyungan Nam Do was 13 agencies and 14 branch schools set up and in Pyungan Buk Do 9 branch offices with 20 branch schools. Seobuk Academic Society could have stronger effect on the west-northern side of Korea than other groups on account of these branch societies and schools.

Although Seobuk Academic Society was under some constraint as a pure academic organization, it established schools not only in Seoul but also in the country. These activities enabled Seobuk Academic Society to run the patriotic mass education campaign successfully.

'Private Society' and 'Agricultural Society' served as important basis in the establishment of each branch office. For example, Pyung Yang local society as well as other local society run its activities with the help of the 'Private Society'. The encouragement of education and industries, and the improvement of living condition which Suk Chun Agricultural Society did were just the achievement of local society. Great value can be given to these patriotic mass education campaign in the view of building up national power to recover sovereign of our country. But at the same time, these movements were also used by the Japan applying the policy of modernizing colony.

The local schools were also another principal foundations for organization of branch offices. The powerful people in the west-northern area cooperated each other to set up schools, sharing the staff positions in these schools through which they raised fraternal love. This brotherly love encouraged local schools to be developed into the branch organization of Seobuk Academic Society. The major people in the local Society of Pyung An Do served staff members to its local schools which became branch schools of Seobuk Academic Society later.

The groups studying confucian based on Hayng Gyo were precious stones for Seobuk Academic Society to establish and run branch Society. A large number of local schools were affected by the power of confucian group. Seobuk Academic Society put great emphasis on changing the mind of local confucian groups, because it is impossible in local area to prosper patriotic mass education campaign without the cooperation of those local confucian groups. These situations were more serious in Chung Ju branch office in which conservatism was prosperous.

The support of local officers was also essential for building and running branch offices. Most staff members of each local society joined head organization at early stage but other staff members appointed later didn't.

These situation caused head organization to decrease its power to each local organization. To prevent these states, were supervisors nominated for monitoring school affairs in each region. The fact that many local officers were appointed as supervisors was attributed to the effort of head office to keep close relation with the local officers for preventing its power decrease toward the local offices.

Local offices and schools were expanded under the cooperation with 'Tae Guk Academic Society', the organization of students studying in Japan. Especially Ui Ju office, the area where Tae Guk Academic Society's branch office was founded, was affected greatly by home coming students from Japan. Their activities at the constituency were good chances for local people to learn advanced knowledge of Japan. Many of these students also worked for each branch school as teachers. In the curriculum of these schools was major emphasis put on learning foreign language, especially Japanese as well as new and practical knowledge. The graduates of 'Seobuk Hyupsung School' was run directly by head office played the important role for improving the education of branch schools as teachers. Through their teachings enabled head office's patriotic mass education campaign to be spread in other local sides.

The head office of Seobuk Academic Society could drive the patriotic mass education and industry campaign in each local area of Pyung An Do without other financial support through many branch offices and schools. The principal members in local offices and schools were composed of local officers, local confucians, learned people from students abroad. Owing to these facts, Seobuk Academic Society could take advantage of getting close cooperation with head office in local area. Each local school could keep the close cooperation system with each other.

京畿地域 國債報償運動에 관한 연구

李 尙 根*

<목 차>

Ⅰ. 머 리 말
Ⅱ. 國債報償運動의 발단
Ⅲ. 경기지역의 報償所 설립과 趣旨文 발표
Ⅳ. 경기지역 義捐金 모금 상황
Ⅴ. 경기지역 단위별 의연활동 및 참여계층
Ⅵ. 중앙 언론기관의 지원
Ⅶ. 경기지역 여성들의 활동
Ⅷ. 國債報償運動의 좌절
Ⅸ. 맺음말

Ⅰ. 머리말

大韓帝國 시기에 일제는 한국을 침략하기 위하여 모든 수단과 방법을 동원하였다. 1904년 韓日議定書·韓日協約 등으로 한국 침략을 구체화한 뒤, 이어 1905년에는 乙巳條約 늑결로 統監府를 설치하여 우리의 외교권을 박탈하였다. 그리고 1907년에는 헤이그밀사 파견을 구실 삼아 고종을 강제 퇴위시키고, 韓日新協約(丁未七條約)을 체결하여 한국의 내정까지 합법적으로 장악하였으며, 뿐만 아니라 한일신협약을 체결할 때 한국군대 해산을 목적으로 하는 丁未秘密覺書를 교환하여 한국 침략에 최대의 방해가 되는 한국군대를 해산하였다. 일제는 점차적으로 군사적·정치적·외교권을 침탈하여 한국을 식민지로 만들었다. 이렇듯 일

---

* 국사편찬위원회 근현대사실장

190

제는 정치적으로 한국침략을 하는 한편, 경제적으로도 개항 이후 지속적으로 침략을 강화하였다. 일제는 1882년 朴泳孝에 의하여 제기되어 성립된 17만원의 차관 이래, 한국을 경제적으로 예속시키기 위해 계속적으로 차관을 제공하였다. 1907년 일제에 대한 부채 액은 1천 3백만원이었다. 이 액수는 1906년 度支部에서 편성 발표한 歲入 總額과 거의 같은 액수로 일본에 상환하기에는 거액이었던 것이다. 대일 차관은 한국정부의 자율적인 차관이라기보다는 일본으로부터 강요된 타율적인 것으로 이를 통해 한국침략은 더욱 가속화되었다. 눈덩이처럼 커진 나라의 빚을 갚아보려는 자발적인 움직임이 국민들을 중심으로 전국적으로 일어났으니 이것이 國債報償運動이었다. 국채보상운동에 관한 연구는 지금까지의 기존연구를 통해서 그 전모와 실상이 어느 정도는 밝혀졌다고 생각된다.1) 그러나 경기지역의 국채보상운동에 관해서 몇 가지 사료를 검토한 결과 기존의 연구 성과가 대단히 미흡함을 발견하게 되었다.

---

1) 柳子厚, 「국채보상운동」, 『이준선생전』, 동방문화사, 1947
　　　　　국사편찬위원회, 「국채보상운동」, 『한국독립운동사』, 정음사, 1968
　　崔 埈, 「국채보상운동과 프레스 캠페인」, 『한국신문사논고』, 일조각, 1976
　　朴容玉, 「국채보상운동에의 여성참여」, 『사총』 제12·13합집, 1968
　　박용옥, 「국채보상을 위한 여성단체의 조직과 활동」, 『한국근대여성운동사연구』, 한국정신문화연구원, 1984
　　박용옥, 「국채보상운동의 발단 배경과 여성참여」, 『일제경제침략과 국채보상운동』, 아세아문화사, 1994
　　李松姬, 「한말 국채보상운동에 관한 일연구」, 『이대사원』, 제15집, 1978
　　李尙根, 「국채보상운동에 관한 연구」, 『국사관논총』, 18집, 1990
　　이상근, 「영남지역의 국채보상운동」, 『일제의 한국침략과 영남지방의 반일운동』, 한국근대사연구소, 1995
　　趙恒來, 「국채보상운동의 발단과 전개과정」, 『일제경제침략과 국채보상운동』, 아세아문화사, 1994
　　愼鏞廈, 「애국계몽운동에서 본 국채보상운동」, 위의 책
　　吳斗煥, 「한말 차관문제의 전개과정」, 위의 책
　　鄭晉錫, 「국채보상운동과 언론의 역할」, 위의 책

보다 더 구체적인 경기지역의 국채보상운동 사실들을 규명하기 위해 그 때 가장 열렬히 국채보상운동을 지원했던 대한매일신보와 황성신문 기사를 분석하여 경기도 지역의 국채보상운동의 전개 과정과 모금상황, 의연 참여단위 및 계층, 언론기관의 지원과 여성들의 활동에 관하여 실상을 파악해 보고자 한다.

Ⅱ. 國債報償運動의 발단

1876년 일본의 강압에 의하여 개국하게 된 한국은 끊임없이 외세의 도전에 시달림을 받게 되었고, 집요하게 파고드는 일제의 흉계에 점차로 국민들만 어려움을 당하게 되었다. 차관 역시 국리민복을 위한 도입이 아니라, 자파의 정권유지나 일본의 책략에 의하여 식민지 정책을 가속화하는데 필요하여 도입하였던 것이다. 일제에 의한 국채는 1882년 수신사 일행이 일본 방문시 朴泳孝에 의해 제기되어 橫濱正金銀行으로부터 17만원을 차입한 이래[2] 일본의 지속적인 침략정책에 의해 증가되었다. 이러한 차관의 증가가 곧 국권의 침탈과 연결된 것을 직감한 국민들은 1907년 1월 29일 大邱에서 徐相敦에 의하여 발기되었던 국채보상운동을 전국적으로 확대시켰다.[3]

개항 이후 일본의 지속적인 침략정책과 차관공세로 1907년에 외채는 총 1,300만원이 되어 이 거액을 상환할 수 없다는 것이 당시의 국론이었다. 국채보상에 관한 논의는 제1차 한일협약을 전후하여 일본이 차관으로 경제적 침략을 도모하고자 하는 때부터였다. 그러나 이 때는 논의만 있었을 뿐 어떤 구체적인 움직임은 없었다.[4] 일제에 의한 차관의 공세가 더 가중되자, 이에 徐相敦·金光濟·金允蘭(일명:김병순) 등이 중

---

2) 金正起,『조선정부의 일본차관도입(1882-1894)』, 526쪽.
3) 李尙根,「國債報償運動에 관한 研究」,『國史館論叢』18, 탐구당, 1990, 7쪽.
4) 이송희,「한말 국채보상운동에 관한 일연구」,『이대사원』15, 1978, 9-10쪽.

192

심이 되어 斷煙會를 성립하고 단연동맹을 일으키어 그 실천방법으로서 2천만 국민이 1개월 연초대를 20전으로 하여 3개월간 담배를 피우지 말고 그 대금을 모으면 1천 3백만원의 국채를 상환할 수 있다고 하였다.[5] 만일 그 액수가 미달할 때는 1원, 10원, 100원의 특별 의연금을 받기로 하였다. 이 구국의 외침은 삽시간에 전국적인 반응을 일으켜, 서울에서는 2월 22일 金成喜·柳文相·吳榮根·金相萬·高裕相·朱翰榮 등이 國債報償期成會를 설립하고, 그 취지서를 발표하였다. 그리고 사무소를 中署 磚洞에 설치하였다.[6] 이어 기성회에서 시행해야할 회칙을 제정하여 합법적으로 운동을 하고자 하였는데, 그 회칙을 보면 다음과 같다.

1. 본회는 일본에 대한 국채 1.300만 원을 보상하기로 목적함
2. 보상방법은 일반국민의 의금을 모집함
   단 금액은 다소를 불구함
3. 본회에 의금을 납부한 인원은 본 회원으로 인정하고 씨 명 급 금액을 신문에 공고함
4. 본회와 목적이 동일한 각 단회는 상호 연합하여 목적을 달성하기를 무도함
5. 의연금을 수합하여 우액에 달하기까지 신용이 유한 본국 은행에 임치함 단 수급 금액은 매월 말에 신문으로 포고함
6. 본회는 목적을 달성한 후에 해산함[7]

이렇듯 회칙에서는 국채보상기성회의 활동 및 목적을 뚜렷이하였으며, 收錢所를 夜雷事務所, 書鋪, 藥局, 大韓每日申報社, 尙洞靑年學院事務所 등을 지정하였는데, 이는 기성회가 주로 지식인이나 상인층에 의하여 설립되었음을 알 수 있다.[8]

---

5) 국사편찬위원회, 『한국독립운동사』 1, 1968, 174쪽.
6) 위와 같음.
7) 『皇城新聞』, 1907년 2월 25일. 『대한매일신보』, 1907년 2월 27일.

또한 국채보상기성회 설립에 이어 서울에서 國債報償中央義務社가 徐丙炎·尹興燮 등 민족 자산가 및 상인층에 의하여 설립하였다. 그리고 수전소를 황성신문사로 지정하며, 국채보상포고문을 발표하였다. 그 포고문 내용은 다음과 같다.

1. 본사는 국채보상중앙의무사로 명명함
2. 본사 위치는 한성으로 함
3. 본사 목적은 1천 3백만원 국채를 2천만 동포가 각출 의금하여 보상하기로 열심진력함
4. 본사에 의금을 출연하는 인원은 씨명과 금액을 신문에 게포하여 동정을 표시함
5. 수금소는 황성신문사로 정함
6. 의금저치소는 본국 신용은행으로 정함9)

위와 같이 국채보상중앙의무사에서도 설립 목적을 뚜렷이 하여 국채보상운동에 적극적으로 참여하였다. 이어 각 지역에서도 국채보상의 뜻을 알리는 취지서를 발표하고, 더불어 보상회를 설립하였는데, 보상소가 3월말까지 결성된 것만도 西道義誠會를 비롯하여 20여개에 달하였다. 국채보상을 목적으로 하는 단체가 각지에서 일어나자 의연금의 모금을 통일하고자 3월 말일에 國債報償志願金總合所를 설립하고 소장에 한규설(뒤에 윤웅렬이 소장을 맡게됨)을 추대하였는데, 지원금총합소 설립은 분산적이던 지역 지도층이 단합할 수 있는 주요 계기가 되었으며, 전국적인 조직체가 형성되어 국채보상운동이 전국적으로 확산되었다. 4월 1일에는 국채보상을 목적으로 하는 각 단체를 통합하여 國債報償聯合會議所를 조직하여 의장에 李儁을 추대하고 대한매일신보사 양기탁으로

---

8) 이송희, 위의 논문, 10쪽.
9) 『皇城新聞』, 1907년 3월 2일

하여금 총무를 맡아 일을 추진하도록 하였다.[10] 국채보상운동은 전국 각지에서 호응이 대단하였으며, 그 중에서도 서천의 경우는 국채보상가를 지어 불러 이 운동의 정신을 더욱 고무시켰다. 1908년 7월 27일까지 각 기관에 모여진 의연금 액수는 일본헌병대의 기밀 제407호 보고에 의하면, 18만 8천여환으로[11] 발표되었으며, 그 후 전국 각지에서 모여진 의연금은 약 2백 31만 989원 13전으로 집계되었다.[12]

모금액은 일본헌병대에서 발표한 기관별 접수 총액과 지역별 모금 총액이 많은 차이를 나타내고 있다.

---

10) 국사편찬위원회, 위의 책, 175쪽.

11) 崔埈, 「國債報償運動과 프레스 캠페인」, 『韓國新聞史論攷』, 1976, 125-6쪽.
   1907년 1월29일부터 시작된 국채보상운동 의연금은 이듬해인 1908년 7월 27일자 일본 헌병대의 기밀 제407호 보고에 각 기관에서 모집한 금액을 다음과 같이 발표하였다.
   대한매일신보사.....3만 6천여환   국채보상지원금총합소.......4만 2천 3백환
   황성신문사............8만 2천여환   제국신문사............................. 8천 4백 20환 6전
   만세보사.......................3백 59환 국민신보사...55환
   국채보상기성회...1만 8천 7백환 22전 5리

12) 국사편찬위원회, 위의 책, 175-6쪽.
   국채보상의연금집계표

서울 : 627.350원 80전	경기 : 139.160원 87전
충북 : 37.786원 25전	충남 : 156.693원 55전
전북 : 63.410원 4전	전남 : 84.088원 80전
경북 : 238.530원 31전	경남 : 200.083원 14원
황해 : 242.861원 75원	평남 : 250.831원 85전
평북 : 212.777원 62전	강원 : 42.585원 15전
함남 : 105.055원	함북 : 9.774원
총계 : 2.310.989원 13전	

Ⅲ. 경기지역의 報償所 설립과 趣旨文 발표

경기지역에서 먼저 國債報償運動을 전개한 곳은 인천에서부터였다.[13] 仁川港紳商會社에서는 斷煙同盟會를 조직하고 각기 이름 밑에 '盟' 자를 써서 서명하였는데 여기에 가담한 사람은 박원순·김도선·김윤성·김종일·강윤모·정재홍·장내홍 등이었다. 이 회사에 5인의 사환이 있었는데 평일에는 비록 사원과 사환의 구별이 있으나 국민의 의무를 다하는데는 차별이 없다고 하여, 사환들이 지원하면 사원과 같은 일반 회원이 될 수 있다고 하니 사환들이 모두 입회하여 회원이 12인이 되었으며, 이 소식을 듣고 인천항에 거주하는 유지들이 많이 입회하여 의연금을 납입하였다.[14] 이는 서울에서 국채보상운동의 중심기구였던 國債報償期成會가[15] 성립되기 전이며 또한 황성신문사에 두었던 國債報償中央義務社 구성보다 먼저였다.[16]

인천항신상회사 의연에 이어 仁川濟寧學校에서 서병두 등이 중심이 되어 90여명이 의연을 하였다.[17] 이렇게 인천지역을 시발로 開城郡에서는 前府尹 한영원 등 전직 관료가 중심이 되어 115명이 거금을 의연하였다.[18] 이렇듯 인천에서부터 국채보상운동이 일어난 것은, 인천은 1882년 개항한 이래 개항장내 일본인 거주허용, 일본화폐의 유통, 일본선박의 항세 면제 등과 더욱이 수년간 대일 수출품에 대한 관세마저 규제하지 않는다는 조건까지 수락함으로써 일본인의 상권 신장을 용이하게 하였으며, 일본거류민들이 날로 증가하여 일본인들의 행패와 경제적 침투

---

13) 『皇城新聞』 1907년 2월 21일
14) 『황성신문』, 1907년 2월 21일
15) 『황성신문』, 1907년 2월 25일
16) 『황성신문』, 1907년 3월 2일
17) 『황성신문』, 1907년 3월 14일
18) 『대한매일신보』, 1907년 3월 13일,

196

를 다른 지역 보다 먼저 체험했기 때문이기도 하다.[19] 국채보상을 위한 의연은 인접 지역으로 전파되어 양천군·안성군·진위군·양근군·김포군에서 의연자가 속출하였다.[20]

안성군 西里에서는 류회근·이원세·정기조 등이 國債補償金募金所를 설치하고 의연금을 받아 국채보상기성회로 전송하였다.[21] 그리고 더 많은 사람들의 호응을 얻기 위해 이들은 국채보상취지서를 만들어 군민들에게 호소하였다.

> …國債를 報償하면 國이 天下世界에 同等國을 作하야 民이 天下世界에 同等民을 作하고 國債를 不報하면 國이 天下 世界에 奴隷國을 作하리니 국이 同等國을 작하면 국이 독립에 지위를 復하야 민이 만족한 福祿을 享受할 터이요 民이 노예를 至賤한 犧牲을 未免하야 所保生命과 所居土地와 所食穀米와 所着布褐와 至於日用百物이 皆非 本國人民에 所存이요 債權外人에 所存인즉 報債하난 방침을 量度하되 全國 同胞 二千萬인중 每人 이 每朔에 흡연하는 가치가 少不下日圓이니 國債報償 전에는 吸煙을 斷하야 흡연의 가치로 국채를 보상함이 가하다하니 此誠愛國之論야라…[22]

즉, 국가가 진 빚을 보상하면 세계의 여러 나라와 동등한 국가가 되지만, 국가가 빚을 갚지 못하면 노예국을 면치 못하니 독립을 하고자 하면 나라의 빚을 갚자고 하였다. 빚을 갚는 방법으로는 빚을 갚기 전까지 이천만 동포가 단연을 하여, 절약된 담배 값으로 국채를 보상하자고 하였다. 또한 安城郡紳士義金募集所를 설립하고, 그 설립취지서를 발표하여 의연활동에 들어갔다.[23] 이어 안성 商業課南所와 일반 부인들이 발기하

---

19) 경기도사편찬위원회, 『경기도항일독립운동사』, 1995, 4-5쪽.
20) 『황성신문』, 1907년 3월 16일, 18일, 25일, 27일
21) 『대한매일신보』, 1907년 3월 15일
22) 『대한매일신보』, 1907년 3월 29일
23) 『대한매일신보』, 1907년 5월 31일

여 설립한 안성장기동부인회모집소가 설립되어 의연활동을 하였다.24)

특히 수원에 거주한 김제구·이하영·임면수 등은 기독교인으로 애국심이 뛰어나 국채보상운동에 앞장서서 많은 활약을 하였는데 취지서 수 백장을 만들어 경기 각군에 살포하여 많은 사람으로부터 호응을 얻어 이삼일에 의연금 5백여원이 모금되었다.25) 水原英語三學堂贊成會에서는 회장 金濟九 서기 李夏榮 등이 취지서를 발표하여 군민들에게 의연을 호소하였다. 취지서는 다음과 같다.26)

> 夫국민의 의무는 亶在於愛國이 愛國之忱은 專係乎 輔國安民이라 不在枚論이여니와 1천 3백만 원 外債之說이 電波於國中以後로 一般 有志사민이 非無相顧 太息流涕者矣로대 未嘗有奮發創論에 計報차거 액이러니 何辛忠毅丹침이 先激於嶺南靈區하야 斷煙同盟이 鼓動 我二千萬 同胞之腦髓 하되 閭巷愚夫痴婦와 焦童 幼孩와 之於病軀개乞까지 竭力義捐에 自願應募者 如雲集水湧이라..

국민의 의무는 애국인데, 애국지심은 보국안민이라 하였다. 국채 1천 3백만원의 사실이 알려지자 이천만 국민 모두가 단연동맹에 참여하고 있다는 사실을 알리고, 국민들의 참여를 촉구하였다. 수원영어삼학당찬성회에서는 회장, 서기 외에 보상회 재무원 나성규·차유순을 두었는데, 이들이 헌신적으로 참여하자 미담이 신문에 소개되기도 하였다.27)

抱川郡에서도 國債報償抱義所를 설치하여 취지서를 만들어 발표하였다.28) 포천에서는 일찍이 華西 李恒老의 제자였던 重菴 金平默과 그의 제자들인 勉菴 崔益鉉·龍西 柳基一 등 화서의 문인들은 자신들이 포천

---

24) 『대한매일신보』, 1907년 4월 20일
25) 『대한매일신보』, 1907년 3월 14일
26) 『대한매일신보』, 1907년 3월 29일
27) 『대한매일신보』, 1907년 6월 11일
28) 『대한매일신보』, 1907년 5월 28일

지역에 형성한 위정척사 사상적 세계를 구심점으로 하여 조선침략을 획책하고 있던 일본에 대해서, 또한 우리를 압박해 오고 있는 서양에 대해 배척하는 애국운동이 전개되고 있었으며,29) 더 나아가서는 이들은 의병활동을 통한 항일운동에 가장 적극적인 입장을 보였다.30) 이러한 항일 정신이 국채보상 운동으로 이어져 많은 참여를 하게 되었다. 驪州郡에서는 국채보상권고문을,31) 또한 파주·양주군에서도 국채보상취지서를 발표하였다.32) 취지서의 공통된 내용은 하나같이 국채를 보상하여 나라의 독립을 지키자고 호소하고, 국가가 있는 후에야 국민이 있고, 국민이 있는 후에야 국가가 있다고 하여 국가와 국민의 상관 관계를 강조하고 국민이 안정된 생활을 하기 위해서는 국가가 필요하며, 국민을 지키기 위해서는 국가가 부강을 꾀하여야 한다는 점을 지적하였다.

국채보상을 위한 보상소는 인천항신상회사 단연동맹회를 시발로 안성·수원·포천·강화·장단·여주·이천·광주·풍덕·양주·파주 등지에 설립되어 국채보상운동에 적극 협력하였다. 보상소 역시 신문에 게재된 지역 외에도 설립되었을 것이다. 경기 전지역에서 매일 의연자와 의연금을 납부한 사실을 신문지상을 통하여 볼 수 있기 때문이다.

Ⅳ. 경기지역 義捐金 모금 상황

경기지역 지역별 모금상황을 살펴보도록 하겠다. 국채보상운동의 전체적인 의연금 모금 상황을 당시 발간되었던 大韓每日申報·皇城新聞·

---

29) 신용철, 「화서 문인들의 애국사상과 활동」, 『화서학파의 위정척사운동』, (지역-대학공조학술회의), 1999, 72쪽
30) 박경자, 「한말 위정척사사상의 근대성 조명」 『화서학파의 위정척사운동』, (지역-대학공조학술회의), 15쪽
31) 『대한매일신보』, 1907년 6월 11일
32) 『대한매일신보』, 1907년 6월 14일·6월 20일

뎨국신문・萬歲報 등에 발표된 내용을 참고할 수밖에 없다. 당시 가장 활발히 모금 상황을 보도하였던 대한매일신보(1907년 2월부터 동년 10월 25일까지)와, 황성신문(1907년 2월부터 동년 6월 30일까지)의 국채보상의연금 수입 광고란에 게재된 내용중 경기지역에 모금된 내용만을 발췌・분석하여 의연금 모금 상황을 살펴보고자 한다.

경기지역의 의연 현황을 보면 다른 지역과 비교가 되지 않을 만큼 많은 인원이 참여하여 많은 액수의 의연금을 자진 납부한 사실을 알 수 있다. 비록 국채보상운동이 경상도에서 처음 발의되어 전국적으로 전개되었으나 경기 전지역에서 요원의 불길처럼 파급되어 많은 모금을 할 수 있었던 것은 원래 경기지역은 당시 한반도의 중심 지역이었고, 일제의 한국 침략 사실들을 중앙에 지리적으로 근접해 있기 때문에 소식을 가장 빨리 접할 수 있는 현실적인 여건을 갖추고 있었다. 또한 경기 지역 의연자들은 전직 관료 출신이 많았는데 이들이 정부가 처한 형편을 잘 알고 있어 주위 사람들에게 영향력을 행사하여 많은 인원이 참여하였을 것이다. 그리고 보상소 설치 기사와 관계없는 군에서 더 많은 의연금을 출연하였다. 이것은 보상소를 설치하였으나 신문에 누락된 것으로 볼 수 밖에 없다.

대한매일신보와 황성신문에 게재된 기사 내용을 종합해보면 양근군이 제일 많은 인원과 의연금을 모금한 사실을 알 수 있다. 참여 인원이 약 1,766명이며, 모금액수는 약 8백 4십 7원 95전이다. 양근군은 타군과 비교하여 부락단위로 많은 인원이 참여하여 의연금을 많이 기부하였는데, 이 곳은 지역적으로 연대의식이 강하였다. 1894년 여름 安承禹가 양근군에서 의병운동을 하였는데, 경기지역 의병운동의 효시이다. 이는 개항이후 전국에서 일어난 의병운동 중 선구적인 것으로 기록되고 있다.33) 이 곳은 의병활동으로부터 시작된 국권회복을 위한 활동이 국채

---

33) 경기도사편찬위원회, 위의 책, 3쪽

보상운동으로 이어져 많은 의연 활동이 전개되었다고 볼 수 있겠다. 다음으로 광주군이다. 참여 인원이 약 1,602명이며, 모금 액수는 약 5백 7십 6원 95전이다. 광주군의 의연은 廣州郡 낙성면 前參判 權丙承을 비롯하여 前水使 權鐘奭·正三品 郭鐘龜 등 전직관리들이 대거 참여하여 나라의 장래를 걱정한 나머지 주위 사람들을 설득하여 국채보상운동에 참여토록 하여 많은 인원과 많은 금액을 모금했을 것으로 보며, 또한 광주군 성내 광홍학교 학생 박시진 외 136명이 41원 70전을 의연한 것을 시작으로 광주군 草月面 大雙영리에서도 학생들이 일반인과 함께 50원 57전을 의연하였다. 광주군 의연관계는 전직관리와 학생들이 주도하였음을 알 수 있다. 이후 광주군은 애국계몽단체의 설립과 교육구국운동에서도 많은 활동을 하였다. 1908년 1월 19일 창립된 기호흥학회는 '경기도 및 충청남북도의 흥학을 목적으로 설립하였으며, 폭 넓은 활동을 하기 위해서 경기도에 6개의 지회를 설치하였다. 6개의 지회중 광주군은 지회가 가장 먼저 설치된 곳이었다.34) 이것은 국채보상운동에서 시작된 국권회복활동의 연장이라고 볼 수 있겠다.

광주군에 이어 양주군에서도 약 1,564명이 약 2백 8십 6원 89전을 의연하였다. 양주군 광석면 삼현리 거주 주사 윤상구, 양주군 동진관서숙 교사, 이해응 학생 김현주 등이 의연금을 모금하였는데, 이곳도 전현직 관리와 교사·학생들의 활동으로 타군에 비교하여 많은 인원과 많은 의연금을 모금하였다. 다음으로 많은 곳은 풍덕군인데 약 643명이 약 190원 23전을 의연하였다. 이곳은 문중 중심의 의연이 많았다. 문중 중심으로 많은 인원과 많은 액수를 모금하였는데 이때까지 만하여도 문중을 중심으로 한 혈연관계의 결속이 강하여 국가를 걱정하는 일에도 혼연일체가 되었을 것이다. 남양군은 약 546명에 약 1백 4십 8원 66전을 포천군에서는 약 591명이 약 1백 8십 8원을 의연하였다. 수원은 약 231명

---

34) 경기도사편찬위원회, 위의 책, 222-3쪽

참여에 약 2백 1원 54전을 의연하였다. 오늘날 경기도 중심인 수원도 국채보상운동이 전개되자 보상소를 설립하고 보상활동에 적극 참여하였던 지역이다.

V. 경기지역 단위별 의연활동 및 참여계층

대한제국 시기에도 조선시대의 혈연·지연에 의한 공동체 의식이 강하게 남아있었기 때문에 의연활동에 있어서도 부락·가족·문중 등 자연 공동체 중심으로 의연을 많이 하였으며, 또한 학교·회사·종교단체 등 인위적 공동체가 단위가 되어 의연에 참여한 경우도 있었다. 국채보상금 모금 취지가 다수의 국민들이 적은 정성을 모아 국채보상금을 마련하자 한 만큼 일반 대중에 대한 확산을 위해서 구국운동에 적극적인 단체나 애국계몽단체에 참여하고 있던 지식인 등이 조직을 활용하여 의연금 모금에 적극적으로 활동을 하기도 하였다. 경기지역 국채보상은 주로 거주지 중심인 촌락단위가 제일 많고, 다음으로 가족, 문중 등 혈연관계에 의한 의연이다. 그리고 학교·회사·상민·향교·사원 등의 단위로 의연을 하였다.

대한매일신보와 황성신문의 의연관련 기사를 보면 가족단위와 문중단위로 의연한 경우를 많이 볼 수 있다. 파주군 문산리 前監察 許增의 의연관계 기사를 보면, 장자 鏞, 차자 鏡, 삼자 錫, 장손 源, 차손 浣, 삼손 淑 등 이렇게 삼대가 참여하였는데 가장의 이름 다음에 자녀들이나 손자 조카의 이름을 병기하여 놓았다.[35] 家長 중심의 의연은 가부장권의 존재와 의로운 일에 가족전체가 참여하였다는 의의가 있을 것이다. 가족중심 의연 단위에는 전현직관리가 많았다.[36] 가족을 중심으로 한

---

35) 『대한매일신보』, 1907년 5월 4일
36) 『대한매일신보』, 1907년 5월 4일

활동의 범위가 확대되어 門中 단위로 많은 인원수가 함께 의연하는 경우도 있었다. 그 당시만 해도 거의가 집성촌을 형성하고 있었기 때문에 문중 단위로 의연금 모금하기가 쉬웠을 것이다. 문중단위로는 풍덕군 中面 艾浦里 申氏門中에서 신태진 四從弟, 再從弟, 三從弟, 從姪 등이 의연을 하였으며, 같은 면 식현리 윤씨 문중, 애포리 이씨문중, 식현리 김씨 문중, 또한 식현리 효령대군파 후손 종중에서 의연을 하였다.37) 풍덕군 남면 사동리 강릉김씨 문중,38) 풍덕군 남면 사동리 순흥안씨문중,39) 풍덕군 동면 관곡리 해풍김씨문중, 풍덕군 진주유씨문중40) 등 이 의연을 하였는데, 풍덕군은 타군에 비교하여 많은 문중 단위의 의연을 볼 수 있다. 이것은 풍덕군 일대가 조선시대 문중 중심의 집성촌이 형성되어 문중 중심의 의연 활동이 이루워졌다고 하겠다. 또한 가문의 명예를 중요시한 때였으므로 국권을 회복하고자 하는 의로운 일에 많이 참여하였을 것이다. 장단군 상도면 석관리 황씨문중,41) 수원군 상홀남면 양동 광산김씨문중42) 등 문중이 중심이 되어 의연하였다. 또한 같은 성씨의 인명이 의연자 명단에 연이어 수록되어 있는 것을 볼 때 문중 중심의 의연 활동이 활발하였다.

그리고 교사와 학생들에 의해서 의연활동이 이루워졌다. 학교는 당시 애국계몽운동의 중심이 되어 학생들과 일반인에게 국권회복을 위한 계몽과 더불어 국채보상운동을 일반 대중으로 확산시키는데 기여하였다. 또한 교육단체인 교육회에서도 의연 활동을 하였다. 개성교육총회에서는43) 구성원이 주로 전직관료 출신이 많았는데 개성에서 의연을 주도

---

37) 『대한매일신보』, 1907년 5월 29일
38) 『대한매일신보』, 1907년 4월 18일
39) 위와 같음
40) 『대한매일신보』, 1907년 4월 20일
41) 『대한매일신보』, 1907년 7월 6일
42) 『황성신문』, 1907년 5월 10일
43) 『대한매일신보』, 1907년 3월 13일

하여 일반인이 보상운동에 참여케 하는데 많은 도움을 주었다. 그리고
수원영어삼학당에서는 찬성회를 조직하였는데 회장에 김제구, 서기 이
하영이 선출되어 취지문를 발표하여 수원지역에 거주하는 사람들로 하
여금 국가의 빚을 갚아 국권을 회복하자고 하였다. 고양군 사리대면 빙
석동 사립학교 계성재학당에서는 교장 외에 16명이 의연하였다.44) 仁川
米商會社에서는 학교를 설립하여 이 학교 부교장인 金弘潤이 학생들에
게 국채보상 후라도 단연하여 나라의 부강을 꾀하자고 일장연설을 하자
학생들은 물론이고 향촌민까지 호응하여 국채보상에 동참하였다.45) 여
주군 敎育會右支社 사무장 金弘濟, 교무원 권종윤 등이 의연을 하여 주
위로부터 칭송을 받았으며,46) 수원공립 보통학교 김병천 등도 많은 의
연을 하였다.47)

　종교계에서도 의연을 하였는데 강화군에 있는 傳燈寺, 淨水寺, 白蓮
寺, 圓通寺, 普門寺에서 국채보상의 당위성을 신도들에게도 주지시켜 많
은 불자들의 호응을 얻어 의연을 하였다.48) 이천군 둔면 각 동에 거주
하고 있는 316명이 의연을 하였는데, 이들 가운데는 야소교인 천도교원
등이 포함되어 있었다.49)

　상품 및 자본을 앞세운 일본의 경제적 침탈에 위기 의식을 느낀 상
인들도 집단적으로 의연에 참여하였는데, 이들은 전통적으로 일정한 조
직이 형성되어 있어서 같은 商人들이 단합하여 추진하기에 유리한 여건
을 가졌었다. 그리고 이들은 경제활동에 종사하고 있는 관계로 국채보
상활동이 얼마나 중요한가를 실감하고 있었다. 회사 단위로는 경기지역
에서 제일 먼저 단연동맹회를 조직하였던 인천항신상회사이며, 이 회사

---

44)『대한매일신보』, 1907년 4월 23일
45)『대한매일신보』, 1907년 5월 12일
46)『대한매일신보』, 1907년 6월 15일
47)『황성신문』, 1907년 6월 21일
48)『황성신문』, 1907년 6월 21일
49)『대한매일신보』, 1907년 4월 14일

의 활약으로 인천항 유지중 의연자가 많았으며, 경기지역의 국채보상활동에도 많은 영향을 미치게 되었다. 이어 인천에 소재한 勸業社, 米商會社, 魚商會社, 轉運社, 柴炭會社 등이 의연을 하였다.50) 특히 권업사 직원 44명이 어려운 처지에도 성금을 모아 대한매일신보사로 보냈다.51) 일찍이 상권을 형성하였던 개성에서도 보상금을 의연하였다. 장단군 소남면 홍화리 발가산 沙器店商民들이 김형근을 중심으로 의연을 하였다.52) 상인들은 개인이나 국가가 빚을 지면 얼마나 어려운 가를 너무 잘 알고 있기 때문에 국채보상운동에 적극적이었으며, 또한 국가의 장래 운명을 걱정하는 뜻에서 대거 의연에 참여하여 국권을 회복하고자 하였다. 국채보상운동은 상하귀천을 불문하고 모든 국민들이 참여하였다는 사실이다. 경기도에서도 국채보상운동의 소식을 듣고 감격한 양근군 분원의 樵童들은 땔감과 짚신을 팔아 의연금을 수합하여 국채보상기성회에 의연하였으며, 이때 같은 군의 백정 김삼용도 40전을 의연하였는데,53) 이는 직업의 구별이나 빈부에 관계없이 국권회복을 위해서는 모든 국민이 하나가 되었음을 알 수 있다.

Ⅵ. 중앙 언론기관의 지원

언론기관에서는 大韓每日申報·皇城新聞·뎨국신문·萬歲報54) 등이 국채보상운동에 적극적으로 참여하여 주도적 역할을 하였다. 언론에서는 논설 등을 통하여 국채보상 당위성을 역설하였으며, 매일 의연금 납

---

50) 『대한매일신보』, 1907년 7월 6일
51) 『대한매일신보』, 1907년 3월 3일
52) 『대한매일신보』, 1907년 4월 17일
53) 『대한매일신보』, 1907년 3월 17일
54) 최준, 위의 논문, 111쪽.

부자의 명단 및 납부금액을 보도하고, 또한 관련 기사를 보도하여 전국민이 참여하도록 유도하였으며, 의연금을 접수하는 등 실무까지 맡아보았다. 특히 대한매일신보는 다른 신문보다 앞장서는 열의를 보였는데, 1907년 2월 21일자 잡보란에 "國債一千參百萬圓趣旨書"의 보도를 시작으로 국채보상에 관련된 기사를 계속 보도함과 동시에 실무까지 맡아보았다. 매일 대한매일신보와 황성신문에 보도된 의연자 명단은 거의 경기지역에 거주하는 사람들이었다.

경기지역 국채보상운동에 관련된 언론기관의 지원활동은 대한매일신보와 황성신문이 주로 하였다. 대한매일신보는 1907년 한해 동안 3월 13일 개성교육총회연조인원록을 게재를 시작으로 동년 10월 25일 광주군 중대면 거주 신노경 등 84명이 20원 40전을 의연한 내용까지 약 245회 국채보상운동 관련 기사를 게재하여 국채보상운동을 적극 지원하였다. 개성교육총회 연조인원록은 당시 의연하였던 인원들의 직업과 성명 의연금 액수를 게재하였는데, 의연자들이 前 郡守, 前 警務官, 前 參書官, 前 監察, 前 監役, 前 司諫, 前 侍從, 前 正郎, 前 議官, 前 都政, 前 侍御, 前 監役, 前 都事 등 전직 고급관리들이 다수 참여하여 일반 국민들에 많은 영향을 주었다.55) 이들의 선도적 의연활동으로 인근 군에도 국채보상의 참 뜻이 전파되어 경기지역은 전국 어느 지역보다 많은 의연을 하였다. 이어 대한매일신보는 3월 29일 안성군 서리 국채보상취지서를 시작으로 수원영어삼학당찬성회 취지서, 포천군국채보상포의소취지서 등 경기 각 지역에서 발표된 취지서를 게재하여 경기지역 민을 국채보상운동에 참여케 하였다. 황성신문도 1907년 2월 21일 잡보란에 단연 결심이라는 기사를 게재하여 인천항신상회사의 단연동맹회 조직사실을 보도하였는데, 기사 내용 중 "인천항 유지중 지원자가 부지기수이니 대구 서상돈씨의 단연 보상채지설이 아한독립의 기초를 가망이더라"하

---

55) 『대한매일신보』, 1907년 3월 13일

여 국채보상 자체가 독립을 위한 것임을 국민들에게 널리 홍보하였다. 1907년 한해 동안 대한매일신보와 황성신문에서는 매일같이 국채보상에 관련된 기사를 게재하였다. 이 기사 내용 중 경기도지역 의연 관계 기사가 전체를 차지하다시피 하였다. 이 두 신문의 보도 내용만 보면 전국의 국채보상운동은 경기지역이 주도한 느낌이었다.

Ⅶ. 경기지역 여성들의 활동

국채보상운동은 각계 각층의 참여로 활기를 띠었지만, 특별한 것은 여성들의 열성적인 참여이다. 여성들의 참여는 朝鮮時代 男尊女卑로 극도로 움츠려 있던 여성사회에서 일대 이변이었다. 이는 여성들이 같은 목적을 위하여 자발적으로 사회에 참여한 최초의 계기가 되었으며, 더 나아가서 1919년 3·1운동에서 여성의 눈부신 활약도 가능할 수 있었던 것이다.

경기지역 부인 의연으로는 강화군 길상면 초지동에 사는 전 의관 민준식의 부인 장씨는 대안동부인총회로 의연금을 보내자, 총회에서는 장씨에게 강화군부인회 설립을 권장하기도 하였다.[56] 또한 경기지역 여성들은 부인회를 설립하여, 이를 중심으로 의연 활동을 하였다. 또한 인천·남양군·안성군·김포군 등지에 仁川掬米積誠會, 남양주군부인의성회, 안성군국채보상부인회, 김포군 검단면 국채보상의무소 등을 설립하고 의연 활동에 적극 참여하였다. 인천의 국미적성회는 1907년 3월 29일 발기하였으며, 발기인은 박우리바·여누이사·정혜스터·장마리아·김쓸비여·송전심이다. 국미적성회 발기 개회는 엄씨 누이 사택에서 개최하였으며, 회원수는 80여명이었다. 이중 20명을 권고위원으로 위촉하

---

56) 『대한매일신보』, 1907년 3월 17일

여, 위원 2명이 한 마을씩 맡아 여성의 참여를 적극 권고하였다. 이 결과 회원수는 활동 수일만에 500여명으로 증가되었고, 음력 2월 한달 동안에 수합된 의연미는 18섬 8되 8홉이며, 의연금은 동화 254원 36전, 1냥중짜리 은비녀 2개가 수합되었다.[57] 이들의 의연미는 매일 아침 저녁마다 한 가족당 한 수저씩 절미하여 모은 쌀을 의연금으로 내는 것이다. 적성회는 절미로 국채보상을 하자는 것으로, 국권회복을 위해 부인들이 적극적으로 참여하였음을 알 수 있다. 김포군 검단면 고찬리에서도 국채보상의무소를 설립하여 부인들의 적극 참여를 유도하였으며, 의무소 설립 취지에 '충효의 윤리에는 남녀의 차별이 없으며, 국채보상은 대한제국의 흥망과 직결되는 것임'을 역설하고, '나라가 위급할 때에는 부인이라고 하여 안연히 있는 것은 부끄럽고 두려운 일'이라고 하여 부인들도 적극적인 충성심을 발휘할 때임을 일깨워 주었다.[58] 안성은 예로부터 삼남교통의 중심지였고 농산물 집산지였다. 그리고 수공업 거래가 활발하였던 상업도시였다. 이렇기 때문에 안성 장터동 국채보상부인회는 주로 안성장터를 생활권으로 하는 중소 상인들의 부인들이 모여 설립하여 많은 의연 활동을 하였다.[59] 남양군에서는 1907년 4월에 기독교 여성들이 중심이 되어 부인의성회를 조직하였다. 발기인은 김희경·김혜경·안마리아 3인으로, 남양군의 각 유지부인들까지 참여하여, 맨 처음 의연에 116명이 참여하였으며, 총 43원 6전의 의연금을 수합하였다.[60] 이와 같이 단체를 조직하지 않았지만 개인별로 의연에 참여하는 부인들이 많았다. 양근군 내면 장안동에 거주하는 김헌중 대부인 서씨 銀指環 1건, 차상진 왕대부인 오씨 銀簪 1건, 김희수 장자부 정씨 50전, 서관홍 대부인 변씨 21원, 최소사 20전, 김영춘 대부인 서씨 12전5리,

---

57) 『제국신문』, 1907년 3월 14일
58) 『제국신문』, 1907년 3월 25일
59) 『대한매일신보』, 1907년 5월 19일
60) 『제국신문』, 1907년 4월 7일

박용국 대부인 은잠 1건, 이렇게 장안동에 거주하는 부인들의 국채보상을 위한 의연은 부인들이 평소 아끼던 佩物을 미련 없이 기부하였다는 사실이다.61) 안산군 북방면 속달리 이동에서는 과부들이 의연을 하였는데, 이순삼 소사 김씨, 김춘수 소사 박씨, 윤일만 소사 김씨, 고진국 소사 유씨, 김춘명 소사 최씨, 임순여 여사 한씨, 홍창운 모 소사 김씨, 박재록 모 소사 이씨 등이다.62) 이들은 하나같이 생활이 어려웠지만 개인의 생활보다도 국가와 민족을 위하여 헌신적인 의연을 하였던 것이다. 이렇게 정치와 아무런 관련이 없는 부녀자들이 순수한 마음에서 앞장서서 의연을 하였는데, 오늘의 위정자들이나 부유층은 많은 귀감으로 삼아야 할 것이다.

Ⅷ. 國債報償運動의 좌절

국채보상운동은 빈부귀천 남녀노소를 불문하고 전국민이 참여하여 전국적으로 확산되어 갔다. 그리고 국채보상운동은 구국운동으로, 항일 민족운동으로 전개되었다. 이는 일본 통감부를 자극시켰을 뿐만 아니라 극히 당황하게 만들었다. 통감부에서는 국채보상운동자체를 국권회복을 위한 일종의 배일운동으로 파악하고 있었다. 이에 統監府에서는 친일파 李址鎔을 사주하여 국채보상운동을 금지시킬 것을 협박하였다. 그리고 국채보상운동을 탄압할 목적으로 "國債報償義捐金費消事件"을 조작하였다. 이는 1908년 7월 일본측이 "대한매일신보가 보관한 국채보상금을 裵設·梁起鐸 양인이 마음대로 3만원을 소비하였다"하여 양기탁을 구속시킨 사건이다.63) 1908년 8월31일 1회 공판이 경성재판소에서 개정되어

---

61) 『대한매일신보』, 1907년 5월 26일
62) 『대한매일신보』, 1907년 5월 26일
63) 이송희, 위의 논문, 31-35쪽

"國債補償金詐欺取財"라는 죄명으로 그를 공소하였다. 이후 5회에 걸친 공판이 있었으나 결국 증거가 불충분하다는 이유로 무죄석방되었다.[64] 일본은 양기탁을 구속하여 주한 영국총영사관의 강력한 반발에도 재판에 회부하였으나 양기탁를 기소한 검사가 무죄를 선언하고 석방을 요구하였으므로 일본의 의도가 무엇인가를 알게 되었다.[65] 이와 같이 통감부는 배델과 양기탁이 유죄판결을 받게 하는데는 실패하였으나, 배델·양기탁 양인을 구속함으로써 대한매일신보를 중심으로 전개되고 있는 국채보상운동을 좌절시키는데는 성공한 것이다. 그후 1909년 5월 1일 배델은 서대문 밖 아스토리아 호텔에서 사망하였고, 양기탁도 콜부란과 같이 의연금에 대한 명확한 사후처리 없이 대한매일신보를 사퇴하였다. 그 뒤 이승용이 사장이 되자 대한매일신보의 논설은 친일적으로 일변하였고, 또한 의연금 향방도 석연치 않게 되었다.[66] 황성신문과 국채보상기성회가 수합한 의연금에 대해서도 민립대학기성회의 기금으로 쓰기로 하였으나 통감부 당국의 방해로 결실을 보지 못하였다.[67] 국채보상운동은 그 동기가 국권을 수호하자는 목적에서 전개하여 전국적으로 각계각층의 국민이 가담하였다. 그러나 결국 실패로 돌아가자 많은 동포들에게 실망과 아쉬움을 안겨주었다.

IX. 맺음말

경기지역 국채보상운동은 비록 이 운동이 경상도 지역에서 먼저 발

---

64) 최준, 위의 논문, 123쪽
65) 정진석, 「국채보상운동과 언론의 역할」, 『일제경제침략과 국채보상운동』, 242쪽
66) 최준, 위의 논문, 130-1쪽
67) 위와 같음

단되었지만, 인천항신상회사를 비롯하여 많은 지역에서 단연동맹회 및 보상소를 설립하여 다른 지역보다 많은 인원과 의연금이 수금되었다. 경기지역은 지리적으로 중앙에 근접해 있어 정계 변동 등 소식을 가장 빨리 접할 수 있는 현실적인 여건과 1876년 강화도조약 이후 외세의 침입을 다른 지역보다 먼저 체험한 지역이었다. 이렇기 때문에 경기지역은 전통적으로 항일 정신이 투철하여 양근군·포천군 등지에서는 전국에서 먼저 선구적 의병이 일어났으며, 또한 광주 등지에서는 기호흥학회를 이끌어 갔던 인사들이 중심이 되어 국권회복을 위한 민족의식을 고취시켜 국채보상운동에 적극 참여하게 되었다.

당시 대한매일신보와 황성신문에 게재된 경기지역 의연금 상황 기사 내용을 종합해 보면 양근군, 광주군, 양주군, 풍덕군 순으로 의연을 하였다. 단위별 의연 활동 및 참여 계층은 대한제국시기에도 혈연·지연에 의한 연대 의식이 강하여, 이를 중심으로 의연 활동을 하였으며, 또한 학교·회사 종교단체 등 인위적 공동체가 중심이 되어 의연에 참여하였다. 언론기관의 지원은 대한매일신보와 황성신문 등이 중심이 되어 의연자 및 의연금을 매일 보도하였는데, 이 자료에 의하면 경기지역이 단연 중심이 되어 국채보상을 위한 활동을 하였다. 여성들의 활동도 다른 지역에 비교하여 조직적으로 전개되었다. 인천의 국미적성회, 김포군 검단면 국채보상의무소, 안성 장터동 국채보상부인회, 남양군 부인의성회 등이다. 부인의성회 발기인들은 근대적 의식을 가진 선구적 여성들로 국채보상운동에 적극적으로 활동하였으며, 여자교육회를 조직하여 이 지역 부인들에 대한 신교육도 수행하였다.

국채보상운동은 1907년 외채 1천 3백만원을 갚아 일본의 경제적 침략을 막아 국권을 회복하기 위한 애국 충정에서 시작된 운동이었으며, 애국계몽운동의 중심적 위상을 차지하는 민족사적 운동이었다. 또한 빈부귀천 남녀노소 모두가 스스로 참여하여 애국정신을 고양시킨 운동이었다. 특히 전통적으로 사회활동에 소외되어온 여성들의 참여로 여권

신장에 크게 공헌을 하였다. 비록 일본의 원천적인 봉쇄로 실패는 하였
지만 한민족의 민족의식을 내외에 천명한 민족사적 운동이었다.

A Case Study of hte National Fund Raising Movement in Kyongki Province

Lee, Sang-keun

Even though 'the raising funds movement to repay the national debt to Japan'(the National Fund Raising Movement; Kuk'chae Posang Un'dong) have started in Kyongsang Province, there were wider participants and more funds raised in Kyongki Provincial area through the activities of Sinsang Company in Inchon Port and Tan'yon Union as well as many fund raising offices. Kyongki Province located in the center of the peninsular; therefore, people in this area exposed to political changes and, at the same time, experienced foreign exploitation more than any other provinces in Korea since the Kanghwa Treaty of 1876. For those reasons, Kyongki Province became the traditional center of the Korean anti-Japanese sentiment and in Yangkun-kun and Pochon-kun of Kyongki Province the earliest righteous army resistance started. The tradition continuted when the leaders of Kiho Hunghak'hoi in Kwangju and other places actively participated in the National Fund Raising Movement by advocation nationalism to regain the independence.

According to the reports of Korea Daily News(Thehan Meilshinbo) and Capital Gazette(Hwangsongshin'mun) concerning the funds raising, Yangkun-kun raised funds most and Kwnagju-kun, Yangju-kun, and

Pungdok-kun followed. Local funds raising activities and participation reflected strong collective manners while schools, business firms and religious institutions became the centers for the movement. Newspapers also participated in this nationwide movement. *Korea Daily News and Capital Gazette* reported the lists of donators with amount daily. According to the lists, people in Kyongki Province most actively participated in this movement. Women in Kyongki Province also played active role by organized activities compared to other areas. The organizations such as Kuk'mi Chuksong'hoi in Inchon, Funds Raising Office in Komdan-myon, Kimpo-kun, Funds Raising Office for Women in Chang'to-dong, Ansong and Pu'in Uisong'hoi in Namyang-kun were good example for the organized activities of women in Kyongki Province of the funds raising. The founders of Pu'in Uisong'hoi were the enlightened and modernized women who became the active participants for the funds raising movement and also organized Education Association for Women to provide modern education for women in this area.

The National Funds Raising Movement was launched to repay 13million won to Japan to stop Japanese economic exploitation and to preserve Korea's national independence in 1907. Therefore it was one of the most important patriotic enlightenment movement in Korean history. Also, this movement was the popular movement to display Korean patriotism regardless the social and economic differences. Especially, participation of women in the funds raising movement was significant for the expansion of women's rights in general because traditionally they were not allowed to play important role in the society. The movement failed because of the strong reactions from the Japanese authority; however, it was one of the most significant nationalistic movement to demonstrate Korean people's patriotism in and out of the country.

日帝의 間島 金融政策에 관한 연구

― 1910년대 間島救濟會[1]를 중심으로

金 周 溶*

<목 차>

Ⅰ. 머리말   Ⅲ. 間島救濟會의 활동과 성격
Ⅱ. 합병 전후 간도의 금융상황   1) 설립경위
  1) 한인의 금융상황   2) '구제'와 수탈
  2) 일제의 금융기관 설립 추이   Ⅳ. 맺음말

Ⅰ. 머리말

　식민지 경제정책의 특징은 본국의 자본주의적 경제체제를 식민지의 비자본주의 환경에 이식하여 이를 통해 수탈하는 데에 있다. 이러한 기조 하에 일제는 대륙진출과 러시아세력의 견제 요충지로서 만주경영을 본격적으로 모색하였다. 이러한 움직임의 첫 계획이 남만주철도주식회사의 설립이었다. 일제는 이를 통해 旅順·大連을 중심으로 남만주에서 독점적 지위를 확립하고자 하였다. 특히 그 부속지를 중심으로 자본제

---

*동국대 강사

1) 1911년 설립 당시의 명칭은 龍井村救濟會였으나 1918년 東洋拓植株式會社가 업무를 인계하면서 間島救濟會로 바뀌게 되었다. 본고에서는 편의상 '간도구제회'로 통칭한다.

적 상품을 공급하여 엔화통용권 형성에 주력하였다. 곧 일본제국주의 식민지 경제 지배의 한 축인 철도를 이용하여 토지·금융지배를 효율적으로 수행하였다.

한편 일제는 1907년 명목상 '이주한인의 보호'를 목적으로 한 통감부 간도파출소를 설립하였다. 간도파출소의 설치배경은 열강의 간섭을 배제하고 이주한인에 대한 효율적 통제·회유를 함으로써 만주에서 일제의 특수지위를 공고히 하는 첨병역할을 수행하기 위한 것이었다. 그러한 일환으로 지리적으로 인접한 러시아의 무역 및 일본화폐의 통용권 확대 등 현지답사를 통한 대륙침략의 효율적인 방안을 강구하였다. 또한 일제는 러시아와 지리적으로 인접한 간도에 특수 금융기관인 간도구제회를 설치하여 '이주한인의 열악한 경제상황'을 타개한다는 취지로 금융활동을 전개하였다. 이른바 '구제'라는 표면적 이유를 내세워 공적자본을 투여하여 사적자본을 종속하고자 하였다.

종래 일제의 만주경제 지배정책에 대한 연구는 이주한인의 경제적 토대인 토지문제를 중심으로 진행되었다.[1] 또한 일제의 재만한인 회유책으로써 금융정책의 성격을 규정한 연구,[2] 일제가 구제회의 사업을 실시함으로써 실질적으로 한인의 경제력 향상을 초래하였다는 점에 주목한 연구,[3] 그리고 일제의 자본침투 속에서 이주한인의 상공업 발전을

---

1) 孫春日, 『日帝의 在滿韓人에 대한 土地政策研究』(한국정신문화연구원 박사학위논문, 1998).
   金春善, 『'北間島'韓人社會形成研究』(국민대 박사학위논문, 1998). 한편 波形昭一은 일본제국주의 성립과 금융독점자본주의의 확립이라는 同軌的 측면을 비판하는 시각으로 일본제국주의 성격을 규명하면서 지역적으로는 南滿洲에 치중하였다(『日本植民地金融政策研究』, 早稻田大學校出版部, 1985).
2) 申奎燮, 「日本の間島政策と朝鮮人社會-1920年代前まての懷柔政策を中心して-」,(『朝鮮史研究會論文集』31, 1993).
3) 鶴嶋雪嶺은 일제측 자료를 자의적으로 해석하여 구제회의 사업실태와 효과를 이주한인 경제력향상과 연결하여 논지를 전개하였다. 이는 구제회 사업의 한인경제에 대한 폐해를 도외시한 무리한 견해이다(『中國朝鮮族研究』, 關西大學

규명한 연구가 있다.4) 그러나 엔화통화권의 확대뿐만 아니라 일본의 상권 확대와 한인사회에 대한 경제적 수탈(토지수탈) 및 통제와 관련하여 식민지 금융정책의 특질을 규명한 연구는 미흡한 실정이다.

본고에서는 특수 금융기관인 간도구제회의 사업실태, 즉 여신의 집중을 통한 토지수탈을 분석함으로써 일제의 만주금융정책의 목적과 성격을 서술하고 나아가 한인사회 상황을 규명하고자 한다. 간도구제회를 주제로 설정한 것은 일제가 만주지역에서 러시아·중국과 세력권 우위 경쟁 속에서 보다 확고한 독점적 지위를 차지하기 위한 對韓人 금융정책 사례였다는 점에 주목하였기 때문이다. 또한 간도협약 이후 끊이지 않는 중·일 분쟁에서 '보이지 않는 힘'으로 식민지 하부토대를 견고히 하려 했음과 '간도'라는 특수권역을 중심으로 북만주까지 그 세력권을 확장하려 했음을 밝히고자 하였다. 본고의 내용은 첫째 후발자본주의 국가인 일제의 본격적 만주금융기관 설립추이(추진기)에 주목하였으며, 둘째 '구제회'의 기능과 성격을 분석함으로써 엔화의 경쟁력 강화와 이른바 '구제'의 이름으로 포장된 식민지 금융정책으로 파생된 한인사회의 파탄상을 규명하고자 하였다. 이러한 과정 속에서 일제의 간도한인 구제금융정책의 본질을 이해할 수 있을 것이다.

Ⅱ. 합병 전후 간도의 금융상황

1) 한인의 금융상황

1904년 8월 일제는 한국과 제1차 한일협약을 체결하여 '고문정치'를 단행하였다. 이 때 경제고문으로 目賀田種太郎5)이 부임하였으며, 조선

出版部, 1997, 198~201쪽).

4) 李輝, 「試論解放前中國朝鮮族民族工業狀況」(연변대학 석사학위논문, 1996).

5) 目賀田은 부임하자마자 龍山典圜局을 시찰하고, 한국화폐제도의 혼란이 전환

을 식민지 자본주의 체제에 적합한 금융체제로 전환시키고자 하였다. 그 첫번째 작업이 화폐개혁의 단행이었다.[6] 目賀田은 당시 통용되던 구한국화폐인 白銅貨의 가치를 평가절하 시키고[7] 나아가 한국의 자본흐름을 원활하게 한다는 명목하에 조선의 전통적 신용금융 거래수단인 어음을 폐지하려고 하였다. 즉 일제는 화폐개혁의 정당성을 주장하면서 한국화폐의 문란 원인을 보조화폐의 남발에서 비롯되었다고 인식하였다.[8] 이러한 폐단을 제거하기 위한 작업이 제일은행권의 발행이었다. 이러한 일련의 조치에 대하여 정부의 대응은 지극히 소극적이었으며 국민은 정부의 정책에 대하여 신뢰하지 않았다.[9] 특히 화폐개혁은 종래 한국인의 상거래를 위축시켰으며 금융공황을 야기하였다.[10] 이에 대해 정부는 각 지역 상민들의 금융혼란 상황을 해소하기 위해 皇室의 內帑金 30만원을 대부하는 등의 정책을 시행하였지만 재정고문 및 일본정부의 강제적 금융정책으로 별다른 효과를 거두지 못하였다.[11] 또한 정부

국에서 야기되었다고 주장하면서 용산전환국을 폐지하였다. 따라서 대한제국은 자체적으로 화폐를 주조·발행하지 못하였다. 재정고문 目賀田의 對韓경제침략 정책과정에 대해서는 황하현, 「目賀田種太郎의 대한 경제공세에 대한 식민지적 재정지배구조의 형성을 중심으로-」(『日帝의 對韓侵略政策史研 究』, 현음사, 1996 참조).

6) 일제는 1905년 한국정부와 화폐 정리사무 및 국고취급계약을 체결하여 第一銀行으로 하여금 그 업무를 담당·위탁케 하였으며, 그 발행권의 무제한 통용을 공인하여 중앙은행의 성격을 부여하였다(靑柳綱太郎, 『朝鮮統治論』, 朝鮮硏究會, 1923, 369쪽). 그리고 모든 업무를 일제의 외무·大藏대신에게 속하게 하였으며 통감부 관제 재정에 따라 그 업무의 감독을 받게 하였다(第一銀行 編, 『韓國ニ於ケル第一銀行』, 1909, 30·261~262쪽).

7) 교환비율은 舊貨銀 10兩에 新貨 金 1圜이었다(『奏本』 제87책, 請議書 제6호: 『奏本』 8, 서울대 奎章閣, 1998, 11쪽).

8) 『明治大正財政史』 권 18(財政經濟學會, 1939), 113쪽.

9) 화폐개혁안 상정시 각의 회의에서 대신들의 반수 이상이 회의에 불참하였으며, 정부의 이러한 불성실한 태도가 국민의 불신을 야기한 원인 중의 하나였다(『奏本』 제88책: 『奏本』 8, 66~69쪽).

10) 秋田豊, 『朝鮮金融組合史』(朝鮮金融組合協會, 1929), 11쪽. 윤석범 외, 『한국 근대금융사연구』(세경사, 1996), 82~88쪽.

는 화폐교환의 순조로운 진행만을 강조하면서도 금융혼란의 근본해결책을 제시하지 못하였다.12)

국내의 혼란스러운 금융상황 속에서 일제는 小農을 위한다는 명목으로 자본의 신축적 이동을 꾀하기 위해 1908년 금융조합을 설립하였다.13) 그러나 각 지방의 금융조합 설치는 일제가 한국의 전통적 금융거래를 폐기시키고 중앙에서 직접 통제할 수 있는 기틀을 마련하는 데 불과하였다. 또한 일제는 한국정부를 위협하여 일본 興業銀行에서 외국에 발행하고 있던 興業債券의 모집금을 차입하게 하여 한국의 금융예속을 더욱 심화시켰다.14)

한편 일제는 만주경영의 선결과제로 관동주 및 만철부속지의 권리확장을 추진하는 동시에 이주한인이 다수 거주하고 있던 간도지방을 일제의 자본제적 물품과 만주의 원료를 교환하는 시장으로 인식하고 이 지역에 대한 집중적 투자를 전개하였다. 따라서 일제는 1907년 統監府臨時間島派出所를 설치하여 이주한인의 경제력을 장악하고 나아가 대륙진출의 교두보를 마련하고자 하였다. 그러나 정부는 이주한인의 경제구제를 실행하지 못하였음은 물론 오히려 임시예산을 편성하여 통감부간도파출소 직원의 봉급을 지급하는 등 무리한 지출을 하였다.15)

통감부 시기 만주(간도)에서의 근대적 금융기관은 전무한 상태였다. 또한 이 시기 이주민의 경제상태는 매우 궁핍하였다. 기존 만주의 농산

---

11) 金正明, 『日韓外交史料』(保護及併合) 8, (原書房, 1980), 147쪽.

12) 『奏本』 제94책 ; 『奏本』 8, 381쪽.

13) 秋田豊, 앞의 책.

14) 이 계약은 한국정부에게는 상당히 불리한 것이었다. 즉 화폐개혁이 진행되고 있는 가운데 일제는 한국정부에게 일본제국의 통화로서 원리금의 납입을 강요하였으며 이를 일본 대장성에 예치하였다. 당시의 차입금은 17,963,920원이며, 이자는 연 6分 5厘이다(『奏本』 제45책; 『奏本』 13, 1997, 38~41쪽).

15) 탁지부에서 간도 임시교부금 명목으로 4,900원의 예비금을 지출하였다. 또한 獸醫 배치명목으로도 3천여 원을 예비금으로 지출하였다(『奏本』 13, 208~210).

물은 밭농사 중심의 高粱과 大豆였지만 이후 이주한인의 수전농법이 보급되면서 경작방법 및 재배작물의 종류도 다양해졌다. 그러나 당시 이주한인의 농업자본력은 중국인에 비해 규모면에서 매우 작았다. 그리고 농업자본을 유용한 경우가 매우 적었고 貸借期限도 일반적으로 단기로서, 한인은 수확물을 바로 시장에 방매하여 자금을 획득하였기 때문에 공정한 가격을 보장받을 수 없었다.16) 특히 한인은 노동투입량에 비해 그 수입 정도는 매우 낮아 자금축적이 용이하지 않았다. 이주韓農은 대부분 中農 이하의 생활을 영위하였기 때문에 자금의 축적은 주로 契를 통해서 이루어졌다.17) 그러나 계와 같은 조선의 전통적 자금축적 방식 또한 중국인 지주의 착취 등으로 제 기능을 발휘하지 못하였다. 이주한인 소작농으로서 경작기에 이르면 이미 식량이 소진된 자가 많으며 그들은 주로 그 원료를 중국인 지주에게서 구하고 있는데 중국인 지주는 高利의 양곡을 대부하여 가을에 粟1石에 대하여 1석 5두를 회수하는 등 그 형태가 거의 착취에 가까운 것이었다.

한편 상부지에서 한인 상인은 거래시 현금지불 보다 외상거래가 많아 자금회전이 원활하지 않기 때문에 자금압박을 받고 있었다. 이에 한인 상인들은 저당권을 설정받고 淸商에게 자금을 차입하였는데 기한 내에 상환하지 못했을 때에는 채권자에게 그 권리가 이전되었다. 왜냐하면 차입금은 월 3분 이상의 고율 이자였기 때문에 변제능력을 상실하여 담보물의 권리를 이전하게 된 것이다. 또한 보증인제도로 인하여 채무자의 채무 불이행시에는 모든 채무는 보증인이 처리할 수밖에 없어 동

---

16) 統監府臨時間島派出所殘務整理所, 『間嶋産業調査書』 1편 산업조사서, 1910, 68쪽.

17) 近藤三雄, 「間島地方に於ける鮮農經濟事情」(『滿鐵調査月報』 제11권 9호, 1931), 78쪽. 일제는, 契에는 일반계원의 감시 기능만이 존재하며 그외의 감독 기관이 없어 그 관리상 무책임하게 흐를 소지가 있다고 판단하였으며, 契를 금융정책의 시행을 가로막고 나아가 조선경제에 큰 해악을 끼친다고 인식하였다(秋田豊, 『朝鮮金融組合史』, 64쪽).

반 몰락을 겪는 경우가 종종 있었다.[18] 이와 같은 폐단을 줄이기 위하여 상부지의 이주한인들은 商務拓殖契를 조직하여 일정한 상업 자금을 축적하고 나아가 상거래시 필요한 자금을 융통해 주기도 하였다.[19]

2) 일제의 금융기관 설립 추이

일제는 본국의 자본축적에 필요한 상품·원료공급지로서 만주에 대한 적극적인 경제정책을 전개하였다. 즉 만주경영에 필요한 상설, 또는 비상설 기관을 설치하여 자국의 통상무역 증대와 이권획득에 역점을 두고 있었다.[20] 당시 일제는 만주지역의 광산[21] 및 목재 가공에 관심을 갖고 있었다.[22] 백두산에서 哈爾巴領을 경유하는 지역, 嘎呀河 상류의 牧丹領 삼림, 琿春河 상류의 삼림 지역이 널리 분포되어 있었기 때문에 일제는 각 산림지역에 철도를 부설하여 벌채한 목재를 운송하였으며 운송이 곤란한 지역에는 직접 목재공장[23]을 설치하여 산림채취의 효율을 향상시켰다.[24] 이처럼 일제의 지속적인 대륙투자에 따라 그 무역량은 상당히 증가하였으며 특히 북간도 지역의 혼춘, 용정과 같은 상권을 중심으로 증대되었다.[25]

일제의 對滿무역액은 중국세관의 발표에 의하면 1909년 1억4천6백만 냥에 이르렀으며, 1910년에는 1억5천9백 여 만냥에 달하여 1년 사이 약 10%정도 증가하였다.[26] 이와 같이 만주에서의 일제의 무역량이 증가하

---

18) 『間嶋産業調査書』 제3편, 41~42쪽.

19) 위의 책, 31쪽.

20) 外務省, 『日本外交年表竝主要文書』 上(原書房, 1976), 356쪽.

21) 유광열, 『間島小史』, 60쪽.

22) 朝鮮雜誌社編, 『新朝鮮新滿洲』(朝鮮雜誌社, 1913), 537~541쪽.

23) 1903년 義盛公社의 설립 후 일제는 철도목재 등을 가공하여 대륙진출에 필요한 자원을 조달하였다(朝鮮雜誌社編, 위의 책, 593쪽).

24) 牛丸潤亮, 『最近間嶋事情』(朝鮮及朝鮮人出版社, 1927), 324~327쪽.

25) 위의 책, 613~615쪽.

26) 朝鮮雜誌社, 앞의 책, 594쪽.

222

게 된 원인은 南滿洲鐵道株式會社의 지속적인 철도부설과 이에 따른 상
권형성에 있었다. 특히 남만주의 大連·牛莊, 북만주의 綏芬河·滿洲
里·하얼빈·혼춘·용정을 중심으로 무역거래량은 현저하게 증가하였
다.27) 더욱이 1912년부터 만주의 수입액이 크게 증가하게 된다. 이는
이주민의 증가와 일본의 자본제적 상품이 1차 산업보다 비교우위에 있
음을 단적으로 반영하는 것이다. 즉 수입액의 급속한 증가는 만주 상권
의 예속화와 일제의 경제적 세력권 구축의 공고화를 의미한다. 1911년
용정의 예를 들면 수출액은 19,496냥인 데 비해 수입액은 127,290냥에
달하고 있어 무역역조는 약 6.5배였음을 알 수 있으며,28) 특히 1912년
길림철도의 개통 이후 수입품의 증가는 두드러지게 나타났다. 일제의
對滿 무역거래에서의 수출초과 현상이 지속됨에 따라 그들로서는 발행
권의 통용뿐만 아니라 대외채무의 탕감을 추진할 수 있는 좋은 기회를
갖게 되었다.29) 따라서 일제는 급증하는 무역량과 자국상품의 판매대금
및 지불수단인 화폐의 통일을 꾀하기 위해 局子街 및 琿春지역에 금융
기관의 설치를 추진함으로써30) 보다 원활한 무역거래를 도모하였다. 또
한 영국·미국을 비롯한 열강은 그들의 외교방침상 만주에서의 자국 상
업발전에 역점을 두고 있었으며, 특히 영국은 중국에 대하여 화폐통일
의 시행을 강력히 권고하였다.31)

　곧 일제의 경제침략은 원료의 취급에 치중하였지만 본래의 목적은
일본상품의 자유로운 매매를 활성화시키기 위한 円貨의 불럭화였다.
1910년 전후 만주(간도)에서의 통화는 일본은행 兌換券과 제일은행 발
행권, 한국통화(白銅貨), 러시아의 지폐 및 은동화, 청국통화 특히 吉林

---

27)『日本外交文書』권 44, 2책, 46쪽·65~66쪽.
28)　朝鮮雜誌社, 앞의 책, 614쪽 및 永井勝三,『會寧及間島事情』(會寧印刷所,
　　　1923), 210쪽.
29) 朝鮮銀行,『鮮滿經濟五年志』(1915), 15쪽.
30) 朝鮮銀行羅南出張所,『間島及琿春地方經濟狀況』(1913), 53쪽.
31)『日本外務省文書』, Reel 38(MT 12110), 英國商業聯合會ノ決議ニ關スル件.

永衡官帖[32]등의 화폐였다.[33] 특히 간도지역의 수입품 가운데 주로 의류 계통은 大阪을 비롯한 일본 등지에서 수입하였기 때문에 일제로서는 지불수단의 효율성을 기하기 위해 자국의 금융기관을 설치해야만 하였다. 즉 만주의 통화는 本位制의 기준에서 볼 때 금·은·동 3계통으로 통일되지 않았기 때문에 중국과의 경제적 교역을 위해서도 금융기관의 정비개선이 필요하였던 것이다.[34] 각 통화의 불일치는 통화간의 번거로운 교환을 초래하였으며 자본주의적 상품거래에 지장을 가져왔다. 당시 각국의 통화는 약간의 변동은 있지만 일본은행권[35] 1円에 대해 청국 관첩 1吊 5백文(1909.5), 러시아화폐 1루블에 대하여 3吊6백 文으로 교환되었으며 일화 1전은 韓 엽전 6개에 상당하였다. 이와 같은 교환율은 시기적으로 변동을 보이고 있으며 1차세계대전 이후 루블화의 가치하락으로 불환지폐가 되면서 사설 환전소 등이 등장하기도 하였다.[36]

한편 당시 만주 특히 간도에서의 근대적 금융기관이 전무한 상태에서 금융업무를 담당하였던 것은 간도우체국이었다.[37] 간도우체국은

---

32) 吉林官帖은 吉林衡館 銀錢號에서 발행하였던 不換지폐이며 7종이 있었다. 관첩과 銀元의 公定上場은 처음에는 은원 1원에 2吊2白文이었다. 이 길림관첩은 종래 길림성 도처에서 일반적 통화로서 유통되었지만 대량으로 발행되어 가치의 하락을 초래하였으며 하얼빈·長春 등에서는 하얼빈 대양호의 통화가 유통되었다(滿洲事情案內所編, 『滿洲事情』(中), 滿洲事情案內所, 1934, 8쪽).

33) 『間嶋産業調査書』, 제3편 상업조사서, 26~27쪽.

34) 『日本外務省文書』 Reel 23(MT12277), 「日支親善ト日支經濟的提携ニ關スル 方策施設概要」.

35) 원칙적으로 일본은행권은 일본 내에서만 통용이 가능하였으나 육해군성·관동도독부 등의 지출 및 일본인 여행객의 휴대금의 증가로 만주에서의 통용량이 증가하였다. 1913년 만주에서 법화로 인정되어 正金銀行에서 兌換券이 발행되었다. 조선은행권은 일본은행권과 같이 취급되었으며 1917년 만주에서 正金은행 업무를 인계하였다. 이 은행권은 일본 내에서 사용할 때는 반드시 환전해야만 하였다(水田直昌, 『財政金融から見た朝鮮統治とその終局』, 朝鮮總督府關係重要文書纂集(3), 47~48쪽).

36) 『朝鮮總督府調査月報』 제5권 제1호, 1915.

1907년 9월 용정에 설치된 이후 1910년 8월 국자가 영사분관에 그 분국
이 설치된 이후 본격적인 업무를 추진하였다. 특히 會寧·淸津 등과 거
래하는 일본·조선 상인의 대부분은 爲替업무를 하기 위하여 우체국을
이용하였다. 즉 간도우체국은 우편·전신업무가 주요업무였지만, 금융대
행업무도 담당하였다. 1910년~1913년 간도우체국의 영업상황을 보면
다음과 같다.

<표-1>　　　　　　간도우체국 영업상황(단위:圓)

	1910	1911	1912	1913
龍井	218,725	276,146	303,799	523,947
局子街	39,780	120,465	205,563	300,316
합 계	258,505	396,611	509,362	824,263

* 金正柱, 『朝鮮統治史料』 9, 851쪽.

일제는 재만 한인자본의 착취를 통해 만주에서 일본자본의 축적을
꾀하였으며, 나아가 대륙진출을 위한 경제적 기반을 확보하기 위하여
근대적인 금융기관을 설립하고자 하였다. 1909년 3월 일본제국의회에서
는 '만주에서의 금융기관 설립'이란 건의안이 제출되었다. 그 구체적인
내용은 다음과 같다.

　　만주에 있어서 우리 상공업이 금융핍박 때문에 대단히 비참한 지
　경에 있다. 이는 금융기관의 不備의 결과이다. 현재(1909) 橫濱正金
　銀行이 있지만 이와 같은 상업은행으로서는 도저히 만주경영상의 목
　적을 관철할수 없다. … 요컨대 만주경영은 공업으로서 그 본위를
　삼아야 하는데 이는 농업은 토지의 형세 및 청국인과의 관계에 비추

---

37) 『間嶋産業調査書』, 제3편 상업조사서 29쪽. 『統監府文書』 2, 國史編纂委員會,
　　1998, 328·357쪽. 식민지 시기 만주지역에서 우체국의 기능과 활동에 대하
　　여 본격적인 연구가 이루어져야 할 것이다.

어 도저히 발전을 바랄 수 없다. 상공업 역시 청국인과 경쟁을 하게
됨에 일본인에 불이익이 있다. 적어도 만주의 사정에 통달하고 있는
자는 이를 잘 알 것이며 청국인이 도저히 미치지 못하는 기계력에
기초하여 만주를 경영해야 한다. … 이와 같이 유망한 사업이 많이
있기 때문에 이들 사업을 위해서는 일대 금융기관이라고 할 수 있는
특수한 은행을 설립하여 애로사항을 해소하고 … 이에 만주경영의
기초를 확립할 수 있다.[38]

위와 같이 일제는 만주에서 자국의 경제적 경쟁력을 강화하기 위한
수단으로 橫濱銀行의 설립과 함께 나아가 法貨를 발행할 수 있는 은행
설립을 추진하였다. 발행권 은행 설립은 만주경영에 필요한 재원을 조
달하기 위한 중요한 사안이었으며 특히 중국 측이 吉林永衡官帖局에서
동만지역의 금융권을 장악하고 있었기 때문에 중국인과의 경쟁에서 우
위를 확보하고 증가하는 무역량에 따른 통화의 통일을 위한 발행권 은
행설립의 필요성이 높아졌다.[39] 즉 민간사업의 활동을 유도하여 서구열
강세력이 미약한 만주에서의 경제적 입지 강화를 꾀하고 나아가 만주무
역에서 독점적 우위를 확보하기 위하여 금융기관의 진출·설립을 적극
추진하였다. 이와 같이 일제는 보다 적극적인 방법으로 금융기관의 설
치를 실행하였다. 1908년 당시 간도에 일본인 거주자가 113명에 불과하
였지만 그들 대부분은 현금거래가 용이한 상업 등에 종사하였기 때문에
일제는 금융기관을 신속히 설치하고자 하였다.[40]

---

38) 『帝國議會衆議院議事速記錄』 권 2(영인본:태산), 1992, 126쪽.
39) 『日本外交文書』 권 44, 2책, 48쪽.
40) 高麗大亞細亞問題硏究所, 『舊韓國外交文書』(間島案), 1976, 255~256쪽. 1910년
   간도에서의 일본상점은 주로 잡화·면직물을 취급하였으며, 규모도 자본금 10
   만원 정도의 巨商이었다(南滿洲鐵道株式會社, 『間島事情』, 1917, 53~54쪽).

Ⅲ. 間島救濟會의 활동과 성격

1) 설립경위

조선총독부는 만주를 생명선으로 간주하여 이 지역에 대한 개발의 진로를 방해하는 이주한인의 경제적 궁핍을 해소하고자 하였다. 이러한 정책 기조 하에서 이주 韓農에게 低利의 자금을 융통하여 한인 지위 향상에 노력한다는 방침을 정하였다.[41] 이는 일제가 만주와 조선의 초기 식민지 경제정책을 수행하기 위하여 필수적인 작업이었다. 이러한 가운데 1911년 5월 간도 용정촌에서 대화재[42]가 발생하였고, 일제는 재류한인을 보호한다는 명목으로 龍井村救濟會를 설립하여 피해 한인에게 자금을 대부하려 하였다.[43] 당시 피해조선인은 자금조달을 위해 중국 측에 토지를 매각하였고,[44] 일제는 이러한 현상의 확대를 우려하였다. 이는곧 商埠地 내 조선인의 세력축소를 의미하고 나아가 중국 측의 세력 신장을 야기할 수 있기 때문에 상부지에서 일본의 세력이 약화되는 것을 방지하기 위해 신속한 구제회의 설치를 단행한 것이다.[45] 또한 일제는 구제회 설치를 간도지역의 발달을 촉진하는 중요한 계기로 삼고자 했음을 선전하였다.[46]

---

41) 安井誠一郎,「滿洲における朝鮮人問題」(『社會事業講習講演錄』, 朝鮮總督府社會事業課, 1934), 480~482쪽.

42) 일제의 한 조사에 의하면, 대화재는 1911년 5월 9일 오후 1시 반경 용정촌 중앙의 청국인 가옥에서 발화하였고, 이로 인한 전체 가옥의 70% 정도가 소실되었으며 가옥피해는 조선인 가옥 140개, 일본인 가옥 40여 개, 청국인 가옥 20개이며 인명피해는 조선인 사상자 2명이며 계속 증가하고 있다고 한다(外務省警察史,『間島地域韓國民族鬪爭史』권 1, 고려서림(복각판), 1989, 321쪽)

43)『間島關係』(開放及調査) 권 1, 142쪽.

44) 위의 책, 151~152쪽.

45) 신규섭, 앞의 글, 166쪽. 한인 가운데 이미 청인 지주에게 토지를 담보로 자금을 대부받을 경우에는 주로 고율의 이자를 부담해야 하기 때문에 일제는 이 기회를 이용하여 청인지주 보다 저리의 자금 대출을 단행하여 재만 한인의 경제력을 장악하고자 하였다.

　　따라서 일제는 '평화적 수단'으로서 경제적 이익을 신장시키고 나아가 자국의 기업발전과 통상 확장 및 다수의 거류민 증식을 도모하기 위해47) 만주 각지에 개방지를 확장하여 日貨배격운동48)의 확산을 미연에 방지하고 금융권의 재편을 시도하였다. 일제가 금융경제권의 확장을 시도한 것은 만주와 몽고라는 大지역을 획득하기 위해 많은 군사적 경비를 소요하고 있을 뿐만 아니라 러시아·중국에 대한 경계 및 진출에 대한 독자성을 유지하기 위해서도 현지 재정의 확충이 필수적이었기 때문이다. 곧 일제의 이른바 '평화적 수단'은 경제적 이권신장을 도모하기 위한 통화의 엔화권 형성이었던 것이다. 또한 일본 상품의 거래 때 발생하는 화폐교환의 번거로움을 해결하고자 爲替 등을 주된 업무로 하는 금융기관의 설립이 절실하였다.49)

　　간도에 대출업무를 담당하는 금융기관이 설치되지 않은 상황 속에서50) 조선총독부는 한인구제의 명목으로 청국인에 의한 경제적 토대의 집적방지와 일본 세력의 扶植化라는 두 가지 목적을 이루기 위해 구제회를 활용하고자 하였다.51) 또한 구제회의 조직적이며 대규모의 구제사업은 중국 개별 지주의 한인에 대한 경제 장악력에 비해 상대적 효율성을 띠게 되었다.52)

---

46) 滿鐵, 『間島事情』, 73쪽.

47) 『日本外交年表竝主要文書』 上, 371~372쪽.

48) 위의 책, 370쪽. 朴永錫, 日本帝國主義下 在滿韓人의 法的地位에 관한 諸問題」(『민족운동사연구』 11, 1995), 42쪽. 일화배격운동에 대해 일제는 중국에서 통상무역뿐만 아니라 官民의 시설경영에 영향을 주고 대중국 경제 활동에 최대의 타격을 끼칠 것이라고 판단하였다.

49) 滿鐵, 앞의 책, 75쪽. 波形昭一, 앞의 책, 393쪽.

50) 만주의 금융기관으로는 이전부터 票莊·錢莊·銀爐·錢舖·當舖 등이 있었으며, 錢莊의 경우 독자적으로 화폐를 발행하기도 하였다(南滿洲鐵道株式會社庶務部調査課, 『滿洲に於ける通貨及金融の槪要』, 同會社, 1928, 46쪽).

51) 『間島關係』 1, 143쪽.

52) 이와 관련하여 중국측에서는 구제회에 대항하기 위해서 이른바 公濟會를 조직하여 대출업무를 담당케 하였다(滿鐵, 앞의 책, 73쪽; 『間島關係』 권 1,

228

한편 만주에 진출한 일본측은행과 그 지점은 1912년에 18개였다.[53] 그러나 이들 은행은 대부분 부동산 담보은행이며 爲替은행으로서는 규모가 작았다. 그리고 이 가운데 한인의 금융과 직접 관계가 있는 것은 조선은행 만주지점에 불과하였다. 따라서 일제는 구제회를 통하여 엔화의 유통을 촉진하고 일본인의 경제력을 강화하여 본국의 일본인 실업가를 초빙, 지역적으로 인접한 러시아와의 무역에도 적극 활용하였다.[54] 구제회 설립 전후 금융기관의 현황을 살펴보면 다음과 같다.

<표-2>　　　　　韓人日人 경영금융기관(1914)

	共成貯金會社	貿易興業株式會社	廣東會社	龍井村共同貯金組合
설립년월	1911. 12	1910. 9	1911. 1	1913. 11
회원종류	한인 기독교인	한인 천주, 기독교인	천주교, 기독교인	일본 상인, 한인
회원총수	150명	130여명	63명	30명
출자방법	회원 1인 금10전 만 3년간 출자	회원 1인 금10전 만 3년간 출자	좌동	月掛(1원 이상),日掛(30전 이상 출자)
집합	월 1회	월 1회	좌동	일정 기일 정함
대부이자 및 기한	월 3분, 3개월	월 3분, 4개월	월 3분, 6개월	영리목적: 월 2분 5리, 신용대부:월 2분, 조합원외 신용대부:월 3분
대출방법 및 활동	50원 이내는 신용있자의 보증, 50원 이상은 담보물 제공	좌동	좌동	신용(조합원의 저축장려, 자금공급)
자금총액	1,600여 원	1,400여 원	500여 원	4백원
발기인	金義重	金一龍	梁泰元	靑木英三

*金正柱,『朝鮮統治史料』권 9, 866~869쪽. 涌鐵,『間島事情』, 73~75쪽.

272쪽).

53) 滿鐵, 위의 책, 56쪽.

54)『日本外務省文書』Reel 12(MT 11262), 極東露領卜北滿洲卜二關スル川上總領事ノ政策上ノ意見書. 일제는 북만주와 露領과의 지역적 밀접성으로 인한 러시아세력의 공고화와 그에 따라 남만주에서의 일본의 지위에도 상당한 영향을 미칠 것이라는 점을 우려하였다. 특히 동만지역에서 일본세력의 확장은 러시아에 대한 제휴 및 세력제거라는 두 가지 측면에서 중요시되었다.

위의 무역흥업주식회사는 1917년 9월에 주식회사로 출자 전환하고 업무의 확장을 꾀하여 간도 각지에 출장소를 마련하였으며, 자본금 10만원으로 주로 조선과 간도 생활품의 매매 및 중요 수출입품의 판매업을 담당하였다.55) 위 금융기관의 특징은 당시 대출시에 일반적으로 행하였던 담보대출을 주된 방법으로 삼고 있다는 것이다. 또한 이자 역시 월 3분의 고율이며, 자본금 총액은 매우 영세한 형편이다. 이는 당시 간도에 근대적 금융기관이 거의 없기 때문에 대출방법 및 이자의 성격이 고리대적인 측면이 강하게 나타난 것이다.

이러한 상황 속에서 구제회는 가시적으로 '조선인 구제'를 슬로건으로 내세우면서 실질적으로는 토지매수 및 일본 상품권 형성을 통하여 일본세력의 확장을 시도하였다.56) 즉 일제는 日人과 한인의 가옥피해 구호를 내세웠으나 실질적으로 당시 간도지역의 금융상황이 매우 불리하다고 판단하였기 때문이다. 이는 길림영형관첩국에서 실질적으로 그 지역의 대부업무를 담당하고 있었기 때문에 일본자본의 투여를 통하여 토착자본의 잠식과 한인 경제력의 장악을 시도한 것이다.57) 금융기관이 전무하여 當地에서의 토지 처분, 자금조달이 용이하지 않았기 때문에 간도구제회를 설치하여 원활한 구제사업을 전개한다는 것이 일제측의 명목상 목적이었다.58)

한편 일제는 1915년 소위 '滿蒙條約'의 체결 이후 만주에서 보다 유리한 특권적 지위를 확보하고 商埠地뿐만 아니라 잡거지의 토지획득에 용이하게 접근할 수 있었다. 따라서 그 업무의 동질성으로 구제회 사업은 東洋拓植株式會社 금융부로 이임되었다.59)

---

55) 현규환, 『한국유이민사』 상, 335쪽.

56) 朝鮮銀行羅南出張所, 앞의 책, 43~45쪽.

57) 『間島關係』 권 1, 144~146쪽.

58) 위의 책, 143쪽.

59) 『日本外務省文書』 Reel 637(MT33335). 1917년 6월 일본 임시의회에서 동양 척식회사법 개정안이 상정되어 이민 및 금융업무를 만몽까지 확장할 계획을

2) 구제와 수탈

구제회에서는 가옥 피해에 대하여 토지를 저당으로 설정하고 자금을 융통하여 1차로 약 30개의 가옥을 신축하는 데 필요한 자금을 조달하였다.[60] 이 구제회 자금은 조선총독부에서 은사금의 일부로서 2만 5천원의 은사공채를 발행하여 조달한 것이다.[61] 초기 대출대상은 용정촌 상부지 내의 日鮮거주자에 한하였다.[62] 이렇듯 구제회의 주요업무는 부동산 담보대출 및 매수를 통한 자금확보에 있었다. 구제회 회칙에서 이와 관련된 내용은 다음과 같다.

> 제1조 본회는 주로 간도용정촌 및 그 부근 在住 조선인 구제를 위한 부동산 매매 대여 또는 부동산 저당으로 하여 자금의 대부를 주로 할 목적.
> 제4조 본회의 존립 기한은 발기일로부터 10년으로 한다. 단 간도주재 일본제국총영사의 인가를 받아 이를 연장할 수 있다.
> 제5조 본회의 사무소를 재간도 일본총영사관 내에 설치
> 제8조 본회는 다음과 같은 업무를 담당한다. 부동산의 매수, 회원에 대한 부동산의 양도 및 대부

입안하였다. 牛丸閏亮, 앞의 책, 259쪽.

60) 『間島關係』, 146쪽. 간도구제회에서는 설립 초기에 조선은행 羅南출장소를 이용하여 자금을 조달하였으나, 1913년 조선은행 會寧출장소가 설치된 이후 이곳에서 자금을 조달하였다.

61) 일제는 조선인의 재정상태를 고려하여 종래 5분 이자의 공채를 4분 이자로 바꾸어 빈약한 경제상태의 조선인을 구제하고 거치 후 50년 상환이라는 恩賜公債를 발행하였다. 그러나 조선에 대한 특전이라는 은사공채는 식민지 재정의 확충을 도모하기 위한 일제의 강제 공채 모집의 형식을 띠게 되었다(岡崎遠光, 『朝鮮金融及産業政策』, 同文館, 1911, 87~91쪽). 은사공채 총액은 3천만원이었으며, 구제회 설립계획에서는 약 4만원 정도를 상정하였다.

62) 滿鐵, 『間島事情』, 72쪽.

위의 회칙 중 제1·제8조는 간도구제회의 주된 업무가 조선인에 대한 구제라기 보다는 토지의 매수에 있었다는 것을 알 수 있다. 이러한 회칙의 근거로는 구제회의 지출비 가운데 토지 매입비가 차지하는 비중이 약 25% 이상을 차지하고 있다는 사실이다.[63] 또한 간도구제회가 간도총영사관 내에 설치된 임시기구였기 때문에 독자적인 사업활동을 기대하기는 어려웠을 것이다.

한편 일제는 구제자금의 지출 및 대금 회수 등 원활한 업무활동을 위해 회장 1인·회원 6인을 선출하여 평의회를 구성하였다. 즉 구제회 평의회를 구성하여 회장에는 영사관 촉탁 부속농원 주임 喜田正澄을, 평의원은 赤萩織吉[64]·林文弘·金景洙·崔甫仲·安仁洙·崔基南을 임명하였다.[65] 회장은 자금의 운용 및 회수 출납 정리를 담당하였으며, 평의원은 이를 협의하였다. 또한 대출조건은 평의회에서 심사하고 토지·가옥 등 주로 부동산을 담보로 하였으며 회수자금의 관리는 회장이 우편저금을 이용하였다.[66] 이와 같이 평의회 업무의 효율성을 제고시키기 위해 제정된 內規는 다음과 같다.[67]

1. 토지평가액은 1평 금 2원 50전을 최고 한도로써 이하 차등을 둘 것.
2. 자금대여는 평가액의 8할을 초과할 수 없다.
3. 자금대부는 1口에 금 1천원 이내로 할 것. 단 가옥·건축 등 특별한 사정이 있을 때 이를 허용.

---

63) 1911년 9월부터 3개월간 구제회는 토지매수 비용으로 3,849원을 사용하였다. 이는 대부금 10,600원을 제외하면 지출의 대부분을 차지하고 있다(『間島關係』1, 197쪽).
64) 赤萩는 이주 초기 用達商과 같이 유통업을 경영하였으며 용정 杢洋行主를 경영하면서 이주민의 증가와 함께 자본을 축적하였다(永井勝三, 『會寧及間島事情』, 會寧印刷所, 1923, 202쪽).
65) 『間島關係』1, 181~182쪽.
66) 위의 책, 162~163쪽.
67) 위의 책, 186~187쪽.

4. 건물매입 또는 擔保貸는 그 건물 소재의 토지와 합계하여 분리할 수 없다.

5. 이자는 다음과 같이 정한다(원금 5백원까지 1년 15원, 원금 500원 이상 천원까지 1년 금 13원, 원금 천원 이상 1년 금 십원).

6. 이자는 1개년 分 3회로 나누어 대출월까지 매 4개월로 납입한다. 단 납입기한을 초과하고 납부하지 않을 때는 연체이자에 대하여 금 100원 당 매월 금 1전을 步合하여 이자를 징수한다.

7. 이자의 체납 1년 이상인 자는 그 담보품을 구제회에서 수용하여 元利에 충당한다.

8. 담보에 제공된 부동산은 다른 채무의 부담 없음을 요한다.

위와 같이 구제회 내규는 명목상 한인의 구제자금 대출 취지와 부합하는 면이 있지만 연체이자의 경우 당시 통용되던 고리대와 비교하였을 때 상당한 低利에 해당된다고 볼 수 있다. 그러나 이는 당시 한인을 포섭하기 위한 '상술'과 같은 기만책으로서 실질적으로는 연체이자의 경우 복리로 계산하여 원리금을 회수하였다. 제2조의 경우 담보물의 평가액을 80%로 정하고 있으나 실질적으로는 45%선에서 대출되었다. 이와 같이 구제회에서는 오히려 광범위하고 조직적으로 대부사업이 진행되었다는 점에서 한인사회에 대한 경제적 장악력은 상대적으로 확대되었다. 즉 대부금이 연체되었을 때 채무자의 부동산 등 담보물을 강제적으로 채권자가 수용한다는 점에서는 기존 재만 한인사회에서 공공연히 행해지고 있는 금융거래와 일치하고 있다.[68] 특히 원리금 상한 기한을 1년으로 정하였으나 실질적으로는 6개월 심지어 3개월 정도의 단기 대출이 대부분이었다.

이렇듯 일제의 특수지위 확보와 다른 국가에 대한 배타적 경제활동을 유지하기 위해서도 만주 접경지역인 간도에서의 금융정책은 구제회를 통하여 빠르게 진행되었다.[69] 그러나 앞서 지적하였듯이 당시 간도

---

68) 『間嶋産業調査書』, 제3편 상업조사, 42쪽.

지역의 대부업무는 주로 길림영형관첩국 연길분국에서 관장하였기 때문
에 일제로서는 구제회를 통하여 담보대부 및 신용대부를 실시하고자 한
것이다. 이는 조선총독부의 內地延長主義에 입각하여 만주에 대한 신속
한 세력확장을 도모하는 데 그 목적이 있었다.

　다음으로 간도구제회의 1911년부터 3년간 대출상황을 표로 정리하면
다음과 같다.70)

<표-3>　　　　　　　　　　　　　대출상황

용도	영업	가옥건축·매입	부채상환	토지매입	농우·농구	기타	계
건수	90(35.7%)	30(11.9%)	57(22.6%)	35(13.9%)	20(7.9%)	20(7.9%)	252
담보	토지가옥	가옥	토지	한인	일본인		
건수	230	2	20	22	230		252

　＊『간도관계』1, 194～287쪽.

　대출상황의 특징은 다음과 같다. 첫째, 담보물의 성격이다. 구제회는
자산가치가 있는 가옥 및 토지에 대한 담보물을 설정하여 구제회 평의
회에서 심의·결정하였다. 때문에 대부분의 담보물은 한인들의 주된 경

---

69) 일제는 1910년 봉건적 만주사회를 일신한다는 명목으로 '남북만주에서 양국
　　의 특수권익을 유지'한다는 내용의 제2차 日露협약을 체결하였다. 즉 만주에
　　서 열강들의 세력을 배제하고 양국간의 충돌을 미연에 방지하여 나아가 세
　　력을 확정하여 상업을 진작시키고자 하였다(『日本外交年表竝主要文書』上,
　　332～333쪽).
70) 총 252건 가운데 일본인에 대한 대출건수는 22건이다. 대출액은 평균 약
　　200원으로 총액 4,300원이다. 한인에 대한 대출금 평균액 278원에 비하여 낮
　　은 편이나 다음을 유의할 필요가 있다. 즉 구제회 평의회 의원인 최기남, 임
　　문홍은 각각 3,800원, 5천원의 대출금을 받았다. 이는 대출금 총액의 21.4%
　　를 차지한다. 특히 최기남의 경우 대출금의 대부분을 토지매입에 사용하였
　　다. 따라서 실질적인 한인 대출금 평균은 위의 사항과 금융조합(2천원)과 같
　　은 단체대부를 제외하면 약 113원 정도이다. 이는 일본인 대출금의 50% 정
　　도에 지나지 않았으며, 구제회의 대출사업이 일본인과 친일적 인사에 집중
　　되고 있음을 알 수 있다.

제적 기반이었으며 내규에서 알 수 있듯이 연체이자 등 상환능력을 상실하였을 때 경제적 파탄은 급속하게 진행되었다. 둘째, 대출용도는 주로 상인들의 영업활동에 사용되고 있다. 상인들은 대부금을 주로 부채 탕감, 원자재 매수 등에 사용하였으며 이는 총독부가 규정한 가옥 신축 및 개축의 목적에도 위배되고 있다. 이러한 대출용도의 특성은 1915년 '滿蒙條約' 이후 일제가 만주에서 보다 유리한 법적 근거를 마련하면서 주로 농업경영상 필요한 대출이 대부분을 차지하였다.[71] 또한 평의회 의원에게 상당한 액수의 대출금을 제공하기도 하였다.[72] 셋째 이자에 관한 것으로서 당시 이자가 일반 전포·당포 등 중국인 금융업자의 고리와 비교하였을 때 한인의 경제활동에 부담이 적은 低利의 형태로 행해졌다고 볼 수 없다.[73] 초기 구제회 사업시에는 간도의 일본 식민정책의 거점인 용정을 중심으로 세력 공고화를 위해 低利의 형태를 보이고 있으나[74] 이는 '미끼'에 불과하였다. 일제의 신임을 받은 이주한인이 대출을 받고 이를 다시 다른 한인에게 재대부해 주었다. 자금이 필요한 이주한인은 일정 부분 이들에게 의존할 수밖에 없었고,[75] 따라서 일부 한인에 대한 회유에서 간도 이주한인사회에 대한 전반적인 수탈형태로 그 성격이 변모해 간다.

일제의 대출방법은 당시 이주한인의 경제력을 감안하면[76] 상환능력

---

71) 『滿鐵調査月報』 제11권 9호, 1931, 80쪽.

72) 崔基南은 통감부간도파출소 內部書記官으로 재직하였으며, 이후 상당한 재산을 모았다(『間島關係』 1, 290, 293쪽).

73) 일반적으로 금리는 일정하게 적용된 것이 아니라 정세변화에 따른 변동 금리로서 일반적으로 3分이 표준이지만 시세에 따라 5,6分에 달하기도 하였다(朝鮮銀行調査部, 『鴨綠江江岸地方經濟狀況調査報告』, 1920, 36쪽).

74) 東洋拓植株式會社, 『間島事情』(1918), 762~763쪽,

75) 『間島關係』 1, 290~291쪽.

76) 『統監府文書』 2, 往電제145호, 383쪽. 수확기에 청국관헌은 이주한인에게 납세고지서를 발급한다. 그러나 雜稅 등 과중한 세금부과로 淸韓간의 마찰이 빈번하게 발생하였으며, 이러한 마찰은 청국관헌의 물리력으로 해결되었다. 이와 같이 이주한인은 청국측에 과중한 세금을 징수당했기 때문에 경제생활

을 고려하지 않은 것이라 할 수 있다. 물론 평의회에서 대출자의 자격
에 대한 심의를 거쳤다고는 하지만 실제 대출에서는 명목상의 저리라고
선전하면서, 가옥·토지의 담보대출에 담보능력이 부실한 한인에게는
연대보증을 세우는 방법으로 대출을 받을 수 있게 하였다. 이는 한인사
회에 대한 일제의 경제력 장악과 함께 한인사회의 동반 부실화를 촉진
하였다.[77] 반면 일제는 담보물의 설정가격을 45%로 정하였기 때문에
원리금을 상환받지 못하여도 담보물을 처분하여 그보다 더한 이익을 확
보할 수 있었다.

한편 구제회는 대출과 함께 토지 등 부동산 매입을 적극적으로 추진
하였다. 일제가 '日支經營' 전략의 일환으로 통화권의 단일화를 도모함
으로써[78] 구제회의 부동산 매입은 활발하게 진행될 수밖에 없었다.[79]
일제는 만주문제를 상공업원료 및 식량수입 차원에서 파악하였기 때문
에 구제회를 통해 토지매수의 어려움을 해결하려고 하였다.[80] 앞서 언

은 매우 열악하였다.

77) 『齋藤實文書』 11, 고려서림(영인본), 60~61쪽. 구제회 시행 이전 금리는 고
　　율로서 월 4,5分간이며 최고 1할에 달하였다. 간도구제회의 활동 기간중에도
　　한인들은 중국인 지주 또는 고리대업자에게서 월 3~5분의 고리를 사용하고
　　있었다. 이는 구제회의 한인구제 목적이 명목상의 구호에 불과하였다는 것
　　을 단적으로 반증하고 있다(東洋拓植株式會社, 『間島事情』, 303쪽).

78) 중국측에서는 商務會를 통하여 통화의 혼용 상태 속에서도 중국 상품을 취
　　급할 시에는 日貨를 배격하고 오로지 중국화폐의 통용만을 인정하였다. 즉
　　兌換券의 유통으로 중국화폐의 가치하락을 방지하여 중국 상인의 무역을 보
　　호하는 형태를 취하였다. 이러한 노력으로 일본은 중국화폐의 통용을 어느
　　정도 인정하였으나 러시아 화폐의 유통은 거의 이루어지지 않았다(在間島日
　　本帝國總領事館頭道溝分館警察署, 『受持區域內及接壤地帶事情』, 1928, 39~
　　40쪽).

79) 『間島關係』 1, 192쪽.

80) 『日本外務省文書』 Reel 23(MT 11277), 滿蒙二關スル一方案. 중국측에서 商
　　埠局을 설치한 이후 局子街를 비롯한 상부지에서 토지를 적극적으로 매수
　　하였기 때문에 일제로서는 이에 대항할 제도적 장치가 필요하였던 것이다
　　(『間島關係』 1, 71~77쪽).

급하였듯이 매수가격의 설정은 실질 거래가의 **45%**선에서 진행되었으므로 일제 측으로서는 작은 혜택을 주고 막대한 이득을 취하게 된 것이다. 담보물 설정시 토지 평가액은 평당 1엔 정도였으나 이주민의 증가 등 제반 사회여건으로 실질 거래가격은 商阜地 내 1등지가 평당 19엔 정도였다. 이와 같이 담보가의 조작 방법으로 일제는 잡거지·상부지 지역의 토지를 매수하여 한인의 경제적 기반을 잠식하였다.[81] 또한 대출자 가운데 가옥을 개축하여 신 이주민에게 고가로 매각하는 경우가 발생하는 등 대출방법 상 여러 가지 폐단이 노출되기도 하였다.[82] 1911년~1913년 3년간 구제회의 영업상황을 표로 나타내면 다음과 같다.

<표-4> 구제회의 영업상황

	수 입								지 출				차액
	자 산	대부금이자	은행이자	대부료월납입금	대금반납급	대가가임차지료수입	가옥매각대금	계	토지매수비	대부금액	송금료및잡비	계	
①	25,000	32.625	8.76	186	120	11.75	0	25,359.135	2,849	10,676	100.53	13,625.53	11733.605
②	11,523.195	368.43		286	175	13	225	12,590.625	1,667.45	2,275	7.90	3,950.35	8,640.275
③									3,988			3988	
④	11,872.10	292		103	3,375	0		15,642.1	1,917.825	2,635	12.66	4,565.485	11,076.615
⑤	11,075.175	208.205	197.3	383	2,060	63.78	150	14,137.46	928.25	2,490	309.10	3,727.35	10,410.11
⑥	10,607.40	428.18		580	5,925	34.3	0	17,574.88	185.57	4,360	4,546.87	9,092.44	8,428.44
⑦	13,106	0	1,086.695	1,159	11,470	106.37	237	27,165.065	171	18,630	345.10	19,146.1	8,018.965

* ① 1911.9.23~12.1.11 ②12.3.1~6.30 ③ 12.7.1~11.15 ④ 12.7.1~11.15 ⑤ 12.11.16~13.1.31 ⑥ 13.2.1~5.31 ⑦ 13.6.1~12.31

* 『間島關係』1, 196~287쪽.

---

81) 『間島關係』1, 209쪽.
82) 滿鐵, 『間島事情』, 52쪽.

위의 표에서 알 수 있듯이 토지매수에 지출비 명목으로 자본금의 약 50% 정도를 차지하는 1만2천여 원을 지출하였다. 간도구제회의 자기자본에 대한 대출금의 비율이 매 기간 평균 35%정도였다. 심지어 74%까지 그 비율이 증가한 경우도 있어 여신의 집중화 현상이 두드러지게 나타나고 있음을 알 수 있다. 대부반납금 보다 대부금의 비중이 2배 정도 높은데, 이를 토지매도시에 발생하는 이익으로 충당하였다.[83] 이자는 매 기간 대부금 총액의 10% 정도로 나타났다. 이는 구제회 내규의 이자에 관한 조항과 상당한 차이가 있음을 알 수 있다.

일제가 구제회를 통하여 간도 나아가 북만주에서의 통화권을 장악하려는 의도에서 출발하였기 때문에 한인의 구제사업은 부차적 문제에 불과하였다.[84] 특히 동척이 구제회의 사업을 인수하면서 담보물의 강제수용과 토지매수가 급격하게 증가하였다. 地券을 담보로 하여 시가 이상의 대출을 하였기 때문에 원리금 상환이 불가능할 경우가 상당하여 토지의 수용은 필수적이었다. 또한 사업이 동척으로 이관된 후 고율의 대출이기 때문에 원리금 상환이 촉박할 경우 담보토지는 동척의 소유가 되었고 이는 곧 일본인 소유토지의 증가를 의미한다.[85] 琿春의 예를 보면 동척의 토지매수는 구제회사업 이후 천여 정보 이상 증가하였다.[86] 그리고 1920년 초 동척의 대출자금 총액은 약 140만원에 달하였다. 즉 商租權을 이용하여 대량의 토지를 몰수·약탈하였다. 이러한 토지 수탈

---

83) 『間島關係』 1, 337쪽.

84) 당시 재만한인의 조선 국내와의 상거래는 모두 우편으로 외환 적금 또는 集金 우편에 의존하였으며 이자도 고율이었다. 또한 상품담보 및 외환 등에서 불편한 사항이 대부분이었으며 구제회 사업실시 후에도 획기적으로 시정되지 않았다(外務省警察史, 『間島地域韓國鬪爭史』 1, 676쪽).

85) 金三民, 『在滿朝鮮人の窮狀』, 新大陸社, 1931, 145쪽. 간도에서의 일본인 증가는 1912년을 기점으로 급속하게 이루어졌다(滿鐵, 『間島事情』, 13~14쪽).

86) 『日本外務省文書』 Reel 12(MT 11263), 鴨綠江右岸及北間島地方に在住本邦人(朝鮮人含む)に官民する態度關係雜纂(구제회에 관한 農務契의 결의에 관한 건).

238

의 폐해는 1920년대에도 지속적으로 나타났다. 1925년 연길현 6개향 향장들은 "구제회가 설립된 이래 이주 한인은 집조 또는 담보물을 저당잡히고 대출금을 수령하였는데, 기한 내에 원리금을 상환하지 못했을 때는 이자를 복리로 계산하였기 때문에 상당한 피해를 입게 되었다"고 토로하였다.[87] 이와 같이 구제회가 활동한 기간 이주한인의 대다수는 중국인·일본인의 고리로 항상 생활의 위협을 받고 있었다.[88]

또한 구제회 사업으로 일본화폐의 교환 거래가 활발해 지면서 통화의 경쟁력을 확보할 수 있었다. 일제는 구제회가 1916년까지 간도지방에서 특수 금융기관으로서의 중요한 역할을 하였으며, 이를 통해 '일선인의 발전과 이주민이 증가하는 동기'를 제공해 주었다고 선전하였다.[89] 또한 일제는 남만주철도주식회사 본점이 있는 대련을 중심으로 화폐를 보급하려 하였으며 당시 통용되고 있던 러시아 화폐의 하락, 즉 1차세계대전 후 북만주 지방에서 不換지폐로 전락한 루블화의 가치하락은 일본화폐의 단일통용화를 더욱 촉진하였다.[90] 1917년 당시 일본 화폐(100엔)에 대한 루블화는 1월 184루블에서 12월 724루블로 폭락하였다.[91] 뿐만 아니라 당시 길림관첩은 중국인들의 상거래 부문에서 비교적 높은 신임을 얻었지만 길림관청에서 재정궁핍으로 吉林督軍의 군비를 확충하기 위해서 지폐를 불안정하게 발행하였기 때문에 중국화폐 역시 그 경쟁력을 상실하게 되었다.[92] 이와 같이 일제는 구제회 사업을

---

87) 吉林省社會科學院, 『東北墾植資料』, 1968, 85쪽(김춘선, 앞의 책, 240쪽 재인용).
88) 『齋藤實文書』 11, 610쪽.
89) 『間島關係』 1, 302쪽.
90) 1911년 흑룡강 연안에 일본인이 100명 이상 거주하고 있으며 주로 전주나 무역거래에 종사하고 있었다. 이들은 상품의 수출뿐만 아니라 일본인 거주 영업의 안전을 확보하고 매매에 필요한 통화수단의 일치를 위해서도 당시 러시아 세력권 하에서 유리한 협상을 개진하였던 것이다.
91) 朝鮮銀行調査局, 『局子街ニ於ケル經濟狀況』(1918), 25쪽.
92) 朝鮮銀行調査局, 위의 책, 22쪽. 조선족략사편찬조, 『조선족략사』, 연변인민출판사, 1986, 38쪽.

통해 만주의 한인 농업경제력을 장악하고 나아가 상업활동의 기반을 확충하는 통화권의 엔화 유통을 추진하였다.

Ⅳ. 맺음말

본고는 간도에서 일제의 특수 금융기관인 간도구제회의 활동과 성격을 고찰하여 식민지 금융정책의 일단과 한인사회의 파탄상을 규명하고자 하였다. 간도구제회를 통한 일제의 금융정책은 엔화의 통용권 확대와 일본상권의 형성 및 토지매수를 통한 한인 경제력의 예속화를 꾀하였다. 일제는 이를 통하여 남만주 보다 비교적 자국세력이 미약한 간도지역의 경제력을 장악하기 위하여 한인을 통한 적극적인 대출과 토지매입을 진행하였다. 구제회의 성격을 통한 일제 금융정책의 실상을 정리하면 다음과 같다.

첫째, 일제는 구제회를 이용하여 본국의 이민을 촉진시키고자 간도에서의 이주토대를 완비하였다. 또한 통화권의 확대를 도모하여 중국과 러시아 세력을 배척하고 일본상권의 확대와 독점적 지위를 구축하였다. 구제회 성립 전 간도에서의 엔화 통용은 전무한 형편이었으나 조선은행 나남출장소에서 자금을 제공받으면서 사업을 전개한 이후 1915년 간도지역의 엔화 통용화는 약 40만엔에 이르렀다. 즉 엔화의 통화량 증가는 경쟁력의 강화를 의미하며 길림관첩 및 루블화의 가치하락을 꾀하면서 단일통화권의 토대를 구축할 수 있게 되었다.

둘째, 구제회의 대출은 자기 자본에 비해 지나칠 정도로 편중되었으며, 지가 상승으로 인하여 구제회의 막대한 자금축적을 용이하게 하였다. 또한 한인의 경우 토지담보 대출시 상환하지 못하였을 때 토지소유권을 상실하게 되었다. 따라서 이는 한인의 토지소유를 위한 귀화를 더욱 촉진시키는 계기가 되었다. 그리고 여신의 집중 및 대출기간의 단기화로 상환능력을 상실하거나 보증 담보시 채무 불이행으로 인해 대출인과 보증인이 동반 몰락되기도 하였다. 또한 고리대가 여전히 상존하였기 때문에 한인사회의 전반적인 경제력 향상은 기대할 수 없었다. 즉 구제회의 활동으로 자금축적이 용이하지 못한 이주한인의 경제적 토대가 잠식되었으며 여전히 자금융통을 고리대에 의존할 수밖에 없었다. 이는 일부 친일적 인물을 제외한 상당수 한인에게 나타나는 공통적 현상이었다. 이처럼 한인은 자금융통을 원활하게 받지 못하였을 뿐만 아니라 중일 양국의 대립 속에서 더욱 열악한 경제상황에 처하게 되었다.

요컨대 일제는 구제회를 통하여 일본 세력의 부식화를 촉진하여 대륙 경제침략의 전초기지를 마련하고자 하였다. 이러한 구제회의 활동은 표면적으로는 한인에 대한 '구제' 및 회유를 그 목적으로 내세웠으나 오히려 이주한인의 경제적 토대인 토지를 약탈하거나 중국인의 부정적 對韓人 인식을 심어주는 결과를 낳았다. 이와 같이 간도뿐만 아니라 만주에서의 일제의 식민지적 금융정책의 성격을 규명하기 위해서는 금융기관의 설치 특히 조선은행 지점(출장소) 등에 대한 연구가 보다 체계적으로 진행되어야 할 것이다.

Japan′s Imperialistic Monetary Policy in Kando(間島) in the 1910s

─ Centering on Kandogujehae(間島救濟會)

Kim, Joo-yong

This thesis aims to explain about the Japanese imperialistic monetary system and the social transformation of the Korean immigrates in Kando(間島) of Manchuria(滿洲) during the 1910s. Also, I explain how the Japanese had implanted their monetary system in Kando. Japan had strived to implement its monetary machines to Kando as a weapon of Kandogujehae (間島救濟會: Kando Salvation Association) which was special monetary bank to stimulate and enlarge its national currency block in those territories.

After the Russian-Japanese War(1904-1905), the Japanese had begun their imperialistic intention in Manchuria as using of "Nammanjuchuldojusikheasa"(南滿洲鐵道株式會社: Southern Manchuria Rail Company). Specially, they had enlarged their capital and goods in those territory. At that time, a accident had been happened at Yongjong(龍井). The Japanese could use this disaster their good chance. They had founded the special Kandogujehae, which outwardly aimed to help and support the Korean immigrates who had been inflicted by the great fire accidents. But, in fact, their real intention was to enlarge their monetary power in these territories through so-called Kandogujehae.

At that time, the Japanese never fully dominated Kando in contraste with other whole conquered territory such as the Southern Manchuria(南滿洲).

242

And so, they had struggled to enlarge their social, political, economic control system in this section to finish their imperialistic programs. The main business of Kandogujehae was consisted of a loan and a land purchase as means of controling economic power in these territories.

And so, through searching of Japan's Kandogujehae, I could obtain a number of historical facts and Japan's imperialistic economic expansionism at the colonial territories.

Firstly, the imperial Japanese tried to emigrate their people in Kando under the economic assistance and support of their people. And, They ejected other powerful economic and commercial peoples such nations as the Chinese and the Russians so that they could implant their people in the territories as the exclusive dominating power.

Secondly, the primary function of Kandogujehae was consisted of a loan. Specially, the Korean people's loan, almost all case, resulted into bankruptcy because they could not return their indebt at the proper time and this monetary monster, a single stroke, could catch the mortgages such as a land. Therefore, the Koreans could not but desert their national identity and be naturalized Chinese nation. Addition to these Phenomena, other monetary deprived facts in the Korean immigrates such as the unfulfillment of the obligation, the bankruptcy, etc, were appeared.

On the conclusion, Japan could empowered its imperialistic intention within economic and monetary control system in these territories. Although, this bank seemingly objective was to enhance and salvage the Koreans' immigrates in Kando after great fires, but inherently, Japan's only one objective was to devastate the Koreans' economic foundation, obtain the deprived Korean's lands and implant the Chinese's hostilities against the Koreans in Kando.

1920年代 水原地域의 靑年運動과 水原靑年同盟

趙 成 雲[*]

<목 차>

Ⅰ. 머 리 말
Ⅱ. 초기 청년단체의 조직과 활동
 1) 청년단체의 창립과 조직구성
 2) 초기 천년단체의 활동
Ⅲ. 청년단체의 혁신과 수원청년동
  맹의 조직

1) 청년단체의 혁신
2) 수원청년동맹의 조직
3) 수원청년동맹의 활동
Ⅳ. 맺 음 말

Ⅰ. 머리말

　일제하 우리 민족해방운동에서 청년운동은 민족해방운동의 선도자 혹은 전위로서의 역할을 하였다. 뿐만 아니라 신문화를 수용하는 과정에서도 지대한 역할을 담당하였음은 잘 알려진 사실이다. 특히 1920년대 초반 이후에는 청년운동의 이러한 성격이 가장 잘 나타나고 있다. 즉 1920년대 초 유지층을 중심으로 전개되었던 청년운동은 민족부르주아지운동으로서 문화운동을 중심으로 운동을 전개하였다. 그러나 민족해방운동에 사회주의가 수용되기 시작하는 1920년대 중반 이후에는 청년운동은 새로운 사상으로서의 사회주의를 가장 먼저 수용하기도 하였다. 이는 곧 이 시기 이후의 청년운동이 계급적인 성격을 가지면서 전

---

*동국대학교 강사

개되었음을 의미한다.

한편 필자는 이와 같은 발전을 보인 청년운동도 지역사회에 기반을 두고 있었다는 사실을 주목하고자 한다. 기존의 연구는 대부분 기반으로서의 지역사회에 대한 연구보다는 중앙 차원에서 전개된 운동에만 주목함으로써 중앙과 지역에서 전개된 운동의 성격이 동질성과 차이점을 구명하는데는 어려움이 많았다. 이러한 연구 경향은 지역사 혹은 지방사에 대한 인식의 부족과 함께 자료가 한정되었기 때문에 나타난 결과이기도 하였다. 그런데 근래 이러한 한계에도 불구하고 지역을 중심으로 한 연구가 발표되어 우리 민족해방운동사에 대한 이해의 지평을 넓혀주고 있다.1) 그러나 앞의 연구도 지역 혹은 지방의 관점에서 서술한 것이 아니라 중앙의 관점에서 서술하고 있다. 이는 중앙사의 변형이라 생각된다. 필자는 이러한 한계를 극복하기 위하여 지역 혹은 지방의 관점에서 본고를 서술하고자 한다.

필자는 이미 수원지역의 농민운동과 사립학교의 성장에 대해 살펴본 바가 있다.2) 이러한 연장선상에서 필자가 수원지역의 청년운동을 본고의 주제로 선정한 것은 다음의 몇 가지 이유 때문이다. 첫째, 청년운동을 살펴봄으로써 지역사회의 민족운동의 주체가 성장, 변화하는 과정을 확인할 수 있었기 때문이다. 즉 사회주의 수용 전후 시기의 청년운동 주체의 변화, 그리고 1920년대 중반 이후 초기 청년운동 주체의 성장을 살펴볼 수 있는 계기가 되기 때문이다. 이는 필자가 궁극적으로 지향하고 있는 지역사회에서의 친일파 형성의 문제와 연관지어 의미 있는 작업이라 생각된다. 둘째, 지역 단위에서의 민족협동전선의 형성과 전개에 관하여 살필 기회가 되기 때문이다. 흔히 1931년 신간회의 해소 이후

---

1) 청년운동의 경우에도 김일수, 「1920년대 경북지역 청년운동」 : 이애숙, 「1920년대 전남 광주지방의 청년운동」(『한국근현대청년운동사』, 풀빛, 1995)이 발표된 바 있다.

2) 「일제하 수원지역의 농민조합운동」, 『동국역사교육』5, 1995 : 「일제하 수원지역의 사립학교의 성장」, 한국근현대사연구회 발표문, 1999. 10.

민족협동전선이 붕괴되었다고 하는데 지역사회에서도 그와 같은 결과가 나타나는지를 확인해보고자 한다. 셋째, 군(청년동맹)-면(지부)-리(반)이라는 조직체계가 지역사회에서 절대적이었는가를 확인해보고자 한다. 이는 지역사회의 활동가들이 지역의 사정에 맞게 운동을 전개하고 있는가를 확인하는 작업이 될 것이다. 이상의 작업을 통하여 필자는 수원이라는 지역사회 속에서 지역의 활동가들이 운동을 어떻게 전개하였으며, 이들이 이후 어떠한 변화와 성장을 보이는가를 확인해보고자 한다. 이러한 작업을 통하여 우리는 청년운동에서 지역과 중앙 차원의 운동의 동질성과 차이점을 보다 명확히 밝히는 계기가 될 것으로 믿는다.

Ⅱ. 초기 청년단체의 조직과 활동(1920~1923)

1) 청년단체의 창립과 조직구성

3.1운동 직후인 1920년경부터 전국 각지에서는 청년단체들이 조직되었다. 이 단체들은 교육과 산업의 진흥을 통하여 국권을 회복하고자 하였다. 이러한 상황 속에서 1920년에는 吳祥根, 張德秀 등이 주축이 되어 朝鮮青年會聯合會가 조직되었다. 조선청년회연합회는 知·德·體의 발달을 통하여 사회개조를 이룩하자는 목적을 가지고 있었으며 비조직적이고 자연발생적으로 조직된 전국의 청년단체들을 모아 청년운동의 통일을 꾀하고자 하였다.

이와 같은 시대의 조류 속에서 1920년에 접어들면서 수원지역에서도 청년단체들이 창립되기 시작하였다. 이를 창립된 순서로 보면, 수원엡윗청년회(1908년 가을 창립. 1910년 해체. 1917년 부활), 수원학생친목회(1917년 창립), 남양청년회(1920. 5. 18. 창립. 1921년에 남양엡윗청년회로 개칭), 水原青年俱樂部(1920. 7. 3. 창립), 水原進明俱樂部(1920. 7.11. 창립), 天道敎青年會水原支會(1920년 창립. 날짜 미상), 수원청년회(1920

년 창립. 날짜 미상), 천주교청년회(1921. 9. 11. 창립), 팔탄청년회(1922
년경 조직) 등이 있었다.

이 단체들은 창립 목적을 실력양성에 두고 있었다. 예를 들면 수원청
년구락부는 지식의 계발, 체육의 진흥, 풍습의 개선 등을 목표로 하였
고,3) 학예과, 운동과, 오락과, 경리과를 설치하였다. 그리고 남양청년회
는 문예부, 사회부, 운동부를 설치하였다.4) 또한 성공회 계통의 진명구
락부는 덕성을 함양하고 예지를 개발하며 부원 상호간에 친목을 도모하
고 종교활동을 통해 피압박민족의 자주독립에 공헌하는 것을 목적으로
하였으며, 부장에 金仁, 총무 趙鏞昊, 도서부장 金露積, 운동부장 朴善泰
등이 선임되었다.5) 이러한 부서의 성격은 수원지역에서 사회주의자들이
청년단체의 주도권을 장악한다고 생각되는 1928년 이후에는 서무부, 재
정부, 교양부, 조직부, 여자부, 소년부, 체육부를 설치6)한 것과 비교된
다. 즉 부서의 성격에서 우리는 계몽활동 위주의 청년회가 계층별 부서
와 조직사업을 위주로 한 부서로 바뀌고 있음을 알 수 있다. 이로 보아
그 활동도 계급·계층별 활동을 점차 강화하고자 하였음을 알 수 있다.
이와 동시에 1920년대 초반의 청년단체는 대개 會長制를 채택하였고,
수원청년구락부와 진명구락부는 部長制를 채택하였다. 특히 수원청년구
락부는 부장 아래에 과장을 두는 특이한 조직구성을 보이고 있다. 이러
한 구조는 회장(부장) 개인의 능력에 회의 운영과 장래가 좌우되는 구
조였다. 하지만 수원청년구락부를 제외한 다른 단체들은 창립 이후 활
발한 활동을 하지 못하였다. 더욱이 수원지역의 핵심지역인 수원읍을
연고로 하는 수원청년회는 창립 이후 그 활동이 거의 없어 존재조차 찾
기 어려웠다.7)

---

3) 동아일보, 1920. 6. 12, 「水原靑年俱樂組織」.
4) 동아일보, 1920. 6. 11.
5) 동아일보, 1930. 1. 1,「
6) 중외일보, 1929. 11. 15, 「水原靑盟 執行委員會」.

그런데 구성원이 거의 같았을 것으로 보이는 수원청년회와 수원청년구락부의 활동은 비교된다. 즉 상대적으로 수원청년구락부의 활동이 수원청년회보다는 활발하다는 것이다. 필자는 이와 관련하여 다음의 추측이 가능하다고 생각한다. 즉 두 단체의 구성원은 대개 일치하였을 것이기 때문에 수원청년구락부의 활동에 보다 무게가 두어졌을 것이라는 점이다. 이는 오락, 취미, 친목 등을 목적으로 하는 구락부의 성격이 '회'보다는 보다 활동하기가 편했을 것이기 때문이다. 그렇다면 수원청년구락부의 구성원들은 어떤 사람이었을까. 구성원 모두를 확인할 수는 없지만 창립 당시 부장 羅弘錫, 이사 洪思勳, 학예과장 崔相勳, 운동과장 金鍾深, 오락과장 朴盛根, 경리과장 李光鉉이라는 임원진을 볼 때 수원지역의 유지층이었으리라 생각된다. 즉 부장인 나홍석은 시흥·용인군수를 역임한 羅基貞의 장남으로서 1909년 3월 早稻田大學 政治科를 졸업하였으며, 1918년 수원청년구락부를 조직하여 부장이 되었고, 같은 해 水原金融組合 書記, 그리고 1920년에는 水原面協議員에 선출되었다. 1922년에는 서울로 이사하여 중개업에 종사하였고, 1923년 2월 이후에는 각조합 京城辨理士(紹介業)의 이사로 활동하기도 하였다. 재산상태로는 당시의 화폐로 동산 2천원, 부동산 1만 3천원으로 여유 있는 형편이었다. 그리고 崔松·崔麟·尹敬重·池公淑·崔相勳·洪思先 등과 친밀하게 지냈다.8) 홍사훈은 수원지역 3대지주 중의 한 사람으로서 경성 보성중학을 중퇴하고 수원상업강습소 법상과를 졸업하였다. 삼일학교 학무위원, 수원청년회장, 수원체육회장을 역임하였고, 수원상업강습소를

---

7) 동아일보, 1927. 1. 19, 「停車場 近處부터 日人이 蠶食」(6). 이 당시 수원청년회의 회장은 洪思勳이었는데 수원청년회의 개편과 홍사훈의 도협의원 진출과는 밀접한 관련이 있을 것으로 생각된다. 즉 홍사훈은 수원청년회를 자신의 도협의원 진출의 발판으로 삼았을 가능성이 있다.

8)『倭政時代人物史料』3, p. 97. 이 자료에는 나홍석이 수원청년구락부를 조직하여 부장에 취임한 것이 1918년으로 되어 있으나 본고에서는 신문 기사에 창립소식이 전해오기 때문에 수원청년구락부의 조직시기를 1920년으로 보았다.

인수하여 화성학원을 창설하였다. 세류포목점을 경영하였으며, 용수흥농 주식회사 취체역, 수원극장 대표이사, 만종원(1932년 1월 창립) 대표이사를 역임하였다.[9] 최상훈은 내과의사로서 수원의원에서 진료를 담당하였고,[10] 수원상업강습소의 교사,[11] 동아일보 기자를 역임하였다.[12] 한편 나홍석의 知己인 최송은 기호흥학회 수원지회의 간사원[13]으로서 개화자강운동에 가담하였던 인물이고, 홍사선은 1930년 1월 현재 수원면협의원,[14] 1932년 주식회사 만종원의 창립 시 대표이사를 역임하였다. 이상의 인물들의 성향으로 보아 수원청년구락부는 수원지역의 유지들을 중심으로 구성되었다고 생각된다.[15] 그리고 진명구락부의 김노적은 수원상업강습소와 배재고보를 졸업하였다. 수원지역의 3.1운동 당시 김세환의 지도하에 박선태 등과 함께 적극적으로 참가하여 일제에 저항하였고, 이후 구국민단, 신간회 수원지회, 임시정부에 참여하였다.[16] 박선태는 역시 수원지역 3.1운동의 핵심적인 인물이었고, 구국민단[17]을 지도하였으며, 이후 수원실업협회 상의원이 된 것으로 보아 산업자본가로의 성장 과정에 있었던 것으로 생각된다. 그리고 나중에 살펴보겠지만 이러한 조직원의 구성상 이들은 실력양성론을 바탕으로 운동을 전개했다

---

9) 李承彦, 『한말일제하수원기사색인집』, 수원문화원, 1996, p. 93.
10) 李承彦, 앞의 책, p. 82.
11) 동아일보, 1922. 1. 27, 「水原商業講習所」.
12) 동아일보, 1920. 4. 1 사령.
13) 『畿湖興學會月報』제2호, p. 61(아세아문화사 영인, 1978)
14) 조선일보, 1930. 1. 4, 「광고」.
15) 수원지역의 청년운동과 사립학교 설립과 관련한 일련의 분석과정에서 수원지역 초기 청년운동의 지도자들은 지역사회의 유지층이었고, 이들이 1920년대 말 무렵부터 산업자본가로 성장하고 있음을 확인할 수 있었다. 이에 관하여는 별도의 논고를 준비 중이다.
16) 李悌宰, 「水原地方 獨立運動의 先驅者 金露積先生」, 『畿甸文化』10, 1992. 참조바람.
17) 구국민단의 활동에 대해서는 박환, 「1920년대 초 수원지방의 비밀결사운동-혈복단과 구국민단을 중심으로」, 『경기사학』2, 1998. 참조바람.

고 생각된다.

2) 초기 청년단체의 활동

수원지역의 초기 청년단체는 야학과 강습소의 운영, 강연회 등을 통한 계몽활동에 중점을 두고 활동하였다. 먼저 남양엡윗청년회는 문예부 주최로 야학회를 개설하여 조선어, 한문, 산술을 필수과목으로 가르쳤고, 수시로 상식과 수양에 필요한 학과를 교수하였다.[18] 또 스포츠에도 힘을 기울여 축구, 정구 등의 종목이 안성과 서울의 한성은행 등과 친선경기를 갖기도 하였다.[19] 수원청년구락부는 1920년 7월 25일 제1회 강연회를 열고「知識上의 飢渴」(張致完),「우리」(金露積),「今日 朝鮮人界의 衛生」(崔相勳),「吾人의 力量과 水原의 發展」(羅弘錫) 등이 강연하였다.[20] 이외에도 축구, 정구 등의 스포츠에도 상당한 정열을 가지고 임했다.[21]

다른 한편 1922년 6월 17일 朝鮮靑年會聯合會講演團의 강연회가 수원상업강습소에서 있었는데,「時代的 生活」(高龍煥),「世界의 進運」(金喆壽),「聯合靑年 第3回 總會延期案에 대하여」(鄭魯湜)의 강연이 있었다.[22] 이 강연회가 수원청년구락부와 동아일보 수원지국의 후원 하에 개최되었던 것으로 보아 수원청년구락부는 조선청년회연합회가 표방하던 문화운동론을 수용한 것으로 보인다. 이는 앞에서 보았던 지식의 계발, 체육의 진흥, 풍습의 개선이라는 수원청년구락부의 창립 목표와 조선청년회연합회가 표방했던 7개의 강령[23]이 내용상 일치하였다는 점에서도 확

---

18) 동아일보, 1921. 12. 21.

19) 동아일보, 1921. 6. 20 ; 6. 29 ; 9. 21. 참조.

20) 동아일보, 1920. 7. 30,「靑年俱樂部講演會」.

21) 동아일보, 1921. 6. 20,「水原遠征軍安城行」; 1921. 6. 29,「水原蹴球團來安」 ; 1921. 9. 21,「漢銀庭球團慘敗」. 등을 참조 바람.

22) 동아일보, 1922. 6. 22,「聯合會講演團來水」.

23) 조선청년회연합회는 "사회를 혁신할 사", "세계의 지식을 광구할 사", "건강

인된다. 이상의 활동에서 볼 때 1920년대 초반 수원지역의 청년단체들은 조선청년회연합회가 내세웠던 문화운동론에 입각하여 활동하였음을 확인할 수 있다.24) 그런데 한가지 유의할 점은 다른 지역의 청년단체의 경우는 주로 야학을 중심으로 활동을 전개하였음에 반하여 수원지역에서는 강연회와 스포츠 등을 통한 문화활동 위주로 운동이 전개되었다는 특색이 있다. 이는 아마도 수원상업강습소와 삼일학교25)라는 비교적 대규모의 무산아동 교육기관이 지역 내에 존재하였기 때문이 아닌가 한다.26) 물론 이 학교들이 초기 청년단체의 영향을 전혀 받지 않았다는 것은 아니다. 이 학교들의 발기인이나 교사들은 각각 수원엡윗청년회와 수원청년회, 수원청년구락부의 중심적인 인물들이었다. 水原商業講習所(華城學院)는 1909년 梁聖寬, 洪健燮, 洪敏燮, 金興善, 申駿熙 등이 중심이 된 수원상업회의소에서 설립하였으나 1926년 홍사훈이 단독으로 인수하여 이후 경영하였다.27) 특히 홍사훈은 수원청년회의 회장을 비롯하

한 사상으로 단결할 사", "덕의를 존중할 사", "건강은 증진할 사", "산업을 진흥할 사", "세계문화에 공헌할 사"의 7개항의 강령을 채택하였다.(『我聲』 제1호, pp. 86~87 ; 동아일보, 1920. 7. 15.)

24) 조선청년회연합회의 활동에 대하여는 安建鎬, 「朝鮮青年會聯合會 組織과 活動」, 『韓國史研究』88. 참조 바람.

25) 삼일학교는 1903년 李夏榮, 林勉洙, 羅重錫, 車裕舜, 崔翼煥, 洪建杓, 李聖儀, 金濟九 등이 설립하였다.(김세한, 『三一學院六十五年史』, pp.34~37.

26) 즉 삼일학교는 1911년 현재 전체 학생수가 400여명이었고 화성학원은 1927년 현재 전체 학생수가 430명에 이를 만큼 많은 학생들을 수용하였다.(동아일보, 1927. 1. 17, 「停車場 近處부터 日人이 蠶食」(4))

27) 수원상업강습소가 일제하 수원지역에서 차지하는 비중은 대단히 컸다. 특히 삼일학교가 기독교세력이 중심이 된 학교라면 수원상업강습소(화성학원)는 수원상업회의소를 중심으로 한 토착 유지층에 의하여 설립, 운영된 학교로서 이후 수원지역민의 열렬한 성원을 받으며 성장하였다. 그리하여 1930년에 수원지역의 유지 40여명이 화성학원유지회라는 단체를 조직하여 10235원의 기부금을 조성하였던 것이다.(동아일보, 1930. 1. 23, 「萬餘圓基本金어든 華城學院曙光」) 그리고 삼일학교와 수원상업강습소의 교사는 수시로 교류가 되었던 것으로 생각된다. 예를 들면 김세환, 김노적, 정준화 등의 이름을 수원상업강습소와 삼일학교의 교사 명단에서 볼 수 있다

여 수원청년구락부의 이사 등 초기 청년단체의 지도적인 인물이었고, 교사로 있던 최상훈 역시 수원청년구락부의 학예과장이었다. 그리고 삼일학교는 수원종로교회 내에 위치하였었는데, 종로교회는 당시 미국의 북감리회의 지원을 받아 설립되었다. 따라서 종로학원 내에 설립된 삼일학교의 교사진은 수원엡윗청년회와 연관이 있을 것이라 추측된다.

Ⅲ. 청년단체의 혁신과 수원청년동맹의 조직(1924~1928)

1) 청년단체의 혁신

일반적으로 청년단체의 '혁신'이 이루어지는 시기는 대략 1923~1924년경이다. 그리고 그 '혁신'에 관한 구체적인 내용은 조직을 회장제에서 집단지도체제인 위원제 혹은 간사제로의 변경을 통한 신진 청년층에 의한 조직의 주도권 장악, 유지층과 청년층 사이의 대립을 반영한 회원의 연령 제한, 기존 강령의 사회주의적 지도 이념으로의 변경, 사회주의를 바탕으로 한 새로운 청년단체의 조직 등이다.[28]

수원지역에서도 이 시기에는 청년단체의 혁신이 이루어지고는 있으나 그 내용은 일반적인 것과는 약간의 차이가 있다. 이 시기 수원지역에서 창립된 청년단체로는 甲子團(1924년 조직)과 八灘青年會(1923년경 조직),[29] 正南青年會(1924. 8. 27. 창립), 革華青年會(1924년경 조직), 革成團(1926년 창립) 등이 확인된다. 다만 이 가운데에서 혁성단 만이 수

---

28) 이준식,『농촌 사회변동과 농민운동-일제침략기 함경남도의 경우』, 민영사, 1993 : 김일수, 「1920년대 경북지역의 청년운동」,『한국근현대청년운동사』, 풀빛, 1995 : 이애숙, 「1920년대 광주지방의 청년운동」,『한국근현대청년운동사』, 풀빛, 1995. 참조바람.
29) 동아일보, 1923. 12. 27.

원지역 유일의 사상단체[30]였던 것으로 보아 수원지역에서도 이 시기가 되면 사회주의에 기반한 청년단체가 조직되고 있음을 확인할 수 있다. 이는 곧 대부분의 다른 지역에서는 1926년 말~27년 초반 시기에는 사회주의가 운동의 주도권을 장악하고 있는데 비하여 수원지역은 이 시기가 되어야 사회주의에 기반한 청년단체가 조직되었다는 점에서 사회주의의 성장이 여타 지역보다 늦었다는 점을 알려준다. 수원지역에서 사회주의가 운동의 주도권을 장악하는 시기는 1928년에 수원청년동맹의 조직을 시작하면서부터라고 생각된다. 이 점은 수원지역의 유지층이 나름대로 지역사회에서 기반을 가지고 활발한 활동을 전개하였다는 점과 관련하여 생각할 수 있다. 즉 수원지역의 유지들은 삼일학교나 화성학원 등 지역사회의 무산아동교육기관에 대한 거액의 기부와 경영을 통한 이미지 조작,[31] 그리고 1925년에 조직된 수원구제회[32]를 통한 무산대중 및 불우 노인에 대한 구호 활동, 그리고 뒷 시기이기는 하지만 舍音革罷와 小作人組合의 조직[33]을 통한 농민대중의 지지 획득 등의 활동으로 농민대중에 대한 영향력을 상실하지 않았던 것으로 생각된다. 즉 1923~24년 시기에 小作人相助會 水原支會와 衡平社 水原支社가 조직되어 있었으나 활동이 그리 활발하지 않았던 이유는 수원지역의 유지층이 지역사회에서 '인심'을 잃지 않았기 때문이라 생각된다. 그렇다 하더라도 이 시기에 사회주의 혹은 사회주의자가 청년운동에 대한 영향력을

---

30) 동아일보, 1927. 1. 20, 「停車場 近處부터 日人이 蠶食」(7).

31) 예를 들면 양성관과 강석호 같은 이는 삼일학원에 막대한 기부금을 내었고, 나중석은 토지 900평을 기증하였다.(김세한, 앞의 책, 참조) 그리고 홍사훈은 화성학원을 경영하였다. 특히 화성학원에는 현재까지도 "돈이 없어서 졸업하지 못한 학생은 한 명도 없다."는 말이 전해 올만큼 지역사회에서 무산아동교육기관으로 알려져 있다. 이와 관련하여 화성학원을 유지하기 위하여 1930년 1월 16일 화성학원유지회가 설립되었는데(동아일보, 1930. 1. 23, 「萬餘圓基本金어든 華城學院曙光」), 이 중 확인 가능한 인물들의 성분을 분석하면 다음의 <표 1>과 같다.
<표 1> 화성학원유지회원의 성분 분석

이 름	학 력	활 동	비 고
洪思勛	보성중학 중퇴, 수원상업강습소 법상과 졸업	수원청년회장, 동아일보 수원지국장, 기호흥학회 수원지회, 수원체육회	수원지역의 3대지주, 용수흥농주식회사 취체역, 만종원대표이사, 1933년 마름폐지, 수룡수리조합장, 경기도평의원
梁聖寬	명륜학교 졸업	수원상업강습소 설립 주도, 상무사 도중, 공립보통학교 학무위원, 수원전기회사 취체역, 수원금융조합장, 적십자사 유효회원	수원지역의 3대지주, 화성흥산주식회사 대표
車裕舜		기호흥학회원, 삼일학교 설립촉성회위원	수원지역의 3대지주
尹龍熙		수원상업강습소 교사, 수원실업협회 상의원	
朴善泰	휘문고등보통학교 졸업	구국민단 주도, 신간회 수원지회, 수원상업강습소 보조교사, 수원실업협회 상의원, 수원체육회	
金世煥	한국외국어학교, 일본중앙대	수원상업강습소 교사, 삼일학교 교사, 수원실업협회 상의원, 수원체육회장	3.1운동 48인 중의 1인
尹泰仁	수원상업강습소 졸업		수원면협의원
李聖儀		기호흥학회 수원지회, 삼일학교설립촉성회위원, 삼일학교 교사	
崔益煥		기호흥학회 수원지회, 삼일학교 설립촉성회위원, 상무사도중	수원면협의원
金炳浩		신간회 수원지회, 수원기자동맹, 삼일학교 교사, 수원체육회	
車載潤	삼일학교 졸업	수원읍의원	경남주조주식회사(1928. 10),소화직물공장(1938), 조선염직공장 대표
金幸權		수원청년동맹, 수원체육회	해방 후 수원시축구협회장
崔松		기호흥학회 수원지회 간사원	

확대하지 못했다는 것은 아니다. 이 시기에 공석정이나 조명재와 같은 사회주의자들이 청년단체 내에서 성장하고 있었던 것이다.

한편 이 시기의 청년단체의 활동은 이전 시기보다는 상당히 활발히 전개되고 있다. 수원엡윗청년회는 1923년 5월 12일 소학생을 대상으로 懸賞討論會를 개최하였고,34) 1925년 12월 3-4 양일간 敎化映畵大會를 개최하고자 하였다.35) 한편 水原學生親睦會에서는 1924년 6월 21일 水原商業講演會를 개최하였는데, 金將星이 「死線으로 향하는 우리」, ×允範이 「學生은 努力하자」라는 제목으로 연설하였다.36) 그리고 水原青年

李珏來		신간회 수원지회장	
嚴柱喆		조선일보 수원지국장, 수원유치원 설립발기위원회 실행위원	
權泰東		수원실업협회 상의원, 수원동화의원장	남양민립의원에 부임
洪思憲		수원실업협회 평의원	
朴慶根		수원실업협회 평의원	합자회사 수원정미소 대표
李完善		수원실업협회 평의원, 수원유치원설립발기회 실행위원, 수원체육회	수원면협의원, 운곡의원장
車泰益		수원유치원설립발기회 실행위원	
洪喆厚			삼정홍업주식회사 대표(1934. 9. 창립)
洪思先		수원체육회	수원면협의원, 주식회사 만종원 대표(1932. 1. 창립)
安永台			수원정미소 대표(1917. 9. 창립)
安巨福			거복상회 대표

32) 동아일보, 1927. 1. 20, 「停車場 近處부터 日人이 蠶食」(7).
33) 조선중앙일보, 1933. 9. 12, 「舍音制全廢코 作人組合設置」.
34) 조선일보, 1923. 5. 15, 「少年懸賞討論會」.
35) 시대일보, 1925. 11. 29, 「엡윗靑年主催 敎化映畵大會」.
36) 시대일보, 1924. 6. 25, 「學生親睦會講演」.

會에서는 1924년 단오절을 기하여 素人劇을 공연하기로 하였으나,37) 여러 가지 사정으로 이루어지지 못하다가 1924년 6월 8-9일 양일간 수원극장에서 공연을 하게 되었다. 공연의 내용은 현대 무산자의 상태를 연출하여 관중에게 감동을 주어 동정금 65원이 모금되었고 3명이 금일봉을 내기도 하였다.38) 그리고 1925년에는 수원청년회 演藝部 주최와 시대일보, 동아일보지국의 후원으로 심청전을 공연하였다.39) 또한 1926년 2월 20일에는 畿湖歌鬪大會(노래자랑)를 개최하기도 하였다.40) 그리고 오산에서 조직된 甲子團은 그 목적을 교육의 보급에 두고 있었다.41)

이와 같이 지역사회의 유지층은 여전히 지역민들에게 영향력을 행사하고 있었다. 그리고 기존의 수원청년회의 활동이 이전 시기와 비교하여 활발히 전개되고 있는 것으로 보아 유지층은 이전 시기보다 사회활동에 보다 적극적으로 참여하고 있다고 할 수 있다. 그러함에도 불구하고 1926년에 혁성단과 같은 사회주의 단체가 조직되고 있는 것으로 보아 이 시기 수원지역에서도 사회주의자들에 의하여 청년단체의 혁신을 위한 움직임이 시작되고 있음을 알 수 있다.

2) 수원청년동맹의 조직

앞에서도 살펴보았듯이 수원지역에서는 1920년대 중반 경까지도 사회주의세력은 지역사회운동의 전면에 나서지 못하였고 사회운동도 그리 활발한 것은 아니었다. 그러나 1926년에 혁성단이 조직되었고, 양감면의 반도청년회, 오산의 사-ㄹ청년동맹, 북진청년회, 발안의 발안청년회 등이 활동하고 있었다. 특히 반도청년회 회장인 박승극과 사-ㄹ청년동맹

---

37) 시대일보, 1924. 5. 26, 「靑年素人劇」.
38) 조선일보, 1924. 6. 13, 「水原素人劇大會」.
39) 동아일보, 1925. 2. 7, 「水原靑年演劇 第2回 三日間」.
40) 조선일보, 1926. 2. 23, 「畿湖歌鬪大會盛況」.
41) 조선일보, 1924. 8. 26, 「甲子團組織」.

256

의 공석정은 사회주의자로서 이후 수원지역 사회운동의 중심적인 역할을 하는 인물이다. 또한 사-ㄹ청년동맹[42]은 수원지역의 유일한 사상단체인 혁성단과 합동간친회를 개최[43]한 것으로 보아 역시 사회주의적 성향을 지니고 있었던 것으로 보인다. 이와 같이 수원지역에서도 1926년 무렵에는 사회주의적인 성향을 갖는 단체나 인물들이 청년단체의 지도적인 위치에 서게 되면서 지역사회운동의 중심적인 인물로서 성장하여 갔다. 이러한 과정에서 수원지역에서는 1927년 말부터 1928년 초반에 이르기까지 수원청년동맹을 조직하고자 하는 움직임이 발생하였다. 즉 1928년 1월 28일 진위, 포천, 오산, 발안 등지의 청년운동자들이 모여 水原靑年運動者懇談會를 개최하였는데, 이 간담회에서 오산의 사-ㄹ청년동맹과 양감면의 반도청년회, 성호면의 광활청년회 등이 청년동맹을 조직하고 수원에 지부를 설치할 것을 결의하였다.[44] 그리고 1923년 이래 침체상태에 빠져 1928년을 전후한 시기에는 유명무실했던 수원청년회가 1928년 5월 15일 화성학원에서 3년만에 전회장인 홍사훈의 사회로 임시총회를 열어 위원장에 申忠, 상무위원에 權舜曾을 선출하고 회원의 연령을 17세~30세까지로 제한하였다.[45] 이와 같이 회원의 연령제한과 위원제로의 변화가 이루어는 시기가 1928년이었다. 이는 곧 사회주의적 성향의 신진 청년층이 운동의 주도권을 장악했음을 의미한다.

그런데 이와 같이 수원청년회를 부활한 것은 수원청년동맹의 조직과 관련이 있다. 왜냐하면 수원청년회에서 1928년 8월 4일 水原郡靑年同盟準備委員會를 조직하여 간부 전원이 준비위원이 되어 활동하고 있기 때문이다.[46] 그리고 1928년 7월 7일에는 제5회 정기대회를 열어 하계 소

---

42) 사-ㄹ청년동맹은 오산의 성호면에 있던 甲子團과 革華靑年會가 1927년 봄에 합동하여 성립한 단체이다.(동아일보, 1927. 1. 20, 「停車場 近處부터 日人이 蠶食」(7).

43) 조선일보, 1927. 2. 8, 「烏山靑年同盟 執行委員會」.

44) 동아일보, 1928. 1. 31, 「新年懇談 水原靑年들」.

45) 동아일보, 1928. 5. 18, 「水原靑年復興」.

인극·강연·아동 강연 개최에 관한 건 등을 결의하였는데, 회칙개정에 관한 문제로 甲論乙駁의 논란이 있었다.[47] 여기에서 주목되는 점은 부흥 당시 임시총회의 사회를 홍사훈이 보았다는 점, 회칙개정문제를 둘러싼 논쟁이 있었다는 점과 앞에서 본 수원청년회 부흥 당시 집행위원으로 선임되었던 禹聖奎와 崔信福이 즉석에서 사임하였다는 점이다.[48] 특히 홍사훈이 부흥 총회에서 사회를 보았다는 것은 청년운동의 주도권이 초창기의 유지층 혹은 민족주의적 성향의 인물에서 사회주의적 성향의 신진 청년층에게로 비교적 순탄하게 이행되었음을 의미한다고 할 것이다. 그리하여 申忠, 權舜曾, 鄭光秀, 孔錫政, 李用成과 같은 인물들이 새로이 지도적인 인물로 등장할 수 있었고 회원의 나이 제한문제도 큰 무리없이 결정될 수 있었다. 그러나 그 과정에서 수원지역의 민족주의세력과 사회주의세력 사이에 노선을 둘러싼 갈등이 없었던 것은 아니었다. 바로 이 때문에 사회주의적 성향의 우성규와 최신복이 사임하였다고 생각된다. 그것은 수원청년회의 새로운 지도자들 중 이후의 활동으로 보아 공석정과 권순증은 사회주의자로 볼 수 있는데, 이들의 운동 방향과 신충, 정광수, 이용성 등의 운동 방향이 대립했을 가능성이 있기 때문이다. 즉 1928년 5월 25일 수원청년회의 회장 신충을 비롯한 간부 6명이 수원경찰서에 검거되었는데, 그 이유는 앞에서 본 1928년의 임시총회 때에 채택한 선언과 강령이 이전의 그것과 다르며 선언문 중 '조선 민족의 ○○(자주-인용자)권을 획득'이라는 문구와 그것이 무엇을 의미하는가에 대한 물음에 신충은 '그 뜻을 넓게 해석하면 ○○○○(조선 독립-인용자)을 얻기까지'라는 대답을 하였던 것에서 추측할 수 있다.[49] 그리고 결국 이와 같은 민족주의와 사회주의의 대립이 회칙개정문제를

---

46) 동아일보, 1928. 8. 8, 「水原靑年同盟 組織準備委員會」.
47) 동아일보, 1928. 7. 11, 「水原靑年定總」.
48) 동아일보, 1928. 5. 18, 「水原靑年復興」.
49) 동아일보, 1928. 5. 29, 「水原靑年復興」.

258

둘러싼 논쟁으로 발생하게 되었던 것으로 보인다. 또한 일반적으로는 군 단위의 청년동맹의 조직 이후에는 기존의 청년회는 청년동맹의 지부 또는 지회로 흡수되는 것이 보통이지만 수원지역에서는 발안청년회와 수원청년동맹준비위원회의 주력단체인 수원청년회가 수원청년동맹의 창립 이후인 1929년까지도 활동을 전개하는 것으로 보아 청년동맹에 흡수되지 않은 것으로 생각된다. 특히 발안청년회는 1929년 10월 3일부터 노동야학을 개최하여 조선어, 국어(일본어), 산술 등을 교수하였다. 이로 보아 사회주의세력의 확대·강화에 대하여 민족주의세력이 대항함으로써 이들 사이에 갈등이 지속되고 있는 것으로 볼 수 있다. 그리고 아래에서 서술하듯이 청년동맹의 조직과정에서 일제의 탄압으로 조직되지 못했을 때 수원청년회와 발안청년회는 청년동맹조직준비위원회에 대해 비난을 하지 않았던 것이라 생각된다. 그런데 민족주의세력과 사회주의세력의 갈등문제는 수원청년동맹운동장의 사용문제에서 크게 드러났다. 즉 1929년 8월 30일 김세환을 위원장으로 창립50)된 수원체육회에서는 같은 해 9월 28일 수원시민대운동회를 개최하고자 하였다.51) 그러나 체육회가 운동회의 장소로 수원청년회운동장을 청년회의 양해없이 사용하겠다고 광고함으로써 문제가 불거졌다. 그 이유는 "단지 체육회에서 우리 회의 운동장을 빌어 시민운동회를 한다면 별문제가 있겠습니까? 그러나 아시는 바와 같이 체육회는 **우리 사회 단체와 실질상 다른 것**뿐 아니라 본회에서 **아무 허락도 없이** 사용한다는 것을 자의 광고한 것은 잘못이지요. 더구나 동회의 중요 간부이고 전자 청년회에도 묵은 책임을 가지고 있던 **모씨는 우리들 단체의 운동장 소유권까지 박탈하려던 야심**이 발로되었음으로 실상은 그것이 큰 문제"52)라고 하였다.(강조는

---

50) 조선일보, 1929. 9. 7, 「水原體育會 創立大會」.
51) 조선일보, 1929. 9. 17, 「水原에서 市民大運動會 體育會 主催로」.
52) 조선일보, 1929. 10. 14, 「水原靑年會運動場 使用紛糾後報 체육회 정식교섭으로 사용허락」.

인용자) 이로 보아 수원청년회운동장 사용문제는 첫째, 운동장의 소유권 문제를 들러싼 분쟁 둘째, 운동장 사용의 형식과 절차상의 문제 셋째, 체육회와 청년회의 성격 문제 등으로 요약할 수 있다. 특히 성격문제는 이 시기 수원지역 청년운동의 주도권을 장악해가고 있던 사회주의세력에 대한 기존의 유지층 혹은 민족주의세력의 저항과 관련이 있을 것으로 생각된다. 수원체육회의 회장인 김세환을 비롯하여 부회장인 박선태, 이사인 김병호, 김세완, 홍사훈, 이완선, 홍사선 등 간부진[53]의 성격에서 확인할 수 있다. 결국 이와 같은 노선차이에서 운동장의 소유권 문제를 체육회측에서 제기한 것이라 생각된다.

한편 이상과 같은 문제점이 노정되기는 하였으나 수원청년동맹은 1929년 초에는 조직이 완료되었던 것으로 보인다. 왜냐하면 수원청년회에서는 권순증을 각 면과 리의 청년회에 파견하여 1928년 8월 12일을 창립대회일로 정하였으나 수원경찰서에서는 이를 인정하지 않아 창립대회를 열지 못한 점[54]과 1928년 12월 20일 신간회 수원지회 제7회 간사회에서 수원청년회 내부 조사의 건을 결의하였던 점[55] 그리고 1929년 6월 9일 임시총회를 소집하여 朴勝極을 집행위원장으로 선출[56]한 것으로 보아 알 수 있다. 특히 신간회 수원지회 제7회 간사회에서는 조선청년총동맹 수원청년동맹을 촉성하기 위하여 먼저 수원청년회 자체가 이것의 매개체가 될 수 있는가를 조사하기로 하였다. 이로 보아 수원청년동맹은 1929년 초 무렵에는 조직되었던 것으로 생각된다. 이와 관련하

---

53) 수원체육회의 간부진은 최소한 사회주의의 영향을 받은 것 같지는 않다. 앞의 <표 1>에서 확인되듯이 이들은 지역사회의 유지층으로서 화성학원유지회와 수원실업협회에 참여한 인물들이 중심이 되었다. 따라서 이들은 민족주의적인 성격을 가졌거나 아니면 현실추수적인 성향의 인물들일 가능성이 상당히 높다.

54) 동아일보, 1928. 8. 14, 「交涉委員檢束 水原靑盟流會」.

55) 조선일보, 1926. 12. 25. 新幹水原本會 第七回幹事會.

56) 동아일보, 1929. 6. 13, 「水原靑盟大會」.

여 주목되는 점은 6월 9일의 임시총회에서 오산청년동맹이 조선청년총동맹의 조직원칙인 1군 1동맹의 원칙을 수용하면서 스스로 해체한 후 수원청년동맹이라 개칭한 점이다.57) 이는 오산청년동맹이 수원청년동맹으로 전환하였다는 것이 아니라 1929년 조직된 수원청년동맹의 지부로 가맹한 것으로 이해된다. 즉 수원청년동맹으로 개칭한 직후 오산청년동맹은 수원청년동맹 성호지부로 개편되고 있기 때문이다.58) 그러나 일제는 수원청맹이 조직되는 과정에서 허가를 내주지 않으려 하였다. 그리하여 일제와 교섭하는 과정에서 교섭위원 권순증이 단순히 실업자라는 명목으로 구류 25일에 처해지기도 하였다.59) 상황이 이와 같이 전개되자 창립대회일인 1928년 8월 12일에는 준비위원 10명 중 2명만이 출석하여 청년동맹의 조직되지 못하였다. 그리하여 陽甘靑年會, 正南靑年會, 印刷工親睦會, 高等里靑年會 등의 비난을 받았던 것이다.60) 그러나 상황이 이와 같음에도 불구하고 수원지역의 사회주의자들이 수원군청년동맹의 조직과정에서 민족주의자들과의 협동을 지속적으로 추진한 것은 조선청년총동맹이 1927년에 채택한 '신운동방침'61)을 수용했고, 현실적으로도 유지층의 영향력이 강했기 때문이라 생각된다. 즉 수원지역의 유지층은 구한말 대한자강회 남양지회와 기호흥학회 수원지회, 수원상업회의소와 같은 조직을 통하여 유대감이 강하였을 뿐만이 아니라 기호흥학회 수원지회원들과 상업회의소는 지역사회의 대표적인 사립학교인 삼일학교와 수원상업강습소(화성학원)을 통하여 나름대로 지역사회에 대한 영향력을 확대·강화할 수 있었다. 더욱이 남양지역은 1908년 일본인 금융조합 이사인 色川元市가 "이곳 지방민의 상황을 말씀드리면

---

57) 조선일보, 1929. 6. 12, 「水原靑盟大會」.

58) 조선일보, 1929. 6. 12, 「水原靑年同盟 城湖支部創立」.

59) 동아일보, 1929. 6. 13, 「水原靑盟大會」.

60) 동아일보, 1928. 8. 14, 「交涉委員檢束 水原靑盟流會」.

61) 조선청년총동맹의 신운동방침에 대하여는 안건호·박혜란, 「1920년대 중후반 청년운동과 조선청년총동맹」, 『한국근현대청년운동사』, 풀빛, 1995. 참조.

극히 악질로 배일사상이 가장 격렬한 곳이며 해안으로 남양반도의 전면에는 대부도를 주로 하고 크고 작은 여러 개의 섬이 있어 폭도가 잠복하거나 총기 등을 몰래 옮기기에 아주 편리한 곳이다."[62]고 하여 항일사상이 매우 강렬함을 보고한 지역이다. 따라서 지역 정서 역시 의병운동의 항일운동정신을 반영하고 있었을 것이라는 점도 유지층 혹은 민족주의세력의 영향력이 강하게 유지될 수 있었던 이유라고 생각된다.

이후 수원청년동맹은 1929년 8월 25일 제1회 정기대회를 개최하여 집행위원장에 박승극을 선출하는 한편 서무부장 엄익홍, 재무부장 김행권, 교양부장 권순증, 조직부장 황응선, 조사부장 홍경촌, 여자부장 이년적, 소년부장 김도생, 체육부장 이용성, 검사위원장 공석정, 변기재를 선출하고 朝鮮靑總集會 解禁의 件과 私立敎育機關協議同盟 促成의 件 외 2개항을 결의하였다.[63]

그런데 같은 해 11월 9일 제3회 집행위원회에서 권순증의 사임원을 수리하는 한편 신충을 신임집행위원으로 선출하고 서무부장 金道生, 재무부장 姜德仲, 교양부장 申忠, 조직부장 嚴翼鴻, 여자부장 李年積, 소년부장 洪景杓, 체육부장 李容成으로 개선하였다. 그리고 각부의 부원으로 韓彰洙, 林凡辰, 洪貞憲, 張柱文, 李××, 趙明載, 金幸權 등이 선임되었다.[64]

3) 수원청년동맹의 활동

① 지부 설치 활동

이상과 같이 조직된 수원청년동맹은 1929년 7월 21일의 제1회 집행

---

62) 『南陽關係書類』, 규장각도서번호 22048.
63) 동아일보, 1929. 8. 29, 「水原靑盟定總 지난 이십오일」: 조선일보, 1929. 8. 28, 「水原靑年同盟 定期大會」.
64) 중외일보, 1929. 11. 15, 「水原靑盟執行委員會」.

위원회에서 박승극을 집행위원장으로 선출한 이후 군내 고립청년단체에 관한 건 등 8개항을 결의[65]하면서 면 단위의 지부를 설립하기 위한 활동에 들어가 城湖, 陽甘, 烏山, 水原支部 등을 설치하였다. 앞에서도 언급했듯이 성호지부는 1929년 6월 9일 창립되었으며, 수원지부는 1929년 8월 25일 정기대회 직후 表德仲을 집행위원장으로 선출하면서 창립되었다.[66] 그러나 지부의 설치를 위한 활동이 진행되면서 일제의 탄압도 강해졌다. 즉 양감면지부의 경우는 일제의 집회 금지로 인하여 지부의 설립이 늦어지기도 하였다. 즉 반도청년회는 수원청년동맹 양감지부로의 전환을 결의하고,[67] 1928년 9월 1일 이를 결의하기 위한 임시총회를 개최하였으나 일제가 수원청년동맹의 창립대회를 금지하자 楊甘靑年會로 개칭[68]하여 활동하였다. 이후에도 일제의 탄압은 지속되어 양감청년회가 경영하던 勞農講習會를 赤化宣傳할 우려가 있다는 이유로 금지하였다.[69] 그리고 1929년 11월 9일 집행위원회에서 양감지부의 설치를 결의하였고,[70] 26일 설치하고자 했던 양감지부의 설치대회도 역시 금지하였다.[71] 그러다가 1930년 3월 20일 수원청년동맹 양감지부가 張柱文을 위원장으로 하여 설치되었다.[72] 그리고 班을 조직하기 위한 활동도 전개하였다.[73] 또한 일제는 수진농민조합 양감지부의 설치도 역시 금지하였

---

65) 조선일보, 1929. 7. 24, 「水原靑盟委員會」.
66) 조선일보, 1929. 8. 28, 「水原靑年同盟 水原支部設置」.
67) 동아일보, 1928. 8. 17, 「半島靑年定總」.
68) 동아일보, 1928. 9. 9, 「半島靑年臨總」.
69) 중외일보, 1928. 11. 7, 「楊甘靑年經營의 勞農講習禁止」.
70) 조선일보, 1929. 11. 14, 「水原 各團體 委員會 開催」.
71) 동아일보, 1929. 11. 26, 「水靑楊甘支部 設置大會禁止」.
72) 중외일보, 1930. 3. 25, 「水原靑盟 楊甘支部設立」. 양감지부는 서무재정부(崔海潭), 조직선전부(韓彰洙), 교양부(金觀培), 조사연구부(李鍾宜), 소년부(韓彰洙), 체육부(郭錦錫)와 반책임자(韓彰洙, 郭錦錫, 金贊鉉), 대의원(韓彰洙, 金聖培, 崔海潭, 張柱文)를 두었다.
73) 중외일보, 1930. 8. 20, 「水原靑盟 楊甘支部大會」

다.74) 이와 같이 일제가 수원청년동맹 양감지부의 설치를 방해한 이유
는 첫째, 양감면은 수원지역에서도 사회운동이 가장 활발한 지역이었고,
둘째, 당시 양감면근검저축조합의 분규문제75)가 있었기 때문이었다. 즉
양감면은 수원청년동맹 위원장인 박승극이 출생한 지역이었고, 이미
1927년경에 반도청년회(양감청년회로 변경)가 조직되어 노농강습회를
운영하는 등 청년회의 활동이 활발히 이루어지고 있던 지역이었다. 더
욱이 박승극은 '매우 부유한 집'에서 태어나 1928년 7月 日本大學 豫科
1년을 중퇴하고 귀향하여 李元燮, 張枉文 등과 함께 선문리에서 新興學
堂, 용소리에 大化義塾, 사창리에 普信講習所를 설치76)하여 무산교육에
노력하기도 하였다. 이러한 기반 하에서 박승극은 양감면에서 지도력을
확보할 수 있었다. 그리하여 일제는 양감면지부의 창립을 극력 방해하
였던 것이다. 그러나 일제가 수원청년동맹의 지부설립을 모두 금지한
것만은 아니었다. 1929년 6월 1일 오산청년동맹은 임시총회를 열어 동
맹의 명칭을 水原靑年同盟 烏山本部(支部 - 인용자)로 변경하였던 것이
다.77) 그리고 설립시기는 알 수 없으나 水原支部와 城湖支部가 설치되
어 있음을 확인할 수 있었다. 성호지부는 1929년 11월 14일 제3회 집행
위원회를 개최하여 正南班 조직의 건 외 3개항을 결의하였다.78) 이로
보아 수원청년동맹은 리 단위의 반조직이 결성되었음을 확인할 수 있
다. 수원지역의 활동가들이 청년동맹(군)－지부(면)－반(리)라는 계통을
교조적으로 이해하지 않고 지역의 실정에 맞게 적용하였음을 알려준다.
그런데 앞에서 보았듯이 오산은 행정구역상으로는 리이지만 지부가 설

---

74) 동아일보, 1930. 10. 12, : 조선일보, 1930. 10. 12, 「水振農民組合 楊支設置禁
　　止」.
75) 조선일보, 1929. 11. 26, 「水靑楊甘支部 設置 禁止」.
76) 水警高秘 第4782號, 昭和 6年 12月 28日, 「秘密結社 赤色農民組合組織計劃에
　　關한 件」, 金炅一編, 『韓國民族運動史資料集』4.
77) 중외일보, 1929. 6. 4, 「烏山靑盟臨總」.
78) 조선일보, 1929. 11. 19, 「水靑城支委員會」.

치되었고, 정남은 면임에도 불구하고 반이 설치되었던 것이다. 이로보아 이상과 같은 지부설치의 활동과 함께 수원청년동맹은 조직을 정비하기 위한 활동을 전개하였다. 그리하여 수원청년동맹은 1930년 3월 8일 집행위원회 내에 常務執行委員會를 설치하였다.[79] 이후 수원청년동맹의 제반 사항은 상무위원회에서 실질적으로 결정하였던 것으로 보인다.

그리고 지부가 조직되지 않은 면에는 순회위원을 파견하여 지부를 조직하고자 하였다. 순회위원으로는 안용, 일형면에는 신충, 황응선, 우정, 팔탄면에는 이덕곤, 김도생, ××, 양감면에는 박승극, 장주문이 선출되었다.[80] 그러나 이들 순회위원이 파견된 이후 이들 지역에서 수원청년동맹의 지부가 설치되었는지는 확인되지 않는다.

② 일반적인 활동

수원청년동맹은 자체적으로 야학을 운영하기도 하였다. 오산지부에서는 오산노동야학원을 운영하였으며,[81] 양감지부에서도 야학원유지를 계획하였고,[82] 집행위원인 金道生과 朴鳳得은 화성학원의 교사를 역임하였다.[83] 그리고 상식강좌[84]와 강연회[85]의 개최, 또는 문고의 설치[86]를 통한 교양사업을 계획하였고 성호지부에서는 정구대회를 개최하기도 하였다.[87] 그리고 소년동맹의 설치를 통해 소년운동을 지도하고자 하였으며,[88] 지역민의 일상 이익을 옹호하기 위한 활동도 전개하였다. 즉 1930

---

79) 중외일보, 1930. 3. 12, 「水原靑盟 定期大會召集 常務委員會組織」.

80) 중외일보, 1930. 3. 12, 「水原靑盟 定期大會召集」.

81) 조선일보, 1930. 9. 8, 「勞動夜學院에 寄贈」.

82) 중외일보, 1930. 3. 25, 「水原靑盟 楊甘支部設立」.

83) 조선일보, 1930. 10. 14, 「水原各社會團體員 七十名 一齊檢擧」.

84) 동아일보, 1929. 7. 24, 「城湖部臨時總會」.

85) 중외일보, 1930. 1. 21, 「水原靑盟 常務會禁止」.

86) 조선일보, 1929. 8. 19, 「水靑城湖支部 定期大會開催」.

87) 조선일보, 1929. 8. 7, 「畿湖少年庭球 烏山에서 試合」.

88) 조선일보, 1929. 8. 19, 「水靑城湖支部 定期大會開催」.

년 8월 16일 양감면 사창리의 金後鳳이 축우검사장에서 황소에게 받쳐 중상을 입은 사건이 발생하자 이에 개입하여 김후봉에 대한 치료 조치를 요구하고 있는 것이다.[89] 또한 기념일 투쟁도 전개하여 국제청년데이를 기념하고자 계획하였고,[90] 메이데이를 기념하였다.[91] 그리고 사립교육기관에 대한 지지를 확고히 보이기도 하였다. 즉 앞에서 보았듯이 제1회 정기대회에서 사립교육기관협의동맹에 관한 건을 결의하였고, 양감지부의 창립대회에서도 사립교육기관지지를 결의하였다.[92] 이는 화성학원이나 삼일학교를 비롯한 수원지역의 대규모의 사립교육기관 뿐만이 아니라 야학, 강습소를 포함한 교육기관에 대한 관심과 지지를 표명한 것으로 생각된다. 그리하여 앞에서 보았듯이 수원청년동맹의 집행위원인 김도생과 박봉득이 화성학원의 교사로 파견되었던 것으로 보인다. 특히 1931년에 있었던 화성학원에 대한 수원청년동맹운동장의 양도문제는 1934년 수원지역의 사회단체들의 해소가 의결되면서 사회문제가 되었다.[93] 결국 운동장을 양도하던 1931년에는 문제가 되지 않았던 것이 4년이 지난 후에야 사회문제화 되었다. 이는 1931년에는 화성학원을 비롯한 사립학교를 지원해야 한다는 생각이 일반화되어 있었다는 것을 보여주는 것이라 할 수 있다. 동시에 수원지역 사회주의운동의 지도적 인물인 박승극이 수원지역 민족주의 혹은 유지층을 대표한다고 할 수 있는 홍사훈의 화성학원에 운동장을 양도하였다는 것은 1928년 7월 홍사훈이 수원청년회부흥대회에서 사회를 보고 회의 주도권을 신진세력에게 이양한 것과 함께 수원지역 사회운동 세력이 이념을 초월하여 협동하였다는 점을 보여주는 것이라 할 것이다.[94] 이를 방증할 수 있는 또 다른

---

89) 조선일보, 1930. 9. 26, 「楊甘少年 重傷事件 水原畜組非難」.
90) 조선일보, 1930. 9. 13, 「水靑烏山支部 月例會禁止」.
91) 조선일보, 1931. 5. 12, 「楊甘메데事件 全部釋放」.
92) 중외일보, 1930. 3. 25, 「水原靑盟 楊甘支部設立」.
93) 동아일보, 1934. 9. 8, 「水原社會團體 完全히 解消」.
94) 특히 홍사훈은 1927년에 실시된 도협의원선거에서 수원지역에서 당선되었

근거로는 프로레타리아 미술전람회가 개최된 장소가 화성학원이었다는 점을 들 수 있다. 특히 1931년이라는 시기는 수원청년동맹에서 조선청년총동맹을 해소해야 한다는 결의안을 제출한 시기였다는 점에서 더욱 의미 있는 일이라 할 것이다. 즉 수원청년동맹은 노동·농민조합의 청년부로의 해소를 주장하는 계급·계층별 조직노선을 추구하던 시기이기 때문에 더욱 그러한 것이다. 그러나 1929년 8월 10일에 있었던 수원학생친목회 창립 12주년 기념 육상경기대회에서 발생한 사건은 지역사회의 명망가에 대한 도전이라는 점에서 주목된다. 즉 수원청년동맹, 신간회 수원지회, 수원노동조합, 프롤레타리아 예술동맹 수원지부 등이 대회 위원장이 경기도평의원인 洪某(洪思勛-인용자)라는 사실을 발견하고 관료배 위원장 아래에서는 경기를 할 수 없다고 하면서 위원장의 변경을 요구하였으나 주최측이 이를 거부하자 대회를 보이콧트한 사건이다.[95] 이 사건은 사회주의세력이 유지 혹은 민족주의지향의 세력과 협력하고 있었다는 앞의 주장과 모순이랄 수도 있으나 이는 친일화하고 있는 유지층 혹은 민족주의세력에 대한 견인의 의미라 생각된다.

다른 한편으로 수원에서는 1930년 3월 29-30일에 걸쳐 양일간 조선프로레타리아 제1회 미술전람회가 개최되었는데 수원청년동맹에서는 이를 후원하기도 하였고,[96] 성호지부에서는 경비를 충당하고자 명함인쇄업을 개시하기도 하였다.[97] 이로 보아 수원청년동맹의 운영은 그리 원활한 것은 아니었다고 볼 수 있다. 또한 수원청년동맹은 수원소년동맹원들의 격문사건을 지도했다고 생각된다. 이 격문사건은 1930년 10월 12일 새벽에 발생하였는데, 「무산대중에게 격함」이라는 격문이 수원시내의 요

다. 당선 직후 그는 수원청년회의 부흥대회에서 사회를 보고 회의 주도권을 신진세력에게 이양하였다.

95) 조선일보, 1929. 8. 13, 「官僚委員長 밑에선 競技할 수 없다고 參加團體 一齊히 退場」.

96) 중외일보, 1930. 3. 21, 「水原靑盟 常務執行委員會」.

97) 동아일보, 1929. 9. 5, 「靑支名啣商開始」.

지인 八達門, 水口門, 조선곡자회사, 수원청년동맹운동장 등지에 나붙은 사건이다.98) 이 사건은 수원지역에 매우 큰 충격을 주었다. 수원청년동 맹을 비롯한 수원지역 사회단체들의 지도자들은 물론이고 화성학원의 교사, 학생들까지 일제에 검거되어 취조를 받고 있기 때문이다.99)

③ 청총 해소 활동

조선청년총동맹은 1929년 12월 중앙상무집행위원인 차재정을 비롯한 중앙 간부들이 광주학생운동과 관련하여 대검거를 겪으면서 합법운동으 로 전환하고자 하였다. 이에 청총 산하의 지방 단체들과 좌익은 청총의 이와 같은 방향전환을 비판·반대하였다. 이러한 상황 속에서 각지에서 는 청총의 중앙기관의 개선을 반대하는 성명서를 발표하였다. 1930년 12월 14일 경상남도연맹을 시작으로 하여 인천·수원·의주·광주·평 양의 청년동맹이 반대의사를 표명하였다. 이들이 반대한 이유는 첫째, 청년운동의 당면임무가 변하였으며 둘째, 청총과 청맹의 조직적 결함 때문이었다. 즉 노농조의 확대·강화라는 전술적 변화를 겪으면서 청년 동맹을 노농조의 청년부로 귀속시키고자 하였던 것이다.

먼저 수원청년동맹은 1931년 1월 24일 청총의 중앙위원 개선 문제로 말미암아 해소를 제의하게 되었다.100) 청총의 중앙위원개선문제란 1929 년 12월 청총의 중앙상무위원이던 차재정을 비롯한 중앙 간부들이 광주 학생운동과 관련하여 대검거를 당한 후 신임 간부를 선임하는 과정에서 발생한 사건이다. 즉 청총은 창립 이래 한 번도 개최된 적이 없던 정기 대회를 소집하기 위하여 허정숙·차재정·박승극 외 3인을 집회해금 교 섭위원으로 선임하여 일제측과 교섭하였으나 실패하였다.101) 이에 청총

---

98) 조선일보, 1930. 10. 13,「水原各城門에 過激檄文을 貼付」.
99) 조선일보, 1930. 10. 14,「水原各社會團體員 七十名 一齊檢擧」.
100) 京畿道警察部,『治安狀況』, 1931. 7, 朴慶植編,『朝鮮問題資料叢書』제6권, p. 441 : 동아일보, 1931. 1. 28,「朝鮮靑總의 解消를 提議」.

은 1930년 11월 중 이른바 傳說大會를 통하여 중앙집행위원장 윤형식, 상무서기 김약천, 추병환을 비롯한 신임 간부를 선출하였다.102) 그러나 신임 간부진은 소위 공민권획득을 주장한 '합법운동파'103)로서 우경화하였다고 보았기 때문에 수원청년동맹을 비롯하여 중앙청년동맹과 인천청년동맹 등의 반대에 직면하게 되었다.104) 이에 앞서 1930년 3월 말경 수원청년동맹 집행위원장인 朴勝極은 함북 鏡城靑年同盟이 제기했던 전국청년동맹대표자소집준비회에 참석하기 위하여 상경하였으나 발기단체인 경성청년동맹의 위원이 한 명도 보이지 않고 회의를 연기하자 청총과 함북도연맹, 鏡城靑盟에 책임을 묻는 성명서를 발표하기도 하였다.105) 이 성명에는 長興靑年同盟(金斗煥), 洪城靑年同盟(金在翰), 江界靑年同盟(李松奎), 中央靑年同盟(朴昊辰), 金堤靑年同盟(朴斗彦), 鐵原靑年同盟(林茂山), 全州靑年同盟(金文玉), 水原靑年同盟(朴勝極)이 서명하였다. 그런데 홍성청년동맹의 김재한은 1931년에 성립한 윤형식을 중앙집행위원장으로 한 청총의 핵심간부로서 우경화한 청총의 대표적인 인물이었다. 그리고 이 사실을 1930년초부터 허일, 윤형식 등이 청총을 합법운동으로 이끌고자 계획했다는 일제의 기록106)과 비추어 보면 김재한이 이 성명에 서명한 것 역시 청총을 합법운동으로 이끌고자 한 운동의 연장선상에 있던 것이라 할 것이다.

이와 같은 과정을 거치면서 윤형식 등은 앞에서 서술했듯이 1930년 11월 전설대회의 형식으로써 청총을 장악하였다. 이에 수원청년동맹은 1931년 1월 24일 청총의 해소를 주장하였는데 수원청년동맹이 청총의

---

101) 동아일보, 1929. 11. 27.
102) 경기도경찰부, 앞의 책, p.432.
103) '합법운동파'의 운동 논리에 대해서는 이애숙, 「1930년대 초 청년운동의 동향과 조선청년총동맹의 해소」, 『한국근현대청년운동사』, 풀빛, 1995. 참조바람.
104) 경기도경찰부, 앞의 책, p. 437.
105) 중외일보, 1930. 3. 24, 「靑盟地方代表者 聲明書 發表」.
106) 경기도경찰부, 앞의 책, p. 428.

해소를 주장한 이유는 다음과 같다.[107]

> (경남도연맹, 함남북도연맹, 평남도연맹 등에 대하여) 道聯盟 주최
> 로서 청총 간부를 개선하여 **청총을 해소하고 노동·농민 단체에**
> **청년부를 설치**해서 단체의 확대강화를 도모(강조는 인용자)

이러한 청총의 해소논리는 1931년초 신간회가 해소되고 혁명적 노동조합과 농민조합이 확대·강화되던 시대적인 상황과 일치한다. 그리고 또한 신간회 해소 직전 조직된 신간회 중앙집행위원에 수원의 박승극과 孔錫政이 당선되고 있는 것으로 보아 신간회와 청년동맹의 해소에 수원지역은 적극적으로 찬성하고 활동한 것으로 보인다. 이는 지역 차원에서 전개된 청년운동이라 하더라도 중앙 차원에서 이루어지고 있던 논쟁이나 파벌투쟁에서 자유롭지 못했다는 것을 의미한다. 그러나 한편으로는 지역사회의 성격상 이들은 민족주의 혹은 사회주의를 가리지 않고 협력하고 있음을 확인할 수 있었다.[108] 신간회의 해소될 무렵인 1931년에 있었던 수원청년동맹운동장의 화성학원에 대한 양도는 민족주의와 사회주의의 협력이 깨어질 시기에도 지역사회에서는 이들 세력이 상호 협력하기도 하였음을 보여주는 좋은 예라 할 것이다. 한편 수원청년동맹의 해소 이후 동맹원들은 수진농민조합의 청년부 산하에 들어가 활동을 하며 집행위원장이었던 박승극은 1931년 수진농민조합이 혁명적으로 전환하는 과정에서 적극적인 활동을 전개하고 있다.[109]

---

107) 경기도경찰부, 앞의 책, pp. 441~442.
108) 이와 관련하여서는 김일수, 「1920년대 경북지역 청년운동」과 이애숙, 「1920
　　　년대 전남 광주지방의 청년운동」,『한국근현대청년운동사』, 풀빛, 1995. 참조.
109) 수진농민조합에 관하여는 졸고, 「日帝下 水原地域의 農民組合運動」,「東國歷
　　　史教育』5, 1997. 참조바람.

Ⅳ. 맺음말

1920년대 초반 전국적으로 청년단체가 급속히 조직되고 확산되는 과정에서 수원지역에서도 청년단체들이 조직되기 시작하였다. 그리고 이 단체들은 당시의 지적인 풍조 속에서 실력양성을 목적으로 하였다. 그러나 1920년대 중반에 이르면 청년단체는 '혁신'을 꾀하게 되며 이는 청년운동에 새로운 방향성을 제시하는 것이기도 하였다. 즉 사회주의를 이념으로 하는 청년단체가 조직되는가 하면 기존의 청년단체에 사회주의가 영향을 미치기도 하였다. 수원지역의 경우 사회주의를 이념으로 하는 청년단체가 최초로 조직되는 시기는 혁성단이 조직되는 1926년이기 때문에 다른 지역보다는 늦은 감이 있다. 이는 수원지역의 유지층 혹은 민족주의세력이 상대적으로 영향력을 여전히 유지하고 있었기 때문이었다. 따라서 1920년대 중반 이후 이들에 의하여 주도된 청년단체의 활동이 1920년대 초반의 경우보다 오히려 활발해지고 있기까지 한 것이다. 그러나 이러한 과정에서도 사회주의의 영향력은 확대되어 1929년에는 군단일 청년동맹이 조직되어 이후 청년운동을 주도하였다.

1920년대 수원지역의 청년운동의 특징은 다음과 같이 정리할 수 있다. 첫째, 1920년대 초반 수원지역의 청년단체는 지식인, 지주, 상공인, 종교인 등이 주도하였고, 이들은 실력양성을 목적으로 하였다. 그리하여 이 시기 청년운동은 주로 교육과 강연회 등을 중심으로 한 계몽활동에 주력하였다. 그러다가 1924년을 전후 한 시기부터 서서히 청년단체의 혁신을 위한 움직임이 시작되어 1926년에는 사회주의 이념에 입각한 청년단체가 조직되기에 이르렀다. 둘째, 군 단일 청년동맹의 조직이 다른 지역보다 조금 늦은 1929년에야 가능했다는 점이다. 이는 유지층으로 대표되는 민족주의세력 혹은 현실 순응적인 세력의 영향력이 여타 지역보다 강했던 지역적인 특성과 그에 따른 사회주의세력의 늦은 성장에서 그 이유를 찾을 수 있다고 생각한다. 셋째, 청년단체의 혁신 과정에서 다른 지역에서 보였던 유지층과 청년층의 대립과 같은 문제는 심각하게 나타나지 않았다. 이 점은 앞에서도 지적했듯이 사회주의자들이 조선청년총동맹의 조직원칙을 수용하면서 민족주의자들과 대립하지 않으려 하였다는 점도 있지만 현실적으로도 개화운동이나 의병운동의 흐름을 이어받은 지역사회 유지층의 활발한 사회활동의 결과 민중에 대한 그들의 영향력이 여전히 강했기 때문이라고도 할 수 있다. 그리하여 청년회 혁신의 주요한 특징 중의 하나인 연령 제한과 회장제에서 위원제로의 변경이 비교적 순탄하게 이루어졌던 것이다. 넷째, 중앙에서 전개되었던 논쟁이나 파벌투쟁이 지방에까지 영향을 미치고 있음을 확인할 수 있었다. 그러나 민족협동전선인 신간회가 해소된 이후에도 수원지역에서는 화성학원에 대한 수원청년동맹운동장의 양도와 같은 민족·사회 양대세력 사이에 협력이 제한적이나마 이루어지고 있었다. 이는 지방의 경우에는 지역사회의 객관적 조건을 지역사회의 활동가들이 유연하게 활용하고 있었다는 것을 시사한다. 마지막으로 군(동맹)-면(지부)-리(반)으로 이어지는 청년동맹의 조직체계가 지역의 사정에 따라서 정남반과 오산지부의 조직에서 볼 수 있듯이 면 단위의 반조직과 리 단위의 지부가 설치되고 있었다는 점을 확인할 수 있었다. 이는 앞에서도 지적한 있듯이 지역사회의 활동가들이 지역의 조건에 맞게 운동을 전개하고 있었다는 또 다른 증거가 된다고 할 것이다.

A Suwon Young Men's Union(水原靑年同盟) and the movement by the youth in Suwon in 1920s

Cho, Seong-woon

In the course many Youth Groups were organized and spreaded rapidly in the early 1920's, also the organizers began to organize them in the Suwon area. And these groups pursued the cultivation of peoples abilities in the intellectual mood at that time. However, in the middle of the 1920's, Youth Groups tried to design the 'reform', and thses tendency also suggested new directions of Youth Groups Movement. Organization of the new, social-adopted Youth Group appered, and extended the influence of Socialism on the other Youth Groups.

In the Suwon area, the Socailistic Youth Group, named Hyuksungdan(혁성단), organized in 1926 for the first time. It seemed later than other areas. This happened that the supporters or nationalists groups in this area still maintained a superior position than socialists. Therefore, mid-'20s, activities of Youth Groups which led by them were brisk more than in the early 1920s. But, in this process, the influence of the Socialism was more and more extended. The organization of the single Youth Union of County in 1928, led the Youth Movement.

The characters of the Youth Movement of the Suwon area in 1920's would be described as follows; first, the Youth Goups of the Suwon area were led by intellctuals, landloards, religionists, merchants and industrialists, and they pursued the cultivation of peoples abilities. Therefore, in this time, the Youth Movement concentrated its effort on the enlightenment movement, such as educations and lectures. At the same time it also staretd its movement to reform the Youth Group in 1924, and made an establishment of new Youth Group which had a Socialistic ideology in 1926. Second, there wasn't any serious oppositions between intellectuals and youthes in the refroming discouse of Youth Group, which were showed at the other counties. It would be explained that the socialists were not against the nationalists since they accepted the organizing principles of Chosun Youth Union, but on the other hand, the vigorous social activities of the intellectuals that inherited the tradition of Enlightenment Movement or Royal Troops Movement gave them a great consequences that influenced to the people. So that, the most important characters of innovation of Youth Association, such as the limit of age and the alteration from chairmanship to committee system were accompished smoothly.

韓末~1920年代 朝鮮人資本家層의 經濟動向과 民族主義運動
― 대구지역을 중심으로

오 미 일*

<목 차>

Ⅰ. 머리말
Ⅱ. 경제구조와 조선인자본가층의 경제 동향
Ⅲ. 민족주의운동의 전개와 자본가층의 활동
Ⅳ. 맺음말

Ⅰ. 머리말

그간 일제시기 조선인자본가층에 관한 연구는 경제사적 측면과 정치사적 측면에서 각기 이루어져 왔다. 경제사적 측면에서의 연구는[1] 주로 한국자본주의발달사 속에서 조선인자본가층의 경제적 조건 변화와 몰락 성장과정에 초점을 두었다. 대개 잘 알려진 대지주나 대자본가의 자본축적 내지 경제적 변화 과정에 관한 사례연구 형태로 이루어졌다.[2] 정치사적 측면의 연구는 직접적으로 자본가층의 정치활동이나 사회운동을 대상으로 하기 보다 자본가층의 이념이 부르조아민족주의란 규정 하에 민족

---

*東亞大 강사

[1] 조선인자본가층에 관한 연구동향에 대해서는 이승렬, 「일제시기 민족자본가 논쟁」『역사비평』, 1990 여름호; 정재정, 「1980년대 일제시기 경제사연구의 성과와 과제」『한국의 '근대'와 '근대성' 비판』, 역사비평사, 1996 참조
[2] 대표적으로 趙璣濬, 『韓國企業家史』, 박영사, 1973을 들 수 있다.

주의운동이나 정치사상을 다루는 가운데 포괄적으로 이루어져 왔다.

필자는 자본가층의 물적 기반과 경제적 조건에 기초한 사회정치적 활동 내지 민족주의운동 상에서의 역할을 고찰하기 위해 평양,3) 부산4)에 이어 지역사례로 대구를 택하였다. 대구지역은 평양이나 경성과 달리 전형적인 지주자본의 근거지란 점에서 일제시기 조선인자본가층의 상당수가 지주자본에서 출발하여 상업(무역·금융)이나 제조업으로 전환하였으므로 일반적인 조선인자본가의 궤적을 살펴보는 데에 좋은 사례가 될 것으로 생각한다.

그러나 1910년대 중반~1920년대 기간 대구지역에서의 공장 설립 상황을 일관되게 알려주는 공장명부가 없고, 또한 대구와 인근 경북지방의 지주명부가 존재하지 않아 조선인자본가층의 물적 기반과 자본전환 과정을 정확하게 파악하는 데에는 많은 어려움이 있다. 이러한 자료적 한계는 곧 논문의 한계이기도 하다는 점을 지적해둔다.

Ⅰ. 경제구조와 조선인자본가층의 경제 동향

1) 한말~1910년대 중반 조선인자본가층의 존재형태

(1) 제국주의유통체계의 창출과 조선인 상인자본의 쇠퇴

대구는 조선 후기 이래 영남의 大都로서 상업의 중심지였다. 특히 西門市場과 藥令市는 부근 수십 개 郡뿐만 아니라 전국을 상대로 한 교역 시장이었다.5) 조선후기, 개항기에 성장한 대구상인은 주로 西門市場이나 藥市令에서의 상업으로 자본을 축적하거나6) 또는 낙동강 뱃길을 이

---

3) 오미일, 「1910~1920년대 공업발전단계와 조선인자본가층의 존재양상-평양지역을 중심으로」『한국사연구』제87집, 한국사연구회, 1994 ; 오미일, 「1910~1920년대 평양지역 민족운동과 조선인자본가층」『역사비평』, 1995 봄호
4) 오미일, 「1910~1920년대 부산지역 조선인 자본가층의 존재양상과 민족주의운동의 전개」『港都釜山』제12호, 부산광역시사편찬위원회, 1995
5) 近藤徹(조선은행 대구지점 서기) 報告, 『大邱地方經濟事情』, 1913, 5쪽

용하여 지역간 교역으로 소금·면포를 거래하여 자본을 축적하였다.[7]

이러한 전래의 대구 商圈에 변화가 나타난 것은 1876년 부산의 개항을 계기로 해서였다. 부산의 개항으로 낙동강의 船運을 통해 일본상품이 대구로 유입되었으며 일본상인들도 1893년 9월 이후 대구로 진출하기 시작했다.[8] 1904년 2월 경부철도의 速成工事가 기공되자 대구는 沿線의 주요 驛으로 되어 일본인 이주민의 수가 급증하기 시작했다.[9] 철도종업원, 공사청부업자, 下請業者, 資材商人 등 1,000여명의 일본인이 대구에 이주하였는데 공사 완공 후에도 800여명의 일본 상인들은 그대로 상업활동을 계속하였다. 일본상인의 업종은 잡화상이 대부분이었는데 그 외에 賣藥商, 담배가게가 많았다.[10]

당시 대구는 부산의 商圈에 포섭되어 있어서 부산에 기반을 둔 일본 무역상이 대구에 지점을 내고 진출함으로써 모든 물자는 부산으로부터 공급되는 상태에 있었다.[11] 1907년 비로소 連帶運輸便이 열려 일본 본

---

6) 대표적으로 徐相敦(燉)을 들 수 있다. 그는 갑오경장 후 경상북도 視察官을 지낸 3만석거리 대지주인데 원래는 서문시장·약령시를 무대로 쌀·소금·韓紙를 거래한 상인이었다. 그는 대구농공은행 창립인으로 대구 굴지의 재산가였다(『대구천주교회사』, 58~60쪽 ; 朴英圭, 「대구재계선각자들 : 박기돈 편」 5, 『大邱商議』, 248호, 1982. 8, 45쪽)

7) 대표적 사례로 정재학을 들 수 있다. 정재학은 한일합방 직전 順興·開寧郡守를 지내고 1908년 경상농공은행 감사를 지낸 후 1913년 대구지역에서 최초의 조선인은행인 대구은행을 창립한 재산가이다. 그는 원래 남의 집 고용살이를 하다 약간의 자본을 빌려 원산의 명태 장사로 돈을 번 후 배를 사서 본격적으로 낙동강 뱃길로 부산과 경북 내지를 오가며 소금과 쌀을 교환하여 거만의 부를 축적했다(박영규, 「대구재계의 선각자들 : 정재학 편」 『대구상의』 231~239호, 1981. 1~10쪽 참조)

8) 대구시사편찬위원회, 『大邱市史』 3권, 1995, 907쪽

9) 대구상업회의소 편, 『大邱案內』(책 표지에는 『大邱』로 표기되어 있음), 1928, 7쪽; 주 11 참조

10) 대구상공회의소, 『대구상공회의소70년사』 상권, 1977, 213~217쪽

11) 「商業」『大邱案內』, 7쪽.
   '明治 37년 2월 京釜鐵道가 速成工事로 起工되었기 때문에 一躍 대구는 沿線의 주요 驛이 되어 內地로부터의 이주자도 점차 가속적으로 증가되어 비로소

278

토와 직거래가 이루어지게 되어 점차 부산 商圈을 탈피하려고 하는 추세를 보이기 시작했다.[12] 그러나 1912년경까지도 남부지방 상업계의 機軸을 장악하지 못하다가 이후 부산의 商圈을 완전히 벗어나 일본 본토 및 해외와 직거래를 행하기에 이르렀다. 1918년 10월 포항 대구간 輕便鐵道가 개통되기에 이르러 沿線 각지와의 상거래가 격증하여 대구 商圈은 더욱 확장되었다.[13]

<표 1> 1905년~1915년 대구지역 일본인 상업회사

창립 연월	회사명	자본금	취급품목
1905. 4	제일은행대구출장소		은행업
1905. 9	大邱海陸物産株式會社	12,500	어류, 곡물, 잡화위탁 매매
1906. 9	合資會社三九商會支店	2,700	牛皮, 牛肉, 牛乳 및 직물잡화
1906. 12	合資會社三盟商會	9,900	약품, 의료기계 및 화장품
1907. 2	대구신탁합명회사		周旋 代辨仲介業
1907. 6	대구석유판매조합		석유 판매
1907. 9	海浦海陸物産合資會社	1,500	해륙물산
1907. 12	대구엽연초공동판매조합		엽연초
1910. 8	合資會社慶北善通組合	4,000	해륙운송, 獸肉皮
1914. 5	合資會社馬場吳服店	10,000	吳服太物商
1915. 3	大邱魚菜株式會社	60,000	陸産物 및 수산물 위탁매매

출전 :『조선총독부통계연보』, 1907~1915년판

차츰 거래다운 日韓貿易이 시작되게 되었다.… 당시의 대구는 부산의 商勢力圈內에 있어서 모든 물자는 부산으로부터 공급되는 상태에 있었는데 …'
『大邱地方經濟事情』, 1913, 5쪽.
'… 내지인이 다소 장래성을 갖고 이주하기에 이른 것은 1903, 1904년경 경부선 개통공사에 착수할 당시로서 日露戰爭後 차츰 내지인의 수가 증가하자 부산 상인은 다투어 그 지점을 설치하고 대구에 勢力扶植을 꾀하였다. 이후 1909년경까지 대구는 완전히 부산 상인의 세력하에 발전된 데 지나지 않았으나 … 近年에 이르러서 거의 商去來의 독립을 보기에 이르렀다.'
당시 부산상인이 대구경제계에 진출하고 있었던 사실은 부산의 大池忠助, 迫間房太郎 등이 일찍부터 대구의 토지를 매수하였던 점에서도 나타난다(河井朝雄,『大邱物語』, 1931, 朝鮮民報社, 41~42쪽).
12)「商業」『大邱案內』, 7쪽
13)「商業」『大邱案內』, 7쪽

1905년 당시 대구에 진출한 일본상인은 대부분 비록 '商行' '洋行'과 같은 무역상, 잡화상의 간판을 달았어도 그 영업규모는 실제 2間이나 3間 半 정도의 점포에, 자본금도 2백원~3백원 또는 몇천 원에 불과했다.14) <표 1>에서 보듯이 일본인이 창립한 대구 최초의 상업회사는 大邱海陸物産株式會社로 이는 부산, 대구 상인이 중심이 되어 설립한 것이었다.15) 초기 일본상업회사의 자본금 규모는 대개 1만원 내외로 상당히 영세했음을 알 수 있다.

이 시기 대구는 부근 경북지방의 구매를 겨냥한 수이입품시장으로서 발달하였다. 수이입품 가운데 주요한 품목은 면포, 綿絲, 석유, 성냥, 砂糖, 기타 잡화였다.16) 조선인 수이출 무역상은 주로 牛皮, 雜穀, 藥材를 부산이나 기타 내륙지역 그리고 일본으로 이출하였다.17)

일본상인들이 대개 회사 조직의 경영을 한 데 반해, 조선상인들은 모두 회사 형태를 취하지 않고 개인 경영의 상점, 무역상을 영위하였다.

(2) 소상품생산 형태의 조선인공업

대구지역 공장 창립 상황을 정리한 <부표 1>과 이에 의거하여 작성한 창립연도에 따른 업종별 공장 현황에 관한 <표 2>를 통해, 대구지역에서 일정 규모 이상의 공장(평균 1일 5인 이상의 직공을 사용하거나 원동력을 사용하거나 1개년의 생산액이 5,000원 이상인

---

14) 河井朝雄,「馱菓子屋でも名は貿易商」「名計りの商鋪」『大邱物語』, 1931, 61 ~62, 65쪽

15) 원래 이 大邱海陸物産株式會社의 商號는 大邱水産株式會社였는데 1906년 개 칭되었다. 이 회사의 대주주는 부산의 中村俊松, 대구의 戶倉十六・井上常直, 삼랑진의 太田勝三郎 등이었다. 대구해륙물산주식회사에서 영업주임으로 근무한 河井朝雄은 대구수산주식회사의 자본금이 3만원이라고 서술하였으나 통계연보에 따르기로 한다(河井朝雄, 앞의 책, 41~42쪽).

16)『大邱地方經濟事情』, 7쪽 ;『大邱案內』, 8쪽

17)『大邱地方經濟事情』, 7쪽

공장)이 창립되기 시작한 것은 1905년 이후, 특히 1910년경에 많은 공장이 창립되었음을 알 수 있다. 주요 업종은 연초, 요업(瓦제조)이었고 그외 정미, 철공, 직물업 등이 분포되어 있었다. 연초, 瓦는 대구 인근 경북지역에서 산출되는 원료를 이용한 제조업으로 전래적인 업종이다. 1920년대 이후 대구의 주요 공업으로 부각되는 製絲工場의 창립은 아직까지 활발하지 못한 상황이었다.

자본규모는 대개 1,000~10,000원 내외로 영세한 편이었다. 위의 표에 파악된 공장중에는 韓國製筵合資會社(불입자본금 3만원), 남한연초제조주식회사(불입자본금 1만5천원), 大邱製粉精米株式會社(자본금 10만원)와 같이 처음부터 상당한 자본금으로 설립된 것도 있으나 대개 영세한 자본으로 출발하여 일정기간 후 자본축적이 되면서 일정규모로 확장되어 통계에 파악된 경우가 많았다.18) 이는 당시 상업계의 무역상, 잡화상의 규모가 겨우 몇백 내지 몇천 원이었던 것과 마찬가지로 일반적으로 공장 창립자본도 매우 영세했음을 알려준다.

---

18) 예를 들어 下條鐵工場은 1906년에 창립되었으나 『조선총독부통계연보』 1914년판에서 비로소 파악되고 있고 이전 시기의 기록에는 나타나지 않는다. 1914년판 통계연보에 나타난 공장현황이 자본금 1,000원, 종업자 6명, 생산품가액 3,600원으로 기재된 것으로 보아 창립 당시에는 자본금이 몇백원 규모로 타인노동을 고용하지 않고 자가노동으로 영위하는 소상품생산 형태였을 것으로 생각된다(『조선총독부통계연보』, 1914년, 44쪽). 또한 塚村精米所도 1907년에 창립되었으나 『조선총독부통계연보』 1915년판에서 비로소 파악되고 있는데, 1915년경의 공장 현황이 자본금 1,000원 종업자 9명, 생산가액 6,500원으로 기재되어 있는 것으로 보아 창립 당시에는 역시 소상품생산 형태의 가내공업 수준이었을 것으로 보인다(『조선총독부통계연보』, 1915년, 64쪽).

<표 2> 1905~1914년 대구지역 창립연도에 따른 업종별 공장 현황

	총공장수	방직	요업	식품	인쇄	금속기계철공	가스전기	화학	기타
1905	2								연초2
1906	5		瓦2, 土器1	두부1		鐵具1			
1907	5		瓦1	정미3	인쇄1				製筵1
1908	8	機業2	瓦3	정미1					연초2
1909	3					철공1			製靴1, 연초1
1910	11(4)		瓦5(4)	양조1, 정미1					연초4
1911	6(朝日1)			정미2	인쇄1	철공1	전기1(朝日)	製紙1	
1912	1(1)	염직1							
1913	6(朝日1,朝2)		磁器1(朝日), 硝子1	製麺1					연초1, 靑皮1(朝), 製靴1(朝)
1914	5		瓦1	양조1		철공1			製革1, 製燧1

출전 : <부표 1>에 의거해 작성

비고 : 총공장수의 괄호안 숫자는 조선인공장수이다. 특히 '朝日1'은 일본인·조선인 합자 공장수가 1개라는 의미이다. 민족별로 기재되어 있지 않아 공장 상호를 보고 판단한 것이다.

<표 3> 1907~1915년 대구지역 공장현황

	총공장수	자본금(圓)	직공수(名)	생산액(圓)
1907	1	30,000		
1908	9	78,705	217	81,640
1909	10	104,800	367	125,910
1910	15	198,200	525	283,900
1911	13	212,850	886	767,200
1912	14	277,500	1,494	898,800
1913	16	516,800	1,501	827,342
1914	23	393,602	1,173	564,233
1915	20	362,628	808	525,761

출전 : 『조선총독부통계연보』, 1907~1915년판

<표 3>은 1907~1915년의 대구지역 공장 현황을 조선총독부통계연보에 기초하여 작성한 것이다. 이 표를 보면 자본금과 생산액이 모두 비약적으로 증대하는 시기는 1910~1913년이며 1914년~1915년에는 그다지 큰 증대가 없고 오히려 상대적으로 부진함을 알 수 있다. 또한 <표 2>에서도 보았듯이 이 시기 대부분의 공장은 일본인에 의해 창립된 것이었다. 이러한 양상은 제1차 세계대전 발발 이후 공장창립이 증대하며 그 공장창립이 조선인에 의해 주도되었던 평양지역과는 다른 점이다. 평양의 경우 주요 경제주체인 상인자본이 중심이 되어 한말부터 공장설립을 시도하였고 제1차 세계대전 이후 제조업 투자에 적극적이었으나, 대구의 경우 주로 지주자본으로 제조업 투자에 아직 관심을 보이지 않았던 것이다.

한말~1910년간의 대구 조선인공업은 대체로 소상품생산 형태로 가내수공업단계였는데, 1909·1910년에 이르러서 일부 공장공업 형태의 조선인공장이 설립되기 시작하였으며, 업종별로 볼 때 瓦製造工場이 많았다. 이 시기의 공장 창립 주도층은 상인(徐相敦·許泳), 지주(鄭鳳鎭·朴基敦·李章洛), 그리고 수공업자 출신(金潤聲·鄭鎭一·李聖一) 등으로 분류할 수 있을 것이다.

상인층이 설립한 대표적인 공장은 독립협회 재무부장·국채보상도총회장으로 활동하고 있던 서상돈이 일본인 岩瀨靜과 합자하여 설립한 남한연초제조주식회사이었다. 그러나 회사는 경영부실로 1년 만에 문닫고 일본인 大石勘吉이 인수하였다.[19]

지주층이 제조업에 투자한 대표적인 사례로는 박기돈이 晦山鐵工所와 은단을 제조하는 普惠藥房을 설립한 것을 들 수 있다. 그는 量地衙門量務委員(1901), 대구상공학교 교관(1903), 중추원 의관(1905) 등을 지낸 관직 경력으로[20] 상공업에 밝았는데 1905년 이후 대구에 상당한 대

---

19) 『대구상공회의소70년사』, 상권, 390쪽
20) 安龍植 編, 『大韓帝國官僚史研究』 2권, 연세대학교 사회과학연구소, 1995,

토지를 마련하여 이주하면서 자강운동에 참여하였고 大邱商務所長으로
도 활동하였다.21) 또한 일본의 某 농과대학 출신으로 만석거리 지주인
鄭鳳鎭은22) 박기돈과 함께 1910년경 제지공장을 합자 설립하기도 하였
는데 試運轉 중에 화재로 소실되었다.23)

2) 1910년대 후반~1920년대 지주·상인자본의 산업자본으로의 전환과 공장공업

(1) 지주자본의 금융·무역업으로의 진출과 상인자본의 동향

대구의 자산가는 그 자본의 축적 경로, 성격면에서 볼 때 대개 몇사
람의 상인을 제외하고는 대지주였다.24) 대구는 조선 전체를 통해서 볼
때 경성 다음으로 부자가 많은 곳이었다.25) 1911년경 대구의 100만원

280쪽

21) 박영규, 「대구재계의 선각자들 : 박기돈 편」『대구상의』244호, 1982. 4.
   밀양 박씨인 박기돈의 가문은 서울에서 대대로 벼슬한 양반이고, 父 朴文煥
   (종2품 嘉善大夫)은 합천 冶爐에 대토지를 소유한 지주였다고 한다. 박기돈
   의 호는 晦山이었다.

22) 金峻憲, 「大邱商工協會의 實體」『성곡논총』14, 1983, 313~314쪽.
   그는 사립 壽昌學校에 많은 토지를 희사하였으며 대구역 일대, 향교 부지
   가 모두 소유토지였다고 하는 것으로 보아 대지주였음을 알 수 있다. 대구
   상공협회의 직업별 회원명부에는 직업이 중개업으로 소개되어 있다.

23) 「대구상공협회 회보」1호, 272쪽(김준헌, 앞의 논문, 313쪽에서 재인용)

24) 大邱支局 一記者, 「지방시론 : 수확기를 당하여 富豪諸氏에게 一言」『중외일
   보』1929년 11월 2일
   '… 조선의 重地이고 경북의 수도인 대구는 富力의 집중이 全鮮에 1위를 占
   하엿다는 것이 과언이 아니다. 이와 같은 대구에 있는 富者諸氏中 幾人의
   商業家를 제외하고는 모두가 토지를 겸병한 대지주들이다.…'

25) 大邱支局 一記者, 「都市의 行進曲, 第 二陣 大邱」『신동아』2권 6호, 1932. 6,
   50쪽
   '大邱는 京城을 除하고는 全鮮에 第一가는 富力을 가진 都市로서 地方에서
   새로 드러온 富者를 合하면 千石以上만 하여도 五十名이 넘는다. … 원래

이상 부자로 열거되는 徐尙廈·徐尙龍·徐相奎·徐相燉·鄭在學 등은 연간 玄米 3천석~8천석을 거두는 대지주이었다. 특히 서상룡은 경남의 삼천포, 마산, 김해, 양산, 진주 등에 많은 논을 소유하며 仁同郡의 張承遠은 3,800두의 耕牛로도 경작하기에 부족할 만큼 많은 토지를 소유한 부자였다.[26] 1920년 10월경 각도별 10만원 이상 소유 조선인자산가수를 조사한 바에 따르면 도별로는 경기(396명), 전남(271), 경남(247명), 경북(168), 전북(155명), 충남(154명)인데, 도시별로는 경성(170명) 다음으로 대구(45명)에 많은 자산가가 거주하는 것으로 나타났다.[27] 1929년 4월경 대구지역 朝·日 자산가 조사에 의하면 10만원 이상 조선인 40명, 일본인 30명으로 조선인이 앞섰다.[28] 1930년대 초 50만원 이상 자산가로는 鄭在學·李章雨·徐丙國·徐丙朝·鄭海鵬·李宗冕 등이 거론되었다.[29]

이들 지주층의 자본축적 기반은 소작료와 고리대금업이었으며 그외에 금융업, 先物仲買나 또는 무역업에 투자하였다.[30] 지주들이 토지소

그 부자란 擧皆 地主임으로 小作搾取術은 발달할대로 다한 우에 累萬의 富를 死藏하고 겹겹으로 싼 벽돌담안 高樓廣室에서 하는 일이란 高利貸金 妓生蓄妾 一步를 나슨대야 貴路에 獻媚하는 것 外에는 아모 理想도 營爲도 없는 그들이다.'

26) 三輪如鐵, 『大邱一班』, 1912, 182쪽, 215~216쪽

27) 조선총독부, 「각도 자산가분포도」(서울대 도서관 소장)

28) 경상북도 경찰부, 『고등경찰요사』, 1934, 332쪽
   이를 자세히 살펴보면 2백만원 이상은 조선인 3, 일본인 1명, 1백만원 이상 조선인 2, 일본인 0명, 50만원 이상 조선인 7, 일본인 4명, 30만원 이상 조선인 5, 일본인 5명, 10만원 이상 조선인 23, 일본인 20명이었다. 따라서 자산 액수가 클수록 조선인부호가 많은 추세이었다.

29) 觀相者, 「全朝鮮二百八富豪財閥家總點考」『第一線』 2권 5호, 1932. 6

30) 『동아일보』 1926년 11월 11일, 4면
   '원래 대구란 곳은 천석 만석 부자가 있대야 그들은 대개가 守舊的이요 가다가 용기를 내어 무슨 일을 좀 해본다는 것이 기껏 先物仲買나 혹은 賣買나 不然이면 고리대금을 是事하는 것이다.'
   徐相日, 「大邱商工界의 一瞥」『별건곤』 5권 9호, 1930. 9, 83쪽
   '全鮮에 잇서서 地方的으로서에는 그 首位를 不讓하랴는 상당한 富力을 死

유 이외에 가장 관심을 가진 부분은 금융·고리대업이었다. 지주들의 금융업 진출 사례로는 우선 1906년 9월 창립된 경상농공은행(원래 대구 농공은행)을 들 수 있다.[31] 경상농공은행의 주주 및 중역진은 모두 한국인이었는데 여기에 참여한 경험은 한말 이래 일제 강점 이후에도 지주층에게 금융업에 대한 관심을 제고시켰다. 1912년 9월 일인자본에 의해 鮮南銀行이 설립되자 이에 대항하여 조선인 지주자본에 의해 대구은행(1913년 3월 창립)과 경일은행(1920년 1월 창립)이 각기 설립되었다. 대구은행은 1912년 7월 鄭在學·崔浚·李一雨·裵相洛·李宗勉·張吉相·李柄學·坂本俊資 등 8명의 발기에 의해 설립되어 정식 영업은 1917년 7월부터 시작하였다.[32] 이들 가운데 이병학·이종면·정재학은 경상농공은행의 은행장, 중역, 감사역을 지낸 인물들이라는 점에서[33] 한말부터 계속된 지주들의 금융업에 대한 관심이 대구은행으로 결실을 맺었다고 할 것이다. 1920년 4월 영업을 개시한 경일은행은 張吉相·孫浩瓘·趙南倬·秦喜葵·李柄學·장직상·徐丙圭·李宣鎬 등이 주도하였다.[34] 이 두 조선인 은행의 중역진 및 대주주는 모두 대구 인근 경북 지역 및 삼남지방에 토지를 겸병하고 있는 대지주였다.[35]

　이와 같이 대구은행과 경일은행의 중역진은 대지주들이었으나 기본

　　藏하고도 그들의 경제적 營爲라면 小作人 搾取와 高利貸金뿐일 것이요 그것이 안인 高級的 經營이라면 東拓이나 殖銀에 年賦金내여서 土地買入의 유일한 致富의 捷徑이란 自己無知에서 自慢의 至安을 깃버하고 잇슴을 뉘가 웃지 안이하랴?'

31) 조기준, 『한국자본주의성립사론』(全訂版), 대왕사, 1977, 321쪽
32) 초기 대구은행의 공칭자본금은 50만원, 불입자본금 125,000원이었으나 1919년경 200만원으로 增資했다(金昞哲, 『인물은행사』 상, 銀行界社, 1978, 151쪽 ;『조선은행회사요록』, 1921년판, 152쪽).
33)『인물은행사』 상, 149~151쪽
34)『매일신보』 1920년 5월 2일 ;『동아일보』 1920년 5월 3일
35) 일제하 경북지방의 지주명부가 남아 있지 않아 이들 지주의 토지소유 상황을 정확하게 파악하기는 불가능하다. 따라서 해방 후 농지개혁시 20정보 이상 피분배 지주명단을 통해 간접적으로 알아볼 수 밖에 없다.

적으로 은행의 자본금 규모가 일인은행보다 영세했으며 더구나 대출액이 예금액을 훨씬 능가하여 경영이 부진했다.36) 은행 이외에도 자본규모가 보다 적은 금융업으로 無盡會社나37) 典當鋪 등을 경영하기도 했다. 대구지역 자산가 역시 다른 지역과 마찬가지로 상당수가 대금업을 富의 축적수단으로 이용하고 있었다. 예를 들어 이병학·이장우·朴炳兒·徐昌圭·徐丙元 등 대지주들이 금전대부업을 영위하였다.38)

대지주가 무역업에 투자한 회사로는 1918년 12월 설립된 大東貿易會社(자본금 50만원)를 들 수 있다. 여기에 참여한 이는 鄭在學·李炳學·李一雨·李英勉·李章雨·韓潤和·徐丙朝·韓翼東 등 대지주들로 주로 牛皮, 미곡, 綿絲布를 무역하였다.39) 그러나 이 회사는 영업성적이 좋지

인명	피분배면적			토지소재지
崔浚	28.4	8.9	37.3	경주
李碩熙 李一雨의 孫,李相岳의 子	53.3	11.5	64.8	대구, 달성, 경산, 청도
張稷相	86.4	23.1	109.5	칠곡, 달성, 영천, 고령, 청도, 선산, 안동
秦喜葵	43.8	22.2	66.0	고령, 달성, 경산, 칠곡

출전 :『농지개혁시 피분배지주 및 일제하 대지주명부』, 한국농촌경제연구원, 1985, 68~70쪽.
　이외에 鄭在學·張吉相·李一雨가 1920년대 중반 소작쟁의시 대지주로 거론되었다(『시대일보』1924년 10월 24일, 1924년 12월 17일, 1925년 6월 13일).
36) 대구은행은 1919년 6월 말 현재 예금액이 478,000원인데 대출액은 989,000원이고 경일은행은 1921년 7월 말 현재 예금액 352,223건, 대출액 1,093,602원으로 각기 예금액보다 대출액이 2, 3배를 능가하였다(『인물은행사』상, 152쪽 ;『동아일보』1922년 1월 27일)
37) 무진회사로는 대표적으로 徐丙朝, 許億, 徐丙元, 徐相鉉, 徐相日, 徐昌圭, 徐炳和, 鄭鳳鎭 등 지주자본과 상인자본이 결합하여 1924년 2월 설립한 朝陽無盡株式會社를 들 수 있다(『조선은행회사요록』, 1925년판).
38)「상공인명록」,『대구요람』, 대구상업회의소, 1920, 32~33쪽 ; 대구상공협회,「대구상공협회회보」창간호(김준헌,「대구상공협회의 실체」, 1983에서 재인용)
39)『매일신보』1918년 12월 6일

않았는지 혹은 경영상의 어떤 다른 이유에서인지 역시 정재학 등 10명
이 출자하여 설립한 鷄林農林株式會社와[40] 1920년 5월경 합병하여 株
式會社大東社로 재조직되었다.[41] 이 대동사의 중역 李宗勉·진희규·한
익동 및 대주주 정재학·片東鉉·이병학·李章雨·崔浚·徐丙朝 역시
대지주였다.

이상 살펴보았듯이 대구의 경제계를 장악하고 있는 것은 지주로 대
지주의 경우 수십만원에서 100~200만원의 자산을 축적하고 있었다. 이
들은 1910년대 후반경 이후 금융 고리대업에 주로 투자하는 한편 주식
회사를 설립하여 무역업에 진출하였다. 또는 투기성이 강한 곡물위탁매
매업(期米業)에 적극 진출하기도 했다.[42]

대구의 주요 자본으로는 지주자본 이외에 상인자본을 들 수 있다. 조
선인 상업계의 주요 업종은 곡물상, 한약상, 포목상, 해산물상이며, 이외
에 鍮器商, 金銀細品商, 잡화상, 扇子商, 紙物商, 문방구상, 담배假家 등
이 있었다.[43] 상인층 가운데 비교적 대자본가는 곡물, 면사포, 우피, 한
약 등의 무역, 도매업에 종사하는 이였다. 상인자본은 그 자본의 규모가
최대 10만원을 넘지 않고 대개 수만원대가 상층급이며 그 아래의 상인
층은 수백원~수천원대이었다.[44] 곡물, 잡곡 취급의 경우 직무역을 하

---

40) 1918년 12월에 허가를 받은 이 회사의 사업내용은 국유·사유 임야의 借入,
　　造松伐採, 묘목양성 판매, 관개 배수사업, 농임산물 매매 등이었다(『매일신
　　보』 1918년 12월 18일)

41) 『조선은행회사요록』 1921년판, 200~201쪽
　　대동사는 기존 대동무역회사와 계림농림회사의 영업내용을 그대로 계승하
　　여 내외국물산 무역 및 위탁매매, 농림업, 기타 부대사업, 농림업자에 대한
　　자금융통 및 상품담보대부 등을 주로 하였다.

42) 대구미곡거래소에 참여한 조선인은 韓翼東, 徐相鉉, 徐相日, 李相武, 張吉相
　　등이었다(『大邱府史』 第二, 435~436쪽). 당시 조선인으로 미곡거래소 회원
　　이 된다는 것은 상당한 특혜라고 할 것이다.

43) 『동아일보』 1926년 11월 12일

44) 仰琡生, 「대구는 어듸로 가나?」 『별건곤』 5권 9호, 1930. 9, 70~71쪽.
　　'상업이란 대개 빈약한 小賣商이요 數萬圓 資金을 가진 상인은 五指로 算할

는 상인이 거의 없고, 어염 취급 객주의 경우 5천원 자본을 가진 이가 드물었으며 주단 포목의 경우 소매 잡화상은 많아도 수입상은 거의 드물 정도로 상인자본은 일반적으로 매우 영세했다.[45] 그러나 일부 상인층은 동업조합의 결성과 새로운 경영방식 도입에 의한 판로확장이나[46]

만한 정도이며 10만원 이상 資金의 상인이란 漢藥商에 金某(金弘祖를 가르키는 듯 : 필자) 1인에 불과하다는 것이 정확한 듯 하며…'
大邱支局 一記者, 「都市의 行進曲, 第二陣 大邱」 『신동아』 2권 6호, 1932. 6, 49쪽.
'대구에는 원래 萬圓 이상 資本을 가진 상인은 十指를 屈할 수도 없고 대다수는 빈약한 小賣商으로… 大邱驛前에 一年間 發着하는 貨物돈數 二十八萬六千餘吨 中에(昭和五年度 통계 以下倣此) 이것을 車扱으로 利用하는 상인은 鹽類에 略五千吨의 姜致雲과 北魚類에 略二千吨의 崔相根外 數人뿐이요 二千萬圓의 輸移出貿易額에(이것은 一般的 遞減하여 昭和三年에 32,926,081원이든 것이 五年에는 19,110,781원으로 감소) 한사람의 直貿易이 없는 터이니 其餘를 물을 것도 없을 일이요.'

45) 徐相日, 「大邱商工界의 一瞥」 『별건곤』, 5권 9호, 1930. 9, 83쪽
'穀肥類에 잇서서는 米穀生産高 二白萬石을 呑吐하며 雜穀輸入高 十萬石을 消費하며 肥料輸入量이 거의 一萬톤을 消化하는 大邱의 大市場에 한사람의 直貿易이 업다는 것만 보아도 무엇을 웅변으로 증명할 수 잇슬 것이다. 八十萬圓의 魚物이 集散하는 市場에 正米 五千圓의 資金을 가진 客主 一人이 업다는 대에야 더 말할 것이 어대 잇스며 三白萬圓의 綢緞布木이 輸入되야도 한사람의 輸入商이 잇슬 理가 萬無하고 所謂 大邱藥令市라 하면 역사적 名物로서 白萬圓의 貿易高를 가졋지마는 주인공은 開城人 金弘祖 한사람의 十萬金成功談이 자랑꺼리가 된다.'

46) 일본상인들이 商圈을 장악한 상황을 만회하기 위해 조선상인들은 동업조합·친목단체를 결성하였다. 대표적으로 대구포목상조합은 1922년 8월 조직되었는데 80여 포목상 중 2, 3인을 제외한 모든 조선상인이 가입할 정도로 조직률이 높았다(『동아일보』 1929년 1월 3일). 그러나 포목상조합에서 내건 商界革新의 방법은 유통구조의 개선이 아닌 물산장려운동의 이데올로기인 '소비 구매 판매단결'을 대중에게 호소하는 것이었다(『동아일보』 1923년 10월 26일 ; 『조선일보』 1924년 5월 23일). 또한 한약상들이 令市 침체를 타개하기 위해 조직한 令市振興會, 서문시장의 이전으로 쇠퇴한 京町의 상업을 부흥시키기 위해 결성한 京町振興會를 들 수 있다(『시대일보』 1924년 12월 22일, 1925년 12월 25일 ; 『동아일보』 1929년 12월 16일). 그러나 이러한 조직체는 조선상인의 단결, 친목 도모 이외에 뚜렷한 상권부흥의 활동을 하지 못했는데, 1920년대 후반에 裵永悳·白東熙·李膺福·宋箕贊·鄭雲騏 등이 설립한

정미, 고무, 연와 등의 제조업에 대한 투자에 보다 적극적이었다.

　대구지역에서는 지주자본과 상인자본의 성장과정 및 그 자본의 범주가 비교적 분명하게 나타난다. 즉 지주는 상업, 무역업에 투자하여 투자의 다변화를 꾀하더라도 대개 직접 경영보다 주식투자 형태를 선호하며 富의 주요 축적 기반이 계속 토지를 벗어나지 않는 경향이 강하였다. 평양의 경우 지주층이 한말 이후 무역, 상업에 대거 투자하여 지주자본의 상인자본으로의 전화가 상당히 이루어지고 이어서 1차대전을 계기로 상인자본이 양말, 정미 등의 제조업에 투자하는 현상이 나타났다. 이에 비교하여 대구는 지주자본의 고착성, 정체성이 매우 강하여 자본의 전환이 적고 늦게 나타났다.

　상인층이 일정한 부를 축적하게 되면 토지에 투자하는 것은 당시에도 드물지 않았는데 토지에 대한 투자 분위기가 강한 대구지역의 경우 더욱 그러했던 것으로 보인다. 그러나 로일전쟁 이후 제국주의적 상품 유통체계의 성립이 본격화되는 과정에서 침체, 몰락하는 상인층의 일반적 상황으로 보아 당시 상업에서 자본 축적을 통한 토지투자는 일부 한정된 사례였을 것으로 생각된다. 이 시기에는 한약상 金弘祖와 같이 극히 소수 상인의 경우 상업활동을 통해 축적한 자본을 토지에 투자하여 지주적 기반을 가지는 예가 나타났을 뿐이다.

(2) 공장공업 단계로의 발전과 조선인공업

　대구지역의 공장공업은 1918, 1919년경에 이르러 발흥하였다.[47] 이

　廉賣所와 商繁會와 布木商共助會 주최의 景品附聯合大發賣는 유통구조 혁신, 서비스 개선에 의한 상권회복 시도이었다(『중외일보』 1928년 5월 20일, 1929년 10월 17일 ;『동아일보』 1929년 10월 17일, 1월 12일, 1월 15일, 11월 28일, 12월 7일, 12월 26일, 1931년 1월 11일).

47)「공업 3가지」『大邱讀本』, 대구부교육회, 1937, 21쪽
　'우리 대구의 近代工業은 大正 7, 8년경부터 일어났던 것으로…'
　阿部辰之助,「공업의 상태」『現朝鮮之研究』 3권, 大陸調査會, 1922, 18쪽

290

공장공업단계로의 전환을 주도한 주체는 일본인대자본이었다. 1918년 3월 동아연초주식회사 분공장(자본금 4백만원), 山十組製絲工場(80만원), 4월에 朝鮮陶器株式會社, 8월에 大興電氣株式會社(50만원), 그리고 1919년 4월 片倉組大邱製絲所(80만원), 5월에 朝鮮生絲株式會社(75만원), 조선성냥합자회사(9만원, 동아성냥합자회사로 바뀜) 등이 설립되었다.48) 일본대자본이 조선으로 진출하게 된 데에는 1차대전의 호황특수로 자본이 축적되어 해외투자의 여유를 갖게 된 때문이었다.49) 일본인대자본이 진출한 연초제조업이나 생사·제사업은 모두 대구 인근 경북지역이 연초, 繭의 주요 산지란 점에 주목하여 투자한 것이다. 특히 대자본의 제사공장 설립은 '종래 乾繭을 일본 내지로 이출하여 製絲하였으나 이러한 迂遠不便한 방법을 청산하고 직접 제사공장을 건설하여 生絲를 제조한 후 이출하기 위한 것'으로 敷地 매수 등의 투자계획은 이미 1917년경부터 예정되었던 것이다.50) 이 시기에 대구는 背後地 농산물가공업 중심의 식민지형 공업도시로서의 변화가 나타나게 되는 것이다.

1920년대 이후 1930년대 대구공업의 주요 업종을 이루는 정미, 연초

'…요컨대 當地의 工業時代로서는 1918, 1919년경부터 俄然의 勃興을 봄과 함께 電力을 이용한 각종 공업의 企圖에 다가가는 자가 있다.…'

48) 『대구요람』 1920, 47쪽, 59~60쪽

49) 사설 「신사업의 발흥과 조선의 실업가」 『매일신보』 1917년 3월 7일
'歐洲戰亂의 惠波로 由하야 內地의 資金이 充溢함애 조선은 又其內地의 惠波를 蒙하야 健實且有望한 新事業의 計劃出願이 隆續하니 … 然卽 此新事業 勃興熱은 如何한 處로부터 起來하얏느냐 하면 第一은 內地資金의 充溢과 資本家間에 海外投資의 경향이 著大한 즉 자본가의 注意가 海外에 향하야 其限界가 확대된 事오 第二는 조선내의 금융이 近時 若干 사업에 注入할만한 餘力을 生케 한 事라. 內地의 資金이 如何히 充溢하게 되얏는지는 今에 贅言할 필요가 업시 歐洲戰局 以來로 일본의 財界는 非常히 好機를 呈하야 英露兩國의 막대한 채권액을 引受하고 又各種 新事業과 旣設事業의 확장이 頻頻實行되는 동시에 尙且 資金의 여유가 풍부하고 그 풍부한 자금은 자연 溢出할새 其一個의 溢出口는 조선으로 향하야 半島 新事業 興起의 機運을 進하며 …

50) 『매일신보』 1917년 8월 8일

제조, 製絲, 양조, 방적, 眞鍮製器具, 窯業 등의 공장이[51] 대체로 이 시기 이후 창립되거나 혹은 안정적인 설비투자를 완수하였다. 특히 1918년에 공장공업단계로 전환되는 데에는 대흥전기주식회사가 설립됨으로써 종래 自家用 동력, 발로 밟아 돌리거나 손으로 돌리는 등의 방식에서 벗어나 전력을 사용하게 되어 기계공업 및 제조공업의 발흥을 위한 전제조건이 이루어진 점 때문에 가능했던 것이다.[52]

<표 4> 1920년대 대구지역 공장현황

연도	공장수	자본금(圓)	생산액	종업자수
1919	26		5,700,000	2,700
1920	26	7,621,600	5,650,598	2,763
1921	26	4,185,500	5,324,421	3,090
1922	77	5,749,498	5,740,498	5,012
1924	170	8.012,946	19,445,717	5,254
1925	207	8,277,985	23,011,225	5,762
1926	224	7,434,663	22,305,046	4,875
1928	126	80,040,000	22,618,000	5,967

출전: 『大邱府史』 第二, 1943, 150쪽. 1919년도 통계는 阿部辰之助, 『現朝鮮之研究』 3권, 1922, 17쪽 참조. 1920년도 통계는 『대구요람』, 1920, 59~61쪽 참조. 1922년도 통계는 동아일보 1923년 10월 26일자 참조. 1928년도 통계는 『대구상공협회회보』(김준헌, 앞의 논문, 287쪽에서 재인용) 참조.

1918, 1919년경을 획기로 공장공업단계로 비약한 대구공업은 1923~

---

51) 達拾藏 편, 「공업도시로서의 대구」『慶北大鑑』 상, 1936, 274쪽
52) 阿部辰之助, 『現朝鮮之研究』 3권, 1922, 17쪽
　　1911년에 일본, 조선인 공동투자의 대구전기주식회사(공칭자본금 10만원, 불입자본금 25,000원)가 설립되어 영업하고 있었으나 2기관, 110마력(생산액 3만원)에 지나지 않았다(『조선총독부통계연보』 1913년판, 222~223쪽). 대흥전기는 기존의 대구전기주식회사와 함흥전기주식회사가 합병 형식으로 자본금 50만원에 설립한 것이다. 이후 김천, 포항, 광주 등지에도 지점을 설치하여 사업을 확장하였다(『조선은행회사조합요록』 1921년판, 123쪽).

1925년경에 이르러 공장공업 형태가 보편화되는 경향을 분명하게 나타냈다.[53] <표 3>과 <표 4>를 비교해보면 총공장수 면에서 1910년대 중후반과 1920년대 초반에 별로 변화가 없다가 1924, 1925년경에 이르러 총공장수가 1921년에 비해 6배 이상, 자본금 및 생산액이 각기 2배, 4배로 증가하였을 알 수 있다. 공장수는 1928년에는 오히려 감소하였으며[54] 이후 1930년대에 약간 증가하였지만, 종업자수와 생산액은 더욱 감소하였다.[55] 결국 대구지역에서는 1920년대 중반 무렵에 집중적으로 가장 많은 공장이 설립되었음을 알 수 있다.

이상 대구지역 전체의 공장설립 추이를 살펴보았다. 1910년대 후반 이후 전개된 호황 국면 속에 일본인자본이 진출하여 대구지역에 공장공업이 발흥하는 가운데 조선인자본가도 공장 설립에 참여하였으나 이는 극히 드문 일부 사례에 불과하고 대체로 1920년대 중반에 들어서야 제조업 투자에 대한 관심이 제고되었다. 1920년경 직공 5인 이상, 연생산

---

53) 『大邱府史』, 1943, 152쪽, 154쪽
   '대구의 공업이 그 자신의 地盤을 확립했던 … 大正末期에 대구공업의 발전은 비약적이라고 칭할만하여 공장수, 자본금, 생산액 어느 것도 1921년경에 비해 數倍에 달한다'
   慶北知事 澤田豊丈氏 談, 「경북의 산업」, 『동아일보』 1923년 10월 26일
   '공업은 一般이 종래의 手工으로부터 機械工業에 移하야 가는 것은 그의 進步를 말하는 것이라 할 것이다'
54) 1928년도에 공장수가 대폭 감소한 것은 대구부에서 양조업의 경우 1년에 5백석 이하 제조업자는 모두 허가를 취소하는 등 소공업체 정리를 통한 자본의 집중을 꾀한 데에 기인한 것이다. 따라서 자본금과 생산고는 여전히 증가하나 공장수만 줄어든 것이다. 이러한 조처는 결국 조선인소공장에 상당한 타격을 주었다(『중외일보』 1928년 3월 18일, 3월 20일, 1929년 9월 6일).
55) <표>　　　　　　　1934~1935년 대구지역 공장 현황

연도	공장수	생산액	종업자
1934	130	6,943,629	3,846
1935	140	12,546,542	4,158

   출전 : 『大邱府勢一班』, 대구부, 1936, 65쪽

액 3000~5000원 이상의 동력을 사용하는 조선인 공장은 총공장수 29개 가운데 5개(17%) 뿐이었으나[56] 1925년경에는 총 217개소 가운데 83개(38%)[57]로 증가하는 사실을 통해 그 대략의 추세를 알 수 있을 것이다.

1910년대 후반에서 1920년대 시기에 설립된 일정 규모 이상의 조선인공장을 정리한 <부표 2>를[58] 토대로 조선인공장의 설립 추이와 현황에 대해 살펴보자. 이 시기의 공장 가운데 1910년대 후반에 설립되어 1930년대 이후까지 영업을 계속한 업체로는 동양염직소가 유일하며 그 외 대개 1920년대 전후반에 설립된 공장은 부침이 빈번했다.[59]

---

56) 『대구요람』, 1920, 59~61쪽 ; 大邱一記者, 「순회 탐방 : 日人은 旺盛 우리는 漸衰, 慘憺한 南方要衝」(6회) 『동아일보』 1926년 11월 12일

57) 『동아일보』 1926년 11월 12일.
　　<표 4>의 1925년도 통계에서 총공장수가 224개소인데 반해 총공장수가 217개소로 다른 것은 동아일보 기사가 대개 年産高 5천원 이상을 기준으로 한 데 반해 <표 4>의 『대구부사』는 그 年産高 기준이 달랐던 때문으로 생각된다.

58) <부표 2>는 1910년대 후반~1920년대에 조사된 일관된 공장 자료에 의거한 것이 아니므로 누락된 부분이 많다. 예를 들어 1920년대 신문광고에 나타나는 대구고무공업소(경영주 : 李九鍾, 『동아일보』 1923년 10월 26일, 1924년 1월 1일), 世信洋襪工場(경영주 : 車永順, 『동아일보』 1923년 10월 26일), 普通印刷所(경영주 : 鄭雲祥, 『동아일보』 1923년 1월 1일), 友助洋靴店(경영주 : 金鍾基, 『동아일보』 1922년 1월 4일), 每日印刷所(경영주 : 張淅熙, 『매일신보』1924년 1월 1일), 義昌洋服店(경영주 : 車炳寬, 『매일신보』 1924년 1월 1일), 大邱皮革(경영주 : 金子麟) 등이 자료에는 나타나지 않는다. 또한 정미업의 경우에도 대구정미조합에 소속된 공장이 일부 누락되어 있다(『동아일보』 1923년 10월 26일). 따라서 <부표 2>는 대체적인 공장 설립 현황을 유추하는 데에 있어 유용할 뿐이다.

59) 1920년대 조선인공장의 부침이 빈번한 사실을 정미업을 예로 들어 살펴보자. 1925년말 당시 조선인공장(직공 5인 이상 고용하고 年産高 5천원 이상이며 동력을 사용한 공장) 83개소 가운데 정미소가 62개소라고(大邱一記者, 「순회탐방 : 日人은 왕성 우리는 漸衰, 참담한 南方要衝」 6회, 『동아일보』 1926년 11월 12일) 할 정도로 조선인공업에서 정미업은 큰 비중을 차지하였다. 그런데 1928년경 『大邱案內』(「주요 공장 : 정미공장」, 17~18쪽)에서 주요 정미공장으로 지적되고 있는 丸仁商店精米所(徐炳仁), 西部商店精米所(尹相基), 吳鎬東精米所(오호동), 大昌商會精米所(金命煥), 邱上精米所(崔龍瑞),

공장창립은 그 자본의 성격면에서 볼 때 크게 지주·상인 자본과 수
공업자 자본으로 나누어볼 수 있다. 특히 대지주자본에 의해 설립된 대
표적 공장으로는 선일인쇄소, 고려요업, 경북산업주식회사, 조선양조주
식회사를 들 수 있다. 선일인쇄소의 공장주인 崔浚은 경주의 대지주이
었다. 고려요업은 대구의 대지주인 이병학·徐丙元·李相武와 경주 대
지주 崔浚, 한약상 金弘祚가[60] 설립한 것으로 설립 직후 조선도기주식
회사(자본금 3만원)[61]와 松立陶器工場을 매수하여 사업을 개시했다.[62]
그러나 사업이 여의치 않아 1922년에 잠시 휴지했다가 다시 가동했으나
대주주가 宋秉畯, 白寅基, 閔丙奭, 尹德榮 등 서울의 자본가로 바뀌고
이병학, 최준은 소주주로 전락함으로써[63] 대구 자본가의 수중에서 떠나
결국 1925년 9월경부터 휴업 상태에 들어가 이후 해체되었다.[64] 조선양
조주식회사의 李相岳은 대구의 최대지주 중 한사람인 李一雨의 아들로
일본에서 공업학교를 졸업한 후 일찍이 大邱苧工場을 설립 경영했으며,
고려요업과 조양무진주식회사 설립시 주주로 투자했고, 萬鏡館(영화관)
을 개관 운영하기도 했고, 1935년경에는 대구산업조합의 조합장으로 활

李載洙精米所(이재수), 昌信精米所(申鉉杞), 張甲伊精米所(장갑이), 대구상점
정미소(李鐘河), 李鳳儀精米所(이봉의), 白玉精米所(朴炳益), 太弓商店精米所
(徐相日), 慶新精米所(李鎭昊), 大山精米所(徐鎭岳), 共成精米所(許震烈) 등
15개소가 1932, 1936년판 공장명부에는 기재되어 있지 않음으로 보아 혹 일
부 누락된 경우 외에는 대부분 폐업했을 것으로 생각된다.

60) 개성 출신인데, 인삼행상에서 출발하여 속칭 藥萬石, 벼 萬石으로 불리는 대
상인으로 성공하였다. 약종상으로 재산을 축적하면서 토지에 투자하여 대지
주이기도 했다(김준헌, 앞 논문, 316쪽).

61) 이 회사는 1818년 4월 설립되었는데 원래 1910년대 초에 설립되었던 것으로
생각되는 고려자기제조주식회사가 대주주인 徐尙龍의 도산으로 공장이 休止
되어 경매로 鮮南銀行으로 넘어갔다가 경산의 東條正平과 대구의 宮井正一
등이 이를 다시 인수하여 설립한 것이었다(『매일신보』 1917년 7월 1일).

62) 『조선은행회사요록』 1921년판, 64쪽

63) 『조선은행회사요록』 1923년판, 77~78쪽

64) 『동아일보』 1926년 11월 12일

동하기도 한 이었다. 그는 대구의 지주층 가운데 지주자본을 근대적 산업자본으로 전환시키는 데 있어 한말의 박기돈과 함께 가장 선구적인 인물이라고 할 수 있다.

지주들이 설립한 공장은 주식회사 형태를 취하는 경우가 많은데 이는 대자본을 형성하기 위한 것이지만 또한 전업적으로 산업자본가로 전환하기 보다 여전히 기존의 지주적 기반을 유지하면서 주주로 투자하는 것을 선호했던 당시의 경제계 분위기도 한 요인으로 작용하였을 것으로 생각된다. 특히 대지주들은 일본인자본 또는 조일합작으로 설립된 회사에 투자하는 사례가 많았다. 대표적으로 李柄學은 일본인자본의 鮮南銀行(대구)·경상합동은행(대구)·戶田農具株式會社(경성)·株式會社京城株式現物取引市場(경성)·대흥전기주식회사·조선물산주식회사(경성)와 조·일 합자의 조선화재해상보험주식회사(경성)·대구주조주식회사의 대주주 또는 중역이었으며, 그 이외에도 조·일 합자의 조선생명보험주식회사(경성)·조선서적인쇄주식회사(경성)·경성미술품제작소 등에도 투자하였다.65) 李英勉은 일본인자본의 대구주조주식회사와 조선토지흥업주식회사의 중역이었고, 서상일은 대구운송주식회사(일본회사), 대구곡물신탁주식회사(朝日合資)의 중역이었다. 장길상은 조·일 합자의 대구주조주식회사·동아성냥주식회사의 중역이었다. 이와 같이 대자본가의 경우 직접 공장을 설립하여 경영하기 보다 수개의 일본인회사나 朝日合資會社에 투자하였는데 이는 일제가 부르주아층을 회유 포섭하기 위한 일환으로 내세운 ‘日鮮資本家의 連繫’66)란 경제방침에 부응하는 것임을 주목해야 한다. 일본인회사나 朝日合資會社에 집중 투자하였던 대자본가들은 대개 예속부르주아의 범주로 볼 수 있을 것이다.

또한 자본은 지역적 경계없이 이동하여, 이병학의 경우 위에서 언급했듯이 11개 투자회사 가운데 7개가 경성 소재 회사이었는데, 이는 다

---

65)『조선은행회사요록』1923년, 1929년판
66)「朝鮮民族運動에 對한 對策」『齋藤實文書』9권, 고려서림, 1990, 155쪽

른 지역의 자본가도 마찬가지였다.[67] 이러한 지역단위를 초월한 자본의 결집은 부르주아층의 정치경제적 연대와 결속을 가져올 수 있는 계기로 작용했다.

고려자기주식회사나 고려요업의 실패 이후 대지주가 제조업에 직접 투자하여 공장을 설립한 예는 거의 전무하였다. 대구의 조선인공업이 부진한 근본적인 원인은 이들 지주자본의 '守舊的' '保守的, 退嬰的'인 성격에서 기인한 것이었다.[68]

일부 대지주가 1910년대, 1920년대초에 제조업에 투자했다가 대부분 실패한 후 1920년대 중반에 제조업에 나선 이는 대개 소생산자나 소상인 출신이었다. 양화, 양복, 木物·가구 등의 공장은 대개 어릴 때부터 이 업종에 투신하여 기술을 익히고 자본을 모은 전형적인 수공업자 출신에 의해 창립되는 것이 일반적인 경향이었다.[69] 이와 달리 양말, 염직 업종의 경우 전형적인 수공업자 출신이 아닌, 어느 정도 학력과 기술에 기초하여 자영업 영위 차원에서 공장 창립에 나서는 경향이 강하였다. 대구양말의 禹且學이나 동양염직의 秋仁鎬를 대표적으로 들 수 있다. 그리고 크게 기술을 필요로 하지 않는 정미, 양조 공장의 경우 소상인자본에 의해 설립되었던 경우가 많은 것 같다.[70]

위에서 조선인자본가가 설립한 공장을 살펴보았는데, 1920년대 중반경에도 조선인공업의 대부분은 아직 소상품생산 형태의 가내공업단계에 머물러 있었다. 이러한 사실은 1923년 4월경 조선인 상공업자측에서 조

---

67) 예를 들어 평양의 박경석은 경성의 동양염직주식회사(전무 : 金德昌, 중역 : 朴承稷)에 투자하여 1923년도에는 사장으로 활동했다. 金東元은 경성의 株式會社東益社의 대주주로서 전무였다.

68) 一記者, 「大邱의 一面觀」 5, 『동아일보』 1923년 10월 13일

69) 이는 『조선인회사대상점사전』에 서술되어 있는 達西洋靴店, 大盛商會, 大昌洋服店, 英實洋服店 등의 창립경위를 보면 알 수 있다.

70) 예를 들어 日新精米所 주인 金文在는 행상 출신이었다(『조선인회사대상점사전』, 274쪽).

사한 통계에 따르면 조선인 제조업체가 대략 품목 29종에 총 302개소
(생산액 387,993원)라고 하는데,[71] 조선인 공장공업체수는 알 수 없지만,
대구의 총공장수가 1922년경 77개, 1924년경 170개이므로[72] 조선인공장
의 상당수가 일정규모의 공장 형태에 미치지 못하는 소공업체임을 확인
할 수 있다. 이들 소공업체는 대개 빈약한 手工加工品, 網巾, 宕布, 金銀
佩物 등의 제조업체이고 조금 규모가 큰 것은 釀造, 精米 업종에 분포
해 있었다.[73] 이들 가내 소공업채가 자본을 축적하면 1920년대 중후반
경 공장공업군으로 진입하였던 것으로 생각된다. 따라서 이들 소공업체
의 성장 발전은 미미하지만 지속적이기는 한데 그 부침이 심하고 자본
축적의 집적도가 매우 낮다는 점에서 그 발전의 한계가 있고 특히 일제
경제정책에 의해 항시 직접적인 타격을 받는다는 점에서 성장의 전망은
불안하다고 할 것이다.

II. 민족주의운동의 전개와 자본가층의 활동

1) 한말 자강운동의 전개와 자본가층의 주도

대구에서 최초로 설립된 자강단체는 1906년 1월 설립된 大邱廣文社
였다. 광문사는 金光濟(사장), 徐相敦(부사장), 徐相夏, 徐丙五 등 대구
巨富에 의해 운영된 출판사로서 당시 관민일치로 학교설립에 나서는 분
위기에 부응하여 대구관찰부의 협조하에 동서양의 서적을 번역, 편찬하
였다. 그러나 단지 營利 추구에 머무르지 않고 매월 세차례씩 각군 관

---

71) 「統計餘錄 - 조선인과 일본인」 『동아일보』 1923년 10월 26일.
　　조선인공업체의 업종은 과자, 木物, 鐵物, ?器, 鍮器, 酒類, 麵類, 豆腐, 繩類,
　　精米, 인쇄, 圖章, 양복, 모자, 笠子, 宕巾, 製靴, 製縫, 製油, 扇子, 筆墨, 직물,
　　生絲, 紬類, 煉瓦, 도자기, 금은세공 等屬이었다.
72) <표 4> 참조
73) 『동아일보』 1923년 10월 15일

리의 治績 여부와 인민의 善惡을 실은 잡지를 발간하는 등 출판을 통한 계몽운동에 앞장섰다.[74] 대구광문사에는 대구를 중심으로 경북 일원의 전직관인 및 부호가 참여하였다.[75] 특히 그 산하에 조직된 光文社 文會는 교육운동, 학교설립을 주도함으로써 대구지역의 자강운동에 앞장섰다.

1906년 8월 설립된 大邱廣學會는 李一雨·李宗勉·崔大林·尹瑛燮·金善久·尹弼五·李快榮·金鳳業 등이 주도하였는데 서울 廣學社의 지회로 대한자강회와 밀접한 연계를 맺고 있었다. 대구광학회의 설립목적은 民智開發과 民業擴張이었다.[76]

1908년 3월에 이르러는 대구지역의 계몽운동을 지도하는 두 단체로서 대한협회 지회와 교남교육회가 설립되었다. 대한협회는 배일적 성격을 강하게 띠었던 대한자강회와 달리 '교육의 보급, 산업개발, 생명재산의 보호, 官民弊習의 矯正, 근면저축의 실행'이란 기본강령에서 나타나듯 온건한 자강운동단체로서의 범주에 머물렀다.[77] 대한협회 지회의 구성원을 살펴보면 李一雨·徐鳳綺·徐基夏·朴基敦·鄭在學·李章雨·鄭海鵬·張相轍·許協·李宗勉·崔大林·崔萬達·徐丙五·朴海齡·徐丙奎·鄭在悳·李快榮 등의 지주, 부호, 전직관리 등 지역유지가 주축이 되었다.[78]

교남교육회는 在京 嶺南人士가 중심이 되어 영남 각 지역의 유지, 지

---

74) 『대한매일신보』 1906년 1월 14일
75) 예를 들어 김광제는 함창군수·문경군수를 역임했고 서상돈은 視察, 서상하는 시종원 시종·奉常寺提調를 지냈다.
76) 「大邱廣學會趣旨」 『대한매일신보』 1906년 8월 21일
77) 白淳在, 「대한협회회보 해제」 『대한협회회보』, 아세아문화사
78) 『대한협회 회보』 2호(1908. 3), 3호(1908. 6), 7호(1908. 10) 「회원명부」 참조. 『대한협회회보』 2호, 57~58쪽에서 윤효정은 대구지회를 시찰한 결과에 대해 '대구에 도착하야 當地 有志人士 수십인의 停車場 환영을 受한 후 支會發起 정황을 詳問하매 邑村에 저명한 諸氏의 협의로 성립한 자라…'고 하여 대구지회가 지역내 유력인사들로 조직되었음을 알려준다.

식층, 자산가를 포섭하여 결성된 지역학회인데, 그 참여회원은 대구의 자강운동에 상당한 영향을 끼쳤다. 교남교육회에 참가한 대구지역 인사는 金光濟, 李慶熙, 尙灝, 李甲成, 徐相日, 崔廷德 등 지식인과 李宗勉, 李宣鎬, 崔浚 등 일부 부호층이었다. 이로 보아 대한협회 지회에는 부호 지주층이 주로 참가하고, 교남교육회는 계몽적인 지식인이 주도적 역할을 하였음을 알 수 있다.

이들 계몽단체의 활동은 주로 학교설립을 통한 民智啓發과 출판을 통한 대중계몽에 중점을 두고 있었다. 대표적으로 대한협회 지회는 1908년 5월 國民夜學校를 설립하기로 결의하고 또한 노동야학교도 운영하였다.[79] 대구의 자산가층은 이에 호응하여 개인적으로 학교를 설립하거나 또는 재정을 후원하였다.[80]

자강단체의 계몽운동이 활기를 띠자, 일제는 1908년 8월 「사립학교령」, 「학회령」, 「사립학교보조규정」, 「공립사립학교 인정에 관한 규정」, 「교과용 도서 검정규정」 등 5개 법령을 반포함으로써 자강운동의 실천조직인 사립학교와 학회의 활동을 저지하였다. 계몽운동에 참가했던 이들은 기존의 학회 활동과 새로운 학회 설립이 불가능해지자 지역단위로 친목회 형식의 단체를 설립하여 자강운동을 전개하였다.

1908년 9월 李根雨・金容璇 등 대구를 중심으로 경상도 일원의 종래 자강운동에 참여해온 인사와 신지식인을 중심으로 달성친목회가 조직되

---

79) 『대한협회회보』 8호, 62쪽 ; 12호, 56쪽

80) 정재학은 1904년 達東義塾을, 李一雨는 1906년에 私立講義院을, 徐琦洙는 1904년에 養閨學堂과 1906년에 達西學校를 설립하였다(『대구상공회의소70년사』 상권, 247쪽). 鄭海植・李基鎬・徐舜範 등은 1907년 日新學校를 설립하였는데 1909년에 이르러 학부의 설립인가를 받자 가산을 기부하여 적극 지원하였다(『황성신문』 1909년 9월 5일). 前參判 徐相夏는 協成學校의 贊成長, 校長이 되어 학교를 후원하였고 또한 사립 壽昌學校의 경비를 혼자 부담하여 4천여환의 田土를 기부하고 빈한한 학생 10여명을 자기 집에서 留食入學케 하였다(논설 「對徐相夏氏學校贊成하야 仍勉嶠南全道人士」 『황성신문』 1908년 7월 19일; 『황성신문』 1908년 10월 8일, 1910년 4월 3일).

었다.[81] 달성친목회는 夏期講習所·법률강습소를 설립하여 대중계몽과
일반교육 이수에 주력하였으며,[82] 청년체육구락부를 설립하여 체육을
권장하였다.[83] 교육·실업장려를 표방하는 점에서 기존의 자강단체와
운동의 방향이나 방법은 별 차이가 없었다. 자료의 한계로 교과내용이
나 강연내용을 파악할 수는 없지만 이후 달성친목회원의 일부가 비밀결
사 대동청년단이나 조선국권회복단의 조직에 참여한다는 점에서 교육·
계몽의 주요 내용이 배일과 민족성의 고취를 전제하는 방향으로 일정하
게 변화하였을 것으로 생각된다. 그런데 달성친목회는 한일합병 후 이
러한 자강운동의 연장선상에 선 운동방법을 통한 국권회복운동에 대한
전망이 서지 않는 가운데 회원들이 모두 탈퇴하고 일본관헌의 주목으로
자연 해산된 상태였다.[84] 1913년 9월 하얼빈에서 돌아온 서상일이 '친
목회와 같은 조선인청년 단결기관이 閉滅된 것을 유감으로 생각하여'
다시 李根雨·鄭雲駬·徐昌圭·徐琦洙 등과 함께 달성친목회를 재건하
였다. 재건된 달성친목회 역시 공개된 會場에서 친목을 도모하는 단체
였지만,[85] 서상일과 같은 일부 인사가 비밀결사에 관여하고 있었으므로

---

81) 달성친목회에 관해서는 「大警 제2339호」『한민족독립운동사자료집』7권, 국
   편, 296쪽 참조.
82) 『황성신문』1910년 8월 13일, 6월 15일
83) 『황성신문』1910년 8월 14일
84) 그러나 1913년 3월경 徐丙龍, 吳在淑이 중심이 되어 달성친목회의 일부 청
   년을 규합하여 한문 강의를 하는 講義園을 결성하는 것으로 보아 인적인 유
   대는 유지되고 있었음을 알 수 있다(「參考人鄭震泳訊問調書」『한민족독립운
   동사자료집』7, 85~86쪽).
85) 「朴永模訊問調書」『한민족독립운동사자료집』7권, 145쪽
   '지금부터 4, 5년전 대구에 놀러왔을 때 누구인지 기억이 없지만 달성친목회
   라는 조직이 있어 학술의 연구 등을 하고 있으니 입회하라고 권고받아 회비
   1원인가를 내고 입회하여 그후 몇 번이나 회합한 일이 있는데 2, 3년 전에
   해산되었다는 것이다.'
   「參考人 鄭震泳訊問調書」, 같은 책, 85~86쪽
   문 '대구부에 달성친목회라는 조직이 있었는가'
   답 '있었다.… 大正 2, 3년경 대구부민을 중심으로 하여 그 밖에 각지의 조

요주의단체로 주시되다가 결국 일제의 탄압으로 1915년 9월 해산되었다.[86]

<표 5> 대구 및 인근지역 달성친목회 회원

인명	주소(출신지)	경제적 위치	활동단체·사건
서상일	대구(대구)	太弓商會(미곡상)	교남교육회
洪宙一	대구(청도)	태궁상회 점원·大邱商務所議員	천도교대구교구장·대구권총사건(1915)·
徐丙龍	대구(달성)	대구은행부지배인	講議園
鄭雲馹	대구(대구)	무직	천도교·대구권총사건(1915)
金鎭萬	대구(대구)	무직	대구권총사건(1915)
徐昌圭	대구(대구)	지주·태궁상회·백산상회 주주	
李始榮	대구(대구)	전당업	중국망명·講議園
申相泰	칠곡(칠곡)	대구은행서기·곡물상	민립대학발기인
尹昌基	대구(원산)	원흥상회 고용인	강의원
金在烈	대구(고령)	농업	대구권총사건(1916)·대한광복회군자금모집사건(1916)
南亨祐	대구(고령)	중국 망명(1919)	임정법무차장

출전 :『한민족독립운동사자료집』7·8권
비고 : 위 자료는 1919년 검거 재판 당시의 인적 사항이다.

달성친목회는 구성원 면에서 기존의 계몽단체인 대구광문회 文會, 대구광학회, 대한협회 지회에서 활동했던 전현직관료들이 거의 대부분 참여하지 않고 근대적 교육을 받아 이론적으로 민주주의, 입헌공화주의

선인이 친목을 도모하는 기관으로서 대구부 明治町과 南城町과의 중간에 會場을 설치하여 때로 회합하고 있었으나 그후 그 회원 중에 불온한 언동을 하는 자가 있다고 하여 경찰에서 주의를 받아 항상 시찰을 당하고 있었으므로 회합하는 자가 차츰 적게 되었는데…'

86)「大警 제2339호 大正 8년 7월 24일」『한민족독립운동사자료집』7권, 296쪽

이념에 낯설지 않은 지식인들이 참여하는 변화가 나타났다. 대구지역을 무대로 활동한 달성친목회 회원을 정리한 <표 5>를 보면 이들은 대개 유학갔다 오거나 또는 근대학교에서 신교육을 이수한 지식인이었다.[87] 경제적으로는 중소지주나 도시 소부르주아적 기반을 지닌 이로,[88] 대구광학회·대한협회 지회를 주도했던 이들이 대지주·토호였던 점과 비교된다.

교육운동 이외에 한말 대구지역의 자강운동으로 대표적인 것은 국채

---

87) 예를 들어 서상일은 달성학교·보성전문학교, 홍주일은 동경의 正則豫備學校, 서병룡·윤창기는 달성학교, 서창규는 동경 청산청년학원, 신상태는 보성전문 상업과, 김재열은 보성중학·경신학교 출신이었다(『한민족독립운동사자료집』 7·8권).

88) 서상일은 조선국권회복단사건으로 체포되었던 1919년 당시 약 3만원의 재산을 가진 자산가였으나(「서상일신문조서」 1회, 120쪽) 1910년대 중반경까지도 빈한했다. 윤상태가 '서상일이 7, 8년 전(1912, 1913년경 : 필자) 극히 가난하여 장사라도 해서 생계를 세우고 싶다고 하므로 내가 당시 돈 1천원을 대여해주어 남문 안에서 조그만 곡물 및 숯장사를 하게 하였다'(「윤상태신문조서」 『한민족독립운동사자료집』 7권, 4쪽)고 진술한 것이나 서상일이 '나는 원래 재산이 없었는데 1915년경 윤상태로부터 자본금 1천원을 빌어 大弓商店이란 미곡상을 시작했고… 1917년 겨울 무렵 윤상태와 서창규를 보증인으로 하여 대구 식산은행으로부터 1만원을 한도로 영업자금의 융통을 하였다'(「서상일신문 조서」 1회, 120쪽, 129쪽)라고 진술한 것으로 보아 서상일이 상당한 자산을 모은 것은 1910년대 말, 특히 1920년대 이후 미곡거래소의 회원이 되면서부터이고 한말~1910년대 중반까지는 별다른 자본을 소유하지 못했음을 알 수 있다.
홍주일은 1919년 당시 주택 등을 합하여 300원 내지 400원의 자산이 있다고 하고 태궁상회의 점원이었다는 점에서 소부르주아적 처지였음을 알 수 있다(「홍주일신문조서」 같은 책, 171쪽). 윤창기는 원산 원홍상회의 점원으로 자산이 전혀 없었고(「윤창기신문조서」 같은 책, 155쪽), 정운일과 김진만 역시 무직인 것으로 보아 지주나 자산가가 아니었던 것으로 보인다. 1919년경 대구은행 부지배인이었던 서병룡도 소유 가옥 및 논의 시가가 총 2,000원이라고 하는 것으로 보아(「서병룡신문조서」 1회, 같은 책, 151쪽) 큰 자산가는 아니고 도시소부르주아이었음을 알 수 있다. <표 5>의 달성친목회원 중 가장 부유한 사람은 서창규로서 '소작벼 약 1천석 정도 수확하는 전답과 주식 불입, 돈놀이 등으로 약 1만원 해서 총 10만원 정도의 자산'을 소유하고 있었다(「서창규신문조서」, 같은 책, 73쪽).

보상운동이었다. 이 운동은 1905년 이후 화폐제도 개혁, 지방세개혁 등 일련의 제국주의적 유통구조 창출을 위한 조처와 함께 경부선이 개통되면서 본격적으로 일본상인이 진출하여 대구지역 조선인 商權이 침탈당하는 데 대한 위기의식 속에서 국내시장권을 지키기 위한 경제운동 차원에서 전개되었던 것이다. 전국 각지로 확산된 국채보상운동에 가장 적극적으로 참여한 계층이 상인층인 사실에서도 이를 알 수 있다.89)

국채보상운동이 대구에서 활발하게 전개된 데에는 독립협회운동 이래 평양지역과 함께 개화문명사상이 널리 보급되어 선각지식인에 의한 계몽운동이 일찍부터 시작된 데다90) 남부지방의 경제적 중심지로서 지주 상인층의 최대 거주지였기 때문에 일제의 경제적 침탈에 대한 위기의식이 다른 어느 지역보다 고조되었기 때문일 것으로 보인다. 실제로 1907년 2월 국채보상운동취지서를 발표하고 운동을 처음 주도한 이는 <표 6>에서 나타나듯이 부호, 상인층으로서 이들은 경제적 침탈로 기존의 자본축적 기반을 침식당하고 있었다. 그리고 대구의 자산가층은 散職을 지닌 이가 많은데 이는 富力을 바탕으로 획득한 것이다. 대표적으로 實職 개녕군수를 지낸 정재학도 원래 관료 출신이 아니라 상업활동으로 획득한 자산을 토지에 투자하여 대지주가 된 후 지역사회의 지배권을 보장받기 위한 수단으로 관직이 필요했던 것이다.91) 散職이나 實職을 근거로 보장받은 지역사회의 지배권은 대한제국이란 국가권력을 배경으로 한 것이었다. 그러나 일제의 보호국화가 구체화되는 국가적 존망의 위기 속에 그들의 정치적 사회적 기득권 또한 와해되고 있었다. 이들이 국채보상운동에 적극적이었던 이유는 이러한 사회경제적 변화에

---

89) 국채보상운동을 가장 먼저 제기하였던 것은 東萊商務所의 상인층이었고, 서울에서 1907년 2월 26일 결성되었던 國債報償中央義務社를 주도한 이도 59명의 상인들이었다(김도형, 「한말 대구지역 상인층의 동향과 국채보상운동」 『계명사학』8집, 1997; 『황성신문』 1907년 2월 21일).

90) 독립협회 대구지회는 대구 읍민들의 창립 신청에 의해 1898년 9월 창립되어 평양지회와 함께 활동이 가장 활발했다(신용하, 『독립협회연구』, 일조각, 107쪽).

91) 『人物銀行史』上, 146쪽

서 찾아야 할 것이다.

<표 6> 국채보상운동 주도층

인명	활동단체	관직·사회적 위치	직업·경제적 위치
徐相敦	독립협회·慶北國債報償道總會	前視察·大邱商務所議員	상인·광문사부사장·대구농공은행 감사
徐丙五	大東廣文會	前主事	광문사 설립인·대구농공은행 전무이사
鄭圭鈺	대동광문회	前承旨	대구농공은행 이사
鄭在學	大邱斷煙同盟會·대한협회지회	開寧郡守(1908)·지방위원	개항후 상업활동·대지주·경상농공은행 감사(1908)·大邱銀行 대표(1913)
金炳淳	同	前郡守	지주·대구농공은행 이사
徐相敏	同	前參奉	지주
徐相龍	同	前觀察使	지주
郭柱祥	同	前同敎寧	
李一雨	대한협회지회	대구상무소의원·부협의원(1914)	지주
金華植	경북국채보상도총회(회장)		
尹成垣	同(부회장)	前大邱判官	
朴基敦	대한자강회·대한협회	前중추원의관·부협의원(1916)	지주· 대구상무소의장(1910)
徐基夏	국채보상운동대구대표·대한협회	대구여자공립보통학교 학부형회장·부협의원(1923~26)	私立壽昌校校長·포목상조합 전무(1921)
李宗勉	同	부협의회원(16~20)	지주·대구은행설립위원(13)·대동주식회사 주주(20)
徐相夏	대한협회	前奉常寺 提調	鮮南銀行 중역
鄭在悳	대한협회	社稷署令·경기전령	
金光濟	대한협회	문경군수	광문사사장

출전 :『황성신문』1907년 4월 30일, 1907년 5월 14일 ;『대한자강회월보』9호, 60
~61쪽 ;『대한매일신보』1907년 7월 25일 ;『대구상의』1981년 12월호

일제의 경제침탈 저지운동으로는 또한 상인·자산가층이 중심이 된
조선인상업회의소 설립운동을 들 수 있다. 1907년 1월경 대구일본인상

업회의소가 출범하여 조직적인 상업침탈이 가속화되자 지역사회의 경제
권을 수호하기 위해 1907년 9월 大邱商務所(의원수 : 18, 회원수 : 52)를
설립하여 대항하였다.92) 이 대구상무소는 前商工學校 教官 朴基敦이
1910년 부임함으로써 정재학, 李英勉·李一雨·韓潤和·洪宙一·李錫珍
·徐相敦 등 대구의 대표적인 자산가, 유지 25명으로 의원단을 구성하
고 조선인 商權 보호를 위한 구심체로 역할했다.93) 대구상무소의 의원
단이 대부분 국채보상운동의 주도층이란 점에서도 이 단체는 국채보상
운동과 같은 경제권수호운동의 연장선상에서 조직되었음을 알 수 있다.

그리고 대한협회 지회는 '국내 實業狀況과 前進方向을 조사 연구하여
개량 발달케' 하려는 본회 실업부 설치의 연장선상에서 교육부와 별도
로 실업부를 두고 李一雨를 부장으로 선출했다.94)

이러한 경제권수호운동뿐만 아니라 대구지역 내에 일본거류민이 늘
어나면서 이들과의 분쟁 해결이나 이익도모를 위해 자치단체를 조직하
기도 했다. 일본인측은 1904년 8월 종래의 일본동포회를 해산하고 일본
거류민회를 결성했으며95) 1906년 9월에는 일한협약에 근거하여 대구에
도 理事廳이 설치되었고 이와 함께 거류민단법이 실시되었다.96) 이러한
일제의 행정통치권 장악에 따른 일본인의 증가 및 사회적 문제의 발생

---

92) 『조선총독부통계연보』1910년판, 260쪽.
　　동래(1900년), 원산(1900년) 등 일찍 개항된 지역을 제외하고 경성(1905년),
　　개성(1907년) 등 내륙은 로일전쟁 이후 일제의 상업침탈이 본격화되면서 이
　　에 대항하여 조선인상업회의소가 설립되었다(유승렬, 『한말 일제 초기 상업
　　변동과 객주』, 서울대 국사학과 박사논문, 1996, 187~189쪽 참조).
93) 『대구상의』248호, 1982년 7·8월
94) 『대한협회회보』8호, 62쪽
95) 「日本居留民會の設立」『大邱一班』, 1912, 69~70쪽
　　在韓日本人居留民團法이 실시되어 개항장에는 大地域主義 하의 일본인거류
　　민단이 설립되고 교통 상업의 요지에는 中小地域主義 하의 日本人會가, 그
　　리고 小地域에는 日本人親睦會가 거주지별로 설치되었다(이현종, 「구한말
　　외국인거주지 조직체」『역사학보』34, 1967)
96) 「大邱理事廳の設置」『大邱一班』, 1912, 81쪽

306

에 대처하여 대구지역 자산가층은 1906년 '民智를 開發하고 民權을 扶植'한다는 표방 하에 大邱府民議所를 설립하였다.97) 민의소의 전신은 대구 상업의 중심지인 西門市場의 거상들이 설립한 市議所(앞의 商務所로 市長은 徐相敦)라고 한다.98) 이 민의소는 이후 해체된 것 같으며 1909년 5월경 대한협회 지회의 인물이 중심이 되어 大邱民團이 설립되었다. 그 취지서에서는 '경쟁시대에 처하여 가장 긴급한 人事 교육 위생 재정을 연구 확장하기를 바라나 개인의 지식과 능력으로 어려우므로 단체 사회의 성립이 필요하여 民團을 조직한다'고 밝혔다.99) 대구민의소의 주도층 역시 계몽운동 및 국채보상운동에 참여한 인사들이었다.

　이상 살펴보았듯이, 대구지역에서 한말 자강운동을 주도한 이는 경제적으로 지주·상인층이면서 전현직 관료 내지 신학문·서구사조를 수용한 지식인이었다. 이들은 크게 그 성장기반이나 자본축적 경로면에서 볼 때 전통적인 양반관료 출신의 지주도 있었으나, 상업·대금업 또는 상업적 농업 경영으로 부를 축적한 후 권력의 수탈로 부터 富를 지키기 위해서 또는 사회적 명예를 위해서 納粟에 의해 군수·주사 등 관료로 진출한 이가 대부분이었다.100)　이는 대구지역 토호 관료의 성격이 경

---

97) 『대한매일신보』 1906년 8월 26일, 1906년 10월 21일 ; 『황성신문』 1906년 6월 1일 황성신문에서는 人民大議所라고 서술하고 있다. 회장은 金光濟였다.

98) 김도형, 『大韓帝國期의 政治思想硏究』 지식산업사, 1994, 155쪽

99) 「大邱民團趣旨書」 『대한매일신보』 1909년 5월 7일

100) 三輪如鐵, 『大邱一班』, 21쪽
　　'조선의 부호는 거의 모두 官位를 지닌다. 만약 官位가 없다면 地方長官 때문에 誅求를 면할 수 없기 때문에 大金을 지니고 京城에 올라가, 가령 現官에 취임할 수 없더라도 郡守 이상의 官位를 賣得하면 우선 재산은 안전하다. 조선의 부호는 前官吏가 대다수를 점하고 그 다음이 이름뿐인 官名, 空官이라도 지방장관의 주구를 면할 권리가 있음과 동시에 인민에 대하여 반드시 그 권리를 떨칠 수가 있다.… 나의 知人으로서 仁同郡에 張(張承遠을 가르킴 : 필자)이란 부호가 있는데, 1904년 가을 경상북도 관찰사가 되어 대구에 왔다. 이 사람은 誅求의 목적이 아니라 명예와 保産의 목적으로 관찰사가 되기 위해 8만원 이상 썼다고 들었다.'

기 서울의 양반관료와 다른 특징이다.

1904년 이후 경부선공사가 본격화되면서 일제의 경제 침략이 가속화 되는 가운데 종래 경제적 사회적 기득권을 보장해온 국가권력의 해체를 비로소 자기문제로 인식하게 된 대구 자산가층은 자강운동 특히 교육운 동에 적극 참여하였다. 나아가 일제의 경제침탈에 예민할 수 밖에 없던 지주 상인층은 국채보상운동을 전개하는 데에 앞장서며 조선상무소, 대 구민의소와 같은 조선인상업단체, 자치단체 설립에 주력하였던 것이다.

그러나 자강운동에 참여한 대지주·상인층 가운데 일부는 이미 일제 와 상당한 유착관계를 맺어 그에 상응한 특혜를 누리고 있었다. 예를 들어 대한협회 지회 회원인 鄭在學과 鄭海鵬은 일제가 鄕會, 民議所를 해체하면서 일제의 조세징수업무를 대행하고 民意를 慰撫하는 매개역할 로서 설치한 지방위원회의 위원이었다.101) 또한 대지주 李錫珍(대구농 공은행장), 徐丙五(대구농공은행 전무이사), 金炳淳·鄭圭鈺(이사), 서상 돈·이장우(감사)는 대구농공은행의 중역이었으며102) 그외 정재학·정 해붕·이병학도 경상농공은행 설립에 참가함으로써 특혜를 받았다. 정 해붕·李柄學은 동양척식주식회사의 설립위원이었으며,103) 鄭海鵬·徐 鳳綺·徐丙朝·許協은 조선농회의 전신인 한국중앙농회 경북지회의 商 議員·幹事이었고 이병학·정규옥·최만달·최준·金土淑 등도 여기에 가입해 있었다.104) 이러한 점은 한말 자강운동의 주체의 성격의 일단을 말해주는 것이며 결국 이들 대지주층의 경제적 이해관계가 식민지 지주 제, 제국주의유통구조의 창출과정에서 일제와 대립하기도 하지만 공유 될 수도 있다는 점을 말해준다.

---

101) 『대한제국관료사연구』 4권, 369쪽, 373쪽 참조
102) 『황성신문』 1906년 6월 19일
103) 『대한제국관료사연구』 4권, 372쪽, 277쪽
104) 『한국중앙농회보』 3권 7호, 1909. 7 ; 2권 10호, 1908. 10

2) 1910~1920년대 비밀결·3·1운동의 전개와 자본가층의 활동

대구 광문사, 대한협회 지회, 교남교육회 등이 주도한 대구지역 자강운동은 일제침략이 가시화되면서 1900년대 말 군자금 모집, 해외 독립운동단체와의 연계투쟁을 내용으로 하는 무장투쟁노선의 비밀결사운동으로 전환되었다. 합법단체인 달성친목회를 통해 교육, 대중계몽운동을 지속하는 한편, 비합법적 정치운동을 실천하기 위해 비밀결사를 결성하였던 것이다. 대구지역에서 대표적인 비밀결사는 대동청년단과 조선국권회복단이었다.

<표 7> 대구 및 인근 경북지역 대동청년단원

단원	출신지	활동단체 및 경력	경제적 위치
서상일		교남교육회 · 달성친목회	태궁상회
李慶熙		의병 · 교남교육회 · 의열단	
尹相泰	김해(대구)		백산상회 주주 · 지주
崔胤東(최진)	대구	상해망명(1919)	
金觀濟	대구	만주망명(1911) · 상해임정	한약방경영
裵天澤	대구	유하현으로 망명 · 서로군정서 · 정의부	
申相泰	칠곡	조선국권회복단 · 신간회김천지회	대구은행원
金思容	상주	교남교육회 · 조선국권회복단 · 의열단	
張建相	칠곡	코민테른 꼬르뷰로고문	
南亨祐	고령	교남교육회 · 달성친목회 · 조선국권회복단	
朴重華	경주	청년학우회 · 조선국권회복단 · 대동청년단 · 조선노동공제회	

출전 : 이양우, 「부산의 선각자」『부산일보』1981년 10월 22일 ;『한국독립운동사』, 애국동지원호회, 1956. 활동단체에 대해서는『교남교육회잡지』,『한민족독립운동사』7·8권,『일제하 사회운동인명색인집』, 여강, 1992 참고

　대동청년단은 1909년 10월경에 조직되었다. 이때는 일제가 이미 「한국병합 실행에 관한 방침」(1909. 7)을 작성하여 극비리에 閣議에서 통과시킨 후 이토오 히로부미 사살사건을 계기로 병합을 구체적으로 추진하던 시기이다.105) 이에 경상도지방의 17세부터 30세 미만의 근대적 교육을 받은 청년 80여명이 독립운동 자금 조달과 인재육성, 국내외 연락을 목적으로 대동청년단을 조직하였다.106) 그 團規에 '단원은 반드시 피로 맹세할 것, 團名이나 團에 관한 사항은 문자로 표시하지 말 것'이라고107) 하였듯이 철저한 비밀조직이었는데, 1920년대까지 활동했다고 하나 일제경찰에 적발되지 않아 자세한 활동내용이나 조직체계는 알려지지 않고 있다. 대구지역의 대동청년단원 중에는 <표 7>에서 보듯이 교남교육회 및 달성친목회 등의 자강단체에 참여했던 이들과 신민회에서 활동한 이가 많았다.

　조선국권회복단은 1915년 1월 15일 윤상태, 서상일 등이 중심이 되어 조직하였다. 조선국권회복단은 맹약서에서 '한국의 국권회복, 비밀을 누설하지 말 것'을108) 천명함으로써 1910년대 국권회복운동 노선에 기초한 비밀결사로서의 전형적인 조직형태를 그대로 실천하였을 알 수 있다. 1915년 결성 당시의 조직체계는 總領 : 尹相泰, 외교부장 : 서상일, 교통부장 : 李始榮・朴永模, 기밀부장 : 洪宙一, 문서부장 : 徐丙龍・李永局, 권유부장 : 金圭, 遊說部長 : 鄭舜永, 결사대장 : 黃炳基이었고, 마산에 지부를 두었는데 지부장 : 安廓, 조직원 : 李亨宰, 金璣成이었다.109)

---

105) 권대웅, 앞의 논문, 81쪽
106) 대동청년단 단원의 신상에 대해서는 단원 중 한사람인 尹炳浩에 의해 52명이(李洋佑, 「부산의 선각자」, 『부산일보』 1981년 10월 22일), 그리고 『한국독립운동사』(애국동지원호회, 1956년)에 의해 45명이 파악되어 있을 뿐이고 검거되지 않아 그 전모에 대해서는 알려진 바가 없다.
107) 李洋佑, 「부산의 선각자」 『부산일보』 1981년 10월 22일
108) 『한민족독립운동사자료집』 7권, 85쪽
109) 『고등경찰요사』, 183쪽

<표 8> 대구·경북지역 조선국권회복단원

인명	주소(출신지)	경제적 위치	활동단체
尹相泰	대구(김해)	지주·백산상회 주주	대동청년단
서상일	대구		교남교육회·달성친목회·대동청년단
李始榮	대구	전당업	강의원·달성친목회·중국망명
洪宙一	대구(청도)	태궁상회 점원·대구상무소의원	천도교대교구장·대구권총사건(1915)
李永局	대구	대구은행원	
徐丙龍	대구(달성)	대구은행부지배인	달성친목회
鄭舜永	성주		달성친목회·대한광복회
徐昌圭	대구	지주·태궁상회 백산상회 주주	달성친목회
尹昌基	대구(원산)	원홍상회 고용인	講義園·달성친목회
鄭雲馹	대구	전당업	달성친목회·대구권총사건(1915)·대한광복회
신상태	칠곡	지주	달성친목회·대동청년단·민립대학발기인
金在烈	고령		대구권총사건·대한광복회
金應燮		변호사	교남교육회
曹肯燮	달성		
박상진	경주	상덕태상회	대한광복회
崔浚	경주	대지주	대한광복회

출전 : 『한민족독립운동사자료집』 7·8·9권 ;『현대사자료』 25권, 471~473쪽

    <표 8>을 보면 조선국권회복단원의 상당수가 대동청년단원과 중복됨을 알 수 있다. 국권회복단원은 대개 한말 계몽운동에 참여해온 중산층 이상의 혁신유림적 명사와 계몽적 지식인이었다.[110] 경제적 조건면에서 볼 때 경북 농촌지역에 근거한 중소지주와 대구지역의 상인층이 많았다. 특히 總部와 지부, 그리고 국내와 국외 단체의 통신연락에 박상진(상덕태상회), 서상일(태궁상점), 윤상태(香山商會·왜관), 徐相灝(곡물상·통영), 李亨宰(元東商會·마산), 金璣成(丸五商會) 등의 상인들이 그

---

110) 조동걸, 「대한광복회의 결성과 선행조직」『한국민족주의의 성립과 독립운동사연구』, 지식산업사, 267쪽

경영하는 상점을 근거지로 중요한 역할을 하였던 점이 주목된다.111)

조직 구성원의 분포나 결성과정 면에서 볼 때 대동청년단이 경남 인사가 주동이 되어 대구 및 경북지역 인사와 합세하여 조직했다면, 조선국권회복단은 대구 경북지역 인사가 주동이 되어 결성하여 점차 경남지방으로까지 확대되었다고 할 것이다. 이들은 조선국권회복단을 조직하기 전 동지를 규합하려고 친목단체 달성친목회에 다수 가입하였는데, 홍주일·변상태는 천도교회에, 김응섭·신상태·안확·정순영은 예수교회에, 서상일·서병룡·윤창기는 불교회에 가입하였다.112)

대동청년단이나 조선국권회복단은 독립전쟁노선을 견지하여 모두 만주지역 무장운동단체와 조직적 인적으로 연계를 맺으려 했다. 특히 조선국권회복단은 만주 노령지역의 동지와 연락하기 위해 윤창기·이시영·박영모·서상일을 파견하여 상업시찰이란 명목으로 여행하도록 계획을 세우기도 했다.113) 1910년 국권상실로 의병전쟁계열과 계몽운동계열 가운데 일부는 만주로 이주하는데 경북지방에서도 안동·문경·상주·경주·예천 지역의 인사들이 상당수 이주하였다. 따라서 자연스럽게 대구·경남북을 거점으로 한 비밀결사가 독립전쟁론을 견지하는 한 독립근거지 건설을 모색하는 만주지역 단체와 조직적 인적 연계를 맺을 수 있었다. 또한 이 시기 중국 만주로 망명한 인사들 가운데 일부는 중국 신해혁명에 직접 가담하거나 또는 이를 간접 경험하면서 청왕조를 종식시키고 탄생한 중화민국의 공화주의를 수용하였을 것이다. 박상진·서

---

111) 『고등경찰요사』, 267쪽.
112) 『한민족독립운동사자료집』 7권, 88쪽
113) 『고등경찰요사』, 183쪽
　　조선국권회복단을 밀고한 鄭震泳은 '1913년부터 1915년까지 李始榮·朴永模·裵相濂·서상일이 장사를 빙자해 중국 방면에 가 동지와 연락을 취하였다'고 증언하였는데 이 말이 사실이라면 조선국권회복단이 조직되기 이전에 서상일이 노령에서 돌아온 직후부터 연락을 취한 것이다.(『한민족독립운동사자료집』 7권, 92쪽).

상일은 신해혁명에 참가하였던 인물이다.114)

조선국권회복단 내의 의병운동에 참여했거나 인적으로 밀접한 관계를 지녔던 인물인 박상진·鄭雲馹·洪宙一·李始榮·金在烈 등은 의병계열의 인사들로 조직된 풍기광복단과 합세하여 1915년 7월 대구에서 대한광복회를 결성하였다. 이 당시 만주의 독립운동 기지건설에는 국내의 인적, 물적인 적극적 지원이 필요하였고 이에 만주지역 단체와 인적 조직적 연계를 가진 혁신적 인물들이 대한광복회를 결성하게 된 것이다. 처음 대구지역을 중심으로 한 경북지방 인사가 결성했으나 전국 각지로 조직이 확산되었다.115) 대한광복회는 그 실천사항이 ① 무력준비, ② 무관 양성, ③ 군인양성, ④ 무기구입, ⑤ 기관 설치, ⑥ 行刑部, ⑦ 武力戰이란116) 데에서 조선국권회복단의 군자금 모집, 국내외 연락이란 실천방침에서117) 한 걸음 나아가 더 적극적인 무장투쟁방침으로 발전하고 있음을 알 수 있다.

이와 같이 1910년대 대구지역에서의 비밀결사운동은 어느 지역보다 활발했는데, 이러한 비밀결사운동에서 축적된 역량을 기초로 3·1운동이 전개되었다. 대구의 3·1운동은 초기에는 종교계를 중심으로 교사·목사가 주도하였다. 첫 시위는 3월 8일 공립보통학교 및 계성학교, 신명여학교 생도가 중심이 되어 전개되었다. 이날 시위로 주모자 157명이 체포되었다.118) 그리고 3월 10일 기독교 계열 학생이 중심이 된 200여 명의 군중이 덕산정 시장에서 시위하여 65명이 체포되었다.119) 표면상

---

114) 권대웅, 앞의 논문, 40쪽
115) 조동걸 논문, 261~313쪽 ; 권대웅, 앞의 논문, 45~57쪽
116) 光復會 刊, 「광복회」, 1945, 15~16쪽(「3·1運動에 이르는 民族運動의 源流」 『3·1운동 50주년기념 논문집』, 동아일보사, 1969, 38~39쪽에서 재인용).
    광복회는 大韓·만주·북경·상해 등 要處에 기관을 설치하되 대구에 尙德泰라는 상회의 본점을 두고 각지에 지점 및 여관 또는 鑛務所를 두어서 군사행동의 집회, 왕래 등 연락기관으로 하였다.
117) 『고등경찰요사』, 184쪽
118) 『고등경찰요사』, 13쪽

두 차례의 시위를 주도한 이는 장로교계열인 李萬集(목사), 李相伯(신도, 醫生), 白南埰(계성중학 교사), 金兌鍊(基督敎 助事) 등이었다. 이들은 2월 24일경 서울에서 내려온 대구 출신 李甲成과 연계하여 독립선언서와 선언취지서를 인쇄하여 3월 8일 시위 때 이를 군중에게 뿌림으로써 만세시위를 주도하였던 것이다.[120]

그러나 이들이 이 시위사건으로 검거된 후 대구의 3·1운동을 주도해나간 것은 시위에 참가하였던 학생 청년층이었다. 이들은 단순히 산발적인 시위 형태의 저항에서 나아가 보다 구체적이고 대중적인 항일운동의 방법으로 시내 조선상인에게 撤市를 단행하도록 권유하여 4월 1일 대구시내는 대부분의 상점이 철시하였다.[121] 이후 장기적으로 조직적인 운동을 전개하기 위해 비밀결사 慧星團을 결성하였다. 이 단체의 핵심 인물은 계성학교 생도로서 인쇄계 : 崔載華·金壽吉, 인쇄물 기타 배달계 : 李德生·李鍾植·李鍾憲·李基明·許聖德, 출납계 : 李壽鍵, 만주출장계 : 李榮玉, 연락계 : 李命鍵으로 구성되었다.[122] 혜성단은 주로 격문 발행·반포를 통해 조선민중에게 독립의지를 고취시키고 일제에 협조해 온 郡面 관리 및 경찰에게 사직을 강요하는 선전 선동 활동에 주력하였다.[123] 특히 만주출장계를 둔 것은 1910년대 인적 조직적으로 만주지역과 연계를 맺었던 조선국권회복단이나 대한광복회의 운동경험을 계승한

---

119) 『고등경찰요사』, 13쪽
120) 『한민족독립운동사자료집』 11권, 213~217쪽
　　　이러한 혐의로 이만집은 징역 3년, 金兌鍊은 징역 2년 6개월에 처해졌다 (『매일신보』 1919년 4월 22일).
121) 『고등경찰요사』, 186~188쪽 ; 『현대사자료』 25권, 343쪽
122) 「官公吏 辭職 협박 및 閉店 위협 사건」 『고등경찰요사』, 186~188쪽
123) 혜성단은 <謹告同胞> <警我同胞> <警告官公吏同胞> 등의 격문을 반포하였다. 3·1운동이 발발하자 대구부는 친일파인 中樞院 副贊議 朴重陽, 明治町 區長 白應勳에게 自制團을 조직케 하여 운동을 저지하려 함으로 혜성단은 이들에게 '역적의 포로가 되어 자제단을 조직한 所爲는 개와 같으니 너의 집을 불사를 것이다'란 협박장을 우송하기도 했다(위의 책, 186~188쪽).

314

것으로 생각된다.

1910년대 비밀결사운동에 있어 만주지역과 인적 조직적으로 연계되었던 대구지역은 3·1운동 당시에도 특히 만주지역이나 상해임정과 밀접한 관련하에 운동이 전개되었던 점이 특징이다. 예를 들어 3월 8일 대구시위 주모자인 이만집, 백남채 등은 33인 중 한사람인 李甲成과 연계되었으나, 이와 별도로 대동청년단과 조선국권회복단의 단원인 金思容과 徐相日은 文相直을 경유하여 상해 임정 통신원인 黃大闢으로부터 독립선언문, 임정 강령, 격문을 전달받고 반포하였던 것이다124) 이로 보아 조선국권회복단이 3·1운동의 전개과정에서 상당한 역할을 하였음을 알 수 있는데, 실제 3·1운동에 대한 그러한 조직적 지도로 인해 일제 경찰에 적발되어 와해되었던 것이다.125)

3·1운동 이후 1920년대에도 대구지역에서는 많은 비밀결사운동이 전개되었다. 1920년대 초중반까지 활발히 진행된 비밀결사운동은 운동 주체의 계통에 따라 크게 ① 상해임정과 연계된 운동, ② 만주지역의 서로군정서 등 무장단체와 연계된 운동, ③ 의열단 관련 운동, ④ 유림층이나 지식층을 중심으로 하여 해외와 연계되지 않고 자생적으로 전개된 운동으로 나눌 수 있다.

첫째, 임정과 연계된 비밀결사운동은 임정의 자금 모집이나 임정활동의 선전, 배일사상 고취 형태로 전개되었다. 대표적으로 1920년 전후에 대동청년단이나 조선국권회복단에 관계했던 李始榮, 都寅權·尹顯振이 주도한 독립공채 모집 및 워싱턴회의 獨立請願 사건에는 대구지역 인물로 鄭光淳·白君言·鄭東煥·洪在範이 관계하였다.126) 또한 趙氣虹·金

---

124) 「암살음모단사건」『고등경찰요사』, 266~267쪽
125) 조선국권회복단에서는 대구뿐만 아니라 경남 창원의 만세시위도 지휘하였으니, 3·1운동이 발발하자 중앙총부는 창원의 조직원 변상태에게 시위를 주도하도록 명하였다. 그 결과 전개된 4월 3일의 시위는 창원군 鎭東 헌병주재소를 습격하는 등 격렬하였다.
126) 『고등경찰요사』, 212~217쪽.

禹若·李東國 등이 상해임정과 연계하여 1919년 6월 이후 잡지·격문 발행을 통해 배일사상의 선전에 노력한 예를 들 수 있다[127]

둘째, 만주의 무장단체와 연계된 비밀결사운동은 대개 무장독립군 부대의 군자금 모집·친일관료 암살 등의 형태로 전개되었다. 西路軍政署의 金應燮(조선국권회복단원, 안동 출신)과 연계되어 활동한 의용단 사건,[128] 역시 김응섭의 지시에 의한 1920~1923년경 군자금모집 사건,[129] 3·1운동 당시 혜성단에서 활동했던 崔載華의 서로군정서 소속 新興武官學校 생도모집 사건(1920년),[130] 길림성 군정서 소속 興業團의 자금모집 사건[131]을 들 수 있다.

세째, 의열단에 연계하여 전개된 운동인데 이는 대개 조선인 관공리 및 일본인 관료 암살, 일제 관청 건물 폭파 등의 형태로 나타났다. 의열단원 가운데에는 金思容·李慶熙·李起陽·李鍾岩·徐相洛·梁健浩 등 경북·대구 출신이 상당수 있어 대구 경북을 무대로 의열투쟁이 빈번하게 전개되었다.[132]

네째, 앞의 비밀결사운동이 주로 만주지역 무장단체나 국외의 상해 임정, 의열단에서 대구 경북 출신 조직원을 파견하여 전개되었는데 반해 국내에서 자생적으로 비밀결사를 조직하여 활동한 경우도 있었다. 1920년 金石柱(경북 달성군)·張來周(의성군)·金文在(대구)·李乙明(대구)·河榮浩(대구)·崔相崑(달성군)·李東玉(대구)·金聲郁(대구) 등이 대구 부근을 중심으로 한 독립운동단체를 조직하고 활동한 예를 들 수 있다.[133] 이는 3·1운동을 경험하면서 조직의 필요성을 느낀 지역 운동가들에 의해 결

---

127) 『매일신보』 1920년 3월 11일, 7월 30일.
128) 위의 책, 208~211 ; 『동아일보』 1922년 12월 17일 ; 1922년 12월 20일 ; 1922년 12월 23일 ; 1922년 12월 30일
129) 「慶南甲斐巡士射殺事件」 『고등경찰요사』, 223~224쪽
130) 위의 책, 200~202쪽
131) 위의 책, 272~276쪽
132) 위의 책, 197쪽, 96쪽
133) 『동아일보』 1920년 8월 30일

성되었으나 조직 결성 후 상해 임정이나 만주지역 단체와의 연계를 맺어 장래 운동의 전망을 확보하려고 하는 것이 일반적이었다.

이와 같이 비밀결사운동은 조직경로나 조직 주체 면에서 크게 네 가지로 분류할 수 있으나, 3·1운동 직후에는 모두 인적인 면에서 그리고 조직적인 면에서 유기적인 연계를 맺고 활동하였다. 그러나 임정이 내부 개편문제로 분열되면서 그러한 유기적 관계가 약화되고 전반적으로 비밀결사운동도 침체되는 양상을 보였다.[134]

<표 9>는 대구를 중심으로 전개된 비밀결사운동에 관계한 대구지역 인물을 정리한 것이다. 이들을 직업별로 보면 상업 그 중에서도 곡물상이 가장 많고, 그다음이 농업으로, 상인 지주 등의 자산가층이 운동에 참여했음을 알 수 있다. 학우단 관계자인 서상일·서영균·송정덕은 모두 상인이었다. 또한 慶南甲斐巡査射殺事件의 白東熙는 米穀仲買商을 영위하였는데 이는 미곡상인으로부터 豫入 등에 의해 수만원의 현금이 들어올 때 이를 자금으로 가지고 도주하기 위해서였다. 백동희는 대구 곡물상조합의 임원이기도 하였으므로[135] 영향력있는 대규모 곡물상으로 생각된다. 宋斗煥은 잡화상 겸 토지중개업을 하는 상인으로 자기 재산을 거출하여 대구, 신의주 내에 가옥을 매입하여 연락기관을 설치했다. 이들 연락기관은 일제 경찰의 주목을 피하기 위한 방편으로 표면상 상업을 영위하였다. 당시 비밀결사운동에 많은 상인층이 참여하기도 했으나 해외나 국내 각 지역과의 연락, 자금전달을 위해 조직적으로 잡화상이나 곡물상을 개설, 운영하는 일이 많았다.

---

134) 1920년대 후반에 무정부주의계열의 眞友聯盟事件(1925)이나 張鎭弘의 조선은행 대구지점폭파사건(1927) 등 몇 가지 비밀결사운동이나 의열투쟁이 있었으나 전체 부르주아민족운동에서 주류적인 위치를 점하지는 못했다. 특히 이 시기에는 자본가층이 참여하거나 지원하는 비밀결사운동은 드물다.

135) 『동아일보』 1926년 1월 23일

<표 9>　1919~1920년대 중반 비밀결사운동 참여 대구지역 인물

인명	활동(검거)시기	조직체·사건명	직업
柳仁鄉(女)	(1920)	대한애국부인회	무직
李今禮	同	同	무직
趙氣虹	(1920)	폭탄암살음모 사건(임정)	鍛冶職
金禹若	同	同	?
徐榮均	(1920.2)	암살음모단 사건(學友團)	상업
宋貞德	同	同	상업
徐相日	同	同	곡물상
徐丙日	同	同	
鄭光淳	1920.8~1921	독립공채 모집 및 워싱턴회의 독립청원사건	醫生
白君言	同	同	書房(야소교신도)
鄭東煥	同	同	不詳
洪在範	同	同	外國人宣教師房 書記
李鍾國	1922.12	義勇團	농업·달성군수·남일합명회사(금융업,22년 창립) 사장
朴琥鎭	同	同	旅宿業
李庭禧	同	同	경북도평의원
梁漢緯	同	同, 興業團, 폭탄암살음모 사건	무직
禹洪基	1922.12	興業團	농업, 한문교사
李再述	同	同	무직
權政洛	同	同	곡물상
朴守義(女)	同	同	무직
李慶熙	1923.3	의열단(黃玉 사건)	?
徐東星	1923	朴烈 일파의 大逆事件	무직
崔胤東	1923	慶南甲斐巡士射殺事件	大成學院教師
白東熙	同	同	곡물상
金綠洙(女)	同	同	妓生
宋斗煥	同	同	잡화상겸토지중개업
李鍾昊	1924	多勿團	河陽勞動共濟會社交部長
孫秉善	1925	임정군자금 모집 사건	무직
金憲植	1925.3~7	유림단음모 사건	농업
林慶奎	同	同	농업
朴晩闐(女)	同	同	무직
權容澤	同	同	?

출전 : 『고등경찰요사』

상인층뿐만 아니라 지주층 가운데 일부도 비밀결사운동에 적극 참여
한 양상이 나타난다. 예를 들어 의용단 관계자 李庭禧는 원래 朴尙鎭과
함께 대한광복회 관련으로 검거되었다가 증거불충분으로 석방된 경력이
있는 인물로 이후 1921년 봄 경북도평의원이 되었다.136) 그는 상당한 재
력을 지닌 부호로 알려져 있다. 이정희와 함께 의용단의 자금 모집에 적
극 협조한 李鍾國 역시 10만원 규모의 자산을 소유한 대지주로 1922년
전후에 達城郡守를 지냈다.137) 유림단 음모사건에 관계하여 자금을 지원
한 金憲植·任慶奎도 직업이 농업으로 되어 있는데 역시 지주였다. 대개
직업이 농업으로서 군자금모집을 지원한 이는 지역의 유지로서 일반적으
로 지주였다.

위에서 보듯이 비밀결사운동의 주요 내용이 자금모집이었으므로 상인
·지주 등의 자산가층이 많이 관련되었다. 자금모집은 지원금에 의한 경
우도 있었으나 대개 협박·강요에 의한 것이 많았는데, 강제 모집의 주요
대상 역시 모두 자산가층이었다. 특히 달성군·경산군·청송군·안동군
및 삼남 각지에 토지를 소유한 지주들이 집중적인 자금모집의 대상이 되
었다.138) 특히 자금모집에 잘 응하지 않는 이나 소액응모자는 암살대상자
로 지목되기도 했는데 친일부호 李章雨·張承遠·徐祐淳·張吉相·鄭在
學은 조선국권회복단·광복회·유림단·의열단에 의해 지목되기도 했
다.139) 비밀결사 조직이 노출되어 검거되는 단서가 대개 부호 자산가층에

---

136) 『동아일보』 1922년 12월 23일

137) 『동아일보』 1922년 12월 23일 ; 1920년 8월 16일

138) 예를 들어 1922년 의용단은 경산군 安炳吉, 청송군 趙奎漢·皇甫薰·趙炳
植, 안동군 李中皇·崔命吉· 權秉奎, 영일군 李慶淵·李源機 등의 자산가
에게 사형선고서를 발송하고 총 37만여원의 자금을 획득하려 했다(『고등경
찰요사』, 209쪽). 홍업단은 1922년 달성군 부호 崔在教를 협박하여 3만원을
요구했으나 240원을 취하였다(『동아일보』 1922년 2월 30일). 1924~1925년
다물단은 경산군 부호 石濟元·金相珪, 張在洙·金潤根, 청도군 李女心同
에게서 자금을 모집했다.

139) 「광복회사건」『고등경찰요사』, 180쪽 ; 「유림단음모사건」, 같은 책, 283~289

게 보낸 협박장·사형선고서인 점으로 보아 친일자본가에게 비밀결사단
체의 활동은 공포의 대상이었을 것이다. 1920년대 후반에 이르면 비밀결
사체에 의한 조직적인 운동사건은 드러나지 않으나, 친일부호·자본가층
에 대한 빈번한 협박장 우송이나 자금강요 사건은 이들을 위축케 하였으
며[140] 또한 부르주아민족운동의 전개에도 일정한 영향을 미쳤을 것으로
생각된다.

한편 일제는 이상의 비밀결사운동을 탄압 저지하기 위한 근본정책으로
친일단체를 육성 지원하고 그 주도층으로 조선인 예속대자본가를 내세웠
다. 대표적으로 대구교풍회는 '조선청년의 태만 방종한 성질을 타파하고
선량한 습관을 양성'하기 위하여 1917년 10월 조직한 것으로 회장 徐耕
淳, 부회장 徐丙奎·鄭海鵬, 위원 徐基夏 등 대지주인 친일부호가 주도하
였다.[141] 교풍회는[142] 그 규약내용은 생활적 덕목으로 되어 있으나 각 區
마다 統長·區長·監視를 두며 區長·監視는 적당한 조선인으로 선정하
고 구내 조선인으로 儀表될 만한 이를 협의원으로 촉탁함으로써 각종 비
밀결사운동의 주체 특히 조선청년의 사상을 선도하는 데 목적을 둔 관변
통제기구였다.[143] 이는 경찰서가 조직을 주도한 점, 회의 고문이 부윤·
경무부장·도참여관인 데에서 단적으로 나타난다. 또한 대구부나 道警務
部에서는 대자본가를 포섭하기 위해 '內鮮融和 및 官民親切'이란 명분으

쪽 ; 「의열단」 같은 책, 96쪽 ;『동아일보』 1927년 2월 18일
140)『동아일보』 1927년 10월 7일 ;『중외일보』 1928년 10월 5일, 4월 21일, 4월
　　 24일, 1929년 9월 16일, 9월 21일, 7월 7일
141)『매일신보』 1917년 10월 11일, 11월 8일, 12월 25일
142) 교풍회는 일반적으로 1919년 7월 20일 경성부윤 金谷充이 주도하여 경성교
　　 풍회(회장 : 윤치호, 부회장 : 金重煥·韓相龍·劉文煥)를 창설한 것에서
　　 비롯하여 齋藤實 총독 부임후 전국적 조직으로 하기 위해 이를 조선교풍회
　　 로 고치고 지방관청의 지원으로 각지에 보급시켰다고 알려져 있으나(강동
　　 진,『일제의 한국침략정책사』, 한길사, 1980, 220~221쪽 참조), 이미 1910
　　 년대에 지역단위로 각지에서 설립되어 있었다.
143)『매일신보』 1917년 10월 11일, 11월 8일, 12월 25일

로 자주 연회나 茶話會를 개최하였다. 이에 대한 답례로 조선인자본가층에서도 일제관료를 초청하여 연회를 베풀었으며, 특히 유력한 행정, 경찰 관료의 이·취임시에는 이러한 모임이 있었다.[144]

3·1운동 시기에는 소요를 진정시키기 위해 自制團을 조직하였는데,[145] 그 주요 목적은 독립운동 참가자의 검거와 첩보였다.[146] 團長은 친일파 朴重陽이었고 각 區 管理員은 區長으로 하며 각 區의 적당인물로 贊成員 몇 명을 두고 모든 부내 인민을 團員으로 참가시켰는데 그 발기인은 徐耕淳·張相轍·徐喆圭·徐丙元·李柄學·李章雨·鄭海鵬·李吉雨·李一雨·李英勉·鄭在學·韓翼東·金弘祖 등 주로 대표적인 대지주·대상인이었다.[147] 특히 조선국권회복단·홍업단 사건에 관계했던 金在烈·李鍾國도 명단에 있는 것으로 보아 특히 비밀결사운동에 참가했던 일부 유력자들을 포섭 회

---

144) 『매일신보』 1917년 6월 2일, 6월 19일. 참고로 이러한 모임에 초대받은 민간측 조선인부르주아는 정재학·鄭錫圭·김응섭·徐相春·서병오·李容德·이병학·정해붕·이장우·장상철·진희규·서병조 등이었다.

145) 대구에서는 1919년 4월 6일 전국에서 가장 먼저 자제단이 결성되었는데 이후 청주, 안동 등 경북 9군, 평북 정주, 경북 청도, 전북(自省會라고 부름), 재령, 울산, 연백, 전주·진주·군산 등 15군, 충남 연기군 南面, 수원군의 松山·西新·雨汀面 등 주로 남부지방에 설립되었다(강동진, 앞의 책, 161쪽).

146) 「寺內에게 보낸 朴重陽서한에 동봉한 대구자제단의 취의서·규약·발기인명부」 『寺內正毅關係文書』(강동진, 위의 책, 162쪽에서 재인용)
대구자제단 규약 제3조에는 '본 단원은 府民 집집 마다에 대해 경거망동에 뇌동치 말도록 굳게 타이르고 만약 불온한 행위를 감히 하는 자를 발견했을 때는 당장 경무관헌에 보고해야 한다'고 되어 있다.

147) 「寺內에게 보낸 박중양 서한에 동봉한 대구자제단의 취의서·규약·발기인명부」
발기인은 총 67명이었는데, 기타의 발기인은 申錫麟·박중양·權重翼·金承勳·金子賢·梁子益·金秉濟·裴相直·李永錫·林炳大·韓世東·李鎬淵·金基弼·崔瓚雨·李宜豊·朱載德·徐相圭·尹守瑢·馬鉉國·白應勳·金炳練·朴珉榮·孫瀚龍·韓敬元·河榮祖·鄭海鎭·文泳珪·金敬樞·金性河·金振玉·申元五·李庚宰·金永培·鄭虎基·鄭熹模·鄭翊朝·嚴柱祥·李孝澈·白在見·許根·崔德謙·金致弘·崔處垠·兪聖三·鄭鳳來·崔世珍·金榮斗·李容悳·鄭熺鳳·尹弼五 등이었다.

유함으로써 그 정치적 선전을 의도한 것으로 보인다.

1910년대에 反日運動을 탄압 저지하기 위해 창설된 이러한 억압적인 통제기구는 1920년대 문화정치 하에서도 여전히 존재했다. 나아가 일제는 민간 어용단체의 조직,[148] 施政宣傳[149] 등을 통해 1910년대 비밀결사운동의 주체였던 부르주아민족주의계열에 대한 회유를 아울렀다.

앞에서 보았듯이 한말 자강운동에 참가했던 일부 대자본가는 이미 병합전에 타락의 조짐을 나타내었다. 그리고 일부 상층자본가는 1910~1920년대에 이르러 일제가 지역유지를 회유 포섭하기 위해 명목상 자문기구로 설치한 관선 부협의회·도평의회·중추원에 참여하였고,[150] 對

---

148) 대표적으로 1920년 4월 儒道會 대구지부의 조직을 들 수 있다(『매일신보』 1920년 4월 1일).

149) 『매일신보』 1921년 4월 17일, 4월 19일.
대구부에서 개최하는 시정선전에는 도지사, 경무부장, 경찰서장 등의 관료뿐만 아니라 한익동·서병조와 같은 예속자본가도 연사로 동원되었다.

150) 일제는 1914년 4월부터 1920년 10월까지 官選 府協議員을 임명했는데, 여기에는 당연히 지역유지로 일제에 협조적인 상층자본가 이일우·서병조·서병규·최만달·정해붕·이병학·이종면·이장우·박기돈 등이 임용되었다(『大邱府史』, 1943, 46~47쪽).
또한 일제는 1921년 중추원을 대정리하면서 은퇴한 친일관료 이외에 '지방유력자 및 신지식층'을 대거 임용하였는데, 특히 지방의 대표적인 대지주, 자본가를 참의로 임명했다. 이에 대구의 대지주 자본가들은 다음과 같이 참의 임용을 위해 각 방면으로 운동하는 양상까지 나타났다.
"今回 제1회로 先任되었던 중추참의원의 임기가 만료되엇음으로 제2회의 參議를 人選케 됨에 경북지방에서는 혹은 경성 혹은 동경 방면으로 此의 운동을 개시하는 자가 雨後에 竹筍처럼 逐日 증가하여 各自以謂得大將格으로 자칭 參議 후보자가 勿驚 30여명에 달하여 一時는 參議熱이 극도에 달하엿던 바 去29日附 本報 紙上의 발표에 의하면 경북에는 現時 도평의원 及 11개년간 대구부협의원의 公職을 帶한 徐丙朝씨와 曾往에 開寧 順興의 각 군수의 職을 經하고 現時 대구은행 頭取 及 慶北孤兒救濟會長의 職에 在하여 경제계와 공익사업에 대하여 일반의 신망이 厚한 鄭在學 兩氏가 桂冠을 戴케 되엇다."(『매일신보』 1924년 5월 3일)
또한 대구 대표 중추원 참의로는 李柄學(1921년), 張稷相·秦喜葵(1927) 등을 들 수 있다.

322

民 準경찰기구인 교풍회·자제단 등의 임원으로 일제 통치에 협조를 아끼지 않았다. 그러한 유착관계의[151] 대가로 회사령 하에서도 은행, 회사 설립 등 각종 경제적 이권과 특혜를 보장받을 수 있었던 것이다. 대구은행·경일은행·동아가스주식회사, 기타 일제독점기업에 주주로 참여한 대자본과 대구미곡거래소의 회원은 예속자본 또는 예속화되어 가는 대자본의 범주로 볼 수 있을 것이다.

일부 대자본가가 한말에 이미 타락하여 1910년대에 완전히 예속화의 길을 걷는 한편, 일부 대자본가와 다수 중소자본가(유림층, 신지식층, 상공업자를 포함)는 절대독립론에 의거하여 독립전쟁노선에 동조하며 국권회복운동에 적극 참여하거나 이를 지원하였다. 비밀결사운동을 지원한 자본가 가운데에는 도평의원·군수와 같은 대자본가도 있었으나 예외적인 경우였고, 대개 중소규모의 상인 지주였다. 이들은 1920년대에 들어 일제의 문화정치 실시와 함께 합법공간에서의 활동이 허용되면서 자치운동으로 선회하는 층(대표적으로 서상일[152])과 절대독립론을 포기하지 않고 대일비타협노선을 견지하며 신간회 결성에 참여하는 층으로 분화되어 나간다.

3) 1920년대 전반 실력양성운동의 전개양상과 자본가층의 활동

(1) 청년·사회단체의 결성과 자본가층의 세력결집

3·1운동 후 일제통치 방침이 유화정책으로 선회하면서 자본가층의

---

151) 이들 대자본가와 일제와의 유착관계는 '內鮮融和 및 官民親切'이란 명분으로 자주 열렸던 경무부장 주최의 연회 그리고 이에 화답하여 조선인자본가측에서 주최한 연회의 분위기를 통해 짐작할 수 있다. 이 연회에 참석한 조선인 자본가는 鄭在學·鄭錫圭·金應燮·徐相春·徐丙五·李容德·李柄學·鄭海鵬·李章雨·張相轍·秦喜葵·徐丙朝 등이었다(『매일신보』 1917년 6월 2일, 1917년 6월 19일).

152) 그는 조선의 자치문제를 표방·추진하는 단체로 1924년 1월 결성된 研政會에 대구대표로 참여했다.

운동 양상에도 큰 변화가 나타났다. 주어진 합법공간에서 비정치적인 단체가 결성되어 교육계몽·학술·출판·생활개선 등의 문화운동을 주도해나갔다. 1920년대 초반 자본가층의 단체로 주목할 것은 大邱例月會이다. 1920년 여름 결성된 예월회의 구체적 명단은 알 수 없으나 '회원 전부가 일류 신사, 일류 실업가, 일류 재산가로만' 이루어졌다는 것으로 보아 대구를 대표하는 자산가로 조직되었음을 알 수 있다.[153] 예월회는 '水平面上에 波起波滅하는 모든 문제에 대한 연구도 이 社會識者先輩의 계급되는 우리가 連帶解答치 아니치 못하리라. 그럼으로 會하여 親하며 親하는 중에서 樂하며 樂하는 중에서 講하고 究하려는 것이라'는 결성 취지나 회장·총무 등의 집행부나 운영위원이 없고 연락·모임주선 등을 담당하는 임기 1개월의 常務幹事만 있는 조직체계로 미루어 보아 대중적인 문화운동을 추진하는 사회단체라기보다 친목, 사교단체에 가까웠다.[154] 부산의 예월회가 총독부의 교육개선위원회에 의견서를 제출하는 등 일제의 문화 경제정책에 대해 조선인부르주아층의 이해를 반영하고자 조직되었듯이 대구예월회도 비슷한 목적으로 조직되었을 것으로 생각된다. 그러나 구체적이고 가시적인 활동내용은 전혀 나타나지 않는 것으로 보아 조선인자본가층의 친목단체에 불과했던 것 같다.

---

153) 大邱支局 一記者, 「大邱閑話」 『동아일보』 1921년 9월 30일. 대구 韓圭錫이 기고한 「大邱例月會 會員諸氏에게 告」(『조선일보』 1921년 9월 3일)에서도 '제군의 모듬은 적어도 紳士界 資産界 상업계 은행계 最히 有力하다 할 수 잇는 인물로 糾合되고'라고 지적하였다.

154) 「大邱閑話」 『동아일보』 1921년 9월 30일
'1년간 하등 사업의 계획도 업섯다는 것은 일반이 촉망하던 바에 너무나 틀니지 아니하는가 하는 감이 不無하도다. 여론도 또한 이러하다. 그러면 무엇으로써 1주년을 經하얏는가. 매월 1回式 會集하야 친목하는 것 뿐이엇스며 친목의 餘興으로 妓와 酒일 따름이얏나니. 그럼으로 當番幹事 2인은 定期會日이 當하면 會集場所로 何요리점, 여흥으로 何오락을 定할가 하는 걱정이 그의 직무라 한다.'

<표 10> 대구청년회 간부

인명	직책(임명시기)	직업·경영업체	활동 사회·정치 단체
南廷九	발기인, 부회장(20) 평의장(22.5)		奉化靑年會長
李相定	발기인	지주(李時雨의 장남)	勇進團委員長
徐萬達	발기인	園藝농업	신간회
崔鍾撤	발기인	代書業·賣藥商	조선청년회연합회 집행위원
韓翼東	회장(21.1)	곡물상(韓一商店, 미곡거래소 회원)·大東株式會社 주주(20)	自制團 발기인·매일신보 지국장·南鮮經濟日報 社長·府協議員(20~31)·도평의원·상업회의소 의원
徐相日	총무(21.1), 회장(22.5)	태궁상점·조선물산상회주식회사(23)·대구미곡거래소 회원·경북상공주식회사 상무(37)·대구산업금융주식회사 감사역	대구상무소 의원(15)·동아일보 지국장
孫德鳳	문예부장(21.5)	변호사	법학강습소 경영주·대구노동공제회
朴昌根	평의원(21.5)		학교조합 평의원(30~31)·부회의원(31~35)
鄭雲海	문예부		대구노동공제회·북풍회 집행위원·조선노농총동맹 전형위원·1차조공 중앙집행위원·2차조공 연락부원
崔海鍾	문예부장(21.9), 편집부장(22.7), 서무부장(22.9)	동아일보 기자	
李愚震	운동부장(21.9), 총무(22)	경북산업주식회사(19)·興亞商會(식염·명태·곡물상)·금융업·大東株式會社 주주	조선인산업대회 발기인·학교 평의원(27~30)·상업회의소 상무위원
梁圭植	평의원(21.9, 22.5)	금융업·三共肥料店	신간회·대구상공협회·南山町 總代(1936)
李相薰	평의원(21.9)		대구노동공제회
崔元澤	평의원(21.9, 22.5)	동아일보기자	사상단체 正午會·대구노동공제회
白東熙	평의원(21.9, 22.5)	잡화상겸토지 중개업·곡물상	경남甲斐순사 사살사건 관계자
權憲吉	평의원(21.9, 22.5)		
徐炳一	운동부장(22.5)		암살음모단 사건
金坵	평의원(22.5)	大成學館 館長·대구교육자회 위원(22)·달성교회 전도사·달성기독교회 회장	대구노동공제회
金潤聲	同	瓦工場(1910 창립,자본금 3천원)	

車性鎬	同		
徐炳玉	同		
丁鶴俊	同		경북지방청년대회위원
崔益俊	교육부장(22.7)		대구노동공제회 · 신간회
權泰星	산업부장(22.7)		
金昇默	사회부장(22.7)		사회사업연구회 임시서기(22) · 대구경제연구회준비위원(27)
李膺福	서무부장(22.7), 사회부장(22.9)	公湖商會(정미업, 23년 창립) · 共福商店(온돌개량 · 연돌제조 판매 · 정미)	

출전 : 『매일신보』 1920년 3월 4일, 1921년 1월 20일 ; 『동아일보』 1920년 7월 15
　　일, 1921년 3월 30일, 1921년 6월 5일, 1921년 9월 29일, 1922년 5월 5일,
　　1922년 8월 8일, 1922년 9월 24일, 1923년 10월 26일, 1924년 1월 1일, 1925
　　년 1월 1일 ; 『독립운동사자료집』 14권

또한 조선인부르주아층의 문화운동 단체로 조직된 것은 1920년 1월
결성된 대구청년회이었다.[155] 대구청년회의 주도층은 <표 10>에서 나타
나듯이 대개 경제적으로는 대지주, 상인이며 고등교육을 받은 지식인으
로서 대구를 대표하는 자본가층이 망라되었을 알 수 있다.

먼저 1921년도 회장인 韓翼東은 청도 만석군 대지주의 후손으로[156]
早稻田大學을 나온 엘리트인데[157] 1917년부터 대구에서 곡물상을 경영
하여 대구미곡거래소의 회원이었다.[158] 부산의 무역회사인 백산상회 ·
주일상회에 주주로 투자하기도 하였는데 이 때문에 조선국권회복단 중
앙총부 사건시 검찰에서 증인신문을 받기도 했다.[159] 그는 한말에 關東
學會 회원으로 활동한 계몽운동의 연장선상에서 1920년대 초 嶠南學園

---

155) 「순회탐방 : 日人은 旺盛 우리는 漸衰」 『동아일보』 1926년 11월 17일
156) 김준헌, 앞의 논문, 311쪽
157) 『동아일보』 1922년 9월 17일
158) 『慶北大鑑』 上, 435~436쪽
159) 『한민족독립운동사자료집』 7권, 47~49쪽

에서 역사를 가르치기도 했고,160) 일제 시기 동안 내내 매일신보 지국을 경영했고 서울신보·조선일보·동아일보·중앙일보 지국도 잠깐씩 경영했으며 南鮮經濟日報를 직접 창간, 경영했다.161) 이러한 경제·언론·교육방면에서의 활동에 수반된 명망성에 기초하여 1920~1931년까지 4차례 府協議員을 연임했으며 도평의원을 역임하기도 했고162) 대구자제단의 발기인으로 참가하는 등 일제와 친밀한 관계를 유지한 대표적 자본가이었다. 사회적 명망성, 일제당국과의 관계, 재력 등의 면에서 초기 대구청년회의 취지나 목적에 비추어 會를 대표하기에 적합한 인물이라 할 것이다.

서상일은 앞에서 보았듯이 한말 계몽운동에서 시작하여 1910년대 조선국권회복단에서 운동했고 3·1운동 때에는 임정과 연계하여 활동했던 자본가이다. 그러나 종래 국권회복운동에 앞장서거나 지원했던 많은 자본가층이 3·1운동후 세계정세의 반동화 현상, 임정의 분열, 일제의 만주지역 침공으로 인한 무장단체의 침체속에서 일제가 유화정책으로 내세운 문화정치의 합법공간 내에서 준비론적인 문화운동 노선으로 전환하는 가운데 서상일 역시 1920년대에 들어 비밀결사운동에 더이상 관계하지 않았다. 그는 곡물상을 경영하는 한편, 동아일보 지국을 경영하면서 청년·사회운동을 주도하였다. 1922년 이후에는 회장으로 피임되어 대구청년회를 이끌었다. 그는 1920년대 초 이후 이미 자치론으로 기울어 1924년 1월 자치론을 내세우는 연정회 결성에 참여하였다.163) 그는 한익동과 함께 대구미곡거래소의 회원이었는데, 이는 상당한 특권의 부

---

160) 『동아일보』 1922년 9월 17일

161) 김진화, 『일제하 대구의 언론연구』, 嶺南出版社, 1978, 95쪽

162) 『동아일보』 1923년 12월 19일

163) 「獨立運動 終熄後에 있어서의 民族運動의 梗槪」(1927. 1) 『齋藤實文書』 10권
     (민족운동편, 2권), 고려서림, 233쪽

여를 의미한다. 1910년대 초 윤상태에게서 1천원을 빌려 숯·쌀 장사를 하다가 식산은행에서 1만원을 빌려 태궁상점을 경영하던[164] 시기에 비해 1920년대에는 엄청난 자본을 축적하게 되었는데, 이러한 자본축적 과정에는 일제와의 정치적 관계가 변수로 작용했을 것이다. 그외에 李愚震·梁圭植·李鷹福도 모두 일정 규모 이상의 상점을 경영하는 상인이었다.

이와 같이 초기 대구청년회는 일정 규모 이상의 재력을 지닌 상공업자·변호사 등 부르주아민족주의계열에 의해 주도되었으나 그외 사회주의사상을 수용한 지식인, 기자 등도 참여하고 있어 전체적으로 구성원의 정치적 입장은 다양했다. 즉 이미 사회주의사상을 수용하고 있는 최원택, 정운해, 이상정 같은 이들과 더이상 비밀결사운동과 같은 독립전쟁노선에 입각한 국권회복운동이 무망하다고 생각하여 실력양성운동에 적극 나서는 한익동·서상일·이응복·李愚震 등의 부류와 신간회에 참여하는 비타협적인 徐萬達 등의 부류가 함께 활동하고 있었다.

대구청년회의 취지 및 목적은 청년의 德性涵養·지식교환·友誼敦睦·체육발전·근검저축으로 그에 부응하여 조직체계도 체육부·편집부·慈善部·勞動部·會計部로 구성되었다.[165] 문화계몽운동을 담당할 주요 부서인 사회부나 교육부를 두지 않고 자선부를 둔 것은 대중계몽운동에 대한 엘리트적인 접근시각을 드러낸다. 대구청년회는 초기에는 기부자가 줄을 잇는 등 성황이었으나[166] 이러한 운동방식의 문제점으로 곧 침체에 빠졌다. 이를 타개하기 위해 1922년경에는 사진전·강연회를 여는 한편[167] 조직체계를 개편하여 교육부·사회부 및 경제운동을 추진할 산

---

164) 『한민족독립운동사자료집』 7권, 4쪽
165) 『매일신보』 1920년 3월 4일
166) 『매일신보』 1920년 5월 22일 ; 『동아일보』 1920년 5월 26일
    대표적인 예로 대구청년회의 설립취지를 일반에게 알리고자 개최한 文士劇
    의 성황으로 관람객으로부터 무려 6천여원을 기부받았다.

업부를 증설하였다.168) 대구청년회의 활동은 강연회 개최169) · 조선인학교 지원170) · 연극공연171) · 일본유학생 환영회 개최172) · 잡지발행173) 등으로 문화계몽단체로서의 성격을 그대로 나타낸다.

그러나 이러한 대구청년회의 성격은 1923, 24년경 이후 변화하기 시작하였다. 우선 주도층면에서 볼 때 대구청년회의 간판이던 재력가 · 명망가 등의 자본가층이 會의 전면에서 물러나거나 탈락하고 실천적으로 사회운동에 참여하는 층이나 사회주의자들이 會를 주도하였다. 조직면에서는 1924년 4월에 회원의 가입연령 제한을 규정함으로써 조직대상을 활동목적 및 단체위상 등을 고려하여 재편하였다.174) 활동면에서도 종래의 실력양성론의 기조에 선 계몽 · 문화운동에서 벗어나 <계급투쟁>, <크로포트킨의 互相扶助論>이란 연제의 강연을 개최하고175), 笞刑을 가하는 陶山書院을 '무산대중의 惡府'라고 그 폐지를 요구하는 등 적극적인 反封建運動에 나서는 한편176), 1924년 조선청년총동맹에 가입하여 조직적인 청년운동의 지도를 받으려고 결의한다든가177) 청년운동의 통

---

167) 『동아일보』 1922년 6월 21일
168) 『동아일보』 1922년 8월 8일
169) 『동아일보』 1921년 6월 5일, 12월 10일, 12월 24일
170) 『동아일보』 1921년 3월 30일
171) 『매일신보』 1920년 5월 22일
172) 『동아일보』 1920년 6월 22일
173) 『동아일보』 1920년 6월 22일
174) 1924년 4월경에는 27세 이하로 규정하였으나 9월에 이르러 다시 만 18~30세로 수정하고 그외의 회원은 모두 제명하였다(『시대일보』 1924년 4월 21일, 9월 12일). 1926년 11월경의 회원수는 200명이었다(『동아일보』 1926년 11월 17일).
175) 『시대일보』 1924년 10월 13일
176) 『시대일보』 1925년 11월 28일
177) 『시대일보』 1924년 4월 21일
   그러나 대구청년회는 파벌문제 등으로 1925년 2월경 조선청년총동맹에서 除盟되어 한때 논란거리가 되었다(『조선일보』 1925년 3월 3일, 3월 4일, 3월 5일)

일을 기하기 위해 경북지방청년발기대회를 주도하는[178] 식의 변모를 보였다.

　이러한 대구청년회의 조직 및 성격변화는 대구청년회 내 사회주의사상을 수용한 일단의 청년 지식층에 의해 이미 창립 초부터 내부적으로 싹이 트고 있었는데, 특히 1923, 1924년경에 이르러 보다 분명하게 드러났다.[179] 이는 대구지역 전체 사회운동의 지형변화와 연계된 현상으로 이 시기에 이르러 사회주의사상을 연구·토론하는 사상단체가 우후죽순격으로 속속 출현하였던 것이다.[180] 대구청년회가 사회주의계열의 大邱鐵聲團·대구청년동맹·무산청년회·노동공제회·正午會 등과 사회운동의 통일을 위하여 合同懇親會를 개최하기로 결의한 것은[181] 대구청년회의 성격 변화를 확인시켜 주는 일례이다.

　이러한 많은 사상단체의 결성으로 사회주의 청년·지식층의 역량이 증가하면서 이들이 지역운동을 주도해나가자, 이에 대항하여 자본가층은 별도로 1923년 1월 大邱俱樂部를 새로 창립하였다. 대구구락부의 창립위원장은 徐相日이며 위원에는 대구지역의 대표적인 유지, 자산가가 망라되었다.

　<표 11>에서 나타나듯이 이들은 대개 고등교육을 이수한 인텔리로서

---

178) 『동아일보』 1925년 2월 18일
179) 이 무렵 대구청년회는 서울계와 화요계 사회주의자들에 의해 장악되었는데, 1924년 하반기에는 화요계가 주류를 이루었다(김경일, 『일제하 노동운동사』, 창작과 비평사, 1992, 141쪽).
180) 1923년 12월 尙微會(1924년 8월 正午會로 개칭), 1924년 11월 新友會, 1924년 12월 제4청년회(1925년 7월경 대구청년동맹으로 개칭), 1925년 1월 勇進團·我求同盟(일시 曉聲으로 개칭했으나 그대로 사용), 1925년 2월 新思想會, 1925년 7월 鐵聲團 등이 결성되었다(『동아일보』 1926년 11월 17일, 1924년 8월 27일, 1926년 11월 17일, 『시대일보』 1924년 12월 21일, 1925년 7월 9일 ; 『동아일보』 1924년 12월 21일, 1925년 1월 10일, 『시대일보』 1925년 1월 18일, 1925년 1월 21일 ; 『동아일보』 1925년 2월 10일, 1925년 7월 8일).
181) 『중외일보』 1926년 4월 28일

경제적으로는 지주, 상공업자이며 사회적으로는 부협의원·도평의원·학교조합평의원을 지낸 유지, 명망가들이었다. 특히 이미 한말, 1910년대에 일제에 예속화한 徐丙朝·장직상·박기돈·徐喆圭·徐昌圭 등 원로급 예속대자본가가 위원으로 참여하는 것은 대구구락부가 특히 대자본가층을 중심으로 자본가 세력의 여론을 결집하고 사회적 영향력을 확대하기 위한 기구로 결성되었음을 의미한다. 초창기부터 대구청년회의 부회장, 총무, 회장을 역임해온 서상일이 회장을 맡은 사실이나 이후 서상일이 대구청년회 간부의 이름을 걸고 활동하지 않고 동아일보 지국장이란 명함으로 활동하는 점은 대구구락부가 대구청년회에서 배제당하고 탈락한 부르주아층의 집결지이며 이는 대구청년회의 조직 및 성격변화에서 비롯된 것임을 알려준다. 대구구락부는 자본가세력의 독자적 조직으로 결성되었으나, 이후 대구지역 사회단체 소개 때에나 조선인단체 연합의 시민대회나 운동회 때 거론되지 않는 것으로 보아182) 대중적인 사회단체로 활동하지는 않았으며 구락부란 명칭 그대로 사교적인 친목단체에 머물렀음을 알 수 있다.

이상 살펴본 대구예월회·대구청년회·대구구락부는 모두 1920년대 전반경 자본가층이 주도한 사회단체였다. 대구예월회는 지역 유지·대자본가층의 사교단체로서 기능했다. 초기의 대구청년회는 예속자본가부터 비밀결사운동에 협조 지원한 민족자본가, 사회주의사상을 수용한 청년·지식인까지 내포한 대중적인 계몽운동을 활동사업으로 한 단체인데 반해, 대구구락부는 지역사회에서 노동·농민운동 등의 대중운동과 사회주의운동이 확대되는 가운데 자본가층의 동질성 확보를 전제하여 결성한 단체로서 대중적인 계몽운동보다 사회 현안에 대한 자본가층의 여론 결집기구로서의 성향이 강했던 것 같다.

---

182)『동아일보』1926년 11월 17일 ;『중외일보』1927년 8월 9일, 1929년 4월 10일

<표 11> 대구구락부위원

인명	직업·경영업체	사회적 위치(정치적 입장)	학력	사회·운동단체
徐相日	<표 10> 참조	<표 10> 참조	보성전문	달성친목회·조선국권회복단원·3·1운동
徐昌圭	지주·고리대업·백산상회 주주·大邱營産組合 이사	부회의원(39)	동경청산청년학원	同
徐丙朝	경상농공은행중역·대구전기회사감사역·계림농림주식회사중역·조양무진주식회사회장	부협의원(14~26)·학교평의원(21~24)·상업회의소의원(21~35)·도평의원(20)·중추원참의(35)·大東斯文會贊事·國民協會相談役	한학	自制團 발기인, 徐相敦의 子
李相岳(이일우 의장남)	大邱苧工場·고려요업·萬鏡館·조선양조주식회사사장·동양염직회사대표·조양무진주식회사중역·대구산업조합장		일본공업학교	
尹洪烈	동아일보 기자			의열단
徐喆圭	지주	부협의원(23~26)·학교평의원(21~27)		자제단 발기인
李宣鎬	경일은행　전무(20)·山努內金庫製造會社 사장(24)	학교비평의원(24·27)		교남교육회·대구경제연구회
梁大卿	변호사			조선사상범보호관찰심사회
徐丙元	朝陽無盡株式會社 중역			자제단 발기인
白南琛	大韓煉瓦株式會社	대구운동협회회장(21)·대구교육자회위원(22)·학교평의원(27~30)·대구공업친목회회장·南山町總代·상공회의소평의원	北京協和大學	3·1운동·YMCA·신간회
金宜均	변호사·喜道普通學教校長·喜瑗順道學校長	부협의원(23~29)·학교평의원(24~27)		민립대학기성회지방부위원장
張稷相(張承遠 의二男)	대구은행중역·경일은행전무·대구상공은행감사·왜관금융창고주식회사사장·	도평의원(22~24)·상업회의소회장·상업회의소특별의원·중추원참의(30)		대구경제연구회
金在煥	朝鮮酒造株式會社 중역·대구은행이사·경상농공은행 중역	達城郡守·錦町郵便所長·道評議員·학교평의원(27~30)		
韓翼東	<표 10> 참조	<표 10> 참조	早稻田大	關東學會·조선국권회복단
李相麟	대구은행 전무			대구경제연구회　준비위원(27)
鄭鳳鎭	지주(만석군)·중개업·제지공장	壽昌學校 후원자	일본농과대학	
朴基敦	晦山出版所·普惠藥房·제지공장·大同貿易株式會社　중역·대구은행주주	상무소의장(10)·상업회의소평의원(16)·부협의원(16~20)		국채보상운동·조선경제회 이사(19)
金思一	지주	도평의원(20)·경북고아구제회 회장(20)		민립대학지방부위원

출전 : 『동아일보』 1922. 1. 4, 1923. 7. 10, 1923. 1. 25 ; 『시대일보』 1924. 12. 17 ; 『조선은행회사조합요록』 1921, 1925년도판 ; 『慶北大鑑』 上卷

그런데 1920년대 초 문화운동은 조선인자본가층에 의해서 뿐만 아니라 관변당국에 의해서도 弊風矯正, 생활개선, 사회구제 형태로 전개되었다.[183] 이는 일제의 문화정치 구현이란 시정방침에서 비롯된 것으로 府郡 단위 지역별로 전개되었다.[184] 관변당국의 이러한 문화운동(=사회사업)에 협조한 것은 일제당국과 평소 친밀한 관계를 유지해온 도평의원·부협의원·상업회의소 평의원 등의 일부 예속자본가였다. 그 추진 단체로는 대표적으로 社會事業硏究會와 大邱靑年保衛團, 大邱自省會를 들 수 있다.

먼저 사회사업연구회는 원래 1920년 8월 고아구제를 목적으로 낮에는 簡易工業을 밤에는 야학을 열었던 嶺南共濟會가 前身이었다. 새로운 서구사조·생활개선·위생의식에 대한 강연, 연극 공연, 야학개설 등 당시 다른 지역의 일반적인 문화계몽운동 양상과 달리 구제·자선 사업이 대구 조선인자본가층의 주요 활동내용을 이루는 것은 대구지역의 특수성에 기인하였다. 즉 대구에는 자본축적 기반의 토지 의존도가 어느 지역보다 높은 지주적 배경의 부르주아가 집결되어 있어 富의 사회적 환원 방식이나 사회참여 형태 역시 구태의연한 봉건적 시혜차원에서 이루어지는 양상을 보여주었다. 그런데 1921년 가을 자본가층의 사회활동에 대한 방향을 둘러싸고 논란이 되면서 일부 자본가는 이를 경북고아구제회라 개칭하고 고아구제사업을 조선인 自營의 독자적 사업으로 계속 추진하려 한 데 반해, 鄭在學·李柄學·李章雨 등은 최근 世態의 변천과 時勢의 추이에 따라 사회적 諸般施設을 요하는 사회구제사업에 착수하기로 하고 10만원 기금의 재단법인을 설립하였다.[185] 결국 후자의 의견에 따라 1922년 2월경 50여명의 관리·교회 인사·자본가로 구성된 사

---

183) 강동진은 일제가 민족주의자의 본격적인 포섭 회유를 위해 일제히 문화운동을 벌이는 시기가 1922년 말경이라고 한다(강동진, 앞의 책, 401쪽).
184) 「조선민족운동에 대한 대책」 『齋藤實文書』 9권, 144~145쪽
185) 『매일신보』 1921년 11월 4일

회사업연구회가 창립되었는데 영남공제회(경북고아구제회)와 마찬가지로 官民合同的 성격의 것이었다.[186] 예속적이고 타협적인 자본가층의 사회사업연구회와 같은 사회단체 결성은 대개 府當局과의 협조 하에 官民合同懇親會란 자리에서 결성되는 예가 많은데 이는 일제당국의 문화정치란 시정방침과 일부 자본가층의 문화계몽운동의 방향이 내용적으로 별 차이없이 전개되었음을 의미하는 것이다.

일제당국과 예속대자본가층의 이해와 활동방향이 일치하는 가운데 조직된 또 하나의 단체는 靑年保衛團이었다. 1922년 5월경 경북고아구제회의 사무집행 담당인 許柱 외 40여명이 결성한 이 단체의 목적 및 활동내용은 惡習과 弊風의 일소, 경제방면의 활동으로 생활수준 향상, 산업발전, 근검저축으로[187] 일제가 추진하는 생활개선, 폐풍교정과 동일하였다. 실제 이 단체의 주도층이 경북고아구제회의 일부 세력이란 점에서 半官半民的인 성격의 기구라고 생각된다.

또한 大邱自省會도 市民大新年會 席上에서 조직된 점이나 府廳에서 임원회를 개최한 점, 사무소를 일본인의 이해를 대변하는 기관지인 '朝鮮民報의 상업회의소'[188]라고 불릴 정도로 어용기구로 인식되고 있는 상업회의소에 둔 점으로 보아 일제와 긴밀한 협조관계하에 설립되었음을 짐작할 수 있다. 본회의 목적은 '근검저축을 장려하며 簡易質實의 기풍을 양성하여 생활을 圖하는 것'이며 그 실행방침으로서 신년 및 葬儀의 廻禮 폐지, 停車場의 送迎 폐지, 酒盃의 獻酬 폐지, 예정 시간 엄수 등을 규정하여 일제의 생활개선운동 내용과 동일함을 알 수 있다.[189]

이와같이 府當局이 문화정치의 일환으로서 구제사업, 생활개선, 폐풍

---

186) 『동아일보』 1922년 2월 15일 ;『매일신보』1922년 2월 19일
187) 『동아일보』 1922년 5월 18일
188) 『동아일보』 1923년 12월 30일
189) 『매일신보』 1922년 2월 2일

교정을 목적으로 조직하였던 半官半民 단체에는 주로 대자본가층이 동원되거나 참여하였다.

　(2) 실력양성운동의 전개와 자본가층의 주도

　1920년대 초 대구지역의 문화계몽운동은 앞에서 살펴본 대구청년회, 대구구락부와 기타 종교청년단체의 주도에 의해 전개되었다. 그러면 대구지역 문화계몽운동의 전개에 대해 살펴보자. 우선 대구 자본가층 가운데 일부는 중앙에서 전국적 차원으로 조직된 사회단체에 참여하거나 활동하기도 했다. 예를 들어 1919년 12월에 설립된 조선경제회에는 崔浚이 이사장, 朴基敦이 부사장으로 활동하였다.190) 1921년 4월초에 조직된 敎育改善旣成會에는 기독교 계열로 3·1운동에 참가한 金正悟·張仁煥이 참가하였다.191) 1921년 7월 말에 열린 조선인산업대회에는 朴海暾이 위원으로 활동하고 崔淳·서상일·이우진·한익동이 참가하였다.192) 이로 보아 다른 어느 지역보다 자본가층이 활발하게 중앙의 운동과 연계를 맺고 있음을 알 수 있다. 그리고 1923년 6월 설립된 민립대학기성회의 대구지방부에는 지역의 대표적인 자본가 65명이 위원으로 참여하였는데 집행위원장 金宜均, 집행위원 洪宙一·金思一·徐丙朝·徐喆圭·鄭海鵬·朴基敦 등 59명, 會金保管委員 李宣鎬·文錫圭·徐昌圭, 감사위원 崔鍾徹·徐基夏·서상일 등이었다.193) 전국적 운동에 대구 대표로 활동하거나 참여한 이는 대개 대자본가라고 할 수 있다.

　이제 대구지역에서 전개된 실력양성운동에 대해 살펴보자. 한말 실력양성운동이 계몽운동적 성격이라면 1920년대 초의 실력양성운동의 요체는 조선물산장려운동으로 대표되는 경제적 실력양성이었다. 그러나 대

---

190) 『매일신보』 1919년 12월 8일
191) 『매일신보』 1921년 4월 7일
192) 『동아일보』 1921년 6월 28일
193) 『동아일보』 1923년 6월 26일

구지역에서는 평양이나 서울과 같은 물산장려회의 별도 조직은 결성되지 않았고 대구청년회, 조선불교청년회, 교남기독교청년회, 海星明道會, 여자기독청년회, 동아일보 대구지국 등의 6단체에서 斷煙禁酒土産獎勵宣傳聯合演說大會를 열고 선전을 하는 정도의 활동에 그쳤다.[194] 이와 같이 물산장려운동이 부진했던 것은 부산과 비슷한 양상이었고 물산장려운동이 가장 먼저 일어났던 평양과는 대조적인 현상이었다. 이러한 편차의 원인은 대구나 부산의 공업발달 정도가 평양에 미치지 못하고 또한 근대적인 산업자본가층의 성장 내지 사회세력화가 미숙했기 때문일 것이다.

문화계몽운동 가운데 비교적 활발하게 전개된 것은 금주금연운동이었다.[195] 대구의 금주금연운동은 일반 사회단체보다 주로 장로교회에 의해 지속적으로 전개되었다.[196] 따라서 이 금주금연운동은 계몽적 차원에서 보다 이를 매개로 한 전도에 목적을 두고 있어 1925년경 長老敎會聯合禁酒隊가 금주 선전이란 美名下에 종교를 전도하여 일반 민중을 미혹시킨다고 대구청년회·용진단 소속 청년과 충돌이 발생하기도 했다.[197]

대구 자본가층에 의해 전개된 실력양성운동 가운데 가시적이고 구체적인 성과가 있었던 것은 교육 부문에서였다. 1920년대 중반 현재 조선인 교육기관은 대략 20여개인데 그 중 외국인 경영의 종교재단 산하 학교를 제외한 조선인 경영 학교는 10여개이었다. 이는 모두 유치원, 보통학교, 야학 수준이며 중고등, 실업학교는 관공

---

194) 『동아일보』 1923년 2월 18일
195) 매일신보에서는 금주금연운동이 처음 1920년 2월 초 일본에서 시작되어 곧 조선에도 전파되었다고 주장한다(『매일신보』 1920년 2월 11일, 1920년 2월 20일).
196) 『동아일보』 1925년 12월 1일, 1925년 12월 2일 ; 『조선일보』 1933년 10월 10일 조간
197) 『조선일보』 1925년 12월 4일

립이었다.[198] 설립시기는 대개 한말이나[199] 3·1운동 이후였다.

한말 학교설립의 주체가 계몽운동에 참여한 상인, 지주, 전현직 관료였는 데 반해, 1920년대 초에는 1910년대 비밀결사운동에 관계했던 이들이 3·1운동 직후 일제의 대대적인 비밀결사 조직에 대한 탄압으로 비밀결사운동이 어려워지면서 인재양성을 통한 실력양성 노선으로 전환하는 가운데 학교 설립에 적극 나서는 경우가 많았다. 대표적으로 교남학교는 조선국권회복단 관계자인 洪宙一[200]·鄭雲騏[201]와 金永瑞가 설

---

198) <표> 조선인 교육기관(공립 제외)

校名	설립·경영자	설립연도	校名	설립·경영자	설립연도
海星學校	金燦洙	1908	新南幼稚園	白南埰	1926
海星女學校			喜道普通學校	장로교(백남채·金宜均)	1909
復明女子普通學校	金蔚山	1908	啓聖學校		
노동야학	노동공제회	1920	新明女學校		
嶠南學校	鄭雲騏	1921	大成學校		
大成學館	金垙(유림회)		培英學校		
明新女學校			喜瑗學校	기독교	
복명여자야학	김울산	1921	順道女學校	기독교	
복명유치원	김울산	1921	永信女學校	기독교	
법학강습소	孫德鳳	1925	曉星女子普通學敎校	천주교회(佛人)	1923

출전 :『동아일보』1926년 11월 14일, 1923년 7월 9일, 1922년 9월 21일

199) 한말에 설립되어 대구에서 가장 오래된 조선인 경영 학교는 복명여학교이었다. 복명여학교는 1908년 大韓協會가 學部의 인가를 얻어 설립한 것으로 처음 대한부인회가 경영했으나 재정난으로 천도교 중앙총부에서 잠시 맡았다가 부호 鄭海鵬 → 朴基敦 → 徐喜瑗 등으로 경영주가 거듭 바뀌어 결국 1925년 김울산이 맡았다(『동아일보』 1926년 11월 14일).

200) 그는 동경 正則豫備學校·日本中學에서 수학한 후 의주의 玉川學校에서 교사로 일한 적이 있었다. 달성친목회원, 조선국권회복단의 비밀부장으로 국권회복운동에 참여했다. 1917년에 조선국권회복단의 자금모집 사건에 연루되어 징역을 살았다. 그는 교남학원에서 數理學을 가르치기도 했다(『동아일보』 1922년 9월 17일).

201) 그는 조선국권회복단에 직접 관계하지는 않았으나, 간접 후원한 인물로 일제

립했던 것이다. 교남학원은 설립 후 입학생도가 계속 증가하여 1년 후 학교를 확장하는 등 번창하였다.202) 그리고 明新女學校는 한말 계몽운 동의 기수였던 朴基敦과 정운기가 설립하고 후원했으나 재정문제로 결국 1920년대 중반경 폐교되었다.203) 조선인 인구에 비례하여 조선인교 육기관의 수는 적었으며 또한 기존 학교도 항상 재정난을 겪었는데 이는 재정을 후원해줄 부호 지주가 많은 대구의 사정을 생각할 때 대자본가층이 상대적으로 문화계몽운동에 적극 참여하지 않고 무관심하였음을 나타내는 것이다.204)

장길상·이병학·徐丙九 등 대자본가는 사립학교 설립이나 후원에 나서기 보다 府當局에서 추진하는 醫學專門學校, 상업학교, 여자고등보통학교 등 관공립학교 설립에 기부금을 내고 적극 운동에 나섰다.205)

대구의 실력양성운동은 당시 전국적으로 성행했던 조선물산장려운동이나 금주운동, 야학·교육운동보다 지역의 현안을 중심으로 전개되었다. 이는 부산에서 조선물산장려운동보다 勞動者渡航沮止撤廢運動, 借家人문제 등 지역문제를 주제로 한 시민대회 형식의 운동이 치열하게 전개되었던 현상과 같은 것이다. 1923, 1924년경 대구의 조선인에게 주요현안은 도시계획문제이었다. 25개년 도시계획안을 둘러싸고 민족간, 계급간에 치열한 논란이 벌어졌다. 도시계획문제는 특히 민족차별을 쟁점

경찰에 주목당한 바 있다. 동경제국대학 출신으로 교남학원에서 博物科를 담당하는 동시에 그 경영을 맡고 있었다. 그는 한때 명신학교의 경영도 맡았다. 1924~1927년 학교비평의원, 1936년 南城町 町總代를 지내는 것으로 보아 상당한 재산을 소유한 부호였음을 알 수 있다(『고등경찰요사』, 183쪽 ;『동아일보』 1922년 9월 17일, 1924년 1월 1일, 1921년 10월 3일).

202) 『동아일보』 1921년 10월 15일, 1922년 9월 17일
203) 『동아일보』 1921년 10월 3일 ;『매일신보』 1921년 6월 29일
204) 『동아일보』 1921년 10월 3일
205) 『동아일보』 1920년 6월 15일, 1922년 8월 10일 ;『매일신보』 1922년 7월 19일 ;『동아일보』 1926년 7월 23일, 7월 1일. 정재학은 중학교 설립을 추진하였다(『동아일보』 1920년 6월 20일).

화시켜 조선인들은 조선인 시가의 도로·하수시설 등 市街整理에 대해 집단적으로 대응하였다.

　도시계획안206)에 조선인의 이해를 반영하는 데에 가장 민감하고 적극적으로 대처한 이는 조선인 시가에서 영업하거나 조선인 부락에서 거주하며 명분상 조선인의 이해를 대변하는 위치에 있는 町總代, 府協議員 등의 자본가층일 수밖에 없었다. 도시계획문제에 있어 조선인의 이해를 대변한 자본가세력의 조직은 대구구락부207)와 南山町振興會208)였다. 도시계획문제를 둘러싸고 原案派인 朝鮮民報 계열, 이에 반대하는 일본인측 同志會가 각기 연설회를 열어 각축을 벌이는 가운데,209) 대구구락부나 남산정진흥회의 주장은 대구부의 도시계획안에 원칙적으로 찬성하면서 市街整理費로 計上된 70만원을 전부 新市街가 아닌 現市街 특히 朝鮮人市街整理에 충당할 것과 도시계획위원을 조선인·일본인 각 半數로 하는 것이었다.210) 종국적으로 결정권은 일본인이 장악한 것이지만 조선인자본가층은 일본인측 내부의 대립속에서 조선인의 이권을

---

206) 그 구체적인 내용에 대해서는 『동아일보』 1924년 2월 27일자 참조

207) 대구구락부에서는 도시계획안에 대한 구락부측의 決議를 확정하고 이를 실행할 위원 10인을 선정하고 그 중에서 교섭위원으로 尹洪烈·徐丙朝·鄭龍基 등 5인을 선정하였다(『동아일보』 1924년 2월 1일).

208) 남산정은 1922년 당시 호구수가 1300여호인 조선인 부락이었다. 지방자치제도 실시에 의해 1922년 總代 1인, 부총대 1인, 서기 1인, 기타 위원 24인으로 町里組合을 구성하고 기존의 町 소유의 다액의 재산을 인계받았다. 조선인이 가장 많이 거주하고 있는 지역중 하나인 南山町에서는 1923년 7월 초 振興會를 조직하였다. 남산정진흥회의 위원은 尹相烈·徐丙龍·李膺福·徐建鎬·梁圭植·河重光·金垢·尹學基·白南富·崔晟羽·金潤聲·朴晩喆·朴應達·崔海鍾 등으로 町里組合의 위원인 지역유지가 중심이 되어 조직한 것으로 보인다. 남산정진흥회에서는 여러 차례 府尹에게 도로 하수시설을 진정했으나 아무 진전이 없자 부협의원 선거시 남산정에서 부협의원 2명을 내어 목적을 이루려는 방침을 세우기도 했다(『동아일보』 1922년 9월 5일, 1922년 9월 6일, 1923년 7월 7일, 1923년 12월 20일).

209) 『동아일보』 1923년 7월 7일, 1924년 1월 12일, 1월 17일, 2월 19일, 2월 23일

210) 『동아일보』 1924년 1월 22일, 1월 27일

옹호 획득하기 위해 대구시민대회를 열어 여론을 환기하고자 했다. 대구구락부의 개최로 1924년 2월에 열린 대구시민대회의 연사는 尹洪烈·徐建鎬·鄭雲騏·徐相日·李愚震·韓翼東·李民雨 등이었다.[211] 이 대구시민대회를 통해 자본가층의 도시계획문제에 대한 접근방식은 역시 조선인대중의 결집을 통한 압력 형태가 아닌 조선인부협의원을 매개로 부당국과 교섭하는 형태로 결정되었다. 그러나 애당초 의결권도 없고 게다가 일본인평의원에 비해 압도적으로 열세인 조선인부협의원의 의견이 부당국에 수용되기란 불가능했다.[212]

그런데 이 도시계획문제를 둘러싸고 조선인자본가층 내부에서도 이해가 일치되지 않았다. 문제해결의 매개고리인 조선인부협의원은 그 정치적 입지상 부당국의 도시계획안에 기본적으로 동조하는 입장이었으므로 애당초 상인, 자영업자, 공장주 등의 조선인자본가 및 일반 조선인대중의 이익 반영이란 한계가 있을 수 밖에 없었다.[213] 이러한 입장 차이

---

211) 『동아일보』 1924년 2월 19일

212) 예를 들어 부협의원 한익동이 부협의회에서 新作道路 4線이 전부 일본인시가로 가고 조선인 시가로는 하나도 가지 않는다는 점에서 70만원의 시가정리비가 일본인시가에만 편중되고 조선인부락은 고려하지 않는다고 비난하자 어느 일본인의원은 한익동에게 '바가'라고 조롱하였다(『동아일보』 1924년 2월 8일).
   '一步를 進하야 協議員이 된 이상 당연히 府政에 대하야 질문할 權도 잇스며 修正의 동의도 할 수 잇스며 건의도 할 수 잇지 안은가. 조선인의원인 고로 질문도 수정도 건의도 자유롭지 못하대서야 문화정치의 傀儡政策도 무던하지 안은가.'(『동아일보』 1924년 2월 11일)
   '소위 자문기관이라는 부협의원회라는 것이 장래에 무엇인가 하는 것의 연습이라 하니까 물론 이래도 조코 저래도 조흔 - 다시 말하면 총독부에서 의붓자식 끼고 돌 듯 하는 중추원의 꼬맹이 동생적 밧게 아니되는 것이지만 그리고 보면 애당초에 결의권이니 무엇이니 두는 게 잘못이요 또 평의원으로 부윤 한 사람만 두는 것이 꼭 알마질 것이다.'(「대구부윤의 전횡에 대하야」 『시대일보』 1924년 5월 11일).

213) 이러한 조선인부협의원의 태도에 대해 『시대일보』 1924년 6월 6일자(「지방논단 ; 府民의 자각을 望함」)에서는 신랄하게 비난을 퍼부었다.
   '혹 우리는 우리 府民의 대표됨즉한 人士에게 우리의 生活欲求를 一任하고

는 수해대책시민대회의 개최를 계기로 분명하게 드러났다. 1924년 7월 발생한 水害로 대구지역은 상당한 피해를 입었는데 조선인 거주지역은 그 피해가 더욱 심하여 자본가층은 참해의 善後策과 이후 대비책을 강구하는 시민대회를 열었다. 시민대회 준비위원으로 선정된 崔克鎔・洪宙一・朴海克・李東雨・金在烈・梁圭植・李膺福・孫德鳳・張應植・金正悟 등 10명은 모두 상인・부호 등의 상공업자였다.214) 이들은 이번 수해를 자연재해가 아니라 조선인시가의 시설 결함 즉 부당국의 계획과 시설이 外觀 본위에 치중하여 내용정비에 소홀했기 때문이라고 비판하고 세 가지 요구사항을 결의하였다.215) 그런데 그 중에 '금번 수해를 당한 시내 각 町의 하수구와 도로를 시가정리비 70만원과 기타 보조비로 즉시 수리 시설할 것'이란 조항에 반발하여 수해대책시민대회의 발기인 중 부협의원인 金宜均・朴炳兌・徐丙朝・徐喆圭・鄭龍基・徐炳柱 5명은 모두 발기인 참가를 취소하고 탈퇴하였다.216) 이는 결국 시가정리비 70만원을 금번 수해의 주요 피해지인 現조선인거주지역에 사용하는 것에

安心하는 지도 몰으겟다. 그러나 우리가 밋고 잇는 그 人士는 決코 나의 自我를 대표할 수 업는 것이다. 그리고 또한 大邱府民의 전체를 爲하야 그이들의 自我를 犧牲할 理도 萬無한 것이다.… 그러면 우리는 府協議員을 밋는가. 하물며 그들은 決코 우리의 대표자가 아니오 그들은 오즉 治者의 使役에 지나지 못하며 만흔 金錢을 소비하야 製造한 偶像에 지나지 못할 것이다. 그나마 그 使役과 偶像은 우리에게 損함이 잇슬지언정 決코 利함이 업슬 것을 銘念하여야 할 것이다.'

214) 『매일신보』 1924년 8월 5일
　　박해극은 변호사로 1924년 4월~1927년 4월간 학교평의원을 지냈다. 이동우는 조선일보 대구지국 기자로 일했으며 1930~1931년에는 학교비평의원, 공립보통학교 장학회 役員으로 일했다(『대구부사』 2권, 1943, 48~50쪽 ;『동아일보』 1930년 9월 30일). 김재열은 조선국권회복단원으로 군자금모집사건에 연루되어 1917년경 총포화약류취체령위반으로 징역 6개월을 산 경력이 있었다. 1924년 4월~1927년 4월에 학교평의원을 지냈다. 그외의 인물에 대해서는 <표 10> 참조.
215) 『매일신보』 1924년 8월 12일
216) 『매일신보』 1924년 8월 13일

반대하는 것으로 부당국의 도시계획안을 대변하고 옹호하는 상층예속자본가인 부협의원과 여타 자본가 사이의 입장차이를 나타낸다.

부협의원이 탈퇴한 후 시민대회에서 대구수해대책위원회의 회장으로 서상일이 선출되었으나 '一身 사정과 대외의 형편'으로 사임하고 대신 李宣鎬가 맡았으며, 부서는 교섭부·구제부·서무부 3부를 두었는데[217] 그 위원은 상공업자가 대부분이었고 그외 기자·교사·학교장 등의 지식인이었다.[218] 구제부·교섭부의 활동방침은 종전과 마찬가지로 부협의원, 부윤, 도지사와 교섭하여 罹災民의 구제를 원조받는 것이었다.[219]

이상에서 살펴보았듯이, 대구의 문화운동은 전국적 차원에서 전개된 물산장려운동, 금주금연, 민립대학설립운동보다 지역현안인 도시계획문제를 둘러싸고 활발하게 전개되었다. 특히 이 도시계획문제를 둘러싼 시민대회 등의 운동과정에서 일제당국 - 일본인자본가와 조선인자본가 간의 민족적 대립뿐만 아니라, 조선인자본가측 내에서 예속대자본가와 민족주의계열자본가 사이의 내부적 분화가 부각되고 있었음을 살필 수 있다. 즉 자본가층 내부에서 각 계층의 경제적 기반과 일제당국에 대한 협조 여부를 둘러싼 갈등이 존재했음을 알 수 있다.

4) 1920년대 중반 자본가층의 정치적 입장 분화와 조직활동의 분리

(1) 정치적 입장의 분화와 신간회 및 경제연구회의 결성

1920년대 중반 무렵까지 대구 부르주아층의 지형은 크게 일제와 유착한 대지주 출신의 예속자본가, 문화운동을 주도한 부르주아민족주의계열(일부 대자본가·중소자본가), 사회주의계열로 세력화되어 있었다고 볼 수 있을 것이다. 그러나 이러한 세력관계는 정세에 따라 유동적으로 앞의 대구구락부 창

---

217) 『동아일보』 1924년 8월 15일
218) <표> 1924년 수해대책위원회 위원

립에서 볼 수 있듯이 부르주아민족주의계열은 사회주의세력과의 이념적 대결로 일제와 유착관계인 친일인사와도 자기계급적 이해를 관철하기 위해 연합함으로써 계급적 결속을 강화하는 일면도 나타나고 있었음을 알 수 있다.

　한편 지방자치제의 실시와 문화운동의 전개과정에서 자본가층 내부에서 일제에 대한 타협의 여부, 즉 민족운동 노선을 둘러싸고 세력분화

인 명	직업·경영업체	사회적 위치	운동경력·활동단체
李宣鎬(회장)	<표 11> 참조		
朴海克(교섭)	변호사		
許億	금융업		
李相麟	<표 11> 참조		
李愚震	<표 10> 참조		
全永澤			
李東雨	조선일보기자	학교 평의원(30~31)	
金正悟	正安堂藥局·新町幼稚園	약령시진흥회 간사·학교 평의원(27~35)	조선청년회연합회·3·1운동·교육개선기성회창립위원
洪宙一	교남학원교사·경영주		조선국권회복단
李快榮			
서상일	<표 10> 참조		
尹福基	금융업·三共肥料店		
李鷹福	<표 10> 참조		대구청년회
張膺植			
金兌鍊	금융업	예수교 助事	3·1운동
鄭光淳	光淳醫院		
裵孝泳			
孫德鳳(서무)	변호사		
裵國仁	대구사립고등학원원장		
鄭雲騏	교남학교 경영주	학교 평의원(24~27)·남산정총대(36)	조선국권회복단원
梁圭植	<표 10> 참조		대구청년회·신간회·상공협회

　출전 :『동아일보』1923년 7월 10일, 1월 25일, 1922년 1월 4일 ;『조선은행회사요록』1921, 1925

219)『매일신보』1924년 8월 15일

현상이 점차 나타나게 되었다. 위에서 언급했듯이 대구지역의 사회운동을 전체적으로 볼 때 1923, 1924년 이후 주로 일본에 유학 갔다가 돌아온 지식인들이 각파의 사상단체를 결성하여 사회주의운동을 전개하면서 지역운동의 주도권을 장악하기 시작했다. 사회주의사상의 수용과 확산은 지역운동의 전개와 변화 추이에 커다란 변수가 되었다.

또한 노동조합의 결성과 노동운동의 전개도 자본가층의 동향에 주요한 요인이 되었다. 대구지역의 첫 노동단체로 1920년 6월초 결성된 노동공제회 대구지회는 처음 徐萬達·朴基敦·孫德鳳·金垞·白東熙·崔允東 등의 부르주아민족주의계열이 鄭雲海·韓圭錫·洪淳一·許圻 등의 사회주의자와 함께 활동하였다.220) 이들 부르주아계열에는 1910년대 비밀결사단체에서 일한 경험이 있는 이들(최윤동은 조선국권회복단, 백동희는 암살음모단사건·慶南甲斐巡士射殺事件)을 비롯하여 변호사(손덕봉), 지식인(김구) 그리고 상업회의소 평의원과 부협의회원을 지낸 이(박기돈)까지 다양하게 포함되어 있었다. 그러나 점차 부르주아민족주의계열은 노동공제회로부터 탈락하여 예월회·대구구락부·부협의회·상업회의소 등의 기구로 결집되고 1922년경 이후 노동공제회 대구지회는 정운해·이영 등의 사회주의자에 의해 실질적으로 주도되었다.221) 1920년대 중반까지 대구노동공제회는 가장 활발하게 활동했으며 가장 많은 회원을 확보한 노동단체 가운데 하나였다.222)

노동공제회 지회 이외에 인쇄직공조합(1922. 2), 이발직공조합(1924), 土木共勵會(1922. 3), 인력거노우회(1924. 2), 洋襪工共存會(1924. 6), 노동친목회(1925년 2월 창립되어 1927년 6월초 대구노동회로 개칭), 양말직공조합(1925. 12) 등의 지역별·직업별 노조가 속속 결성되어 노동운동

---

220) 『동아일보』 1920년 5월 31일, 6월 12일, 6월 17일

221) 김경일, 앞의 책, 143쪽

222) 1926년 1월 현재 회원수는 989명으로 대구노동친목회(1,290명) 다음으로 많은 회원을 확보하고 있었다(『동아일보』 1926년 11월 17일).

을 이끌었다. 이들 노동단체는 사회주의계열이 파벌분쟁으로 대중운동에 상대적으로 무관심한 가운데 노동자들에 의해 자생적으로 조직되었으며 일부 민족주의계열의 지식인이 결성하는 경우도 있었다.[223] 노조의 조직으로 1920년대 중반에 들어서는 파업 쟁의도 빈번하게 발생하여 이제 지역운동에서 노동자들의 세력화가 이루어지는 단계에 이르렀다.[224] 이와 같이 지역내 사상단체의 결성으로 대표되는 사회주의세력의 대두, 노동단체의 결성과 빈번한 파업쟁의는 부르주아민족주의계열의 계급적 결집에 박차를 가하는 요인이 되었을 것이다.

또한 일제가 부윤의 자문기구로 설치한 부협의회의 선출방식을 官選에서 民選으로 바꾸면서 여기에 대한 참여문제를 둘러싸고 자본가층의 동요 현상이 나타났다. 처음에는 관망자세였으나 1923년 이후 선거부터 일부 대자본가는 적극 참여하여 후보 난립, 선거과열 현상까지 나타났다.[225] 이는 부르주아층을 부협의회에 참가하지 않는 층과 참가하는 층으로 분열시켜 민족주의세력의 결집을 저지하려는 일제의 의도가 관철되고 있었음을 의미한다. 실제 조선국권회복단 단원이었던 徐昌圭(대지주)와 鄭龍基(대지주)는 부협의회에 적극 참여하였다.[226]

학교비평의원도 명예직으로 자본가층의 진출대상이 되었다.[227] 그리

---

223) 대표적으로 양말직공공존회의 창립위원인 문상직은 암살음모단사건 관계자로 민족주의계열이었다(『동아일보』 1924년 6월 26일).

224) 대표적으로 1924년 4월 朝鮮製絲 직공 250명의 파업·유기직공 파업, 1925년 韓文洋行 자동차부 파업·노동친목회 파업·대구역구내 운반인부 400여명의 파업·양말직공 파업, 1927년 정미운반노동자 파업 등을 들 수 있다(김경일, 앞의 책, 564~565쪽).

225) 『동아일보』 1923년 11월 20일, 1929년 11월 2일, 1929년 11월 9일.

226) 『동아일보』 1923년 11월 20일

227) 『대구부사』 2권, 1943, 48쪽
부협의원 선거시와 마찬가지로 대개 유권자 및 유지대회를 열어 미리 公認候補를 내기도 했다. 1924년 3월 선거시 12명의 공인후보 중 7명이 당선되고 5명은 공인받지 않은 기타 후보에서 당선되었다(『동아일보』 1924년 3월 31일).

고 적극적인 친일인사에게 기회가 주어지는 중추원 참의의 경우에도 2
명 정원에 30여명의 후보자가 서로 임명되려고 경성으로 동경으로 要路
에 운동하고 다니는 상황이 전개되고 있었다.228) 이와 같이 일부 대자
본가층이 일제의 자문기구에 참여함으로써 일제정책에 경사되고 친일화
하는 경향이 두드러지는 가운데 민족운동노선으로 자치론을 주장하는
서상일과 같은 대자본가는 부협의회에 참여하지 않았다는 점이다.229)
정치적 태도면에서 일제에 일정 부분 타협적 태도를 보이면서도 동화주
의를 거부하고 민족경제권과 자치권 보장을 주장하는 면에서 예속자본
가와는 분명하게 차별적 입장을 견지하고 있었던 것이다.

　이와 같이 사회주의의 수용과 사상단체 설립, 노동운동 및 소작쟁의
라는 사회운동의 전개 발전은 부르주아세력의 계급적 결집을 강화시키
는 요인이 되었고, 한편으로 일제의 조선인자본가층의 회유 포섭이란
문화정치의 기본방침에 입각한 지방제도 개정은 일제의 지방자문기구
참여를 둘러싸고 조선인자본가층 내부의 대립, 분열을 가져왔다. 일부
대자본가는 일제 자문기구에 참여하여 예속화현상이 심화되었다. 부르
주아민족주의계열 자본가층은 일제에 대한 태도 및 민족해방운동노선에
서 실력양성운동이란 큰 범주 속에 내포되어 조직적으로 분화되지 않은
상태였고, 개별적으로 활동방향에 따라 사회, 청년단체 또는 노동단체에
소속되어 있었지만, 점차 지역운동의 변수에 따라 그 분화가 나타나고
있었다.

　1920년대 중후반경 대구지역 자본가층의 정치 경제적 입장의 분화에
대해 살펴보자. 먼저 경제적 입장의 차이는 대표적으로 農村社의 창립
과정과 그 활동에서 살펴볼 수 있다. 농촌사는 1925년 7월 鄭雲海(서
무), 徐相日(영업), 徐萬達(편집)이 농촌상황에 관한 조사연구, 강습 강연

---

228) 『매일신보』 1924년 5월 3일(註 150 참조)
229) 서상일은 1923년 11월 부협의원선거에서 公認候補로 거론되었으나 절대 사
　　퇴한다고 입장을 밝혔다(『동아일보』 1923년 11월 20일).

과 사업장려를 통한 농촌 개발을 목적으로 조직한 단체였다.[230] 정운해
·서상일·서만달 등은 모두 초기 대구청년회에서 함께 활동했고 서만
달·정운해는 대구노동공제회에서 같이 일했다. 그러나 1923년 서상일
은 대자본가를 중심으로 대구구락부를 조직하고 1924년 연정회 결성에
참가하여 이미 자치론으로 기운 반면, 서만달은 나중에 신간회에 참여
하는 것으로 보아 양자는 1920년대 중후반에 민족운동 노선을 달리함을
알 수 있는데 이미 초기부터 정치적 성향에서 차이가 있었을 것이다.
일반적으로 분류하듯이 이념 또는 민족운동 노선이 다르거나 이미 분화
의 조짐을 보이고 있는 사회주의계열의 정운해, 민족주의좌파계열의 서
만달, 민족주의우파계열의 서상일이 1920년대 중반에 함께 농촌사의 창
립을 도모한 것은 이 시기의 지역 경제상황에 기인하였다.

경북지방은 1924년경의 기근으로 상당한 타격을 받아 대구지역 각
단체는 기근참상강연회를 열고 기근구제에 전력을 투구하고 있었다.[231]
토지에서 유리된 농민들은 인근 도시인 대구로 몰려들었으나 일자리가
없어 대구 경찰당국에서도 실업자문제를 사회 사상문제로 인식하여 실
업자구제를 위한 공장설립을 계획할 정도로 심각한 상황이었다.[232] 그
리고 당시 전국적으로 수많은 소작쟁의가 발생하고 있었는데 특히 대구

---

230) 『동아일보』 1925년 7월 9일 ; 『조선일보』 1925년 7월 10일.
　　　農村社의 경영사업 내용은 ① 농촌상황 조사연구, ② 농사개량 및 부업장
　　려에 관한 의견 발표, ③ 농촌에 관한 강습회 강연회 개최, ④ 월간잡지 『농
　　촌』 발행, ⑤ 농촌의 실제 문제 및 사업설계에 관한 문의와 위촉에 응할 것,
　　⑥ 농촌문제에 관한 인쇄물 간행, ⑦ 농촌계발에 유익한 사업의 장려 또는
　　원조이다. 농촌사는 월간잡지 『농촌』을 발행하고 전국 농촌의 경제상황을
　　조사하기 위한 전제로 우선 경북지방의 조사를 위해 기자를 파견하는 등 일
　　련의 활동을 전개하였다(『동아일보』 1925년 10월 20일, 1926년 10월 14일).
231) 『시대일보』 1924년 10월 15일
232) 『시대일보』 1926년 1월 24일
　　　1925~1928년 4년간 대구의 자살자 65명 중 41명이 조선인이었는데 그 자
　　살의 원인이 모두 생활난일 정도로 하층민·실업자의 생활고는 심각한 사회
　　문제였다(『중외일보』 1928년 10월 10일).

인근 달성군·경산군에서도 地稅, 소작권 이동, 소작료문제로 소작인조합 주도하에 소작쟁의가 빈번하게 발생했다. 대구 거주 부호·자본가층이 거의 대부분 인근 농촌지역에 토지를 소유한 지주였으므로 이들 지역의 소작쟁의는 이들에게 직접 관계된 문제였다. 뿐만 아니라 농촌의 피폐와 소작쟁의 등은 결국 지역경제동향이나 사회운동에 영향을 미쳐 부르주아민족주의자나 사회주의지식인들에게도 당면한 사회문제가 아닐 수 없었다.

이들 소작쟁의에 대해 대구노동공제회에서는 총회에서 소작운동에 적극 나설 것과 惡地主 박멸을 결의하며 지세불납 단결을 주장하였다.233) 구체적 활동으로는 소작인들을 대표하여 陳情委員으로 나서기도 하고 소작인조합 조직을 지원하며 각종 사업과 활동방침을 제안하고 지도하였다.234)

한편 지주측에서도 그 대응방식에 있어 時勢의 추이를 인정하고 地稅自擔, 소작료 감면 등 유화적인 태도를 취하는 이가 있는가 하면235) 이를 거부하고 소작권 이동을 무기로 종래의 소작조건을 고수하려는 이도 있었다.236) 그리고 이러한 개별적인 대응과 별도로 일반 지주층은

---

233) 『동아일보』 1923년 12월 7일, 10월 7일 ; 『시대일보』 1924년 10월 13일

234) 『동아일보』 1925년 3월 18일, 3월 19일, 4월 4일, 4월 13일, 1월 8일

235) 예를 들어 달성군 가창면에 토지를 둔 李章雨·李章吉·鄭龍基·秦喜葵는 한재로 인해 농작물의 피해가 많아 도청에서 개최한 지주간담회에서 소작인들에게 소작료는 절반 타작하고 지세공과금은 지주가 물기로 하며 만약 소작료에 대해 다시 의논할 부분이 있으면 얼마든지 협의적으로 하자고 말했다(『시대일보』 1924년 10월 24일). 達成郡 壽城面 勸農組合에서는 대지주에게 교섭한 결과 李一雨는 지세 일체를 부담하고 鄭在學·秦喜葵는 半式 부담하겠다고 타협하였다(『시대일보』 1924년 12월 17일).
   1925년 3, 4월 발생한 달성군내 落作 사건에 대해 지주 朴炳兌·徐喆圭·鄭龍基·金泳玉·金德卿·秦喜葵·金秉直·徐佑淳은 소작인조합의 요구조건인 이미 징수한 斗貫租를 환부할 것, 지세불납 원인에 의한 移作은 原作人에게 還作할 것에 동의하였다(『동아일보』 1925년 4월 10일).

236) 장길상은 경산군청에서 군속을 파견하여 소작료문제에 대한 서약서를 받으려 하자 '나는 소작료 문제로 아무리 와서 말하여도 들을 수 없다. 경관이나

일제당국과 연합하여 전체 지주층의 계급적 이해의 관철이란 전제위에 소작문제의 해결을 위한 대책을 강구하였다.[237]

이와 같이 소작인들의 의식이 깨어 소작쟁의가 빈발하면서 노동공제회가 이를 적극 지원하는 한편 지주층에서는 일제당국과 연합하여 이를 분쇄 저지하려는 가운데 서상일·서만달 등의 부르주아민족주의계열은 소작쟁의의 지원, 소작인의 권리 옹호란 방식이 아닌 농촌문제의 조사연구, 강습강연을 통한 농사장려 등 기초적이고 객관적인 방식을 통해 소작문제에 접근하는 데 있어 사회주의자들과 공동보조를 취하였던 것이다. 농촌사에 참가한 자본가층은 그 경제적 기반이 주로 상업·제조업 등 非土地부문에 의존하며 따라서 반봉건적 소작조건이 야기하는 소작쟁의로 인해 부르주아층의 경제적 기반인 조선인경제의 토대를 이루는 농촌사회의 안정기조가 동요되는 것을 원하지 않았던 때문이었다. 특히 지주층의 봉건성, 몰시대성에 대한 비판에 있어 민족주의좌파 서만달이 사회주의자 정운해와 인식을 같이 하였던 사실은 주목할 점이다.[238] 이러한 부르주아민족주의계열 자본가층의 태도는 자본축적 기반

오면 듣겠고 군속의 말은 들을 것도 없고 두려울 것도 없다'고 타협을 거절하였고 이병학도 마찬가지였다(『시대일보』 1924년 10월 13일). 또한 달성군 수성면 권농조합에서 소작료 교섭시 姜錫彙나 金在煥(달성군수)은 이를 거부하고 가혹한 조건을 그대로 고수하여 소작인들에게 도적이라는 비난을 받았다(『시대일보』 1924년 12월 17일). 徐佑淳도 달성군 가창면의 소작인 600여명에게 수확의 2/3 소작료, 지세 소작인 부담을 내세워 비난을 받았다(『시대일보』 1924년 10월 24일). 또한 장길상은 達城郡 玉浦面 소작인조합에 가입한 소작인들이 지세불납동맹을 체결하자 소작권을 이동시켜 쟁의를 야기하였다(『시대일보』 1925년 6월 13일).

237) 예를 들어 1924년 9월 慶山郡廳에서 소작문제 해결을 위해 조정을 自任하는 의미에서 지주로부터 서약서를 받고 대책을 강구하자 鄭海鵬·徐炳柱·李章雨·洪南杰·官井正一 등 대구의 대지주들은 이를 환영하는 의미에서 선전문을 발포하였다. 그 선전문의 내용은 대개 노동조합, 노동공제회, 소작인조합의 표방하에 사리사욕을 목적으로 衆心을 선동하는 세태에 대해 개탄하고 당국과 의견을 교환하여 소작문제의 해결을 도모함이 自益이라는 것이다(「財經時話 : 경북지주의 선전문」 『시대일보』 1924년 9월 22~23일).

가운데 소작료가 상당한 비중을 차지하는 대지주층(대개 예속자본가)이 일제당국과 연합하여 자기계급적 이해를 실현하려 했던 것과는 구별된다.

이 당시 소작쟁의에 대한 개별적인 대응방식의 여하에 관계없이 일제당국과 연대하여 쟁의 저지책 강구에 나서는 대지주층은 일제에 대해 타협적 태도를 견지하며 유착관계를 형성하고 있었다. 실제로 李章雨·李一雨·鄭龍基·秦喜葵·鄭在學·李柄學·徐丙朝·한익동 등의 대지주는 官選·民選의 도평의원, 부협의원과 중추원 참의, 각종 관변기구의 長을 역임하고 있었다. 이들 대지주층은 이미 한말~1910년대에 대부분 일제와의 유착관계를 형성하여 민족해방운동 선상에서는 완전히 탈락한 부류였다. 이들은 대부분 초기 대구청년회를 중심으로 한 실력양성운동에도 참여하지 않았으며 半官半民的인 단체로 결성한 교풍회·사회사업연구회·경북고아구제회에서 활동하였다.

그러나 부르주아민족주의계열 자본가는 대개 농업문제와 소작쟁의에 대해 반봉건적 수탈기제를 비판하는 시각에서 접근하였다. 민족주의계열 부르주아층이 1920년대 초기 노동공제회에서의 활동 이후 거의 노동

---

238) 정운해는 「소작운동의 현재와 장래」(『시대일보』 1925년 1월 1일)에서 '現今 지방의 소작단체에서 요구하는 조건을 一瞥하면 겸손이 過한 嫌이 不無하건마는 그래도 無智頑强한 지주배는 별별 항거를 다한다. 금년에 소작문제에 대하여 관청당국에서 지주 소작인간에 소위 조정안을 작성하여 지주의 타협을 구함에 지주들은 많이 이것을 반대하였다. 자기계급을 절대로 옹호하는 소위 당국의 타협에도 불응하는 그들의 행동은 참으로 가소롭다. 그들은 현대식 자본가의 자격도 없다. 진보된 자본가는 소위 溫情主義라는 마취제로써 유일한 착취수단을 삼는 터인데 조선의 지주배는 그러한 수단도 모르는 것이 絶倒할 일이나…'라고 지주층의 봉건성을 비판하였다.
   그런데 서만달 역시 「死大邱 生大邱」(『동아일보』 1926년 1월 1일)란 글에서 대구의 지주·양반층 다수가 옛날 아전부치(吏屬)로 지방관에 아양을 부려 私財를 모았고 이후 고리대금업자로 자기의 作人이나 村民을 상대로 축재했다고 하면서 양반층의 去勢를 대구운동의 일과정으로 설정하였는데 봉건 지주층의 타도, 노농운동의 발전을 시대적 과제로 인식하는 점에서 정운해와 의견을 같이하였다.

단체에 참여하지 않으며 노동쟁의, 파업시에도 별다른 활동을 보이지 않았는 데 비해, 지주소작제 문제에 적극 관심을 가지고 사회운동의 일환으로 참여하였던 것은 그 물적 기반과 관련된 것으로 생각된다.

한편 이 시기 각 사회세력의 정치적 입장은 1927년경 대구지역의 현안문제였던 일본인 육군대위의 조선인폭행사건에서 잘 나타난다. 당시 대구부내에 주둔하는 80연대 소속 일본인 육군대위가 자기 아들과 조선인 申奎見의 아들 玩實이 싸우는 것을 보고 완실을 무수히 난타하고 이에 항의하는 아이의 어머니와 누이를 폭행한 사건이 발생하자, 대구청년동맹을 비롯한 각 사회단체가 연합하여 시민대회를 개최하는 등 대책마련에 나섰다. 자본가업단체, 부르주아민족주의계열 단체 가운데 이 시민대회에 참가한 단체는 한약상조합과 교남기독교청년회, 그외 동아 조선 중외일보 대구지국이었다. 자본가층의 범계급적 결속을 위해 결성한 대구구락부는 참여하지 않았다. 30명의 실행위원 가운데에는 이후 신간회 대구지회간부로 활동하는 張仁煥·郭振淰·崔允東 등과 대구구락부 창립을 주도했던 서상일이 참가하였으며 도평의원, 부협의원직에 있는 친일적인 대자본가는 전혀 보이지 않는다.239) 이 시민대회를 주도하고 사건에 적극 대응한 것은 대구청년동맹과 지역별 직업별 노조인 대구노동공제회·신문배달조합·재봉직공조합 등의 사회주의계열단체였으며 그리고 민족주의좌파 계열 인사가 참여하였다.240)

따라서 조선인 시가의 개발, 시설이란 문제와 조선인폭행사건이란 두 가지 현안, 즉 동일한 식민지 민족문제이지만 경제문제와 정치문제에 대한 다른 차원의 대응방식을 통해 자본가층의 계급적 정치적 입장이 분명하게 드러남을 알 수 있다. 그리고 시가지 개발이나 소작쟁의란 지역 현안문제에 있어 사회주의계열과 민족주의계열 사이에 연대할 수 있는 공감대가 형성되어 있었음도 확인할 수 있다.

---

239) 『조선일보』 1927년 8월 9일, 8월 8일 ; 『중외일보』 1927년 8월 9일
240) 『조선일보』 1927년 8월 9일, 8월 10일

<표 12> 신간회 대구지회 간부

설립대회 (1927. 9. 3)		
인명(직책)	직업	활동단체
李慶熙(회장)		신민회 · 의열단 · 조선노동공제회
崔允東(부회장)		조선국권회복단 · 백산상회 주주 · 노동공제회지회
宋斗煥(서무)	모피 · 鹽 · 繭販賣商	1919년 制令 7호 위반 · 慶南甲斐巡士射殺事件 · 신간회 중앙집행위원
鄭斌(서무)		
郭振瀁(재무)	중외일보 지국장	부협의회원(29~35) · 학교평의원(30~35)
張的宇(재무)		대구청년동맹 · 赤友同盟 · 新友同盟
金夏昇(출판)		
李相和(출판)	동아일보 기자 · 조선일보 경북지사장	카프
崔益俊(정치문화)		동경조선인유학생학우회 · 대구노동공제회 · 대구청년회
金利龍(同)		新思想會 · 4차조공야체이카 책임위원
徐萬達(조사)		대구노동공제회 · 대구청년회 · 농촌사
宋箕贊(조사)	동아일보 기자	대구노동공제회
朴海噉(조직)		조선인산업대회 대구대표 · 조선청년회연합회 집행위원 · 조선유학생학우회
金越天(조직)		
張仁煥(선전)	조선일보 특파원	東京正則英語學校 재학중 조선청년독립단 · 2 · 8독립선언 · 조선청년회연합회 집행위원 · 교육개선기성회 창립위원(21) · 조선민흥회 준비위원
許弘濟(선전)		왜관청년회(21) · 大邱第四靑年會(23)
李敬萬	야소교부속학교 교사	독립공채모집 사건(1920)
張斗赫		
金成國		大邱高普盟休學父兄會
金完燮	변호사	부회의원(31~35) · 학교 평의원(31~39)
許秉律		상해임정 소속 폭탄암살음모 사건(1920,당시 중국 奉天 거주)
呂奎鎭	조선일보지국 기자	자치청년단(金兌鍊의 사위)
朴晋亨	동아일보 기자	
金光鎭		
金在明	농업	의용단 사건(1922)
金兌鍊	금융업	3 · 1운동시 피검 · YMCA 이사장

3회 정기대회 (1929. 3. 13)		
張仁煥(회장)	앞의 표 참조	
金光鎭(부회장)		
禹甲濟(서무조사연구부 총무간사)		
金爀(同 상무간사)		신간회 중앙집행위원
權承榮(同)		
許武烈(재정부 총무간사)	허무열정미소	
朴峻(재정부 상무간사)		대구청년동맹
尹鐵漢(정치문화출판부 총무간사)		
金仁性(同 상무간사)		
宋斗煥(조직선전부 총무간사)	앞의 표 참조	앞의 표 참조
徐德完(同 상무간사)		
金善基(간사)		조선청년총동맹·대구고보 사회과학연구서클
金昌秀(간사)		
禹甲麟		대구청년동맹
呂圭鎭	조선일보 기자	자치청년단·동래청년연맹(25)
崔命守		
柳快東		
宋箕贊	동아일보 기자	앞의 표 참조
朴晋亨	동아일보 기자	
郭振榮	중외일보 지국장	부협의원·학교 평의원
李基墩		
朴康泰		
李春壽(본부대의원)		대구여자청년회·正午會
金完燮(同)	변호사	

출전 : 『중외일보』 1929년 3월 17일

　이러한 두 세력 사이에 형성된 공감대 위에 1927년 9월초 결성된 것이 신간회 대구지회이었다.[241] <표 12>는 신간회지회의 간부 명단이다. 초대 회장, 부회장으로 피선된 李慶熙, 崔允東은 1910년대 조선국권회복단, 의열단에서 활동한 민족주의자이었다.

　주목할 점은 郭振溁이 신간회 간부로 활동하면서 1929~34년 부협의원·부회의원을 지내고 金完燮은 신간회 해소 후 1931~38년간 부협의원으로 진출하여 일반적으로 예속자본가, 친일파의 범주에 드는 인사가 신간회에 참여하였다는 점이다. 신간회의 재무를 담당한 곽진영·宋斗煥·李一根(布木商共助會 회장)·許武烈·白南琛(대구공업친목회 회장) 등은 모두 어느 정도 재력을 가진 상공업자로 지주적 기반이 없거나 또는 그 비중이 크지 않은 부류로 보이는 점이 특징이다. 이를 제외하고는 鄭雲騏가 학교평의원을 지냈을 뿐이고, 前後 시기에 부협의회·도평의회 기타 관변기구에 관계한 경력이 없는 민족주의자가 참여하였다. 따라서 신간지회는 주로 1910년대~1920년대 중반 비밀결사운동에 참가한 경력이 있는 절대독립론을 고수하는 민족주의자들이, 대지주층으로 부협의원·도평의원을 지내어 일제와 유착관계에 있는 예속대자본가와 3·1운동 시기까지 국권회복운동에 참여하였으나 이후 자치론으로 기운 민족개량주의적 성향의 자본가를 배제하고 사회주의계열과 연합하여 결성한 조직체였음을 확인할 수 있다. 결성 초기에는 민족주의자가 상당수여서 그 주도권을 장악했던 것으로 보이나 이후 계속 사회주의자의 비중이 높아졌다.[242]

　그런데 주목할 점은 신간회에 참여한 민족주의좌파계열이 모두 신간회의 정치노선이나 투쟁방침에 동조하였던 것만은 아니라는 사실이다.

---

241)『동아일보』1927년 9월 6일 ;『조선일보』1927년 9월 5일
242) 청년동맹·사상단체·조선공산당·조공재건운동에 관계한 인물을 사회주의계열로 본다. 설립대회시(1927. 9) 사회주의계열 간부는 총 26명중 4명으로 그 비율이 15%였으나 3회 정기대회시(1929. 3) 총 24명 중 7명으로 29%로 증가하였다.

당시 민족주의좌파계열의 일부는 합법적인 신간회의 온건노선으로는 국권회복을 기대하기 어렵다고 인식하고 이미 신간회역할한계론을 1928년경부터 제기하였다. 1920년대 후반 민족주의좌파계열의 신간회에 대한 인식과 민족운동 방침은 비밀결사 ㄱ(기역)당사건을 통해서 파악할 수 있다. ㄱ당은[243] 신간회 대구지회 간사인 盧且甲,[244] 張澤遠,[245] 鄭太鳳[246]과 文相直,[247] 그리고 부산신간지회 간사인 李康熙[248] 등이 1928년 4월경 조직한 단체였다. ㄱ당 관계자 가운데 일부는 1910년대 후반 ~1920년대 초 중국이나 만주에서 무장투쟁단체에 가입하여 활동한 경력이 있으며, 대부분 1920년대 중반부터 합법공간에서 청년동맹이나 노동단체, 신간회에서 활동한 이들이었다. ㄱ당의 결성과정에서 이강희는

---

243) 당시 조선일보는 비밀결사 ㄱ당이 '민족주의좌익'이 결성한 조직으로 규정하였다(『조선일보』 1928년 12월 2일, 11월 15일). 그러나 동아일보는 '민족주의적 결사'라고 보도하였다(『동아일보』 1928년 11월 15일, 12월 21일).

244) 1922년 경성에서 약 1년간 보통학교 수업후 대구청년동맹, 신간회 대구지회 간사로 일했다(「昭和四年 刑公 第42호」).

245) 경성 중동학교에서 2년 수학후 1924년경 북경에서 체류하였다. 이해 말 조선으로 돌아와 대구에서 잡지경영, 곡물상 등을 영위하였다. 1927년 신간회 대구지회에 입회하여 상무간사로 일했다(「昭和 4년 刑控 제42호」).

246) 1921년 11월 군자금모집 사건으로 총포화약취체령위반죄로 징역 3년을 살았으며 1927년 9월부터 신간회 대구지회 서무, 총무간사로서 일하였다(「昭和 4년 刑公 제42호」).

247) 문상직은 20세 때 1년간 경성에서 修學後 만주 通化縣 신흥무관학교 4학년에 들어가 졸업후 만주 북경 안동현에 거류하면서 농업 상업 등을 영위하였다. 무장단체 學友團에 가입하여 국내로 들어와 폭탄습격을 준비하다 1920년경 검거되어 징역 5년에 처해졌으나 4년으로 감형되어 출옥하였다(「昭和 4년 刑公 제42호」;『현대사자료』 27권, 414~416쪽 ; 김정명 편, 『조선독립운동』 2권, 491쪽).

248) 이강희는 1914년경 奉天省 長白府로 이주하여 농업에 종사하다가 곧 조선으로 돌아왔다. 이후 1916년경(昭和 3년 刑公 제1217호에는 1918년으로 되어 있음) 상해로 유학하였는데, 이때 留滬學生會長을 지내며 독립운동에 참가했다. 1923년 6월 부산으로 돌아와 시대일보지국 기자, 노우회 서무간사 등으로 일했으며, 협동조합운동사에 참여하여 『自力』 잡지사 기자로 활동했다(「昭和四年 刑公 제42호」;『현대사자료』 26권, 167쪽).

'민족운동은 금일 신간회나 근우회와 같은 막연한 표면운동으로는 목적을 달성할 수 없으므로 소수라도 진정으로 활동하는 자로써 비밀결사를 조직하여 결사적 각오로 나아가야 한다'고 주장한 반면, 盧且甲은 '범위를 대규모로 하여 대대적 운동을 해야 한다'고 반대하여 투쟁노선을 둘러싼 논쟁이 있었는데 결국 이강희의 설이 채택되었다.[249]

ㄱ당의 강령은 '① 조선민족의 절대해방을 기함, ② 吾人의 활동무대는 만주에 둠'이었다.[250] ㄱ당은 운동 방침으로 만주에서는 재력 및 실력 양성을 위해 농지를 개척하여 농민을 이주시키고 이 지역을 근거지로 삼아 조선 내외와 연락을 취하며 중국 廣東軍官學校에 청년동지를 입학시켜 무장투쟁을 준비하는 한편, 국내에서는 이를 위한 자금모집과 일제와 대중에 대한 경고 또는 각성의 의미로 친일파 및 일제관리 처단 등을 상정하였다.[251] 그러나 ㄱ당의 조직체계가 재정·조사·연구 3개 부서로 되어 있는 것으로 보아 국내 여건상 무장투쟁 내지 의열투쟁을 직접 실천하기 보다 재정마련과 정보수집, 정세분석 등을 주요 활동으로 상정하였던 것으로 생각된다. 따라서 1920년대 후반 민족주의좌파계열의 절대독립론은 만주에서의 무장투쟁과 국내에서의 비밀결사운동을 전제로 한 것이며 이는 1910년대 비밀결사운동의 연장선상에 있었음을 의미한다.

한편 신간회 결성에서 배제된 민족주의우파계열의 자본가측에서는 대구와 인근 30郡의 有志를 참가시켜 1927년 10월 중순 經濟硏究會를 조직하였다. 경제연구회 준비위원은 李慶熙·朴海暾·李宣鎬·崔俊·李相麟·張稷相·李鍍和·崔海鍾·金昇默·李根泳 등이었다.[252] 대개 대지주적 기반을 지니고 부협의원·도평의원·중추원 참의를 지낸 이들이

---

249) 「昭和三年 刑公第1217호」 ; 『조선일보』 1928년 6월 28일 ; 1928년 12월 2일

250) 『고등경찰요사』 244~246쪽

251) 『조선일보』 1928년 12월 2일, 6월 28일 ; 『동아일보』 1928년 12월 21일 ; 『고등경찰요사』, 244~246쪽

252) 『동아일보』 1927년 10월 19일

다수 거명되어 있다.[253] 그런데 이경희, 박해돈은 신간회 설립대회시의 회장과 조직부 간사인데 신간지회의 조직적 입장이 경제연구회 해체였으므로 개별적인 차원에서 참가했을 수도 있으나 경제연구회 쪽에서 신간지회의 양해를 구하기 위한 포석으로 당사자의 동의없이 이름을 올렸던 것이 아닌가 생각된다.[254] 민족주의좌파계열과 사회주의계열이 신간지회로 결집되는 데 대응하여, 대개 민족개량주의 성향의 대자본가가 중심이 되어 경제연구회로 결속되었음을 알 수 있다. 경제연구회의 강령은 '① 민중생활을 개선하여 조선인 경제운동을 환기함, ② 遊民의 因襲을 타파하고 노동의 관념을 타파함, ③ 농촌문제를 연구하고 경제교육을 보급함, ④ 실지의 사업을 興起하여 산업의 발전을 조장함'으로 파멸에 처한 조선인의 경제운동을 표방하였다.[255]

경제연구회의 발기에 대해 가장 먼저 반응을 보인 것은 대구청년동맹으로 그 강령과 취지를 검토한 결과 '運動線을 혼란시키는 반동단체'라고 규정하고 대구시내 각 사회단체 연합대책강구회를 소집하는 등 대

---

253) 이선호·이상린·장직상에 대해서는 <표 11> 참조. 최준은 경주의 대지주로서 善一印刷所를 경영했으며, 백산상회·고려요업·대동주식회사의 주주로 활동했다. 조선국권회복단에 연루된 경력이 있다(오미일, 「1910~1920년대 부산지역 조선인 자본가층의 존재양상과 민족주의운동의 전개」 참조). 이도화는 사법대서인으로 학교비평의원(1927~30)을 지냈다(『동아일보』 1926년 1월 3일 광고). 최해종은 동아일보 기자로 대구청년회에서 활동했던 인물이다(『동아일보』 1921년 9월 29일, 1922년 5월 10일, 9월 24일). 김승묵은 대구청년회 사회부장으로 활동했으며 반관단체인 사회사업연구회의 서기로 일했다(『동아일보』 1922년 8월 8일, 2월 15일). 이근영은 민립대학기성회 대구지방부위원이었다(『동아일보』 1923년 6월 26일). 이외에 李定鎬·柳慶佑·孫海震·李世鎬·金基弼·曹秉泰·金禹埴·宋周善·姜鳳熙 등이 참가했는데, 대구지역에서 확인되지 않는 것으로 보아 인근 경북지방의 지주들인 것으로 생각된다.

254) 만약 이경희와 박해돈이 개인적인 의지에 의해 경제연구회에 참여했다면 신간회측에서 제재를 가했을 것인데 1927년 12월 1회 정기대회시에도 두사람은 여전히 간사로 활동하였다.

255) 『동아일보』 1927년 10월 19일

응에 나섰다.[256] 또한 신간지회도 경제연구회가 '신간회 圈內의 사업에 아무 지장이 없을 것이니 曾가 성립되게 해달라'고 양해를 요청했으나, '모든 민중이 단일당의 기치 밑에 모여드는 터인데 경제연구회란 것을 조직함은 그 이유를 알 수 없다'고 해체를 종용하고 신간지회의 양해를 얻어 曾를 창설코저 하는 것에 대해 定式 書面으로 거절하였다.[257]

이후 경제연구회의 설립과정과 활동에 관한 기사를 전혀 찾아 볼 수 없는 것으로 보아 지역내 운동단체의 반대에 부딪쳐, 그리고 운동 주체의 취약으로 설립되지 못했던 것으로 생각된다. 신간지회가 민족적 정치운동기관으로 결성되었다면, 경제연구회는 비정치적 경제운동기관을 자임하고 설립하려 했던 것으로 민족운동의 방향을 둘러싸고 부르주아 민족주의계열의 노선이 분화되었음을 알 수 있다.

(2) 자본가층의 대구상공협회 결성

신간지회가 민족단일당을 자처하고 한편으로 경제연구회가 정치운동의 성격을 지양하고 경제운동을 표방한 것은 각 세력의 정치적 입장 내지 민족운동노선을 표명한 것이다. 한편 이러한 정치적 지형과 별도로 예속자본가를 제외한 대다수 자본가층은 경제문제에 있어서는 이해관계를 같이 하고 연대하였다. 즉 조선인상공업의 凋落現狀에 대한 자구책으로 1927년 11월 결성된 조선인상공업자만의 독자적 경제기관인 大邱商工協會로 집결하였다.[258] 조선인상공업이 훨씬 발달한 평양에서는 1928년 12월에, 경성에서는 1930년에 상공협회가 조직된 것에 비해 대구상공협회는 전국 주요도시 중 가장 먼저 설립된 것이 특징이다.

---

256) 『동아일보』 1927년 11월 2일
257) 『중외일보』 1927년 11월 14일 ; 『조선일보』 1927년 11월 14일
258) 『동아일보』 1927년 9월 20일 ; 『중외일보』 1927년 11월 11일

<표 13> 대구상공협회 구성원 및 조직체계

인명	직업·업체	사회적 위치·활동단체
徐基夏(회장)	포목상조합 전무·壽昌校校長	국채보상운동 대구대표·대구여자공립보통학교 학부형회장·부협의회원(23~26)
金正悟(부회장)	김정오약국(正安堂藥院)	YMCA이사장· 3·1운동으로 피검경력·교육개선기성회 창립위원·일본육군대위폭행사건 실행위원·학교평의회원(27~35)
金乃明(상무평의원)	亞一商會(鹿茸唐草材貿易商)	대구한약업조합 부조합장(25)·약령시진흥회 부회장
서상일(同)	<표 10> 참조	
金相元	양말상·포목상조합	
裵永憙	大邱상신사(製油)	부협의원·부회의원(1929~42) 제2교육부회의원(31~35)·市場北通町總代(36)
白樂熙	釀造業	
李孝澈	宿屋業	
梁相鶴	藥種商	
崔益俊		대구노동공제회·동경조선인유학생학우회·대구청년회·신간회
金相淑	포목상	
許智	信興洋服店·금융업	大邱商繁會회장(26)·학교평의회원(30~39)·부회의원(31~39)
朴晚成	日光商會(잡화상)	
池二洪	토지조사국 서기(14)·池二洪商店(絹布商, 18)	포목상조합장(28)·상업회의소 평의원(28)·本町總代(360
崔鍾海	음식업	
朴魯益	仲介業·三益合資商會	해륙물산위탁조합장
姜致雲	尙信商會(염·비료·석유)	
鄭致奎	금전대부업·전당포	학교평의회원(27~31)
朴寅淳	인쇄업	
裵裕亨	금은세공업	
尹瑛烈	乃潤商店(紙物·해륙물산위탁판매)	

출전 :『동아』1927년 11월 27일

대구상공협회는 그 결성 취지에서 나타나듯이[259] 조선인경제의 부흥을 위한 조선인 상공업자만의 단결체로 조직된 것이었다. <표 13>에 정리한 대구상공협회의 임원진은 모두 포목상, 미곡상, 약종상, 잡화상, 중개업, 기타 양조업·양복점 등 제조업에 종사하는 상공업자이었다. 대구상공협회는 조선인상공업자 총 1653업체 가운데 466업체가 회원으로 가입하여 약 28%의 조직률을 보였다.[260]

대구상공협회의 성격은 그 창립총회에서 청년동맹의 朴明茁, 신간지회의 張仁煥이 그 창립을 지지하고 축하하면서도 '우리의 운동에 장애가 있을 지도 모를' 일부의 경향에 대해 경고하는 축사를 한 점,[261] 그리고 상공협회의 고문으로 徐喆圭·李宗勉·徐丙五·朴重陽·李柄學·鄭海鵬·李一雨·鄭在學·張吉相·李章雨 등의 대자본가(예속자본가)를 영입하고자 교섭했으나 이들이 모두 한사코 거절한 점에서 짐작할 수 있다. 당시 대구 신간지회에서는 상공문제의 현안으로 '각 도시에 조선인 본위의 상공단체 촉진의 건'을 논의하고 있었으며[262], 신간회의 재무담당으로 재정을 지원했던 백남채·이일근·이재희 등은 상공협회에서 평의원으로 활동했다. 따라서 청년동맹이나 신간지회에서는 일종의 정

---

259) 대구상공협회의 취지는 다음과 같다. '현대는 경제적으로 그 생존을 경쟁한다. 戰線의 大勢는 오직 상공업의 盛衰 如何에 움직이나니 그러면 吾人의 경제내용과 商工現狀은 과연 어떠한 경우에 절박하였는가. 나날이 凋零하여 오는 商況과 때때로 파탄되어 가는 경영은 百尺竿頭에 당도하였다. 이 山窮水盡處에서 九死의 一生을 得함에는 自己反求에 歸하여 우리 문제는 우리 스스로가 강구하며 우리 운명은 우리 서로가 해결하는 데에만 있다. 이 의미에서 同病을 相憐하는 우리 상공업자는 먼저 상호보장이 될 만한 무슨 연대적 강고한 결합체를 두지 아니할 수 없어 이 상공협회를 창설한다'(『중외일보』 1927년 11월 11일).
260) 「대구상공협회회보」 1호 참조(김준헌, 위의 논문에서 재인용)
261) 『중외일보』 1927년 11월 11일 ; 『동아일보』 1927년 11월 11일
262) 『중외일보』 1927년 12월 31일
  이무렵 평양, 부산 기타 郡지역에서도 조선인상공단체의 설립이 논의되거나 추진중이었다.

치노선으로 경제운동을 표방한 경제연구회의 결성에는 적극 반대하면서도 조선인경제단체인 대구상공협회의 결성에는 그 한계 내지 일부의 경향을 경고하면서도 그 역할을 인정하여 결성을 지원하는 입장이었다. 반면 협회 고문으로의 참여를 한사코 거부한 예속대자본가는 모두 1910년대부터 중추원 참의·도평의원·부협의원 등을 두루 지내거나 관변 어용기구의 長을 역임하며 일제로부터 施政紀念功勞賞을 받는 등 일제와 유착관계를 가진 이들이었다. 예속자본가가 대구상공협회에 참여를 거부한 것은 대구상업회의소 이외에 독자적인 조선인상공단체의 존재를 인정하지 않았다는 의미일 것이다.

대구상공협회의 설립은 民族經濟圈과 朝鮮人經濟權의 수호를 주장하는 부르주아민족주의계열 자본가층에 의해 주도된 것이었다. 상공업기관으로 대구상업회의소가 존재하였지만 定조선인평의원은 그 數가 제한되어 있었으며[263], 또한 조선인경제권을 대변하는 데 있어 이들의 활동은 기대에 못미쳐 '평양상업회의소에서 전개된 불평등한 定數制限 철폐 문제도 제기되지 않는 평온한 대구상업회의소'라는 세간의 평이 있을 정도였다.[264] 전국에서 최초로 조선인 회장이 선출되었지만,[265] 여기에 대해 하등 일본인측의 거부가 없을 정도로 상업회의소내 평의원급 주요 조선인자본가는 제국주의경제권에 이미 포섭 동화된 이들이었다. 평양상업회의소 내 조선인회원이 경제적 기반에 따라 입장 차이가 있기는 하지만 결속하여 조선인경제권을 옹호하려고 노력한 반면, 대구상업회의소의 전체적인 분위기는 그렇지 못했다.[266]

---

263) 조선인평의원은 1920년대 초에는 전체 평의원 수 23명 가운데 5명 정도였는데, 1929년 24명 중에 7명, 1931년 35명 중에 12명으로 변화하였다.

264) 「大邱時話」『동아일보』 1929년 11월 21일

265) 『동아일보』 1925년 12월 2일. 張稷相이 1925, 1927년도에 두 차례 회장으로 피선되었다.

266) 이는 일례로 1929년 11월에 있었던 대구상업회의소의 평의원선거에서 조선인유권자의 투표수는 186표인데 조선인평의원에게 투표한 수자는 150표 밖에 안되고 30여표가 일본인에게 투표되었으니 融和論者가 춤을 출 일이라고

대구지역의 경제현안에 있어서 친일예속자본가와 민족주의계열 자본가의 입장 차이는 대표적으로 서부금융조합 분규 과정에서 잘 나타난다. 서부금융조합은 총회에서 조합장으로 일본인 松原, 이사로 조선인자본가 許億을 투표로 선출하였는데, 前 일본인이사와 도당국에서는 일본인이사 배척이라는 구실로 위법이라고 하여 다시 총회를 열기로 하였다. 그런데 이 과정에서 朴炳兌・李章雨・鄭海鵬 등의 예속부르주아는 前일본인이사와 도당국의 견해를 옹호하며 운동하였다.[267]

이와 같이 民族經濟圈와의 설정 여부를 둘러싸고 자본가층은 경제적 입장면에서 의견을 달리했으며, 그 결과 부르주아민족주의계열 자본가층은 예속자본가를 배제하고 조선인경제권의 옹호를 위한 통일적 기관으로 대구상공협회를 설립하였던 것이다. 따라서 자본가층은 정치적 태도면에서 '內鮮同化主義'에 동조하는 예속자본가, 자치론을 주장하여 개량화하고 있는 민족주의우파계열의 자본가, 민족주의좌파계열의 자본가로 각기 조직활동을 달리했다. 그러나 경제적 입장에서는 제국주의경제권 내에서 조선인자본가의 이해를 반영하고자 하는 예속자본가, 독자적인 민족경제권을 상정하는 민족주의계열자본가로 조직활동이 분화되었다.

Ⅳ. 맺음말

대구의 자본가층은 자본축적 경로면에서 볼 때 대개 지주 출신이었다. 한말 면포・미곡・어염 무역으로 자본을 축적한 상인층도 선대제에 의해 제조・생산에 투자하기 보다 대개 토지에 투자하여 지주로 변신하였다. 평양 지역의 경우 한말 이후 지주자본이 무역・상업에 투자하여

지적하는 사실에서도 엿볼 수 있다(「대구시화」『동아일보』 1929년 11월 21일).

[267] 『중외일보』 1927년 5월 19일 ; 『동아일보』 1927년 4월 28일

362

지주자본의 상인자본으로의 전화가 이루어지고, 1차대전 발발후 국내 생산품의 수요가 급증하면서 이들 상인·지주자본이 산업자본으로 전환하는 현상이 나타났다. 그에 비해 대구에서는 지주자본의 고착성이 강하여 자본전환이 느렸고, 또한 제조업 투자 정도가 미약하였다. 대구의 공업은 1910년대 후반 일본인대자본의 진출에 의해 공장공업단계로 발전하였는데, 조선인자본의 공장설립이 특히 증가한 것은 1920년대 중반에 들어서였다. 대지주의 경우 직접 공장을 설립 경영하기 보다 일본인자본 또는 조일합작으로 설립된 회사에 투자하는 예가 많았다.

한말 대구의 지주 상인층은 일제의 국권침탈과 경제침략에 저항하여 광문사 문회, 대구광학회, 대한협회 지회, 교남교육회 등의 단체를 설립하여 교육·계몽운동과 조선인상업회의소 설립, 국채보상운동 등의 경제권 수호운동을 전개하였다. 그러나 자강운동에 참여한 정재학·정해붕·이석진·이병학·서병조 등 일부 대지주, 상인층은 동척, 한국중앙농회, 농공은행 등 일제가 民意 제어와 경제침탈을 위해 설립한 각종 기구에 참여함으로써 제국주의유통구조의 창출과정에서 예속화하였다. 이는 자강운동의 성격의 일면을 나타내는 것이다.

그러나 윤상태·서상일·서창규·최준의 예에서 보듯이 대다수 지주·상인층은 1910년대에 조선국권회복단과 같은 비밀결사를 조직하여 만주지역 무장단체와 연계를 맺고 국내에서 활동가능한 군자금 모집, 선전활동을 주로 하면서 절대독립노선을 견지하였다. 자본가층이 초기 3·1운동을 주도한 세력으로 부각되게 된 배경에는 이들이 비밀결사운동을 지원하거나 적극 참여하는 과정에서 운동역량의 축적이 수반되었기 때문일 것이다. 대다수의 상인, 지주층이 비밀결사운동에 참여하였던 이유는 한말 메카다 조처로 상인층 대부분이 화폐제도 개혁과 지방세 개혁으로 피해를 입었던 점, 그리고 각종 도로 부설·경부선 개통과 같은 제국주의유통체계의 확립에 따라 商圈을 상실한 점, 지주층은 토지조사사업으로 토지의 화폐자본화가 가능해졌지만 국내 商權이 일본인자본에 의해 장악되어 있는 상황에서 자본축적을 위한 새로운 부문으로의 전환이 쉽지 않았던 점, 특히 1918년 이후 일본 독점자본의 대구지역 진출이 가속화되면서 이에 대한 위기의식이 고조된 점 등 경제적 배경과 관련하여 설명할 수 있을 것이다.

한말 이래 타락한 대지주·부호층은 1910년대에 일제가 민족운동 탄압을 목적으로 조직한 각종 관제 기구에서 활동하였다. 대구교풍회는 비밀결사운동을 탄압하기 위한 목적으로 조직되었는데 그 임원진은 친일대지주로 구성되었다. 그리고 3·1운동시 독립운동 참가자의 검거와 첩보를 목적으로 조직된 自制團의 발기인도 대구부 내의 대표적인 대지주·부호들이었다.

국제정세의 반동화와 3·1운동의 실패, 해외 무장세력의 약화와 임시정부의 분열 그리고 일제의 문화정치로의 선회 등에 의한 정세변화로 국내 민족주의운동은 무장투쟁노선의 비밀결사운동으로부터 실력양성노선으로 변화되었다. 1920년 1월 결성된 대구청년회에는 사회주의자, 비밀결사운동 참여 경력이 있는 민족주의자, 유지·자본가 층이 다양하게 참가하였는데, 대개 일정 규모 이상의 재력을 가진 자본가층이 會를 주도하였다. 1923년 이후 사회주의자들이 대구청년회를 주도하게 되자 서상일이 중심이 되어 장직상·서병조·서철규·박기돈 등 예속대자본가까지 규합하여 1923년 1월 독자적으로 대구구락부를 설립하였다. 대구구락부는 대중적인 문화운동단체라기 보다 명칭 그대로 자본가층의 세력 결집을 위한 성격이 강했다. 예속대자본가층은 민족주의계열의 실력양성운동에 참여하지 않고, 대구부 당국에서 문화정치 실현을 내세우며 빈민구제, 생활개선, 폐풍교정을 목적으로 조직한 사회사업단체 즉 사회사업연구회, 대구청년보위단, 대구자성회 등에서 활동하였다.

자본가층은 실력양성운동을 전개해나가는 가운데 지역내 사회주의운동의 확산과 노동·농민운동의 대두 등 정세변화에 대한 대처 과정에서 점차 정치적 입장을 달리하였다. 특히 일제가 지역 유지, 자본가층의 포섭정책에 따라 부협의원을 民選으로 선출하기로 함으로써 일제 자문기구 참여문제는 민족주의계열의 내부적 동요를 야기한 주요 원인으로 작용했다. 이에 조선국권회복단에 참여하였던 일부 자본가층(서창규, 정용기)도 부협의회에 침여하였으며, 반면, 지역단체에 의해 公認候補로 지목된 서상일의 경우 절대사퇴를 천명하여 예속자본가층의 참정권 요구와 차별화한 자치론의 입장을 분명히하였다. 따라서 정치적 입장면에서 볼 때 자본가층의 일부는 일제에 포섭되어 참정론을 수용하였고, 일부는 자치론을 견지하며 문화운동이나 지역 현안 해결에 적극적으로 참여 활동하여 대중을 장악하려 하는 한편 일제와의 관계 모색에 노력하였다. 자치론을 견지한 민족주의우파 성향의 자본가층은 비정치적 실력양성운동 기관으로서 경제연구회를 조직하고자 했다.

한편 비밀결사운동에 참가한 경력이 있으며 민족주의좌파 성향을 지닌 지식인, 자본가층은 지역내 실력양성운동에서 우파와 함께 활동하면서도 정치적인 면에서는 절대독립론을 계속 견지하였다. 그 조직 운동에 있어서 신간회와 같은 대중적인 민족적 정치기관, 혹은 소수의 정예에 의한 무장투쟁 형태를 방침으로 한 비밀결사를 각기 결성하여 활동하였다.

자본가층은 민족운동이나 일제와의 관계 등 정치적 태도에서는 점차입장이 분화되고 있었지만, 경제문제에서는 도시계획문제나 農村社 창립에 있어 나타나듯이 공조관계를 유지하였다. 경제면에서의 협력관계는 신간회가 대구상공협회의 설립을 지원하고 신간회에 참여한 자본가층이 여기에 가입하여 활동한 사실에서도 잘 나타난다.

<부표 1> 1905~1914년 창립연도별 대구지역 공장 현황

창립연월	공장명	공장주	자본액(원)	종업자수(日/朝)	생산액
1905.5	松本연초공장		5,000	4 / 6	6,000
1905.9	前之園연초상회공장		60,000	15 / 250	112,625
1906.3	瓦공장	宮崎유키	3,000	8 / 5	
1906.3	下條철공장		1,000	5 / 1	3,600
1906.4	土器제조공장	木下三郎	1,000	4 / 2	
1906.5	瓦공장	川谷德太郎	1,500	7 / 3	
1906.11	田中高野豆腐공장		2,000	10 / 4	2,500
1907.2	塚村정미소		1,000	4 / 5	6,500
1907.3	田中정미소	田中善次郎	4,000	2 / 4	
1907.4	韓國製筵합자회사	(일)	50,000		
1907.5	小倉活版所		5,500	2 / 10	7,200
1907.6	川名瓦제조소		1,500	5	1,800
1908.1	古庄機織공장		2,005	3 / 23	2,000
1908.2	南韓煙草製造주식회사	岩瀨靜·徐相敦	30,000		
1908.3	實業傳習所機業工場	古莊幹實	3,400	5 / 22	
1908.5	瓦제조소	不詳	1,500	8 / 3	5,000
1908.5	岩瀨瓦제조소		2,000	6 / 0	2,400
1908.9	杉原煉瓦製造所	杉原新吉	700	1 / 3	240
1908.10	前園연초제조소	前園甚五衛門	15,000	20 / 4	5,000
1908.12	若林정미소		3,500	2 / 4	
1909.2	丸山製靴공장		2,000	2 / 8	5,280
1909.4	南川철공장	南川重太郎	3,500	4 / 3	4,200
1909	晦山철공소	朴基敦			
1910	普惠약방(은단제조)	朴基敦			
1909.12	大石연초제조공장	大石勘吉	80,000	0 / 450	232,500
1910.3	瓦공장	金潤聲	3,000	7 / 34	
1910.4	瓦공장	徐炳桎	800	1 / 7	700

연월	공장명	경영자	자본금	직공	생산액
1910.4	大野정미소	大野峰次郎	7,000	1 / 12	30,000
1910.5	瓦공장	鄭鎭一	2,400	2 / 8	1,200
1910.6	瓦공장	李章洛	3,000	8 / 3	
1910	製紙공장	鄭鳳鎭·朴基敦			
1910.5	海江田상회연초공장		3,000	5 / 5	8,000
1910.6	協同製瓦공장		3,400	7 / 4	3,300
1910.6	金桑연초공장		15,000	3 / 60	100,000
1910.7	丸三합자회사(양조)	(일)	10,000		
1910.9	大邱製粉精米주식회사	(일)	100,000		
1910.9	합자회사都路상회(연초)	(일)	11,200		
1911.2	古谷정미소		3,000	1 / 6	15,000
1911.3	대구인쇄합자회사	(일)	20,000		
1911.3	飛下鐵공장		500	0 / 8	1,327
1911.8	대구전기주식회사	(일선)	100,000		
1911.10	대구製紙공장		130,000	9 / 12	500
1911.12	井手정미소	(조)	5,000	0 / 4	10,100
1912.6	永信染織所		1,000	0 / 24	260
1913.5	山口製麵공장		3,500	3 / 3	5,760
1913.9	高麗磁器주식회사	(일선)	60,000(15,000)		
1913.9	富士상회연초공장		5,000	12 / 122	25,306
1913.10	허영상점(靑皮·福壽皮제조)	許泳			
1913.10	廣興號製靴部(朝鮮鞋·양화제조)	李聖一			
1913.11	大邱硝子제조공장		800	0 / 5	197,995
1914.2	丸山製革공장		3,000	3 / 3	5,000
1914.3	千代田철공장		100	2 / 6	6,000
1914.4	西村瓦공장		300	5 / 2	1,680
1914.10	東亞製燧社		1,000	3 / 17	765
1914.12	寺田釀造합자회사	(일)	15,000		

출전: 『조선총독부통계연보』, 1907~1915년판; 『大邱府史』, 第二, 府政編, 1943, 150
쪽; 『조선인회사대상점사전』, 1927

<부표 2> 1910년대 후반~1920년대 대구지역 주요 조선인공장

설립연도	공장명	공장주	자본금	생산액	직공수	생산품
1916.3	성화양복점	金聖弼			A	양복
1916.8	창남제사공장	金南守			A	생사
1917.3	동양염직소	秋教健,秋仁鎬	20,000	25,924~10만	22~100	직물
1918.1	달서양화점	林命俊			A	피혁제품
1918.1	삼석양화점	崔三석			A	피혁제품
1919.2	경북산업주식회사					
1919.10	하성옥유기공장	河成玉			A	진유기
1919.11	鮮一인쇄소	崔浚	10,000	2,400	10	인쇄
1920.1	최세환제사소	崔世煥			A	생사
1920.3	朝洋煉瓦	白南珠		20,000	30	
1920.3	德新상점	金在根		20->10,000		조선장롱,木物
1920.3	최인택제사소	崔仁澤			A	생사
1920.6	고려요업	李柄學외7명	200,000			
1920.11	임정미소	林米八			A	정미
1921.1	德潤상점	尹德潤				장롱, 백동장식,鎖金
1921.2	경북철공소	李敬斗		15,000	15	각종 기계
1921.3	허무열정미소	許武烈				정미
1921.7	오선일유기공장	吳善一			A	진유기
1921	대구양말소	禹且學		100,000		양말
1922.3	大昌양복점	李南朝				
1922.3	최진문주물공장	崔進汶			A	솥
1923.4	조양회관인쇄부공장	崔鍾爕			A급	
1923.6	최성택제사공장	崔成澤			A	생사
1923.6	동아정미소	李載榮			A	정미
1923.7	김남수제사소	金南守			A	생사
1923.8	청구양화점	李貴根			A	피혁제품

368

연도	공장명	경영자	자본금	등급	제품
1923.10	商信社製油공장	裵永悳	20,000	A급	호마유
1923.10	大邱皮革상회	李相武·孫東植			
1923.11	쌍화영주물공장	趙석九		A	솥
1924.2	일신정미소	金文在		A	정미
1926.1	英實양복점	吳英實			
1926.3	大盛여행구제작소	張晳煥		A	피혁제품
1926.3	동양제사염직소	秋信鎬		B	인조견직물
1927.4	대동염직소	秋任鎬		A	면직물
1927.4	차원양복점	車德鎭		A	재봉
1927.8	유영서도기공장	柳永瑞		A	도기
1927.8	박재문도기공장	朴在文		A	식기
1927.11	반도양화점	朴淳英		A	피혁제품
1928.4	성남양조장	崔鍾吉		A	조선주
1928.5	고려양조장	白南鳳		A	조선주
1928.5	대구양조장	洪思猛		A	조선주
1928.5	동운양조장	李성得		A	조선주
1928.6	김선업제사공장	金善業		A	생사
1928.6	고려잠사공장	徐榮均		A	생사
1928.6	윤용한제사소	尹龍漢		A	생사
1928.7	신천제사소공장	李起柱		B급	생사
1928.7	계림제사공장	李石濂		A	생사
1928.7	제사공장	金성鎭		A	생사
1928.7	제사공장	金鶴周		A	생사
1928.7	동아양조장	李鍾華		A	조선주
1928.7	장영훈제사공장	張永薰		A	생사
1928.8	조선양조주식회사	李相岳		A급	조선주
1928.9	남선양조주식회사	徐炳和		A급	조선주
1928.10	박장근제사공장	朴章根		A	생사
1929.3	삼홍제사공장	白萬述		A	생사

1929.7	장지은제사공장	張志은	A	생사
1929.7	홍태근제사공장	洪太根	A	생사
1929.7	김인석제사공장	金仁碩	A	생사
1929.10	박술이제사공장	朴述伊	A	생사

출전: 『동아일보』 1926. 11. 12 ; 『대구요람』 59~61쪽; 『조선은행회사조합요록』,
　　　1921년판, 『조선공장명부』1932, 1936년판; 『조선인회사대상점사전』
비고: 1920년대 공장명부가 남아 있지 않아 실제 공장현황보다 누락이 많을 것으
　　　로 생각된다.

The Economic Situation and National Movement of the Korean Capitalist classes in Tae-gu from the end of the Dae-han Empire to 1920′s

Oh, Mi-ill

The capitalist classes in Tae-gu were ususlly landowners from a capital accumulation process point of view. The conversion of landowners' capitals in this district was slow. And they didn't make a big investment in the manufacturing industry. The manufacturing industry in Tae-gu was developed by Japanese big capital in the late of 1910's, but the factory establishmentof by Korean capital increased in the middle of 1920's. Most of big landowners invested in a firm established by Japanese capital or Korean-Japanese collaboration.

Since Dae-han Empire the landowners and merchants in Tae-Gu started Ga-Gang Movement(自强運動) by organing Kwang Mun Assembly(光文社), Tae-gu Kwang Hak Association(大邱廣學會), a branch of Dae Han Association(대한협회 지회) and developed the movement to protect economic rights such as Kuk-chae Bo-sang Movement(국채보상운동) and the movements to establish Korean Commerce Conference Assembly(조선인 상업회의소). But some big landowners and merchants who took part in Ga-gang Movement participated in all sorts of systems that Japanese

Emperialism organized to control over public consensus and to pillage economy

But most of landowners and merchants organized a Secret Societies such as Cho-sun Kuk-kwen Hue-bok Party(朝鮮國權恢復團) in 1910's and collected military funds and performed advertising campaign. These adhered to the absolute independence line. The reason why most of capatalists took part in secret societies was that merchant mostly were damaged by Me-ka-ta Measure(目賀田 조처) and that in the case of landowners though conversion of land into the money capital by Land Survey Project(토지조사사업) were easy, the conversion of money capital into industry capital was not easy because t Japanese held the command of domestic commercial power. The big landowners and rich men that inclined to Japanese Emperialism since Han Empire played an active part in government organization such as Tae-gu Gyo-pung Association(대구교풍회) and Tae-gu Ga-ge Party(대구자제단) established to suppress independence movement.

Domestic Nationalism Movement was turned into the line of Cultivating Real Abilities Movement(실력양성운동) from the line of Secret Society Movement because of the failure of 3 · 1 Movement and the reaction of international situation, the division of provisional government and the turning of Japanese domination policy from military government into cultural policy. Tae-Gu Youth Association(대구청년회) organized in 1920 was leaded chiefly by capitalists. Since 1923, socialists held the command of this. Then nationalists rallied even capitalists that inclined to Japanese Emperialism and organized Tae-gu Club(대구구락부).

Capitalist's political opinions was divided in the process of meeting with the change of situation that socialism was widely spreaded and a lavor movement and a peasant movement were expanded in Tae-gu. Above all the matter of concerning in Japanese consulative organization caused disturbance among Nationalists. Some capitalists participated in a Municipal Consulative Assembly(府協議會), but Right Nationalist like Suh-Sang Il disapproved to participate and insisted on the doctrine of autonomy. Though capitalists were differentiated in their political stand, they cooprative relation in the economic matter.

1920~30년대 황해도지역 수리조합반대운동

박 수 현*

<목차>

Ⅰ. 머리말
Ⅱ. 황해도지역 수리조합사업 실태
  1) 지역적 특성과 설립주체
  2) 사업 전개과정에서의 폐해
Ⅲ. 반대운동의 양상과 성격
  1) 반대운동의 전개양상
  2) 반대계층과 성격
Ⅳ. 맺음말

Ⅰ. 머 리 말

일제하 수리조합(이하 수조)사업에 대한 연구는 1980년대부터 본격적으로 진행되었다. 기왕의 수조사업에 대한 연구는 크게 두 가지로 요약할 수 있을 것이다. 하나는 산미증식계획기(1920~1934)에 주목하여 수조사업의 수탈성을 강조하면서 수조지역에서 전형적 식민지지주제가 전개되었다는 것이고,[1] 다른 하나는 식민지시기 전시기를 시야에 넣고 수조사업의 수탈성과 아울러 水利安定化, 즉 개발이라는 측면도 중시해야 한다는 것이다. 추진주체에 있어서 전자는 주로 일본인 대지주였다는

---

* 중앙대학교 강사

1) 이에 대한 대표적 연구성과로는 全剛秀, 「日帝下 水利組合事業이 地主制展開에 미친 影響」, 『經濟史學』제8호, 1984; 李愛淑, 「日帝下 水利組合의 設立과 運營」, 『韓國史研究』50·51합집, 1985; 이경란, 「일제하 수리조합과 식미지지주제 ―옥구·익산지역의 사례」, 『학림』 12·13, 1991 등이 있다.

것이고, 후자는 1940년대 조선인 중심의 소규모 수조에 주목하여 점차 일본인에서 조선인으로 전환되고 있다는 점을 강조하고 있다.[2]

이와 관련하여 수조사업이 중요한 의의를 지니는 것은 그것이 산미증식계획기의 핵심사업으로서 이 시기에 다른 시기와 비교할 수 없을 정도로 제도적 보완과 지원·대지주의 높은 참여율 등 수조사업에 관한 모든 역량이 집중되고 있다는 점이다. 즉 식민지시기 수조사업의 본질은 이 시기에 집약되어있다고 할 수 있을 것이다. 정책적으로 확연이 구분되는 다른 시기, 특히 1940년대 수조사업을 산미증식계획기와 같은 연속선상에서 양적인 추세만을 통해 수조사업의 성격을 파악하는 것은 무리가 있다고 보여진다. 아울러 1940년대에 급속하게 증가된 조선인 중심의 소규모 수조에 대해서도 이에 대한 연구가 선행되어야 하겠지만 당시가 전시체제 임을 감안하면 조선인들이 과연 주체적으로 대응했는가 하는 것도 의문의 여지가 남는다.

그런데 수조사업의 성격이 보다 분명히 드러나기 위해서는 수조사업 과정에서 광범하게 나타났던 수조반대운동의 실체가 밝혀져야 한다. 수조반대운동은 거의 대부분의 수조지역에서 발생하였으며, 1920·30년대 농촌지역에서 소작쟁의와 함께 가장 보편적으로 나타났던 현상이었다. 즉 수조사업이 전개된 지역에서는 거의 대부분 반대운동이 수반되었다. 따라서 그 실체 究明이야말로 수조사업의 성격을 구체적으로 파악하는 관건이라고 할 수 있다. 또한 수조반대운동이 일제하 대표적인 식민지 농정 반대운동이라고 볼 때, 반대운동 과정에서의 각 계층간의 이해관계나 주도세력을 밝히는 작업은 운동사적인 측면에서도 중요한 의의를 지니는 것이다.

그러나 수조반대운동에 대한 연구는 극히 소략한 실정이고,[3] 연구자

---

2) 李榮薰 외 『近代朝鮮水利組合硏究』(일조각,1992).
3) 이에 대한 본격적 연구로는 西條晃, 「1920年代朝鮮における水利組合反對運動」 『朝鮮史硏究會論文集』8集1971; 박수현, 「식민지시대 수리조합반대운동」

체도 각 지역에서 다양한 양상을 띠고 전개된 수조반대운동을 지나치게 일반화함으로써 그 실체를 정확하게 파악하는 데는 한계가 있었다. 또한 지역 사례연구는 수조사업 자체보다는 보다는 조합비의 부담 전가로 야기된 소작농의 對地主 투쟁에 초점을 맞춘 것이었다.[4] 특히 수조반대운동의 핵심은 주도세력의 설정인데 이에 대해서도 ①중·소농이 주도하다가 소작빈농으로 전환한다는 견해, ②자작·자소작의 중소농이라는 견해, ③중소지주를 상한으로 한 중소토지소유자라는 견해 등 연구자에 따라 차이를 보이고 있다.[5]

따라서 이 글에서는 황해도지역을 대상으로 하여 수조반대운동의 실체 파악에 좀더 구체적으로 접근하고자 한다. 황해도지역에 주목한 이유는 이 지역이 1920년대 이후 대규모 수조들이 설치되면서 수조사업의 중심지로 부각되었다는 점, 대부분 일본인 대지주 중심으로 사업이 전개되면서 그 폐해가 심했다는 점, 반대운동이 적극적이었다는 점 등 때문이었다. 즉 산미증식계획 기간 동안 수조사업의 수탈적 성격이 가장 전형적으로 나타나고 이에 따른 갈등이 가장 심화되었던 곳이 황해도지역이었다.

황해도지역에는 산미증식계획기간 동안 총 11개의 수조가 설치되었는데, 이 중 7개가 규모가 큰 1,000정보 이상의 수조였다. 이 글에서는 설립이 취소된 어지둔수조를 포함한 1,000정보 이상의 수조를 대상으로 하였다.

『중앙사론』7집, 1991 등이 있다.
4) 서승갑, 「일제하 수리조합 구역 내 증수량 분배와 농민운동 −임익·익옥수리조합을 중심으로」, 『사학연구』41, 1990.
5) ①西條晃, 위의 논문. ②이애숙, 위의 논문. ③박수현, 위의 논문.

Ⅱ. 황해도지역 수리조합사업 실태

1) 지역적 특성과 설립주체

황해도지역의 수조사업은 1924년 白陽수조가 그 시초로서 다른 도에 비해 가장 늦게 출발하였다. 그러나 산미증식계획 제2단계라 할 수 있는 産米增殖更新計劃(1926~1934) 기간 동안에는 전국에서 가장 수조사업이 활발하게 추진되면서 수조사업의 중심지로 부각되었다. <표 1>에서와 같이 산미증식계획이 중단되는 1934년 현재 황해도 지역의 수조는 총 11개, 총 면적은 44,000여 정보였다. 수조 수에 있어서는 다른 지역과 별 차이가 없거나 오히려 열세였지만, 蒙利面積에 있어서는 전국 192개 수조지역 총 면적의 약 20%를 차지하여 가장 우위에 있었다.

〈표1〉 道別 水組 數와 蒙利面積(1934년 현재)

도	조합수	몽리면적(町)	도	조합수	몽리면적
			황해	**11**	**44,390(19.7)**
경기	13	14,204(6.3%)	평남	11	11,680(5.2)
충북	12	2,415(1.1)	평북	20	26,333(11.7)
충남	14	9,488(4.2)	강원	10	14,841(6.6)
전북	14	40,327(17.9)	함남	12	20,300(9.0)
전남	18	8,024(3.6)	함북	9	5,390(2.4)
경북	15	7,285(3.3)			
경남	33	20,245(9.0)	계	192	226,052(100)

비고) 1. 조선총독부, 『조선토지개량사업요람』(1934년도) 10~22쪽
　　　2. 괄호안은 전국 전체 몽리면적에 대한 도별 몽리면적 비율

수조 수에 비해 면적이 컸다는 것은 황해도지역의 수조사업이 대규모 편향으로 전개되었음을 나타내는 것이다. 11개의 수조 가운데 7개가 1,000정보 이상이었으며. 특히 1926~1934년 동안 전국에 설치된 3,000정

보 이상 수조 6개 가운데 5개가 황해도지역에 집중되었다.

이렇게 황해도지역에서 대규모 수조사업이 활발하게 추진될 수 있었던 주요 요인은 개간의 여지가 충분한 未墾地·干潟地가 많고 교통이 편리하다는 점, 1920년대 이후 대지주의 진출이 현저했다는 점, 일제가 산미증식계획을 갱신하면서 대지주 중심의 적극적인 수조사업 육성책을 내놓았다는 점 등을 들 수 있다. 황해도에는 간석지·미간지 등이 널리 분포되어 있었고 특히 1920년대 총독부의 조사에 따르면 이용가능한 간석지의 경우에는 황해도지역이 제일 많았다.6) 또한 이들 토지는 대개 國有地였기 때문에 싼 값에 대부 또는 불하받을 수가 있었다. 1920년대 이후 황해도지역에 대지주가 급격히 증가한 것도 바로 싼 값에 개간·간척이 가능한 토지가 많았기 때문으로 보인다.

<표 2>에서와 같이 황해도는 1920년대에 100정보 이상 地主戶數가 경기도 다음으로 가장 크게 증가한 지역이다. 이들 대지주들 중에는 물론 良畓지역에서 토지겸병을 통해 대지주로 성장한 자들도 있었지만, 황해도지역 곡창지대에서는 일제 초기부터 東洋拓殖會社(이하 東拓)를 비롯한 거대지주들이 진출하고 있었던 점을 감안하면7) 새롭게 대두된 대지주들은 주로 미간지나 간석지 등을 매입하여 토지개량을 통해 성장한 자들이었을 것으로 보인다.

---

6) 朝鮮總督府殖産局, 『朝鮮の土地改良事業』(1927), 56쪽.
7) 특히 황해도지역에는 토지가 비옥한 驛屯土 등이 많았던 관계로 일제 초기부터 동척이 진출하여 농장경영을 하고 있었다. 金容燮, 「載寧 東拓農場의 成立과 地主經營 强化」, 『韓國近現代農業史研究』(일조각, 1992) 참조.

<표 2> 道別 100정보 이상 地主戶數 변화

	1913년	1927년	증가호수		1913년	1927년	증가호수
경기	132호	392호	261	**황해**	**17**	**123**	**106**
충북	1	27	26	평남	30	82	52
충남	24	54	30	평북	10	55	45
전북	72	127	55	강원	3	5	2
전남	31	129	98	함남	5	2	3
경북	31	68	37	함북	3	-	-3
경남	34	104	70	계	393	1,169	776

비고) 1. 1913년은　小早川九郎, 『朝鮮農業發達史』 發達編, 1944, 66쪽
　　　2. 1927년은　朝鮮總督府農林局, 『朝鮮ニ於ケル小作ニ關スル參考事項
　　　　摘要』, 1934, 64쪽

이미 밝혀진 바대로 수조사업에 가장 적극적이었던 자들은 劣等地를 소유한 대지주들이었다.[8] 이들은 형질이 나쁜 열등지를 싼 값에 구입 또는 대부하여 토지개량을 통해 이익을 얻으려는 자들이었기 때문에 수조사업에 적극적일 수 밖에 없었다. 여기에 1920년대 중반 이후 일제의 적극적인 수조사업 육성책은 대지주들의 수조사업 참여를 가속화시키는 계기가 되었다. 즉 일제는 산미증식계획을 수정하면서 관개개선 위주의 수조사업을 地目變換·開墾干拓으로까지 사업범위를 확대하고[9] 보조금 증액·대행기관 설치[10] 등 적극적인 수조사업 육성책을 폈다.

---

8) 이에 대해서는 이애숙, 앞의 논문, 333~340쪽 참조.

9) 종래의 수리조합은 관개개선이 목적이었기 때문에 開畓事業이나 耕地整理事業은 수리조합사업과 별도로 '開畓契'·'土地改良契' 등을 조직하여 시행하였다. 한 예로 경남의 靈南수리조합에서는 田·雜地 등의 地目變換과 耕地整理를 위해서 조합 구역내의 북부와 남부에 각각 '土地改良契'를 조직하고 수리조합사업과 별도로 사업기간은 2년 이내로 하고, 사업비는 契員 負擔金·有志寄附金·總督府 補助金 등으로 충당하여 사업을 시행했다. 朝鮮總督府, 『朝鮮の契』(1926), 75~89쪽 참조.

10) 수조사업에 대한 보조금·알선자금의 증액과 대행기관의 설치는 종래 資金

이렇게 볼 때 1920년대 중반 이후 황해도지역에서 수조사업이 활발하게 추진된 것은 토지개량을 목적으로 열등지를 매입한 대지주들이 적극적으로 나섰기 때문이었다. 실제로 1920년대 이후 황해도지역에서 설립된 대규모 수조의 설립주체들은 거의 열등지를 소유한 대지주들이었고, 특히 대지주 중에서도 일본인 대지주가 수조사업을 주도하였다.

<표 3> 황해도지역 수조 설립 주도세력

조합명	설치 년도	사업지	면적 (町)	설립 주도세력과 소유면적	초대조합장
白陽	1924	금천군	225	朴性宙(군수)·林憲京	林憲京
*延海	1925	연백·해주군	9,508	鮮滿開拓會社(干潟地 1,800여 정보)	松山常次郎
*安寧	1926	재령·봉산·안악군	9,775	神田雷藏(未墾地 2,300여 정보), 東拓(미간지 2,700여 정보), 金鴻亮(700여 정보)	金鴻亮
仙山	1926	해주군	50	金泳澤	金泳澤
*甕津	1927	옹진군	1,194	末永農場(干潟地 650정보)	姜元熙
*載信	1927	재령·신천군	3,797	東拓·松本雅太朗(未墾地 600여 정보)	鄭健裕
溫泉	1928	옹진군	692	難波彌一	難波彌一
*黃海	1929	연백·해주군	13,000	鮮滿開拓會社·東拓(未墾地 3,000여 정보)	安岡莊藏
長陽	1929	송화군	514	張泰應	張泰應
*翠野	1929	해주군	3,107	朝鮮興業會社(未墾地 400여 정보)	相澤長三崎
*信川	1930	신천군	2,468	東拓·閔奎植	李繼天
*於之屯	취소	봉산·황주군	8,600	東拓(未墾地 3,000여 정보)	-

비고) 1. 조합명·설치연도·사업지·면적·초대조합장은 『朝鮮土地改良事業要覽』(각 연도판)
2. 설립주체와 어지둔수조는 각 신문 관계기사
3. (*)는 1,000정보 이상 수조

<표 3>에서와 같이 1,000정보 이상의 수조 설립 주도세력은 모두 열등지를 소유한 일본인 대지주들이었다. 이들은 대부분 東拓을 제외하고

難과 기술자의 부족 등으로 곤란을 겪었던 수조사업을 크게 활성화시키는 계기가 되었다. 그리하여 1926~1934년에는 토지개량사업에 대한 보조금 62%, 알선금 88%가 수조사업에 집중되었다.

380

1910년대 말부터 1920년대 전반기에 걸쳐 황해도지역에 새롭게 진출한 지주들이었다. 특히 東拓은 1920년대 중반 이후부터 東拓 내에 설치된 수조사업 대행기관인 土地改良部의 독점적 지위를 이용하여 安寧·載信·黃海·於之屯 4개 수조 설립에 주도적인 역할을 담당하였는데, 그 목적은 싼 값에 매입 또는 대부한 미간지를 개간하기 위함이었다.

설립과정에서 일부 조합은 조선인 대지주들이 전면에 나서기도 하였지만, 이들의 뒤에서 실질적인 활동을 한 핵심세력은 일본인 대지주들이었다. 예컨데 안령·재신수조는 일부 조선인 대지주들이 설치과정에서 전면에 나섰지만 뒤에서 막강한 영향력을 행사한 것은 안령수조는 東拓과 神田雷藏, 재신수조는 松本雅太朗이었다.[11] 즉 일본인 대지주들이 핵심주체이면서도 전면에는 조선인들을 내세웠는데, 이는 조합구역 토지소유자의 대부분이 조선인이라는 점에서 자신들보다는 조선인을 내세우는 것이 설치동의서를 얻는데 유리했기 때문으로 보여진다.

또한 조합의 운영에 있어서도 실질적으로 조합을 움직여나가는 것은 설립을 주도한 일본인 대지주이거나 또는 그의 측근이었다. 이들은 조합의 핵심적 직책인 조합장 또는 이사가 되어 운영의 실권을 행사하였다. 조합원의 대표기구인 評議會가 있었지만 자문기관에 불과한 명목상의 기구일 뿐이었다. 일본인 대지주들은 연해·황해·취야수조와 같이 자신이나 측근이 조합장이 되기도 하였지만, 안령·재신·옹진·신천수조 등과 같이 조선인이 조합장인 경우에는 이사로서 실질적 권한을 행사하였다. 이사는 조합장과 함께 조합운영의 핵심이었고 그 任免權은 조합장과 마찬가지로 도장관에게 있었기 때문에[12] 일본인 대지주들은 조합장이 아니더라도 이사로서 조합운영을 주도할 수 있었다. 즉 조합장이 이사를 제외한 모든 직원의 임명권 등 조합 운영의 가장 큰 권한을 지니고 있다 하더라도, 영향력 있는 일본인이 이사인 경우에는 조합

---

11) 『동아일보』 1926년 9월 29일.
12) 「朝鮮水利組合令」 제6조·8조. 同令施行規則 제9조.

운영은 조합장보다는 이사에 의해 좌우되는 경우가 많았다. 예컨데 안령수조의 경우 金鴻亮이 초대 조합장에 임명되어 書記로부터 給仕에 이르기까지 대부분의 직원을 조선인으로 채용하였지만, 조합운영의 실질적인 권한은 이사에 임명된 동척 사리원지점장인 일본인 矢野康에게 있었다.13) 또한 재신수조에서는 조합장으로 내정된 鄭建裕가 도청에 이사직에 유력한 松本雅太朗을 반대하고 조선인 이사를 임명해줄 것을 요청했으나, 도청에서는 조합장이 조선인이니만큼 이사는 일본인이 임명되어야 한다는 입장을 고수하였다.14) 이와 관련해서 조합설립 주도세력을 조합장 위주로만 裁斷하는 견해는15) 재고되어야 하리라고 본다.

이와 같이 황해도지역 대규모 수조의 설립 주도세력은 대부분 일본인 대지주들이었고 조합운영에 있어서도 이들이 조합장 또는 이사로서 조합의 실권을 장악하고 있었다.

2) 사업 전개과정에서의 폐해

일본인 대지주들이 수조사업을 주도하게 된 가장 근본적 이유는 위에서 살펴본 바와 같이 자신들이 소유한 干潟地·未墾地·不良畓 등의 열등지를 開墾·開畓하기 위한 것이었다. 따라서 사업구역도 당연히 이들 대지주의 토지를 중심으로하여 水源의 위치 등을 고려하여 설정되기 마련이었다. 그 과정에서 많은 토지가 소유자의 의사와는 상관없이 일방적으로 몽리구역에 편입되었고, 특히 수리시설이 양호한 優良畓이 몽리구역에 편입되어 희생되는 경우도 허다하였다.16) 당시 신문기사에 따

---

13) 『동아일보』 1926년 11월 9일, 1926년 11월 26일.

14) 『동아일보』 1927년 10월 1일.

15) 이영훈 외, 앞의 책, 35~39쪽 참조.

16) 동아일보 기사에 따르면 1929년 현재 설치된 149개 수리조합의 면적 20만 6,016정보 중에 8만 5,540정보가 優良畓으로, 12만 정보의 토지를 개량하기 위해 8만 5,540정보의 우량답이 희생되었다고 한다. 『동아일보』 1931년 7월 4일.

르면 설치 당시 안령수조는 10,000여 정보 중에 2,000여 정보[17], 황해수
조는 13,000여 정보 중 10,000여 정보[18], 어지둔수조는 8,600여 정보 중
에 5,000여 정보가[19] 優良畓으로서 일방적으로 편입되었다고 한다.

이렇게 추진주체인 대지주들이 주위의 많은 토지를 끌여들인 것은
水源의 위치 때문이기도 하지만 가장 주된 이유는 수익성이었다. 즉 사
업규모가 클수록 보조금을 많이 받을 수 있다는점, 자신들의 부담을 다
른 토지소유자에게 전가할 수 있다는 점, 優良畓을 편입시켜 토지겸병
을 추진할 수 있다는 점 등이다.[20] 특히 수조사업이 대지주의 토지경병
의 수단으로 활용되는 경우가 많았는데, 일단 수조구역에 편입되면 과
중한 조합비 부담으로 토지방매 현상이 일어나 토지겸병이 용이했기 때
문이었다.

일방적인 사업구역 설정에 따른 또 다른 폐해는 貯水池用地 문제였
다. 황해도지역 1,000정보 이상의 조합 대부분이 거대한 저수지를 水源
으로 함에도 불구하고[21] 지형이나 주민들의 이해관계와는 상관없이 조
합측 대지주 토지의 위치에 따라 사업용지가 결정되었고, 매수가격도
시가에도 훨씬 못 미치는 가격으로 책정되었다. 또한 저수지 공사는 인
근 지역의 水源杜絕이나 경지침수로 이어져 수조구역 뿐 아니라 지역
외의 문제로까지 파급되기도 하였다.[22]

이러한 조합측의 일방적인 사업계획에도 불구하고 조합설립에 필요
한 조합원이 될 자 1/2 이상으로서 조합구역이 될 토지 총면적의 2/3

---

17) 『동아일보』 1926년 9월 28일.
18) 『동아일보』 1930년 10월 15일.
19) 『조선일보』 1931년 8월 23일.
20) 『동아일보』 1931년 8월 12일 기사 참조.
21) 이에 대해서는 이영훈 외, 앞의 책, 45쪽 참조.
22) 한 예로 안령수조 인근지역인 안악군 일대 4개리 90여만 평의 水田이 수조
　　설치로 배수가 되지않아 홍수로 침수되었고, 이에 대해 농민들은 조합을 상
　　대로 손해배상을 청구하였다. 『동아일보』 1928년 8월 6일.

이상에 해당하는 토지소유자의 동의를 얻을수 있었던 것은 官의 적극적
인 개입과 협조때문이었다. 수조설치 계획이 완료되면 지방관청이 나서
회유와 선전을 통해 토지소유자들을 설득했고[23] 연해·황해수조의 경
우처럼 군수가 직접 水利組合期成會를 조직하여 활동하기도 하였다.[24]
그러나 그 과정은 대부분 반강제적이고 또한 주민들의 無知를 이용한
기만적인 것이었으며, 심지어 반대가 심할 때는 경찰까지 동원되기도
하였다.

또한 각 수조마다 조합측과 대행기관의 비리와 부정, 부실공사 등의
폐해가 이어졌다. 이러한 폐해는 사업비 증가의 원인이 되어 조합비의
부담을 과중케 하는 결정적 요인으로 작용하였다. 조합비는 설치 당시
사업비와 예상 수확량을 고려하여 책정되는 것인데, 대개 조합측이 사
업비와 예상 수확량을 과다하게 산정함으로써 처음부터 조합비는 높게
책정되기 마련이었다.[25] 여기에 대행기관의 비리와 부실공사에 따른 사
업비의 증가로 조합비의 부담은 더욱 클 수밖에 없었다. 대행기관은 일
제가 산미증식계획을 수정하면서 朝鮮土地改良株式會社와 土地改良部
(東拓 산하)를 설치하고 수조사업의 설계에서부터 유지·관리에 이르기
까지 사업에 필요한 모든 것을 대행토록 한 것인데,[26] 이 두 기관은 독

---

23) 이에 대해 동아일보는 다음과 같이 기술하고 있다. "…현행 水利組合令은
    조합원이 될 구성분자 5인이 발기, 조합원이 될 지주의 1/2이상의 찬동이 있
    으면 조직할 수 있게 되어 있으나 실제는 官力을 배경으로 한 발기인 1,2명
    이 약광고 이상의 선전을 하며 거의 반강제로 조합원의 승락을 받는다.…"
    『동아일보』1931년 3월 13일.
24) 『동아일보』1925년 10월 30일. 「황해수리조합사업개요」 2쪽.
25) 특히 사업비가 과다하게 된 주요 원인은 조합측이 공사비 이외의 경비, 즉
    조합창립비·인건비·설계비 등을 필요 이상으로 높이 책정했기 때문이었
    다. 안령 수조의 경우 총사업비 530여 만원 중에 조합창립비·공사감독비·
    설계비·인건비 등으로 65만원이 책정되었다고 한다. 『동아일보』1926년 11
    월 26일.
26) 특히 대행기관제도는 200정보 이상의 토지개량사업에 대해 자금을 알선해
    주고 그 사업을 대행토록 한 것인데 식산은행에서 자금을 융통한 사업은 조

점적 지위를 이용하여 각종 부정과 부실공사를 자행하였다.[27] 특히 황해도지역에서 수조사업을 주도한 거대 지주들은 대행기관과 밀접한 관계였기 때문에 대행기관의 횡포를 막기보다는 오히려 조장하여 자신들의 영리를 추구하였다.[28] 그리하여 안령·재신·옹진·신천 등 각 수조구역에서는 공사부실·공사지연 등으로 인해 제 때에 물이 공급되지 않아 이앙불능 상태인 경지가 속출하였고 또 제방파괴에 따른 경지침수로 농작물이 침수되는 등 막대한 피해를 입기도 하였다. 이러한 피해는 조합원들의 과중한 부담으로 이어졌다. 당초 계획된 사업비가 설계미비와 부실공사로 늘어난 반면 조합측이 산정한 예상 수확량은 크게 밑돌아 조합원들이 부담해야 할 조합비의 부담은 그만큼 컸다. 더구나 계획 당시 산정한 조합비는 미가변동을 고려하지 않은 것이어서 1920년대 말부터 몰아닥친 미가폭락은 조합비의 부담을 더욱 과중하게 하였다.

이러한 폐해로 각 수조지역에서는 조합측과 지역주민 간의 대립과 갈등이 심화되었으며, 그 결과 수조사업을 반대하거나 그 시정을 요구하는 집단적인 항쟁이 표출되었다. 수조사업 반대원인은 수조마다 다양하게 나타났으나 일반적으로 일본인 대지주 중심의 일방적인 사업계획

선토지개량주식회사에서, 동척에서 융통한 사업은 토지개량부에서 당당하였다. 朝鮮總督府,『朝鮮の農業』(1928), 17쪽.

27) 이에 대해 동아일보는 다음과 같이 기술하고 있다. " …공사를 東拓 土地改良部 및 朝鮮土地改良會社에 대행케 하기 때문에 양 회사는 거의 독점적인 지위를 이용하여 過大한 공사비를 요구한다. 그리고 공사는 불완전하여 곳곳에서 불평을 말하는 자가 많으니 이것은 공사비만 많이 요구하고 공사는 견실치 못한것을 證明치 아니하랴. 감독관청의 눈만 넘기려는 독점적 양 회사의 공사가 이 같이 粗野할 것은 차라리 있을 만한 일이다. 그 밖에 工事請負를 이중 삼중으로 하여 中間 請負業이 거대한 이익을 먹는 것은 결국 수리조합의 부담으로 된다…".『동아일보』1932년 2월 13일.

28) 황해도지역에서 수조사업을 주도한 토지개량부는 동척 산하 기구였고, 조선토지개량주식회사는 제1기 산미계획 당시 청부를 담당했던 黃海社·大東社·不二興業會社가 합작으로 만든 회사로 연해수조와 황해수조를 주도했던 安岡이 황해사 연백지부장이었다.『동아일보』1926년 11월 26일.

과 반강제적인 조합설치, 사업 전개과정에서의 각종 폐해 등이 중요 원
인이었다.

Ⅲ. 반대운동의 양상과 성격

1) 반대운동의 전개양상

수조사업의 폐해는 위에서 살펴본 것처럼 설치과정에서부터 사업시
행에 이르기까지 전 과정에 걸쳐 나타났다. 따라서 수조반대투쟁도 사
업 전개과정에 따라 다양한 양상을 띠고 전개되었다. 1,000정보 이상의
수조 중 7개 수조의 반대운동양상을 간략히 살펴보면 다음과 같다.

① 연해수조(설치연도: 1925년, 면적: 9,508정보, 위치: 연백군·해주군
일대)

연해수조의 설립주체는 선만개척회사 延白支社長인 安岡莊藏으로 자
신이 소유한 간석지 개간과 인근 지역의 관개시설 확충을 목적으로 수
조사업을 추진하였다. 그러나 安岡이 수조사업을 시작한 근본 동기는
간석지 개간사업이 홍수로 인해 큰 피해를 입자 그 손실을 인근지역 지
주에게 전가하기 위한 것이었다.29) 이러한 사실이 알려지자 처음 수조
설치에 동의하였던 지주들을 포함한 대부분의 관계지주들은 적극적으로
조합설치를 반대하고 나섰다. 설치반대 이유는 연해수조 계획은 선만개
척회사에서 간석지 개간사업을 하다가 실패한 2개 저수지를 수조사업에
이용하여 손해를 일반지주에게 전가하려는 것, 선만개척회사의 저수지

---

29) 安岡은 연백군 일대 海面干潟地 12,000정보를 개척하기 위해 2개의 저수지
　　를 만들어 경영해 오고 있었는데, 1922년의 홍수로 대부분의 토지가 유실되
　　자 그 손해를 메꾸기 위해 郡守 유인수와 협의하여 수리조합을 설치하기로
　　하고 자신의 토지와 인접한 1,700여 명의 토지를 조합구역에 편입시켰다.
　　『동아일보』 1925년 10월 30일.

는 위치가 낮아 상류지역의 피해는 물론이고 양수기를 사용해야 하므로 거액의 자금을 필요로 한다는 것 등이었다.[30]

1923년 6월에는 지주 1,500여 명이 반대진정서에 서명하고, 그 반대진정서를 총독부에 제출하였다.[31] 또한 처음에 동의서에 날인했던 지주들은 이를 취소하였다. 몇 차례의 진정에도 회답이 없자, 1924년 5월에는 관계 소작인 1,371명의 명의로 총독부에 진정을 하였다.[32] 1925년에는 開城의 不在地主들까지도 '수리조합반대대회'를 개최하고 "조합 설치는 조선인 지주에게는 아무 이익이 없고 손해가 많다" 하여 조합설치를 적극적으로 반대하기로 결의하였다.[33] 설치반대운동은 2년 여에 걸쳐 계속되었지만 官을 동원한 조합측의 집요한 협박과 회유로 결국은 인가가 되었다.

그러나 설치인가 이후에도 저수지로 지정된 지역의 지주들은 토지불매운동을 전개하면서 투쟁을 계속하였다. 이들은 1926년 6월 '반대지주동맹'을 발기하고 "지정된 貯水敷地는 절대로 헐값에 매도하지 말며 매도할 때는 반드시 반대지주동맹'과 협의할 것 등을 결의하였다.[34]

② 안령수조(설치연도: 1926년, 면적: 9,775정보, 위치: 재령군·봉산군·안악군 일대)

---

30) 『시대일보』 1924년 6월 6일.
31) 『동아일보』 1923년 6월 19일.
32) 『시대일보』 1924년 6월 6일.
33) 『시대일보』 1925년 7월 9일.
34) 반대지주동맹은 취지문에서 다음과 같이 밝히고 있다. "금번 연해수리조합 창립에 대하여 우리 소유 토지가 조합구역내에 入하여 거액의 조합비를 부담케 되고 兼하여 貯水敷地 및 水道用地로 매수하는 토지대금이 時價를 準치 않고 無理誅求함이 극히 통탄하는 바이라. 우리의 토지로 말하면 원래 水源이 裕餘하여 별로 豊凶이 없이 수확하던 바 선만개척회사의 제언 방축으로 인해 다년간 피해를 입어 海州地方法院에 堤堰撤廢 청구소송 중임에도 불구하고 今에 수리조합이 인가되어 막대한 피해를 보게 됨으로 沈默히 看過할 수없어 이에 發起…" 『조선일보』 1926년 6월 8일.

설립 주도세력은 대규모 國有未墾地를 대부받은 神田雷藏과 동척으로서 자신들의 미간지 개간을 위해 관계 관청의 후원을 얻어 수조사업을 추진하였다. 일방적으로 수조구역에 편입된 관계지역 지주들은 수조사업의 주된 목적이 소수 대지주들만의 이익을 위한 것이라 하여 수조설치를 반대하고 나섰다. 설치반대운동은 각지에서 활발하게 전개되어 수조설립 요건인 토지소유자 1/2이상의 동의조차 어려웠다고 한다.[35] 그 중에서도 가장 적극적이었던 곳은 北栗面 일대 景福宮洑, 於之屯洑의 蒙利地域이었다. 이 일대 지주 564명은 조합측과 당국의 강압에도 끝까지 설립에 동의하지 않았고 인가가 난 이후에도 계속 반대를 하였다. 水源이 풍부하여 灌漑의 부족이 없는 沃畓지대인데 공연히 수조설치로 과중한 조합비를 부담할 필요가 없다는 것이 반대 이유였다.[36] 각 지역에서 반대운동이 거세게 일자 조합측은 지역 유지들을 매수하는 한편 官力을 이용한 강압적인 수단을 동원하여 겨우 설립인가를 받았다.

설치 이후 저수지 부지로 선정된 載寧郡 上柳面 일대에서는 격렬한 토지불매운동이 전개되었다. 안령수조 貯水池는 그 면적이 무려 1,000여 정보에 달하는 대규모 지역으로서 피해주민이 500여 호, 2000여 명에 달했다. 그러나 조합측은 피해보상은 커녕 비밀리에 '貯水地土地評價委員會'를 열고 時價에도 훨씬 미치지 못하는 가격으로 매수를 결정하였다.[37] 이에 대해 관계지역 지주들은 지주회를 조직하고 토지불매운동을 전개, 조합측에 적극적으로 대항하였다. 조합측은 경찰과 함께 관계지주들을 협박하는 등의 강압적인 수단까지 동원했지만, 지주들의 토지불매운동은 갈수록 그 기세가 격렬해졌다.[38] 이에 조합측에서는 사태가 불리함을 깨닫고 원래의 買收價格에서 3만원을 증가시켰다. 그러나 지주

---

35) 『동아일보』1926년 11월 26일.
36) 『동아일보』1927년 10월 6일. 이애숙, 앞의 논문, 341~342쪽 참조.
37) 『동아일보』1927년 1월 17일.
38) 『동아일보』1927년 1월 22일.

회에서는 긴급집행위원회를 열고 조합측의 간교한 수단에 불과한 것이라 하여 이에 응하지 않았다.39) 이후 지주를 중심으로 한 주민들은 행정관청에 진정하고 조합측과 교섭하는 등의 합법적 운동을 계속하였지만 행정 당국자들은 일방적인 조합측 변호로 일관하였다.40) 합법적 운동이 효과가 없자 지주회에서는 다음과 같은 단호한 결의사항을 채택하였다.

1. 우리는 水組當局과 정식 교섭과 郡當局 기타 여러 곳에 死活의 진상을 들어 여러번 진정했으나 아직 하등의 효과가 없을 뿐 아니라 '업드러진 자의 목을 누르는 格'의 태도를 나타내니 死線을 밟는 것은 부득이 한 사실이다. 이에 우리는 수조 門前에 가서 坐而待死할 것
2. 토지도 매수치 않고 공사를 不日間 착수한다 하니 우리 지주 및 일반주민은 간악한 水組에 최후 수단으로 적극적 공동행동을 취할 것
3. 水組側의 走狗들은 암암리에 주민 某某를 우롱하여 토지를 매수하려 한다하니 이것이 사실이라면 매도한 자는 우리 地主會 規約을 위반한 자일 뿐아니라 우리의 敵임을 認하는 동시에 철저하게 埋葬을 期함 4. 수조측에서는 대지주들을 암암리에 매수한다는 說이 있으니 우리는 면밀히 조사하여 이것이 사실이라면 철저히 撲滅할 것41)

토지불매운동이 수그러들지 않자 조합측은 주민들의 저항에도 불구하고 행정관청과 경찰의 협조 아래 「토지수용령」을 적용, 강제적으로 토지를 매수하고 저수지 공사를 단행하였다.

토지불매운동 이후에도 조합측의 약속 불이행과 설계미비·부실공사

---

39) 『동아일보』 1927년 3월 4일.
40) 행정관청에서는 도리어 "이해를 不計하고 토지를 매도하라. 그렇지 않으면 土地收用令을 적용할 터이다. 국가 산미증식계획 하에 공동 복리를 증진코저 하는 것이니 토지를 매도해야 한다."는 등의 협박을 일삼았다고 한다. 『동아일보』 1927년 3월 22일.
41) 『조선일보』 1927년 3월 22일.

등에 따른 투쟁이 계속 이어졌다. 1928년 6월에는 수조측의 재령강 개수공사에 대한 부실공사로 봉산군 서종면 일대 600여 정보의 농수는 물론 300여호 1,400명의 식수까지 고갈되자, 농민 300여명이 수조를 습격한 사건이 발생하였다. 이 사건으로 수조사무실이 파괴되고 출동한 경관 6명이 부상당했으며,[42] 농민 60여 명이 검거되고 주동자 6명은 징역 10개월에서 1년이 선고되었다.[43] 1929년 7월에는 안악군 대연면 일대 350호의 경작지 90만평이 수리공사 때 排水口를 설치하지 않아 모두 침수되었다. 농민들은 수조에 피해보상을 요구하는 한편 200여 명은 공사책임을 맡은 동척 출장소에 몰려가 농민들의 배수구 설치 주장을 무시한 中村주임을 폭행하였다.[44] 또한 1931년 6월에는 구역내 大林農場 소작인들이 수조측의 설계 잘못에 따른 인근 金農場과의 분쟁으로 물 공급이 중단되자, 280여 명이 수조사무실을 습격하기도 하였다.[45]

또한 공사완료 후 본격적인 수확단계에서는 조합비에 대한 투쟁이 각 지역에서 전개되었다. 많은 지역에서 공사지연과 부실공사 등으로 물이 제 때에 공급되지 않거나 또는 경지침수로 수확량이 예상을 크게 밑돌았고, 이앙불능으로 수확을 전혀 못한 곳도 있었다. 조합비 납부는 당연히 수조지역 전체의 큰 문제로 대두되었고 납부기한을 연기하거나 면제해달라는 요구가 속출하였다. 더구나 안령수조 몽리구역에서 본격적으로 수확이 시된 1920년대 말~1930년대 초는 농업공황으로 미가가 폭락한 시기였다. 그러나 조합측은 예정된 조합비를 징수하기 시작하였고 체납자에게는 토지차압을 단행하기까지 하였다. 조합비투쟁이 가장 격렬하게 일어났던 지역은 안악군 문산면이었다. 이 지역은 조합에서 1929년부터 물을 주기로 예정되었으나 공사지연으로 물이 전혀 공급되

---

42) 『동아일보』 1928년 6월 29일.
43) 『동아일보』 1928년 10월 15일.
44) 『중외일보』 1929년 8월 1일, 『동아일보』 1929년 8월 4일, 8월 6일.
45) 『동아일보』 1931년 6월 8일.

지 않아 농사를 실패하고 1930년에도 물 공급이 충분치 않아 그나마 겨
우 농사를 마쳤는데, 조합측에서는 예정대로 수세를 독촉하였다. 주민들
은 행정당국과 수조에 수세를 내면 지주 소작인 모두 남는 것이 없으니
수세를 연기해 달라고 진정하였으나 효과가 없자, 최후 수단으로 조합
비불납운동을 전개하였다. 특히 소작농민들은 개인보다는 단체로 대응
하는 것이 효과가 있다하여 210명을 회원으로 하는 소작인상조회를 조
직하고, 추수기임에도 불구하고 목적이 관철될 때까지 벼를 거두지 않
은 채 조합비 불납운동을 전개하였다.46)

③ 옹진수조(설치연도: 1927년, 면적: 1,194정보, 위치: 옹진군 일대)
설치를 주도한 것은 末永農場으로 수조사업을 일으킨 근본적인 동기
는 1920년대 초반부터 650여 정보의 미간지를 대부받아 경영해오다 개
간사업이 실패하자 그 손해를 만회하기 위한 것이었다. 이에 대해 몽리
구역 내 대부분의 지주들은 수조사업이 단지 말영농장의 손해를 일반지
주에게 전가시키고 또 말영농장의 水源을 확보하기 위한 것 뿐이라는
이유로 반대하였다. 이러한 지주들의 반대에 부딪쳐 옹진수조는 간신히
설립요건을 갖추고 인가되었다. 당시 신문지상에 따르면 末永의 끈질긴
회유에도 불구하고 387정보(전체 면적의 32%)의 소유자 124명(전체 토
지소유자의 45%)이 끝까지 동의하지 않아 겨우 법정 설립요건을 갖추
었다고 한다.47) 그러나 설치 이후에도 옹진수조는 무리한 사업추진과
부실공사 등으로 조합측과 주민간의 분규가 끊이지 않았다.48)

④ 재신수조(설치연도: 1927년, 면적: 3,794정보, 위치: 재령군·신천군
일대)

---

46) 『동아일보』 1930년 11월 7일.
47) 『동아일보』 1927년 9월 25일.
48) 『중외일보』 1929년 3월 7일, 『조선일보』 1930년 10월 3일 기사 참조.

설립주체는 東拓을 비롯해서 松本, 齊藤 등 대규모 토지를 소유한 일본인들로서 설치 목적은 자신들의 소유한 미간지 개간과 灌漑改善이었다. 그런데 재신수조는 조합원 대부분이 조선인 지주임에도 불구하고 다른 조합과 달리 큰 무리없이 설치가 되었다. 그 이유에 대해『동아일보』는 대부분의 지주들이 이 지역이 토지는 비옥하지만 수리시설이 불안하여 항상 灌漑改善의 절실함을 느끼고 있었기 때문이었다고 한다. 그리하여 재신수조는 전체 토지소유자의 73%의 동의를 얻어 비교적 순조롭게 설치가 되었다.[49]

그러나 설치 이후부터 조합측의 독단적 운영, 계획변경 등 각종 폐해가 드러나기 시작하였다. 우선 貯水池用地(360여 정보) 매수에 대해서 조합측은 처음에 약속한 것과는 달리 일방적으로 매수가격을 정했다. 조합측이 결정한 가격은 당시 지가의 6할 정도였고 또 가치가 훨씬 떨어지는 안령수조의 저수지용지 매수가격에 비해서도 낮은 가격이었다. 이에 대해 관계지주들은 토지불매동맹을 조직하고 적극적으로 조합측에 대항하였다. 조합측과 행정관청의 압박과 강제 집행에도 불구하고 토지불매운동은 1년 이상이나 지속되었다.[50] 또한 조합측은 당초 예정된 구역을 변경하여 예산을 크게 증가시켰을 뿐 아니라 시설미비로 해당 주민들에게 큰 피해를 입히기도 했다. 신천군 가산면 일대는 구역변경으로 상습 침수지역으로 변해버렸으며, 가연면 일대는 저수지로 인해 도로가 두절되었다. 이에 대해 지주와 소작인들이 조합을 상대로 피해소송을 걸거나 지역 대표 수십명이 조합에 몰려가 소동을 벌이기도 하였다.[51]

---

49) 『동아일보』 1927년 10월 1일.
50) 『동아일보』 1927년 9월 27일, 9월 30일, 1928년 4월 16일.
51) 『동아일보』 1931년 8월 19일, 8월 26일, 1931년 10월 3일. 『조선일보』 1931년 10월 3일.

392

⑤ 황해수조(설치연도: 1929년, 면적: 13,000정보, 위치: 연백군·해주
군 일대)

설립주체는 東拓과 연해수조 조합장인 安岡이며, 몽리면적은 13,000
정보로 전북 동진수조(18,000여 정보)에 이어 전국에서 두 번째로 큰 규
모이다. 황해수조는 설치과정에서 다른 수조와 비교할 수 없을 정도로
세인의 관심이 집중되고 크게 사화문제화 된 곳이었다. 그 이유는 사업
규모가 컸던 만큼 무리한 사업강행에 따른 피해 정도가 크게 나타났고,
또한 설치시기가 미가폭락으로 수조사업에 대한 비판여론이 거세게 일
던 시기였기 때문이었다.

설치 당시 크게 문제가 되었던 것은 조합측의 부당한 사업구역 설정
이었다. 『동아일보』기사에 따르면 조합측이 설정한 총 몽리면적은 연
백군 14개 면 일대 13,000정보인데, 이중 수조가 필요한 곳은 동척이 소
유한 4개 면 3,000정보의 미간지 뿐이었고 나머지 10개면 10,000정보는
洑 90여 개가 설치되어 있어 灌漑에 부족함이 없는 곳이었다고 한다.
이러한 무리한 사업계획에 대해 관계지역 지주들이 설치에 반대하여 동
의서에 날인하지 않자, 조합측은 경찰까지 동원한 회유와 협박으로 겨
우 인가를 얻었다.52)

그러나 설치 이후에도 수조측의 무리한 사업강행에 대한 반대운동은
계속되었다. 특히 조합측이 관개수로는 예성강 물을 引用한다는 당초의
계획을 변경하여 水源을 연해수조 저수지 상류에 있는 鳩岩池로 결정하
자, 반대운동은 더욱 확산되었다. 각 지역 지주들은 조합측의 무리한 사
업계획을 성토하며 조합해산운동을 벌이기 시작했고『동아일보』·『조선
일보』등의 각 언론도 적극적으로 가세하였다. 지주들은 조합해산을 관
철하기 위해 황해수조지주대회를 개최하여 자문기관에 불과한 평의회를
결의기관으로 하며 수조운영을 自治로 할 것 등을 결의하고, 상설기구

---

52)『동아일보』1930년 10월 15일, 1931년 5월 30일.

로 지주협의회를 조직하기까지 하였다.

조합해산운동은 설치 당시부터 반대가 심했던 10,000여 정보 지역 지주 대부분이 참여했으며 조합해산이 안되면 자신들이 속한 지역을 조합에서 제외해줄 것을 요구하였다.53) 또한 지주대표들은 전문적인 기술자를 초빙하여 수조측의 무리한 설계내용을 폭로함과 함께 총독부와 담판을 벌이고 실패할 경우에는 개성지주회와 공동전선을 취한다는 계획까지 세웠다.54) 조합해산운동에는 연해수조 지주회까지 가담하였다. 문제의 구암지가 연해수조 저수지 상류에 위치한 관계로 황해수조는 물론 연해수조도 막대한 피해를 입는다는 이유였다. 이들은 적극적인 황해수조 해산운동과 함께 황해수조와 연해수조 조합장을 겸임하고 있는 安岡에 대한 배척운동을 벌였다.

⑥ 신천수조(설치연도: 1930년, 면적: 2,640정보, 위치: 신천군 일대)

설립주체는 東拓과 閔奎植 등이다.55) 몽리구역은 신천군 4개면 일대인데, 온천면 일부를 제외한 대부분의 지역에서 설치를 반대하였다. 지주들의 반대 이유는 水源이 풍부하고 토지가 비옥하기 때문에 거대한 사업비를 들여 부담을 과중하게 할 필요가 없다는 것이었다.56) 반대지주들은 지주총회를 개최하여 조합반대기성회를 조직하였다. 또한 조직적인 반대운동을 전개하기 위하여 반대집무사무소를 설치하여 18명의 집행위원을 선정하기도 하였다. 이들은 행정당국에 수조설치 반대진정서를 제출하는 한편 반대지주들을 지속적으로 규합해 나갔다. 그 결과 반대지주 세력은 크게 늘어나 360여 명에 달했는데, 이 인원은 조합설치 요건인 구역 내 토지소유자의 1/2 이상을 훨씬 넘는 숫자였다고 한

---

53) 『동아일보』 1930년 11월 16일, 1931년 5월 22일. 『조선일보』 1931년 5월 21일.
54) 『동아일보』 1931년 3월 25일.
55) 『동아일보』 1929년 2월 28일.
56) 『동아일보』 1926년 6월 9일.

다.[57] 이러한 적극적인 설치반대운동으로 1929년 초에 시작된 조합창립 업무는 1930년 10월 경에 이르러 겨우 마무리될 수 있었다.[58]

그러나 설치 이후에도 조합측의 일방적 토지매수와 부실공사 등에 대한 주민들의 투쟁이 이어졌다. 저수지 지역에서는 조합측의 일방적인 토지매수에 대해 지주들이 토지불매동맹을 조직하여 적극적으로 대항하였다. 더욱이 조합측이 측근 지주의 토지와 일반지주의 토지 매수가격을 차별화 한 사실이 알려지자 수백명이 연일 수조사무실에 몰려가 항의농성을 벌여 그 책임으로 조합장이 사임하기까지 하였다.[59] 또한 부실공사로 이앙에 필요한 農水가 제 때에 공급되지 않아 각 지역에서 농민들의 항의가 계속되었고, 특히 남부면 노구리 일대에서는 농민들이 조합에 수차례 이앙할 물을 달라는 요구에도 들어주지 않자, 40여 명이 수조사무실에 몰려가 대소동을 일으켜 4명이 검속되는 사건이 일어났다.[60]

⑦ 어지둔수조(설립취소, 면적: 8,600여 정보, 위치: 봉산군·황주군 일대)

於之屯수조는 東拓을 중심으로 몇몇 대지주가 1928년 말부터 설립을 추진하였다. 예정 몽리면적 8,600여 정보인데, 반대지주들의 주장에 따르면 이 중 수조가 필요한 곳은 東拓 등이 소유한 3,000여 정보 뿐이고 대부분은 灌漑水가 풍족하여 이른바 '大旱不渴'의 지역으로 이름이 난 곳이었다고 한다.[61]

반대운동은 1929년 초 鳳山郡 西鐘面·靈泉面에서부터 시작되었다. 주민 300여 명은 面民大會를 열어 창립 중에 있는 수리조합을 반대하기로 결의하고,[62] 면민대회 직후 「수리조합 창립을 사실로 찬성하느냐」라는

---

57)『동아일보』 1929년 6월 9일.『중외일보』 1929년 6월 23일, 7월 12일.
58)『동아일보』 1930년 10월 8일.
59)『동아일보』 1931년 1월 21일, 4월 28일.
60)『동아일보』 1932년 6월 23일.
61)『조선일보』 1931년 8월 23일.

제목하의 전단을 인쇄, 각 지역에 배부하였다. 이와 함께 2,000여 명의 수리조합 반대 동의자를 얻어 진정서를 작성하고 도청과 총독부에 제출하였다. 반대 이유는 수조공사가 완성되더라도 현재 이상의 증수를 할 가망이 없고, 또 종래의 '於之屯洑'로도 불편이 없는데 공연히 부담만 가중시킨다는 것이었다. 동시에 지주의 부담이 과중하면 역시 소작인에게도 영향이 미치게 되어 결국 소작쟁의의 화근을 만들어 준다는 것이었다.63) 이후 반대운동은 전지역으로 확산되었고 그 구심체로서 조합반대총본부를 영천면에 두고 '於之屯水利組合創立反對事務所'라는 간판까지 내걸었다.64)

　반대운동은 해가 지날수록 더욱 치열해졌고, 지주 뿐 아니라 소작농까지 가세하여 1931년 5월에는 '제1차 반대지주·소작인대회'가 개최되기도 하였다.65) 반대운동이 고조되면서 그동안 주저했던 지주들도 합세하여 반대지주의 수는 점점 늘어갔다.66) 반대지주회는 총독부를 비롯한 각 행정당국에 수조설치의 불가함으로 지속적으로 진정하는 한편 자체 결속을 위해 水利組合 批判演說會·夜間講演 등을 개최하고67) 심지어 수조반대 山上祈禱까지 실시하였다.68) 또한 수리조합 지역에 편입된 10개面 68개里에 반대사무소 지소를 설치하고, 장기적인 투쟁에 필요한 자금까지 마련하였다.69) 이렇게 반대운동이 거세지자 수조 창립위원들까지 그 직을 사퇴하고 반대운동에 합류하기 시작했는데, 1933년 초에 이르러서는 총 36명의 창립위원 중 찬성하는 사람은 불과 5명에 불과했다.70)

---

62) 『동아일보』 1929년 2월 27일.
63) 『중외일보』 1929년 3월 3일.
64) 『동아일보』 1929년 3월 19일.
65) 『조선일보』 1931년 9월 10일.
66) 『동아일보』 1931년 5월 3일.
67) 『동아일보』 1931년 6월 7일, 6월 8일.
68) 『중외일보』 1931년 6월 15일.
69) 『조선일보』 1931년 9월 10일.

어지둔수조 설치반대운동은 5년 여에 걸쳐 조직적이고 지속적으로 전개되었으며 그 결과 1934년 산미증식계획 중단과 함께 설치계획이 무산되었다.[71]

이상과 같이 황해도지역 1,000정보 이상의 수조를 대상으로 수조반대운동의 전개 양상을 살펴보았다. 각 수조 별 반대운동 양상에서 확인되는 것은 수조반대운동이 수조사업이 전개되는 동안 다양한 형태로 나타났다는 점이다. 그것을 유형화 하면 설치반대운동, 토지불매운동, 부실공사에 대한 투쟁, 조합비불납운동, 조합해산운동 등으로 나눌 수 있을 것이다. 이것을 다시 사업 전개과정 단계에 따라 시기적으로 구분하면 설치반대운동은 계획부터 설치인가 이전까지의 단계, 토지불매운동은 설치인가 이후 공사시행 전까지의 단계, 부실공사에 대한 투쟁은 공사 시작 이후 이앙기 전후의 단계, 수세불납운동은 공사 완료 후 수확단계 등으로 설정할 수 있다. 조합해산운동은 황해수조 경우에만 해당되는데 설치반대운동의 연속선상에서 설치인가 이후 공사 이전까지의 단계로 볼 수 있다. 즉 수조반대운동은 사업 전과정에 걸쳐 그 형태를 달리하면서 지속적으로 전개된 것이다.

그 중에서도 수조사업 초기 과정에서 일어난 설치반대운동과 토지불매운동이 황해도지역 수조반대운동의 가장 대표적인 투쟁형태였다. 위의 사례에서와 같이 설치반대운동은 거의 모든 수조에서 일어났으며 토지불매운동은 연해·안령·재신·신천수조 등에서 격렬하게 전개되었다. 이것은 황해도지역의 수조사업 대부분이 관계지역 주민의 의사와 상관없이 설립주체인 일본인 대지주의 이해관계에 따라 일방적으로 계획이 입안되고 추진되었다는 것을 입증하는 것이었다. 특히 설치반대운

---

70) 『동아일보』 1933년 3월 11일.
71) 설치계획 취소에 관한 확실한 기사는 확인되지 않고 있는데 산미증식계획 중지 이후부터 반대운동에 관한 기사가 나타나지 않는 것으로 등으로 미루어 산미증식계획 중단과 함께 설치계획이 무산된 것으로 보인다.

동은 관계지역 주민 전체가 참여한 가운데 조직적이고 장기간에 걸쳐 전개되었으며, 어지둔수조는 적극적인 반대운동으로 조합설립이 취소되기도 하였다. 설치반대운동은 비록 실패로 끝나는 경우가 대부분이었지만 이후 전개되는 여러 형태의 對水組 투쟁에 큰 영향을 미쳤다.

2) 반대계층과 성격

각 수조별 사례에서와 같이 수조반대운동에는 지주에서부터 소작농에 이르기까지 전계층이 참여하였다. 수조사업의 강제성과 파행으로 인한 피해가 어느 한 계층에 국한된 것이 아니라 해당 지역 전계층에게 미쳤기 때문이다. 수조사업 전개과정에서 드러난 폐해는 앞에서 살펴본 바와 같이 지역적 특성이나 水利狀況, 또한 지역주민의 이해관계 등과는 상관없이 단지 추진주체들의 목적에 따라 사업이 강행됨으로써 상당 면적의 토지가 그 肥沃度에 관계없이 일방적으로 편입 또는 침수되고 水源이 두절되었다. 또한 조합측의 설계미비와 부실공사 등으로 제 때에 물이 공급되지 않거나 경지가 침수되어 수확량이 예상보다 훨씬 못 미치는 경우가 많았다. 이러한 수조사업의 폐해는 그 피해정도는 다르다 할지라도 지역 전계층에게 심각한 영향을 미치는 것이었다.

그러면 수조반대운동에 나선 자들은 구체적으로 어떠한 계층이었을까. 먼저 수조반대운동과 관련된 신문기사에서 가장 많이 등장하는 자들은 지주층이었다. 이 지주층에 대한 성격규명이야말로 수조반대운동의 실체에 접근하는 가장 중요한 요소라고 할 수 있다. 신문기사에 나타나는 '지주'는 물론 농촌생산관계에서 소작농과 대립하는 개념으로서의 지주만을 의미하는 것은 아니다. 당시 신문에서는 계급관계로서의 지주와 토지소유자로서의 지주를 함께 통칭하고 있기 때문이다. 이들에 대한 정확한 실체파악은 어렵지만 일단 수조구역 내의 면적별 토지소유자 분포를 통해서 대체적인 윤곽은 가능하리라고 본다. <표 4>는 수조

398

반대운동이 일어난 1,000정보 이상의 수조 중에서 연해·안령·옹진·
재신 등 4개 수조를 대상으로 1931년 말 현재 소유면적별 조합원분포를
산출한 것이다.

<표 4>황해도 수조지역 소유면적별 조합원 분포(1931년 말 현재)

조 합 명		연해	안령	옹진	재신	계	비율(%)
5반보 미만	조합원수	812(人)	1,020	93	398	2,323	42.9
	면적	210(町)	200.78	26.07	103.65	2,323	2.3
1정보 미만	조합원수	593	358	49	245	1,245	23.0
	면적	461.90	253.92	33.18	165.53	1,245	3.8
10정보 미만	조합원수	767	472	69	330	1,638	30.3
	면적	1,855.60	1,148.30	223.22	863.84	1,638	17.0
50정보 미만	조합원수	65	67	10	21	163	3.0
	면적	1,040.20	1,489.12	181.09	372.08	163	12.9
100정보 미만	조합원수	6	9	1	5	21	0.4
	면적	375.50	624.04	80.62	329.50	21	5.8
100정보 이상	조합원수	3	12	1	4	20	0.4
	면적	5,612.80	6,032.24	605.23	1,721.58	20	58.2
계	조합원수	2,246	1,938	223	1,003	5,410	100
	면적	9,556	9,749.49	1,149.71	3,555.88	5,410	100

『朝鮮土地改良事業要覽』(1932년)에 119~121쪽에서 작성

<표 4>에 따르면 전체 조합원 중에 5반보 미만이 42.9%, 5반보~1정
보 미만이 23%, 1정보~10정보 미만이 30.3%로서 전체의 96.2%가 10정
보 미만의 토지소유자였다. 따라서 반대운동의 전면에 나서고 있는 지
주층의 실체는 바로 수조구역 내 대다수를 점하고 있는 10정보 미만의
중소토지소유자라고 할 수 있다. 이들 중 전체의 65.9%가 1정보 미만이
라는 점으로 미루어 자작 또는 자소작을 하는 중·소농이 가장 많았을
것으로 보인다.
　1정보~10정보 미만의 토지소유자도 30.3%를 점하고 있어 소작지를
경영하는 중소지주의 수도 상당수에 달했을 것으로 짐작된다. 연해수조

의 예를 통해서 좀더 구체적으로 살펴보면, 총독부가 수조측에서 보낸 자료를 근거로 작성한 1931년도 수조구역 내 자작 및 소작 일람표에서 전체 조합원 2,355명 중 자작농은 378명(16%)였고 자소작농은 1,170명 (49.7%)였다.[72] 즉 전체조합원의 65.7%가 자작·자소작농이었고, 나머지 34.3%는 소작지를 경영하는 지주였다. 연해수조 설치반대운동 당시 구역 내 대부분의 토지소유자들이 반대운동에 참여하고 있었음을 볼 때, 자작·자소작농 뿐 아니라 중소지주들도 반대운동에서 차지하는 비중이 상당히 컸다는 것을 알 수 있다. 결국 반대운동의 전면에 나선 지주층은 중소토지소유자로서 자작·자소작의 중·소농과 중소지주들이었다.

이들이 반대운동의 전면에 나선 이유는 수조사업이 토지소유자들의 공동 참여, 공동 부담으로 수행되는 것임에도 불구하고 사업 전과정에서 이들의 의사 결정이 배제된 채 일방적으로 사업이 추진되었기 때문이다. 그 과정에서 이들은 추진주체들인 일본인 대지주 위주의 사업계획에 따른 구역 확정과 사업용지 설정, 독단적 운영에 따른 부담 과중, 설계 미비·부실 공사로 인한 수확량 감소, 지가 하락 등 수조사업의 피해를 직접적으로 당할 수 밖에 없었다. 결국 이들은 수조사업이 진행되는 동안 인해 끊임없이 파탄과 몰락의 길을 걷는 자들이었다. 중소토지소유자들의 몰락은 대체로 세 가지 방향으로 진행되었다. 즉 ①저수지 용지로 지정되어 파산하는 경우, ②과중한 부담을 벗어나기 위해 헐값에 토지를 매도하는 경우, ③과중한 조합비를 납부하지 못해 토지를 조합측에 차압당하는 경우이다. 헐값에 내놓은 토지나 강제 차압되는 토지는 모두 대지주, 특히 일본인 대지주 소유가 되었다. 이러한 토지겸병은 현상은 수조지역의 가장 두드러진 특징이었다. 이러한 이유로 중소토지소유자들은 항상 수조사업에 적극적으로 반대하고 나선 것이다.[73]

---

72) 朝鮮總督府, 『朝鮮ノ小作慣行』, 參考編, 365쪽.
73) 박수현, 앞의 논문, 198~199쪽.

또한 수조구역 내에서 압도적인 수치를 점하고 있던 소작농들도[74] 수조반대운동에 적극적으로 나섰다. 소작농들은 수조사업에 직접 참여하지는 않지만 조합비를 직접적이든 간접적이든 간에 부담하는 것이 관행이었다. 1931년 황해도 수조구역 내의 소작관행을 살펴보면 조사대상지역의 80%는 조합비와 공과금은 지주가 부담하는 대신 소작료는 6할이었고, 20%는 소작료가 5할인 반면에 조합비는 공동으로 절반씩 부담하거나 지주가 6할, 소작농이 4할을 부담하였다. 즉 조합비는 지주가 부담하는 것이 원칙으로 되어 있었지만, 실제로는 조합비를 대신하여 소작료가 인상되거나 또는 지주와 소작농이 공동으로 부담하는 것이 일반적이었다. 대체로 조합비를 지주가 부담하는 곳에서는 소작료가 6할, 지주·소작인이 공동으로 부담하는 곳에서는 5할이었다.[75] 이와 같이 수조구역 내의 소작농은 직접·간접으로 조합비의 부담을 안고 있었다. 따라서 소작농은 수조사업의 전개 방향에 민감하게 반응할 수밖에 없었고 반대운동에도 적극적이었다. 반대운동 중에서도 농사와 직결된 이앙기와 수확기의 부실공사에 대한 투쟁이나 조합비투쟁에 가장 적극적이었다.

한편 지주들의 조합비 부담전가는 수조사업이 수확량의 증대를 가져온다는 이유로 관행화 된 것인데, 수확량이 당초 예상보다 훨씬 못미치

---

74) 참고로 1940년 11월 현재 황해도 수조구역 소작지 현황을 살펴보면 다음과 같다.

수조명	연해	황해	취야	옹진	재신	신천	안령	계
총면적(町)	11,361	13,033	2,689	1,081	3,853	2,620	10,260	44,897
소작지(町)	10,561	12,782	2,264	977	3,384	1,980	9,643	44,897
소작지비율(%)	93	98	84	90	87	76	94	92

朝鮮殖産銀行調査部,「水利組合蒙利地區の小作慣行」(『殖銀調査月報』 제32호, 1941.1) 26~27쪽.

75) 朝鮮總督府,『朝鮮ノ小作慣行』(1932), 參考編 354~355쪽. 朝鮮殖産銀行調査部,「水利組合蒙利地區の小作慣行」(『殖銀調査月報』 제32호. 1941.1), 26~27쪽 참조.

는 경우가 많았다. 때문에 수조지역에서는 수조사업 부담 전가에 따른 지주와 소작농의 대립이 격화되어 소작쟁의가 빈번하게 일어나기도 하였다.[76] 따라서 수조지역 소작농들은 과중한 조합비 부담에 대한 대응으로 한편으로 對水組 투쟁을 전개하고 다른 한편으로는 對地主 투쟁을 전개했던 것으로 보여진다.

이와 같이 수조사업 반대계층은 중소지주 이하 전계층이었다. 대개 설치반대운동·토지불매운동·조합해산운동은 중소지주층이 주도하는 가운데 전계층이 참여하는 양상이었고, 부실공사에 대한 투쟁은 안령·재신·신천수조의 예에서와 같이 직접 경작자인 농민들이 중심이 되는 경우가 많았다. 그리고 조합비투쟁은 반대계층 모두가 나섰지만 주도계층은 지역에 따라 다르게 나타났다. 투쟁방법에 있어서는 지주층이 주도하는 투쟁은 반대운동단체를 조직하거나 반대대회를 통해서 결의문을 내고 관계기관에 진정하는 등의 합법적 운동이 일반적이었고, 농민들이 중심이 된 투쟁은 안령·신천 수조의 경우처럼 조합사무실을 습격하는 등의 폭력적인 양상을 띠었다.[77]

그러나 수조반대운동에서 가장 주축이 되었던 자들은 중소지주를 비롯한 중·소농의 중소토지소유자들이었다. 이들은 수조사업의 1차적인

---

76) 이에 대해 동아일보는 다음과 같이 기술하고 있다. "최근 數年來로 신미증식계획의 진행에 伴하여 각처에 신설된 수리조합 구역 내에서는 지주가 조합비를 부담하는 관계로 그 일부 혹은 전부를 소작인에게 전가시키기 위하여 소작료를 6·4制 혹은 7·3制로 개정 실행하는 풍습이 유행하는데 此는 折半制라는 조선 在來의 관습과 틀릴 뿐만 아니라 조합사업에 의한 수확의 증가가 豫期와 같지 못하여 소작인의 실수입이 종래의 折半制보다 감소되는 예가 많은 고로 이를 원인으로 起하는 小作爭議가 상당하다." 『동아일보』 1925년 2월 25일.

77) 특히 폭력투쟁은 주로 농장 소속의 移住 소작농들이 주도하고 있는데, 많은 부채를 안고 이주해 온 이들로서는 수조사업의 폐해로 인한 농사 실패는 곧 생존권과 직결되는 문제였기 때문에 그만큼 격렬한 투쟁을 전개할 수 밖에 없었다고 보여진다. 대표적인 경우가 안령수조 내 大林農場 소작농들이다. 『중외일보』 1929년 8월 1일, 『동아일보』 1931년 6월 8일.

피해자들로서 사업 전과정을 통해 조합측 대지주와 항상 대립적인 위치에 있는 자들이었다. 때문에 이들은 모든 형태의 반대투쟁에 적극적으로 나서고 있었고 특히 수조반대운동의 핵심을 이루는 설치반대운동은 거의 이들 중심으로 전개되었다. 이들 중에서도 중소지주층이 반대운동을 주도해 나갔던 것으로 보인다. 각 조합의 반대운동 사례에서 살펴본 바와 같이 설치반대운동·토지불매운동·조합해산운동 등을 추진함에 있어 결정적인 영향을 미친 것은 '수리조합 반대대회'·면민대회·수조 비판강연회 등의 개최, 반대지주회·반대지주동맹 조직, 반대사무소 설치, 기술자 초빙 등과 같은 조직적인 활동이었다. 이러한 활동은 지역에서 영향력이나 경제력이 있는 지주층이 아니고는 수행할 수 없었다고 보여진다.

한편 이렇게 다양한 계층이 반대운동에 참여하면서 중소지주와 소작농의 연대도 자연스럽게 이루어질 수 있었다. 가장 대표적인 예가 연해·어지둔수조 설치반대운동이었다. 농촌생산관계에서 대립적 위치에 있는 지주와 소작농의 연대가 가능했던 것은 수조사업의 강행에 따른 공동 피해자라는 인식 때문이었다. 위에서 살펴본 바와 같이 수조사업의 부담은 지주와 소작농이 어떤 형태로든 공동으로 책임을 지는 것이 관행인데, 과중한 조합비는 중소지주나 소작인 모두 큰 부담이었다. 또한 수조사업으로 인한 중소지주의 몰락은 곧 소작권의 상실 또는 변동을 초래하는 것이었다. 물론 중소지주들은 자작농층과 비교할 때 수조사업의 부담을 소작농에게 전가시킬 수 있는 유리한 측면이 있기는 했다. 그러나 중소지주의 입장에서는 일부를 소작농에 전가시킨다 해도 과중한 부담을 피할 수 없었고, 또한 부담 전가로 인한 소작농의 파탄은 곧 자신들의 몰락과도 직결되었기 때문에78) 대지주처럼 일방적인

---

78) 다음의 기사는 충남 임천수조의 예이지만 수조구역 내 중소지주의 입장을 가장 잘 나타내주고 있다.
   "…일반지주들의 입장도 딱한 편…소출되는 수확으로는 수세도 부족하고

전가는 쉬운 일이 아니었다고 보여진다. 특히 부담을 전가했을 때 발생할지도 모를 소작쟁의는 중소지주의 입장에서는 큰 위협이 아닐 수 없었다. 어지둔수조 설치반대 이유의 하나가 '소작쟁의의 禍根'이었다는 점에서 이러한 중소지주의 입장을 확인할 수 있다. 즉 수조사업이 지주·소작농 모두에게 심각한 피해를 준다는 인식이 연대를 가능케 하였던 것이다. 그러나 이러한 연대는 지주 중심으로 전개되기 마련이었고 또한 조합비 부담을 둘러싼 지주와 소작농의 갈등이 항상 내재되어 있다는 점에서 효과적인 투쟁을 전개하는 데는 많은 한계가 있었다.

결국 황해도지역 수조반대운동은 수조사업과 농업생산관계을 둘러싸고 일제 농업정책의 근간인 일본인 대지주와 조선인 중소지주 및 농민층 사의의 모순이 심화되어 나타난 것이라고 할 수 있다. 특히 조선인 중소토지소유자와 일본인 대지주와 모순이 가장 크게 작용하였다. 앞에서 살펴본 바와 같이 사업추진 주체는 거의 일본인 대지주였고 또 <표 5>와 같이 수조지역 토지소유자 대부분이 조선인이라는 점에서 이러한 사실을 확인할 수 있다.

〈표 5〉 황해도 각 수조 국적별 조합원수

	연해	안령	옹진	재신	황해	합계	비율(%)
조선인	2,163	1,702	212	963	3,093	8,133	94.8
일본인	83	236	11	40	72	442	5.2
합계	2,246	1,938	223	1,003	3,135	8,575	100

비고) 1. 황해는 1929년, 연해·안령·옹진·재신은 1931년 3월 말 현재 상황
　　　2. 황해는 「황해수리조합사업개요」(1935), 연해·안령·옹진·재신은
　　　　 『조선토지개량사업요람』(1932년도)에 의거 산출

소작료를 올리면…소작인들은 이래도 못살고 저래도 못사는 신세이니 거의 농사를 짓지 않을 바에야 소작료를 낼 필요가 없다고 쉽게 내지 않을 뿐 아니라 모두 파산 유리하게 되어 소작료도 받지 못한 곳도 많아…토지를 매각하려 하나 매수자가 없는 현상인 바…" 『동아일보』 1932년 1월 9일.

더욱이 중소지주를 중심으로 한 조선인 중소토지소유자들이 반대운동에 나서는 가장 중요한 배경이 수조사업자체라기보다 추진주체인 일본인 대지주의 독단적인 사업강행이었다는 점에서 이러한 성격은 더욱 분명해진다. 예컨데 연해수조 설치에 반대하는 지주 1,700명 중에서 1,400여 명은 수조의 설치는 원칙적으로 찬성하지만 그 설치목적과 운영방침이 조선인 지주의 이익을 무시하고 추진주체인 일본인 대지주 安岡莊藏의 이익만을 위한 것이라 하여 반대하였다고 한다.[79]

그러나 반대운동을 주도한 중소토지소유자들은 그들이 갖는 속성 때문에 조합측의 회유에 쉽게 넘어가 반대운동 전선에 큰 차질을 빚기도 하였으며, 또한 중소토지소유자 내부의 다양한 계층구성으로 효과적인 투쟁을 전개하는 데 많은 제약이 따랐다. 반대운동 대부분이 실패로 끝나게 된 가장 큰 요인이 바로 이러한 주도세력의 한계 때문이었다.

Ⅳ. 맺 음 말

이상에서 살펴본 바와 같이 황해도는 산미증식계획기간 동안 일본인 대지주가 중심이 된 대규모 수조들이 설치되면서 수조사업의 새로운 중심지로 부각된 지역이었다. 산미증식계획기간 동안 황해도지역에 설치된 11개의 수조 중에서 7개가 일본인 대지주가 중심이 된 1,000정보 이상의 대규모 수조였다. 1920년대 이후 일본인 대지주들이 황해도지역에서 활발하게 수조사업을 일으킬 수 있었던 것은 일제의 대지주 중심의 적극적인 수조사업 육성책과 맞물려 이 지역이 개발의 여지가 충분한 미간지가 광범하게 분포되어 있었기 때문이었다. 즉 토지개량을 통해 막대한 수익을 얻고자하는 일본인 대지주들의 개발 욕구가 황해도지역

---

79) 『동아일보』 1925년 10월 30일.

에서 수조사업이 활발하게 일어났던 가장 큰 요인이었다.

일본인 대지주들은 설치를 주도하고 조합의 운영권을 장악함으로써 최대한의 이익을 얻고자 했으며, 그 과정에서 많은 토지소유자들이 일방적으로 조합구역에 편입되어 몰락하거나 과중한 조합비의 부담을 안게 되었다. 또한 영리에 급급한 조합측 대지주들의 비리와 독단적 운영, 대행기관의 부정, 부실공사 등의 폐해가 속출하여 지역주민은 막대한 피해를 당하였다. 이렇게 수조사업은 영리를 목적으로 한 일본인 대지주들이 지역주민의 희생을 담보로 추진한 것이다.

이에 따라 일본인 대지주가 주도하는 각 수조에서는 광범한 수조반대운동이 전개되었다. 수조반대운동은 사업 전과정에 걸쳐 다양한 형태를 띠고 전개되었는데, 그것을 유형화 하면 설치반대운동·토지불매운동·조합해산운동·부실공사에 대한 투쟁·조합비투쟁 등으로 나눌 수가 있을 것이다. 이 중에서 가장 핵심적인 투쟁은 설치반대운동이었다.

반대운동에는 중소지주 이하 전계층이 참여하였지만 반대운동 형태에 따라 주도계층은 차이가 있었다. 대개 설치반대운동·토지불매운동·조합해산운동은 중소지주가 중심이 되어 전계층이 참여하는 양상이었고 부실공사에 대한 투쟁은 직접 경작자인 농민층이 중심이었다. 조합비 투쟁은 지역에 따라 중소지주가 주도하기도 하고 농민층이 주도하기도 하였다. 이렇게 수조반대운동에는 다양한 계층이 참여하였으며. 그 과정에서 계급적 이해를 달리하는 중소지주와 소작농의 연대투쟁이 나타나기도 하였다. 그러나 전체적으로 수조반대운동의 주축세력은 수조사업의 1차적인 피해자로서 사업 전과정에서 조합측과 갈등관계에 있었던 중소지주를 비롯한 중·소농의 중소토지소유자였다. 결국 황해도지역 수조반대운동은 수조사업과 농업생산관계을 둘러싸고 일제 농업정책의 근간인 일본인 대지주와 조선인 중소지주 및 농민층 사의의 모순, 특히 일본인 대지주와 조선인 중소토지소유자와의 모순이 심화되어 나타난 것이라고 할 수 있다.

Anti-Movements against Irrigation Association in the 1920-30's in Hwounghedo

Park, Su-hyon

The Irrigation Association was organized for the purpose of improving irrigation facilities and increasing a yield of rice. In the 1920-30's Irrigation Association Enterprises centered a lot of irrigation facilities on the region of Hwounghedo. The Irrigation Association was leaded by the Japanese grand landowners. They wanted to profit from cultivating the wasteland, which they had owned. Nevertheless the divergence of opinion and the regional peculiarity, they foced people to participate in the Irrigation Association in favor of their object. From establishment of the Irrigation Association to use of it, therefore, the conflicts between the Japanese grand landowners and people were aggravated more and more. Thus the conflicts resulted in people's furious anti-movements.

Anti-movement against the Irrigation Association developed in the various forms Anti-establish movement, Refusal against selling land movement, struggle against fraudulent work, Refusal against paying union dues, and dissolving movement etc. Above all, Anti-establish movement, Refusal against selling land movement, and Refusal against paying union dues were the severe conflicts. Anti-establish movement was broken out in the early stage of Irrigation Association Enterprises, and it was a movement against one-sided Enterprises of the Japanese grand landowners. The most active elements against the Irrigation Association were those who were landowner in the good condition. Also Refusal against selling land movement was the resistance of irrigation reservoir which the Irrigation Association appropriated. When reservoir was appropriated for the Irrigation Association, the population in the region was ruined. Becuase they were not compensated for the appropriation. Thus they were the most active opponents against selling land. And Refusal against paying union dues was struggle on account of too great a burden. Union dues were fixed by he Irrigation Association according to scale and quality of land. The cost of landowners increased by delay of construction or fraudulent work, and moreover the yield fell short of their expectation.

People from all classes in the region participated in Anti-movement against the Irrigation Association, because Irrigation Association Enterprises did a great damage to all strata of society. Therefore Anti-movement against the Irrigation Association was the result of opposition and conflict between Japanese and Korean. This racial clash were expressed often an aspect of solidarity between korean landowner and tenantry, those who had different class interests each other. But the guided elements of Anti-movement against the Irrigation Association were minor landowners. The various class composition dispersed the capability of struggle. Also, because the most of struggle under minor landowners was legal, it was difficult to achieve successful struggle.

日本 歷史敎科書 〈근대편〉의 韓國認識
— 정한론에서 한국병합까지

柳 永 烈*

<목 차>

I. 머 리 말
II. 정한론 · 강화도조약 · 한국개항
III. 임오군란과 갑신정변
IV. 동학농민운동 · 청일전쟁 · 민비
　　살해사건

V. 일본인의 아시아관
VI. 러일전쟁과 한국
VII. 일본의 한국병합
VIII. 맺 음 말

I. 머 리 말

　한국 고등학교의 국사교과서는 國定이며, 교육부 발행의 한 종류뿐이다. 일본의 역사교과서는 檢定制度로 발행된다. 고등학교 일본사는 민간의 교과서회사가 교사와 연구자에게 집필과 편집을 의뢰하여 교과서를 작성하여, 文部省의 검정에 합격한 후에 발행한다. 복수의 교과서회사에 의한 복수의 일본사교과서가 발행되기 때문에 기술 내용에도 차이가 있다. 한국관련의 기술도 취급하는 항목에 차이가 있고, 같은 항목에도 기술 내용에 차이가 있다. 그리고 일본의 역사교과서 검정은 기술 내용에 이르기까지 상세하여, 집필자가 자기의 학문적·교육적 양심에 따라서

---

* 숭실대학교 사학과 교수

자유롭게 교과서를 집필할 수 있는 상황이 아니라고 말해지고 있다.[1)

1998년도에는 14개의 교과서회사에 의하여, 26종류의 고등학교 일본사교과서가 발행되어 사용되고 있다. 26종류의 교과서에는『일본사 A』가 5종류,『일본사 B』가 21종류이다.『고등학교 신학습 지도요령 해설 지리역사편』(1989年)에『일본사 A』의 설치의 취지에 대하여, "현대 일본의 형성과 역사적 과정에 대하여 십분 이해와 인식을 갖도록 하기" 위하여, "일본의 근·현대사에 중점을 두어 학습시키려는 의도 하에 내용이 구성되어 있다"고 쓰여 있는 것처럼,『일본사 A』는, 일본의 근·현대사를 중심으로 서술되어 있다.[2)『일본사 B』는 종래와 같이 고대, 중세, 근대, 현대가 균형을 갖추어 서술되어 있다.

1998年에는 26종류의 고등학교 일본사 교과서가 발행되었다. 필자는 그 중에서, 山川出版社·三省堂·淸水書院·東京書籍이 발행한『일본사 A』4 종류와『일본사 B』4 종류, 도합 8종류의 고등학교 일본사교과서 <근대편>에 기재되어 있는 한국관련의 기술을 추출하여, 일본 역사교과서가 한국을 어떻게 인식하고 있는가, 곧 일본국민이 한국사에 대하여 어떻게 교육받고 있는가를 검토해 보고자 한다.

Ⅱ. 정한론·강화도조약·한국개항

일본의 고등학교 역사교과서에는, 정한론·강화도조약·한국개항에 대하여 다음과 같이 기술되어 있다.

첫째로, 山川出版社의『신일본사 B』는, "외교로서는, 막부로부터 계속

---

1) 君島和彦,「教科書檢定と日本の教科書」,『教科書を日韓協力で考える』(大月書店, 1993) p. 42.
2) 田中曉龍,「高校日本史Aの特徴と問題点」, 君島和彦ら編著『朝鮮·韓國は日本の教科書 にどう書かれているか』(梨の木, 1996) p. 255.

불평등조약의 개정이 커다란 과제였다. 1871년(明治4년) 말, 右大臣 이와쿠라(岩倉具視)를 전권대사로 하는 사절단이 구미에 파견되어, 미국과 개정교섭을 시도했으나 목적은 달성하지 못하고, 구미 근대국가의 정치와 산업의 발전상황을 시찰하고 귀국했다”3)고 기술했으며, 山川出版社의 『현대의 일본사 A』는, 이 사절단이 “도중, 미국에서 불평등조약의 개정을 타진하여 실패했기 때문에, 일행은 먼저 일본을 구미와 같은 문명국이 될 필요를 통감하고 귀국했다”4)고 기술하고 있다.

清水書院의 『신일본사 A』는, “신정부의 외교는, 개국화친을 방침으로 하여, 불평등조약의 개정과, 근린제국과의 국교수립·국경획정을 과제로 삼고 있었다. 1871년 말, 정부는 이와쿠라를 전권대사로 하는 대규모의 사절단을 구미제국에 파견했다. 일행은 목적의 하나인 조약개정의 예비교섭에는 성공치 못했으나, 여러 나라의 실정을 직접 견문하고, 국력충실의 필요성을 통감하고 1873년에 귀국했다”5)고 기술하고 있다.

이와 같이 일본 역사교과서는, 구미열강과 체결한 불평등조약의 개정노력이 실패한 후, 1870년대에 일본정부는 불평등조약의 개정을 위해서는 “국력충실”과 “구미와 같은 문명국이 될” 필요가 있음을 통감했다고 기술하고, 이와 같은 일본정부의 발상이 근대 문명화를 적극적으로 추진함과 동시에, 구미열강의 포함외교를 답습하여, 이웃 나라 조선을 개국시키는 배경이 되었던 것을 암시하고 있다.

둘째로, 山川出版社의 『신일본사 B』는, 明治政府가 “조선에는 발족과 함께 국교수립을 요구했으나, 당시 쇄국정책을 취하고 있던 조선은, 일본의 교섭 태도를 불만으로 하여 교섭에 응하지 않았기 때문에, 1873년(明治6년) 사이고(西鄕隆盛)·이다카키(板垣退助) 등이 정한론을 주장했다”6)고 기술했다. 清水書院의 『詳解 일본사 B』는 “사이고를 중심으로

---

3) 『新日本史B』(山川出版社, 1998) p. 238.
4) 『現代の日本史A』(山川出版社, 1998) p. 75.
5) 『新日本史A』(清水書院, 1998) p. 82.

412

하는 留守政府는 지조개정·징병령 등의 근대화정책을 추진했다. 그러나 士族의 불만이 높아감에 따라, 내정의 정돈상태를 타개하기 위하여 쇄국정책을 취하고 있던 조선에 사절을 파견하여, 개국 요구가 받아들여지지 않으면, 무력행사도 부득이하다는 征韓論이 정부 내에서 주장되었다"[7]고 기술하고 있다.

그리고 三省堂의 『詳解 일본사 B』는 "淸과 대등한 관계에 섰던 정부는, 청과 조공관계에 있고 국교가 단절되어 있던 조선에 대하여, 이제까지의 관례를 무시한 고압적인 외교문서로써 개국 요구를 행하였다"[8]고 기술하고, "천황의 이름으로 나간 외교문서에, 조공국인 중국의 황제만 사용되는 것이 허용된 勅과 皇 등의 문자가 사용되어 있기 때문에, 일본과 대등한 외교 관계를 생각하고 있던 조선으로서는 용인될 수 있는 것이 아니었다"[9]고 註에 기술되어 있다.

이와 같이 일본 역사교과서는, 정한론의 원인은 근대화과정의 일본 국내에 있어서 士族의 불만을 해소하고, 내정의 혼란을 타개하기 위한 것, 그리고 쇄국정책을 취하고 있는 조선이 일본의 국교수립의 요구에 응하지 않았던 것을 지적하고, 일본측의 "관례를 무시한 고압적인 외교문서" 때문에, 조선측이 일본의 국교재개 요구를 거부했던 것을 분명히 하고 있다.

셋째로, 三省堂의 『明解 일본사 A』는, "1875년, 정부는 수도 서울 가까이에 군함을 파견, 조선에 도발하여 강화도사건(운양호사건)을 일으켰다. 그리고 다음 해 군대의 힘으로 日朝修好條規(강화도조약)를 맺게 하고, 조선진출을 꾀하였다"[10]고 기술하고 있다. 東京書籍의 『일본사 B』는, "1875년(明治8년), 조선의 강화도 부근에 침입하여, 시위행동을 일으

6) 『新日本史B』(山川出版社, 1998) pp. 238~239.
7) 『詳解日本史B』(淸水書院, 1998) p. 242.
8) 『詳解日本史B』(三省堂, 1998) p. 226.
9) 『詳解日本史B』上同.
10) 『明解日本史A』(三省堂, 1998) p. 87.

켰던 일본군함에의 포격사건(운양호사건)을 기회로, 강경한 태도로 通文을 강박하여, 다음 해 조선측에 불평등한 일조수호조규를 일방적으로 체결시켰다"[11]고 기술하고 있다.

그리고 山川出版社의 『신일본사 B』는, "일조수호조규는 부산 외 2항(인천·원산)을 열게 하고, 일본의 영사재판권과 관세면제를 인정시키는 등 불평등조약이었다"[12]고 각주에 기술하고 있으며, 三省堂의 『詳解 일본사B』도, "이 조약은, 일본에 대하여 부산 등 3항을 개항, 치외법권의 승인, 관세의 면제, 일본화폐의 자유사용 등이 주어졌으며, 조선에 대하여 극히 불평등한 것이다"[13]고 기술되어 있다.

이와 같이 일본 역사교과서는, 일본군함의 조선영해 침범 등 도발행위에 의하여 일어난 포격사건을 기회로, 일본이 조선에 일조수호조규를 강요한 사실과, 일조수호조규가 조선국내에서 영사재판권·관세면제·일본화폐사용을 규정한 극히 가혹한 불평등조약인 사실을 인정하고 있다.

넷째로, 일부의 일본 역사교과서는, 정한론의 이유를 조선의 쇄국정책에 두고 있으나,[14] 역시 정한론은 조선의 쇄국정책보다는, 당시 일본의 不平士族의 반정부적 움직임과 구미열강에 의한 불평등조약의 불만을 해외진출로써 해소코자 하는 의도에서 나왔다고 보는 것이 옳을 것이다.

또한 일부의 일본 역사교과서는, 당시 조선을 중국의 소국처럼 기술하고 있으나,[15] 당시 중국과 주변국가와의 사대관계·조공관계는 유교

---

11) 『日本史B』(東京書籍, 1998) p. 238.
12) 『新日本史B』(山川出版社, 1998) p. 239.
13) 『詳解日本史B』(三省堂, 1998) p. 226.
14) 『詳解日本史B』(清水書院, 1998) p. 242 ; 『新日本史B』(山川出版社, 1998) pp. 238~239 ; 『明解日本史A』(三省堂, 1998) p. 87.
15) 『詳解日本史B』(三省堂, 1998) p. 226 ; 『新日本史A』(清水書院, 1998) p. 83 ; 『明解日本史A』(三省堂, 1998) p. 87.

414

문화권 내의 윤리적 상하관계였을 뿐, 주변국가의 내치와 외교는 자주였으므로 근대적 종속관계와는 전혀 다르다는 것을 상기할 필요가 있을 것이다.

Ⅲ. 임오군란과 갑신정변

일본의 고등학교 역사교과서에는, 임오군란과 갑신정변에 대하여 다음과 같이 기술되어 있다.

첫째로, 東京書籍의 『일본사 B』는, "1882년에는 漢城에서 국내개혁파의 군제개혁과 물가등귀에 반발하는 병사가 봉기하고, 여기에 합류한 민중이 왕궁을 습격하였으며, 나아가 군사고문의 파견 등에 의하여 군제개혁을 지원하고 있던 일본 공사관을 포위했다(壬午軍亂)"[16]고 기술하고 있다.

임오군란의 원인을 비교적 잘 설명하고 있는 1997년판 自由書房의 『신일본사 B』는, "조선에서는 일본과의 무역 증대로 물가가 등귀한 것에 더하여, 일본인 상인이 치외법권을 이용하여 횡포하게 행동했기 때문에, 민중의 반일감정이 높아졌다. 1882년, 병사와 민중은 일본에 접근하는 민씨일파에 반대하는 국왕의 親父 大院君 일파와 결탁하여, 漢城에서 반란을 일으키고 일본 공사관을 습격했다(壬午軍亂 또는 壬午事變)"[17]고 기술하고 있다.

이와 같이 일본의 역사교과서는 조선의 병사와 민중이 일본인 상인의 횡포, 일본과의 무역에 의한 물가등귀, 조선 개혁파의 군제개혁에 반발하여 임오군란을 일으켰다고 파악하고 있다.

그러나 三省堂의 『詳解 일본사 B』는, "국왕의 부친 大院君(李昰應)은,

---

16) 『日本史B』(東京書籍, 1998) p. 249.
17) 『新日本史B』(自由書房, 1997) 253.

군대를 움직여서 일본 공사관을 습격하고, 일본 의존정책을 취하는 민씨일족에 의한 정권에 반발하여, 쿠데타를 일으켰다(壬午軍亂)"[18]고 기술하고 있으며, 淸水書院의 『詳解 일본사 B』와 山川出版社의 『신일본사 B』등 일본 역사교과서는, 거의 조선 국왕의 부친 대원군이 임오군란을 일으켰다[19]고 잘못 기술하고 있다.

둘째로, 東京書籍의 『일본사 B』는, "조선에서는 일본의 명치유신을 본받아 급격히 여러 제도의 근대화를 꾀하려고 하는 독립당과, 종래의 국내체제와 청국과의 관계를 유지하려고 하는 사대당과의 대립이 심하게 되었다. 1884년(明治17년), 독립당의 金玉均 등은 일본 공사관의 수비대의 원조로 정변을 일으켰으나, 청국군대의 반격을 받아 실패했다(甲申政變)"[20]고 기술하고 있다.

그리고 山川出版社의 『신일본사 B』는, "일본에 접근하여 조선의 내정 개혁을 꾀하려고 한 金玉均 등의 개혁파(독립당)는, 1884년(明治17년)의 淸佛戰爭에서의 청국의 실패를 호기로 판단하고, 일본 공사관의 원조하에 쿠데타를 일으켰으나, 청국군의 내원으로 실패했다(갑신정변)"[21]고 기술하고 있다. 三省堂의 『詳解 일본사 B』도, 갑신정변이란 일본의 지원으로 근대화를 행하고자 한 김옥균 등 급진개화파(독립당)가, 청에 추종하여 정치를 행하려고 한 閔氏一族 등 보수파(사대당)를 제거하려고 한 쿠데타였다[22]고 기술하고 있다.

이와 같이 일본 역사교과서는, 갑신정변이란 명치유신을 본받아서 근대화를 꾀하려고 한 한국의 급진개화파가, 청불전쟁을 호기로 판단하고 일본 공사관의 원조하에 일으킨 정변이었는데, 청국군대의 변격을 받아

---

18) 『詳解日本史B』(三省堂, 1998) p. 241.
19) 『詳解日本史B』(淸水書院, 1998) p. 260 ; 『新日本史B』(山川出版社, 1998) p. 255.
20) 『日本史B』(東京書籍, 1998) p. 249.
21) 『新日本史B』(山川出版社, 1998) p. 255.
22) 『詳解日本史B』(三省堂, 1998) p. 241.

실패했다고 파악하고 있다. 그러나 당시의 보수파에는 개화에 반대하는 閔氏 수구세력만이 아니고, 점진적인 방법으로 개혁을 모색하려는 온건 개화세력도 포함되어 있었다.

Ⅳ. 동학농민운동·청일전쟁·민비살해사건

일본의 고등학교 역사교과서에는, 동학농민운동·청일전쟁·민비살해 사건에 대하여 다음과 같이 기술하고 있다.

첫째로, 山川出版社의 『신일본사 B』는, "1894년에 조선에서 減稅와 排日을 요구하는 농민의 반란(갑오농민전쟁, 동학당의 난)이 일어나니, 청국이 조선정부의 요청을 받아서 출병한 즉……일본도 여기에 대항하여 출병했다"23)고 기술하고 있다. 東京書籍의 『일본사 B』는, "1894년, 지방 관리의 압정과 일본을 비롯한 여러 외국의 경제적 진출에 대하여, 동학을 신앙하는 단체를 중심으로 한 농민반란이 조선 남부 일대에서 일어나, 나아가 전국에 파급하려고 했다(동학당의 난). 조선정부의 의뢰로 청국이 원군을 파견한 즉, 공사관원과 거류민의 보호를 명목으로 하여 일본도 출병했다"24)고 기술하고 있다.

그리고 淸水書院의 『신일본사 A』는, "1894년 5월, 조선 남부에서 동학에 지도된 농민이 봉기하여, 反封建·反侵略을 내걸은 대규모의 농민 전쟁으로 발전했다(갑오농민전쟁). 조선정부의 요청에 의해 청국이 진압을 위하여 출병한 즉, 일본도 이에 대항하여 출병했다"25)고 기술하고 있다.

이와 같이 일본의 역사교과서는, 동학농민운동을 농민전쟁 또는 동학

---

23) 『新日本史B』(山川出版社, 1998) p. 257.
24) 『日本史B』(東京書籍, 1998) p. 260.
25) 『新日本史A』(淸水書院, 1998) p. 99.

당의 난이라 호칭하고 있는데, 내부의 압정과 외부의 침략에 대응하여 일어난 반봉건·반침략운동으로서 이해하고 있다.

둘째로, 山川出版社의 『신일본사 B』는, "농민군은 조선정부와 화해했는데, 청·일양국은 조선의 내정간섭을 둘러싸고 대립이 깊어져, 동년 8월, 일본은 청국에 선전을 포고하여, 청일전쟁이 시작되었다"26)고 기술하고 있고, 淸水書院의 『신일본사 A』는, "일본군은 농민군과 화해한 조선정부로부터 철퇴를 요구받은 이후에도, 조선의 내정개혁을 요구하며 머물러, 한성의 왕궁을 점령했다. 조선지배를 둘러싸고 청·일간의 긴장이 높아지는 가운데, …… 일본은 청국에 선전을 포고하여, 조선반도를 주된 전쟁터로 하는 청일전쟁이 시작되었다"27)고 기술하고 있다.

그리고 三省堂의 『詳解 일본사 B』는, "조약개정으로 영국의 호의적 중립을 확보하고, 러시아에도 양해를 얻은 일본은, 1894년 7월, 조선을 해방한다고 하는 구실로 청국군을 공격하고, 8월에 선전을 포고했다(日淸戰爭)"28)고 기술하고 있다.

이와 같이, 일본의 역사교과서는, 동학농민군과 화해한 조선정부가 철군을 요구하는데도 불구하고, 일본은 조선의 내정개혁을 요구하면서 군대를 주둔시키고, 조선의 해방을 내걸면서, 실제로는 조선의 지배를 위하여 청국에 선전포고한 사실을 인정하고 있다.

셋째로, 三省堂의 『詳解 일본사 B』는, "일본군은 황해해전, 조선 평양의 전투에서 이기고, 이어서 중국 요동반도의 여순·대련, 다시 威海衛를 점령하여, 이 전쟁은 일본의 승리로 끝났다. …… 이렇게 해서 일본은, 조선으로부터 청의 세력을 배제하고, 조선에의 영향력을 강화하여, 중국에의 실마리도 잡았다. 또한 일본인 사이에 중국인을 업신여기는 풍조가 넓어 갔다"29)고 기술하고 있다. 淸水書院의 『신일본사 A』는,

---

26) 『新日本史B』(山川出版社, 1998) p. 257.
27) 『新日本史A』(淸水書院, 1998) p. 99.
28) 『詳解日本史B』(三省堂, 1998) p. 243.

“근대적 장비에서 우월한 일본군은 청국군에 대승하여, 1895년 4월 일본전권 이토 히로부미(伊藤博文)와 청국전권 李鴻章과의 사이에서 시모노세키조약(下關條約)이 맺어졌다. 그의 내용은, 청국이 (1) 조선의 독립을 인정하고, (2) 요동반도·대만·팽호열도를 할양하며, (3) 배상금 2억兩을 지불하고, (4) 새로이 沙市·重京·蘇州·杭州의 4항을 개항하는 것 등이었다”30)고 기술하고 있다.

그리고 東京書籍의 『일본사 A』는, 시모노세키조약의 결과, “일본은 청국에 대신하여 조선을 지배하에 두고, 요동반도·대만을 발판으로 하여 대륙침략에의 제1보를 내딛었다”31)고 기술하고 있다.

이와 같이 일본의 역사교과서는, 청일전쟁에 승리한 일본은, 조선으로부터 청국의 세력을 배제하고, 조선에의 영향력을 강화했다는 것, 그리고 조선의 지배뿐만 아니라, 대륙침략에의 제1보를 내딛었다고 기술하여, 청일전쟁이 침략전쟁이었음을 보여주고 있다.

넷째로, 山川出版社의 『현대의 일본사 A』는, “청일전쟁의 승리의 결과, 일본은 해외에 식민지를 가지고, 대륙진출의 발판을 얻게 되었다. 그러나 만주에 깊은 이해관계를 가진 러시아는 일본의 진출을 경계하여, 프랑스·독일과 함께 일본에 요동반도의 청국에의 반환을 권고했다(三國干涉)”32)고 기술하고 있다. 三省堂의 『詳解 일본사B』는, 시모노세키조약이 맺어진 직후, 러시아는 프랑스·독일과 모의하여, 요동반도를 청에 돌려주도록 일본에 압력을 가했다(三國干涉). 거기에서 일본은, 배상금(3000萬兩)과 바꾸어 요동반도를 반환했는데, 정부는 이후, 이것을 이용하여 국민의 러시아에의 敵意를 계속 북돋아, 군비증강을 추진해 갔다”33)고 기술하고 있다.

---

29) 『詳解日本史B』(三省堂, 1998) pp. 243~244.
30) 『新日本史A』(清水書院, 1998) p. 99.
31) 『日本史A』(東京書籍, 1998) p. 58.
32) 『現代の日本史A』(山川出版社, 1998) p. 86.
33) 『詳解日本史B』(三省堂, 1998) p. 244.

그리고 淸水書院의『詳解 일본사 B』는, "한편, 조선에서는 왕실이 러시아에 접근하여, 일본의 영향력이 약해졌다. 일본 공사 미우라 고로우(三浦梧樓)는, 권위의 회복을 노리어, 1895년 10월에 민비살해사건을 일으켰는데, 반대로 반일의 움직임을 높이어 각지에서 의병투쟁이 전개되었다"[34]고 기술하고 있으며, 三省堂의『詳解 일본사 B』는, "조선에서의 반일감정이 높아지자, 일본공사는 독단으로 왕비 민비를 살해하고, 친일파 정권을 만들고자 했으나 실패하고, 국왕 고종은 러시아에 접근해 갔다"[35]고 기술하고 있다.

이와 같이 일본 역사교과서는, 청일전쟁의 결과로 일본은 대륙진출의 발판을 얻게 되었으나, 러시아 등의 삼국간섭 이후, 조선에의 영향력이 약해지자, 일본공사가 일본의 권위회복을 위하여, 러시아에 접근하는 조선의 왕비를 살해한 사건을 일으켰다는 사실, 그리고 조선 민중이 반일 의병투쟁을 전개했던 사실을 기록하고 있다. 그러나 청수서원과 삼성당의『詳解 일본사 B』이외의 일본 역사교과서는 민비살해사건에 대하여 거의 언급하고 있지 않다.

V. 일본인의 아시아관

일본의 고등학교 역사교과서에는, 1880년대부터 1890년대까지의 일본인의 아시아관에 대하여 다음과 같이 기술하고 있다.

첫째로, 山川出版社의『신일본사 B』는, 일본인의 아시아관에 대하여, "임오군란 이전에는, 구미제국의 동아시아 진출에 대항하기 위하여, 일본은 조선·청국과의 연대를 강화하여 양국의 근대화를 도와주지 않으면 안된다고 하는 주장이 활발히 제기"되었으나, 임오군란 이후, "일본

---

34)『詳解日本史B』(淸水書院, 1998) p. 262.
35)『詳解日本史B』(三省堂, 1998) p. 245.

420

은 조선의 청국으로부터의 독립과 근대화를 도와주지 않으면 안된다고 하는 논의와, 아시아의 일본과 청국은 조선문제로 다툴 필요가 없다고 하는 주장이 나타났다"36)고 기술하고 있다.

그리고 東京書籍의 『일본사 B』는, "명치 10년대에는 민권론자 사이에서, 아시아 제국에 있어서 민권의 신장과 독립을 기대하여, 아시아 제민족과의 연대가 주창되어 갔다"37)고 기술하고 있다. 淸水書院의 『詳解일본사 B』도, 이즈음 후쿠자와 유키치(福澤諭吉)가, "일본이 한국의 근대화를 도와주어야 한다고 하는 <아시아개조론>을 제창했다"38)고 기술하고 있다.

이와 같이 일본의 역사교과서는, 일본 지식층 사이에 임오군란 이전에는 조선·일본·청국의 <삼국연대론>이, 임오군란 이후에는 <朝鮮獨立扶助論>이 제창되었다는 사실, 그리고 대체로 임오군란 전후부터 갑신정변에 걸쳐서, <아시아연대론> 또는 <아시아개조론>이 일본사회에 풍미했다고 기술하고 있다.

둘째로, 山川出版社의 『신일본사 B』는, "갑신정변에서 청·일관계가 악화되고, 또한 조선 국내에서의 친일적인 개혁파가 세력을 상실하자, …… 근대화의 노력을 하지 않는 나라는 구미제국에 의하여 분할되어도 어쩔 수 없으나, 일본만은 근대화를 추진하여 독립을 지키고, 나아가 구미제국과 함께 동아시아의 분할에 참가해야 한다고 하는 주장(=脫亞論)이 활발해졌다"39)고 기술하고 있다. 東京書籍의 『日本史 B』는, "1884년(明治17년)에 청불전쟁, 그 위에 조선에서 갑신정변이 일어나자, 후쿠자와는 <脫亞論>을 표방하여, 늦어진 아시아의 개명을 기다릴 여유가 없다고 하고, 일본은 오히려 서구와 행동을 함께 해야 한다고 주장했

---

36) 『新日本史B』(山川出版社, 1998) p. 256.
37) 『日本史B』(東京書籍, 1998) p. 269.
38) 『詳解日本史B』(淸水書院, 1998) p. 265.
39) 『新日本史B』(山川出版社, 1998) p. 256.

다"40)고 기술하고 있다.

그러나 淸水書院의 『詳解 일본사 B』는, "일본이 조선을 도와주어야 한다고 하는 <아시아개조론>을 제창하고 있던 후쿠자와도, 갑신정변의 다음 해에는 <탈아론>을 제창하고, 아시아의 근대화를 기다리지 말고 서구열강과 보조를 함께 해야 한다고 주장하게 되었다"41)고 기술하고 있다.

이와 같이 일본의 역사교과서는, 청불전쟁과 갑신정변을 계기로 일본 지식층의 아시아관이, <아시아연대론>과 <아시아개조론> 또는 <조선부조론>으로부터 <탈아론>과 <아시아분할론>으로 전환되어 갔다고 기술하고 있다.

셋째로, 山川出版社의 『신일본사 B』는, 일본 지식층의 脫亞論이 "청일전쟁 전후에 아주 성해졌으나, 러일전쟁 전에는 일본을 맹주로 하는 아시아의 연대를 제창하는 논의가 다시 강해졌다"42)고 기술하고 있다. 淸水書院의 『일본사 A』는, "결과적으로 보아 이 <탈아론>을 충실히 실행한 것이 청일전쟁이고, …… 전승에 도취된 국민 사이에는 <문명국 일본>의 국민이라고 하는 우월감과 <야만국 淸>에의 멸시감이 넓어져 갔다. 그 위에 삼국간섭과 그 후의 열강에 의한 중국 분할은 국민에게 충격을 주었는데, 구미에의 굴욕감·열등감과 내면에 이웃 여러 나라에의 우월감이 증폭되어, 국가주의와 해외팽창론이 높아졌다. 청일전쟁 전후에 형성된 <脫亞>의 국민의식은, 그 후 일본의 침략을 받쳐 주는 토양이 되었던 것이다"43)고 기술하고 있다.

東京書籍의 『일본사 B』는, "삼국간섭과 그 후의 열강의 중국분할은 일본인에 충격을 주어, …… 해외에의 팽창론 등을 제창하게 했다. 그

---

40) 『日本史B』(東京書籍, 1998) p. 269.
41) 『詳解日本史B』(淸水書院, 1998) p. 265.
42) 『新日本史B』(山川出版社, 1998) p. 256.
43) 『新日本史A』(淸水書院, 1998) p. 100.

422

위에 러일전쟁의 승리는 …… 일본인 사이에는 구미열강에의 對應心과, 아시아의 문명국이라는 자부심으로부터 大國意識이 생겨, 드디어 일본은 조선 나아가 중국에 본격적인 침략을 추진할 수 있게 되었다"44)고 기술하고 있다.

이와 같이 일본의 역사교과서는, 청일전쟁 전후에 일본사회에는 <脫亞論>이 성해졌고, 청일전쟁 승리 후에는 <문명국 일본>에의 우월감과 <야만국 淸>에의 멸시감을 갖게 되었다는 사실, 그리고 삼국간섭 이후에는 구미에의 굴욕감·열등감을 가지고, 국가주의와 해외팽창론이 높아졌으며, 러일전쟁 이전에는 일본을 맹주로 하는 <아시아연대론>이 다시 강해졌는데, 러일전쟁 승리 후에는 구미에의 대응심과 대국의식을 가지고, 조선과 청국에의 본격적인 침략을 추진할 수 있게 되었다고 기술하고 있다.

VI. 러일전쟁과 한국

일본의 고등학교 역사교과서에는, 러일전쟁에 대하여 다음과 같이 기술되어 있다.

첫째는, 淸水書院의 『詳解 일본사 B』는, "1898년, 삼국간섭의 중심이었던 러시아가 일본이 반환했던 요동반도를 조차하자, 일본 국민 사이에 분노가 높아졌는데, 정부는 한국에 있어서 러시아의 양보를 기대하여, 협상할 방침을 취했다. 그러나 北淸事變을 기회로 만주를 점령한 러시아군은, 사변 후에도 撤兵치 않고 한국에 있어서 일본의 이익을 위협하도록 되었다. 이에 대하여, 일본정부에서는 세력범위를 한정하여 러시아와 타협하는 案(러일협상론)과 영국과 결탁하여 러시아에 대항하는

---

44) 『日本史B』 (東京書籍, 1998) p. 269.

案(英日同盟論)이 대립하였는데, 결국 후자가 선택되어, 1902년에 영일동맹이 성립되었다"45)고 기술하고 있다.

그리고 山川出版社의 『신일본사 B』는, "한국과 육지로 이어지는 만주가 러시아의 수중에 들어가는 것은, 일본의 한국에 있어서 권익을 위협하는 것이었다. 일본정부의 내부에는 러시아와 교섭하여 <滿韓交換>을 행하려는 자도 있었는데(러일협상론), 다수는 영국과 동맹하여 한국에서의 권익을 러시아로부터 지킬 것을 주장하고, 1902년(明治35년)에 영일동맹협약이 체결되었다(영일동맹)46)고 기술하고 있다.

이와 같이 일본의 역사교과서는, 삼국간섭 이후 러·일양국이 만주와 한국에서의 권익을 둘러싸고 대립할 때, 일본정부에서는 러시아와 교섭하여 <滿韓交換>을 행하려고 하는 <러일협상론>과 영국과 함께 러시아에 대항하려고 하는 <영일동맹론>이 대립했는데, 결국 1902년 영일동맹이 체결되었다고 기술하고 있다.

둘째로, 清水書院의 『詳解 일본사 B』는, "만주(중국 동북부)와 한국을 둘러싼 러·일교섭이 행해졌는데, 러시아는 한국에 있어서 일본의 군사행동의 제한과 중립지대의 설정을 요구하는 한편, 러시아의 만주지배에는 조건을 붙이지 않을 것을 주장했기 때문에 교섭은 결렬되고, 1904년, 러일전쟁이 시작되었다"47)고 기술하고 있으며, 東京書籍의 『일본사 A』는, "격전이 계속되었는데, 1905년의 旅順의 함락, 3월의 奉天會戰, 5월의 東海海戰과 苦戰 중에서도 일본군은 승리를 거두었다. 그러나 이미 전쟁의 계속은 불가능에 가까웠다. 그래서 동해해전의 승리를 계기로, 일본은 미국 대통령 데오도어 루즈벨트(Theodore Roosevelt)에게 러·일간의 조정을 의뢰했다"48)고 기술하고 있다.

---

45) 『詳解日本史B』 (清水書院, 1998) pp. 264~265.
46) 『新日本史B』 (山川出版社, 1998) pp. 259~260.
47) 『詳解日本史B』 (清水書院, 1998) pp. 265~267.
48) 『日本史A』 (東京書籍, 1998) p. 66.

424

그리고 三省堂의 『明解 일본사 A』는, "이 전쟁은 다음 해에 걸쳐서, 청의 영토인 만주을 중심으로 벌어져, 여순과 봉천에서는 양국군 모두 수만의 희생자를 낸 치열한 전투가 일어났다. 일본은 100만 명을 넘는 병력을 동원하여, 17억엔 이상의 전비를 사용했다"49)고 기술하고 있다.

이와 같이 일본의 역사교과서는, 만주와 한국을 둘러싼 러일교섭이 결렬되자, 일본은 러시아에 대한 전쟁을 벌여, 100만 명을 넘는 병력을 동원하고, 17억엔의 戰費를 사용하는 등, 당시 일본의 국력을 넘어 전쟁에서 승리를 거두었다고 기술하고 있다.

셋째로, 山川出版社의 『현대의 일본사 A』는, "1905년 9월 러일강화조약(포츠머즈조약)이 조인되어 전쟁은 끝났다. 이 조약에 의해 러시아는 일본에, (1) 한국에 있어서 일본의 지배권, (2) 여순·대련의 조차권과 장춘·여순간의 철도권익의 양도 …… 등을 인정했는데, 배상금의 지불 요구에는 응하지 않았다"50)고 시술하고 있다. 三省堂의 『詳解 일본사 B』는, "전쟁 중 괴로운 생활을 강요당했던 국민은, 배상금을 받지 못한 것이 알려지자, 불만이 폭발하여 각지에서 강화 반대 집회가 열렸다.…… 동경 히비야(日比谷)공원에서 열린 국민대회에는 다수의 민중이 참가하여, 집회 후 내각대신 관저와 파출소를 불태웠다(日比谷火攻事件). 정부는 계엄령을 내려 군대로 이를 진압했다"51)고 기술하고 있다.

그리고 淸水書院의 『詳解 일본사 B』는, "이 전쟁은 일본을 세계의 강국의 일원으로 들어올리고, 아시아의 민족운동에도 자극을 주어서, 인도·중국·베트남 등에서 독립운동이 활성화되었다"52)고 기술하고 있다.

이와 같이 일본의 역사교과서는, 러일전쟁의 결과, 일본은 러시아로

---

49) 『明解日本史A』 (三省堂, 1998) p. 101~102.
50) 『現代の日本史』 (山川出版社, 1998) p. 92.
51) 『詳解日本史B』 (三省堂, 1998) pp. 247~248.
52) 『詳解日本史B』 (淸水書院, 1998) p. 266.

부터 한국에 있어서의 지배권과 만주에서의 권익을 인정받은 사실, 배상금 없는 러일강화조약에 발발한 민중이 내각대신 관저 등을 불지른 <히비야(日比谷)화공사건>을 군대로 진압한 사실, 그리고 러일전쟁은 일본을 세계의 강국의 일원으로 들어올려, 아시아의 민족운동을 활성화시킨 사실을 기술하고 있다.

Ⅶ. 일본의 한국병합

일본의 고등학교 역사교과서는, 일본의 한국병합에 대하여 다음과 같이 기술하고 있다.

첫째로, 山川出版社의 『신일본사 B』는, "러일전쟁 후의 일본은 …… 우선 1905년(明治38년) 미국과의 사이에 비공식의 태프트·카쓰라(桂太郎)협정을 맺고, 이어서 영국과는 영일동맹을 개정(제2차)하여, 양국에 일본의 한국보호화를 승인시켰다. 이것을 배경으로 하여, 동년 중에 제2차 한일협약을 맺고, 한국의 외교권을 빼앗아 보호국으로 삼고, 한국의 외교를 동경의 외무성을 통하여 행하도록 했다"[53]고 기술하고 있다.

그리고 淸水書院의 『신일본사 A』는, "러일전쟁이 일어나자, 일본은 한국에 압박하여 韓日議定書를 체결하고, 군사상 필요한 토지를 접수하는 권리 등을 인정케 하고, …… 그 위에 제1차 韓日協約을 강요하여, 재정·외교의 감독권을 장악했다. 그리고 일본의 한국지배권에 대하여, 열강의 승인을 얻고나서, 1905년 11월, 일본헌병대가 포위한 가운데 열린 한국의 각료회의에서, 제2차 한일협약(乙巳保護條約)의 체결을 강제하여, 한국을 보호국으로 삼았다"[54]고 기술하고 있다.

이와 같이 일본의 역사교과서는, 러일전쟁의 발발 이후에 일본은, 한

---

53) 『新日本史B』(山川出版社, 1998) pp. 261~262.
54) 『新日本史A』(淸水書院, 1998) p. 104.

국으로부터 군사상 필요한 토지접수권과 재정·외교의 감독권을 점차 빼앗고, 한편 미국과 영국 양국에 한국보호국화를 승인시킨 후, 1905년에 일본 헌병대의 포위 가운데, 제2차 한일협약을 강요하여 한국을 보호국으로 삼았다고 기술하고, 소위 한일보호조약(韓日保護條約)의 체결이 강제적으로 된 사실을 분명히 하고 있다.

둘째로, 三省堂의 『詳解 일본사 B』는, "일본은 …… 이토(伊藤博文)를 초대 통감으로 하는 한국 통감부를 두고, 1907년 네덜란드의 헤이그에서 열린 만국평화회의에 한국황제 고종이 일본의 불법을 호소하자 황제를 퇴위시키고, 한국군대를 해산시켰다. 이 때문에 이토는 독립운동가 安重根에게 사살되고, 한국의 군인은 농민과 함께 의병투쟁에 나서 일본에 저항했다"55)고 기술하고 있다.

그리고 淸水書院의 『신일본사 A』는, "1907년 헤이그 밀사사건이 일어나자, 이것을 구실로 한국황제의 퇴위를 강요하고, 새로이 제3차 한일협약을 맺어 내정 지도권도 빼앗고 한국군을 해산시켰다. 한국에서는 이미 의병운동과 애국계몽운동을 중심으로 하는 반일운동이 일어나고 있었다. …… 일본은 경찰·군대의 힘으로 이들 민족운동을 탄압했는데, 1909년에는 前 統監 이토가 하얼빈 역두에서 의병운동의 지휘관의 한 사람인 안중근에게 사살되는 등 일본에 대한 저항이 계속되었다"56)고 기술하고 있다.

이와 같이 일본의 역사교과서는, 일본이 소위 韓日保護條約을 강요하여, 이에 저항하는 한국황제를 퇴위시키고, 한국군대도 해산시켰기 때문에, 일본의 침략에 대한 한국민의 의병운동과 애국계몽운동이 치열하게 전개되고, 한국침략의 원흉 이토가 의병운동의 지휘관 안중근에 의해 사살된 것을 인정하고 있다.

셋째로, 東京書籍의 『일본사 A』는, "1910년에는 군사력을 배경으로

---

55) 『詳解日本史』 (三省堂, 1998) p. 248.
56) 『新日本史A』 (淸水書院, 1998) p. 104.

하여, 일본은 드디어 한국병합을 단행했다. 통감부는 조선총독부가 되고, 초대 총독에 테라우치 마사다케(寺內正毅) 육군대장이 임명되었다. 그리고 일본의 식민지로서의 기초를 만들기 위하여 토지조사사업이 시작되었다. 조선에서 일본인이 손에 넣은 토지소유권을 법적으로 인정함과 동시에, 조선의 귀족·관료의 소유권을 보장하여, 그들을 식민지 지배의 지주로 삼았다. 또한 군용지·철도용지 등의 명목으로 엄청난 토지를 빼앗고, 총독부는 방대한 소유지를 손에 넣었다"57)고 기술하고 있다.

그리고 淸水書院의 『신일본사 A』는, "총독부는 조선민중의 언론·출판·집회·결사의 자유를 빼앗고, 육군을 시켜서 민중생활의 말단에까지 미치는 군사적 지배를 행하였다. 또한 토지조사사업을 행하여, 공유지와 신고가 없는 토지를 국유지에 편입하고, 그것을 일본의 토지회사에 값싸게 불하했다. 그 때문에 토지를 잃은 농민이 속출하고, 일본과 만주에 흘러 나가는 조선인이 급증했다. 그 위에 총독의 허가를 얻지 못하면 회사의 설립이 되지 못했기 때문에, 조선의 민족자본의 성장이 지장을 받았다. 또한 학교에서도 조선의 지리·역사·언어의 학습을 크게 제한하고, 대신에 修身과 일본어를 강제적으로 가르치는 등, 천황에 '忠良한 臣民'의 육성을 중점으로 하는 동화정책을 강력히 추진했다"58)고 기술하고 있다.

이와 같이 일본의 역사교과서는, 일본이 군사력을 배경으로 하여 강제적으로 한국을 병합하고, 무인총독과 군대를 상주시켜서 민중생활의 말단에까지 미치는 무단통치를 행했다는 사실, 식민지의 기초를 만들기 위하여 토지조사사업을 행하여 공유지와 신고가 없는 토지를 국유지에 편입하고, 또한 군용지·철도용지 등의 명목으로서 방대한 토지를 빼앗아 총독부는 방대한 토지를 소유하게 되었다는 사실, 그 위에 총독의

---

57) 『日本史A』 (東京書籍, 1998) p. 69.
58) 『新日本史A』 (淸水書院, 1998) p. 105.

428

허가 없이는 회사의 설립이 불가능하게 하여 조선의 민족자본의 성장을 방해했다는 사실, 그리고 조선의 지리·역사·언어의 학습을 제한하고 수신과 일본어를 강제적으로 가르치는 등 동화정책을 강력하게 추진했다는 사실을 시인하고 있다.

VIII. 맺 음 말

우리들은 이제까지, 일본의 고등학교 역사교과서의 근대편에서 한국 관련의 기사를 추출하여, 그 내용을 검토하여 보았다. 그것을 요약해 보면 다음과 같다.

첫째로, 정한론·강화도조약·한국개항에 대하여, 일본의 역사교과서는, 征韓論의 원인은 근대화과정의 일본 국내에 있어서 士族의 불만을 해소하고, 내정의 혼란을 타개하려는 데 있었다는 것, 그리고 조선이 일본의 국교수립의 요구에 응하지 않았기 때문에, 일본군함의 조선영해 침범 등 도발행위에 의하여 일어난 포격사건을 계기로, 일본이 조선에 강화도조약을 강요했다는 것, 나아가 강화도조약이 조선국 내에서 영사재판권·관세면제·일본화폐사용을 규정한 극히 가혹한 불평등조약이었다는 사실을 인정하고 있다.

그러나 일반적으로 일본의 역사교과서는, 당시 조선을 중국의 속국처럼 기술하고 있는데, 당시 중국과 주변국가와의 사대관계·조공관계는, 유교문화권 내의 윤리적 상하관계였을 뿐, 주변국가의 내정과 외교는 자주였으므로, 근대적 종속관계와는 전혀 다르다는 것을 상기할 필요가 있다.

둘째로, 임오군란과 갑신정변에 대하여, 일본의 역사교과서는, 조선의 병사와 민중이 일본 상인의 횡포, 일본과의 무역에 의한 물가의 등귀, 조선 개혁파의 군제개혁에 반발하여 壬午軍亂을 일으켰다고 파악하고 있다. 그러나 다수의 일본의 역사교과서는, 조선국왕의 부친 대원군이 임오군란을 일으켰다고 잘못 기술하고 있다.

그리고 일본의 역사교과서는, 甲申政變이란 明治維新을 모델로 하여 근대화를 꾀하려고 하는 한국의 급진개화파가 일본공사관의 원조 하에 일으킨 정변인데, 청국군대의 반격을 받아서 실패했다고 인식하고 있다. 그러나 당시의 보수파를 개화에 반대하는 세력으로 취급하고 있는데, 당시의 보수파 중에는 점진적 방법으로 개혁을 모색하려는 온건개화파 도 포함되어 있었다.

셋째로, 동학농민운동·청일전쟁·조선왕비살해사건에 대하여, 일본 의 역사교과서는, 조선의 동학농민운동을 내부의 압정과 외부의 침략에 대응하여 일어난 반봉건·반침략운동으로 이해하고, 청일전쟁은 일본이 조선의 지배뿐만 아니라, 대륙을 침략하기 위하여 일으킨 침략전쟁이었 다는 사실을 인정하고 있다.

그리고 일본의 역사교과서는, 三國干涉 이후 조선에의 영향력이 약해 지자, 일본공사가 일본의 권위회복을 위하여, 러시아에 접근하는 조선의 왕비 閔妃를 살해한 사실을 인정하고 있으나, 대부분의 일본교과서는 민비살해사건에 대하여 거의 서술하고 있지 않다.

넷째로, 일본인의 아시아관에 대하여, 일본의 역사교과서는, 임오군란 이후로부터 갑신정변에 걸쳐서 <아시아연대론> <아시아개조론> 또는 <조선부조론>이 일본사회를 풍미했는데, 청불전쟁과 갑신정변을 계기로 <탈아론>과 <아시아분할론>으로 전환되어, 청일전쟁 전후에 일본사회에 서는 <탈아론>이 성하게 되었고, 청일전쟁의 승리 이후에 일본인은 <문 명국 일본>으로서의 우월감과 <야만국 淸>에의 멸시감을 갖게 되었다 고 보고 있다. 그리고 일본의 역사교과서는, 삼국간섭 이후에 일본사회 에는 구미에의 굴욕감·열등감을 가지고 <국가주의>와 <해외팽창론>이 높아지게 되었고, 러일전쟁 전에는 일본을 맹주로 하는 <아시아연대론> 이 다시 강해졌는데, 러일전쟁의 승리 이후에는 구미열강에의 대항심과

大國意識을 가지고, 조선과 중국에 본격적으로 침략을 추진하게 되었다고 보고 있다.

다섯째로, 러일전쟁에 대하여, 일본의 역사교과서는, 삼국간섭 이후 러일양국이 만주와 한국에서의 권익을 둘러싸고 대립할 때에, 일본정부에서는 러시아와 교섭하여 <滿韓交換>을 하고자 하는 <러일협상론>과 영국과 함께 러시아에 대항하려고 하는 <영일동맹론>이 대립했는데, 결국 1902년 영일동맹이 체결되었다는 것, 그리고 만주와 한국을 둘러싼 러일교섭이 결렬되자, 일본은 러일전쟁을 일으켜, 국력을 기울여 전쟁에서 승리를 거두었다는 것, 또한 러일전쟁은 일본을 세계의 강국의 일원으로 격상시켜, 아시아의 민족운동을 활성화시켰다고 기술하고 있다.

여섯째로, 일본의 한국병합에 대하여, 일본의 역사교과서는, 러일전쟁 발발 이후 일본은 미국과 영국 등에 한국보호권을 승인시킨 후, 1905년에 일본 헌병대가 포위한 가운데 '한일보호조약'을 강제적으로 체결했다는 것, 일본이 '한일보호조약'에 저항하는 한국황제를 퇴위시키고, 한국군대도 해산시켰으므로, 일본의 침략에 대하여 한국민의 의병운동과 애국계몽운동이 맹렬하게 전개되어, 한국침략의 원흉 이토가 의병운동의 지휘관 安重根에 의하여 사살되었다고 기술하고 있다.

그리고 일본의 역사교과서는, 일본은 군사력을 배경으로 강제적으로 한국을 병합하고 무단통치를 행하였다는 것, 총독부는 한국의 토지조사사업을 행하여 공유지와 신고하지 않은 토지를 국유지에 편입하고, 또한 군용지·철도용지 등의 명목으로 엄청난 토지를 빼앗아 방대한 소유지를 손에 넣었다는 것, 더욱이 한국의 지리·역사·언어의 학습을 제한하여 일본에의 동화정책을 추진했다는 것을 인정하고 있다.

요컨대 일본 고등학교의 각종 역사교과서는, 征韓論에서 韓國倂合까지에 이르는 근대에 있어서, 한국을 비롯하여 주변국가에 대한 일본의 침략 사실을 기술하고 있다. 그러나 일본 고등학교의 각종 역사교과서의 전반적인 흐름은, 과거 일본 제국주의의 침략행위는 당시 弱肉强食

의 국제사회에서 일본이 근대 발전을 추진하데 있어 당연한 과정으로 느끼게 한다. 곧 침략의 사실은 기술하지만, 침략의 잘못을 느끼지 않게 하는 것이 일본 역사교과서의 문제점이다.

역사란 과거의 좋은 행위는 권장하고, 나쁜 행위는 다시 아니 하도록 하기 위한 거울이다. 일본의 고등학교 역사교과서가 근대에 있어서 일본 제국주의의 침략의 잘못을 느끼도록 기술하여, 앞으로 일본 국민이 평화적인 민주주의 국가를 목표로 삼도록 지도하는 것이 미래지향적인 역사기술일 것이다.

Japanese History Textbooks´ Acknowlegement on Korea

Yoo, Young-nyol

The high school textbooks of Japan have been published by private companies. Private companies consisted with teachers and scholars to compile textbooks. The Ministery of Education controled these presses. 26 kinds of high school textbooks of Japanese history were published by 14 private ones in 1998.

Japanese high school textbooks divided into two sorts of textbooks: Japanes history A and B. The latter dealt with ancient, medieval, modern, and contemporary history evenly, whereas the former focused on modern and contemporary history mainly.

In this thesis I picked up 8 kinds of high school textbooks published by Yamakawa Shutpansha, Sanseido, Shiomis Shoin, and Tokyo Shoseki. There are 4 sorts of Japanese histoy A and 4 sorts of B. My interest tended to research the articles of relations Korea with Japan through textbooks of modern history, and to catch the Japanese' education on Korea.

So I collected and arranged the articles as follows.

(1) Kangwhado Treaty and Opening the Door (2) Millitary Rebellion in

1882 and the Political Change in 1884 (3) the Sino-Japanese War and Empress Min's case by a Murder　(4) Japanese Views of Asia (5) Russo-Japanese War (6) Japan's Annexation to Korea

As the result, I can recognize that Japanese described their invasions for around nations in detail. However, I found their part that it was inevitable for Japanese to invade other nations. Because they helped neighbor conturies modernize. But I think that their textbooks must clearly accept their past faults. Therefore Japanese can lead advanced, democratic society and peaceful world. Moreover, It would have the historical description for the good future.

〈설 림〉

大韓光復會 平安道 支部長 敬齋 趙賢均

趙 埈 熙*

<목 차>

Ⅰ. 소개의 글
Ⅱ. 趙賢均의 가계와 인물
　1) 가계
　2) 인물
Ⅲ. 趙賢均의 독립운동
　1) 大韓光復會 平安道 支部長 활동
　2) 大韓獨立團 定州郡 支團長 활동
　3) 평양 감옥 가출옥 및 이후 활동

故 敬齋 趙賢均 志士 遺影

* 국학연구소 연구원

Ⅰ. 소개의 글

大韓光復會는 국내 및 만주, 노령 지역까지 조직망을 갖고 있었을 뿐만 아니라, 1919년의 3·1운동과 1920년대의 독립운동에도 커다란 영향을 미쳤던 단체로서 학계의 주목을 받아왔다. 그 결과 大韓光復會의 조직·활동·이념 등이 대체로 밝혀지게 되었으며,[1] 趙賢均이 大韓光復會의 平安道 支部長이었다는 사실도 알려졌다.[2]

趙賢均(1871~1949)은 大倧敎信仰을 바탕으로 大韓光復會의 平安道 支部를 책임지고, 大倧敎的 民族主義者였던 華史 李觀求(1884~1952)와 함께 大韓獨立軍團 조직에도 관여하였고, 大韓獨立團 平北 總務監 및 定州郡 支團長으로도 활약하는 등 1910년에서 1920년대에 걸쳐 무장항일 운동단체에 적극 개입하면서 광복이 되는 날까지 조선의 독립을 위하여 물심양면으로 노력한 인물이다. 이러한 趙賢均의 활동은 한국 민족독립운동사와 근대사에 있어서 중요한 연구과제의 하나라고 말할 수 있다.

지금까지 大韓光復會에 관한 여러 연구들이 있었으나, 大韓光復會의 성격을 보다 뚜렷이 규명할 수 있는 "支部"에 대한 연구는 慶尙道와 朴尙鎭, 忠淸道 支部[3]를 중심으로 이루어져 왔고, 平安道 支部는 다루어

---

1) 趙東杰, 「大韓光復會의 結成과 그 先行組織」, 『韓國學論叢』5, 1982.
　　──, 「大韓光復會研究」, 『韓國史研究』42, 1983.
　　愼鏞廈, 「申采浩의 光復會 通告文과 告示文」, 『韓國學報』32, 1983, 가을.
　　朴永錫, 「大韓光復會研究: 朴尙鎭祭文을 중심으로」, 『韓國民族運動史研究』1, 1986.
　　──, 「大韓光復會研究: 이념과 투쟁방략을 중심으로」, 『韓國民族運動史研究』15, 1997.
2) 朴烜, 「大韓光復會에 관한 새로운 史料: 義勇實記」, 『韓國學報』44, 1986, 가을.
3) 李成雨, 『大韓光復會 忠淸道支部의 結成과 活動』, 忠南大 碩士學位論文, 1999.

지지 않은 실정이다.

　본고에서는 이 분야의 연구성과를 바탕으로 大韓光復會 平安道 支部에 관한 기초 자료로서 동 支部長 趙賢均의 가계와 후손들의 증언, 관련자료인 「義勇實記」, 「光復會復活趣旨及沿革」등을 통하여 趙賢均의 구국활동을 조명해보고자 한다.

Ⅱ. 趙賢均의 가계와 인물

1) 가 계

　趙賢均은 1871년[4] 10월 6일 平安北道 定州郡 德達面[5] 德星洞 126번지[6]에서 부친 生員 趙光灝와 모친 恭人 永川金氏 사이에서 1남 3녀중 長男으로 출생하였으며[7], 字는 德章, 號는 敬齋라 하였고, 본관은 白川이다.[8]

　趙賢均의 16代祖는 李朝 開國功臣 肅魏公 趙胖[9]이며, 7代祖는 嘉義大夫를 지낸 趙昌來인데, 英祖는 趙昌來를 關西의 朱子라 일컬어 公을 讚揚한 바 있으며, 正祖 23년에는 漢城判尹 李鼎運을 李膺擧로 交遞하면서 訓示하기를 成均司業 鮮于涉과 定州 漢城右尹 趙昌來 같은 人物을

---

4) 『獨立有功者功勳錄: 제9권』, 국가보훈처, 1991, pp.466~467에는 「東亞日報」 1921년 3월 12일자의 趙賢均 관련 기사중 당시 "53세"를 근거로 소급계산된 "1869년"생으로 등록되어 있으나, 『白川趙氏大同世譜』에 의하면 辛未生, 즉 1871년생이 옳다. 현 국립대전현충원의 비문(애국지사 2묘역 제160호)에도 1869년생으로 잘못 기재되어 있다.
5) 德達面은 1931년 伊彦面, 阿耳浦面과 병합하여 德彦面이 되었다. 『定州郡誌』, 1975, p.287.
6) 趙賢均의 「獨立有功者平生履歷書」.
7) 『白川趙氏大同世譜』, 「卷之二」, 1995, p.380.
8) 『白川趙氏大同世譜』, 「卷之五」, 1995, pp.880-882.
9) 『白川趙氏大同世譜』, 「卷之一」, 1995, pp.5-9.

438

널리 求하여 登用할 것을 당부한 바 있다.10)

고조부 趙夢虎(1734~1815)는 趙昌來의 長子인 趙彦徽의 次子로 趙鳳集에게 出系하였고11), 조부 趙慶祖(1793~1859)는 뜻이 크고 義를 좋아하며 親族에게 和睦하고 이웃에게는 親切하였으며 子孫을 옳은 道理로 敎育하여 榮華가 門中에 가득하였다고 한다.12)

부친 趙光瀨(1834~1899)의 字는 信源이고, 孝와 友愛가 敦篤하여 4형제가 40년을 同居하였으되 家庭에 離間하는 말이 없었고 義로써 宗族을 도우니 鄕邦이 稱頌하였으며, 辛卯해(1891년)에 58세의 나이로 生員시에 합격하고 通德郎에 올랐다.13)

趙光瀨는 공무원이 되려고 서당에 다니며 공부를 했었지만, 일찍이 實業의 중요성을 깨닫고서 집안을 일으키고자 무일푼으로 농가에서 일을 시작하여, 20여년간 열심히 벌은 품삯으로 집을 얻고, 논을 자작하고 양계·양돈을 하며, 황무지를 개척하고 산을 사들이고 수목을 하는 등 당대에 걸쳐 막대한 부를 축적하였다.14)

---

10) 『白川趙氏大同世譜』, 위의 책, pp.272-273.
11) 『白川趙氏大同世譜』, 「卷之二」, 1995, pp.376-377, 403-405.
12) 『白川趙氏大同世譜』, 위의 책, p.381.
13) 위와 같음.
14) 『兒童用 初等修身書 卷五』「第四課 働け」, 朝鮮總督府, 昭和13年.
  "今から凡そ百年ほど前のことです。 平安北道のるなかに趙光瀨といふがありまにた。役人にならうと思って, 書堂に通って勉強してるたが, その中に實業の大切なことがわかり行くくは實業によって家を興さうとかたく決心しました。そこで書堂に通ふことをやめ, ある農家に雇はれて, 熱心に働きました。はじめは苦しいこともあつだが, 土にしたしみ, 作物のできばえをみてるる中に, 仕事が面白くなりました。その頃もらつた一日の賃銀は, わづかなものであったが, 光瀨は少しも不足に思ひませんでした。その後, 二十餘年の間, 怠らず働いたので, わづかの賃銀も, つもりつもって家を興すもとでになりました。光瀨は, まづ, 田を十七アールほど買もとめて自作しました。 又鷄や豚を飼ひはじめたが, 三年の後には, 何れもふえて多くの利盆を得ました。光瀨は更に荒地を開き, 貯水池や水路を設けて沓を作ったり, 山を買入れて植林をしたりして, からだのつゞくかぎり働ました。 一代の中にたくさんの財産をつ

趙賢均은 이러한 부친의 막대한 유산을 물려받아 99칸의 대저택과 부근의 대지, 임야 및 일대 야산을 모두 소유하게 되었고 또 재산은 나날이 늘어가 平安北道 定州郡에서 제일가는 부호이자 만석군으로 불렸다.[15]

趙賢均은 후에 자택을 독립운동 기지로, 재산은 독립운동자금으로 헌납하였다.[16]

趙賢均에게는 疇錫, 重錫, 聖錫 세 아들이 있었는데, 長子 疇錫(1889~1913)은 忠南觀察府主事를 지냈으나 25세에 일찍 卒하였고[17], 2子 重錫(1895~1926)은 아우 聖錫(1900~1943)과 함께 大韓光復會 平安道 지부인 定州 자택과 만주(安東, 北京, 上海 등지)와의 연락병 역할을 하다가 32세에 病死하였다.[18]

「義勇實記」[19]와 「白川趙氏定州派譜」[20]에 趙重錫의 활동 흔적이 남아 있다.[21]

くりました。光瀬は，かうして自ら働いたばかりでなく，部落くの人々に副業をすゝめました。そのために，この村の人々はよく働くやうになり，副業をしない家は一軒もないやうになりました。"

15) 金愛玉(趙賢均의 며느리로 2子 趙重錫의 後妻. 1908년생, 인천시 서구 가좌동에 거주)과의 대담(2000.1.23. 오후 5시).

16) 趙秉熙(趙賢均의 曾孫女. 1935년생, 서울 거주. 趙賢均을 平北 定州에서부터 월남하여 임종시까지 돌봄)와의 대담(1999.11.4. 오후6시).

17) 『白川趙氏大同世譜』, 「卷之五」, 1995, p.880.

18) 金愛玉과의 대담 ; 趙秉熙와의 대담.

19) 李觀求, 『義勇實記』「義勇錄」趙賢均條 참조.

20) "性度寬厚有長者風 遊學中國將期大成疎財仗 義人皆爭稱" ; 이 『白川趙氏定州派譜』(卷之六, 昭和八年)는 趙賢均이 1946년 월남할 때 유일하게 가지고 내려온 것으로 趙重錫편에 오자를 교정한 흔적이 보이고, 현재의 『白川趙氏大同世譜』편찬에도 참고하였다고 한다.

21) 趙秉河(趙賢均의 曾孫. 1937년생. 서울 거주)와의 대담(2000.2.5. 오후1시). 趙秉河에 의하면 1970년대말경, 趙重錫과 함께 만주에서 독립운동을 했던 분이 손자(趙秉河)를 수소문 끝에 찾아와 조부(趙重錫)에 관한 얘기를 잠시 들려주고서 곧 미국으로 떠났으며 그뒤로 소식이 끊겼다고 한다. 이외에 1920년대로 추정되는 상해활동 시절 사진 한장이 전해진다.

440

<표1> 趙賢均의 家系圖

31대 [조지린(趙之遴)] (始祖) 宋太祖 趙匡胤의 후손

...

18대 [반(胖)] (肅魏公)세경의 子

17대 [서안(瑞安)] (平肅公)반의 3子[資憲大夫知中樞院使]

16대 [호(浩)] 평숙공의 2子[通德郎] 14세에 定州에 들어옴

15대 [처량(處良)] 호의 子

14대 [효손(孝遜)] 처량의 子

13대 [종련(從連)] 효손의 2子

12대 [서(瑞)] 종련의 2子[折衝將軍行龍驤衛副護軍]

11대 [응길(應吉)] 서의 2子[將仕郎]

10대 [득인(得仁)] 응길의 長子[贈司僕寺正]

9대 [정채(廷蔡)] 득인의 2子[贈承政院左承旨]

8대 [수형(壽泂)] 정채의 5子   [수원(壽遠)] 정채의 2子

7대 [창래(昌來)] 수형의 長子[嘉義大夫]   [경래(慶來)] 수원의 長子

6대 [언휘(彦徽)] 창래의 長子[通德郎]   [봉집(鳳集)] 경래의 2子

5대 [몽호(夢虎)] 언휘의 次子[通德郎](봉집에게 出系)

4대 [영윤(永胤)] 몽호의 長子[通德郎]

3대 [경조(慶祖)] 영윤의 2子

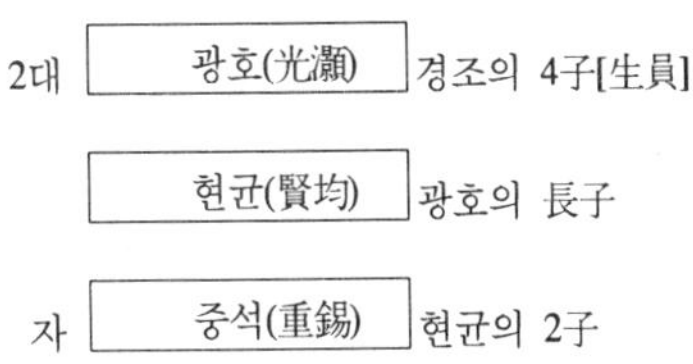

2) 인 물

(1) 崇靈殿 參奉 敍任~參議

趙賢均은 24세(1891년)에 進士시험 합격[22] 후, 崇靈殿 參奉을 거쳐 6品 參議에 올랐다.[23]

趙賢均에 관한 구체적인 사료가 부족하여[24] 먼저 趙賢均이 처음 근무했던 崇靈殿과 崇靈殿의 職制에 관하여 상세히 고찰해볼 필요가 있을 것 같다.

崇靈殿은 平壤[25]에 위치하며, 檀君과 고구려 시조 東明王을 모셨던 곳[26]으로, 고려 때에는 東明聖帝祠, 조선조에서는 檀君廟라는 이름으로 불리다가 英祖 원년에 崇靈殿으로 바꾸어 부르게 되었다.[27]

고려 때에는 때때로 왕의 특사가 파견되어 제사를 지냈으며, 매달 초

---

22) 『甲午式年 司馬榜目』

23) 『白川趙氏大同世譜』, 「卷之五」, 1995, p.880.

24) 1894년 6월 21일부터 1910년 8월 29일까지 발간된 『舊韓國官報』에 崇靈殿 參奉 敍任일자와 명단이 상세히 기록되어 있으나, 趙賢均에 관한 기록을 찾지 못하였고 參議 관련 기록 또한 찾을 수 없었다. 그외에는 李觀求의 『義勇實記』「義勇錄」趙賢均條가 참고될 정도이다.

25) 崇靈殿은 현재 "평양시 중구역 종로동"에 위치하는데, 고려때에는 "西京 仁里坊", 조선시대에는 "平安道 平壤府 성밖", 汕耘 張道斌(1888~1963)은 "평양 부계리" 있다고 설명하고 있다(金敎獻, 『神壇實記』; 『春官通考』; 장도빈, 『한국의 혼』, 耕學社, 1998, p.166).

26) 『춘관지』「歷代諸君廟」, 법제처, 1976. p.97 ; 『春官通考』 참조.

27) 大倧敎總本司, 『大倧敎重光六十年史』, 1971, p.65.

하루와 보름에는 현지의 관원이 제사를 지냈는데, 일반 백성들은 특별한 일이 생겼을 때 가서 소원을 빌기도 하였다.[28)]

조선조에 들어와서는 世宗 11년에 처음으로 정전 4칸과 동서행랑 각 2칸을 지어 봄·가을로 香祝을 내려 제사 지냈으며, 世祖 원년 7월에는 위판을 바꾸어 "朝鮮始祖檀君之位"라 하였고, 世祖 5년 10월에는 세자를 데리고 가서 친히 제사를 지냈다.[29)] 肅宗 5년에는 近臣을 보내 제사 지내고, 23년에는 檀君廟詩를 지어 바쳤다.[30)] 英祖 원년 평안감사 李廷濟의 말을 좇아 임금이 崇靈殿의 懸板을 쓰셨고, 5년에 參奉 2인을 두어 관리하게 하였으며 25년에 승지를 보내 제사지냈다.[31)]

正祖 5년 예관을 보내서 제사드릴 때 李秉模를 명령하여 제문을 지어 바쳤다.[32)]

純祖 4년 평양성안의 큰 화재로 崇靈殿도 소실[33)]되었으나 곧 복구되었다. 高宗 5년 경복궁의 중건공사가 준공되자 敎書[34)]를 내리고 평안도

---

28) 大倧敎總本司, 위의 책, pp.65-66.

29) 金敎獻/尹世復 譯, 『神檀實記』「壇祠殿廟」崇靈殿편, 1951(필사본).

30) 大倧敎協濟會, 『檀祖事攷』<外篇>「平壤에 崇靈殿이 있으며」, 1951(필사본).
  "東海聖人作 曾聞並放勳 山椒遺廟在 檀木擁祥雲."

31) 大倧敎總本司, 앞의 책, p.66. ; 金敎獻, 『神檀實記』 참조.

32) 大倧敎協濟會, 앞의 책 참조.
  "維嶽會精 有菀檀木 篤生神人 並堯而作 如日方昇 遂有朝鮮 混沌初闢 人文漸宣 嶺海之西 遼野以東 始君始長 永被神功太師設敎 夫子欲居 爲嘉乃俗 不顯厥初 我家文明 亦自多賴 報豈或愆 澤猶未沫 翼翼西京 廟貌有侐 肅祖揭詩 寧王宣額秩我祀典 歲厥明禋 眇予寡躬 忝主神人 粵瞻淸淇 曠世馳情 矧玆替酌 列朝攸行 地莫云邈 誠有不隔 尙克歆斯 誕垂陰隲."

33) 『純祖實錄』제6권 4년 3월 6일(을미) 참조.
  ; 판부사 李時秀가 말하기를 "허다히 재해를 입은 가운데서도 崇義殿·崇靈殿 두 殿의 소중함이 더욱 자별합니다."라고 한 것으로 보아 崇靈殿의 중요성을 엿볼 수 있다.

34) 金敎獻, 『神檀實記』 참조.
  "是歲 卽檀君立國舊甲也 肇基東土 歷年千餘而今比正衙 又適告成 迓納景命 事不偶然 遣道臣行祭."

관찰사를 보내어 제사지내게 하였으며, 歲祭 때에는 "참으로 하늘이 덕을 내리사 동녘 땅에 큰 기틀을 처음 세우셨도다. 이에 제사를 드리오니 큰 복을 내리소서."라고 축문35)을 올렸다.

崇靈殿은 九月山 三聖祠36)와 더불어 檀君을 봉안한 곳으로 근래에까지 보존된 문화재였으나37), 韓日合倂하던 庚戌년부터 제사를 못 올렸고, 三聖祠는 재목으로 公賣되어 빈터만 남았다.38)

이상의 기록으로 보아 고려에 이어 조선조에 들어와서는 특히 국가적 차원에서 檀君을 國祖로서 봉안하였으며, 崇靈殿에 모신 檀君과 東明王 중에서도 檀君이 중심적 위치에 있었음을 알 수 있다.

崇靈殿은 처음에 直을 두었는데,39) 英祖 5년 參奉 2인을 두어 관리하게 한 이후 차임은 남북에서 각기 1인씩,40) 전관이 도천한 사람 가운데서 의망해 들이는 것을 정식으로 하였고,41) 純祖 24년에 領敦寧 金祖淳의 의견에 따라 參奉 한자리가 令으로 고쳐졌으며42) 또한 세습43)되었다는 것을 볼 수 있다. 崇靈殿 參奉은 初仕하는 사람들의 벼슬자리로서 生員, 進士들이 지장없이 추천되도록 右議政 韓啓源의 건의44)가 있었으며, 仕日이 60개월이 차면 京參奉으로 陞遷되기도 하였고,45) 90개월 안

---

35) 大倧敎協濟會, 앞의 책 참조.
　　"實天生德 肇基東土 是用享祀 載錫純祜."
36) 許興植, 「九月山 三聖堂事跡의 祭儀와 그 變化」, 『단군학연구』(창간호), 단군학회, 1999 참조.
37) 『한국민족문화대백과사전』「숭령전」편, 한국정신문화연구원, 1993, 참조.
38) 姜湖石, 「倧理問答」, 『倧史取材稿』4, 倧史編輯部/大倧敎總本司, 1999(영인본) 참조.
39) 『增補文獻備考』職官考11 歷代帝王陵殿官.
40) 『英祖實錄』권79, 英祖29년 2월 26일.
41) 『純祖實錄』권27, 純祖24년 9월 7일.
42) 위와 같음.
43) 『高宗實錄』권30, 高宗30년 癸巳 4월.
44) 『高宗實錄』권10, 高宗10년 癸酉 2월.
45) 『增補文獻備考』「選擧考」참조.

으로 벼슬자리를 옮기고 60개월이 되면 6품으로 승급[46]시켰다.

종합해 보면, 趙賢均은 1891년 進士시에 합격하면서 崇靈殿 參奉으로 근무를 시작하여, 규정에 따라 달이 차서 6품 參議로 승급된 것으로 추론할 수 있으며, 崇靈殿 參奉 세습과 관련하여 崇靈殿 參奉을 지낸 집안과 사돈을 맺고 있었다는 점도 주목된다고 하겠다.

崇靈殿, 崇仁殿, 崇義殿, 崇德殿, 崇烈殿, 崇惠殿, 崇信殿, 崇善殿을 8殿이라 하고, 箕子陵, 高句麗 東明王陵, 新羅 三姓始祖陵, 高麗 始祖陵을 6陵이라 하는데[47], 趙賢均의 둘째 사돈 金是鏞은 東明王陵 參奉을 지낸 인물이고, 是鏞의 조부 金尙斅(1808~1882)는 崇仁殿 參奉을 지낸 인물이었다는 점도 참고될 만하다.

趙賢均이 청년 시절부터 國祖 檀君을 배향했던 崇靈殿에 敍任되어 일했다는 사실은 후에 大韓光復會의 平安道 支部長이라는 중책을 맡고 大倧敎 계열의 朝鮮國權回復團[48] 인사와 大倧敎的 民族主義者였던 李觀求[49] 등과 함께 활동하고, 또한 大韓獨立團[50]에서 平北 定州 總支部長을 맡을 수 있었던 이유를 밝히는데 중요한 단서가 된다.

(2) 계열

大韓光復會의 平安道와 黃海道 지부 회원들이 특히 華西 李恒老의 門人인 柳麟錫, 崔益鉉, 朴文一[51] 계열이 주류를 이루고 있었다는 사

---

46) 『高宗實錄』권11, 高宗11년 甲戌 7월.

47) 金尙寶, 『朝鮮王朝의 祭祀飮食文化』, 修學社, 1996, p.142 참조.

48) 金東煥, 「白山 安熙濟와 大倧敎」, 『國學研究』5, 2000 참조.

49) 국사편찬위원회, 『한민족독립운동사』3, 1988, pp.50~51.

50) 大韓獨立團도 大倧敎와의 정신적 연관성을 찾아볼 수 있는데, 陰 3월 15일 御天節(대종교 4대 경절중의 하나)에 창립한 것 외에도 1919년 7월의 경고문에, "同胞여 同胞여 우리 大韓 二千万 同胞여 밥도말고 잠도말고 깊히 생각하고 깊히 생각할지어다 우리난 檀君 大皇祖의 神聖한 子孫이 아니며 우리는 濊水에셔 隨兵百萬을 化爲魚케하든 安市城에셔..."라는 내용에서 大倧敎에서 통용되었던 檀君大皇祖라는 용어가 나타난다.

실52)이 밝혀지면서, 平安北道 定州 출신인 趙賢均은 계열을 알 수 없는 유학자로 분류된 바 있다.53)

「義勇實記」에 기록된 大韓光復會 平北 출신 회원 4인54)중 朴東欽,55) 梁鳳濟,56) 林庸菴57) 3인이 모두 朴文一의 문인이라는 특징이 있으며,58) 나머지 한사람인 趙賢均의 가계를 면밀히 살펴보면, 泰川派 義成金氏 집안과 사돈 지간이었다는 점이 발견되는데,59) 사돈 金尙運(1857~1919)은 雲菴 朴文一과 誠菴 朴文五60) 두 분을 사사한 바 있고,61) 그의 부친 金奎晢(1834~1892)은 崇靈殿 參奉을 지냈고 朴文一의 經義齋와 朴文五의 藏修齋 설립 기금을 巨額 負擔한 인물62)이었다. 따라서 趙賢均은 朴文一과의 직접적인 교류 관계는 알 수 없어도 사돈 집안이 朴文一의 문

---

51) 朴文一(1822~1894)은 平北 泰川人으로 21세(1843)에 李恒老의 문인이 되었으며, 1866년 병인양요 때에는 말 한필로 상경하여 당시 실권자였던 홍선대원군과 더불어 나라일을 걱정하기도 한 기개가 있었고, 1882년 요동에 전쟁의 禍機가 박두할 기색이 있자, 고향인 泰川에 社倉을 설치하게 하고 병기를 갖추어 동태를 살피게 하였으며, 일생동안 위정척사사상을 견지한 인물이다(朴烜, 앞의 논문, 1986, p.153 ; 『한국민족문화대백과사전』 「박문일」편, 한국정신문화연구원, 1993 참조).

52) 朴烜, 앞의 논문, 1986, pp.153-159.

53) 朴烜, 앞의 논문, 1986, p.157.

54) 朴東欽, 梁鳳濟, 林庸菴, 趙賢均(朴烜, 앞의 논문, 1986, p.149 참조).

55) 平北 泰川 출신. 朴文五의 子로 伯父 朴文一 사사(朴烜, 앞의 논문, 1986, p.149, 156 참조).

56) 平北 博川 출신, 朴文一의 제자(朴烜, 위와 같음).

57) 平北 博川 출신, 朴文一의 수제자(朴烜, 위와 같음).

58) 朴烜, 앞의 논문, 1986, p.156.

59) 『白川趙氏大同世譜』 「卷之五」, 1995, pp.880-881.

60) 朴文一의 아우인 朴文五(1835~1899)도 李恒老의 문인으로 經學 연구에 전심하는 한편, 서당을 세워 제자들을 가르쳤으며, 관서지방에서 당시 으뜸가는 학자라고 찬양을 받았던 인물이다(『한국민족문화대백과사전』 「박문오」편, 한국정신문화연구원, 1993. 참조).

61) 『義城金氏世譜』 「卷之一」, 義城金氏泰川派宗親會, 1990, pp.325-326.

62) 위와 같음.

446

인이자 후원자였던 점을 통하여 朴文一 계열로 분류되어질 수 있겠다.
이에 大韓光復會 平安道 지부 회원중 平北 출신 4명은 모두 朴文一과
직·간접적으로 관련이 있는 인물들이라는 사실이 주목된다.

大韓光復會 黃海道 支部長 李觀求가 일찍이 국권 회복의 뜻을 두고
함께 언론활동을 했던 大倧敎的 民族主義者 白菴 朴殷植(1859~1925)[63]
도 1884년 朴文一과 朴文五 형제의 문하에 들어가 주자학 연구에 몰두
하면서 이들로부터 강렬한 척사적 민족주의를 수용하던 시기가 있었고
일생동안 사제관계를 돈독히 지속했었다는 점,[64] 그리고 大韓光復會 平
安道 지부인 定州郡 德達面 德星洞이 朴文一과 그의 문인들이 활동했던
泰川郡과 博川郡 가까운 지점[65]에 있었다는 사실도 大韓光復會 平安道
支部의 특성을 밝히는데 있어서 중요한 부분이라 할 수 있다.

(3) 성품과 사상

趙賢均은 불같은 성격과 거침없는 언행의 소유자였고,[66] 한편 곧고
강직한 성품으로 말을 타고 가다가도 길에 나뭇가지 하나 제 위치에 있

---

63) 참고로 大倧敎의 기록에 나타난 白巖 朴殷植의 大倧敎 敎歷은 다음과 같다.
   1913년 4월 20일 參敎
   1914년 5월 13일 知敎
   1916년 4월 1일 尙敎로 陞秩
   1922년 9월 3일 西二道本司 典理를 被任
        10월 3일 正敎加大兄號로 陞秩
   *此外에 考證있는 實績을 아직 未得함이 유감이다(檀崖宗師 撰)
   (大倧敎總本司, 『大倧敎重光六十年史』, 1971, p.898)
64) 愼鏞廈, 『朴殷植의 社會思想硏究』, 서울대학교출판부, 1998년, pp.4-6.
65) 定州郡은 平安北道 서남부 해안 동경 124°57′~125°27′, 북위 39°31′
   ~39°50′에 위치하며, 동쪽으로는 博川郡과 泰川郡이 인접해 있다. 趙賢均
   의 자택은 博川郡과의 경계선 가까이에 위치해 있었으며, 泰川군과는 약
   20km떨어진 곳이었다. 『定州郡誌』 참조.
66) 金愛玉과의 대담 ; 趙秉熙와의 대담 ; 趙秉河와의 대담 ; 『義勇實記』 「義勇
   錄」 趙賢均條 참조.

지 않으면 그냥 지나치는 법이 없이 내려서 바로 놓고서야 길을 갔으며, 언제나 족보를 강조하고, 교회에 나가는 것을 엄금하였다고 한다.[67]

『鄭鑑錄』을 신봉하여 월남전부터도 鷄龍山[68]을 언급했으며, 1946년 월남해서 서울에 기거하면서도 鷄龍山 주위를 둘러보곤 하였다고 한다.[69]

『鄭鑑錄』은 조선왕조의 멸망을 예고하고 미래 2천 4백년의 국운을 예언한 예언서[70]로서, 趙賢均이 『鄭鑑錄』을 신봉했다는 사실은 朴尙鎭,[71] 李觀求 등과 함께 大韓光復會의 共和主義[72] 성향을 뒷받침해주는 매우 중요한 증거라 하겠다.

趙賢均은 독립운동에 관한 사실을 월남해서 사망할때까지도 가족들한테 알리지 않았으며[73] 사망한지 40년이 지나서야 세상에 공개되었다.[74]

---

67) 趙秉熙와의 대담.
68) 鷄龍山은 "十勝之地" 곧 특별한 지역 가운데 하나로서, 5백년 조선왕조의 도읍인 한양이 망하고 다음 8백년을 이어갈 도읍으로,『鄭鑑錄』「鑑訣」편에 나오는 지역명이다.
69) 趙秉熙와의 대담.
70) 다물민족연구소,『요해 한민족의 祕書』, 다물, 1994 참조.
71) 朴永錫, 앞의 논문, 1986, 참조.
72) 朴永錫, 앞의 논문, 1997, pp.153-163. ; 趙東杰, 앞의 논문, 1983, pp.124-127.
73) 大韓光復會 회원의 활동지침은 비밀·폭동·암살·명령이었다. 趙賢均은 1921년 일경에게 大韓獨立團 활동으로 체포되었으나 大韓光復會 활동 사실은 끝까지 밝혀지지 않은 것으로 보인다.
74) 朴烜, 앞의 논문, 1986, p.150 ;「朝鮮日報」1986년 9월 24일자.

Ⅲ. 趙賢均의 독립운동

1) 大韓光復會 平安道 支部長 활동

(1) 大韓光復會의 결성

大韓光復會의 결성과정을 살피기 위해서는 이에 앞서 존재했던 4가지 단체를 이해할 필요가 있다.

첫째는 新民會로서, 大韓光復會가 新民會의 발전적 행적이라는 관계가 보고 되고,[75] 또한 新民會계통의 民族主義者들과 大倧教 계통의 民族主義者들이 합작한 단체라는 주장[76]이 제기된 바 있다.

新民會는 한말 애국계몽운동기에 개화자강파들이 국권회복을 목적으로 창건한 전국 규모의 비밀결사단체로서, 1907년 4월 梁起鐸의 주재 아래 梁起鐸, 李甲, 柳東説, 李東輝, 李東寧, 全德基, 安昌浩 7인이 창건위원이 되고, 盧伯麟, 李昇薰, 安泰國, 崔光玉, 李始榮, 李會榮, 李商在, 尹致昊, 李剛, 曺成煥, 金九, 申采浩, 林蚩正, 李鍾浩, 朱鎭洙 등이 중심이 되어 창립되었다.[77]

창건위원들은 新民會 창립 후 즉각 자기의 영향력 범위 안에 있는 인사들을 가입시켰으므로, 회원은 비약적으로 증가하여 1910경에는 약 800명에 달하게 되었다.[78] 이것은 당시의 영향력있는 애국계몽운동가들을 거의 모두 망라한 것이었다. 비밀결사로서의 新民會는 한말의 지도적 인사들이 거의 모두 회원이 됨으로써, 전국적 규모의 막강한 영향력을 가진 애국계몽운동단체가 되었다.[79]

---

75) 趙東杰, 앞의 논문, 1983, p.113.
76) 愼鏞廈, 앞의 논문, 1983, p.230.
77) 愼鏞廈, 「新民會의 創建과 그 國權回復運動(上)」, 『韓國學報』8, 1977, pp.35-41.
78) 愼鏞廈, 위의 논문(上), 1977, p.42.
79) 愼鏞廈, 위의 논문(上), 1977, pp.50-51.

新民會는 비밀결사이면서도 중앙에서 군에 이르기까지 의결기관을 둔 것이 조직의 큰 특징이었다고 볼 수 있으며, 조직은 종선으로만 이어지게 해서 당사자 2인 이상은 회원을 서로 알지 못하게 하였고, 횡선으로는 누가 회원인지 전혀 모르게 하였다.[80] 新民會의 입회는 매우 엄격한 심사를 거쳐서 이루어졌는데, 회원은 애국사상이 확고하고 국권회복과 독립운동에 몸을 바칠 결의를 한 인사에 한하여 엄선하였다.[81]

新民會의 활동으로는 첫째 교육구국운동,[82] 둘째 계몽강연·학회운동, 셋째 잡지·서적 출판운동, 넷째 민족사업진흥운동, 다섯째 청년운동, 여섯째 무관학교 설립과 독립군기지 창건 운동을 들 수 있다.[83]

新民會는 만주에 무관학교와 독립군기지를 창건하기 위하여 1910년 4월 安昌浩·李甲·柳東說·申采浩·金義善·李鍾萬·金志侃·鄭英道 등이 출국하였으며, 1910년 가을에는 李東寧·朱鎭洙 등이 만주일대를 비밀리에 답사하여 후보지를 선정하고, 1910년 12월부터 선발대인 李東寧·李會榮조가 비밀리에 독립군기지 건설을 위한 단체이주를 시작하였다.[84] 新民會는 1911년 봄에 <第1期의 大移住>를 실행할 계획이었으나 일제는 이러한 움직임을 포착하고, 1911년 1월에 안악군을 중심으로 하여 黃海道일대의 애국적 지도자 160여명을 검거하고(安岳事件), 동시에 '梁起鐸等 保安法違反事件'으로 17명을 검거하였다.[85] 같은해 9월에 '寺內正毅 總督 暗殺陰謀 事件' 등을 날조하여 新民會 平安南北道지회의 회원을 비롯하여 전국의 지도적 애국계몽운동가 700여명을 검거하여 온갖 고문을 가하고 그 중 105명에게는 실형을 선고하였다(105人 事件).[86]

---

80) 愼鏞廈, 위의 논문(上), 1977, p.48.
81) 尹慶老, 『105人事件과 新民會硏究』, 一志社, 1991, pp.188-203.
82) 愼鏞廈, 앞의 논문(上), 1977, pp.59-75.
83) 愼鏞廈, 「新民會의 創建과 그 國權回復運動(下)」, 『韓國學報』9, 1977.
84) 愼鏞廈, 위의 논문(下), 1977, pp.35-41.
85) 金必子, 『梁起鐸의 民族運動』, 지구문화사, 1988, pp.60-61.
86) 尹慶老, 앞의 책 참조.

이 과정에서 新民會라는 이름으로 국권회복을 목표로 한 한국인 애국자들의 지하단체가 결성되어 있었음이 드러나, 일제에 의하여 新民會는 해체되기에 이르렀다.[87]

金漢鍾[88]과 張斗煥[89]의 진술에 在外 首魁로 李時(始)榮, 安昌浩, 申采浩, 梁起鐸, 孫一民 등의 이름이 거론되었고,[90] 전라도 富豪에게 송달된 募金 通文이 梁起鐸 명의로 되어 있는 점,[91] 또 新民會의 중심인물이었던 朱鎭洙와 大韓光復會에서 지휘관으로 활약했던 禹在龍[92]이 新興學校와 밀접한 관련이 있다는 점,[93] 역시 新民會 회원이었던 盧伯麟을 통하여 무력으로 일본격멸을 계획했던 점,[94] 大韓光復會 黃海道 支部長을 지낸 李觀求가 과거 新民會 회원들과 활동한 바 있고,[95] 申采浩와 친분이 있으며,[96] 新興武官學校의 李始榮에게 자금을 송달한 바 있던 점,[97] 大韓光復會 임원명단에 尹世復, 申采浩, 李東輝, 李甲등 新民會 인사들이 열거되어 있는 점들은 大韓光復會가 新民會의 발전적 행적이라는 사실을 뒷받침해주는 근거라고 볼 수 있겠다.

둘째는 大倧敎로서, 大韓光復會의 구성원에 新民會 출신 인사들과 더불어 大倧敎 계열 인사들이 눈에 띤다는 점이 주목된다.[98] 新民會는 종

---

87) 愼鏞廈, 앞의 논문(下), 1977, pp.176-183.
88) 大韓光復會 忠淸道 支部長.
89) 大韓光復會 宣傳담당.
90) 姜德相, 『現代史資料』25, みすず書房, 1977, p.45
91) 趙東杰, 앞의 논문, 1982, p.113. ; 梁起鐸은 만주 순방시 大韓光復會의 무장 독립운동방략에 동조하고 지원한 것으로 보인다(金必子, 앞의 책, p.66).
92) 大韓光復會 指揮담당.
93) 趙東杰, 앞의 논문, 1983 참조.
94) 「光復會復活趣志及沿革」(1945).
95) 朴烜, 앞의 논문, 1986, p.145.
96) 趙東杰, 앞의 논문, 1982, p.113.
97) 위와 같음.
98) 趙東杰, 앞의 논문, 1983, p.230.

교적으로는 仙敎와 基督敎의 영향을 받은 사람들이 많았는데 역사인식에 있어서도 만주를 무대로 전개되었던 檀君朝鮮・夫餘・高句麗・渤海를 중시하는 경향이 많았던 까닭에, 당시 新民會는 항일투쟁에 있어서만 적극적인 투쟁방법으로 합법적인 애국계몽단체와 방법을 달리 한 것이 아니라 문화인식・역사인식에서도 상당한 차이를 나타낸다. 그들은 민족사관을 바탕으로 새로운 역사인식체계를 세우려고 노력했는데 그 대표적인 인물이 金敎獻, 朴殷植, 申采浩, 李相龍 등이다. 이러한 新民會 인사들의 새로운 역사인식을 종교의 차원으로 극단화시킨 것이 大倧敎 重光의 일부를 구성하게 된다. 그러므로 大倧敎의 핵심멤버 가운데 新民會 출신 회원이 많았고 大倧敎의 독립운동기지가 만주로 선정되었다는 점과 뒤에 新民會가 해산되자 회원의 상당수가 大倧敎로 흡수되었으며 大倧敎의 교리가 仙敎를 바탕으로 하고 있다는 점에서 大倧敎와 新民會의 깊은 관계가 인지되며,99) 이러한 大倧敎 계열의 인사들은 大韓光復會에 결성에 있어서 중요한 비중을 차지하게 된다.

　　셋째는 朝鮮國權回復團이다.

　　大韓光復會의 선행조직인 朝鮮國權回復團100)은 慶尙北道 達城郡에서 조직된 항일비밀결사 단체로, 1915년 1월 15일 重光節에 慶尙北道 達城郡 薰城面 安逸庵에서 尹相泰, 徐相日, 李始榮 등이 표면으로는 詩會를 연다고 가장하고 慶北지방의 유림들을 포섭, 항일운동결사를 조직하였다.101)

　　朝鮮國權回復團의 운동전개는 먼저 국내에서의 단세확장, 해외운동세력과의 연계, 최후로 독립쟁취를 그 목표로 정하였으며,102) 朝鮮國權回復團의 본부격인 中央摠部103) 總領 尹相泰와 機密部長 洪宙一은 大韓光

---

99) 金東煥,「무오독립선언의 역사적 의의」『國學研究』2, 國學研究所, 1988 참조.
100) 趙東杰, 앞의 논문, 1982 참조.
101) 강영심,「朝鮮國權回復團의 結成과 活動」,『한국독립운동사연구』4, 1990.
102) 위와 같음.

復會 顧問104)으로 활동하게 된다.

朝鮮國權回復團 역시 大倧敎와 정신적 연관성이 있으며,105) 서약서106)에도 "매년 1월 15일에 檀君위패 앞에 목적수행을 위해 기도할 것"이라고 하여107) 大倧敎의 취지와 일맥상통하는 것으로 보인다.

넷째는 豊基의 光復團이다.

豊基의 光復團은 1913년 素夢 蔡基中을 중심으로 庾昌淳, 柳璋烈, 韓焄, 姜順必, 金炳烈, 鄭萬敎, 金相五, 鄭雲洪, 鄭鎭華 등이 慶尙北道 豊基에서 조직한 단체이다.108)

光復團의 방략은 독립군의 양성을 위하여 무기구입과 군자금을 모집하는 것이었는데, 후일 大邱의 朴尙鎭이 관여한 영주의 대동상점(곡물

---

103) 朝鮮國權回復團 조직구성은 다음과 같다.

中央摠部 : 總　　領 : 尹相泰
　　　　　　外交部長 : 徐相日
　　　　　　交通部長 : 李始榮, 朴永模
　　　　　　機密部長 : 洪宙一
　　　　　　文書部長 : 徐丙龍, 李永局
　　　　　　勸誘部長 : 鄭舞永
　　　　　　決死隊長 : 黃炳基

馬山支部 : 支 部 長 : 安鄗, 部員: 李亨宰, 金璣成
　　(강영심, 위의 논문, p.7.)
104) 「光復會復活趣志及沿革」.
105) 金東煥, 앞의 논문, 2000 참조.
106) 서약서의 내용은 다음과 같다.
　　一. 한국의 국권을 회복할 것.
　　一. 매년 정월 15일 檀君의 위패 앞에 목적수행을 기도할 것.
　　一. 단원은 마음대로 탈퇴하지 않을 것.
　　一. 비밀을 누설치 말 것.
　　一. 만약 이를 위반할 경우는 신명의 주벌을 받을 것.
　　一. 결사대로 하여금 살육케 할 것.
　　(강영심, 앞의 논문 참조.)
107) 강영심, 앞의 논문, p.3.
108) 趙東杰, 앞의 논문, 1982, pp.106-108.

상)을 이용하여 각처와 연락하고, 특히 만주의 독립군기지와 연락을 취하고 있었다. 그러므로 독립군기지와 연락이 잦은 안동의 李鍾嬿가도 거점으로 이용되었다. 李鍾嬿은 李相龍과 동향동족의 인사로 서간도와의 연락이 빈번하였다.[109] 光復團은 대동상점이나 李鍾嬿가를 거점으로 재만 독립군과 연락하여 일본인 광산이나 부호가를 대상으로 군자금 수합 활동을 펴던 단체였다고 할 것이다.[110] 蔡基中은 大韓光復會의 慶尙道 支部長, 庾昌淳은 宣傳, 柳璋烈, 韓焄은 大韓光復會 參謀로 참여하게 된다.[111] 豊基의 光復團이 新民會의 발전적 행적으로서 1912년 노령에서 설립한 大韓光復會의 국내 조직이라는 설[112]도 있으므로 이에 대한 후속 연구가 필요하다고 본다.

이렇게 하여 豊基의 光復團과 大邱의 朝鮮國權回復團이 통합 조정되고,[113] 각지에 산재하여 불통일한 게릴라 전쟁을 조직적 통일전선의 필요를 느끼게 되어 1915년 음력 7월 15일 慶尙北道 大邱 達城公園에서 大韓光復會가 결성되었고, 회집한 각도 將領 210여명중에서 직원이 결정되었는데, 차후 수차에 걸쳐 조직된 大韓光復會의 임원명단[114]을 도표로서 작성하면 다음과 같다.

---

109) 趙東杰, 앞의 논문, 1982, pp.108-109
110) 趙東杰, 앞의 논문, 1982, p.109.
111) 「光復會復活趣志及沿革」.
112) 趙東杰, 앞의 논문, 1983, p.103 참조.
113) 趙東杰, 앞의 논문, 1982, p.106.
114) 「光復會復活趣旨及沿革」 참조.

<표2> 노령(본부: 블라디보스톡)

직 책	성 명	비 고
會長	尹世復	
副會長	申采浩	
總務	李東輝	
安東縣支會	尹英漢	尹世復의 조카
懷仁縣支會		

<표3> 만주

직 책	성 명	비 고
南北滿洲總司令長	李相龍(亡命)	
副司令長	金東三(獄中死)	
指 揮 長	金大洛(亡命) 孫仲善(名 晉鉉) 李鎭龍(亡命) 李聖烈	
參 謀	李聖烈 孫一民 朴慶鍾 權寧睦	
財 務	黃萬英	
宣 傳	李鳳羲 金佐鎭(3年 亡命) 權有鉉	

<표4> 상해

직 책	성 명	비 고
上海大韓臨時政府 陸軍總長	盧伯麟(亡命)	
籌備團司令長	沈永澤(6個月)	
副司令長	安鍾雲(6年)	
參 謀	李敏軾(3年)	
財 務	呂駿鉉(2年)	
交 通	張應奎(4年)	
地方部司令	蘇鎭亨(4年)	

<표5> 국내 (1)

직 책	성 명	비 고
總司令	朴尙鎭(死刑)	
副司令	李奭大(鉋殺)	
指 揮	禹在龍(無期二回)	
參 謀	權寧萬(八年) 韓燕(十五年) 金相玉(受敵彈後自殺)　　　金龍淳(鉋殺) 林世圭(死刑)	
組 織	李庭禧(三年) 金震萬(十五年)	
顧 問	李鍾夏　柳寅植　盧相穆　尹忠夏　李錫弘 金厚秉　權季相　李穆鎬　兪鎭泰　李庭嬉 李泰大　洪宙一(6個月)　金震萬　李庭燦 朴魯冕　曹承兌　朴民東　朴鳳來　李夔善 李秉基　鄭淳榮　尹相泰　朴善陽　朴性宙 梁濟安　林河濟	
財 務	崔　浚	朴尙鎭의 4寸 처남
宣 傳	金敬泰(死刑) 權國弼(亡命) 姜秉洙(死刑) 庚昌淳(15年) 張斗煥(獄中死) 鄭在穆(鉋殺) 崔鉉澈 任昌鉉 金教冑 李秉華 曹雲煥 蔡致中 蔡敬文 裵相澈 鄭雲澈(10年) 崔俊明(3年) 金震祐(7年) 崔丙圭(5年) 朴泰圭 李正會 朴南鉉	

456

<표6> 국내 (2) 8도 지부

8도 支部長	성 명	비 고
京畿道支部長	金善浩	
黃海道支部長	李海量(*李觀求의 異名)	
江原道支部長	金東浩	
平安道支部長	趙賢均	
咸鏡道支部長	崔鳳周	
慶尙道支部長	蔡基中(死刑)	
忠淸道支部長	金漢鍾(死刑)	
全羅道支部長	李秉燦(5年)	

※괄호안은 逮捕된 形役別 내용

(2) 지역 특성

① 노령 지역

노령 연해주는 1910년 전후로부터 1914년 제1차 세계대전 발발무렵 까지 해외독립운동의 중심지라 할 수 있고, 특히 海蔘威가 그 지역 중 에서도 핵심지였다.[115]

국내에서 애국계몽을 주도하던 민족운동자들이 대거 국외독립운동기 지화를 위하여 망명하였고, 국내에서 항일전을 전개하던 의병이 북상하 여 두만강을 건너 새로운 항전 기지를 마련하고자 하여, 이들은 대개 연해주지역, 그 중에서도 블라디보스톡의 新韓村을 중심으로 집결하여 독립전쟁론의 구현을 위한 구국활동을 벌였다.[116]

1910년 국치가 가까워지면서 이와 같은 국내외로부터의 애국계몽운 동가의 망명이 급증하였다. 그 중에도 1910년 4월에는 新民會의 중요 임원인 安昌浩, 申采浩, 曺成煥, 金義善, 李剛, 金志侃, 柳東說, 李鍾萬

---

115) 尹炳奭, 「沿海州에서의 民族運動과 新韓村」, 『한국민족운동사연구』3, 1989, pp.166-167.
116) 尹炳奭, 위의 논문, p.173

등이 각기 본국을 떠나 중국 靑島에 모여 국외독립운동의 방향을 결정하고 여러 길로 나뉘어 新韓村에 재집결한 것이다.117)

　이러한 상황에서 1912년 尹世復·申采浩·李東輝·李甲 등이 주동이 되어 國權回復을 목적으로 露領 블라디보스톡에 본부를 둔 大韓光復會가 창립되었고, 그후 간도 懷仁縣과 安東縣에 지회를 설치하였는데, 安東縣, 奉天, 기타 西北間島 방면의 회원은 약 2만명에 달하였다.118)

　회장은 尹世復, 부회장 申采浩, 총무를 李東輝가 맡았고, 安東縣지회는 尹世復의 조카인 尹英漢이 支會長으로 있었으며, 孫一民, 金宅俊, 朴洸, 李俊善, 金昶, 李斗永, 金變鎬, 崔俊成, 李奉信, 張利俊, 白世彬, 尹喆重, 張國善, 金思益, 申昌燕 등이 주요 지회원이었다.119)

　먼저 大韓光復會의 회장직을 맡았던 尹世復(1881~1960)은 桓仁縣 興道川을 중심으로 활동하던 大倧敎 지도자로서 후에 大倧敎 제3세 교주를 지낸 인물이다.120)

　그는 1881년 慶尙南道 밀양에서 출생하여, 6세경 한학 공부를 시작하였고, 21세부터는 고향 밀양의 新昌小學校와 大邱 協成中學校에서 5년 동안 교편을 잡았으며, 26세부터 3년간은 大邱 土地調査測量科에서 數學을 講習받았다.121)

　1910년 12월 서울에 올라와 25일, 27일, 29일 3일간 弘巖 羅喆을 배방한 후 時局과 大倧敎에 대한 이야기에 감명을 받고 동 29일 大倧敎에 입교하였다.122) 尹世復은 大邱에서 대동청년단 활동을 하다가 정치의 중심지인 서울로 올라와, 보다 적극적인 항일활동을 계획하였으나 1910년 일제에 의하여 조국이 강점당하자, 이에 굽히지 않고 강력한 항일민

---

117) 愼鏞廈, 앞의 논문(下), 1977, pp.161-162.
118) 姜德相, 앞의 책, p.45
119) 위와 같음.
120) 愼鏞廈, 앞의 논문, 1983, p.230.
121) 大倧敎總本司, 앞의 책, p.761.
122) 大倧敎總本司, 앞의 책, p.763.

족독립운동단체를 모색하던 중, 종교적인 단체의 성격을 띠면서 우리 고유의 민족종교로 무장한 大倧敎에 입교하는 것만이 가장 효과적인 항일투쟁의 방법이라 확신하고 大倧敎에 입교하였던 것이다.123)

그는 자산이 많아서 독립운동자금 공급에도 매우 큰 기여를 하였다.124) 다음해 정월 29일 參敎의 秩을 받고 施敎師로 選任되어 南滿洲로 出張하였으며, 사재를 들여 桓因縣에 교당을 설립하여 시교에 힘쓰는 한편, 환인현에서 東昌學校과 포수단 활동, 撫松縣에 白山學校, 北滿洲 密山當壁鎭에 大興學校, 寧安縣 東京城에 大倧學園을 설립 또는 경영하여 각 5년 동안 교육에 진력하였다125). 1916년 撫松縣, 安圖縣 등 여러 곳에 敎堂을 설립하여 7,000여명의 교인을 새로이 모으는 한편, 興業團·匡正團·獨立團 등의 단체를 조직하여 독립운동에 헌신하였다126). 1924년 先宗師인 茂園宗師의 유명을 받고 寧安縣 南關에서 敎統을 이어 제3세 敎主로 취임하였다.127)

尹世復과 新民會와의 관계가 처음으로 나타나는 것은 1909년 10월에 조직된 대동청년단에서의 활동인데,128) 대동청년단은 新民會 소속 청년들이 新民會의 이념을 이어받아 국권회복을 목적으로 南亨祐의 집에서 조직한 단체129)로 大韓光復會와 관련된 인물로 尹世復, 尹相泰, 金東三, 申采浩의 이름이 보인다. 동 단의 尹相泰와 徐相日은 朝鮮國權回復團에서 활동한 인물로, 徐相日은 1960년 2월 17일 尹世復의 朝天시 哀悼辭130)를 맡았다는 점이 주목된다. 대종교 2세 교주를 지낸 金敎獻도 新

---

123) 金東煥, 앞의 논문, 2000 참조.

124) 愼鏞夏, 앞의 논문, 1983, p.230.

125) 大倧敎總本司. 앞의 책, pp.761-762

126) 大倧敎總本司, 앞의 책, pp.763-764.

127) 大倧敎總本司, 앞의 책, p.764.

128) 金東煥, 앞의 논문, 2000 참조.

129) 『한국민족문화대백과사전』「대동청년단」편, 한국정신문화연구원, 1993.

130) 大倧敎總本司, 앞의 책, pp.750-751.
　　"檀崖義兄! 義兄은 80歲를 一期로 하여 지난 2月 13日 下午 2時에 이 塵世를

民會 계통의 朝鮮光文會에서 張志淵, 柳槿 등의 지사들과 더불어 사업에 활동한 바 있다는 점도 참고될 만 하다.131)

　부회장직을 맡은 申采浩 또한 大倧敎와 뗄 수 없는 인물로서 기록된다. 그는 1911년 후에 大倧敎 북도본사의 책임자가 되는 傅齋 李相卨이 주축이 되어 조직한 勸業會 기관지 「勸業新聞」의 주필을 맡아 많은 활동을 하였으며,132) 1914년 大倧敎에 정식으로 입교하고, 大倧敎의 종립학교였던 東昌學校에서 교편을 잡기도 했다. 특히 申采浩의 민족주의사학에 大倧敎의 영향이 절대적이었다는 점을 보더라도 申采浩와 大倧敎의 관계를 파악할 수 있을 것이다.133)

　尹世復과 申采浩는 과거 新民會 회원이자 大倧敎134)인으로서, 大韓光

떠나 갔읍니다. 우리 人間은 無窮한 空間에 渺滄海의 一粟이오 無限한 時間에 迷夢의 一瞬입니다. 이 宇宙에 一切의 不動物은 成住壞空하고 動物은 生老病死하는 四大法則을 벗어나지 못합니다. 그런 까닭에 佛家에서는 凡所有相이 皆是虛妄이라 하였고 若見諸相이 非相이면 卽見如來라 하였읍니다.
義兄은 偉大한 法力을 修練한지 이미 오래이신지라 生死에 超越한 境地에 無往無來할 것입니다. 一海가 萬波를 이르켰으니 萬波 또한 一海입니다. 옛 말씀에 生은 寄也오 死는 歸也라 하였으니 義兄은 永生과 極樂의 故鄕에서 安住하실 것입니다. 그러나 우리들은 檀崖義兄과 일지기 若冠時代로부터 祖國獨立과 民族解放을 위하여 秘密結社 大東靑年團을 組織하고 滿洲 벌판과 시베리아 눈바람 속에서 風餐露宿을 같이 하면서 눈부신 活動을 하여 왔던 과거도 想起하여 보고 그후 義兄은 東京城에서 大倧敎三世敎主로서 倭敵의 彈壓을 頑强히 拒否하여 왔고 解放後 歸國하여서는 孔席이 不暖할 程度로 東奔西走에 가진 苦難을 겪어오면서 이 나라 이 겨레에게 끼친 바 커다란 業績은 또한 靑史에 길이 빛날 것입니다.
嗚呼라 義兄은 가시다. 우리도 將次 뒤를 따라 갈 것입니다. 그러나 우리는 남아 있는 동안이라도 義兄의 民族解放을 爲한 不屈의 鬪志와 廣濟蒼生할 崇高한 大倧敎情神을 받들어서 遺志의 萬一에 도움이 되기를 自期하고 義兄의 瞑福을 빌어 마지안습니다.
　檀紀4293年 2月 17日 在京大東靑年同志一同 代表 徐相日"

131) 金正珅, 「金敎獻 民族史學의 精神的 背景」, 『國學硏究』4, 國學硏究所, 1998, p.7.

132) 李炫熙, 앞의 논문, 1998, pp.28-34.

133) 李炫熙, 앞의 논문, 1998, 참조.

復會의 계보가 新民會 계통의 民族主義者들과 大倧敎 계통의 民族主義者들이 합작한 것으로 보고 光復會의 자금은 大倧敎계에서, 이 회를 실질적으로 주도하고 운영한 것은 新民會 계통의 民族主義者들이었다고 분리하여 보는 견해[135]는 재검토의 여지가 있음을 알려준다고 하겠다.

② 만주

일제의 탄압 속에서 新民會가 해체 되어가는 중에도, 新民會회원들은 1911년 이른 봄에 奉天省 柳河縣 삼원보에 民團的 성격을 띤 자치기관으로 耕學社를 조직하고, 新興武官學校의 전신인 新興講習所를 설치하여 국내에서 모여드는 애국청년들을 훈련케 하였다.[136] 新興이라는 명칭은 "新民會가 興國한다"는 의미의 "新"자와 "興"자에서 온 것이다.[137] 이밖에 新民會 회원들은 1913년에 李東輝 등이 중심이 되어 汪淸縣 羅子溝에 大甸士官學校를, 密山縣 蜂密山子에 密山武官學校를 설립하는데 성공하였다.[138]

大韓光復會의 南北滿洲總司令長을 맡았던 李相龍은 경북 안동출신의 大倧敎的 民族主義者[139]로서 1896년 朴慶鍾[140]과 함께 가야사에 군사진지를 구축하고 의병항전을 시도하였으며 柳寅植,[141] 金東三 등과 애국계몽운동을 전개하여 1907년 協東學校를 설립하였고, 1910년 朱鎭洙, 黃

---

134) 金東煥, 앞의 논문, 2000. ; 李炫熙,「丹齋 申采浩史學의 精神的 背景」,『國學研究』5, 國學研究所, 1998 참조.

135) 愼鏞廈, 앞의 논문, 1983, p.230

136) 蔡根植,『武裝獨立運動秘史』, 民族文化社, 1985, pp.47-48.

137) 金性信,『新興武官學校에 관한 研究』, 건국대학교 교육대학 석사학위논문, 1986, p.21

138) 愼鏞夏, 앞의 논문(下), 1977, pp.171-175. ; 김방,『이동휘 연구』, 국학자료원, 1999, p.104 참조.

139) 李顯翼,『大倧敎人과 獨立運動淵源』, 1962(필사본).

140) 후에 大韓光復會 南北滿洲 參謀를 지냄(『光復會復活趣旨及沿革』).

141) 후에 大韓光復會 顧問을 지냄(『光復會復活趣旨及沿革』).

萬英으로부터 新民會의 독립운동기지 설정 계획을 전해듣고, 1911년 梁起鐸과 협의한 뒤 2월 西間島 懷仁縣에 도착, 심택진의 집에서 金大洛 등과 약 2개월간 머무르면서 한만관계사를 연구, 집필하였다.142)

만주지역의 大韓光復會 조직은 李相龍, 金大洛, 李聖烈, 朴慶鍾의 지도와 재무 黃萬英의 義捐에 의하여 만주 2차구에 사관학교를 설립하고 생도 만명을 모집한 것인데,143) 李相龍은 東三省 韓國革命團體의 효시인 耕學社 社長에 被選되었으며, 근본방침으로 兵農制를 택하여 復國運動의 인재를 양성하고자 하였다.144)

1919년 3·1운동 뒤 韓族會를 바탕으로 군정부가 조직되자 총재로 추대되었으며, 5월에는 新興講習所를 新興武官學校로 개칭하여 독립운동 간부를 양성하였다. 11월 군정부를 西路軍政署로 개칭하고 大韓民國臨時政府를 지지하였으며, 南北滿洲의 항일단체와 독립군단의 통합을 시도하였다.

指揮長 金大洛(1845~1914)은 義城金氏의 후예로 안동에서 태어나 1910년 겨울 고향을 떠나 西間島에 정착하였다. 나라를 일본에 빼앗긴 분통함을 노래하고, 檀君의 개국처인 西間島145)로 망명하여 왜적에 대한 복수와 광복의 꿈을 읊은 「憤痛歌」146)를 남긴 인물로 石州 李相龍과 처남 매부 지간이었으며,147) 1911년경에는 李東寧,148) 李會榮, 金東三,

---

142) 『한국민족문화대백과사전』 「이상룡」편, 한국정신문화연구원, 1993 참조.
143) 「光復會復活趣旨及沿革」.
　　　“李相龍, 金大洛, 李聖烈, 朴慶鍾諸氏의 指導로 財務 黃萬英氏 義捐에 依하야 滿洲二次口에 士官學校를 設立하고 生徒萬名을 募集敎養하다.”
144) 蔡根植, 앞의 책, p.48.
145) 金容稷, 「憤痛歌의 意味와 意識」, 『韓國學報』15, 1979, pp.205-206.
　　　“南走越에 北走胡에 四面八方 살펴보니 그리ᄒᆡ도 나은 곳디 長白山下 西間島라 檀祖 當年 開國處오 句麗 太祖 創業地라 決定하고 斷定하야 勇往直前하쟈할제”
146) 金容稷, 위의 논문 참조.
147) 金容稷, 위의 논문, p.215.

462

尹琦燮 등과 쉴새없이 내왕하였다고 한다.[149)

金大洛은 공리회를 발기해서 재만동포들의 정신적인 결합을 꾀했고 이 공리회는 곧 韓族會, 扶民團의 모태가 되었다. 이는 후에 正義府 軍政署 등의 발판이 되거나 그 조직 개편이 이루어지는 가운데 對日抗戰의 훌륭한 전위 기구로 성장해 갔다.[150)

1913년 무렵에는 金大洛의 집에 金東三, 李源一, 金奎植 등이 거의 매일 드나들었고, 金大洛의 손자와 李源一 등이 번갈아 국내에 파견되었으며, 연해주와도 연락을 한 것으로 보인다.[151)

또한 南亨祐와의 관계도 나타나는데, 南亨祐는 대동청년단 초대단장을 지냈고, 大韓協會, 新民會에 관계했을 뿐 아니라 후에 상해임정의 의정원 대표가 되었고, 義烈團에도 관계했던 인물이다.[152)

南北滿洲 副司令長 金東三은 경북 안동 출신으로 1907년 안동의 協同學校에서 후진을 양성하였으며, 1909년 梁起鐸과 협의하여 만주로 망명, 柳河縣에서 耕學社를 조직함과 동시에 新興講習所에서 후진을 양성하였으며, 중어학원도 설립한 바 있고 扶民團 창설, 白西農莊 설립 등에 공헌하였다. 이어서 1919년에는 무오독립선언서에 서명을 하고 韓族會를 창설하여 서무부장을 지냈고, 西路軍政署의 참모장, 통군부의 교육부장에 임명되기도 하여 1920년대에 본격화된 무장 민족투쟁의 실질적인 기둥이 된 인물이다.[153)

---

148) 李東寧은 李東輝등과 新民會를 조직한 바 있고, 李相龍과는 耕學社를 창설하고 新興武官學校 초대 교장을 지냈다. 그 후 노령으로 망명하고 大倧敎에 입교하여 독립운동을 전개하다가, 申圭植과 大倧敎 서도본사를 책임지고, 1919년 2월 노령에서 상해로 옮겨와 4월 임시의정원의 초대 의장이 되었다(大倧敎總本司, 앞의 책, p.184.).
149) 金容稷, 위의 논문, p.215, 218.
150) 金容稷, 위의 논문, p.216.
151) 金容稷, 위의 논문, pp.219-220.
152) 李東彦, 「白山 安熙濟 硏究」, 『한국독립운동사연구』 8, 1994, p.317.
153) 金容稷, 위의 논문, p.220.

金佐鎭은 1905년 大韓帝國武官學校를 졸업하고 하향하여 호남학교를 설립, 후진을 교육하다가 1907년에는 大韓協會 홍성지부를 설치하여 구국계몽운동을 전개하는 한편, 畿湖興學會를 창설하여 인재를 서울로 유학시켰다. 1908년 상경하여 五星學校 교감과 靑年學友會 회원, 그리고 「漢城新報」이사로서 민족의식을 고취시키는데 노력하였으며, 1910년 일제가 한국을 강점한 후에는 怡昌洋行을 설립, 남북만주와 연락하며 비밀리에 독립운동의 거점을 만들어 활동하였다. 그후 朴尙鎭[154]이 주도하던 大韓光復會에 입회하여 독립운동을 전개하다가 3년간 옥고를 치루기도 하였고,[155] 부사령관 李兢大가 평양 은산금광에서 피검되자, 1917년 8월 서울 魚在河방에서 金漢鍾, 朴尙鎭과 회합한 후 만주 사령관으로 파견가게 된다.[156] 1919년 무오독립선언서에 서명하는 한편 大韓正義團을 개편하여 軍政府로 발전시켰다.

같은 해 12월에는 이를 다시 北路軍政署로 개편하여 白圃 徐一 휘하에 총사령관직을 맡았고 士官鍊成所를 설치하여 독립군을 훈련시켰으며, 이를 기반으로 1920년의 청산리 독립전쟁을 승리로 이끌었다. 1921년에는 密山에서 大韓獨立軍團을 조직하여 부사령관이 되었고, 1921년 6월 自由市慘變을 겪은 후 그곳에서 탈주하여 1925년에는 新民府를 조직, 군사부 위원장 겸 총사령관에 선임되었고, 아울러 城東士官學校의 부교장을 맡기도 하였다.[157]

孫一民은 경남 밀양 출신으로 1912년 만주로 망명하여 尹世茸, 尹世復 형제와 함께 大倧敎의 종립학교였던 東昌學校[158]를 설립하여 민족교육에 이바지하였다.[159] 大韓光復會 平安道 회원 文應極[160]의 점원[161]으

---

154) 金佐鎭은 朴尙鎭과 의형제지간이었음(朴永錫, 앞의 논문, 1986, p.154).
155) 『한민족독립운동사』3, 국사편찬위원회, 1988, p.124.
156) 李成雨, 앞의 논문, pp.25-26
157) 『한민족독립운동사』3, 국사편찬위원회, 1988, pp.124-125.
158) 李炫熙, 앞의 논문, p.29.
159) 『한민족독립운동사』3, 국사편찬위원회, 1988, p.131.

464

로 1915년에는 大韓光復會 南北滿洲 參謀로서 국내와 연락하며 길림에
서 국내 지휘를 맡았던 禹在龍, 朱鎭洙 등과 함께 활동하였으며, 慶尙道
支部長 蔡基中 등과도 연락하면서 항일투쟁을 전개하였다.162) 1919년에
는 무오독립선언서에 서명하고, 이어 趙孟善이 주도한 大韓獨立團에서
활약하였으며, 1920년에는 大韓軍政司에서, 1925년에는 신민부 검사원의
위원으로서 적극적으로 활동한 인물이다.163)

　이상에서 검토한 것을 종합해보면 大韓光復會 만주지역의 주도세력
도 大倧敎 계열이라고 말할 수 있겠으며, 1919년 3·1운동의 動團이 된
무오독립선언서164)에 서명한 인물만도 4명이나 되는 점이 주목된다.

　③ 상해: 臨時政府와 籌備團

　국권피탈 이후 1910년대 독립운동은 무력항쟁을 통하여 독립을 쟁취
하려는 무장독립성취론이 대두되었고, 독립운동가들은 국내에서 더 이
상의 독립운동이 곤란해지자 1909년부터 해외에 독립군 양성기지를 건
설하기 위해 망명하기 시작하였다. 이 해외 독립군 기지양성은 동삼성
과 하와이 등 이민을 통하여 한인사회가 형성된 곳에서 이루어졌으며,
국내에는 이를 지원하는 大韓光復會 등의 비밀결사들이 활발하게 활동
하고 있었다.

　무장 독립 투쟁의 기반을 다지고 있던 만주·노령 지방과 함께 외
교·정보의 중심지로서의 역할을 담당했던 상해는 우리 독립운동사에
있어서 빼놓을 수 없는 가장 중요한 곳이었다165).

　大韓光復會는 전만주의 우리 동포를 동원무장하여 무력으로써 일본

---

160) 朴烜, 앞의 논문, 1986, p.150.
161) 姜德相, 앞의 책, p.62.
162) 위와 같음.
163)『한민족독립운동사』3, 국사편찬위원회, 1988, p.131-132.
164) 金東煥, 앞의 논문, 1988, 참조.
165) 金東煥, 앞의논문, 1988, p.159.

격멸을 계획하고자, 上海臨時政府에 있던 盧伯麟을 통하여 籌備團과 연계하였다166).

　盧伯麟(1874~1925)은 黃海道 은율출신으로서 육군무관학교교장・헌병대장・육군연성학교교장 등 육군의 요직을 역임하였으나 1907년 8월 한국군이 강제 해산당하고 육군연성학교도 폐교되자 군부 교육국장 직으로 옮겼다. 그 뒤 경술국권피탈 때 낙향하여 新民會운동에 관여하기도 하였고, 김구와 함께 해서교육총회장으로 교육운동을 전개하였다167).

　盧伯麟은 군대 친구로서 특히 도움을 받았으며 평생을 항일투쟁의 동반자로 지낸 육사 동기 졸업생인 尹致晟외에 金佐鎭 등과 독립운동을 전개할 동지를 규합하고 무기 구입을 위한 군자금 모집에 온 정력을 경주하던 중 1916년 尹致晟, 金佐鎭, 申鉉大, 權太鎭, 김정호 등과 大韓光復會에 가담하였다.168)

　대구 부호 徐祐淳에 대한 처단이 실패하여 大韓光復會 회원들은 徐祐淳 등을 비호하던 일제의 추적을 받게 되었다. 일제의 감시와 추적 미행을 받게 된 盧伯麟은 1916년 大韓光復會의 동삼성 독립군 양성기지를 시찰하기 위해 그곳으로 갔고 그들은 다시 동삼성에서 상해로 갔다. 상해에서 조직된 同濟社를 경유해서 1916년 겨울 선편으로 미주 하와이로 뱃길을 재촉하였다. 盧伯麟은 천신만고 끝에 배편으로 하와이에 도착하였다. 그때가 1916년 12월 말경이었다. 이미 盧伯麟은 하와이 다아후 가할루 지방에서 벌써 여러해 전에 하와이에 이민와서 이미 기반을 잡고 애국독립운동을 전개하고 있는 무단파 朴容萬을 만나 뜻이 같으므로 상호협력하면서 애국운동을 전개하게 되었다.169)

　1919년 상해에 가서 大韓民國臨時政府 군무총장의 중책을 맡았고, 뒤

---

166) 「光復會復活趣旨及沿革」.
167) 『한국민족문화대백과사전』「노백린」편, 한국정신문화연구원, 1993, 참조.
168) 李炫熙, 『桂園 盧伯麟將軍 研究』, 신지서원, 2000. pp.70-72.
169) 위와 같음.

466

에는 국무총리에 취임하였는데,170) 大韓光復會에서 연계하고자 했던 籌
備團은 臨時政府에 대한 원조와 연락을 통하여 독립운동을 전개하고자
1919년 6월 李敏軾 등이 조직한 비밀결사 단체로, 司令長에 沈永澤, 副
司令長에 安鍾雲, 參謀長에 李敏軾, 財務部長에 呂駿鉉, 交通部長에 張
應圭, 地方部司令長에 蘇鎭亨이 각각 선출되었다.171) 곧 이어 李敏軾이
司令長이 되고, 신석환을 參謀長으로 하면서 새로 蘇鎭亨을 籌備團長으
로 선임함과 동시에 籌備團 조직의 경과를 臨時政府에 알렸다.172)

蘇鎭亨은 大韓光復會 간부인 禹在龍, 權寧萬, 李載煥 등과 협의하여
臨時政府의 군자금을 모집하고자 忠南 지역의 부호를 조사한 뒤 수금한
2,000원을 臨時政府 특파원 金圭一에게 송금한 바 있으며, 1920년 9월에
籌備團 團長으로 추대되었다. 그 뒤 臨時政府로부터 독립공채를 받아
이를 각지의 부호들에게 배부하여 군자금을 모금하였으며, 臨時政府가
발행하는 각종의 독립운동 관계문서를 인수하여 이를 배포함으로써 독
립의식을 고취한 인물이다.173)

籌備團은 먼저 독립운동 자금을 모집하였는데, 자산가에 대한 설득이
어렵게 되자 협박장을 보내는 등의 방법으로 자금조달에 힘써, 일부는
籌備團의 활동자금으로 충당하고 일부는 臨時政府의 독립자금으로 보내
려고 하였다.174)

그러나 이러한 방법을 통하여 독립운동자금 6,000원 모집으로 그치
고, 더욱이 일본경찰에게 탐지되어 그 이상의 활동이 여의치 못하게 되
면서 동지들의 대부분이 잡힘으로써 籌備團의 활동은 큰 성과를 거두지
못했으며,175) 大韓光復會 指揮 禹在龍과 參謀 權寧萬도 籌備團에 합류

---

170)『한국민족문화대백과사전』「노백린」편 참조.
171) 위와 같음.
172)『한국민족문화대백과사전』「주비단」편 참조.
173) 위와 같음.
174) 위와 같음.
175)「光復會復活趣旨及沿革」.

하여 활동하다가 피검되고 말았다.[176)]

④ 국내

大韓光復會는 독립운동자금을 조달하여 만주의 독립군기지에서 독립군을 양성하는 한편, 국내에도 혁명기지를 확보한 후 혁명적인 수단으로 민족독립을 달성하려 하였다. 大韓光復會의 국내조직은 豊基의 光復團과 大邱의 朝鮮國權回復團이라는 두 선행조직이 발전적으로 통합되어 朴尙鎭[177)]과 李觀求[178)]를 중심으로 조직되었다.

朴尙鎭은 1911년 조국광복의 큰 뜻을 품고 중국 天津으로 건너가 군기창을 견학하고, 곧 중국의 辛亥革命을 목격하고 秘密·暴動·暗殺·命令의 4대 방략으로 조선의 국권을 회복하고자 다짐하게 되었다.[179)]

그는 귀국길에 耕學社 扶民團의 李相龍, 金東三 등 많은 혁명가를 만나고서 독립운동기지와 독립군 사관학교 설립, 독립군 양성을 논의하고, 무장투쟁을 전개하고자 하던 참에 李觀求를 만났다.[180)]

李觀求는 黃海道 松禾郡 道穩里 韓山李氏 世居村에서 출생하였고, 이명은 鍾錫, 海量, 호는 華史이다.[181)]

전통적 유가에서 생장한 李觀求는 일찍부터 국권 회복에 뜻을 두고, 1905년 상경하여 朴殷植, 申采浩, 梁起鐸, 張志淵 등과 언론사업에 종사하고, 新民會 계열의 평양 大成學校[182)]와 崇實專門學校에서 수학하였

"본 光復會난 당시 上海臨時政府陸軍總長 盧伯麟氏를 通하야 京城에 組織된 사령장 沈永澤, 부사령장 安鍾雲, 참모 李敏軾, 재무 呂駿鉉, 교통 張應奎等 諸氏와 聯合하야 全滿洲의 우리 同胞를 動員武裝하여 武力으로써 日本擊滅을 計劃하다가 機密이 漏洩되야 모다 逮捕되야 体刑을 받았다."

176) 趙東杰, 앞의 논문, 1983, p.123.
177) 朴永錫, 앞의 논문, 1997 참조.
178) 朴烜, 앞의 논문, 1986, pp.150-151.
179) 朴永錫, 앞의 논문, 1997, pp.159-160.
180) 朴永錫, 앞의 논문, 1997, pp.160-161, ; 朴烜, 앞의 논문, 1986, pp.151.
181) 趙東杰, 앞의 논문, 1983, p.108.

다.183)

경술국치후 국가를 중건하고자 하는 노력의 일환으로 중국으로 망명하여 북경의 滙文大學과 明倫大學에서 수학, 浙江省 抗州府 軍官學校 速成科를 수료하고, 또한 辛亥革命에 참가하였던 바, 무력투쟁의 동지를 규합하기 위하여 南京, 上海, 香港, 西間島, 北間島, 露領 등지를 두루 돌아다녔다.184) 李觀求는 중국을 떠나 유럽과 하와이를 여행하고 미국에서는 安昌浩를 만나 항일운동으로 빼앗긴 조국을 되찾아야 함을 역설하고 이를 실현하기 위하여 1913년 귀국하였다. 1913년 4월 서간도로 가서 李始榮 등을 만나 장차의 독립운동은 전쟁형태로 발전할 것이므로 군인을 양성하는 사업이 급선무임을 주장하고 武官學校를 설립하도록 계획하였다.185)

朴尚鎭과 李觀求의 만남은 扶民團 團長 許赫에 의하여 이루어진 것으로 보이는데,186) 許赫은 朴尚鎭의 독립운동에 가장 큰 영향을 끼친 한말의 대표적 의병장 許蔿의 친형187)으로, 1910년 許蔿부대의 계통은 柳河縣 삼원보에서 新民會 계통 인사들이 세운 扶民團과 新興武官學校에 합류되어 있었으므로, 朴尚鎭과 李觀求는 이런 기연으로 新民會 계열이 주도하는 光復會 국내조직을 맡게 된 것으로 보인다.188)

두 사람은 大韓光復會를 조직할 것을 구상하고, 이의 실현을 위하여 귀국하여 우선 朴尚鎭의 고향인 경주로 가서 활동하였다. 李觀求는 朴尚鎭과 함께 大韓光復會 조직 운동을 전개하면서, 곧 黃海道와 平安道 지역으로 가서 大韓光復會의 黃海道·平安道 지부 조직에 착수하였

---

182) 愼鏞廈, 앞의 논문(上), 1977, pp.61-62, 68-72.
183) 朴垣, 앞의 논문, 1986, p.145.
184) 朴垣, 앞의 논문, p.145, 151.
185) 『한국민족문화대백과사전』 「이관구」편, 한국정신문화연구원, 1993, 참조.
186) 朴垣, 앞의 논문, 1986, p.151.
187) 위와 같음.
188) 위와 같음.

다.189) 이때 趙賢均은 平安道 支部長으로 임명되었는데, 禹在龍의 「白山旅話」,190) 李觀求의 「義勇實記」,191) 「光復會復活趣旨及沿革」에서 趙賢均이 大韓光復會 平安道 支部長임을 거듭 증명하고 있으며, 이미 慶尙道의 光復團다과도 긴밀한 관계를 가지고 있었던 것으로 보인다. 朴文五의 아들인 朴東欽은 李觀求가 大韓光復會를 조직할 때 그를 지도하는 한편 平南北의 지사들이 이 단체에 가입하도록 권유하였으며, 梁鳳濟는 平南北의 부호들이 大韓光復會에 가입하도록 노력하였다.192)

大韓光復會 平安道 支部의 조직에 平安北道의 朴文一 계열 인사들과 李觀求가 함께 활동했던 점이 주목되는데, 趙賢均이 大韓光復會 平安道 支部長을 맡을 수 있었던 이유는 구체적으로 밝혀지지 않았으나, 아마도 趙賢均이 朴文一 계열로서, 新民會의 주활동지역중의 한 곳이었던 平北 定州193)에 거주하고 있었던 점, 청년시절부터 大倧敎를 신봉했던 인물이라는 점, 共和主義를 지향하며 언제나 조선의 독립을 열망하고 있었던 점, 또한 平安道의 대부호였던 점을 통하여 平安道 支部의 適任者로 손꼽히지 않았을까 생각된다.

李觀求는 1914년 黃海道와 平安道 지역을 중심으로 유림계의 이종문·오순원 등과 밀의하여 항일격문 작성 배포 하여 일제를 당황하게도 하였지만 결국 50여명의 동지가 체포되었고, 그는 중국으로 건너가 申圭植이 주도한 大倧敎 계열의 同濟社194)에 가입하게 된다.195)

한편, 朴尙鎭은 慶尙道를 중심으로 禹在龍, 權寧萬, 梁濟安, 蔡基中 등과 접촉을 하기 시작하였는데, 禹在龍은 朴尙鎭의 명령을 받고 만주

---

189) 朴烜, 앞의 논문, 1986, p.152.
190) 朴永錫, 앞의 논문, 1986, p.149 ; 李成雨, 앞의 논문, p.6.
191) 朴烜, 앞의 논문, 1986, p.150.
192) 朴烜, 앞의 논문, 1986, p.156.
193) 尹慶老, 앞의 책, p.224.
194) 金熙坤, 「同濟社의 結成과 活動」, 『韓國史研究』48, 1985 참조.
195) 朴烜, 앞의 논문, p.152.

로 가서 朱鎭洙, 梁在勳, 孫一民, 李洪珠 등과 접촉하여, 서간도 지역과의 연결 계기를 마련해주었고, 또한 朴尙鎭은 1914년 大韓獨立義軍府에도 가담하였는데,196) 李觀求의 부친 李允珪가 전국적으로 명성이 있었던 大韓獨立義軍府 黃海道 대표 柳應斗197)의 문인198)이었다는 점이 주목할 만하다.

이렇게 하여 1917년도에 忠淸道支部가 결성되고, 이어 江原道 支部와 全羅道 支部도 결성된다.199)

李觀求는 1916년 고향의 家財를 매각하여 만주 安東에 三達洋行, 長春에 尙元洋行 설립하고 光復會 대외 업무를 맡았으며, 新興學校 李始榮에게 자금 조달, 朴尙鎭과 무기확보에 힘을 쏟았고, 총독암살 계획하고 회원 成樂奎, 曺善煥을 서울에 잠입시키기도 했다.200) 또 1917년 귀국하여 黃海道 유림의 애국심을 불러일으키기 위하여 勉菴 崔益鉉, 毅菴 柳麟錫, 淵齋 宋秉璿의 三賢廟 건립을 추진하기도 하였고,201) 黃海道 일대에서 군자금 수합에 열중하다가 1918년 만주에서 趙夏東의 밀고로 체포되어 10년 언도에 6년의 옥고를 치뤘다.202)

---

196) 朴永錫, 앞의 논문, 1986, p.146.

197) 申圭秀, 「大韓獨立義軍府에 대하여」, 『邊太燮博士華甲紀念史學論叢』, 三英社, p.986.

198) 참고적으로 柳應斗는 일찍이 중국의 여러 곳을 돌아다니다가 우연히 『檀寄古史』를 구하여 문인 李允珪등에게 수십권을 필사하게 하였고, 대한광무시대 학부에서 출간하려하다가 일본의 내정간섭으로 간행되지 못하고, 李觀求는 부친으로부터 물려받은 이 책을 1912년 安東縣에 있을 때 동지 申采浩에게 서문을 부탁하고 출간할려고 했으나 역시 뜻을 이루지 못하고, 1949년 김두화와 함께 국한문으로 펴냈다. 이 『檀寄古史』의 출간은 李觀求의 大倧敎 신앙이 바탕이 되지 않고서는 이루어지지 못했을 것이다(趙東杰, 앞의 논문, 1983, p.108. ; 『檀寄古史』, 한뿌리, 1993, pp.12-18, 참조).

199) 李成雨, 앞의 논문 참조.

200) 趙東杰, 앞의 논문, 1983, p.109.

201) 위와 같음.

202) 趙東杰, 앞의 논문, 1983, p.121.

『義勇實記』에 따르면 趙賢均은 "평북 定州 지방의 유학자로 進士 시험에 합격한 후 參議를 지낸 인물"이며, "조선의 독립을 위해 물심양면으로 노력하였으므로 평안남북도의 지사들 가운데 그의 집에 왕래하지 않는 자가 없었다"고 하였다.203)

이러한 趙賢均이 활약한 大韓光復會의 활동과 이념을 살필려면, 먼저 大韓光復會의 "決議"와 "行事"를 알아보는 것이 좋겠다.

決議
吾人은 우리 大韓獨立權光復하기 爲하여 吾人의 生命을 犧牲에 供함은 勿論 吾人의 一生에 目的을 達成치 못할 時는 子子孫孫이 繼承하여 不共戴天의 讐敵 日本人을 完全逐出하고 國權을 完全히 光復하기까지 絶代不變하고 一心戮力할 事를 天地神明에 誓함.

行事
一. 武力準備 一般富豪의 義捐과 日本人의 不法徵收하는 稅金을 押收하야 此로써 武裝을 準備함.
二. 武官養成 南北滿洲에 士官學校를 設置하고 人材를 敎養하야 士官으로 採用함.
三. 軍人養成 我大韓의 由來義兵, 解散軍人及南北滿洲移住民을 召集하야 訓練採用함.
四. 武器購入 中國과 露國에 依賴購入함.
五. 機關設置 大韓, 滿洲, 北京, 上海등 要處에 機關을 設置하되 大邱에 尙德泰라는 商會의 本店을 두고 各地에 支店及旅舘又는 鑛務所를 두어서 此로써 本光復會의 軍事行動의 集會, 往來등 一切 聯絡機關으로함.
六. 行刑部 우리 光復會난 行刑部를 組織하야 日本人 高等官과 우리 韓人의 叛逆分子난 隨時隨處 鉋殺을 行함.
七. 武力이 完備되난대로 日本人 殲滅戰을 斷行하여 最後目的完成

---

203) 朴烜, 앞의 논문, 1986, p.157.

을 期함.

大韓光復會는 군자금 조달·혁명기지 건설·무기비축·독립군 양성·혁명달성이라는 활동계획을 세우고 있었다.

平安道 支部를 책임진 趙賢均도 軍資金 모집 통고문을 발송하는 등 활동을 개시한다.[204]

大韓光復會는 또한 의열투쟁방략을 선택하여 친일부호 등을 처단하는 활동을 전개하여, 1917년 11월 慶尙道 관찰사인 張承遠, 1918년 1월 牙山郡 道高面長 朴容夏의 처단 등은 그 대표적인 예인데,[205] 기록상에는 나타나지 않으나 平安道에서의 大韓光復會의 활동도 활발하게 진행이 된 것으로 보인다.[206]

大韓光復會 平安道 지부인 趙賢均의 자택에는 平安南北道 지사[207]들뿐만 아니라 黃海道 사람들도 무수히 드나들었다고 하는데,[208] 이를 통하여 보면 趙賢均의 자택 자체가 平安道와 黃海道 그리고 국내와 만주를 잇는 독립운동 기지였다고 볼 수 있다.

平北 定州는 해주, 신의주, 안동을 잇는 요지로, 滿洲와 平安道 支部와의 연락은 2자인 趙重錫과 3자 趙聖錫이 담당하였다.[209]

趙賢均은 노비나 병자들에게는 자상하였지만, 동네사람들과는 교류를 일체 하지 않아 사이가 좋지 않았고, 식구들한테는 엄하게 대하여 고개도 못들고 피할 정도였다고 한다.

趙賢均의 자택은 국내와 만주로 통하는 요지[210]에 있었고, 독립운동

---

204) 姜德相, 앞의 책, p.33, 참조.
205) 朴永錫, 앞의 논문, 1997, p.171.
206) 金愛玉과의 대담.
207) 朴烜, 앞의 논문, 1986, p.157.
208) 金愛玉과의 대담.
209) 金愛玉과의 대담 ; 趙秉熙와의 대담 ; 趙秉河와의 대담 ; 『義勇實記』 <義勇錄>趙賢均條 참조.
210) 定州郡은 1905년 경의선이 개통됨에 따라 운전, 고읍, 정주, 하단, 곽산역이

기지였기 때문에 독립운동 지사들[211]이 많이 거쳐갔고, 소문이 나는 것을 막고자 동네사람들과 교류를 하지 않고 집안 식구들한테 냉대하였던 것으로 보인다.[212]

趙賢均의 99칸 자택은 워낙 광대하여 검문 조사가 있어도 대문에서 말을 걸어 시간을 지연시키는 동안, 그 사이 뒷담에 사다리를 놓아 뒷산으로 독립군들을 도피시키곤 했기에 체포될 수가 없었다고 한다.[213]

趙賢均의 부인 車씨는 남모르게 항상 밥을 두배로 지어 놓아 독립군들의 식사를 제공해주었고, 독립군들을 위한 버선을 준비해놓았으며, 趙賢均은 숙박과 여비 및 군자금을 제공해 주었다.[214]

趙賢均은 平安道 지부를 거쳐가는 光復會 회원들에 대한 衣食住를 해결해 주었던 것이다.

趙賢均은 의학에도 조예가 깊어 눈약(丸劑)을 만들어 앞이 안보이는 사람들을 많이 고쳤으며, 환자들은 1개월이고 2개월이고 집안에서 숙식을 무상으로 제공하면서 나을때까지 돌보았기 때문에 집안에는 전국팔도에서 몰려든 병자들로 가득하였다고 한다.[215]

大韓光復會가 大邱 尙德泰商會에 본부를 두고 大韓과 滿洲, 北京, 上海 등 각처에 미곡상을 설치하여 군자금 출납을 위장하고 연락 거점으로 삼았다면,[216] 平安道에서 趙賢均이 사용했던 방법은 자신이 명의로써 팔도에서 이름을 날려 자택을 의원화함으로써 집안 식구들과 동네사

생겨 교통의 요지로 발달하였으며, 1939년 9월에는 평북선이 개통되어 고안, 봉명역이 생겼다. 또한 서울에서 의주에 이르는 국도와 구성, 泰川, 박천, 희천 방면에 이르는 도로가 발달하여 이 군의 교통망은 사통팔달하였다(『한국민족문화대백과사전』「定州郡」편, 한국정신문화연구원, 1993. 참조).

211) 朴烜, 앞의 논문, 1986, p.157.
212) 趙秉熙와의 대담.
213) 趙秉河와의 대담.
214) 金愛玉과의 대담. ; 趙秉熙와의 대담.
215) 趙秉熙와의 대담.
216) 趙東杰, 앞의 논문, 1982 ;「光復會復活趣志及沿革」.

474

람들도 독립군과 병자들을 분간을 알수 없게 끔한 방법을 채택하였던 것으로 보이며, 이에 대한 연구가 더 필요하다고 본다.

「義勇實記」에 따르면, 李觀求가 봉변(*필자주: 1918년의 피체)을 당함에 따라 趙賢均도 警察署에 불려가서 많은 辱을 보았으나 수감까지는 되지 않았으며, 이후 3·1운동에 참가하였다가 필경 복역되었다고 전하고 있다.

2) 大韓獨立團 定州郡 支團長 활동

(1) 大韓獨立團 결성

1895년 명성황후 시해에 대한 복수와 국권회복에 불타는 애국지사들은 국내각지에서 의병을 일으켜 여러 해 동안 왜적과 항쟁하였으나 1910년 일제에 의하여 조선이 강점당하는 비운까지 겹치고 왜군의 대량 증강으로 항일의병은 마침내 국내활동의 곤란을 느끼고 각각 진영을 정비하여 만주와 노령 등지로 망명하여 계속적인 무장투쟁을 전개하였다. 그리하여 柳麟錫부대는 西間島 奉天省 通化縣과 輯安縣 등지로, 李鎭龍, 趙孟善, 朴長浩 등의 부대는 長白縣, 撫松縣, 輯安縣, 臨江縣 등지로, 趙秉準, 全德元 부대는 寬甸縣과 桓仁縣 등지로 각각 이동하였다.[217]

이처럼 서간도 지역으로 이동한 의병부대들은 생계유지를 도모하는 일면 독립군양성, 무기조달, 군자금 마련을 위해 각각 자치기관 겸 독립운동단체를 결성하기에 이르렀다. 그 대표적인 것으로는 柳麟錫 부대의 保約社, 白三圭, 全德元의 農務契와 鄕約契, 그리고 李鎭龍, 趙孟善, 尹世復, 洪範圖, 車道善 등의 砲手團 등을 들 수 있다.[218]

그러던 중 1919년 국내에서 3·1운동이 일어나자 이를 계기로 서간

---

217) 金啓業, 『大韓獨立抗日鬪爭總史』上卷, 1989, 育志社, p.806.
218) 朴烜, 「大韓獨立團의 組織과 活動: 復辟主義系列의 獨立運動團體一事例」, 『韓國民族運動史研究』3, 1989, p.188.

도 지역에서도 만세운동이 활발히 전개되는 동시에 독립운동을 본격화
하고자 하기 위해 기존의 독립운동단체들을 통합하려는 움직임이 일어
나게 되었고, 그 결과 1919년 陰 3월 15일 檀君御天節219)을 기하여 만
주각지에서 활동하는 의병수령 향약대표 포수단 대표등 560여명이 柳河
縣 三源堡 西溝 大花斜에 모여 국내진입의 독립전쟁 수행을 주목표로
각기 분립된 단체를 해체하고 독립쟁취를 위한 단일기관으로 大韓獨立
團을 조직하였다.220)

이같이 결성된 大韓獨立團은 柳河縣·臨江縣 등 서간도지역의 9개현
과 국내의 平安道와 黃海道 등지에 80여 개의 지단을 설치하는 등 넓은
지역에 지지 기반을 갖고 활발한 무장투쟁을 전개하였다.221)

大韓獨立團을 주도했던 金承學에 따르면222), 1919년 8월 초에서 1920
년 정월 초순까지 89개소의 국내 독립단 지단을 설치하는데, 定州에 2
개소가 설치되었으며, 趙賢均은 定州 支團長223)으로 같은 定州郡 德達
面 德星洞에 거주하던 趙錫均은 定州 支團長224)으로 임명되어 활동하였
다. 그런데 「每日申報」 1921년 5월 13일자 기사를 보면 趙錫均과 趙賢

---

219) 음력 3월 15일 御天節은 大倧教 4대 경절{開天節(10·3), 御天節(3·15), 重
　　光節(1·15), 嘉慶節(8·15)}의 하나로 지상으로 내려 왔던 한배검(天祖神)께
　　서 하늘로 올라가신 날이다. 한배검께서는 上元甲子年에 인간세계에 내려와
　　125년 동안 神市를 열어 가르치시고, 무진년에 임금의 자리에 올라 93년 동
　　안 다스리는 등, 삼신일체의 자리에 서서 각각의 자리에 따라 造化·教化·
　　治化의 은덕을 217년 동안 베푼 다음, 경자년 음력 3월 15일에 다시 하늘(한
　　울)로 올라가셨다고 한다. 大倧教에서는 이날을 한배검과 헤어진 날로서 서
　　운하게 여기기보다는 인간들이 스스로 살아갈 수 있음을 믿고 한배검이 승
　　천하였다는 뜻에서 크게 경축하고 있는데, 이날에는 특히 각 교당에서 선의
　　식과 경하식을 거행한다(『한국민족문화대백과사전』「어천절」편, 한국정신문
　　화연구원, 1993, 참조).
220) 蔡根植, 앞의 책 참조.
221) 朴桓, 앞의 논문, 1989, pp.187-190.
222) 金承學, 「亡命客行蹟錄」『한국독립운동사연구』제12집, 1998.
223) 「東亞日報」1921년 3월 12일자.
224) 「東亞日報」 1921년 4월 11일자.

476

均은 동일 인물로, 「東亞日報」 1921년 3월 12일자 기사중 定州 支團長의 오자로 보이고, 덧붙여 趙賢均의 大韓獨立團 가입이 金起漢의 권유에 따라 1920년 5월(음력)로 나타나는 점은 간과 할 수 없는 부분이라 하겠다.

金承學은 大倧敎人[225]이자 大韓獨立團 총참모 趙秉準의 문인[226]으로, 趙秉準은 雲菴 朴文一의 제자였고,[227] 大韓光復會 평북 출신 회원이 모두 朴文一과 관련이 깊다는 사실, 그리고 大韓獨立團의 취지가 大倧敎 및 大韓光復會의 취지와도 연관성이 있었다는 사실 등을 종합해보면 趙賢均이 大韓光復會 平安道 지부와 大韓獨立團 定州 總支部의 책임을 수락했다는 점을 추론하는 것은 그리 어렵지 않다고 여겨진다.[228]

大韓獨立團은 西間島와 국내와의 상호 협조하에 한국의 독립을 이루고자 국내 지단을 설치하고자 하였으나 다만 黃海道와 平安道 지역에

---

225) 大倧敎의 기록에 나타난 希山 金承學의 大倧敎 敎歷은 다음과 같다.
　　1922년　9월　3일　靈戒 및 參敎 祗受
　　1946년　2월 23일　知敎로 陞秩
　　1946년　3월　6일　經議院 參議를 被任
　　1946년　4월 24일　尙敎로 陞秩
　　1949년　1월　2일　正敎加大兄號로 陞秩 및 總本司 典理 被任
　　1949년　4월 26일　經議院 參議를 再任
　　1950년　5월　7일　元老院 參議 轉任
　　1950년 11월 14일　西一道巡敎員으로 被任되었으나 不就
　　1955년　1월 27일　釜山支司 典務 被任, 9년간 視務
　　(大倧敎總本司, 『大倧敎重光六十年史』, 1971, p.860-861.)
　　大倧敎에서 入敎와 靈戒祗受는 완전히 구별되는데, 입교 후 일정기간 동안에 신앙에 대한 확신이 서게 될 경우, 본격적인 믿음에 대한 맹세를 하고 그 확인을 공경히 받는 것을 靈戒祗受라 한다. 따라서 金承學의 大倧敎 입교는 1922년 이전이라고 볼 수 있다(金東煥, 앞의 논문, 2000, 참조).
226) 朴桓, 앞의 논문, 1989, p.198.
227) 위와 같음.
228) 大韓光復會와 大韓獨立團에서 동시에 활동한 인물로는 趙賢均 외에 李鎭龍, 孫一民을 들 수 있다.

지단을 설치하는데만 성공하였다.[229]

(2) 大韓獨立團의 활동

이 大韓獨立團의 설립의 규범이 되는 통칙[230]을 창립총회에서 채택 통과시켰는데 이는 다음과 같다.

<大韓獨立團의 통칙>

1. 명칭 : 大韓獨立團이라 함.

2. 목적 : 남북만주와 조선내부에 기맥을 상통하야 조선독립의 완전한 성취를 도모할 것.

3. 조직 : 大韓獨立團의 본부를 중국 유하현 삼원보에 두어서 이를 총재 소라 하고 도총재로 박장호, 부총재로 백삼규, 총단장으로 조맹선을 임명하고, 서울에 전국 중앙기관을 두고 각도에는 총지단 각군, 각면에는 군,면지단을 설치할 일.

4. 방법 : 각도에 소집전권의원을 특파하여 일동의 전권을 급속히 위임할 일.

5. 전권위원의 사무는 아래와 같음.

(가) 독립운동의 의무금을 징수할 일.

(나) 만주에 있는 본단에서 動兵하여 압록강을 건너올 때에는 일제히 내응할 일.

(다) 독립단이 개전할 때에는 軍人·軍屬과 軍輸品을 징발하여 운수해 보낼 일.

(라) 기타 적병(일본군)과 적국의 경찰관 배치상황과 적국의 간첩과 친일하는 관리의 조사표를 꾸밀 일.

(마) 행정관리에 대한 경고문을 본부의 명령으로 선포할 일.

(바) 지방청년으로 義勇團을 조직하여 郡에는 이백 명으로 조직한 中隊를 두고, 道에는 사백명으로 조직한 大隊를 두고, 중앙에는 팔백 명

---

229) 朴烜, 앞의 논문, 1989, p.190.
230) 신재홍, 앞의 책, pp.29-30.

으로 조직한 聯隊를 설치할 일.

(사) 의용단 중에서 용감한 사람을 선발하여 암살단과 放火隊를 조직하
여 암살단은 중앙기관의 명령을 받아서 관리와 친일하는 사람을 암
살하고, 방화대는 일이 일어날 때에 경찰서 근처에 불을 놓아 경관
이 소방하러 나간 틈을 타서 무기를 탈취하고 경관과 싸우는 동시
에 중앙으로부터 대병을 출동시키어 전투를 개시할 때 각소에 있는
감옥을 파괴하여 갇히어 있는 죄수를 해방할 일. 군수품은 물론 철
도와 전신을 파괴 절단할 기구를 준비하여 줄일 등이오.

南北滿洲와 조선내부에 기맥을 상통하야 조선독립의 완전한 성취를
도모할 것이라는 목적하에 大韓獨立團은 군자금 모집과 독립군 양성,
무장활동을 전개하였다[231].

大韓獨立團에서는 우선 서간도지역에 거주하고 있는 동포들로부터
군자금을 모집하고자 하였으나, 군자금 모집이 여의치 않자 국내에서
군자금 모금을 하여 平安道와 黃海道 서울 등지에서 활발하게 이루어졌
고, 특히 평안북도 지역에서의 모금활동은 상당한 성과를 거두었다.[232]

이는 大韓獨立團의 주요 간부 가운데 平安北道 출신이 다수를 이루
고 있었기 때문이기도 하며,[233] 趙賢均 자신이 平北 定州郡의 대부호였
고,[234] 조선의 독립을 위해서 물심양면으로 자산을 아끼지 않았기 때문
에 定州郡의 군자금 모집에는 어려움이 없었을 것으로 사료된다.

大韓獨立團은 만주와 국내의 일본인 및 친일파 숙청 그리고 일제의
기관 파괴에 큰 성과를 거두었으며,[235] 무장투쟁을 지속적으로 전개하
기 위하여 독립군 양성을 하고자 하였으나 일제의 압력과 간섭으로 뜻
을 이루지 못하였다.[236]

---

231) 朴桓, 앞의 논문, 1989, pp.199-203.
232) 朴桓, 앞의 논문, 1989, p.200.
233) 위와 같음.
234) 金愛玉과의 대담. ; 趙秉熙와의 대담.
235) 朴桓, 앞의 논문, 1989, p.202.

　이처럼 활발한 무장투쟁을 전개하던 大韓獨立團은 1920년 2월경 上海臨時政府 직할하에 光復軍司令部[237]로 통합되었다.[238]

　趙賢均은 李鎭・趙孟善과도 긴밀한 연락을 취하면서 활동하다가, 1921년 일경에게 체포[239]되어 징역 3년을 언도받고 불복 공서하였다가 기각되고 결국 평양 감옥에 수감되었다.[240]

　趙賢均은 평양 감옥에서 모진 고문을 받으며, 1년 4개월간의 옥고를 치루고 1922년 7월에 가출옥하였는데,[241] 趙賢均의 2子 趙重錫과 아우 趙聖錫 형제가 필사적으로 노력하여 당시 보석금으로 쌀 500~1,000석을 주고 석방되었다고 한다.[242]

---

236) 朴烜, 앞의 논문, 1989, p.201.
237) 대한청년단연합회, 의용대, 大韓獨立團이 합류하여 조직한 것으로 국내에는 지하조직으로 서울에 중앙연락본부를 두고 각도에는 지영을 설치하여 국내로 진격하여 일본군경과 친일파를 숙청하여 독립을 달성하려고 하였다. 총영의 영장에는 오동진, 참모부장에는 이탁, 경리부장에는 조맹선이 취임하였다. 이들은 1920년 후반기로부터 국내작전을 전개하여 국내에서 혁혁한 활동을 한 끝에 커다란 전과를 올리게 되었다.
238) 金啓業, 앞의 책, p.808. ; 朴烜, 앞의 논문, 1989, p.203, 참조.
239) 趙賢均은 독립운동 관련 문서와 물품을 자택 뒷간에 아무도 모르게 숨겨놓았는데 이는 부인 車씨(淑人延安車氏 1879~1947)만이 알고 있었다고 한다. 그런데 趙賢均 체포 당시 일경은 단번에 증거물을 찾아내어 이를 본 부인이 그만 졸도했다고 한다(金愛玉과의 대담).
240) 「東亞日報」1921년 3월 12일자.
　　"定州總支部長 조현균의 공판은 팔일신의주에서 지나군 팔일오후한시반에 독립단정주총지부당 조현균(獨立團平北定州總支部長趙賢均) (五三)의 뎨일회 공판을 평양디방 법원 신의주지텽 뎨일호법뎡에서 개뎡하고 지수(志水) 검사의 징역삼년구형에 대하야 변호사 홍재긔(洪在祺) 성기영(成夔永) 신보삼(申保三)씨의 무죄주장의 변론이잇슨후 판결은 오는십삼일로정하얏는대 피고에게서 압수된물건은 조선총두개 양총두개 륙혈포한개 탄환마흔다섯개 단도한자루이라더라 (신의주)"
241) 「東亞日報」1922년 7월 12일자.
　　"趙氏假出獄 평북뎡주군 덕달면 덕성동 조현균(平北定州郡德達面德星洞趙賢均)씨는 제령위반으로 평양감옥에서 복역중이더니 일전에 가출옥이 되얏다더라(뎡주)"

3) 평양 감옥 가출옥 및 이후 활동

趙賢均은 출옥후 이듬해에 白川趙氏 癸亥譜 刊行에 總務 겸 會計로 참여하였다.243) 그 뒤로 가사에 종사한 것으로 기록되었으나,244) 일경의 감시망을 피하여 비밀리에 독립운동을 계속 진행하였다.245)

광복을 전후하여 공산정권이 들어서면서 지주들에 대한 '강계' 추방령이 내려지면서 趙賢均은 定州郡에서 그 대상 1호에 해당되어 1946년 월남하여 서울 상도동에서 살았다.246) 이듬해 3월 19일 부인 車씨가 사망하고, 이어 趙賢均은 1949년 7월 13일 사망하여 신림동 공동묘지에 묻혔다. 그로부터 20년후 서울대학교 캠퍼스 공사 문제로 이장공고가 시행되어 1970년 楊州 渼金面 平內里 金谷 天主敎 墓地로 이장되었고247), 1990년 건국훈장 애족장을 추서받고 1994년 9월, 生前에 그리도 가고 싶어했던 鷄龍山 가까운 대전국립묘지248)에 안장되었다.

故 敬齋 趙賢均 志士 年譜

○1871년 10월 6일 평안북도 정주에서 부친 생원 조광호와 모친 공인

---

242) 金愛玉과의 대담.

243)『白川趙氏大同世譜』卷之首, 1995, p.799.
　　趙賢均은 족보를 매사 강조하였으며, 1946년 월남할 때에도 유일하게 가지고 내려온 것은『白川趙氏定州派譜』한권이었다(趙秉熙와의 대담, 趙秉河와의 대담).

244) 趙賢均의「獨立有功者平生履歷書」참조.

245) 趙秉熙와의 대담.

246) 위와 같음.

247) 金恩玉(趙賢均의 曾孫인 趙秉河의 처. 1946년생. 서울 거주)과의 대담(2000.2.11). 天主敎 신자였던 金恩玉에 따르면, 당시 이장할 곳이 없어서 1970년 여름 金谷 天主敎 묘지를 사서 2개월 후 이장시켰다고 한다. 趙賢均은 그곳에서 24년간 안장되었었다.

248)『독립유공자묘소편람』, 국가보훈처선양사업과, 1995, p.556.

영천김씨 사이에서 1남 3녀중 장남으로 출생. 初名은 禹均, 호는 敬齋, 자는 德章이다.

◦1894년 진사 시험 합격 후, 단군과 고구려 시조 동명왕을 모셨던 평양 숭령전 참봉을 거쳐 6품 참의에 오름.

◦1915년 7월 15일 대한광복회 평안도 지부장으로 활동.

◦1919년 3·1운동 참가.

◦1921년 3월경 대한독립단 평북 총무감 및 정주 지단장으로 활동 중 일경에게 피체되어 3년 구형을 받고 평양감옥에 수감됨.

◦1922년 7월에 평양 감옥에서 복역중 가출옥.

◦1923년 배천조씨 계해보 간행 총무 겸 회계 참여.

◦1946년 10월 월남, 서울 상도동에 거주.

◦1949년 7월 13일 서울에서 사망, 신림동 공동묘지에 안장.

◦1970년 양주 미금면 평내리 금곡 천주교 묘지로 이장.

◦1990년 8월 15일 건국공로훈장 애족장을 추서받음(제154호).

◦1994년 9월 대전국립묘지에 안장됨(애국지사 2묘역 제160호).

〈서평〉

제국주의 연구의 자료와 자유에 관하여

한 석 정*

졸저 [만주국 건국의 재해석: 괴뢰국의 국가효과, 1932-1936]가. 출판된 뒤 여러 학회지와 신문을 통해 사회학계와 역사학계의 여러 동료들이 유익한 비평을 해주었다. 사회학자들은 주로 이론 편에서, 역사학자들은 자료의 면에서 질정을 해주었다. 필자는 그 중에서도 자세히 읽고 살펴주신 임성모박사(이하 평자)의 서평을 가장 중히 여긴다.[1] 특히 필자의 추정을 뒷받침하는 자료들의 소개 이외에도, 약하게 처리된 부분들이나 논술상의 문제점들에 대한 충고 등이 큰 도움이 된다. 훗날 개정판을 낼 때에 지적된 문제들을 전적으로 보완할 예정이다. 그러나 가까운 사람끼리도 긴장을 유지하는 것이 학문하는 사람들의 태도인 듯해서, 필자는 순서를 거꾸로 하여, 이 서평을 계기로 제국주의 연구의 태도나 방법에 대해 몇 가지의 쟁점을 제기하고자 한다. 이 글은 서평에 대한 세밀한 반론이라기보다는, 연구 방법의 차이를 노출시켜,[2] 민족적

---

* 동아대 사회학과 부교수

1) 임성모, "만주국 연구의 사회적 효과를 생각한다" 민족운동사 2000년 1월호.
2) 이 말은 필자나 평자를 쟁론적 필요에서 양극단에 서 있는 사람처럼 보이려는 뜻이다.

저항이라는 다소 단순한 주제에 매달려 있는 한국학계의 제국주의 연구의 지평을 넓히려는 성찰이다. 필자에게는 이런 대화가 아직 불명확한 여러 생각들을 정리하는 기회가 될 것이다.

먼저 졸저는 만주국 초기의 연구에 국한되며, 국가 형성 과정에 집중하여 국가의 반대쪽에 서있는 사회의 내면에 대해서는 제대로 언급하지 않고, 자료상의 빈곤에 허덕이는 등의 한계가 있다. 오랫동안 편집 작업을 한다고 했지만, 오자, 불분명한 표현, 설명부족, 용어상의 불일치 등이 구석구석 드러나 있다. 마치 낙성식을 마친 뒤, 건물에서 날림공사의 흔적을 보는 듯하다.3) 그리고 역사사회학이라는 역사학과는 조금 거리가 있는 전공 탓인지, 이론에 매달리는 경향도 있다.4)

그러나 평자의 질정을 통해 연구 태도상의 몇 가지 차이를 느낄 수 있다. 이것은 단순히 전공상의 것은 아닌 듯 하다. 하지만 각자의 연구는 어떤 것이 옳고 그르다는 차원의 것은 아니다. 각기 장단점이 있으므로 필자 입장에서는 오히려 평자로부터 많은 것을 배우고 싶다. 어쨋든 필자는 제국주의에 관한 자료 읽기, 제국주의에 관한 외국의 연구업적, 논술의 집중 등 세 가지 에 관한 연구 방법의 차이를 들고 싶다.

첫째는, 제국주의 관련 자료에 대한 태도이다. 자료를 대하는 방법은 자료에 몰입하는 것과 자료를 덮고 생각하는 두 단계가 있을 것이다. 두 가지에 다 충실해야겠지만, 사실 이 둘을 다 잘하기는 쉽지 않다. 언어학 전공자가 문학에 조예가 깊다고 할 수 없듯. 물론 반대의 경우도 마찬가지이다. 필자는 우선 어떤 문건이라도 그렇게 신뢰하지 않는 경

---

3) 동료들에게 미리 원고를 보내어 비평을 받았어야 했다. 이 부분은 필자의 큰 실수이다. 사실 저서 출판 이전에 주변의 도움을 받지 않는 것이 한국 학계의 전문성을 떨어트리는 중요한 문제점이다.
4) 역사사회학자들은 원래 역사학자들의 비판 앞에 기를 못 펴는 운명(?)이다. 스카치폴의 [국가와 사회혁명]이라는 대작도 출판이래 프랑스, 러시아, 중국역사를 전공하는 사학자들에게 여러 비판을 받았다. 예컨대, 프랑스 부분에 대한 Sewell(1985)의 비평을 참조할 것.

향이 있다. 제국주의 시대는 외래 지배와 토착인의 고난과 적응, 부역 혹은 저항 등의 역학이 작용하며, 독립 후에도 질기게 그림자를 드리우는 역사이다. 독립 이후의 시대에는 변명과 규탄, 독점적인(그래서 신뢰가 떨어지는) 영웅담 등 주관적이고 감정적인 언술이 난무한다. 필자는 이런 제국주의 관련 자료에 대해 왜 그것만이 살아 남았는지를 의심하는 편이다. 대신, 자료 이면의 추리, 문건 한 단계 위의 추상화된 아이디어를 찾거나 분석에 노력하고자 한다. 자료를 무시하자는 뜻이 아니다. 누구든 역사를 대면하는 자들에게 자료수집에 바치는 노력은 기본적 자세이다. 그러나 원래 완벽한 자료는 없다. 이 말은 두 가지 뜻이 있다. 후세의 역사가들이 과거를 추적하는 데에 한계가 있다는 뜻 이외에, 비록 희귀한 자료를 발견했다 할지라도 그것이 역사가들을 분석과 기술에까지는 안내하지 않는다는 뜻도 있다. 그러므로 자료가 없을 때나, 있을 때나 추리와 분석은 상존하는 것이다. 이 훈련을 게을리 해서는 안된다는 것이다.

필자의 반대편은 평자처럼 풍부한 자료를 동원하며, 세밀하게 짚어나가는 방법이다. 필자는 이런 점을 늘 배우고자 한다. 그러나 동시에 이런 방식을 취할 경우, 자료에 대해 집착하지 않을까 하는 우려도 갖는다. 풍부한 자료가 곧 풍부한 아이디어라는 등식이 성립하지 않기 때문이다. 1차자료이든, 2차자료이든 이것에 매달릴 경우, 두 가지의 문제가 생길 수 있다. 우선, 자료의 표면적 내용의 테두리를 벗어나기 힘들다. 아울러, 특정 자료가 전체상을 대표하는지에 관한 크기 혹은 비율의 균형감각을 잃을 수가 있다. 가령 우리가 희귀한 자료에 감탄했다고 하자. 그 경우, 이것이 전체자료(논리적인 세계에서나 가능한 개념이지만)에서 어느 만큼을 차지하는지, 혹은 지금까지 발견된 자료들 중에서 어느 비율을 차지하는지 하는 의문에서 둔감해질 수가 있다. 간단한 숫자로 이야기한다면, 자료나 사람, 사물이든 이것들이 50%가 넘었을 때 우리는 그것을 과반수 (혹은 다수)라고 한다. (통계학자들을 만족시키려면,

486

그 정도로는 어림도 없다. 즉 우연이 아니라 특별한 통계적 가치를 지
니려면 95%이상의 빈도가 되어야한다.) 사료에게 51% 혹은 95%이상의
것을 대표하라고 주문하는 것은 불가능하다. 그리고 다수에 의해 가려
진 소수의 삶을 조명하는 것도 역사 연구자들의 중요 임무이다. 그러나
소수가 다수를 희생시켜서는 안된다. 다수의 삶이 가려진 가운데 일부
만이 부각될 수는 없다는 것이다.

평자가 드는 자료 하나를 들어보자. 만주국에서 민족집단별로 차등적
인 식량배급을 받았다는 어느 중국인의 회고와 (필자가 명명했으되 내
용상 받아들이지는 않는) '조선인 중간자론'과의 관계를 어떻게 생각해
야 할까? 이것은 훌륭한 자료이다. 필자도 이런 식량배급에 관한 이야
기를 들은 적이 있었으나 바로 이런 자료를 구하지 못했었다. 아직 만
주국 후기에 관해 문외한인 필자가 조선인의 지위에 관해 단정을 내릴
처지는 아니나, 계속 관심을 갖고 있다. 그런데 이 회고는 逸話的
(episodal or anecdotal)인 성격의 자료일 수 있다. 이것이 연구 대상의 전
체상과 꼭 일치한다는 보장은 없다는 말이다. 그 회고 하나로 초기 만
주국 사회에서 식량 배급의 차별이 전반적으로, 공식적으로 시행되었다
고 할 수 없다. 나아가서 그 회고가 전체 80만 조선인5)의 다양한 사회
적 지위를 결정할 수 없는 것이다. (이질적인) 부분은 전체상과 공존해
야 의미가 있을 것이다.

졸저에서 밝혔듯, 조선인이 하급경찰, 관리 등에 종사하며, 지배자인
일본인과 피지배자인 중국인 사이에 있었다는 중간자론은 매력적인 주
장이다. 개인적으로는 필자의 스승의 주장이기도 하다. 일본 제국주의의
하수인으로 만주국에서 활동한 조선인들이 적지 않을 것이다. 현재를
반성하고 후대에 민족 정기를 전하는 뜻에서, 그런 자들을 추적할 필요
가 있다. 그러나 그런 반성과 교육상의 정열이, 전체 조선인의 지위를

---

5) 1935년말의 어림 숫자.

파악하는데에 제약으로 작용해서는 안된다. 필자는 관료집단이나 각종 산업에서 차지하는 조선인의 비율, 다른 민족집단과의 비교 등 다각적인 방법을 통해, 중간적 위치가 아닌, 의외로 주변화된 다수 조선인의 지위를 발견했다. 결과적으로는 스승과 거리를 두고, 민족적 반성이라는 교육 자료와도 거리가 멀어졌지만, 이런 발견을 포기할 생각은 없다.

자료를 다양하게 읽는 다른 보기를 들어보자. 평자가 인용한 만주국 건국일에 관한 당시 조선총독 우가끼의 일기이다. 1919년 조선의 대대적인 만세 운동일인 3월 1일과 같은 날짜에 만주국의 건국일을 정한 것에 대해, 필자는 조선의 기미 독립운동을 겨냥한 의도적 억제라 보았다. 이 주장을 뒷받침하는 자료를 평자가 소개한 것을 고맙게 생각한다.[6] 이것에 관한 귀한 문건인 우가끼의 일기는 "만주국 건국일이…조선인의 신경을 자극하는 일 같은 것을 고려하지 않고"라 쓰고 있다. 그런데 우가끼의 일기를 읽는 방법도 여러 가지일 것이다. 자료를 있는 그대로 읽는다면, 같은 자료를 읽는 사람들은 모두 똑같은 생각을 할 수밖에 없지 않은가? 우선, "우가끼의 일기에도 드러나지만, 만주국의 건국일 제정은 무모하기 그지없는 일이다"라는 기술이 가능하다. 그러나 다른 한 편으로는, "우가끼의 일기에 나타나듯 일부 고위관료들의 우려도 있었지만, 그런 사정까지를 고려해서 밀어 부친 책략 (예컨대, 맞불지르기, 혹은 희석)이 작용했다"는 기술도 가능하다. 사실 기미년의 만세운동을 겨냥했을 것이라는 추리는 해당 자료를 찾을 수가 없어 졸저에서 크게 다루지는 않았다. 부족한 어휘 선택일지 모르겠지만, 필자의 의도는 이 날짜 제정에 어떤 전략이 개입되어 있었음을 말하려 한 것이었다.

1980년대 후반 전두환 정부 후기에 이른바 양 김씨가 이끄는 민주세력은 관제 야당격인 민한당을 빠져나와 새 정당(통일민주당)을 창당, 본격적인 대여투쟁에 나선 적이 있다. 이들이 온통 빠져나가던 바로 그날

---

6) 필자의 주장이나 추측을 자료로 보충해주는 평자를 얻은 것은 보통 행운이 아니다.

488

아침, 이민우 민한당총재는 거창한 기자회견을 준비하여, 다음날 신문지면이 온통 새 야당에 관한 기사로 덮히지 않도록 대응을 한 적이 있다. 이런 것도 맞불 혹은 물타기의 보기이다. 만주국 건국일 제정에 관해서, 필자는 우가끼의 일기를 읽지 못했으므로, 내용이 빈곤한 편이라 할 수 있을 것이다. 그러나 읽지 않았다 할지라도, 날짜 제정에 관한 해석에서 정치적 센스를 동원했다는 말을 하고자 한다.7) 역사가들이 귀중한 자료를 구하여 실증적으로 논구하는 것은 기본적 자세일 것이다. 그러나, 역설적으로 자료를 손에서 놓는 것도 한 방법이라 생각한다.8) 한국 학자들에게도 많이 알려져 있는 중국사가 듀아라교수가 "자료수집과 해독이 끝나면 작정하고 오랫동안 (1년 정도라도) 자료를 떠나라"라는 말을 언젠가 한 적이 있다. 처음에는 의외라는 생각을 했지만, 세월이 흐른 뒤에 필자는 그것을 지극히 중요한 충고로 여기고 있다.

　주지하듯, 과거지사를 제대로 파악하는 것은 지난한 일이다. 그렇다고 해서 자료를 과신해서는 안된다. 광주민주화 항쟁 때 광주에서 살았다는 어떤 사람이 수년 뒤 광주에서 당시 희생이 별로 없었다고 말한 적이 있었다. 광주에 살았어도 항쟁 현장에 있지 않았거나, 혹은 처음부터 가해자의 입장에 서있었던 사람이라면 실상을 잘 알 수 없다. 반면 외부에 거주한 사람이나 후세 사람도 여러 가지를 종합 추론해 진실에 접근할 수 있다. 광주에 거주했다는 이유로 당시 사정을 너무 잘 안다는, 그래서 희생이 별로 없었다고 확신하는 그 사람이 일기를 남겼다고 하자. 그리고 50년 뒤쯤에 광주에 관한 자료가 많이 사라진 상황에서 이 일기를 후세의 학자가 발견했다고 하자. 귀중하나 아찔한 자료가 아

---

7) '의도적 억제'보다는 평자의 충고대로 '의도적 도발'이라는 표현이 나을는지 모르겠다. 어쨋든 전자는 유명한 문학평론가 제임슨이 사용한 '억제의 전략'(strategy of containment)에서 힌트를 얻었다(Jameson, 1981: 211-15).
8) 이런 비유가 적당할는지 모르겠다. 책을 오랫동안 읽다 보면 눈이 가물가물 해지므로, 잠시나마 책에서 눈을 떼거나 먼 곳의 나무를 쳐다보면 시력을 보호할 수 있다.

닐 수 없다.

두 번째로 생각하고자 하는 것은 제국주의에 관한 외국학자들의 연구이다. 근대적 학문의 역사가 오래되고 학자층이 두꺼운 나라에서는 많은 연구가 축적되어 있다. 우리는 늘 개방적인 자세로 외국 학계에서 생산된 새로운 이론과 연구물을 익혀야 한다. 그러나 그 (고답적인) 내용에 심취해서 이른바 권위자의 견해를 지나치게 충실히 따를 필요는 없다. 맑스나 베버 등 이른바 사회과학계 석학들의 저서는 그 양이 방대하고 내용도 까다로워 읽기가 매우 힘이 든다. 외국어로 쓰여진 서적을 읽느라 바친 시간이 아까워서인지 혹은 너무 감동한 탓인지, 이들을 교조적으로 따르는 사람들이 적지 않다. 이들의 이름이 주는 무게 때문에 감히 반론을 제기한다는 것은 거의 불가능할지 모른다. 그런즉 이 두 거물의 경우, 사후에도 동서양에 걸쳐 수많은 추종자를 거느리고 있는 것이다. 그런데 지나치게 감격하여 읽다가는 내용에 접근하기는커녕, 우선 책의 진도를 닐 수가 없다.9) 이들의 주장을 잘 이해하기 위해서라도 거리를 두는, 즉 비판적인 읽기를 하는 것이 바람직하다. 그래야만 맑시즘의 경우, 그람씨, 알튀세, 풀란차스 같은 창조적인 맑시스트가 나온다. 한국이나 일본에서 맑시즘 연구의 수준이 서구에 비해 뒤떨어지는 것은 이런 (훈고학적) 독법과 관련 있으리라 본다.

넓은 지역에서 제국을 경영한 적이 있는 서양과 일본에서는 자국들의 제국주의 시대에 관한 연구가 꽤 쌓여 있다. 그리고 근자에는 푸코의 권력론, 사이드의 오리엔탈리즘, 포스트 콜로니얼리즘, 페미니즘 등 새로운 시각의 연구들이 쏟아져 나오고 있다.10) 근자의 영국 제국주의에 관한 새 연구들이 좋은 보기일 것이다. 인도에서 행해진 영국 제국

---

9) 이 석학들의 서적에 심취하는 일부 사람들의 태도는 어떤 맹신도의 것에 비유할 수 있을 것이다. 마치 경전을 읽는 사람처럼, 한 쪽을 읽고 난 뒤 감격하여 울며 기도하고, 그리고 그 다음 쪽을 읽고 또 기도하는.

10) 물론 이 새로운 연구들에 어떤 공통의 설화구조나 개념적 틀이 있는 것은 아니다. 이 연구 동향에 관해서는 Kennedy(1998)을 참조할 것.

490

주의 통치는 사전을 편찬해주거나, 각종 언어를 정리해주는 것 등 토착인들의 인식의 세계까지를 파고 든 것이라는 콘의 연구가 그 하나이다 (Cohn, 1996). 그러나 이런 새로운 연구를 제외하면, 오랫동안 제국주의 연구들은 제국주의자들의 입장에서 보거나, 혹은 식민지보다는 제국의 중심에서 일어난 일에 초점을 맞춘 것들이 대종이었다. 영국, 벨기에, 독일 등의 제국주의에 관해 가장 많은 업적을 남긴 갠과 듀이그난(Gann and Duignan, 1977, 1978, 1979)이 바로 그 전형적인 보기이다.

그런데 일본 제국주의에 관한 구미에서의 연구는 의외로 아직 많지 않다. 일본사 연구자들에게 제국주의가 우선적인 관심이 되지 못하였기 때문이다. 근래의 중요 저작들에서도 제국주의 부분은 가려져 있는 편이다. 메이지시대 일본의 근대적 이념이 만들어지는 과정을 다룬 글락 (Gluck, 1985)의 秀作은 이념의 운용이 고위관료들의 거창한 연설을 넘어서 (즉 위에서부터 아래로 내려오는 것 이외에도), 시민들의 일상 속에서 이루어진 것을 관찰하고 있다. 그러나 이 연구에서, 메이지시대의 이념은 제국이 빠진 이념이다. 거창한 메이지의 위용도 기실 제국을 소유하지 않은 제왕의 것이다. 즉 제국이 없는 제왕의 모습이다. 한 마디로 이 책에서 메이지이념과 제국주의자로서의 일본의 역할은 무시되어 있는 것이다.

타나카의 역작(Tanaka, 1993)은 이에 비해, 일본의 (내부와 외부와의) 경계를 넘어 간 글이다. 시라토리 등의 일본사학 지도자들이 제창한 동양사라는 분야는, 서양과의 대등한 관계를 위한 정체성의 탐구, 그리고 일본의 입장에서 아시아의 역사를 재정의하려는(즉 일본은 동양의 부분이지만, 문명국 지도자로서 아시아를 초월하는) 동기등에서 이루어졌다고 하는 좋은 연구이다. 그러나 그의 연구 속에서 아시아는 중국밖에 없다. 이른바 동양 안에서 일본 최대의 식민지 조선은 도외시되어 있는 것이다.

근자에 듀스(Duus), 피티(Peattie) 등이 편집한 3부작은 구미의 일본 연구사상 거의 최초의 본격적인 제국주의 연구서들이다(1984, 1989, 1998).
영국 사학자 로빈슨과 갤러거(Robinson and Gallagher, 1983)가 사용했던
'공식제국', '비공식제국' 등의 용어를 표제로 한 이 연작은 구미 사학
계에서 일본 제국주의 연구의 참신한 신호탄이라 할 수 있다. 그러나
대체로 제국의 중심에서 이루어진 정책에 관한 연구라는 한계가 있다.
도일이 지적했듯, 레닌(1927)이래 동서양 제국주의 연구의 대종은 (갤러
거와 로빈슨의 연구를 제외하면) 해당 식민지 내부 사정에 관한 것이
아니라, 제국의 중심에 초점을 맞추어 온 셈이다(Doyle, 1986). 이 삼부
작도 기실 그런 경향을 반복하는 것이다. 그리고 9.18사변(혹은 만주사
변)이 일어난 1931년을 일본의 모험주의의 시작으로 본다는 한계도 있
다.11) 이런 시점은 일본제국주의를 1931년 이후로, 그리고 제국주의를
일부 파시스트의 행위로 제한시키려는 일본의 일부시각과 일치한다.12)

영(Young, 1998)의 것은 적어도 구미에서는 만주국에 관한 최초의 본
격 연구이다. 방대한 자료를 섭렵하며, 만주에의 침략이 일부가 아닌 전
체사회의 동원과 열병 하에서 이뤄졌음을 보여 준다. 그러나 이 연구도
전술한 일부 학자들의 시점인 1931년을 따른다. 만주는 일본사회에서
별안간 하늘에서 떨어진 화두인 셈이다. 이 책도 만주를 두고 생각하고,
느끼는 일본 국내사정에 관한 연구이지 만주국의 내부사정에 관한 것이
아니다. 극단적인 표현을 빌면 만주국 연구라지만 기실 만주는 비어 있
는 것이다.

영의 연구는, 필자가 보기에는 일본 사회 구석구석의 동원을 살피다
보니 강조점이 흐려진 백과사전 식 나열 등의 문제가 있다. 또한 영은
이론적으로는 주로 독일학자 벨러(Wehler)의 잘 알려진 사회제국주의론

---

11) 예컨대, Peattie(1984: 50)와 같은 경우.
12) 예컨대, "15년전쟁"이라는 일본인들의 표현부터가 일본제국주의 역사를 19
　　세기 이래가 아닌, 1931년에서 1945년까지로 국한시키는 느낌을 자아낸다.
　　일본의 不二出版社가 펴는 [15년전쟁사]의 연작물이 그 보기이다.

에 기대고 있다. 잘 알려져 있듯, 벨러는 독일제국의 정치체계를 종합적으로 고찰하고 있는 (비판적인 진영에서는 아마도 거의 유일한) 학자이다. 아래로부터의 위협에 불안을 느낀 기득권의 연합이 대외적인 팽창을 낳았다는 이 사회제국주의론은 기실 구미학계에서 역사가 긴 독일 '특이성론'(Sonderweg thesis)의 전형적인 보기이다. 이 특이성론은 자유민주주의를 정착시킨 영국에 비하여, 독일사회의 봉건적 성격(예컨대, 수구적인 지배계급인 융커계급과 이것에 종속적인 부르조아계급 등)이 독일의 파행 (즉 파시즘)을 설명할 수 있다는 것이다. 특이성론의 비교점은 (이상적인) 영국이다. 벨러의 주장을 종합하면, 산업사회 이전부터 내려오는 파워엘리트의 전통, 절대주의적, 귀족주의적 성격의 융커계급, 국가의 시대착오적이고 봉건적인 성격, 권위에 순종적인 지배계급 등이 권위주의적 통치, 해외팽창, 그리고 히틀러와 같은 초월적인 존재의 영입을 낳았다는 것이다.13)

　배링턴 무어(Moore, 1966)같은 석학들이 동참했던 이 특이성론은 그동안 매우 강력한 주장이었으나, 근자에 들어 세찬 반격을 맞고 있다. 벨러의 경우, 독일의 국가를 자본주의 이전의(pre-industrial) 성격으로 규정하며, 사회계급의 성격을 봉건적-산업사회 이전-귀족주의적-농업적-보수적-전통적이라는 사고의 연속선과 부르죠아-산업가-자유민주주의-진보적-근대적이라는 연속선의 대비라는 단순한 필수주의(essentialist, 즉 당위성이나 명분으로 복잡한 사회현상을 지나치게 단순화, 동질화시키는 경향)의 문제가 있다. 이런 사고 안에서는 독일의 근대성, 즉 영국보다 앞서는 근대적인 독일의 사회복지나 근대적 군대, 재정 개혁, 대기업의 독점방지법, 장기적으로는 융커계급이 아닌 친산업가적 노선으로 기울어지는 국가의 정책들을 설명할 수 없게 된다(Blackbourn and Eley, 1985). 해외팽창만 하더라도 근자에 인종주의적 편견등 문화적 요인

---

13) 그 요약에 관해서는 Steinmetz(1993: 90)를 참조할 것.

도 개재되었다는 새로운 연구들이 나오고 있다(Steinmetz, 1999: 20).

몇 종류의 외국 역작(특히 동양사학계의 수상작)을 언급한 이유는 바로 이런 책들에 대해서도 비판적 읽기를 해야 한다는 뜻에서이다. 필자는 평자가 외국 학자들의 견해(그 중에서도 특히 일본인 학자들의 것)를 너무 충실히 따르지 않을까 하는 걱정도 해 본다. 그 보기가, 민족주의에 관한 기념비적 논문인 르낭의 글(영어로는 What is a nation?)(1991, orig. 1882)의 일본어판 번역 "국민이란 무엇인가?"을 수용하고 있는 점이다. 민족 혹은 민족주의는 간단한 주제가 아니다. 이것에 대한 정의를 나열한 분량이 208쪽이나 된다고 한다.14) 그러므로 참으로 논쟁적인 개념이다. 게다가 nation은 동서양 민족주의의 역사가 달라서 한국어 어휘 '민족'에 완전히 적합한 것(혹은 1대1 대응관계)이라는 할 수 없을지 모른다. 평자가 르낭의 nation을 그 일본학자처럼 '국민'으로 보는 이유는 '민족'이 ethnic nation이며, '국민'이 political nation이라는 구별을 받아들이기 때문인 듯하다. 맞는 말이다. 한국어 어휘에서 두 말은 그런 차이점이 있다. 그런데 이것은 지나치게 통상적인 구분이다.

졸저에서 민족주의에 관한 논쟁을 요약했으므로 이 자리에서 자세히 반복하기는 싫다. 몇 가지 이론을 간단히 소개하자면, 민족이 어떤 실체라는 주장, 그래서 민족이 국가를 만들었다는 것이 있고, 반대로 국가가 만들어진 뒤 국가의 외피 안에서 민족이라는 관념이 만들어졌다는 것이 있다.15) 또한 민족이란 단순히 언술적 요소로 이루어지는 것이라는 주장도 있다. 세 번째의 것은 바바(Bhabha, 1990)등의 해체주의 혹은 탈구조주의자들에 의해 개진된, 근자에 상당한 영향을 발하는 주장이다. 그러므로 이 견해를 좇으면 민족과 국민이라는 상기의 구분(즉 자연적인 요소 對 정치, 법제적 요소의 구분)이라든지, 어떤 원형에서 장구한 시간을 통해 민족이 형성된다는 것은 그리 큰 의미가 없다. 민족이란 기

---

14) Snyder(1983: 253), Duara(1995: 3)에서 재인용.
15) Hobsbawm(1990), Wallerstein(1991) 참조할 것.

실 언술적 요소가 강하고, 특정 의도에서 후세에 만들어내는 전략적 의도가 많이 개입되기 때문이다.

'국민'(중국어의 구어민, 일본어의 고꾸민)이란, 일본 메이지시대에 만들어져 중국과 한국에 전파된, 영어로는 citizen(즉 국가의 보호나 어떤 권리를 향유하고, 반대로 국가에의 기본적 의무를 진다는, 그리고 국가의 훈육이 미친다는 뜻)의 개념이다. 원래 이 말에는 citizen과 nation 두 의미가 혼합되어 있었다가, 오늘날은 전자로 다소 굳어졌다. 물론 동양 삼국에서 요즘도 그 뜻이 혼합되는 경향이 많다. 중국의 경우 양계초가 일본에서 수입한 이래, nation에서 citizen의 의미로 변성되었다고 한다.16) 일본 군국주의 시절 이 말은 일본의 통치자들에 의해 국가에의 충성과 의무를 강조하는 뜻으로 자주 사용되었다. 우리 나라의 과거 권위주의 정권들도 국가에의 충성을 유도하기 위해, 의무 부분이 부각된 '국민'이란 말을 남용했다. 박정희정부 시절에 만들어진 국민교육헌장에 그런 뜻이 잘 드러나 있다. 어쨋든 그 동안 제국주의와 권위주의적 기원을 망각한 채, 한국의 모든 정치인과 일반 시민들이 이 말을 사용해왔다.17) 물론 '민족'과 '국민' 둘 다 중국과 일본에서 수입된 외래어이며, '민족'이라는 말도 한국의 과거 권위주의 정권들이 애용하던 것이다. '민족'이라는 말도 아무나 아무 곳에서 동원하는 만만한 용어가 되었다.18)

이런 (다소) 감정적인 요소를 떠나 생각해보자. 평자는 르낭의 nation

---

16) 처음에는 국가와 백성(國和民), 나중에는 국가의 백성(國的民)의 뜻으로 변성, 마침내 오늘날의 citizen 개념이 되었다고 한다(Duara와의 인터뷰에서, 1999. 12. 3).

17) 국가의 전통이 강한 일본에서는 '국민'이라고 쉽게 번역될지 모르나, 필자는 개인적으로 이 말을 가능한 한, 쓰지 않는다. 필자에 동조하는 이들은 한국의 어린이들일 것이다. 국민학교가 아닌 초등학교에 이제 재학하고 있으니.

18) 한 보기로, 전두환정부 시대의 여당 민주정의당의 초대 의장을 맡은 이재형 씨는 신군부가 민족을 중심으로 정당을 창당한다는 명분에 끌려 그 자리를 수락했다고 한다.

이 자연적 요소들을 배제한 것어서, '민족'보다는 '국민'이 가깝다고 한다. 이것은 전자를 자연적인 것으로 국한시키기 때문에, 그래서 민족국가(혹은 국민국가, nation-state)(의 장치나, 언술, 위기 등)와 무관한 것으로 보기 때문이다. 그런데 국가가 필요로 한 일종의 소프트웨어 같은 것, 주권국가가 예전에 서로 지리적으로 혹은 문화적으로 절연되었던 주민들을 하나로 묶어 대내적으로 일체감을 갖도록 한 것, 대외적으로는 이 하나된 집단을 통해 외부와 경쟁 혹은 생존하는 것, 국가의 위기에서 재구성하는 관념 등 바로 이런 것이 '민족'이다.[19] '민족'을 (자연적, 생성적) 원형의 존재에 매달릴 경우, 이것을 국가 장치와 무관한 것으로 보게 되는 것이다. 따라서 '민족'에 부착된 국가 경영자들의 전략(혹은 지배계급이나 강자의 의도)이나, 특정 시기(국난과 같은)에 이론가들이나 운동가들에 의해 강화되는 역사성 등을 무시하게 된다. 르낭의 논문에서 자연적 요소란 매우 잡다하게 갈라져 있었던(segmented) 집단들의 개별 언어, 종교, 지리 등을 말하는데, 이것들이 장시간의 (망각) 과정을 통해 하나로 통합된다는 뜻이다. 그것이 바로 민족의 의미이다.[20]

만주국이라는 상황에서 '민족'을 만들려 했는지, '국민'을 만들려 했는지는, 초기 5년간의 사정만으로 솔직히 헤아리기 힘들다. 그런데 전술한 대로 시간 개념이라는 선입관 하에서는(즉 형성에 장구한 기간이 걸릴 것이라는) '민족을 만든다'는 말이 불편하겠지만, 민족에 개재되는 국가 경영자들의 전략적 의도나 언술적 요소를 고려한다면, 가능한 표현인 것이다. 물론 만주국의 민족 만들기 작업이 성공적이라는 보장은 없다. 필자는 그런 어려움 혹은 민족 형성의 실패도 졸저에서 짚어 보

---

19) Hobsbawm(1990) 참조할 것.
20) 필자는 르낭의 글이 일본에서 "국민이란 무엇인가"로 번역되는 것을 보면서, 참으로 착잡한 생각이 든다. 메이지시대 이래 강한 국가의 전통이 이렇게도 질기다는 생각에서이다. 그러나 졸저에서 이런 용어 사용의 난점에 관해 별로 설명을 하지 않았다는 것은 필자의 불찰이다.

았다. 형식적인(법적인) 면을 볼 때에도, 필자는 초기의 만주국 국가가 ‘만주국인’, ‘만인’이라는 말을 주로 사용하고, ‘만주국 국민’이라는 말은 극도로 꺼려 했음을 발견했다. 그러므로 필자는 중국에서의 이탈과 일본으로부터의 (제한적인 것이지만) 홀로서기, 근대적 사고의 주입 등 정신적인 면과 국가 경영자들의 전략의 면에 더 치중하여, 이들이 어떤 유형의 사람을 만들고자 했다는 뜻에서 ‘민족 만들기’라는 말을 택했다. 그런데 만주국에서 법적으로도 ‘국민’은 존재하지 않았다는 평자의 국적법 고찰은 매우 도움이 된다. 그것은 필자의 주장에 도움이 되기 때문이다.

평자가 동원하는 일본학계의 일부 연구들도 한 번 점검해 볼 필요가 있다. 일본사회 내부에서도 제국주의에 대한 비판적인 시각이 있다. 이른바 反화시즈무論이다. 필자도 이런 양심적 시각을 환영하고, 내외적 공헌을 인정한다. 그 연장선에 서있는 듯한 山室信一(1993)의 글은 필자도 인용했다. 그런데 이런 흐름 속의 만주국 연구들의 문제점은, 접근방식이 만주국의 전시대를 일본화가 가속되는 단선적(linear) 견지에서 보고 있다는 점이다. 전시대를 어떤 요소(즉 파시즘)가 충만한 것으로 본다면, 그리고 그런 요소가 시간과 더불어 가속된다고 본다면, 어디에서 어떤 이질적 요소를 찾기는 어렵다. 한 시대란 어떤 요소가 중심에서 만들어져 주변으로 퍼져 나가 가득 메우는 그런 것일까? 시대란 동질적이고 연속적인 요소로 이루어지는 것이 아니라, 이질적인 것들과 분출로 이루어진다고 주장하는 푸코의 견해를 음미할 필요가 있다 (Foucault, 1972: 9).

이런 파시즘 비판론은 아쉽게도 단순한 설화구조를 갖는다. 그럴 경우, 제국주의자들의 이견과 갈등, 어설프고 제대로 충분히 실현되거나 이어지지 않은 것이지만 강자들의 (지나친) 이상주의, 지배자라고 부르기 민망한 저질스럽고 빈곤한 외래인들, 토착 부역자들의 경쟁, 실재로 존재한 다수 토착인들의 적응, 제국주의의 영향을 별로 받지 않는 과거의 계급질서나 생활방식이 유지되는 지역, 일부 시대에서 토착인들의 환영을 받은 제국주의자들의 세계 등 이루 많은 삶이 포착되지 않는다. 필자가 졸저에서 거듭 주장한 것은 제국주의 역사를 하나의 덩어리로 보지 말자는 것이다. 제국주의를 찬양하라든지, 혹은 그 반대로 오로지 침략과 저항만 주장하라는 것이 아니라, 과거의 실상을 있는 그대로 파헤치자는 것이다.

오늘날은 과거 권위자들의 견해가 해체되는 시대이다. 역사의 목적성이나 단선적 성격을 내포한 헤겔론에 대한 비판이 그 보기이다.[21] 만주국의 독립국이라는 형식은 아무 것도 아닌 것이 아니라, 강자를 구속하는 면이 있었다는 것이 필자의 주장 중의 하나이다. 따라서 만주국이나 조선이나 타이완이나 무슨 차이가 있으며, 만주국 전기나 후기가 무슨 차이가 있느냐고 한다면, 제국주의 시대의 연구는 세월이 아무리 흘러도 답보상태가 될 것이다. 필자가 일부 양심적인 일본학자들의 견해에 빠져든다면, 동지적 의식은 얻을 지라도, 그들과의 차이를 내지 못했을 것이다. 필자의 차이는, 만주국 초기는 독립국의 효과를 내려고 하다보니, 다양성을 제한적으로 허용했고, 후기는 강제 동원체제로 일원화되면서, 그 효과가 많이 상실되었을 것이다는 점이다.

필자의 주장이 "일본사회의 대중적 만주국관(전기의 이상주의와 후기의 현실주의 혹은 피해의식에 입각한 반사적인 이상주의의 강조)"과 비슷해질 위험이 있다는 평자의 지적을 고맙게 여긴다. 만주국의 연구 혹은 제국주의 연구는 도처에 장애가 있는 것 같다. 일본의 대중 보다는 한국 사회가 갖는 선입관이 연구상 더 큰 암초로 작용할 듯하다. "만주국의 실험과 이상주의"라는 주장을 한국 학계가 받아들이지 못할 것임을 필자는 너무 잘 안다.[22] 우리는 이상이라는 말을 너무 좋게 해

---

21) 이것에 관해서는 Duara(1995)의 17-50쪽 참조.
22) 1997년 한국사회학회에서의 발표에서, 필자가 1931년 9. 18사변전 "재만 민족집단들의 공존이라는 아마도 일본측으로서는 최초의 이상적인 제안을 내

석하는 경향이 있다. 그렇지만 이상이 너무 높아 큰 실수를 저지르는 수가 있다. 파시스트들도 이상이 높다면 높은 자들이다.23) 그런데 일본 대중의 만주국관이 '전기의 이상주의－후기의 현실주의'라는 평자의 지적은, 필자가 과문한 탓인지, 얼른 이해가 되지 않는 대목이다. 이들 대부분이 침략보다는 이상, 피해의식, 향수 (물론 파시즘을 비판하는 이도 있지만) 등에 사로잡혀 있는 것은 이해가 되는데, 만주국의 전시대를 통털어서 그렇게 느끼는 것이 아닐까? 일본의 학자들도 시대의 이질성과 단절에 생각이 미치지 않은데, 어찌 대중들이 시대를 그렇게 구분할 수 있을까?24)

세 번째는, 논술의 집중에 관한 것이다. 평자는, 폐쇄적인 사고에서 벗어난 일본학자들의 견해나 구미에서 새로 나온 만주국의 많은 연구들을 필자가 언급하면 좋겠다는 지적을 한다. 좋은 충고이다. 진작 이런 충고를 받아들였다면 졸저의 내용이 훨씬 풍성해졌을 것이다. 그런데 필자가 서두에서 중국의 공식적 역사기술(이 말은 사회주의 사회에서 하나의 이념이 독점적으로 채택된다는 의미에서)의 입장인 파시스트 군사통치와 일본사회 다수의 향수론이라고 비교한 것은, 오딧세이의 쉴라와 크립디스라는 암초와 소용돌이라는 대목에서 드러나듯, 다분히 수사적인 표현이다. 이런 수사 속에 일본의 일부 의견을 집어넣어야 할지 자신이 없다.25) 영의 저작은 졸저를 탈고한 뒤 읽어서 인용하지 못했으나, 마찬가지로 후일 충분히 인용할 것이다. 벨러의 연구 등 제국주의 연구사상 중요한 연구들도 마찬가지이다. 그런데 무엇을 어디에서 언급해야 할지, 쉽지는 않다. 이론편에서 서구 제국주의자들의 통치 비용에

건 재만 일본거류민단의 로비활동"을 언급했을 때, 어떤 논평자는 기가 차다는 반응을 보였다.
23) 물론 이런 설명들이 개정판에서 보충될 부분이다.
24) 만약 그렇다면 필자의 독창성은 엉망이 될 것이다.
25) 왜냐하면 일본사회에서 반파시즘론이 다수라고는 보지 않기 때문이다.

관한 고뇌를 간추린 적이 있는데, 상기의 유명한 이론들이 그 주제와 직접 관련이 없기 때문이다.

이런 고민은 사고와 집필에서 자신의 주장을 펴는 일에 집중할 것인 가, 아니면 풍부한 자료를 언급하면서 다양한 내용을 만들 것인가 하는 선택과 관련이 있을 수 있다. 학술적 연구는 이상적으로 전자를 따라야 한다고 본다. 신문기고, 교양-시사잡지 기고문, 교양서적, 혹은 대학교재 등에서 박식함을 과시하는 학자들을 더러 볼 수가 있다. 그렇지만 연구 저작은 자신의 아이디어를 개발하는 데에 집중해야 한다. 그것은 역설 적으로 자료들에 대한 소개나 요약을 가능한 한 줄이는 것을 전제로 한 다. 2차자료인 경우 어렵지만, 한 문장이나 몇 개 단어로 요약을 할만큼 줄여야 자신의 논지를 많이 펼 수 있게 된다. 이런 훈련이 되지 않으면 평생 남의 의견을 반복하게 될 것이다. 싫어하든 환영하든, 전지구적 시 대에 학문의 세계에서 국제적 경쟁이 면제되는 분야는 없다. 한국의 역 사에 관한 것이든 일본제국주의에 관한 것이든 외국 학계와 경쟁하는 시대가 왔다. 그 경쟁력의 근원은 독창성이며, 이것은 박식함보다는 집 중을 통해 얻어질 것이다.

이제 제국주의 연구의 논술은 집중하되 표현은 쉬워야 한다. 학술잡 지에 싣는 짧고 간명한, 어려운 전문용어를 마구 구사할 수 있는 논문 과는 달리, 제국주의 관련 저서는 대학생들도 읽을 수 있도록 개방하여 이 새로운 분야의 저변을 넓혀야 한다고 본다. 그러기 위해서는 너무 어려운 표현을 지양하고, 설명을 충분히 해주어야 한다. 주변의 수많은 책들은 사실 제목부터, 내용의 처음부터 끝까지 난삽한 단어로 덧칠을 하거나, 민족적 저항이라는 시종 예측 가능한 주제로 일관, 독자들과 유 리되는 경우가 많다.26)

마지막으로 논술의 집중과 관련, 민감한 어떤 사회적 의식(예컨대,

---

26) 아예 사람들이 읽을 수 없도록 사전에 공모를 한 듯한 느낌이 든다는 것이 정확한 표현 일 것이다.

진보라든지 민족주의와 관련되는)을 어떻게 처리할 것인가도 결정해야 할 것 같다. 제국주의에 관한 연구는 위에서 거듭 밝혔듯, 한국에서 간단하지 않다. 타고난 민족주의자들에게는 민족적 저항이나 불구대천의 원수들의 침략 이외의 주장을 펴기가 쉽지 않기 때문이다. 그러나 가능한 한, 제국주의 시대의 실상을 찾는 일로, 시각을 넓혀야 한다. 그러기 위해서는 사회 의식이나 정열은 억제, 문장 중에 배어 있도록 해야지, 연구 저작에서 직접적으로, 노골적으로 발현되서는 안된다고 본다. 나아가서 제국주의에 관한 어떠한 생각도 자유롭게 펼 수 있는 시대가 와야 한다.

시사교양 잡지에 기고하는 글이면 모르겠지만, 연구저작에서 사회, 민족의식이 지나쳐 실상의 파악에 장애가 되는 수가 있다. 그런 의미에서 필자는 "만주국이라는 역사공간 역시 지배와 저항의 사이가 가장 중요하다"는 평자의 개방적인 사고를 충심으로 환영한다. 만약, 제국주의 시대를 누가 피지배자들의 저항만이 치열하게 전개되는 마당이라고 주장했다고 하자. 이것은 기실 과장된 주장 혹은 희망적인 표현이다. 저항도 일부 식민지에서, 일부 시대에, 일부 사람들에 의해서나 이루어 졌다. 마음속의 불만도 저항이라 한다면 할 말이 없지만. 저항이라면, 적어도 무장투쟁이나 조직, 문필 활동, 집단적 운동 등 외부로 표출된 행동을 말할 것이다. 타이완의 경우, 초기의 일부 저항은 있었지만 일제의 무자비한 진압후 장기간 평온한 통치가 있었다(Tsurumi, 1977). 나이지리아의 경우, 영국 통치에 순응 온존했던 북부 지역은 2차대전후 건국 시기에 통합 국가에 거리를 두는 지역주의에 사로잡히기도 했다(Apter, 1999: 237). 이런 보기가 얼마든지 있다. 웅장한 논조로 말하다가 사실을 놓치는 수가 있다는 말이다.

필자가 중요하게 생각하는 것은 자료이든, 이념, 민족주의적 정열이든, 자신이 속한 학맥이나 집단이든, 이것들로부터 거리를 두는 정신이다. 은사의 주장에까지도 거리를 두고, 자신의 발견을 지켜 말하고자 하는 그런 자유 정신이다. 특별히 제국주의 연구의 세계는 이런 자유를 지키기 어려운, 혹은 자유를 시험받는 모델 케이스라고 할 수 있다. 어차피 정치적 의식은 말하기는 쉬운데, 행동하기는 어려운 일이다. 의식에 투철하고, 탁월한 운동가가 되고, 훌륭한 학자가 된 사람이 얼마나 있을까? 견해차가 있겠지만, 필자는 이 세가지 중에서 가장 어려운 것은 세 번째의 것이라 본다.

평자의 서평을 통해 넓은 의미의 제국주의 연구 상의 몇 가지 생각을 정리해 보았다. 서두에서 밝혔듯 (그리고 이 글을 숙독한 독자들이 눈치를 챘듯), 내용 중에 필자와 평자 두 사람의 차이는 실제의 것이라기 보다는 논쟁적 목적에서 극단화시킨 허상들의 차이이다. 기실 제국주의 연구의 많은 면에서, 한국학계에서 평자만큼 필자와 생각이 가까운 이는 없을 것이다. 다시 한 번 길고 꼼꼼한 지적을 해주신 평자에게 감사한다. 이런 일은 애정이 없으면 불가능한 일이기 때문이다.

〔참고문헌〕

임성모. 2000. "만주국 연구의 사회적 '효과'를 생각한다" 민족운동사 2000년 1월호.

山室信一. 1993. "滿洲國統治過程論" 山本有造편[滿洲國硏究]. 京都: 京都大學 人文科學硏究所.

Apter, Andrew. 1999. "The Subvention of Tradition: A Genealogy of the Nigerian Durbar" in George Steinmetz(ed.), *State/Culture: State-Formation after the Cultural Turn.* Ithaca: Cornell University Press.

Bhabha, Homi. 1990. "Introduction: Narrating the Nation" in Homi Bhabha(ed.), *Narration and Nation.* London: Routledge.

502

Blackbourn, David and Geoff Eley. 1984. *The Peculiarities of German History: Bourgeois Society and Politics in Nineteenth-Century Germany*. N.Y.: Oxford University Press.

Cohn, Bernard. 1996. *Colonialism and Its Forms of Knowledge: The British in India*. Princeton: Princeton University Press.

Doyle, Michael. 1986. *Empires*. Ithaca: Cornell University Press.

Duara, Prasenjit. 1995. *Rescuing History from the Nation*. Chicago: University of Chicago Press.

Duus, Peter, R. Myers, and M. Peattie(ed.). 1984. *The Japanese Colonial Empire, 1895-1945*. Princeton: Princeton University Press.

Duus, Peter, R. Myers, and M. Peattie(ed.). 1989. *The Japanese Informal Empire in China, 1895-1937*. Princeton: Princeton University Press.

Duus, Peter, R. Myers, and M. Peattie(ed.). 1998. *The Japanese Wartime Empire, 1931-1945*. Princeton: Princeton University Press.

Foucault, Michel. 1972. *The Archaeology of Knowledge*. N.Y.: Pantheon.

Gann, L.H. and P. Duignan, 1977. *The Rulers of German Africa, 1884-1914*. Stanford: Stanford University Press.

Gann, L.H. and P. Duignan, 1978. *The Rulers of British Africa, 1870-1914*. Stanford: Stanford University Press.

Gann, L.H. and P. Duignan, 1979. *The Rulers of Belgian Africa, 1884-1914*. Stanford: Stanford University Press.

Gluck, Carol. 1985. *Japan's Modern Myth: Ideology in the Late Meiji Period*. Princeton: Princeton University Press.

Hobsbawm, E. J. 1990. *Nations and Nationalism since 1780: Programme, Myth, Reality*. N.Y.: Cambridge University Press.

Jameson, Fredric. 1981. *The Political Unconscious: Narrative as Socially Symbolic Act*. Ithaca: Cornell University Press.

Kennedy, Dane. 1998. "The Imperial Kaleidoscope" *Journal of British Studies* 37, 4.

Lenin. V. I. 1927. *Imperialism: The Highest Stage of Capitalism.* N.Y.: International Publishers.

Moore, Barrington. 1966. *Social Origins of Dictatorship and Democracy.* Boston: Beacon Press.

Peattie, Mark. 1984. "Introduction" in Duus, Peter, R. Myers, and M. Peattie(ed.). *The Japanese Colonial Empire, 1895-1945.* Princeton: Princeton University Press.

Renan, Ernest. 1991(orig.) 1882. "What is a nation?" in H. Bhabha(ed.), *Narration and Nation.* London: Routledge.

Robinson, Ronald and John Gallagher. 1983. *Africa and the Victorians: The Official Mind of Imperialism.* London: MacMillan.

Sewell, William. 1985. "Ideologies and Social Revolution: Reflections on the French Case" *Journal of Modern History* 57.

Steinmetz, George. 1993. *Regulating the Social: The Welfare State and Local Politics in Imperial Germany.* Princeton: Princeton University Press.

________________. 1999. "Introduction" in George Steinmetz(ed.), *State/Culture: State-Formation after the Cultural Turn.* Ithaca: Cornell University Press.

Tanaka, Stefan. 1993. *Japan's Orient: Rendering Pasts into History.* Berkeley: University of California Press.

Tsrumi, E. Patricia. 1977. *The Japanese Colonial Education in Taiwan, 1895-1945.* Cambridge: Harvard University Press.

Wallerstein, Immanuel. 1991. "The Construction of Peoplehood: Racism, Nationalism, Ethnicity" in Wallerstein, I and E. Balibar(ed.), *Race, Nation, Class: Ambiguous Identities.* London: Verso.

Young, Louise. 1998. *Japan's Total Empire: Manchuria and the Culture of Wartime Imperialism.* Berkeley: University of California Press.

가나자와의 윤봉길 의사 암장터 탐방

최 영 호*

1. 가나자와 탐방에 이르기까지

작년 7월 30일에 나는 일본의 이시카와현(石川縣)의 현청 소재지인 가나자와시(金澤市)에 들러 매헌 윤봉길 의사의 암장터를 방문할 기회를 가졌다. 이곳을 방문하기로 작정한 것은 매년 여름에 가나자와시가 주최하는 유학생을 위한 문화교류 프로그램 「Japan Tent」에 영산대학교 학생 5명의 참가가 확정된 작년 6월 초의 일이다. 가나자와는 일본의 3대 정원 중의 하나인 겐로쿠엔(兼六園)이 있어 유명하며 에도(江戶)시대의 건축들을 많이 남기고 있어 일본인들은 물론 한국인들도 점차 즐겨 찾는 관광지가 되고 있다. 더욱이 근래에 들어 가나자와로부터 가까운 도야마(富山)현에서 한국에 관광객 유치활동을 전개하고 있으며 아시아나 항공이 주 3회에 걸쳐 서울과 도야마를 잇는 직항편을 운행하고 있고 일본항공(JAL)이 주 2회에 걸쳐 서울과 고마츠(小松)를 잇는 직항편을 운행하고 있어서 가나자와에 쉽게 접근할 수 있게 되었다.

사실 나는 도쿄(東京)에서 유학생활을 하면서 가나자와를 방문하고

---

* 영산대학교 국제학부 교수

싶어했었다. 1990년부터 박사학위 논문을 준비하고 작성하는 과정에서 해방 직후에 일본 각지에서 전개된 재일한국인들의 민족주의 운동을 자료와 인터뷰를 통해 추적하면서 자연스럽게 해방 직후에 성대하게 추진된 3의사 (윤봉길·이봉창·백정기) 유해의 본국 봉환 과정에 관심을 두지 않을 수 없었고 윤봉길 의사와 관련하여 가나자와의 암장터 발견과 유해발굴 및 봉환 과정에 주목하지 않을 수 없었다. 그러나 당시 경제적인 사정이 여의치 않았던 관계로 가나자와에 답사할 엄두를 내지 못했으며, 특히 1992년 봄에 윤봉길 의사 순국기념비의 제막식에 대한 보도를 접했을 때 무척 방문해 보고 싶었으나 역시 실행에 옮기지 못했다. 그런데 다행히 작년에 스미토모(住友) 연구재단으로부터 연구비를 받게 되어 그 덕분에 그간 접어두었던 가나자와 방문의 꿈을 이루게 된 것이다.

오늘날 재일한국인 문제 중 가장 중요한 현안이 되고 있는 참정권운동에 대해 통사적 정리를 주제로 하여 연구비를 신청하면서 연구진행 일정의 하나로 일본의 관련 연구모임에서 한 차례 프로포잘(proposal)을 하기로 되어 있었다. 가나자와에 가기로 작정하자마자 곧 바로 재일조선인운동사연구회 대표를 맡고 있는 히구치유이치 (樋口雄一) 선생에게 연락하여 7월 월례발표회에서 발표를 할 수 있는지를 타진했다. 마침 아직 발표자가 정해지지 않은 관계로 무리한 요청 없이 환영받는(?) 가운데 발표를 할 수 있게 되었고 이로써 연구발표를 명분으로 하여 부산 김해공항을 출발하여 도쿄에 도착했으며 그 곳에서 가나자와에 까지 발길을 연장할 수 있게 되었다.

7월 25일 오후에 와세다대학에서 해방 직후 재일한국인들의 참정권운동 실상에 관한 발표를 무난히 끝냈다. 발표 후에 연구회에 꾸준히 참석하고 계시는 최석의(崔碩義) 선생께서 한국식당으로 안내하여 좋은 저녁식사를 대접해 주시면서 윤봉길 의사 암장터에 가는 방법을 자세히 설명해 주셨다. 예전과 다름없이 연구회에서 뵐 때마다 최선생께서는 순박함과 열정 그리고 따뜻한 인정을 느끼게 하는 다감하고 친근한 재일한국인 1세의 모습을 그대로 간직하고 계셨다.

가나자와의 「Japan Tent」가 시작되는 것이 7월 30일이고 한국에서 학생들이 29일에 가나자와에 도착하기로 되어 있어 나는 그간 또 다른 한 팀의 영산대학교 학생 연수단이 참가하고 있는 민간교류 프로그램을 잠시 살펴보기 위해 27일과 28일을 미에현(三重縣)에 머물렀다. 29일 오전에는 나고야성(名古屋城)과 나고야 시정(市政) 자료센터를 구경하고 오후에 나고야를 떠났다. 쾌속열차로 나고야에서 가나자와까지 두시간 남짓 걸렸다. 체질상 여간해서 여행하는 중에 조는 일이 없는데 며칠 간의 강행군으로 피곤한데다가 편안하고 한적한 열차 분위기, 창밖에 보이는 밋밋한 시골 풍경 때문에 열차가 출발한 직후부터 밀려오는 졸음을 참지 못했다.

그런데 무언가 둔중한 것이 정강이에 세게 부딪치는 것을 느껴 졸음에서 번쩍 눈이 뜨였다. 마이하라(米原)역에서 열차가 방향을 바꾸어 진행하는 관계로 승객들이 일제히 일어나 좌석의 방향을 돌려놓고 있었다. 열차가 뒷 방향으로 진행하는 것을 그대로 즐기는 것도 좋을 것 같은데 객차 안의 스피커에서 들리는 방송 지시에 따라 착한(?) 일본인들은 모두 다 벌떡 일어나 묵묵히 의자를 돌리고 있었다. (나는 열차방송의 지시를 가나자와에서 나고야로 돌아오는 길에 확인할 수 있었다) 그 와중에 잠든 채 앉아 있는 나를 깨우지도 않고 누군가 의자를 홱 돌려 버린 것이다. 짤막한 단잠에서 불시에 깨어나 짜증을 내며 얼굴을 찡그리고 있는 나를 향해 앞좌석에 앉아 있던 시골 청년이 야릇한 표정으로 노려보더니 얼마 후 다른 좌석으로 옮겨갔다. 도쿄에서는 경험하지 못한 몹시 불쾌한 여행이 되었으며 불편한 심기로 어느새 졸음이 모두 사라져 버렸다. 아마 그 청년은 의자를 돌려놓는 일이 한 사람의 편안한 휴식보다 소중하다고 여긴 것 같으며 자신들과 똑같이 행동하지 않는 나를 이상한 사람으로 여긴 모양이다.

그날 밤 이차열 박사의 숙소에서 한국을 떠나 막 도착한 학생들과 합류하여 가나자와의 신선한 밤 공기를 마시며 피로를 풀었다. 이 차열 박사는 가나자와 대학교에서 유학생으로 물리학 박사학위를 받은 후 1999년 1학기부터 그곳에서 학생들을 가르치고 있는 분으로 「Japan Tent」에 우리 학생들을 참가시키는데 물심양면으로 적극 협조해 주셨다. 그는 가나자와 대학에 유학하면서 때때로 한국인 유학생들을 인솔하고 윤봉길 의사의 암장터 주변을 가꾸고 청소해 왔다고 하면서 근래에 들어서는 예전과는 달리 유학생들이 그런 일을 기피하고 있다고 한탄하고 있었다.

그에게 학생들을 인솔하고 암장터에 가자고 했을 때 그는 나보다 더욱 반가워하며 「Japan Tent」 참가도 좋지만 암장터 견학은 한국에서 오는 학생들에게는 더 없이 좋은 교육 기회가 될 것이라며 기뻐했다. 그는 「Japan Tent」에는 오후에 가도 늦지 않으니 오전에 학생들을 데리고 가자고 했으며 유학생 한 명에게 연락하여 학생들의 수송 대책을 세워 주었다. 게다가 도쿄에서 최석의 선생으로부터 소개받은 매헌(梅軒)연구회 회장 박인조(朴仁祚)씨에게도 손수 전화로 연락하여 암장터에 나와서 우리 학생들에게 암장터 발굴과 보존과정을 설명하도록 요청해 주었다. 이로써 개인적으로 원해 오던 암장터 탐방의 소원을 이루게 되었을 뿐 아니라 나에게서 일본에 관한 강의를 듣고 있는 우리 학생들에게 견실한 견학 프로그램까지 제공할 수 있게 되었다.

2. 윤봉길 의사의 암장과 암장터 보존

현재 가나자와시가 운영하는 노다야마(野田山)의 전몰자 묘지 근처에는 윤봉길 의사 암장터가 깨끗하게 단장되어 있으며 그 안내판에는 일본어와 한국어로 간단히 암장터 보존의 경위가 쓰여 있다. 좌우에 각각

대비적으로 철판에 새겨 넣어 마치 번역한 것 같이 보이나 정작 서술
내용에서 많은 차이를 보이고 있다. 일본어 문장은 정중한 문체로 담담
하게 서술하고 있으며 문법적으로 흠이 없는데 반하여 한국어 문장은
다음과 같이 격렬한 감정을 넣어 서술하고 있으며 몇 군데 조사(助詞)
가 빠져 있는 등 어색한 표현이 섞여 있다.

　　윤봉길 의사는 소년 때 일본 식민지 교육에 압증을 느껴 자주退
학 후 書堂 書塾에 들어 四書, 三經, 漢學 修得하여 귀농운동에 정열
을 태웠다. 광복을 위해 중국에 망명 1932년 4월 29일 상해 홍구공
원에서 거행된 <천장절 겸 전승 축하식전>에 폭탄 투척. 일본 군국
주의를 응징한 한국 독립운동의 투사이다. 군법회의에서 사형 판결
후 상해 파견 주력인 제9사단의 金澤에 연행, 三小牛山 工兵 작업장
에서 동년 12월 19일 오전 7시 40분 총살형. 장렬한 24세 6개월의
짧은 생애를 형장의 이슬로 사라졌다. 유체는 형법의 절차를 무시
비밀암장, 묘비도 없이 13년 간 부지한 많은 사람들의 발에 짓밟혔
다.
　　오호! 원한 많은 유체는 1946년 3월 재일동포 연 200여명 정성어
린 노력으로 쓸쓸한 이 자리에서 발견, 한국에 동년 7월 7일 영웅으
로서 국민장으로 안장되었다. 암장은 식민지 지배에 인한 사건의 증
거, 은멸과, 역사의 말살이었다. 이 사실과 윤봉길 의사의 얼을 계승,
한일간의 불행한 과거사를 깊이 명심 우호친선을 원하여 史蹟으로
보존 공사하였음. 보존사업에 다음 협력이 있음.
　　　휘호 재일서예가 漢詩작가 水堂 申仁弘
　　　윤봉길 의사 농촌운동모체인 한국의 월진회 회장 尹圭相
　　　박인조

　야마구치 다카시(山口隆)가 1994년에 펴낸 『尹奉吉暗葬の地・金澤か
ら』(社會評論社), 그리고 그가 1998년에 펴낸 『4月29日の尹奉吉』(社會評
論社)에는 윤봉길 의사의 상해에서의 행적과 총살 및 암장에 이르는 과
정, 그리고 유해 발굴과 봉환 과정에 대해 비교적 상세히 언급되어 있

다. 야마구치는 연구와 교육을 직업으로 하지 않으면서도 가능한 한 집요하게 일차적 문헌을 조사 분석하여 연구서로 펴냈다. 그의 기록 가운데에서 암장의 이유와 경위에 관한 내용을 대략적으로 요약하여 아래에 소개하기로 한다.

ㄱ. 의거에서 암장까지

1932년 1월의 상해사변으로 일본군에 대한 국제여론이 나날이 악화되는 가운데 곧 이어 발생한 윤봉길의 폭탄투척사건은 중국 주둔 일본군의 체면을 극도로 손상시키기에 충분했다. 이에 9사단을 주축부대로 한 일본군은 자신들의 손으로 직접 처단할 목적으로 윤봉길을 일반 형사재판에 넘기지 않고 군사재판에 회부했다. 결과적으로 군사재판을 통하여 사형을 언도했으며 사형방법으로서 일반 형법에 의한 교수형이 아니라 군형법에 의한 총살형을 채택하게 되었다. 당시 일본육군 형법의 21조에는 "육군에 있어서 사형을 집행할 때에는 육군법령을 관할하는 장관이 정하는 장소에서 총살한다"라고 되어 있었기 때문이다. 일본의 육군형법이 제정된 1881년 이후 윤봉길 의사에 대해 3번째의 총살이 실시된 것이었다.

윤봉길의 의거 당시 9사단은 정전협정 조인을 앞두고 상해에서 부분적으로 철수하고 있었으며 다음 달인 5월 말에는 전원 철수했으며 그 후로 상해에 잔류하고 있던 헌병대까지 모두 철수하면서 윤봉길의 신병도 일본에 있는 9사단 본부로 옮겨지게 되었다. 윤봉길을 일본으로 이송하게 된 또 하나의 이유로 상해에서 총살할 경우 국제여론에 노출되기 쉽고 중국인과 한국인들의 반일감정을 촉발시킬 것을 우려하여 비밀리에 처형할 수 있도록 하기 위해서였다는 점을 들 수 있다. 상해를 떠나 11월 20일에 고베(神戶)항에 도착한 윤봉길은 삼엄한 경비 속에 곧바로 오사카(大阪)로 옮겨져 일단 육군 위수형무소에 수감되었다.

이어 사형집행을 위해 윤봉길의 신병은 12월 18일 오사카에서 가나자와로 옮겨졌다. 야마구치는 윤봉길을 가나자와로 이송한 이유로서 첫째는 육군형법이 사형집행장소를 관할 사단의 소재지로 규정하고 있었기 때문이며, 둘째는 오사카보다 가나자와가 일본의 메스컴에 노출되기 어렵기 때문에 사형 후 시체의 처리가 용이했기 때문으로 보고 있다. 아무튼 12월 19일 오전 7시 20분 윤봉길에 대한 사형이 가나자와의 9사단 육군 작업장에서 집행 개시되었으며 20분만에 끝났다. 사체의 매장은 가나자와 헌병대장 소노 요시히코(曾野芳彦)의 손에 맡겨졌다.

> 육군형법에는 사형을 집행한 후 다음과 같이 처리하도록 규정하고 있었다.
> ・친족이나 연고자 중에 사체를 요청하는 자가 있을 때에는 이를 넘긴다.
> ・인수하지 않는 사체는 매장한다.
> ・감옥에서 사체를 매장할 때 의류를 입혀 관에 넣고 육군묘지에 토장해야 한다.
> ・묘표(墓標)는 가로 3치, 길이 1자 5치로 한다.

그러나 윤봉길의 사후처리는 법대로 이루어지지 않았다. 충청도 예산군에서 윤봉길의 부친과 아우가 예산 경찰서를 통해 고향에 유골이라도 묻게 해 달라고 간곡히 청원했음에도 불구하고 경찰당국은 윤씨 가족의 동향에 대한 감시와 단속을 계속할 뿐이었고 군 당국은 "인수 의사를 밝힌 사람이 없었다"는 이유로 마음대로 사체를 처리해 버렸다. 게다가 묘표를 세우기는 커녕 육군묘지에 묻히는 것 조차 허용하지 않았으며 육군묘지의 외곽에 있는 통로를 파고 그곳에 사체를 암장해 버렸던 것이다.

암장터가 있는 통로를 중간 지점으로 하여 윗쪽 편에는 육군묘지가 있었고 아래편에는 일반 묘지가 있었다. 또한 이 통로는 산길로서는 비

512

교적 넓은 공간이었기 때문에 때때로 주변의 쓰레기를 모아서 태우는 장소로 사용되기도 했으며 훗날 소각로가 설치되기도 했다. 오늘날에도 그대로 존재하는 이 산밑 통로는 육군묘지에서 벗어난 데다가 육군묘지보다 3미터 정도의 낮은 지대에 있었다. 따라서 매장하는 과정에서 일어날 수 있는 실수를 아무리 인정한다고 하더라도 도저히 실수로 여기기 어렵고 의도적으로 이 곳에 암장함으로써 통로를 왕래하는 수 많은 사람들에 의해 짓밟히도록 한 것으로 밖에 볼 수 없다.

일본군이 통로에 암장한 또 하나의 이유로는 감시하기 쉬운 장소였기 때문이다. 이 암장터에서 15미터 정도 떨어진 곳에 오늘날에는 이시카와현 전몰자 묘지의 휴게소로 되어 있지만 1997년까지 묘지관리소가 있었기 때문에 관리소에서 암장터가 한 눈에 훤히 내려다 보였다. 따라서 조선인에 의한 독립투사 유골 발굴의 움직임이나 일본인에 의한 우연한 발굴 등에 대해 관리소에서 쉽게 감시할 수 있었다. 이처럼 윤봉길 의사는 주검이 되어서도 13년 동안 감시와 차별을 느끼게 하는 장소에 갇혀 있었던 것이다.

ㄴ. 유해 발굴과 봉환

조국이 해방되고 임시정부 요인들이 남한에 돌아오고 나서 일본에 있는 순국의사들의 유해 발굴과 봉환 사업이 전개되기 시작했다. 이강훈(李康勳)·서상한(徐相漢) 등을 중심으로 윤봉길 의사 유해의 발굴봉환 사업이 시작되었으며 여기에 현희(玄熙)를 비롯한 재일동포 사업가들이 사업자금을 지원했다. 가나자와의 재일동포 청년들이 여러 차례에 걸친 탐문조사와 발굴시도 끝에 1946년 3월 6일 암장터를 찾아내 유해 발굴에 성공했다. 발굴된 시점은 남한의 정치적 상황에 연동되어 재일동포 민족단체가 도쿄에서부터 좌우로 양분되기 시작하는 시점이었다. 그러나 나중에 우파단체의 중추적 기관이 되는 신조선건설동맹이 기획과 자금지원을 담당하고 좌파적 성향을 띠어가는 재일조선인연맹의 지방조직이 실무를 담당하여 이루어낸 유해 발굴은 얼마 안 되는 좌우합작의 성과 중 하나라고 할 수 있다.

유해는 발굴 직후 가나자와에 있는 재일조선인연맹 이시카와현 본부에 안치되었다가 8일에 열차편으로 도쿄로 옮겨졌다. 윤봉길 의사의 유해는 이봉창·백정기 의사의 유해와 함께 추도식을 거친 후 오기쿠보(荻窪)에 있던 신조선건설동맹 청년학교에 안치되었으며 5월 중순에 연합국점령군이 마련한 선박을 통해 남한에 봉환되었다. 부산에 도착한 유해는 동래초등학교에 임시로 안치되었다가 대신동 공설운동장에서 5월 21일에 대규모 추도식이 거행된 후 임시열차편으로 서울에 봉송되었으며 7월 7일 서울운동장에서 성대한 국민장을 마친 후 효창공원에 안장되었다.

ㄷ. 기념비 건립과 암장터 보존

때늦은 움직임이었지만 다행스럽게 가나자와 암장터의 보존과 성역화 작업이 윤봉길 의사 의거 60주년을 앞두고 전개되었다. 여기에는 많은 사람들의 노력과 수고가 있었는데 그 중에도 특히 재일한국인 1세 박인조씨의 부단한 노력과 정성이 있었기에 가능했다. 한국의 일반적인 정서로서는 일단 유해를 옮기고 나면 지난 매장터는 다시 돌아보지 않는 것으로 되어 있으나 윤봉길 의사의 암장터 보존은 일본 군국주의의 만행을 후세에 널리 알리고 역사적 교훈의 소재로 삼는데 의의가 있는 만큼 진작부터 추진되었어야 할 일이었다. 梅軒硏究所에서 1997년에 발행한 소책자『尹奉吉義士暗葬之跡』기록을 보면 이에 대한 박씨의 열정과 노력이 얼마나 강렬했는지를 짐작할 수 있다.

1946년 재일조선인연맹 가나자와 지방조직에 소속되어 암장터 발굴 당시 일꾼들의 식량보급을 담당했던 박씨는 그 후로 40년 동안을 발굴

514

당시의 사진 15장을 유일한 증거로 하여 일본에서 암장터 보존의 필요성을 백방으로 호소했지만 주위로부터 호응을 얻지 못했다고 한다. 전반적으로 다른 지역에 비해 상대적으로 가나자와에서 재일동포들의 활동이 빈약한데다가 그가 조직활동에 소극적이었으며 결코 사회주의에 경도되어 있지는 않았지만 주로 조총련계 동포들과 가깝게 지냈던 상황에 비추어 볼 때 그로서는 극히 역부족이었을 것으로 추측된다.

그런데 1987년에 우연히 발굴과정의 사진과 발굴자의 생존 사실이 한국에 알려지면서 윤봉길 의사의 친 동생 윤남의(尹南儀)씨가 가나자와를 방문하게 되었고 이때 박씨를 만나 그의 남다른 열정과 의지를 확인하게 되었다. 그 후에 박씨는 기념비 건립의 뜻을 더욱 굳히고 민단과 조총련 조직에 타진했으나 호응을 얻지 못했다. 당시 암장터에 기념비를 건립하는데는 암장터 자리에 현(縣)이 관리하는 소각로가 세워져 있어 소각로의 철거가 급선무였다. 지속적인 소각로 철거 신청에 대해 1990년에 들어 노태우 대통령의 일본 방문을 앞두고 이시카와현이 철거를 단행했으며 이 소식이 한국에 알려지면서 기념비 건립사업이 급진전하게 되었다.

박씨는 어디까지나 암장터가 있던 바로 그 자리에 기념비를 세우자고 주장했으나 한국의 「윤봉길 의사 기념사업회」측은 50평 정도의 넓은 터에 기념비를 세우려는 기본 방침에 따라 좁고 어둡고 경사진 암장터보다 넓고 훤히 트인 장소를 선호하게 되었다. 1991년 11월 한국에서는 「매헌 윤봉길 의사 의거 60주년 기념사업 추진위원회」를 결성하고 민단과 합동으로 「순국기념비」 건립사업을 추진하여 이듬해 4월 21일에 제막식을 거행했다. 「순국기념비」는 암장터에서 남남서 방향으로 200미터 정도 떨어진 높은 곳에 위치하고 있으며 한국을 향해 동해 바다를 훤히 내려다보며 우뚝 서 있다.

한편 암장터의 보존을 고집하던 박씨는 일본의 시민단체와 연대하여 또 다른 기념비 건립을 추진했다. 1990년 4월 재일외국인의 지문날인을

반대하는 가나자와시 시민단체에서 박씨가 처음으로 암장터의 존재와 보존문제를 거론했으며 여기에 관심을 보인 일본인들과 재일동포들이 「윤봉길 암장터를 생각하는 모임」(ユンボンギルの暗葬地跡を考える會)을 결성하고 연구조사와 보존운동을 전개했다. 이 모임의 대표는 가나자와 대학의 쯔루조노 유타카(鶴園裕) 교수가 담당했다. 이 모임을 통해 야마구치와 같은 평범한 일본인들이 혼신의 노력을 기울여 윤봉길 연구와 관련자료수집을 전개했으며 시민운동의 일환으로 1992년 4월 「순국기념비」 제막 직후에 가나자와 시청에 암장터 보존 요청서를 제출하게 되었다. 가나자와 시청에서는 이 요청을 받아들여 암장터에 나무울타리를 쳐주었다.

그러나 이러한 임시방편적인 나무울타리에 만족하지 않고 박씨를 비롯한 재일동포들은 기념비 건립을 비롯한 암장터 영구보존 공사를 모임에서 계속 주장했다. 수 차례에 걸친 토론을 거치면서 이 모임은 영구보존 공사를 추진하기로 결정했으며 전국적인 모금운동을 전개하여 일본에서는 물론 한국과 북한에서까지 성금과 격려편지가 답지하는 등 많은 호응을 받았다. 이렇게 모여진 성금을 재원으로 하여 10월에 공사에 착수했으며 윤봉길 의사가 처형된 지 60년째가 되는 1992년 12월 19일 마침내 한일 양국의 시민에 의한 기념비가 제막되기에 이르렀다. 기후(岐阜)현에서 재일동포 김상기(金相基)씨가 기증한 1톤 가량의 화강암 자연석에는 고베(神戶)현에 거주하는 신인홍(申仁弘)씨가 쓴 휘호 「윤봉길의사암장터」(尹奉吉義士暗葬地跡)가 힘있게 새겨져 있다. 박씨는 설계에서부터 공사지휘까지 모든 공정을 담당했으며 제막식 이후 오늘날에 이르기까지 암장터와 「순국기념비」에 대한 청소 관리를 맡아 오고 있다.

3. 암장터 견학과 참배

작년 7월 30일 금요일 아침. 연일 계속되는 무더위가 이날도 쉬지 않고 찾아 왔다. 이차열 박사와 나는 지난 밤 그런 대로 잠을 충분히 잤기 때문에 가뿐한 몸으로 숙소를 나설 수 있었다. 다만 원기 왕성한 학생들은 부산에서 오사카를 거쳐 가나자와까지 먼 길을 오느라고 피곤했을텐데도 새벽까지 함께 어울려 즐기다가 뒤늦게 잠들었던 모양이다. 9시경에 학생들을 기상시켜 대강 식사와 몸차림을 하게 하고 일정대로 9시 40분경에 숙소를 나섰다. 가나자와대학 대학원에서 일본어학을 전공하고 박사논문 제출을 준비하고 있는 손경호씨가 손수 차를 가지고 우리 숙소를 찾아와 여학생 3명을 태우고 함께 암장터를 향했다.

숙소에서 암장터가 있는 노다야마(野田山)까지는 차로 20분이 채 걸리지 않았다. 노다야마는 표고 176미터의 작은 산으로 가나자와시 중심으로부터 남쪽 방향으로 4킬로 정도 떨어진 곳에 위치해 있으며 봉우리부터 밑자락에 이르기까지 완만한 경사를 이루고 있어 묘지를 세우기에 적합한 곳이었다. 에도(江戸)시대에 봉우리 부근에 수 만평에 걸쳐 가가번(加賀藩)의 번주 일족이 묘지를 잡은 후로 산 중턱에 신하 일족들이 묘지를 잡았고 메이지(明治) 이후로 일반 백성들까지 산 밑자락을 묘지로 차지하면서 묘지가 계속 늘어 오늘날에는 5십만에서 6십만에 달하는 묘들이 세워져 있다. 산 밑자락에 위치한 주차장에 도착하여 주위를 둘러보니 빽빽이 들어 찬 묘지들이 부분적으로 눈에 들어 왔다.

차에서 나가 보니 주차장 한쪽에 자그마한 키에 허리를 약간 숙인 초로(初老)의 박인조씨가 먼저 와서 기다리고 서 계셨다. 간단한 인사를 나누고 그의 안내를 받으며 주차장에서 산비탈길을 조금 내려가 왼쪽에 펼쳐지는 수 많은 일반묘지를 바라보며 통로를 따라 5분 정도 걸어나가자 갑자기 통로가 넓어지면서 매장터를 알리는 석비의 휘호가 눈에 들어 왔다. 우리 일행은 자연스럽게 부채질과 담소를 멈추고 숙연해졌으며 화강암판으로 만든 낮은 계단 위에 서서 암장터를 향해 옷깃을 여미고 묵례를 드렸다.

박씨는 암장터 정면 오른쪽 구석에 우편함과 같은 사각형의 자료함을 열쇠로 열고 梅軒研究會 발행의 소책자 『尹奉吉義士暗葬之跡』 몇 권을 꺼내어 우리 일행에게 배포하고 마이크를 꺼내어 손에 들었다. 나는 학생들에게 박씨를 정식으로 소개하고 암장터의 발굴과 보존과정에 대한 말씀을 경청하도록 당부했다. 그가 어눌한 말투로 15분간 정도 학생들에게 전달한 이야기는 주로 해방 직후의 탐문과 시행착오 끝에 어렵사리 암장터를 발굴하게 된 과정에 관한 것이었다. 날씨가 덥기도 했지만 옛날의 감회가 강하게 떠올라서 인지 그는 덤덤히 말을 이어가는 가운데 연신 얼굴에 땀을 흘리고 있었다. 학생들에게 질문을 요청했으나 학생들도 할 말을 잃은 채 그저 숙연히 서 있을 뿐이었다. 그는 한 손에 마이크를 쥔 채 다른 손으로 거의 습관적으로 암장터 주변에 떨어져 있는 나뭇잎들을 걷어내고 있었다. 걷어 부친 소매 아래에는 희고 가녀린 팔목과 손목이 돋보였다.

마이크를 다시 넣고 자료함을 잠그고 나서 잠시 두런 두런 이야기를 나누고 있을 때 일본인 젊은이 3명이 TV 카메라를 들고 나타나 암장터에 대한 촬영을 준비하기 시작했다. 가나자와시에 있는 어느 학교와 자매결연을 맺은 한국의 중학생들이 마침 이날 암장터를 방문하기로 되어 있어 지방 TV에서 방영하려고 미리 준비한다는 것이었다. 박씨도 이제는 암장터가 한국에 상당히 알려져 가나자와의 명소가 되고 있으며 해마다 많은 한국인들이 다녀가고 있다고 했다.

우리는 「순국기념비」가 있는 곳으로 옮기기 위해 암장터를 떠나야 했다. 암장터 오른쪽의 산비탈길을 올라 이시카와현 전몰자 묘지의 휴게소 앞을 지났다. 휴게소 맞은 편에는 웅장하고 심상치 않은 기념비들이 늘어 서 있었다. 박씨는 그곳에 러일전쟁 때 포로가 되어 가나자와에 연행되어 왔다가 이곳에서 사망한 러시아 병사들의 묘가 있다고 설명했다. 야마구치의 기록에 의하면 러일전쟁 말기 가나자와에 6천명에 달하는 러시아군 포로들이 끌려와 시내 각처에 분산 수용되었는데 일본군은 이들 포로에 대해 일본인 병사들도 먹어 보지 못한 호화로운 음식으로 대우하는 등 국제조약에 따른 「인도적인」 처우를 다했으며 사망자에 대해서는 육군묘지 안에 묘비를 세우고 후하게 안장했다고 한다. 이런 이유로 오늘날에 이르기까지 이곳은 러시아와 일본 사이의 우호를 상징하는 장소가 되어 있다고 한다. 바로 산비탈 아래의 통로에 식민지 청년을 암장한 것과는 극단적인 대조를 이루고 있는 것이다.

이곳 전몰자 묘지에는 러시아 병사들의 묘 이외에도 서남전쟁, 청일전쟁, 러일전쟁, 상해사변, 만주사변, 태평양전쟁 등에서 전사한 일본인 병사들을 기리는 위령비들이 즐비하게 서 있고 만주몽고 개척단의 위령비도 끼어 있다. 시대가 흐를 수록 전쟁의 규모가 커지고 이에 따라 묘비도 커져 가고 있으며 가장 최근의 태평양전쟁의 위령탑은 다른 것에 비해 10배 이상의 위용을 과시하고 있다. 그야말로 이곳에서는 해외 침략을 미화하는 일본 제국주의의 냄새가 물씬 풍기고 있었다.

전몰자 묘지를 나와 1분 남짓 산길을 따라 오르자 「순국기념비」가 그 모습을 드러냈다. 암장터와는 사뭇 다르게 웅대하고 화려한 모습이었다. 기념비의 전면에는 커다란 글씨 「윤봉길 의사 순국기념비」가 각인되어 있고 양측면과 후면에는 윤봉길 의사의 행적과 기념비 건립 경위가 작은 글씨로 촘촘하게 새겨져 있었다. 거북이 모양의 석단 위에 세워진 한국식의 기념비가 주위의 소나무와 어울려 마치 한국의 작은 공원을 옮겨 놓은 것과 같은 분위기를 연출하고 있었다. 가나자와 시내를 지나 멀리 내려다 보이는 동해 바다는 구름 한 점 없이 해맑은 날씨 덕분에 짙푸른 색깔을 띠고 선명하게 눈에 들어왔다. 우리 일행은 잠시 묵례를 하고 기념비를 둘러보고 주차장으로 내려 왔다.

내려오는 길에 박인조씨는 "내가 살아 있는 동안에는 암장터와 순국기념비의 청소관리를 철저히 할 수 있겠지만 내가 죽은 뒤에도 누가 나

서서 관리해 줄지 걱정이 된다"고 하며 말끝을 흐렸다. 특히 순국기념
비는 부지가 넓어 곳곳에 잡초가 자주 돋아나며 주위에 풀이 무성하게
자라기 때문에 자주 찾아와서 손을 대야 한다는 것이었다. 주차장에 도
착하여 서로 헤어지기에 앞서 나는 그에게 "오래 오래 사셔서 암장터
잘 지켜주세요" 라는 인사를 올리고 우리 학생들이 준비한 작은 인삼차
한 상자를 선물로 드렸다. 산길을 미끄러져 내려오는 길에 흔들리는 차
안에서도 왠지 쓸쓸한 모습의 암장터가 뇌리에서 사라지지 않아서 나무
들이 울창한 숲 속을 향해 자꾸 눈이 쏠렸다.

그 길로 우리 일행은 가나자와 대학교에 들러 점심식사를 겸하여 캠
퍼스와 도서관을 구경하고 이어 학생들을 「Japan Tent」에 등록시키고
혼자 남아서 무더위 속에 겐로쿠엔과 가나자와 시내를 관광하며 오후
한 때를 보냈다. 이때 토쿄에서조차 시간이 없어 구입하지 못한 『外交
靑書』 1999년판을 가나자와 시내의 정부간행물센터에서 입수하는 행운
을 얻기도 했다. 저녁에는 이차열 박사와 함께 쯔루조노 교수의 댁을
방문했다. 가나자와 대학 등 여러 대학에서 한국어를 강의하고 있는 부
인 석화현(石花賢) 선생께서는 예고도 없이 불쑥 찾아 온 손님들을 반
갑게 맞아 주셨다. 자연스럽게 쯔루조노 교수에게서 암장터 보존사업의
회고담을 들었고 상호 연구관심사에 대해 애기를 나누었다. 그는 야마
구치로부터 증정 받은 두 권의 1998년 발행 책자 중에서 한 권을 내게
건네 주었다. 이 책은 그 이튿날 나고야까지의 철도 여행과 부산까지의
비행기 여행시간은 물론 귀국 후 며칠동안에 이르기까지 나를 가나자와
산 구석에 마련된 단아한 암장터 앞에 계속 머물러 서 있게 했다.
　빠듯한 일정에도 불구하고 효율적인 여행을 할 수 있도록 도와 주신
많은 분들에게 고마운 마음을 전하고 싶다.

구한말의 민족운동

인쇄일 초판 1쇄 2000년 07월 01일
　　　　　2쇄 2015년 07월 20일
발행일 초판 1쇄 2000년 07월 10일
　　　　　2쇄 2015년 07월 23일

지은이 한국민족운동사연구회
발행인 정 찬 용
발행처 **국학자료원**
등록일 1987.12.21, 제17-270호

서울시 강동구 성내동 447-11 현영빌딩 2층
Tel : 442-4623~4 Fax : 442-4625
www. kookhak.co.kr
E- mail : kookhak2001@hanmail.net
ISBN 978-89-8206-510-1[93910]
가 격 25,000원

*저자와의 협의 하에 인지는 생략합니다.